btb

Mit Anfang vierzig fühlt sich Charly Benz wie ein gestrandeter Wal im eigenen Leben. Sie arbeitet im Marketing einer Berliner Foodcompany, ernährt sich von angebrannten Croissants und bespricht ihre Beziehungsprobleme – die darin bestehen, dass sie keine Beziehung hat – mit ihrem einzigen Freund: Herr Schabowski, ein Sechzigjähriger, der ihre Post und ihre Ängste sortiert. Doch als dieser eine verheerende Diagnose erhält, Charlys Versuch einer Systemischen Familienaufstellung in einem Debakel endet und plötzlich gleich drei Männer ihr Leben gehörig durcheinanderbringen, beschließen Schabowski und sie, die Probleme proaktiv anzugehen: Sie flüchten. Und zwar nach Bad Gastein, ein ehemals mondäner Kurort im Südwesten Österreichs. In einem leerstehenden Hotel der Jahrhundertwende, das einst Charlys Vater gehörte, stellen sie fest: Man kann sich die Menschen, mit denen man verwandt ist, nicht aussuchen – seine Familie aber schon.

Verena Rossbacher, 1979 in Bludenz/Vorarlberg geboren, aufgewachsen in Österreich und der Schweiz, studierte einige Semester Philosophie, Germanistik und Theologie in Zürich und am Deutschen Literaturinstitut in Leipzig. Nach ihrem Debüt »Verlangen nach Drachen«, »Schwätzen und Schlachten« und »Ich war Diener im Hause Hobbs« erschien ihr vierter Roman »Mon Chéri und unsere demolierten Seelen«, für den sie mit dem Österreichischen Buchpreis ausgezeichnet wurde.

Verena Rossbacher bei btb

Schwätzen und Schlachten. Roman

Ich war Diener im Hause Hobbs. Roman

VERENA ROSSBACHER

MON CHÉRI UND UNSERE DEMOLIERTEN SEELEN

ROMAN

btb

MIX
Papier | Fördert gute Waldnutzung
FSC® C014496

Penguin Random House Verlagsgruppe FSC® N001967

1. Auflage
Genehmigte Taschenbuchausgabe September 2024
btb Verlag in der Penguin Random House Verlagsgruppe GmbH
Neumarkter Straße 28, 81673 München

Covergestaltung: semper smile, München
nach einem Entwurf von Barbara Thoben, Köln
Covermotiv: Broken Things, 2021 © Livia Marin
Druck und Einband: GGP Media GmbH, Pößneck
MK · Herstellung: sc
Printed in Germany
978-3-442-77441-8

www.btb-verlag.de
www.facebook.com/penguinbuecher

Für Mathias

Handke sagte einmal, über Sexualität gebe es nichts zu schreiben. Er sagte, auch im Kino schaue er immer weg, Sexszenen würden alle erniedrigen, die Zuschauer wie die Darsteller. Handke und ich sind weiß Gott nicht immer einer Meinung, aber in dieser Sache muss ich ihm auf die Schulter klopfen.

Manchmal frage ich mich, ob es einfach ein riesengroßer Irrtum ist. Ob alle Filmemacher denken: Meine Zuschauer wollen Sex, also muss er rein, dabei will vielleicht kein einziger Zuschauer diesen Sex, aber alle müssen halt damit leben. Ich frage mich, ob auch jeder arme Schriftsteller sich denkt: Ach herrje, schon wieder Hunderte von Seiten, ohne dass zumindest onaniert wurde, das kauft doch kein Mensch! Ich frage mich, ob es ein bisschen ist wie bei *Des Kaisers neue Kleider.* Alle haben sich darauf geeinigt, dass der Kaiser Kleider anhat. Keiner traut sich zu sagen, dass der Kaiser nackt ist, und keiner traut sich zu sagen, dass Sexszenen einen nur demütigen.

Irgendjemand raunte mir einmal nach einer erschöpfenden Diskussion zu diesem Thema zu: »Ja, aber Charly, Sex gehört doch zum Leben dazu!« Ja, sicher. Alles Mögliche gehört zum Leben dazu, und trotzdem malträtiert man die Leute damit nicht in jedem Unterhaltungsmedium, prominentes Beispiel: Klogang. Der Klogang gehört, darin werden wir uns einig sein, zum Leben dazu. Ich wage zu behaupten, bei jedem, der nicht sein saures Geld damit verdient, geschäftsmäßig Sex zu haben, gehört der Klogang sogar mehr zum Leben als der Sex. Oder, anderes Beispiel, Träume. Ständig träumen wir! Wenn wir nicht auf dem Klo hocken, träumen wir! Ich persönlich finde, man sollte, wenn in einem Buch geträumt wird, immer sofort in Habachtstellung gehen. Wenn ein Autor irgendwas durch einen Traum erklärt, stimmt was nicht. Er versucht, uns durch einen Traum was klarzumachen, was er mit seriösen Mitteln nicht hinkriegt, er versucht, *das Unterbewusstsein* sprechen zu lassen.

Sex, Träume, jemand, den wir auf dem Klo betrachten – falls eine dieser Rubriken für Sie sozusagen den Grundpfeiler guter Literatur bildet, sollten Sie dieses Buch schleunigst wieder weglegen. Da wir uns noch im Prolog befinden und Sie Bücher idealerweise sowieso erst einmal *anlesen,* bevor Sie sie erwerben, stehen die Chancen nicht schlecht, dass Sie das Geld nicht zum Fenster hinauswerfen. Kaufen Sie sich was von Knausgård oder so, da sind Sie auf der sicheren Seite, Masturbation ohne Ende, Sex auf jeder Seite, und sicher träumt er ab und an was Unsinniges oder hockt auf dem Klo, das kann ich nicht mit letzter Sicherheit sagen, ich habe es naturgemäß nie zu Ende gelesen.

Das hier ist – nur damit wir uns da nicht missverstehen – trotzdem eine Liebesgeschichte. Irgendwie.

Apropos Handke, neulich träumte ich übrigens, Handke und ich wären auf einem Literaturfestival. Ich war im Traum selbst Autorin, mein letztes Werk trug den Titel *Der Apfelschimmel* und hatte einige Fans, aber Handke mochte meine Bücher nicht. Er hatte übrigens noch nicht den Literaturnobelpreis, ich erwähnte das im Traum auch prophetisch gegenüber einer Festivalbesucherin, ich sagte: »Handke hat noch nicht den Literaturnobelpreis, aber bald.«

Ich spazierte mit Handke Hand in Hand durch eine hübsche Landschaft, so Toskana. Er hatte duftiges Haar, fertigte später gekonnt Ravioli für mich und eine italienische Großfamilie und zeichnete interessante Bilder. Dann teilte er mir mit, dass er mich liebe.

»Aber Handke«, sagte ich, »heute Morgen noch mochtest du meine Bücher nicht!«

»Ja, heute Morgen! Jetzt liebe ich sie!«, sagte Handke.

»Ich deine auch«, sagte ich, »aber nur die frühen Sachen.«

Was soll ich sagen? Es war nur ein dummer Traum, er klingt irgendwie total ausgedacht, aber das Witzige daran ist: Genau so war es dann auch mit dem Dragaschnig.

ERSTER TEIL

1 DER BRIEF

Als ich den Briefkasten öffnete und die Post durchsah, fiel er mir sofort auf. Der Umschlag war aus gutem, festem Papier und von Hand beschriftet. Laut Firmenadresse kam er von einer Anwaltskanzlei in Wien. Es war so ein Fall für den Brieföffner, aber genauso selten, wie man einen handbeschrifteten Brief erhielt, gab es noch Leute, die einen Brieföffner zu Hause hatten, ich jedenfalls kannte niemanden. Außer Schabowski, aber der zählte natürlich nicht. So, wie ein Spitzenkoch mit seinen signierten Messern anrückte und ein Maurer mit seiner eigenen Kelle, hatte Schabowski seinen handgeschmiedeten Brieföffner. Wer Schabowski ist? Jesus, ja, dazu komme ich bald, immerhin geht es ja um ihn, also um alle anderen natürlich auch, um den Dragaschnig und Hänse und Sybille und so weiter, aber so weit sind wir noch nicht. Ich habe ja gerade erst den Brief aus dem Kasten geholt. Oder hätte ich anders anfangen sollen? Mit diesem legendären Weihnachten vielleicht oder, keine Ahnung, damit, wie ich zur Apotheke gerannt bin wie die Teilnehmerin eines Methadonprogramms, die vergessen hat, ihre Dings, Portion, abzuholen, ihre Ration – oder nennt man das Rate? Oder, ganz schlicht, mit dem Kauf meiner ersten Latzhose? Vielleicht ja. Wie auch immer, der Hase hat sich ja eh schon vergaloppiert, wir müssen da jetzt einfach durch.

Also, Herr Schabowski, über den Sie später noch *ganz viel* erfahren werden, hätte gewiss einen Brieföffner gehabt, ich hatte keinen. Abgesehen davon hätte ich auch mit Brieföffner den Brief nicht geöffnet. Ich öffnete den Anwaltsbrief aus Wien nicht, wie ich auch sämtliche anderen Briefe nicht öffnete, ich öffnete einfach grundsätzlich keine Briefe. Meinen Briefkasten leerte ich nur, wenn er überquoll, so alle zwei Wochen mal.

Ich steckte die Postsendungen mitsamt der Tageszeitung und den Prospekten in eine meiner Einkaufstaschen und begann, die vielen Treppen hinauf in den vierten Stock zu steigen. Auf halber Höhe begegnete mir der Typ von gegenüber, ich hatte keine Ahnung, was er arbeitete, er trug diese bügelfreien Anzughosen, die immer einen Tick zu kurz waren, und schmale, spitz zulaufende Lederschuhe mit dünnen Söhlchen, ich tippte auf Bankberater. Oder Versicherung. Er sagte Hallo, ich sagte auch Hallo. Wir hatten eine Hallo-Beziehung.

Oben angekommen lehnte ich kurz die Stirn an die Tür und verschnaufte, ich sollte mehr Sport machen. Ich sollte überhaupt Sport machen. Dann suchte ich nach meinem Schlüssel.

Ich stellte die Einkäufe in der Küche ab und öffnete das Fenster. Die Luft war abends immer noch warm, langsam wurde das ja unheimlich. Ich blickte auf den gegenüberliegenden Neubau, die Büros hinter der verglasten Front waren noch hell erleuchtet, hinter weißen Tischen saßen die Mitarbeiter mit Mundschutz und erstellten Zahnprothesen.

Ich wechselte im Schlafzimmer mein Kostüm gegen einen pinken Jogginganzug, sofort fühlte ich mich sportlich. Wenn Karl Lagerfeld behauptete, wer eine Jogginghose trage, habe die Kontrolle über sein Leben verloren, konnte ich nur sagen: Kann schon sein, Karl. Da ich aber nie das Gefühl hatte, die Kontrolle über mein Leben zu haben, gab es da eigentlich nichts zu verlieren. Karl tat mir ein bisschen leid. Karl saß bis spät in die Nacht hinein in Anzug und Krawatte auf seinem Sofa herum und hatte viel zu verlieren, ganz ehrlich, der ganze Ruhm, das viele Geld, war es das wert? Ich vermutete, Karl dachte heimlich: Eher nicht. Ich vermutete, Karl beneidete mich manchmal. Dann fiel mir ein, dass Karl tot war, gestorben, ohne je eine Jogginghose von innen gesehen zu haben. Das Leben war nicht fair.

Zurück in der Küche öffnete ich Spotify auf meinem Handy und stellte einen Topf Wasser für die Pasta auf den Herd.

Ich habe diese Easy-Listening-Stücke nie verstanden – dieser seichte Jazzverschnitt, zu dem die Amerikaner in ihren Filmen immer so unendlich langsam zusammen auf der Stelle tanzten. Es war die langweiligste Musik der Welt, aber seit ich alleine wohnte, fand ich Gefallen daran. Sie plätscherte ohne Höhen und Tiefen dahin. Ich mochte vor allem dieses weiche Geräusch der Drum-Brushes, die bei dieser Art Musik eine prominente Rolle einnahmen, so ein Wischen und Rühren, als würde jemand mit einer stoischen Geduld die Bürgersteige kehren.

Nachdem ich mir ein Glas Wein eingeschenkt hatte, begann ich die Einkäufe zu verräumen. Auf dem Tisch zurück blieben die kleinen, betörend duftenden Tomaten, ein dicker Strauß Basilikum, der Parmesan und diese kanalrohrdicken Rummo-Nudeln in der poetischen Verpackung. Jeder Feel-Good-Movie beginnt so, jede Rummo-Werbung, ein würdevoll gealteter Tisch, das letzte Licht des Tages, das elegisch auf die zerklüftete Parmesanlandschaft fällt, gleich würde es sehr ausgelassen werden hier, diverse Leute würden sich dem Vorgang der Abendbrotzubereitung widmen, einer schneidet die Tomaten, einer schmort die Zwiebeln, die Musik dümpelt dahin, ein Schluck Wein, ein sachter Kuss auf den Nacken, gebannt späht einer seiner Liebsten über die Schulter in den Topf, als hätte er noch nie Nudelwasser gesehen, Gelächter, glückliche Kinder, die haarscharf an einem vorbeidüsen, gerade noch kann man mit einer geschickten Bewegung sein Glas retten, noch mehr Gelächter, dampfende Pasta, Basilikum, der durch die Luft segelt und auf dem Sugo landet, alle reden durcheinander, so viel ist zu berichten, der Tag war wieder so spannend! Die Brass-Band tingeltangelt, der Bassist setzt zu einem geschmeidigen Solo an, aber: *scratch!*

Kennt jemand noch das kratzende Geräusch einer Nadel, die unsauber von der Schallplatte genommen wird? Nein, kaum jemand weiß noch aus eigener Anschauung, was eine Schallplatte ist, außer den Nerds natürlich, bei denen die wieder voll angesagt ist, mit sündteuren Plattenspielern und Gekreische, wenn man so eine Scheibe mal mit ungewaschenen Fingern anfasst, aber um die Nerds mache ich inzwischen einen gesunden großen Bogen. Also, niemand sonst weiß noch richtig, was eine Schallplatte ist, aber man kennt das Geräusch. Es kommt im Feel-good-Movie immer dann zur Anwendung, wenn die Idylle jäh gestört wird, die glückliche Familie gar nicht glücklich und die liebe Omama todkrank ist, in der Rummo-Werbung dann, wenn es gar nicht um Rummo-Nudeln geht, sondern darum, dass alle diese happy people keine Unfallversicherung haben, schwupp, kippt das heiße Nudelwasser um, schwupp, bricht sich einer die Finger beim Parmesanhobeln, alles schon passiert, und *scratch!* Scratch ist das Geräusch dazu.

Da lag der ganze Krempel für einen perfekten Abend, aber eben auch der Inhalt meines dummen Briefkastens. Kein Mensch war da, keiner kochte, niemand redete mit irgendwem durcheinander, niemand lachte, keine Kinder düsten irgendwohin, hier waren keine Kinder, hier war keiner, der sie zeugte, hier war nur Charly Benz, sie hatte auch keine Unfallversicherung und zudem kein bisschen Lust, die Rummo-Romantik mausallein zu bestreiten.

Mit dem guten Solinger Messer *(Seit vier Generationen und ohne jegliche Kompromisse!)* stemmte ich einen Brocken vom Käse und steckte ihn in den Mund, ich mochte das Knirschen der Salzkristalle zwischen den Zähnen – diese kleinen Freuden des Alltags!

Ach Quatsch. Ich esse gern, das ist aber eigentlich auch schon alles. Ob das ein schöner Scheiblettenkäse ist, mit dieser herrlich knisternden hauchzarten Folie drum herum, der nach dem Auswickeln so glänzend und anschmiegsam auf der Hand ruht, oder ein dreijähriger Sbrinz, bei dem es nur noch vier Alpen in der Schweiz gibt, die den herstellen, und bei dem man mit einem extra Sbrinz-Stecher die Möckli aus dem Laib herausbrechen muss *(Nicht schneiden!)* – mir ganz egal, ich mag alles.

Ich aß Käse, überflog die Schlagzeilen der Zeitung, die Briefe packte ich in die gelbe Postkiste. Den hübschen Umschlag aus Wien betrachtete ich noch ein wenig. Ich kannte niemanden in Wien, schon gar keinen Anwalt. Mir wurde ein bisschen schlecht. Ich bekam ja schon bei der Infopost meines Stromanbieters Herzrasen. Wenn Post von meinem Stromanbieter kam, dachte ich, er würde den monatlichen Abschlag erhöhen, ungefähr um 1000 %, natürlich machte ich so ein entsetzliches Schreiben nicht auf. Ich machte überhaupt keine Post auf, aus Sicherheitsgründen. Was sollten Stromanbieter, Krankenkassen und Versicherungen einem schon Schönes schreiben? *Alles Gute zu Ihrem 40. Geburtstag, als Geschenk überweisen wir Ihnen 500 Euro*. Post vom Stromanbieter war schlimm, so ein Anwaltsbrief dementsprechend natürlich der Super-GAU.

Ich blickte auf und sah, wie der Dampf zwischen dem Topf und dem Deckel herausquoll, und drehte die Gasflamme kleiner. Dann setzte ich mich an den Tisch, trank meinen Wein aus und las die Adresse des Anwalts aus Wien noch einmal, Wort für Wort. Ich drehte den Umschlag in den Händen, vielleicht war der Brief versehentlich in meinem Briefkasten gelandet, vielleicht sollte er in den Briefkasten des Versicherungsbeamten von nebenan, aber dort stand, in rührender königsblauer Handschrift, mein Name.

Ich saß an meinem Tisch, ich ließ den Brief sinken und starrte hinüber ins zahntechnische Laboratorium. Im Hintergrund tätschelte einer hingebungsvoll mit einem Pinsel seine

Trommel, sein Kollege pustete unendlich zart in die Trompete und ein anderer streichelte das Klavier. Es war die langweiligste Musik der Welt.

2 FEINE SAHNE FISCHFILET

Als ich am nächsten Morgen aufwachte, war mir hundeelend zumute. Ich hatte am Abend irgendwann das Wiener Schreiben ebenfalls in die gelbe Postkiste geworfen, das Nudelwasser ausgeschaltet und den Parmesan aufgegessen, eine Tüte Chips *(Salt and Vinegar)* verzehrt und den Wein ausgetrunken, insgesamt natürlich keine gute Idee. Ich fühlte mich wie diese kranke Omama. Es war kein Feel-good-Movie, es war ein Melodram, und die kranke Omama, das war ich. Eine Omama, die jemand vergiftet hat. Ich schaltete das besessene Gezwitscher meines Lichtweckers aus und öffnete die Vorhänge. In der Nacht hatte es zu regnen begonnen, die Wolken hingen tief über der Stadt, von einem Tag auf den anderen hatte der wohlwollende goldene Herbst beschlossen, gnadenlos auf den Winter zuzueilen. Und so fühlte ich mich auch: Ich fühlte mich wie eine Frau, deren Zeit abgelaufen war. Mein Frühling war vorbei, der Sommer war vorbei und jetzt war anscheinend auch schon der Herbst vorbei. Gnadenlos eilte ich auf den Winter zu. Ich dachte, dass eigentlich mein ganzes Leben verregnet gewesen war.

Ich zog den Morgenmantel über, ging in die Küche und kochte mir eine Tasse Kaffee und legte ein gefrorenes Croissant auf den Toaster.

Ich las ein bisschen in der Zeitung, es ging um *Feine Sahne Fischfilet,* und ich las den Artikel sehr sorgfältig, neuerdings interessierte ich mich brennend für *Feine Sahne Fischfilet.* Aber ich wusste, dass ich mir nichts, rein gar nichts davon würde merken können. Ich hatte morgens immer ein Hirn wie eine Schnecke, nach einer Flasche Wein am Vorabend wie eine Schnecke, die gerade einen tüchtigen Schlag auf den Schneckenkopf abbekommen hatte. Ich las hartnäckig weiter, es konnte nicht sein, dass ich von den Krisen in der Welt immer erst Wochen später erfuhr und dann alarmiert von der Trump-Wahl daherschwafelte, als die für alle anderen schon längst Geschichte war. Trump, der Brexit, der Terroranschlag auf den Berliner Weihnachtsmarkt – alles ging an mir vorbei. Meine Unfähigkeit, up to date zu sein, hatte mich in mehr als eine peinliche Situation gebracht, die Diskussion letztes Silvester war ein Paradebeispiel für eine dieser lächerlichen Performances.

Ich war wie immer beim Notfallessen bei meiner Chefin gewesen. Es hieß *Notfallessen,* weil es für alle veranstaltet wurde, die keine andere Einladung hatten und notfallmäßig irgendwohin mussten, um nicht traurig allein zu Hause zu hocken, sich nicht mit Rotkäppchensekt zu betrinken und sich wegen alldem – allein zu Hause und Rotkäppchensekt – nicht unendlich selbst zu bemitleiden.

Beim Notfallessen fand sich jedes Jahr eine vollkommen neue Gruppe zusammen, nur ich, Charly Benz, war immer mit von der Partie. Bei mir, dachte ich, ist der Notfall der Normalfall. Wie auch immer, ich war beim Notfallessen und es ging schon bei der Vorspeise (irgendwas im Nest, Wurzelallerlei im Nest oder so, natürlich vegan) um *Feine Sahne Fischfilet* und beim Dessert ging es immer noch um *Feine Sahne Fischfilet.* Als ich mein Nest verzehrte, wunderte ich mich noch, dass die diesjährige Notfallgruppe sich so ausführlich über Konserven ereifern konnte, bei Nussbraten und Rosenkohl ahnte ich, dass irgendetwas mit den Konserven nicht stimmen konnte. Die Notfallgruppe setzte sich in diesem Jahr aus erstaunlich vielen Journalisten zusammen. Vermutlich eine Krise des Journalismus, von der ich natürlich nichts mitbekommen hatte, jedenfalls hatten laut den Journalisten von der *Bild* bis zur *Süddeutschen,* von Facebook bis Twitter sämtliche Medien über die Konserven berichtet und erst beim Dessert begriff ich es.

»Ich verstehe!«, rief ich, ich schluckte den Bissen Orangentörtchen hinunter und deutete mit der Gabel triumphierend auf den Journalisten – er war im Politikressort bei der *Welt* –, der eben behauptet hatte, wenn jetzt sogar der Mainstream *Feine Sahne Fischfilet* applaudiere, sei der Punk tot.

»Ich verstehe! *Feine Sahne Fischfilet* ist nichts zum Essen!«

Nachdem die Tischgesellschaft in eine ungläubige Schockstarre gefallen war, um dann hysterisch zu lachen, klärte man mich huldvoll auf und nun wusste auch ich, Wochen nachdem man *Feine Sahne Fischfilet* in Dessau ausgeladen hatte, dass es sich um eine Band handelte. Punkrock, wie mir die Journalisten wichtig versicherten, und weil ich ein unendlich freundlicher Mensch bin, ließ ich mir weitere Törtchen auftun und lauschte innig einem Vortrag zu der Musik von *Feine Sahne Fischfilet* (bisschen Ska, viel Deutschpunk, bisschen Indiepop) und erfuhr, dass man entweder pro *Feine Sahne Fischfilet* war (»Statement gegen Rechts«) oder kontra (»Mainstream« und »toter Punk«). Ich brachte in den Monaten nach diesem informativen Abend gerne das Gespräch auf *Feine Sahne Fischfilet,* um mit meinem neu erworbenen Wissen zu prahlen.

»Ich selbst«, fügte ich dann gerne hinzu, »bin übrigens pro.«

Ich blickte erst von meiner Lektüre hoch, als es nach Rauch roch und ich dachte, es müsse im zahntechnischen Laboratorium gegenüber ein Feuer ausgebrochen sein, vermutlich ein Kurzschluss an einem dieser sündteuren Apparate, womöglich ein versuchter Versicherungsbetrug, ein Fall für meinen Nachbarn mit den zu kurzen Hosen.

Dann holte ich das verkohlte Croissant vom Toaster und stellte das qualmende Gerät unter das kleine Dach des Balkons. Der Toaster toastete zwar noch, schaltete sich aber nicht mehr selbstständig aus, es war schlimm.

Ich schabte pflichtschuldig die Kohle von meinem Frühstück, trug das schwarze Ding und den Kaffee zurück ins Schlafzimmer und schlüpfte wieder ins Bett. Ich stopfte mir ein Kissen in den Rücken und schaute, während ich das verkohlte Croissant in meinem Kaffee aufweichte, zu, wie der Regen an den Fensterscheiben herabrann. *Feine Sahne Fischfilet,* dachte ich zufrieden. Wäre ich eine Band, ich würde gerne heißen wie ihr.

Ich war aber keine Band. Eigentlich war ich das Gegenteil einer Band. Ich war eher eines dieser illustren Ein-Mann-Orchester, die gerne vor S-Bahnhöfen herumhingen und sich sämtliche Instrumente um den Leib geschnallt hatten, eine Basstrommel auf dem Rücken, Gitarre um den Bauch, ums Fußgelenk ein Tschinellenkranz, und entweder auf einer Mundharmonika bliesen oder sangen, irgendwas von *Simon & Garfunkel,* dabei war ich nicht mal textsicher.

Ja, das war das Problem. Ich musste immer alles alleine machen, Essen kochen und Musik machen, mich vor meiner Post fürchten, einfach alles. Ich seufzte. So wie es aussah, würde ich auch meine Kinder in Eigenregie zeugen müssen, sollte ich je welche haben wollen. Ich musste mir eingestehen: Die Zeit arbeitete gegen mich. Aber, dachte ich – ich steckte mir den letzten Bissen Croissant in den Mund –, wenden wir uns den erfreulichen Fakten zu: Es war Freitag und ich war total froh, nicht ins Büro zu müssen.

3 DIE VIER PS

Ich arbeitete in der Marketingabteilung einer veganen Foodcompany mit dem Namen *LuckyLili*, zu der Zeit plante ich gerade den Launch einer Reihe von revolutionären Müsliriegeln – als ob es davon nicht schon genug gäbe.

Mir war völlig klar, dass sich kein Mensch etwas unter »Marketing« vorstellen konnte.

»Können Sie sich was unter Marketing vorstellen?«, fragte ich allenthalben mal irgendwen, zum Beispiel Herrn Schabowski.

»Marketing«, sagte dann zum Beispiel Herr Schabowski anerkennend, »nun, das klingt spannend, und was –«

Ich seufzte resigniert. So war es. Alle nickten zuerst anerkennend und sagten: »spannend«, aber im Grunde hatte niemand einen blassen Schimmer, was man da so machte, und Herr Schabowski war da keineswegs eine Ausnahme.

»Marketing«, sagten die Leute in den Bars, die ich mir jeweils nach dem zweiten Drink krallte und vollquatschte. »Marketing«, sagten sie und taten über ihren Bloody Marys total interessiert, »spannend. Und was macht man da so?«

Ich schwafelte dann etwas von den vier Ps (Product, Price, Place, Promotion), der Analyse von Markt und Wettbewerb und primärer und sekundärer Marktforschung, dabei wusste ich haargenau, dass es für die Katz war. Ich verstieg mich in Theorien, die noch aus den Sechzigerjahren stammten, dabei hätte ich sagen müssen: »Ich denke über Müsliriegel nach, die den Markt der Müsliriegel revolutionieren, obwohl er schon längst übersättigt ist.« Oder: »Ich entwerfe Slogans für vegane Tiefkühlmahlzeiten, die angeblich genauso schmecken wie selbst gekocht, dabei schmecken sie immer wie Tiefkühlmahlzeiten.«

Ich hätte einfach sagen müssen, wie es ist: »Ich mache Werbung.« Wie alle Marketingleute hasste ich es, darauf reduziert zu werden, und wie alle Marketingleute wusste ich, dass es stimmte. Die Chefin meiner Abteilung hatte es zur allgemeinen Gaudi einmal auf den Punkt gebracht: »Aus der Entwicklung kommen Geräte, wir machen daraus Produkte.« Meine Kollegen fanden das witzig, ich fand es nicht witzig. Es war nur eine prägnante Zusammenfassung dessen, was ich insgeheim die ganze Zeit gewusst hatte: Es ist egal, was man verkauft. Man muss es nur *gut* verkaufen.

Gewiss wäre es leichter gewesen, hätte ich mich mit meinem Produkt irgendwie identifizieren können, aber wie sollte ich mich mit einem Müsliriegel identifizieren? Ich war im Marketing gestrandet, wie man in der Gastro strandet oder im Verkauf. Sicher, es gab auch die Kellner aus Leidenschaft, es gab die begnadeten Verkäufer. Und es gab die, die BWL studiert hatten und dann ins Marketing gingen, weil sie Marketing schön fanden oder »spannend«. Ich selbst kannte Marketing nur aus den Büchern, die ich mir besorgt hatte, und auch das nur flüchtig. Es waren diese Bücher, so viel konnte ich mit meinen nicht unerheblichen Vorkenntnissen beschwören, es waren diese Bücher tausendmal langweiliger als der *Tractatus* von Wittgenstein und Wittgenstein fand ich ungefähr so aufregend wie Easy-Listening-Stücke, und es fühlte sich für mich beim Lesen auch so an: *Als dachte ich auf der Stelle.* Ich hatte trotz meiner fünfzigseitigen, unvollendeten Seminararbeit zu Wittgenstein nicht die geringste Ahnung von Wittgenstein. Von Marketing aber verstand ich noch weniger.

Das Interessante war: Es war egal. Ich hatte keine Ahnung von Marketing und machte einen guten Job. Diese Tatsache allein war so himmeltraurig, dass ich hätte heulen können.

4 DAS MÄDCHEN FÜR ALLES

LuckyLili startete vor etwas mehr als zehn Jahren als winzig kleine Firma, eines dieser vielen überflüssigen Startups, die innerhalb kurzer Zeit wieder in der Versenkung verschwinden würden, dachte ich. Zwei Mitarbeiterinnen (die Chefin und ich nämlich) und null Chancen, die nächsten paar Jahre zu überleben, geschweige denn Gewinn zu machen. 2008 waren Veganer noch Nervbacken, die gottlob mehrheitlich unter sich blieben und als unzurechnungsfähige Fanatiker galten. Ich war aus purem Zufall da gelandet, ich war weder Veganerin noch glaubte ich an den Veganismus, ich dachte, die würden aussterben wie die Zeugen Jehovas. Tatsächlich starben die Zeugen Jehovas gar nicht aus, neulich las ich in der Zeitung, sie hätten mitgliedertechnisch seit 2017 um 1,4 % zugelegt. Bei den Veganern war der Markt indessen förmlich explodiert, *LuckyLili* dümpelte zwei, drei Jahre dahin und alle – also wir beide, Liliane und ich – rechneten quasi täglich damit, dass der Kahn absoff, aber irgendwann drehte sich das Blatt und der vegane Markt begann, Fahrt aufzunehmen. Plötzlich gab es Hunderte von veganen Bloggern, Instagram machte Essen zum Motiv, und sogar die Klimakatastrophe arbeitete für uns, Kuhfürze waren plötzlich brandgefährlich und das Kalcium in der Milch suboptimal für den menschlichen Körper. Von Jahr zu Jahr stiegen die Verkaufszahlen um mindestens 30 %, und *LuckyLili* wurde zu einer dieser hippen Marken, die in keinem Biosupermarkt mehr fehlen durften – wir hatten es geschafft. Wir waren ein Unternehmen mit über vierzig Mitarbeitern und produzierten Riegel, Müslimischungen und Tiefkühlprodukte.

Ich hatte mich damals aus schierer Geldnot beworben. Ich war eine dieser Langzeitstudentinnen mit Fächerkombinationen ohne Perspektive, mir schwante seit längerer Zeit, dass ich weder aus Wittgenstein noch Julia Kristeva einen Beruf basteln wollte, dann drehte mir der Don auch noch von einem Tag auf den anderen den Geldhahn zu und so antwortete ich auf die Annonce für das »Mädchen für alles«, und irgendwie war über die Jahre daraus Marketing geworden. Ich war prähistorisch, außer der Gründerin Liliane Rudolf gab es niemanden, der so lange dabei war, aber ich war auch insgesamt prähistorisch, weil ich in all der Zeit weder vegan noch vegetarisch geworden war, ich aß Gluten, Zucker und Weißmehl in rauen Mengen, sagte niemals Nein zu einem Glas Wein und war eine der wenigen Frauen, die noch rauchten. Ich war insgesamt kein Aushängeschild für meine Firma.

Tatsächlich aber war ich bei *LuckyLili* keineswegs unglücklicher, als ich es an der Uni gewesen war. Ich verdiente das erste Mal Geld, das war irgendwie erbaulich, und auch nach zehn Jahren regelmäßiger Lohnzahlungen war ich jeden Monat in Jubelstimmung, wenn ich meine Karte in den Bankomaten steckte und tatsächlich Scheine herauskamen. Ich wohnte zur Miete in einer Wohnung, die ich für mich allein hatte, auch das fand ich phänomenal. Und jetzt kommt's – ich spreche hier einmal darüber, dann nie wieder, wir sind ja hier nicht bei Knausgård und Co –, wenn ich auf dem Klo saß und da war kein Klopapier, wusste ich ganz genau: Es würde nichts bringen, wenn ich jemanden riefe. Da war niemand. Komischerweise führte das dazu, dass ich mich erwachsen fühlte. Es führte nicht dazu, dass ich immer Klopapier zu Hause hatte, so erwachsen nun auch wieder nicht, nein, ich schlich immer wieder in gebückter Haltung mit der Unterhose in den Kniekehlen durch die Wohnung auf der Suche nach Papiertaschentüchern. Anschließend, glücklich wieder mit der Toilette vereint, dachte ich: Nun bist du also erwachsen.

Es fühlte sich gut an.

Ich verdiente mein eigenes Geld, bewohnte meine eigene Wohnung und ich machte einen passablen Job, ohne jegliche Vorkenntnisse zu haben, das war immerhin verblüffend. Wäre es nicht derart deprimierend gewesen, hätte ich mich im Glanz meiner ungeheuren Begabung sonnen können. Nach Jahren der Eintönigkeit im Marketing musste ich mir aber eingestehen: Ich war ein gestrandeter Wal. Ein Wal, der schon zu lange im seichten Wasser lag, um noch die Kraft aufzubringen, zurück ins Meer zu schwimmen. Hier, am Ufer, würde ich entweder langsam verenden, oder aber der WWF würde auf mich aufmerksam und mich zurück ins Wasser wuchten.

Ich glaubte nicht an den WWF. Aber ich hoffte auf ihn.

5 BULLERBÜ

Ich verbrachte fast den ganzen Freitag im Bett und dachte nach. Über mein Leben. Ab und zu stand ich auf, kochte mir Kaffee und legte mir weitere Croissants auf den Toaster und rauchte eine Zigarette. Insgesamt konnte ich sagen: Ich hatte an diesem Tag beim Nachdenken nicht allzu viel erreicht, aber mein Tagesziel an karzinogenen Substanzen hundertprozentig erfüllt.

Fazit: Mein Leben sah nicht gut aus. Verzehrte verkohlte Croissants: fünf. Zigaretten: viele. Fertig.

Gekuschelt in meine Kissen las ich noch einmal den Artikel über *Feine Sahne Fischfilet*, es ging darin auch um die AfD, dann um Björn Höcke und seinen zu erwartenden Wahlsieg in Thüringen. Ich fragte mich, nicht zum ersten Mal, wann man diesen Nazi endlich stoppen würde und vor allem: wer und ob man eigentlich auswandern müsste, und wenn ja, wohin.

Seit einem Dreivierteljahr las ich gründlich die Zeitung und seither kannte ich das Wort *Rechtsruck,* der sich in ganz Europa ausbreitete, seit einem Dreivierteljahr las ich auch von dem Wahnsinnigen, der die USA regierte, die USA waren also auch keine Option. Und überhaupt, man konnte vielleicht vor der Politik fliehen, aber vor so vielem anderen nicht. Stichwort Terror. Wo war man denn vor einem Terroranschlag sicher? Wenn einer in Berlin das Wasser vergiften wollte, konnte niemand ihn daran hindern. Wenn einer eine Bombe in einen U-Bahn-Schacht werfen wollte, konnte er das tun, wenn einer einen Rucksack von Hello Kitty mit Sprengstoff füllte und in einem Supermarkt vor der Käsetheke stehen ließ, explodierte er. Es schien so easy.

Sollte man aufs Land ziehen? Es war verlockend. Es war so verlockend, sich seine eigene kleine Idylle aufzubauen, fernab von allen Problemen. Ich verstand plötzlich die ganzen Aussteiger aus den Achtzigern. Es war der Versuch, der latenten Überforderung zu entfliehen und sich in einer komplexen Welt eine überschaubare Ecke zu suchen. Kinder, die wieder im Einklang mit der Natur aufwuchsen, fernab von zu viel Medienkonsum und zu viel Zucker und allem sonstigen Zuviel. Sollte man so eine Art Amish-People werden, sein Feld mit einem Pferd bestellen und sich eine Mütze aufsetzen mit der Aufschrift *Bullerbü?*

Björn Höcke, das habe ich übrigens in einem Interview gelesen, Björn Höcke hat gesagt, da, wo er wohne, mit Frau und Kindern, da sei es so schön, das müsse man sich vorstellen wie Bullerbü. Spätestens von da an war Bullerbü natürlich verbrannte Erde, wenn die Nazis schon da waren, war es ja kein Bullerbü mehr, wenn die Nazis auch diese Sehnsucht hatten nach Bullerbü, nach einer heilen Welt, dann stimmte mit dieser Sehnsucht was nicht. Bullerbü war keine Option mehr.

Und dann war da auch noch meine nächste große Angst, die vor der Klimakatastrophe, denn man konnte nirgendwohin vor ihr fliehen. Ich las vom Aussterben der Arten und von Dämmen, die nicht halten würden, ich las von Dürreperioden und Flüchtlingen aus Afrika und dachte mir: In Afrika haben sie das Wetter, das wir mit der Klimakatastrophe kriegen werden. Das Wasser ist so knapp, wie es hier sein wird, die Ernten fallen aus, wie sie hier ausfallen werden, natürlich fliehen die Menschen. Ich aber bin hier und ich weiß, man müsste sich langsam über Flucht Gedanken machen, aber es gibt keinen Ort mehr, wohin wir fliehen könnten.

Gegen siebzehn Uhr haderte ich ein bisschen mit mir und rief dann doch Herrn Schabowski an. Mein Termin war zwar erst nächste Woche, aber mit diesem ominösen Wiener Schreiben im Nacken konnte ich nicht so lange warten.

»Herr Schabowski, ich bin's, Benz. Ich wollte fragen, ob ich spontan vorbeikommen könnte.«

»Frau Benz, ich freue mich, von Ihnen zu hören! Wie geht es Ihnen?«

»Ja, so lala, ich wollte Ihnen rasch meine Post vorbeibringen.«

»Einen Moment, Frau Benz, ich schaue kurz in meinem Kalender nach, richtig, habe ich mich doch nicht getäuscht, Sie haben doch erst nächste Woche Ihren Termin.«

»Das ist ja das Problem, ich habe gestern so ein schreckliches Schreiben bekommen, aus Wien!«

»Aus Wien, Frau Benz?«

»Ja, ist das nicht schrecklich?«

»Nun ja, Frau Benz, aber worum geht es denn?«

»Herr Schabowski, ich bin ja für so manchen Witz zu haben, aber dass Sie sich auf meine Kosten amüsieren, das geht zu weit! Es ist von einem *Anwalt*. Von einem *Wiener Anwalt*. Verstehen Sie? Es ist einfach schrecklich.«

»Ich verstehe, Frau Benz, leider ist es mir heute nicht möglich, Sie einzuschieben, tatsächlich wartet der nächste Klient schon auf mich. Ich würde sagen, Sie legen das Wiener Schreiben erst mal ruhig zur Seite und ich schaue mir die Sache nächste Woche an, bei unserem regulären Termin, was halten Sie davon?«

»Nichts!«, rief ich. »Nichts halte ich davon, und zwar von allem zusammen! Erstens ist unser *regulärer Termin,* wie Sie das so süffisant nennen, erst am Donnerstag, also Millionen Lichtjahre entfernt, zweitens wissen Sie ganz genau, dass ich nie einen Brief *ruhig zur Seite lege,* und drittens geht es mir wahnsinnig auf den Senkel, dass Sie überhaupt noch andere Klienten haben, um deren Wohl ich mich immer herumgruppieren muss!«

Herr Schabowski lachte. »Ich muss jetzt wirklich, Frau Benz, sagen Sie, habe ich das falsch in Erinnerung, oder ist morgen nicht Ihre –«

»Jaja! Was denken Sie denn, warum ich gerade die Nerven wegschmeiße!«

»Nun, ich glaubte herauszuhören, das Wiener Schreiben bereite Ihnen einen gewissen Kummer.«

»Herr Schabowski, die Sache morgen streckt mich nieder, um mal ein Wort aus der Welt des Boxens zu bemühen, aber mit dem Wiener Schreiben bin ich ausgezählt, so ist es nämlich, das Wiener Schreiben gibt mir den Rest.«

»Jetzt muss ich aber wirklich, Frau Benz.«

»Ja, gut«, brummte ich, »grüßen Sie meinen Leidensgenossen. Sagen Sie ihm, er ist nicht allein.«

»Das mache ich, Frau Benz. Und vergessen Sie nicht: Jeder Boxer steht irgendwann wieder auf. Vielleicht mit einer zertrümmerten Nase oder diesem typischen Blumenkohlohr, aber er stemmt sich wacker in die Senkrechte.«

Dann legte er auf, und ich legte auch auf. Ich hatte noch nie jemanden mit einem Blumenkohlohr gesehen, aber ich wusste sofort, wie das aussehen musste, und mir graute ein bisschen vor mir selbst.

Ich trank abends eine weitere Flasche Rotwein und aß schon wieder keine warme Mahlzeit, dabei war das so wichtig! Ich würde am Montag den schlapp gewordenen Basilikum in den Müll schmeißen und die Tomaten in der Mittagspause bei *LuckyLily* verzehren, ohne alles, dann würde ich ein paar Müsliriegel essen, auf die die Welt nicht gewartet hatte und ich schon gar nicht, aber wenn man Hunger hat, hat man keine Wahl. Anscheinend, und darauf basierte im Grunde mein ganzer Erfolg, anscheinend hatten da draußen ziemlich viele Menschen keine Wahl. Sie alle nahmen sich vor, am Abend was Schönes zu kochen. Entweder sie schafften es nicht, was einzukaufen, oder sie waren doch wieder zu spät dran oder es war dann einfach nicht schön, weil nicht schmackhaft.

Nach zwei Kursen *Kochen für Singles* wusste ich haargenau, in welchen Mengen man einkaufen musste (Obst und Gemüse stückweise, Reis und Nudeln im Großgebinde) und welche Lebensmittel man vermeiden sollte, da sie von Einzelpersonen nicht schnell genug aufgebraucht werden konnten (feine, kalt gepresste Öle, Tomatenmark im Glas), ich war mir im Klaren darüber, dass Planung das A und O eines glücklichen Ein-Personen-Haushalts war, ich kannte alle Tricks für die, die einem stressigen Job nachgingen (vorbereiten und vorkochen, damit man unter der Woche immer was zum Aufwärmen zu Hause hatte), ich war, was die Singleküche anging, ein Profi und als Profi wusste ich eines nur zu gut: Es war nicht schön. Abends mal schön was kochen war nicht schön. Nicht für mich allein, nicht jeden Tag, es war kein Konzept, das mich überzeugte. Ich wusste, wo die ganzen *wie hausgemachten* Tiefkühlprodukte hingingen, zu mir nach Hause nämlich. Dort warteten sie im Gefrierfach darauf, dass ich sie herausnahm und in den Ofen stellte, hausgemacht eben.

6 DER POSTENGEL

Also, sage ich halt noch ein bisschen was zu Schabowski. Zwar hatte ich seit unserem Telefongespräch ständig dieses Ohr vor Augen, derart zerschlagen und wieder verheilt und vernarbt, dass es aussah wie ein prächtiger Kreuzblütler, zwar ließ er mich fast eine ganze Woche lang schmoren, bevor er sich meinen Sorgen widmete, aber ich verzieh ihm. Trotz allem nämlich war er seit vielen Jahren der ruhende Pol in meinem Leben, und, ja, so etwas wie ein Freund.

Seit ich in Berlin lebte, brachte ich die Sendungen, die mich erreichten, also um Klartext zu reden: meine ganze Post, alle zwei Wochen zu einem Fachmann, er hieß Herbert Schabowski und sah aus wie ein typischer Bürohengst, er sah genau genommen exakt so aus wie sein Namensvetter Günter Schabowski von der SED, mit feistem Gesicht und halber Brille und so, aber mein Schabowski bestritt hartnäckig, mit dem Mann verwandt zu sein. Er sah aus, wie ein Beamter aussehen musste.

Dabei war er gar kein Beamter. Er war ein Spezialist für Fälle wie mich, für Leute mit Postangst. Ich hatte ihn im Internet gefunden, er betrieb ein Unternehmen namens »PostEngel« und bot drei verschiedene Abokategorien an, Basis, Standard und Premium. Ich war Premium-Kundin, zahlte monatlich 89,90 Euro und kam damit in den Genuss des vollumfänglichen Gesamtpakets, und das bedeutete: Bearbeitung vorhandener Briefe/Dokumente (Flatrate), Gesprächstermine im

Büro (ebenfalls unbegrenzt), Amtsgänge (maximal viermal im Monat und im Umkreis von 50 km, ab 50 km mit Aufpreis) und Telefongespräche. Dazu kam die regelmäßige Aufklärung, wie man auf einen Brief zu reagieren hatte – das war bei jeder der drei Abokategorien mit dabei, und man konnte es auch nicht abbestellen. Ich hätte es gerne abbestellt. Ich hätte das Super-Premium-Abo für 99,90 bezahlt, wenn ich dafür nicht aufgeklärt würde. Aber es gab kein Super-Premium-Abo, nein, da blieb der Herbert Schabowski hart wie Kruppstahl. »Schauen Sie, Frau Benz«, sagte er jedes Mal väterlich, wenn er mich aufklärte, »es kann zwar sein, dass das nicht unbedingt von Geschäftstüchtigkeit zeugt, aber ich kann Ihnen gar nicht sagen, wie glücklich es mich macht, wenn ein Kunde irgendwann sein Abo kündigt. Ich habe ja selbst keine Kinder, aber so muss es sich anfühlen, wenn die eigenen Sprösslinge flügge werden – eine Mischung aus Stolz, Zuversicht, Sorge und Wehmut.«

»Herr Schabowski«, sagte ich dann immer (ich liebte seinen Namen, ich ließ keine Gelegenheit verstreichen, ihn auszusprechen – das war eigentlich so ein Trick von Leuten, die dir was verkaufen wollten, sie merkten sich sofort deinen Namen und erwähnten ihn über Gebühr häufig, dadurch entstand das irrige Gefühl von Vertrautheit), »Herr Schabowski«, sagte ich dann immer, »und wenn alle Sie im Stich lassen, ich bleibe Ihnen treu.«

Und dabei hatte Herr Schabowski in seiner Diele eine nicht ganz kleine Petersburger Hängung von lauter Ölbildern in Birnholzrahmen, die ehemalige Klienten zeigten, die seine Dienste nicht mehr brauchten.

Klar, die Aussicht, niemals im Birnholz und in Öl in der Diele unter diesen ganzen Helden zu hängen, wurmte mich manchmal, aber niemals so, dass ich in Versuchung gekommen wäre, meine Briefe selbst zu öffnen.

Herr Schabowski übrigens, das fällt mir jetzt, wo ich so darüber nachdenke, auf, Herr Schabowski sagte übrigens auch sehr häufig »Frau Benz«, wenn er sich mit mir unterhielt – klar, er war eben auch ein Profi und wollte was verkaufen, nämlich seine Basis-, Standard- und Premium-Abos. Wenn Herr Schabowski und ich uns unterhielten, war es wie ein Wettkampf der Werbeprofis, er sagte dauernd »Frau Benz«, ich sagte dauernd »Herr Schabowski«.

Dass ich mit dem Problem der Postangst nicht alleine dastand, beflügelte mich, dass es aber doch nicht so viele von uns gab, dass man dafür ein Fremdwort erfunden hätte, enttäuschte mich wiederum. Für jeden Blödsinn gab es ein Fremdwort, für jede dümmste Angst hielt das Griechische was Schönes parat, es gab die Halitophobie, die Angst vor Mundgeruch, es gab die Spektrophobie, die Angst vor dem eigenen Spiegelbild, und die Tetraphobie, die Angst vor der Zahl vier, und diverse andere ungeschickte Ängste, aber die Postangst hatte keine Gnade gefunden vor der griechischen Phobiejury, die Postangst war vielleicht ein deutsches Phänomen.

»Die Griechen leiden vermutlich unter einer schlimmen Germanophobie!«, sagte ich zu meinem Spezialisten, in der Hoffnung, in den Griechen irgendwie einen gemeinsamen Feind zu haben, aber er war ein Paragrafenreiter und Kleinkrämer. »Postangst«, sagte Herr Schabowski, während ich in seinem Büro herumsaß und seinen Filterkaffee trank und meine Zigaretten mit ihm teilte, »ist streng genommen keine Krankheit.«

Ich war gern bei Herrn Schabowski. Ich kam immer pünktlich zu den Gesprächsterminen, aber ich hatte ihm schon ganz zu Anfang klipp und klar gesagt, dass ich nur, wenn es absolut unbedingt notwendig wäre, über Geschäftliches mit ihm reden würde, nur, wenn er mit der vollumfänglichen generellen Generalvollmacht, die ich ihm für sämtliche postalische Belange ausgestellt hatte, wirklich nicht mehr weiterkam und ich mich zu irgendeinem Schrieb persönlich äußern musste.

Stattdessen sprach ich mit Herrn Schabowski über Gott und die Welt, und ich muss sagen, ich fühlte mich danach immer viel besser. Es half mir nicht in Bezug auf die Postangst, aber, davon war ich fest überzeugt, es half mir in Bezug auf alles andere.

Herrn Schabowski aber bekümmerten meine mangelnden Fortschritte. Für Herrn Schabowski war das Briefeöffnen ein erholsames Hobby, seine eigene Post bearbeitete er beispielsweise gerne in der Mittagspause. Herr Schabowski hätte gerne, wie alle Leute, die enthusiastisch einem Hobby nachgingen, die ungeheure Schönheit dieses Zeitvertreibs mit mir geteilt, in Herrn Schabowskis liebsten Fantasien saß er vermutlich mit seinen Klienten in seinem Büro, sie öffneten gut gelaunt die Post und lasen sich die schönsten Auswüchse des gemeinen Bürokratendeutschs vor, nur unterbrochen von fröhlichem Lachen und dem zufriedenen Schlürfen am Filterkaffee.

Es gab in der Zwischenzeit eigentlich fast keinen Bereich meines Lebens mehr, über den Herr Schabowski nicht umfassend informiert war. Ich sprach über meine Unzufriedenheit in meinem Job, ich sprach über meine diversen neuen Ängste, seit ich regelmäßig die Zeitung las, und er wusste über fast alle Beziehungsdebakel meiner Vergangenheit bestens Bescheid, ja, Herr Schabowski wusste sogar von dem Dings, dem Familiendings, und er, der Dahlemer Spießer vom Dienst mit seinen Melittafiltern und dem Dallmayr-Prodomo-Kaffee, hatte nicht skeptisch das Gesicht verzogen, als ich ihm von dem fragwürdigen Geburtstagsgeschenk erzählt hatte, nein, er hatte gemeint, der Mensch sei ja von Natur aus neugierig, nur jemand, der sehr, sehr unsicher sei, nur ein Angsthase würde das Neue fürchten, jeder andere könne es freudvoll ausprobieren.

»Herr Schabowski, ich bin ein Angsthase.«

»Das glaube ich nicht.«

»Sparen Sie sich Ihre Witze. Hören Sie, ich habe eine brutale Angst, meine Post zu öffnen. Ich habe Angst vor einer neuen Naziära. Ich habe Angst, dass es nie wieder Winter wird und die Klimakatastrophe das Leben beendet, wie wir es kennen, ich habe Angst, in meinem blöden Werbejob zu vergammeln, ich habe Angst vor allerlei Krankheiten, zum Beispiel vor diesem schlimmen Schnupfen, der in der Firma gerade umgeht und –«

»Frau Benz, ich würde sagen, das alles sind reine Stellvertreterkriege.«

»Ist das ein Begriff aus dem Kalten Krieg? Herr Schabowski, ich weiß, ich sehe aus wie hundert, aber ich bin damals wirklich nicht dabei gewesen, ich weiß nicht, was das sein soll, ein Stellvertreterkrieg.«

»Nun«, er holte die Kanne aus seiner Krups-Maschine und schenkte uns behaglich Kaffee nach, »da Sie schon vom Kalten Krieg sprechen, damals standen sich die USA und ihre Verbündeten auf der einen Seite und die Sowjetunion und ihre Verbündeten auf der anderen Seite gegenüber. Ihre ideologischen Differenzen haben sie aber, aus Angst vor einer Eskalation, die in einem Atomkrieg hätte enden können, in vergleichsweise kleinen Drittstaaten ausgetragen, beispielsweise in Korea und Vietnam. Der Sieg über diese Länder war nicht wirtschaftlich interessant, nur ideologisch. Es waren Stellvertreterkriege. Mächtige Staaten neigen dazu, weniger mächtige Länder für ihre Zwecke zu missbrauchen.«

Herr Schabowski förderte aus seiner Schreibtischschublade eine Packung Toffifee zutage und wir langten einträchtig zu. Sein Schreibtisch war ganz Stasibehörde, in diesem fahlen Beige, ausnehmend hässlich, und immer thronte ein Usambaraveilchen oder ein anderes trauriges Gewächs neben seinem Computerbildschirm. Auch der Rest des Büros erinnerte an ein vergessenes Amt in Rumänien, nacktes Linoleum auf dem Boden, angestoßene Aktenschränke an den Wänden, auf einem stand ein Gratiskalender von *dm*, jeden Monat priesen die Bilder attraktive Produkte an, und an einer anderen Wand hingen drei Urkunden von Wettkämpfen – Herr Schabowski hatte sich früher einmal im Eisstockschießen versucht.

»Herr Schabowski, nur damit ich Sie jetzt nicht missverstehe, ich habe mit Metaphern immer so meine Probleme und verheddere mich dann heillos in den verbalen Wirrungen, ohne zu kapieren, worum es eigentlich geht, also, wenn ich Sie richtig verstehe, sollte mir das Erstarken der Höckes und die Klimakatastrophe keine Sorgen bereiten.«

»Oh doch, natürlich sollte es das. Aber es sollte Ihnen keine Angst machen. Angst ist ein schlechter Ratgeber. Wenn die Angst zu groß wird, können wir nicht mehr handeln – Sie sehen das ja sehr schön an Ihrer Postangst. Ihre Angst, schlechte Nachrichten zu erhalten, ist so riesig, dass sie Sie handlungsunfähig macht, Fazit –«

»Ich öffne meine Briefe nicht.«

»Ja. Sie öffnen Ihre Briefe nicht. Ich öffne Ihre Briefe.«

»Weil Sie mein Stellvertreter sind.«

Herr Schabowski lachte. »Tja, so habe ich das zwar nicht gemeint, aber auch das ist natürlich richtig. Also: Warum sitzt eine junge, kluge und witzige Frau regelmäßig hier in meinem Büro und unterhält sich mit mir altem Knacker, anstatt sich mit ihresgleichen zu vergnügen?«

»Herr Schabowski, erstens bin ich schon längst nicht mehr jung – ich würde übrigens sagen, ich war schon mit zwanzig frühvergreist –, zweitens bin ich kein bisschen klug – von Wittgenstein beispielsweise habe ich nicht einmal zwei lächerliche Sätze über die Kunst verstanden, aber darauf müssen wir jetzt nicht eingehen –, ich bin übrigens auch gar nicht so witzig, das wirkt nur so, weil alle immer denken, das wäre bei mir alles ironisch, vor allem aber, und das ist der zentrale Punkt, vor allem haben Sie in Ihrer Aneinanderreihung von netten Adjektiven etwas ausgelassen.«

»Das da wäre?«

»Sie hätten sagen müssen, junge, kluge, witzige *und hübsche* Frau. Sie hatten vermutlich gehofft, es würde mir nicht auffallen, aber glauben Sie mir, Herr Schabowski, für so was habe ich ein Ohr.«

»Frau Benz, ich glaube, auch das ist wieder einer Ihrer Stellvertreterkriege. Sie steigern sich derart in diese Nichtigkeit –«

»Nichtigkeit! Das ist doch keine Nichtigkeit! Schönheit ist das Wichtigste auf der Welt!«

»Unsinn, Sie bauschen das auf, um sich in Ihrem Selbstmitleid zu suhlen.«

»Ich! Ich mich suhlen! Also! Sie bestreiten ja kein bisschen, dass ich nicht schön bin!«

»Nein, das bestreite ich nicht.«

»Sehen Sie! Sehen Sie!«

»Frau Benz, es ist kindisch, etwas zu bestreiten, wenn die Fakten auf der Hand liegen. Es ist zum Beispiel sinnlos zu sagen, die Wale stürben nicht aus, wenn die Walforscher zu dem Schluss kommen, dass es so ist. Das zu leugnen wäre im besten Fall Schönrederei und führte im schlimmsten Fall dazu, dass nichts unternommen wird.«

»Und was haben die Wale bitte mit mir zu tun?« Ich dachte

kurz an meine eigene Vision von mir als gestrandeter Wal, an den WWF, aber davon konnte Herr Schabowski nichts wissen.

»Sie sind keine schöne Frau, das stimmt, zumindest nicht im klassischen Sinn.«

Ich lachte auf. »Herr Schabowski, kommen Sie mir jetzt nicht mit der Schönheit, die von innen kommt, okay?«

»Nennen Sie es, wie Sie wollen, ich meine nur, Sie sollten aufhören, sich so darauf zu fokussieren. Nein, Sie sind keine klassisch schöne Frau. Finden Sie sich damit ab und heulen Sie nicht rum. Genießen Sie Ihren starken, jungen Körper, erfreuen Sie sich an dem, was da ist, anstatt immerzu das zu beklagen, was Ihnen fehlt.«

»Sie haben leicht reden.«

»Vielleicht. Vielleicht auch nicht.«

Ich drückte meine Mohawk Red aus *(Spiritualität und Naturnähe)* und holte mir gleich eine weitere aus der Packung, Herr Schabowski gab mir Feuer und zündete sich selbst eine an.

»Frau Benz, tun Sie in vernünftigem Ausmaß alles, was Sie können gegen einen neuen Nazistaat, und kümmern Sie sich nach bestem Gewissen um Ihren CO_2-Fußabdruck und schlucken Sie vier Gramm Vitamin C am Tag, dann müssen Sie nicht mal Angst vor einem Schnupfen haben, aber hören Sie auf, ständig derart manisch um diese Probleme zu kreisen, damit lenken Sie doch nur ab.«

»Und wovon bitte, Mister Superchecker?«

»Von Ihren eigentlichen Konflikten.«

»Die da wären?«

»Ich weiß es nicht.«

»Na toll.«

»Gehen Sie doch einfach zu dieser Familiensache, die Ihre

Schwester Ihnen geschenkt hat. Im schlimmsten Fall ist es ein vergeudetes Wochenende, im besten Fall finden Sie etwas heraus.«

Ich drückte die Zigarette aus, stand auf und er folgte mir in die Diele. Während ich mir den Mantel anzog und die Heldenporträts betrachtete, sagte ich: »Also gut, Herr Schabowski. Ich werde es tun. Ich werde hingehen.«

Er reichte mir die Hand zum Abschied. »Eine gute Entscheidung.«

»Aber nur«, ich hielt seine Hand fest, bevor er sie zurückziehen konnte, »nur, wenn Sie auch etwas machen, wovor Sie Angst haben.«

Herr Schabowski lachte. »Und was könnte das sein?«

»Was weiß ich? Denken Sie mal schön darüber nach. Aber nicht schummeln! Sie dürfen mich nicht anschwindeln, also nicht etwa behaupten, Sie hätten Angst vor einer Fahrt mit dem Heißluftballon, und dabei waren Sie bislang einfach nur zu faul, eine zu buchen.«

Er überlegte kurz, dann nickte er. »Abgemacht«, sagte er.

Ich dachte nach und schüttelte versonnen weiter seine mächtige Schabowski-Hand. »Vier Gramm Vitamin C, sagen Sie? Nehmen Sie das auch?«

»Ich? Nein, ich doch nicht, ich fürchte ja auch keinen Schnupfen. Aber wenn es so wäre, würde ich es nehmen.«

»Vier Gramm – ist das nicht ein bisschen viel?«

»Frau Benz, vertrauen Sie mir?«

Ich betrachtete jetzt sein breites Gesicht, die voluminösen Brauen, die buschig seine Augen beschirmten, so uhumäßig, wie weiland beim Finanzminister Theo Waigel, und ich dachte, ich vertraue ja nicht vielen Leuten, aber dem Schabowski, dem vertraue ich blind.

»Klar«, sagte ich.

»Dann kaufen Sie sich jetzt eine große Packung Vitamin-C-Tabletten und ich verspreche, Sie kommen gesund durch den Winter.«

Ich setzte meine Mütze auf und wickelte mich in meinen Schal. »Herr Schabowski, den Winter schaffe ich, hoffe ich zumindest, die Frage ist, komme ich damit auch gesund durchs Leben?«

Er zögerte, aber nur kurz, dann lächelte er. »Ich glaube, das werden Sie.«

Tja, was soll ich sagen? Ich ging zur Familienaufstellung und Herr Schabowski machte auch etwas, wovor er Angst hatte.

7 DAS QUANTENFELD

Die Familienaufstellung? Jesus, es war eine dieser Glanzideen meiner nervigen Schwester Sybille, ein Geburtstagsgeschenk.

Warum? Das fragte ich mich auch. Leute mit Problemen brauchten Familienaufstellungen; hatte ich vielleicht Probleme? Lächerlich.

Ich wollte das Geschenk eintauschen, gegen etwas weniger Problematisches, zum Beispiel eine Jahresflatrate bei meinem Lieblingsimbiss *Zum Bob*, regelmäßige Weinlieferungen nach Hause oder – keine Ahnung, irgendwas Nettes halt, etwas, das mein Leben schöner machte, und zwar mit so prompter Wirkung wie eine Schale Currywurst oder ein Glas Chardonnay. Aber nein, nichts wurde eingetauscht, Sybille schaltete in den Modus »heiterer Starrsinn«, der mich immer schon auf die Palme gebracht hatte.

Was eine Familienaufstellung ist? Gute Frage. Ich stellte sie auch Schwester Sybille und wenn ich das richtig verstand, sollten wir da unsere Familien abbilden, und zwar mithilfe der anderen Gruppenmitglieder, den sogenannten Stellvertretern.

»Was soll das heißen?« Es war eine Woche vor besagter Veranstaltung, ich war bei meiner Schwester, um ihr die Sache aus- und die Weinlieferungen einzureden, und nun lag ich matt auf Sybilles Sofagarnitur und schaute ihr dabei zu, wie sie die festen grünen Blätter ihrer Pflanzen liebevoll mit Kokosöl einrieb. Seit dem Gespräch mit Herrn Schabowski über den Kalten Krieg dachte ich bei dem Wort »Stellvertreter« automatisch an eine stattliche Anzahl Panzerfahrzeuge, die an der Grenze aufgefahren wurden.

»Na ja, deine Familie ist ja nicht persönlich anwesend, und anstelle von deinen echten Familienmitgliedern stellst du die anderen Teilnehmer als Stellvertreter auf, jemanden für den Don, jemanden für unsere Mutter und auch jemanden anstelle von dir selber.«

»Aber wohin stell ich sie?«

»Dahin, wo es dir richtig erscheint.«

»Also vollkommen wahllos. Ich könnte sie auch woanders hinstellen.«

»Nein«, Sybille kratzte einen weiteren Batzen Kokosöl aus dem großen Einmachglas und wandte sich ihrem Gummibaum zu. »Du stellst sie an einen Ort. Du triffst eine Entscheidung.«

»Meinetwegen. Ich treffe also eine vollkommen willkürliche Entscheidung, im nächsten Moment würde ich eine andere, ebenfalls völlig willkürliche Entscheidung treffen. Und was soll das bringen?«

»Die Stellvertreter sagen dir, was sie an diesen Positionen spüren.«

»Was interessieren mich denn die Gefühle von einem Stellvertreter?«

»Sie fühlen in dem Moment das, was deine Familienmitglieder fühlen würden.«

»Wie in aller Welt soll das gehen? Das kann doch nicht funktionieren!«

Sybille zuckte die Achseln, sanft polierte sie weiter ihre Gummibaumblätter. »Das weiß niemand so genau. Morphische Resonanz, Quantenfelder.«

»Morphische Resonanz und Quantenfelder?«

»Physiker sprechen von einem Quantenfeld, in dem alles miteinander verbunden ist und alles mit allem kommunizieren kann. Und der Begriff *morphische Resonanz* stammt von einem Biologen, Sheldrake heißt er, glaub ich. Morphische Felder können Informationen registrieren. Sie verfügen über eine Art von Gedächtnis und sind weitgehend unabhängig von Zeit und Raum. Morphische Felder sind so real wie Gravitationsfelder oder Magnetfelder – du würdest die Gravitationskraft ja auch nicht anzweifeln, oder doch?«

»Das klingt vollkommen dubios.«

»Charly, das sind nicht die Ideen von irgendwelchen durchgeknallten Irren. Sondern von Physikern und Biologen. Du traust doch einem Biologen, nicht wahr?«

»Da bin ich mir gerade nicht mehr so sicher.«

»Du bist schlimmer als ein hundsgewöhnlicher Kreationist, der denkt, die Abstammung vom Affen wäre böses Lügenwerk. Tatsache ist, es funktioniert.«

»Wie willst du das beweisen?«

»Studien.«

»Bitte! Studien! Mit Studien kann man alles belegen oder widerlegen, Stichwort Fahrradhelm: Keine Studie kann beweisen, das Tragen von Fahrradhelmen sorge für weniger Tote, zum Beispiel ist es so, dass Autofahrer weniger Rücksicht nehmen, wenn sie sehen, du trägst einen Fahrradhelm, und schon haben sie dich umgenietet, wo sie dich, helmlos und verwundbar, ansonsten vorsichtig umrundet hätten. Studien sind für die Katz.«

»Charly, es sind seriöse wissenschaftliche Studien, zum Teil mit Tausenden von Probanden. Das Phänomen der repräsentierenden Wahrnehmung ist belegt, niemand ficht das noch an.«

»Was heißt das, repräsentierende Wahrnehmung?«

»Die Probanden beschreiben in bestimmten Konstellationen, in denen sie aufgestellt werden, eine ähnliche Wahrnehmung. Das heißt für die Studie ganz praktisch: Es gibt eine Familie, die durch verschiedene Gruppen unabhängig voneinander nachgestellt wird, und dennoch erleben sie die gleichen Gefühle.«

»Für mich klingt das nach esoterischem Klimbim, wieso sollte ich mir das antun?«

»Biologen, Physiker. Mit Esoterik hat das nichts zu tun.«

»Noch einmal: Wieso sollte ich mir das antun?«

»Weil es dir nicht gut geht.«

Ich überlegte kurz, ob ich das jemals gesagt hatte, es kam mir nun, wo ich zur Familienaufstellung gehen sollte, höchst unwahrscheinlich vor, war ich nicht immer leicht und luftig über alle Schwierigkeiten hinweggetänzelt? Gut, ein-, zweimal hatte ich mich vielleicht vor Herrn Schabwoski über die eine oder andere Sache beschwert, vielleicht auch vor Sybille, aber musste man mir das derart aufs Brot schmieren?

»Das habe ich so nie gesagt.«

»Also geht es dir gut?«

»Zumindest geht es mir nicht schlecht.«

»Das ist schön zu hören.«

»Also nicht ganz schlecht.«

»Ich habe das also falsch eingeschätzt. Dein ewiges Gejammer, deine Klagen, deine latente Unzufriedenheit, ich dachte ehrlich, dir gehe es nicht so gut.«

»Was denn für Gejammer! Ich jammere nicht!«

»Du bist allein, nein, du bist einsam, hast keinen Freund und auch keine Freunde, das Volumen deines Busens bewegt sich im nicht sichtbaren Bereich, Körbchengröße minus A, deine Haare sind zu dünn, du arbeitest zu viel und vor allem das Falsche, du hast keine Kinder und wartest quasi tagtäglich auf eine schwere Krankheit, die dich irgendwann heimsucht, du traust dich nicht, deine Post zu öffnen, und zahlst jeden Monat ein Heidengeld dafür, dass das jemand für dich –«

»Ja, danke, *jetzt* geht es mir schlecht.«

»Alles deine Worte.«

»Ja von mir aus! Mir geht's halt nicht so gut.«

»Eben. Darum wollte ich dir ja helfen.«

»Dir würde es auch nicht gut gehen, wenn du meine Probleme hättest! Du hast ja leicht reden! Sitzt hier in deinem tollen Altbau, Blick auf den Wannsee, dein Mann gehört zu der vom Aussterben bedrohten Art der tollen Männer, du hast diese sündteuren Rassehunde, du hast dein eigenes verdammtes Unternehmen, du hast sogar Pflanzen! Die du *einölst!* Du hast also offensichtlich auch noch viel zu viel freie Zeit, *mit Kokosöl!* Ich öl nicht mal mich selber ein. Ich habe übrigens eine Haut wie Schmirgelpapier, es ist grausig. Du sitzt hier gemütlich mit deinen locker hundert Haaren mehr pro Quadratzentimeter und erfreust dich deiner herrlichen Oberweite. Noch dazu hast du die Konstitution von einem Nilpferd.«

»Was hat denn ein Nilpferd für eine Konstitution?«

»Ein Nilpferd ist immer gesund.«

»Sagt unsere Tierexpertin Charly Benz.«

»Nein, eben nicht. Ich bin keine Tierexpertin. Ich bin für gar nichts Expertin. Ich habe von nichts eine Ahnung, nicht mal von Nilpferden, ich weiß nicht, wie es ihnen geht. Ich gehe praktisch bald in Rente –«

»Charly, du bist gerade mal dreiundvierzig.«

»Ja, bald geh ich in Rente und habe nichts vorzuweisen. Mein Privatleben: ein Desaster. Mein Job: vollkommen überflüssig. Fachwissen in irgendwas: null. Philosophie, Theologie, alles habe ich studiert, nichts habe ich verstanden. Alle loben Wittgenstein und Ingeborg Bachmann, doch ich denke: Es traut sich einfach keiner zu sagen, dass Wittgenstein und Bachmann furchtbare Irrtümer sind, langweiliger Bockmist. Ich traue mich das auch nicht, aber ich finde es. Dazu ein Aussehen wie eine demolierte Giraffe mit schlechter Konstitution.«

»Ich sage doch, du jammerst die ganze Zeit.«

»Weil es mir schlecht geht! Verdammt noch mal!«

»Schön. Darum besuchst du ja auch diese Familienaufstellung.«

»Und wenn es mir danach noch schlechter geht, was dann?«

»Geht das denn? Noch schlechter? Einsam, ausgebrannt, verbittert, verängstigt, dumm, frustriert und hässlich? Was soll da noch kommen?«

Ich lag auf Sybilles Sofa wie der gestrandete Wal, der ich war. Ich schaute hinaus auf den Garten, der in sanftem Schwung hinunter zum Kleinen Wannsee führte. Ein blaues Ruderboot schaukelte im Wasser. Georg, das wahrscheinlich letzte Exemplar der tollen Männer und mein Schwager, mähte gerade mit einem Handrasenmäher das Gras, ruhig und kraftvoll schob er das Gerät vor sich her und unterhielt sich nebenbei mit den beiden Hunden, die, lerneifrigen Gartenlehrlingen gleich, neben ihm herliefen. Immer wieder hielten sie inne, er sagte irgendwas besonders Wichtiges zu ihnen, sie himmelten ihn an. Dann mähten sie weiter. Nein, dachte ich, bitte nicht.

Nicht noch schlechter. Das hier ist der tote Punkt. Körbchengröße minus A auf jeder Linie. Es kann, es soll, es darf nur noch aufwärtsgehen. Bitte.

»Wir sollten über den Don reden«, sagte Sybille in meine düsteren Gedanken hinein.

»Über den Don?! Wieso denn das jetzt?«

»Liebchen, es ist wichtig, über diese Dinge zu reden, es bringt nichts, sie zu verdrängen oder so zu tun, als berühre es einen nicht.«

Draußen im Garten hatte Georg seinen Rasenmäher abgestellt und begonnen, die Sträucher hochzubinden, brav schauten die Hunde dabei zu, anscheinend voll guten Willens, es das nächste Mal selbst zu übernehmen. »Sybille, ich habe keine Ahnung, wovon du redest, aber glaub mir, egal was es ist, ich verdränge es. Noch mehr packe ich einfach gerade nicht.«

»Aber –«

Ich schloss die Augen. »Nein«, sagte ich, »ein andermal. Wirklich.«

8 WIE ALLES INS ROLLEN KAM

Nur noch mal fürs Protokoll: Der Tag, an dem der Brief ankam, war ein Donnerstag, den Abend verbrachte ich alleine zechend an meinem Küchentisch, den Freitag im Bett, dann wollte ich Schabowski meine Post bringen, der aber hatte keine Zeit, dann ging ich halt zum Späti um die Ecke, ließ mich von den Verkäufern dort verachten.

Ich musste ein bisschen warten, der Verkäufer führte gerade ein wichtiges Gespräch am Telefon, er durfte nicht gestört werden. Ich betrachtete ihn heimlich – die ständig wechselnden Mitarbeiter dieses Shops sahen haargenau aus wie die vielen Hamadys aus *4 Blocks*, eine Serie, die ich mir immer nur hinter meinem Sofa hervorspähend anschauen konnte, viel zu aufregend. Ich hatte die Mitarbeiter im Verdacht, einem dieser gefährlichen Araberclans anzugehören, den Al-Zeins oder den Remmos oder wie sie alle hießen, die wahllos Casinos, Sparkassen und das KaDeWe ausraubten und diese riesige Goldmünze aus dem Bode-Museum gerollt hatten, der Späti war nur eine Kulisse für die wirklichen Geschäfte, die der aktuelle Kandidat gerade am Telefonapparat besprach. Sie alle trugen das Haar raspelkurz geschnitten und hatten Muckis an jedem blöden Quadratzentimeter ihres geölten Leibs. Wenn sie mir Snickers und Wulle verkauften oder Klopapier und Fladenbrote, guckten sie immer knapp an mir vorbei.

Mitunter, wenn ich sonst niemanden hatte, mit dem ich mich unterhalten könnte, verwickelte ich einen der Späti-Hamadys in ein Gespräch, zum Beispiel letztes Jahr, als ich zu Weihnachten Chräbeli backen wollte. Ich dachte mir, man sollte niemanden vorverurteilen; auch, wenn er dich mit seinem Arm knacken könnte wie eine Nuss, hieß das noch lange nicht, dass er es auch tat.

Kennt jemand Chräbeli? Macht nichts. Der Verkäufer kannte Chräbeli auch nicht. Ich fing so an:

»Hallo!«

Schweigen, Blick schräg an mir vorbei, Verachtung.

»Ja, also, ich wollte Chräbeli backen.«

Null Reaktion hinter dem Tresen.

»Kennst du Chräbeli?« Ich duzte die Verkäufer immer, weil ich festgestellt hatte, dass sie mich auch alle duzten. Ganz am Anfang hatte ich gedacht, sie duzten mich aus Freundschaft, aber dann hatte ich schnell gemerkt, sie duzten mich aus Verachtung. Ich wiederum duzte sie dann aus Gründen der Fairness, die Bodybuilder waren, so wie es aussah, alle deutlich jünger als ich, ich hätte also zuerst duzen müssen, aber so musste ich ihnen hinterherduzen.

»Nein, ich kenne nicht *Chräbeli*«, sagte er.

»Macht nichts, das ist sehr schweizerisch, weißt du, ein sehr schweizerisches Gebäck. Chräbeli. Das kennt hier niemand.«

»Was willst du, Mann?« Er fing an, mit dieser vielen Kraft auf seinem Smartphone herumzudrücken und mit einem unfassbaren Tempo, das ich bei der jüngeren Generation immer schon vorbehaltlos bewundert habe, Nachrichten zu verschicken.

»Tja, es ist folgendermaßen, ich wollte Chräbeli backen, Weihnachtsbäckerei und so, und da ist Kirschwasser drin.«

»Und jetzt.«

»Habt ihr Kirschwasser im Sortiment?«

»Nee.«

»Aha. Das ist natürlich schlecht. Was nehme ich denn da stattdessen?«

»Mir egal.«

»Kannst du mir irgendwas empfehlen?«

»Mann, was soll das sein, Kirschwasser?!«

»Na, aus Kirschen, ein Schnaps.«

»Nimm Schnaps.«

»Irgendeinen?«

Er zuckte die Schultern und whatsappte fleißig weiter.

»Was habt ihr denn so für Schnaps?«

Ohne den Blick von seinem Gerät zu heben, deutete er auf das Regal hinter sich, diverse Alkoholika tummelten sich darauf, es war natürlich unmöglich, eine Auswahl zu treffen.

»Ach herrje, was nehme ich denn da?«

Der Verkäufer legte jetzt sein Handy weg und verschränkte die Arme vor der prallen Brust, demonstrativ schaute er an mir vorbei in die Tiefkühltruhe.

»Vielleicht einen Wodka?«, sagte ich zögernd, irgendwie sah ich das russische Element in den Chräbelis nicht.

Er zuckte die Schultern.

»Rum?« Ich wartete, nichts. »Oder ist das zu exotisch? Ich meine, das ist ja eine Schweizer Spezialität, Chräbeli. Vielleicht ist Rum zu karibisch, weißt du?«

Wir schwiegen wieder. Ich hatte meine Brille nicht auf, drum konnte ich die vielen bunten Etiketten nicht lesen, ich musste also in meinem Spirituosengedächtnis kramen. »Was hältst du von Arak?«

»Kenne ich Arak?! Seh ich aus wie ein Palästinenser, oder was!«

»Nein! Auf keinen Fall! Das wollte ich auf keinen Fall-«

»Ich trinke überhaupt keinen Alkohol, klar?«

»Klar!«

»Ich bin Muslim, verstehst du? Kein Alkohol!«

»Alles klar, ja du, weißt du was, dann nehme ich einen Korn. Korn ist sehr berlinerisch, nicht wahr?«

Er knallte eine Flasche Korn auf den Tresen.

Ich legte einen Geldschein daneben und packte die Flasche in meinen Rucksack. »Ich meine, jeder Penner hier trinkt Korn, oder? Es ist sozusagen ein Berliner Nationalgetränk.«

Die Bizeps spannten sich unter seinem engen Shirt und er warf mir das Rückgeld hin. »Selber Penner«, sagte er.

Na ja, so viel zu meinem Späti um die Ecke. Sie mögen mich dort nicht besonders, aber manchmal ist eine schwierige Unterhaltung besser als keine Unterhaltung. Ich kehrte also an besagtem Abend mit einer schönen Flasche Wein zurück und zechte weiter, und ich wachte am Samstag auf, wie ich am Freitag aufgewacht war, mir war schon wieder so sterbenselend zumute. Entgegen meiner globalen wie privaten Wetterprognose (ewige Düsternis) hatte sich der Regen wieder verzogen und die Sonne schien. Ich war eine Frau im Winter meines Lebens und draußen strahlte die Sonne vom Himmel, dabei war der Sommer längst vorbei.

»Jesus«, murmelte ich, während ich mich beim Zähneputzen im Spiegel betrachtete, ich sah aus wie ein schlapper Strauß Basilikum, den niemand mehr verkochen wollte. Ich duschte kurz, schlüpfte in meine Klamotten und schaute auf die Uhr, ich fluchte leise, es würde sich nicht einmal mehr ein Kaffee ausgehen, geschweige denn ein verkohltes Croissant, ich steckte mir zwei revolutionäre Müsliriegel in die Tasche und als ich die Treppen hinunterrannte, band ich mir die Haare zu einem schlampigen Dutt. Während ich meine traurigen Strähnen irgendwie zusammennudelte, dachte ich zum hundertsten Mal, ich sollte mir endlich eines von diesen YouTube-Tutorials zum Thema Dutt anschauen, schließlich hatten von zwölf Jahren aufwärts sämtliche Mädchen einen Dutt, sogar Männer trugen jetzt Dutt, sie nannten es *Bun, Man bun,* aber es war natürlich einfach ein Dutt, und es konnte nicht sein, dass jeder dahergelaufene Bartträger und jede picklige Pubertierende das besser hinkriegte als ich.

Ich steckte mir eine Mohawk an und schwang mich auf mein Fahrrad und radelte los, ich fühlte das kurze, heftige Glück des Radlers, der Wind im zausen Haar, die Sonne im Gesicht, der Rausch der Geschwindigkeit, die Zigarette mit ihrer herrlichen Spiritualität und Naturnähe der Indianer. Als ich am Tiergarten angekommen war, wusste ich wieder, warum ich seit Wochen nicht mehr Fahrrad fuhr, es war nämlich kaputt. Ich stieg ab, die Kette war schon wieder abgesprungen, ich schob es hastig durch den Park, und als ich völlig außer Atem den Gutschein hervorzog, um sicherzugehen, dass ich vor dem richtigen Haus stand, stellte ich fest, dass ich eine Stunde zu früh war.

Ich war eigentlich kein besonders esoterischer Mensch. Ich machte noch nicht mal Yoga, dabei galt Yoga heutzutage ja gar nicht mehr als esoterisch. Jeder Mensch hatte seinen ganz bestimmten Platz auf der Esoterikskala. Ich war ungefähr bei eins oder zwei, den Nullerschnitt versaute ich mir, weil ich meine Haare nur im Zeichen des Löwen schnitt. Ich hatte das Gefühl, sie wüchsen dann einfach schneller und auch irgendwie dicker, und bei meinem Haar konnte ich auf keinen noch so fragwürdigen Trick verzichten, Schnittlauch tolles Gewächs dagegen.

Ich hatte bis zu besagtem Wochenende also weder jemals Yoga gemacht noch mich akkupunktieren lassen, und ich rannte auch nicht wegen jedem Quatsch zu meinem Reikimeister, um mich mit ihm stundenlang zu beraten. Wenn ich Kopfschmerzen hatte, nahm ich Paracetamol und wartete, bis es wirkte. Es wirkte immer. Mehr gab es dazu eigentlich nicht zu sagen.

An jedem Unsinn, dem ich in meinem Leben nachging, war eigentlich immer Sybille schuld. Sybille schenkte mir lauter Sachen in dem Stil, eine Zehnerkarte für Moorpackungen, nach denen ich jeweils tagelang nach Fisch roch, den Besuch einer Räuchertante, die meine Bude mit Salbei und Weihrauch behandelte, woraufhin der Rauchmelder anging, ich nicht wusste, wie ich ihn ausschalten sollte und eine Viertelstunde später mit viel Tatütata die Feuerwehr vor dem Haus aufkreuzte und so weiter. Sicher, ich hätte mir diesen ganzen Unfug auch schenken und die Gutscheine verfallen lassen können, aber ich war der Typ Frau, der beim All-you-can-eat-Event so viel aß, wie er konnte, auch, wenn er gar keinen Hunger hatte. Sybille wusste das natürlich.

Das Geburtstagsgeschenk, also die Familienaufstellung, fand in den Räumen einer Praxisgemeinschaft statt, laut Schild werkelten hier unter der Woche ein Johannes Wiedemann, Psychoanalytiker, ein Familien- und Paartherapeut namens Bastian Orlik und eine Barbara Busen, ebenfalls Psychoanalytikerin, an den demolierten Seelen ihrer Mitbürger. Natürlich hatten sie alle keinen Doktortitel.

Ich riss die Packung meines Müsliriegels auf, *Berry and Mint,* er schmeckte exakt wie das Pflanzenzahngel von Weleda, das ich nach der ersten Benutzung weggeschmissen hatte, und kauend las ich noch mal sehr langsam das Schild, Barbara Busen. Herrje, konnte es einen unglücklicheren Namen geben für eine Analytikerin? Petra Pimmel vielleicht, Wilma Wollust? So viel verstand sogar ich von Freud, um sagen zu können, dass man bei so einem Namen seines Analytikers die eigene Genesungshoffnung in die Tonne schmeißen konnte. Wie sollte denn unter solchen Umständen das enthemmte, oder wie hieß das, das unzensierte Sprechen möglich sein? Hinter einem saß ja Barbara B.! Ich wettete, in jeder stinknormalen Analyse musste mindestens einmal im Monat über irgendeinen Busen geredet werden, und Barbara B. zögerte mit ihrer schieren Anwesenheit das Ende der Therapie bis ins Unendliche hinaus. Ich würde ja, wenn ich bankrott wäre, auch nicht eine Anwaltskanzlei namens *Blank und Elend* aufsuchen. So was verbot einem einfach der gesunde Menschenverstand.

Die Praxisgemeinschaft war in einem ganz hübschen Mehrfamilienhaus in Charlottenburg untergebracht, direkt am Tiergarten. In der viel zu eitlen Sonne und nach dem trockenen Sommer wirkte der ganze Park, den ich eben durcheilt hatte, erschöpft. Die Rasensprenger hatten Monat für Monat gekämpft, schlussendlich aber doch verloren. Immerhin hatten sie hier gekämpft, alle anderen Parks waren sich selbst überlassen worden, kein Rasensprenger in Sicht. Ich persönlich fand es übrigens ehrlicher, keine Rasensprenger aufzustellen: Wir hatten uns nicht ums Klima geschert und damit die Parks, die wir verdienten. Wenn man im Sommer durch den Tiergarten spazierte, konnte man leicht glauben, es gäbe noch Hoffnung. Jetzt im September schaute man der Wahrheit gnadenlos ins Gesicht. Der Tiergarten war halb verdorrt. So sah es aus, wenn wir ein bisschen was unternahmen (Rasensprenger/halbherzige Klimaziele).

Ich steckte mir den Rest des zweiten Riegels in den Mund (Geschmack Hanf und Kürbis, ich hielt das für pervers), zündete mir eine Mohawk an und wünschte, ich hätte ein Wurstbrot dabei. Ich war verkatert und völlig verschwitzt von meinem eiligen Lauf durch den Park, ich brauchte dringend einen Kaffee und irgendwas Herzhaftes, ein Wurstbrot eben oder eine Bratwurst oder eine Bulette mit Senf, aber ich hatte nur diese Riegel im Bauch, die in erster Linie aus Datteln bestanden, ich fand das nicht revolutionär, das war Beschiss. Es waren so viele Datteln drin, weil Nüsse im Einkauf viel teurer waren. Datteln wuchsen in heißen Ländern quasi wie Unkraut am Wegesrand, Datteln bekam man hinterhergeworfen, aber bei Nüssen war das anders, da spürte man als Unternehmen jede einzelne davon schmerzlich im Geldbeutel. Abgesehen davon brauchte mein Kater wie alle Kater Fleisch. Ich rauchte noch ein bisschen, aber nicht einmal die Tabakkunst der Indianer schmeckte mir gerade. Wie angeworfen kriegte ich auch noch infernalische Kopfschmerzen, ich war krank! Unmöglich konnte ich ein Wochenende lang an diesem Schabernack teilnehmen. Ich schaute nach rechts und links, sollte ich einfach wieder gehen? Sybille würde ja wohl kaum bei diesem Systemfanatiker, diesem Theodor Indenbirken, anrufen und sich nach meinen systemischen Erfolgen erkundigen. Ich überlegte, mir in dem netten Café nebenan einen Coffee to go, eine Zeitung und eine Stulle zu holen, ich könnte dann auf einer Bank zwischen den vergilbten Wiesen im Tiergarten sitzen und würde es absolut kein bisschen bereuen.

»Du willst bestimmt zu mir?«

9 DAS KNOW-HOW DER MOHAWK

»Erzählen Sie mir was«, sagte Herr Schabowski. Es war eine Woche nach der Familienaufstellung, ich hatte meinen Wetteinsatz eingelöst, nun löste Schabowski seinen ein.

Als er mir von seinem Vorhaben erzählt hatte, hatte ich sofort gesagt, dass ich mitkäme. Er hatte gesagt: »Aber das ist doch nicht nötig, Frau Benz«, ich hatte gesagt: »Doch«, er hatte gesagt: »Aber«, ich hatte gesagt: »Da fährt die Eisenbahn drüber«, er hatte gesagt: »Aber«, ich hatte gesagt: »Sie gehen mir tierisch auf die Nerven«, er hatte gesagt: »Sie mir auch.« Und da saßen wir nun.

»Erzählen Sie mir was.«

»Und was?« Ich schaute griesgrämig in meinen Pappbecher, es war der mieseste Kaffee meines Lebens, und ich dachte wehmütig an den schönen Dallmayr-Prodomo, den Herr Schabowski uns mit seiner Krupsmaschine immer so kunstfertig zubereitete. Es war der mieseste Kaffee meines Lebens, und ich musste ihn an einem der unerfreulichsten Orte der Welt trinken, nämlich auf dem Flur eines Krankenhauses, und ich konnte mir beim besten Willen nicht erklären, wieso man das den Leuten hier antat. Es ging ihnen eh schon schlecht, ein guter Kaffee wäre nur fair, ein mieser Kaffee war, als hätte man sie aufgegeben.

Ich hätte gerne geraucht, und ich musste Herrn Schabowski nicht ansehen, um zu wissen, dass er auch gerne geraucht hätte. Habe ich schon erwähnt, dass wir beide Mohawk Red rauchten? Als wir uns bei unserem ersten Beratungsgespräch gegenübersaßen und ich fragte, ob ich rauchen dürfe, und er sagte »Selbstverständlich« und wir dann beide unsere Mohawk-Zigaretten hervorholten, da wusste ich: Schabowski ist mein Mann.

Mohawk – Von Indianern hergestellt. Die hervorragende Qualität verdanken sie dem 800 Jahre überlieferten Tabak-Knowhow der Mohawk Indianer. Alleine das hätte gereicht, mich zu überzeugen, aber es ging noch weiter: *Als echte indianische Zigarette aus hochwertigem Tabak vereinen die Mohawk Zigaretten Spiritualität und Naturnähe.*

Wir saßen in diesem grässlichen Krankenhaus und mit einer Mohawk hätten wir die nötige Spiritualität und Naturnähe gespürt, um diesem Ort mit der Gelassenheit der Indianer zu begegnen.

»Also das nächste Mal bringen wir unseren eigenen Kaffee mit.« Ich stellte den Becher weg und als Herr Schabowski schwieg, bereute ich sofort, was ich gesagt hatte. »Natürlich ist das Unsinn«, sagte ich schnell, »das nächste Mal trinken wir den Kaffee schön gemütlich in Ihrem Büro, das nächste Mal kommen wir gar nicht erst her, weil es nämlich kein nächstes Mal geben wird.«

Herr Schabowski lachte freundlich, aber ich wusste, dass er nicht daran glaubte. Er stellte ebenfalls vorsichtig seinen vollen Kaffeebecher weg, »Kommen Sie, Frau Benz, erzählen Sie mir was.«

»Jesus, Herr Schabowski, was soll ich Ihnen denn erzählen? Mir fällt absolut nichts ein, mein Leben ist so leer, was soll ich denn –«

»Frau Benz, ich bitte Sie, Sie sind doch sonst nicht auf den Mund gefallen, ich möchte Sie daran erinnern, dass Sie normalerweise in mein Büro stürmen und quasi in der Sekunde, in der Sie die Schwelle übertreten, den Mund aufmachen und ihn erst wieder zuklappen, wenn Sie mich wieder verlassen.«

»Herr Schabowski! Abgesehen davon, dass das natürlich maßlos übertrieben ist, fühle ich mich hier einfach nicht auf der Höhe, der miese Kaffee, das fehlende Know-how der Mohawk, die unbequemen Stühle, gemacht von Familie Feuerstein, ich schwöre, mit einem knochigen Hintern wie dem meinen könnte man genauso gut auf einem Geröllfeld hocken, man würde keinen Unterschied merken. Und wie das hier riecht, ich glaube, alleine dieser Krankenhausgeruch steigert meinen Puls auf zweihundertfünfzig oder so.«

»Zweihundertfünfzig, also, da müsste man Sie schon längst wiederbeleben. Und bei den Wartezeiten hier wäre das vermutlich Ihr Aus. Krankenhäuser sind ja notorisch unterbesetzt, wenn irgendwo Ihre Karten schlecht stehen, spontan wiederbelebt zu werden, dann in einem Krankenhaus. Erzählen Sie mir was. Irgendwas.«

Ich schaute Herrn Schabowski von der Seite an und sah, wie seine Hand unruhig am Revers seines Jacketts hoch- und runterglitt. Ich schwadronierte hier davon, dass ich *nicht auf der Höhe* sei, aber wie musste sich Herr Schabowski erst fühlen?

Ich stand auf und vertrat mir ein bisschen die Beine, der Wartebereich hatte sich in der Zwischenzeit gefüllt, bedrückt saßen Männer und Frauen auf den unbequemen Stühlen und starrten in den miesen Kaffee, manche unterhielten sich flüsternd mit ihren Angehörigen, manche wischten auf ihren Smartphones herum, die meisten schwiegen und taten gar nichts. Von Zeit zu Zeit wurde jemand aufgerufen und verschwand, irgendwann tauchten sie wieder auf und gingen noch bedrückter nach Hause, von Zeit zu Zeit trafen neue Patienten ein.

Ich hätte gerne aus dem Fenster gesehen, aber hier gab es kein Fenster. Ich setzte mich wieder neben Herrn Schabowski.

»Erzählen Sie mir doch von dem legendären Wochenende, von Ihrem Workshop – immerhin war das sozusagen unser Wetteinsatz und der Grund, warum wir heute hier sind.«

Das stimmte. Aber es war, wie sollte ich sagen, es war alles nicht so optimal verlaufen.

»Herr Schabowski, es war so peinlich!«, rief ich, die Leute ringsherum hoben ihre müden Köpfe und musterten mich verblüfft, ich senkte die Stimme. »Ich weiß wirklich nicht«, flüsterte ich, »ob ich Ihnen das jemals erzählen kann, verstehen Sie, ich bin vor Scham fast im Boden versunken, die Erinnerung erzeugt bei mir so was wie Schnappatmung und Herzrhythmusstörungen.«

»Frau Benz, diese Hypochondernummer zieht bei mir nicht. Ich erkenne einen echten Hypochonder, wenn ich ihn vor der Nase habe, glauben Sie mir das.«

»Na gut.« Ich überlegte ein bisschen. »Ich könnte Ihnen«, schlug ich aufgeräumt vor, »von meiner Kindheit erzählen.«

»Wunderbar, schießen Sie los, Frau Benz.«

»Weil, wissen Sie, Herr Schabowski, seit der Familienaufstellung muss ich viel an meine Kindheit denken.«

»Nur allzu verständlich, Frau Benz.«

Ich ruckelte mich auf dem furchtbaren Stuhl zurecht, ich hätte gerne die Beine untergeschlagen. »Also ich könnte ein *wenig* von der Familienaufstellung erzählen, nur bis dahin, wo das Tor zur Vergangenheit sich öffnete, und die *eigentliche* Familienaufstellung dann aber wegen Peinlichkeit auslassen.

Stattdessen schlüpfen wir dann durch das Tor und ich erzähle Ihnen von meiner Kindheit.«

»Das klingt nach einem wirklich guten Plan, Frau Benz.«

Ich schnaufte. »Schauen Sie, Herr Schabowski, ich weiß schon, was Sie jetzt denken, Sie denken, ich wäre sagenhaft umständlich, aber es hängt eben alles miteinander zusammen.«

»Ja«, sagte Herr Schabowski, er stand auf und zog sein Jackett aus und legte es sich behutsam auf den Schoß, seine Hände strichen unablässig darüber, ich hätte gerne beruhigend die Hand auf seine gelegt, aber so ein Verhältnis hatten wir natürlich nicht.

»Da haben Sie recht«, sagte er, »alles hängt mit allem zusammen.«

Ich betrachtete die geometrischen Muster auf seinem Pullover, es war sehr ähnlich dem Modell, das der Don früher immer getragen hatte – seines war natürlich von Armani gewesen. Als wäre es ein Zeichen gewesen, hatte auch Aufstellungs-Lars so einen Pullover angehabt, einen geometrischen. Es war ein Pullover, wie Väter ihn trugen, es war ein väterlicher Pullover, irgendwie rührte mich diese Tatsache. Mir wurde plötzlich klar, dass es um Väter ging. Ich wusste auf einmal, dass ich hier neben Herrn Schabowski saß, weil ich neben dem Don nicht gesessen hatte, ich verstand in dem Moment, dass Herr Schabowski mit seinem Filterkaffee und den guten Ratschlägen zu allen Lebenslagen etwas wiedergutmachte, was der Don verabsäumt hatte, und ich ahnte, dass auch ich etwas verabsäumt hatte, beim Don, und dass Herr Schabowski vielleicht derjenige war, an dem ich es wiedergutmachen konnte.

Und weil ich an den Don dachte, musste ich auch an alles andere denken, an den Brief, natürlich an »das Wochenende«, an früher und an gestern, an den Dragaschnig und an meine

Mutter, an meine Schwester Sybille und ihr perfektes Leben und an meine diversen anderen Geschwister, zum Beispiel meinen Bruder in Paraguay – oder war es Brasilien? – und na ja, ich musste wirklich an eine ganze Menge denken und vor allem daran, wie verdammt unübersichtlich das insgesamt war.

Ich hielt eine vorbeieilende Krankenschwester an und fragte sie, wann der Herr Doktor denn endlich Zeit hätte.

»Das kann ich Ihnen wirklich nicht sagen«, gab sie zurück und eilte weiter.

»Also gut«, seufzte ich, »sieht so aus, als könnte das hier noch dauern. Ich hole uns mal beim Automaten da drüben ein Snickers, und dann erzähle ich Ihnen ein bisschen was, bis der Doktor hier mal Zeit hat.«

Und dann erzählte ich ihm, wie ich in Charlottenburg vor der Gemeinschaftspraxis gestanden hatte und hinter mir Theodor Indenbirken gesagt hatte: »Du willst bestimmt zu mir.«

10 IM ZWEIFELSFALL ZU *ZUM BOB*

»Herbert Schabowski bitte in Behandlungszimmer drei, Herbert Schabowski bitte!«

Herr Schabowski und ich schauten uns an, er lächelte. »Also wenn das kein Cliffhanger war.«

Ich konnte nur nicken, mir war plötzlich sehr mulmig zumute. »Und ich soll wirklich nicht mit hineinkommen?«

»Frau Benz, es langt, habe ich Sie vielleicht zu Ihrer Familienaufstellung begleitet?«

»Jesus, nein!«

»Na also.« Er wandte sich um und ging in Richtung Behandlungszimmer drei. »Und Sie sind hier Gott sei Dank auch nicht dabei.«

Jetzt werfe ich es mir vor. Ich werfe es mir vor, nicht darauf bestanden zu haben, mitzukommen. Es war mir recht gewesen, nicht dabei zu sein, es kam meiner grandiosen Feigheit entgegen.

Als Herr Schabowski wieder herauskam, stand ich auf. Ich hatte in der Zwischenzeit ein weiteres Snickers gegessen, jetzt hatte ich einen wahnsinnigen Appetit auf Pommes frites.

Ich schaute ihn an und versuchte, seinem Gesichtsausdruck zu entnehmen, ob es Neuigkeiten gab, etwas Gutes, etwas Schlechtes, einfach irgendwas, aber Herr Schabowski winkte nur ab und hakte sich bei mir unter.

»Kommen Sie, Frau Benz, bloß hurtig raus hier.«

Später saßen wir in meinem Lieblingsimbiss *(Zum Bob)* und teilten uns eine Schale Pommes und eine Currywurst.

»Also«, sagte Herr Schabowski, während er ein Pommes aufspießte – er war der einzige Mensch, den ich kannte, der für Pommes diese Frittengabeln verwendete. Es sah elegant und lächerlich zugleich aus, dieser winzige babyblaue Dreizack in der großen Schabowskihand, und ich merkte, wie mir die Tränen kamen.

»Jemand hinter Ihnen sagte also: Du willst bestimmt zu mir.«

Ich steckte einen Bissen Wurst in den Mund und kaute und wischte mir mit der dünnen Serviette über die Augen, ich nickte. »Jawohl, und ich sage Ihnen, Herr Schabowski, ich bekam fast einen Schlaganfall.«

»Hm?«, sagte ich, als ich mich umdrehte. Er war einer dieser dynamischen Männer, die aussahen wie fünfzig, in Wahrheit aber längst die siebzig überschritten hatten, ich wusste das von seiner Internetseite. Er war lautlos auf seinem Schindelhauer, Modell *Ludwig (der facettenreiche Klassiker für den Alltag sowie Touren am Wochenende)* angebraust und schwang sich gerade vom Sattel. Er war wunderbar gebräunt und trug einen von diesen feinen cremefarbenen Leinenanzügen, die so knitterten, dass sie nicht zerknittert aussahen. Ich hatte mich schon oft gefragt, wie solche Leute das bloß hinkriegten. War es wirklich nur eine Frage des Preises? Gutes Leinen knittert nicht? Wenn ich mir mal eine schöne Leinenbluse kaufte, sah sie praktisch direkt nach dem Bügeln so aus, als hätte ich sie gerade aus dem Wäschekorb gezerrt.

Er nahm seinen Fahrradhelm ab –

»Fahrradhelm!«, rief ich an dieser Stelle. »Herr Schabowski, mir bleibt auch nichts erspart!«

»Frau Benz, ich trage auch einen Fahrradhelm.«

»Ja, Sie!« Ich betrachtete die beiden leeren Schälchen und bestellte mehr Pommes. Bei Herrn Schabowski wunderte mich das überhaupt nicht, Herr Schabowski *musste* einen Fahrradhelm tragen, Leute wie er sahen auf ihren Fahrrädern sonst nackt aus, fast wie Verbrecher.

Aber bei allen anderen, da wunderte es mich schon. Die größten Rüpel rühmten neuerdings ihre Meditationspraxis und die waghalsigsten Raser reisten nur noch mit personifiziertem Skihelm in den Schnee, jeder Trinker detoxte, und jetzt der Fahrradhelm. Es hatte eine Zeit gegeben, da hatte niemand Fahrradhelme getragen, nicht einmal die Radrennsportler, das hatte sich erst Mitte der Neunziger verbreitet, da hatte es einen tödlichen Unfall gegeben, Fabio Casartelli, ich hatte das mal recherchiert. Es läuft ja immer gleich ab, so ein prominenter Tod ist mehr wert als tausend Studien, die Emotionen kochen hoch und plötzlich ist das helmlose Fahren quasi ein Verbrechen. Nach Fabio war der Helm im Radsport Pflicht. Dann kamen die ersten Kinder damit an, deren Eltern jedes Jahr die Tour de France schauten. Sie sahen die ganzen Helme, stundenlang hatten sie zwei Dinge vor sich, die französische Landschaft und diese neuen Helme. Werbetechnisch ist das sozusagen ein Heimspiel, klar, dass der provenzalische Bungalow für den Sommer gleich gebucht wurde, und auch klar, dass Fahrrad fahren ohne Helm fortan der Geschichte angehörte. Die Eltern setzten ihren Kindern die Radrennsporthelme auf, die sie ihnen fortan auch beim Spazierengehen nur ungern abnahmen. Dann zogen notgedrungen alle anderen Eltern nach und ich vermute stark, die Kinder selbst kamen mit vorwurfsvollen Blicken aus der Verkehrserziehung in der Schule nach Hause, der Verkehrspolizist habe gesagt, ohne Helm sterbe man. Und jetzt haben wir den Salat, dachte ich, wenn du heute über eine Skipiste wedelst oder durch den Straßenverkehr saust, fühlst du dich ohne Helm wie ein Verräter. Das waren alles einmal Randphänomene, Gimmicks für Weicheier und Hasenfüße.

Indenbirken nahm jedenfalls den Fahrradhelm ab und offenbarte mir sein Salz-und-Pfeffer-Haar, zugegeben etwas mehr Salz als Pfeffer, aber er sah blendend aus. Klare braune Augen, eine Million Lachfältchen und ein geschmeidiger Körper unter dem ganzen Leinen, bei dessen Anblick ich mich ernsthaft fragte, wie man so was ohne Yoga zustande bringen sollte. Es sprach noch nicht dafür, damit anzufangen, aber es gab mir zu denken.

Er schloss sein Fahrrad an die Straßenlaterne, fuhr sich durch die Haare, kam zu mir herüber und reichte mir die

Hand: »Ich bin Theodor Indenbirken, ich würde sagen, wir sind die Ersten.«

»Hm«, machte ich, ich warf die Zigarette weg und ergriff seine Hand, in meinem Kopf klopfte jemand an, ich schloss kurz die Augen und lehnte mich an die Wand.

Indenbirken klemmte sich die Ledertasche unter den Arm und tätschelte seine Jacketttaschen nach dem Schlüssel ab, er hielt inne. »Ach, weißt du was, wir holen uns drüben noch einen Kaffee und ein Teilchen, früher Vogel und so weiter.«

Ich trottete hinter ihm her in das nette Café, und während er den Kaffee bestellte – »Für dich auch einen Latte macchiato?« – »Hm.« –, schaute ich sehnsüchtig auf die Zeitungen am Tresen. Normalerweise fand ich es ja affig, wenn man mich siezte. Gerade fand ich es affig, dass er mich duzte. War das wegen der Intimitäten, die wir alle gleich teilen würden? Furchtbar. Übrigens fand ich auch Latte macchiato affig, also nicht das Getränk selbst, das mochte ich, und diese Tatsache brachte mich immer wieder aufs Neue in ein unlösbares Dilemma: Ich mochte Latte macchiato, aber ich würde lieber tot umfallen, als dieses Wort auszusprechen. In meinem Kopf pochte es jetzt, als würde ein durchgeknallter Gast, den man auf keinen Fall hereinlassen wollte, vor der Tür stehen.

Indenbirken setzte mit einer Seelenruhe, die ich regelrecht provozierend fand, die beiden Kaffeebecher in einen dieser überdimensionierten Eierkartons, die zum Bechertransport bereitstanden, und drückte mir die Papiertüte in die Hand, ich trottete wieder hinter ihm her nach draußen.

Er drehte sich lächelnd zu mir um, als wir wieder vor der Praxis standen. »Entschuldige, jetzt habe ich gar nicht nachgefragt, wie war dein Name?«

»Benz.«

Er schloss die Tür auf und ließ mich vorbeigehen. »Benz, das ist ja ein außergewöhnlicher Vorname. Wo kommt denn der her? Norddeutschland?«

»Charly Benz.«

»Freut mich, Charly. Ich hoffe, du nimmst mir das schnelle Du nicht übel, aber bei der Arbeit, die uns bevorsteht, wäre ein förmliches Sie nicht förderlich.«

»Klar«, sagte ich. Furchtbar, dachte ich, einfach furchtbar, ganz, ganz furchtbar.

Wir stiegen die Treppen hinauf in den zweiten Stock, drinnen roch es nach Lilien, er nahm die Vase mit den riesigen Blumen und stellte sie in den Hausflur. »Bei aller Liebe zur Natur«, sagte er, »aber der Geruch bringt mich um.«

Mich auch, dachte ich, Lilien sind für einen Kater wie Speed für einen Phlegmatiker. »Hm«, machte ich.

»Mach's dir ruhig schon mal gemütlich«, rief er aus der kleinen Teeküche, »Schuhe bitte hier ins Schuhregal, ich bin gleich bei dir.«

Kurz darauf saßen wir in Socken auf dem Balkon in der ungestümen Septembersonne und tunkten einvernehmlich unsere Plunderstückchen in den Kaffee, eine Schmalzstulle, dachte ich, eine Schmalzstulle wär jetzt der Hammer. Theodor Indenbirken erzählte mir von seiner Katze – sie hieß Anna Freud, Therapeuten konnten über so was herzlich lachen, er lachte herzlich – und den acht Gläsern Zwetschgenmarmelade, die er gestern eingekocht habe, ich hatte immer noch Kopfweh und hätte gut noch zwei, drei Latte macchiatos gebrauchen können, ich nickte, als hätte ich von Zwetschgenmarmelade eine Ahnung, und ahnte: Aus der Chose kam ich nicht mehr heraus. Wenn du einmal in Socken dahocktest, stand es eins zu null gegen dich.

12 DER DRAGASCHNIG

Wir waren eine Gruppe von zwölf Teilnehmern. Das, dachte ich mit wachsender Verzweiflung, ist also mein morphisches Feld für dieses Wochenende, Spitzenbiologin Benz wird mal schauen, was hier so für Informationen herumwabern. Das Männer-Frauen-Verhältnis war relativ ausgewogen. Altersmäßig bewegte ich mich mit meinen Anfang vierzig im guten Mittelfeld – ich hatte ja heimlich darauf gehofft, die Jüngste zu sein und dadurch irgendeinen Vorteil zu haben, obwohl ich beim besten Willen nicht wusste, wie der aussehen sollte. Diese jungen Hüpfer – kaum auf der Welt, arbeiteten sie schon an ihrer Optimierung. Der älteste Teilnehmer, Lars (der geometrische Pullover!), war Mitte siebzig, er war also auch noch im gleichen Alter wie mein Vater. Ich sah uns beide schon vor mir, wie wir uns – er als Stellvertreter für den Don, ich als ich selber – weinend in den Armen lagen und uns alles verziehen. Ganz klar: Ich musste hier schleunigst wieder raus.

Wir waren gerade bei der Vorstellungsrunde – Name, Alter, Beruf und der Grund, warum wir hier waren – und alle formulierten ihre ganz persönlichen Probleme und Fragen und bekundeten ihr wildes Verlangen, dies und das in ihrem Leben verändern zu wollen, als es erneut an der Tür klingelte und ein weiterer Besucher sich ankündigte.

»Tja«, sagte ich, nachdem Theodor den Summer in der Diele gedrückt und sich wieder zu uns gesellt hatte, er nickte mir aufmunternd zu, »tja, also ich bin die Charly, ich bin dreiundvierzig und ich bin hier nicht freiwillig.«

Ich schaute in die Gesichter der anderen, erwartungsvoll standen sie da in ihren bunten Socken und blickten mich an. »Also ich bin hier nicht so ganz freiwillig, also nicht so freiwillig wie die meisten hier, also alle. Ich bin hier als Geburtstagsgeschenk.«

Die anderen lachten. »Also ich meine, das ist mein Geburtstagsgeschenk, von meiner Schwester Sybille. Sie denkt, es würde mir nicht gut gehen, dabei geht es mir blendend. Vielleicht habe ich in einem Moment der Schwäche mal erwähnt, dass mir die allgemeine Optik meiner Haare missfällt, aber bitte, dafür braucht man ja nicht gleich in eine Familienaufstellung zu gehen, nicht wahr? Ich meine, sie hätte mir ja eines von diesen innovativen kostspieligen Shampoos schenken können und alles wäre gut gewesen. Ich würde sagen, eine Familienaufstellung ist eine eindeutige Überreaktion, typisch Sybille eben. Na ja. Was ich sagen will, ich absolviere hier nur mein Geburtstagsgeschenk und das ist«, ich holte tief Luft und machte ein betretenes Gesicht, »das ist natürlich überhaupt keine gute Voraussetzung für dieses Happening hier, wo es ja ganz klar um Freiwilligkeit geht, um diesen wilden Wunsch, etwas zu verändern in seinem Leben, und damit meine ich nicht nur die Frisur, und darum ist es wohl besser, wenn ich jetzt ganz schnell meine Schuhe wieder anziehe und Tschüss sage, ich denke, ich gefährde sonst den allgemeinen Heilungsprozess.«

Alle lachten wieder sehr fröhlich, es war eine ausgesprochen gut gelaunte Gruppe. Angesichts der ganzen Probleme, von denen sie gerade berichtet hatten, versetzte mich das doch in Erstaunen.

Ich bewegte mich langsam Richtung Ausgang und lächelte Theodor Indenbirken entschuldigend an, aber er schaute zur Tür, durch die gerade der verspätete Teilnehmer hereinkam, brav in feinen Burlington-Socken, und ich blieb stehen und starrte in dieses Gesicht, das ich zwar seit über zwanzig Jahren nicht gesehen hatte, das ich aber auch in zwanzig Jahren noch erkennen würde. Der Dragaschnig. Es war der Dragaschnig. *Der* Dragaschnig.

Bescheiden gliederte er sich in unseren Kreis ein und stellte sich neben mich, ich dachte, irgendetwas müsste passieren, etwas Gewaltiges, aber das denkt man ja immer nur, und nie passiert etwas. Ich schloss kurz die Augen und merkte bei der Gelegenheit, dass mein Kopfweh weg war. Einfach weg. Es war ein lästiger Gast gewesen, der lautstark hereingewollt hatte, und jetzt war er wieder abgezogen.

Als ich die Augen wieder öffnete, schaute Theodor erwartungsfroh zu mir herüber. »Du warst, glaube ich, noch nicht fertig, Charly, nicht wahr?«

»Ja«, ich räusperte mich, in mir arbeitete es wie in einem Ameisenhaufen, alle Gedanken wuselten durcheinander. »Stimmt«, ich räusperte mich noch einmal, »also, ich bin hier wegen Sybille, aber ich habe natürlich, wenn ich so darüber nachdenke, viele Probleme. Mit meinen Eltern, mit meinem Job und damit, dass ich keine Kinder habe, ich glaube, ich bin außerdem chronisch krank, zum Beispiel habe ich oft so Kopfweh, wenn ich mal was trink, vor allem aber habe ich Probleme mit meinen Beziehungen.«

Alle warteten, Theodor sagte: »Mit deinen Beziehungen? Du hast mehrere Beziehungen und möchtest eine Entscheidung treffen, mit wem du zusammen sein möchtest?«

»Also, nicht direkt. Nicht direkt. Ich habe ein Problem mit meinen Beziehungen, weil ich nämlich keine habe.«

»Ich verstehe«, sagte Theodor, rundherum nickten alle, »du bist hier, weil du gerne einen Mann hättest – oder eine Frau – und irgendetwas in deinem Leben das verhindert. Es gibt etwas, das es dir unmöglich macht, einen Mann – oder eine Frau – zu finden.«

»Ja, also das ist vermutlich richtig. Also einen Mann. Wenn ich es mir aussuchen kann, dann lieber einen Mann.«

Wieder lachten alle wohlwollend, der Dragaschnig neben

mir lachte freundlich mit. Ich schaute ihn von der Seite an, war das die Möglichkeit? Er hatte mich nicht erkannt. Ich hätte ob dieser Tatsache beleidigt sein können – schließlich hatte er einmal einen nicht unerheblichen Stellenwert in meinem Leben eingenommen, ich aber sah es als die ungeheure Chance, die es war: Von der Vergangenheit unbelastet standen wir uns nun gegenüber.

Jesus, dachte ich, während der Nächste sich und seine vielen Probleme vorstellte, Jesus. Gerade noch hatte ich hier an meinem Absprung gearbeitet, jetzt kam der Dragaschnig, achthundert Kilometer entfernt von unserer gemeinsamen heimatlichen Scholle, was tat denn der Dragaschnig in Berlin! Er kam hier auf Socken hereingeschneit, und dabei hatte ich ihn schon längst glücklich vergessen, aber er kam einfach hereingeschneit und ich, die ich mich gerade noch damit gebrüstet hatte, hier die Einzige ohne Probleme zu sein, hatte plötzlich ein Problem und dieses Problem hatte einen Namen: Dragaschnig. Mein Problem war, dass ich den Dragaschnig wollte. Ich hatte ihn vor über zwanzig Jahren gewollt und jetzt wollte ich ihn wieder, oder vielleicht musste ich der Sache ins Gesicht sehen: Ich hatte ihn die ganze Zeit gewollt. Ich hatte ein Problem mit meinen Beziehungen, weil ich immer mit Männern zusammen gewesen war, die alles Mögliche gewesen waren, aber eines nicht: der Dragaschnig.

13 DAS ENDE DER FAMILIENAUFSTELLUNG

Ich muss gestehen, das, was nun folgte, ließ ich in meinem Bericht für Herrn Schabowski alles aus. Ich würde ihm vom Dragaschnig erzählen. Ich würde ziemlich weit ausholen müssen, und wie sich herausstellte, hatten wir auch die Zeit dafür, denn wir saßen in den folgenden Tagen und Wochen in diversen Krankenhausfluren und Wartezimmern und Vorräumen von Praxen, wir hatten die Zeit dafür und ich spürte, dass es gut war, sich zu erinnern, für uns beide. Für ihn, weil es ihn ablenkte von sich, und für mich, weil es mich hinlenkte zu mir. Aber ich würde ihm nicht von der Familienaufstellung erzählen. Tatsächlich schwor ich mir, als die beiden Tage vorbei waren, dass ich nie, niemals einer Menschenseele irgendwas von dieser Familienaufstellung erzählen würde, lieber sterben.

Am Sonntagabend also ging ich nach dem Abschluss der beiden Seminartage durch den Tiergarten zurück nach Hause, es war schon dämmrig und ein bisschen kühl, bald würde ich wohl doch noch heizen müssen. Ich hatte insgeheim gehofft – aber das darf man natürlich niemandem erzählen –, dies wäre einer der wenigen Vorteile der Klimaerwärmung: nie wieder heizen.

Ich schob mein kaputtes Fahrrad und ging unter den Bäumen am Wasser entlang, die ersten Blätter verfärbten sich und segelten lautlos auf den Weg, und plötzlich erschien mir mein kaputtes Fahrrad wie ein Symbol. Ein Symbol für mein Leben nämlich, und kein erbauliches. Hätte ich beispielsweise ein Fahrrad von Schindelhauer, Modell *Ludwig*, neben mir hergeschoben, wäre es ein ganz gutes Symbol gewesen, ich wäre dann auch nicht neben ihm hergelaufen, ich wäre gefahren, gebraust, wie Theodor Indenbirken gestern früh auf seinem Ludwig gebraust war, und sein Fahrrad war toll, weil auch sein Leben toll war, mit Anna Freud als Katze und frischer Zwetschgenmarmelade, die er sich fortan am Morgen aufs Brot schmieren konnte. Mein Leben hingegen war immer verregnet, ich war ein Ein-Mann-Orchester ohne Textsicherheit, das nach der ersten Zeile von jedem Song nur noch lalala singen konnte, ich war ein Strauß welken Basilikums. Sybille hatte recht. Ich war wirklich ein Jammerlappen.

Ich war auf der Löwenbrücke angekommen und schaute hinunter ins düstere Wasser, ich wusste, dass jetzt diese Zeit kam, in der unaufhaltsam alles ins Kippen geriet. Der Tag kippte schon am Nachmittag in den Abend, das Licht war gekippt, die wohltuende Sonnenwärme kippte in eine fröstelnde Kälte, das eigene Gemüt kippte in den Keller, man musste sich regelrecht an der Erdscheibe festhalten, um nicht insgesamt runtergekippt zu werden. Herrje, dachte ich, ich bin eigentlich schlimmer als die Kreationisten, die Idee, die Erde wäre eine Scheibe, war sogar bei denen total retro. Herr Schabowski übrigens sagte, ich solle, wenn sich mein Gemüt derart verdunkele, Vitamin D nehmen, das liege nämlich an zu wenig Sonne. Ich zündete mir eine Mohawk an, immerhin ein bisschen Licht.

Mein Telefon klingelte, natürlich Sybille, sie wollte wissen, wie es um die systemischen Erfolge stand.

»Und«, sagte Sybille, »wie sieht's aus?«

Ich stützte mich aufs Brückengeländer und spähte nach unten. »Tja«, sagte ich, »schwer zu sagen.«

»Lass dir doch nicht alles aus der Nase ziehen.«

Ich sah den Blättern zu, träge trieben sie auf der Oberfläche des Teichs. Ich fragte mich, ob die vielen kleinen Schildkröten, die hier seit Jahren wohnten, schon Winterschlaf hielten. Ich fragte mich, ob Schildkröten überhaupt Winterschlaf hielten. Wieder ein Fall für den Biologen.

»Charly?«

»Dragaschnig.«

»Was?«

»Erinnerst du dich an den Dragaschnig?«

»*Der* Dragaschnig?«

»Ja«, sagte ich, »*der* Dragaschnig.« Und bevor Sybille daraufhin irgendetwas erwidern konnte, legte ich auf. Für heute reichte es.

14 PROKRASTINIEREN IST WUNDERSCHÖN

Ich lehnte am Brückengeländer und schaute ins Wasser, dann betrachtete ich mein kaputtes Fahrrad. Ich hatte es satt, ein kaputtes Fahrrad zu haben, ich hatte es satt, etwas Kaputtes neben mir herzuschieben, anstatt dass die Dinge funktionierten, und ich hatte es obersatt, nach Schildkröten Ausschau zu halten, die womöglich Winterschlaf hielten.

Ich hätte mein kaputtes Fahrrad am liebsten in den Teich geworfen, aber ich wusste, wie lächerlich das wäre. Ich würde es hinunterwerfen und mich kurz besser fühlen, dann würde ich ein schlechtes Gewissen kriegen – man durfte keine Fahrräder, kaputt oder nicht kaputt, in einen Teich werfen – und würde mich wieder schlechter fühlen, ich würde hinunterklettern und versuchen, es wieder herauszuholen. Ich würde daran scheitern und stattdessen selbst ins Wasser fallen. Natürlich würde niemand kommen und mich retten. Ich war noch nie von irgendwem gerettet worden, warum sollte prompt heute, wenn ich in der Abenddämmerung im leeren Tiergarten in einen Teich fiel, jemand angesprungen kommen und mich wieder herausziehen? Ich würde mich mit dem kaputtem Fahrrad aus dem Wasser quälen und klatschnass nach Hause wandern, es würde noch mühseliger sein, als wenn ich nur mit meinem kaputten Fahrrad unterwegs wäre, ich konnte also ebenso gut gleich mit meinem kaputten Fahrrad nach Hause gehen.

Dort angekommen legte ich mich ins Bett, ich beschloss, die nächsten paar Tage krank zu sein. Ich fühlte mich außerstande, mich um meine dattellastigen Müsliriegel zu kümmern oder über spritzige Slogans zu Süßkartoffel-Pie nachzudenken. Ich hörte *Bibi Blocksberg*. Es war schön, *Bibi Blocksberg* zu hören, wenn man Schnupfen hatte, aber eigentlich war es noch schöner, *Bibi Blocksberg* zu hören, wenn man keinen Schnupfen hatte. Auf meinem Laptop lief eine Folge *Friends* nach der anderen, aber ohne Ton, ich fand, die akustisch-visuelle Mischung aus *Bibi* und *Friends* passte zu meiner Geistesverfassung. Ich ernährte mich von indianischem Wissen, schwarz getoasteten Croissants und *LuckyLili*-Produkten aus dem Tiefkühler. Ich prokrastinierte voller Wonne – prokrastinieren, ein tolles Wort, das Schabowski mal fallen gelassen hatte, als er von der allgemeinen Problematik der Postangst gesprochen hatte, ich hatte dazu weise genickt. Prokrastination, hatte ich zu Hause dann extra im weltweiten Netz nachgeschaut, war das »extreme Aufschieben, eine pathologische Störung, die durch ein unnötiges Vertagen des Beginns oder durch Unterbrechen von Aufgaben gekennzeichnet ist, sodass ein Fertigstellen nicht oder nur unter Druck zustande kommt«. So war es. Ich schob extrem auf, alles eigentlich, ich vertagte unnötig, eine Fertigstellung von was auch immer war nicht zu erwarten. Womöglich war das pathologisch, mir doch egal.

Ich ging nicht aus dem Haus, ich ging nicht ans Telefon, und als ich am dritten Tag auch nach mehrmaligem Klingeln an meiner Wohnungstür nicht öffnete, stand plötzlich Sybille vor meinem Bett und versperrte mir die Sicht.

»Geh weg«, sagte ich, es war mir unmöglich, der Handlung zu folgen, es war gerade ungeheuer kompliziert, Ross und Emily hatten soeben geheiratet, aber es musste irgendetwas

Dramatisches vorgefallen sein, denn schon kurz nach dem Festakt hatte sie ihn verlassen – es waren diese Szenen, die ohne Ton praktisch vollkommen abstrakt blieben und damit natürlich intellektuell interessant waren, auch Wittgenstein hätte daran lange zu kauen gehabt.

Sybille schaltete *Bibi Blocksberg* aus, dann schaltete sie *Friends* aus.

»Also«, sagte sie, »was ist los?«

»Nichts ist los. Wie bist du überhaupt reingekommen?«

»Mit meiner Kreditkarte.«

»Das geht?«

»Wie du siehst. Los, steh auf jetzt.«

»Moment mal, jeder kann mir nichts, dir nichts mit seiner Kreditkarte bei mir hereinspazieren?«

»Jeder Kreditkartenbesitzer.«

»Sehr witzig. Bestimmt geht es auch mit einer hundsgewöhnlichen EC-Karte.«

»Sicher, es geht sogar mit einer aufgeschnittenen PET-Flasche. Alle EC-Karten-Besitzer können einfach so bei dir hereinspazieren. Und alle PET-Flaschen-Besitzer. Also, ja. Eigentlich alle. Kreditkarte ist aber stilvoller.«

»Komm, Sybille, du bist so kurz da und schon gehst du mir auf die Nerven.« Ich legte mir mein Kissen auf den Kopf. »Zieh die Tür ins Schloss, wenn du gehst. Und schließ mit deiner Kreditkarte wieder ab, ja?«

»Also los jetzt.« Sybille zerrte am Kissen, ich hielt es fest, wir zerrten ein wenig hin und her, sie gewann und warf es in eine Ecke, dann wuchtete sie mich hoch.

»Du siehst ja furchtbar aus.«

»Ist ja nichts Neues.«

»Jetzt reiß dich mal zusammen, verdammt noch mal! Du warst doch früher nicht so eine Heulboje!«

»Ja, früher. Früher lag mein ganzes Leben auch noch vor mir.«

»Red doch nicht so einen Scheiß. Du bist in deinen besten Jahren.«

»Das gilt nur für Männer, es heißt: *ein Mann in seinen besten Jahren,* das gilt nur für Männer. Sagt einem ja schon das Wort Mann.«

Sybille ging rüber zum Fenster und riss die Vorhänge auf, ich hielt mir die Hand vors Gesicht und nutzte die Gelegenheit, wieder ins Bett zu hüpfen, ich zog mir die Decke bis ans Kinn.

»Seit der Gleichberechtigung gilt es auch für Frauen.« Sybille öffnete die Fenster, kühle, vom Regen sauber gewaschene Luft strömte ins Zimmer. »Du gehst jetzt ins Bad und machst dich frisch.«

»Ich fühle mich für meine besten Jahre zu alt, ehrlich.«

»Kann schon sein. Übrigens war das eh Quatsch, die *besten Jahre* hat man erst mit etwa Mitte fünfzig. Jetzt bist du quasi in der Spätpubertät. Das merkt man übrigens auch. Frau auch. Also, ab die Post.«

»Siehst du, schon allein so was macht mich wahnsinnig: man – oder Frau, verstehst du, es ist grammatikalisch einfach Unsinn. Es ist ja nicht Mann. Es ist *man*. Abgesehen davon fühle ich mich im generischen Maskulinum pudelwohl.«

»Im was?«

»Generisches Maskulinum. Verwendung des maskulinen Genus, wenn man von gemischtgeschlechtlichen Gruppen redet. Ich finde, kein halbwegs selbstbewusster Mensch leidet unterm generischen Maskulinum.«

»Das ist schön, dass es deinem Selbstbewusstsein wieder besser geht. Ich führe das auf die systemische Aufstellung zurück. Wie war's denn?«

»Meinem Selbstbewusstsein geht es eigentlich nur in dieser

einen Sache gut.« Ich fing plötzlich an zu heulen. Es passierte einfach so, als wäre irgendwas ganz lautlos in mir zerbrochen, ich spürte eine große, rohe Traurigkeit, von der ich gar nicht gewusst hatte, dass sie da war. Eine viel zu pure Traurigkeit, keine Stoßdämpfer, kein Schaumstoff, nichts, was sie abgefedert hätte. Ich musste so weinen, dass ich kaum sprechen konnte, Sybille reichte mir ein Taschentuch, ich schnäuzte mich. »Nur beim generischen Maskulinum«, sagte ich mit erstickter Stimme, »nur da geht's meinem Selbstbewusstsein gut.« Ich schnäuzte mich noch einmal und schnaufte ein paarmal, wie ein Schwimmer nach einem langen Tauchgang, alles beruhigte sich allmählich wieder, ich gab Sybille das nasse Taschentuch zurück. »Und ich werde dir nie im Leben erzählen, was da bei der Familienaufstellung passiert ist.«

»Schauen wir mal. In zehn Minuten erwarte ich dich an der Wohnungstür, abmarschbereit.«

Ich hatte die Augen geschlossen und drückte mir die Handballen auf die heißen Lider. »Wo willst du denn hin?«

»Wir gehen spazieren.«

»Ich nicht.«

»Doch. Und dann erzählst du mir alles.«

»Nein.«

»Doch.«

Ich nahm die Hände von den Augen. »Theodor sagt aber, man darf jetzt drei Wochen nicht darüber reden!«

»Ach was. Wir gehen schön spazieren und du erzählst mir alles.« Sie begann nun, an meiner Bettdecke zu zerren.

»Das hat er gesagt!« Ich klammerte mich panisch an die Decke. »Drei Wochen!«

»Ja, ja.« Sybille warf die Decke zum Kissen in die Ecke. »Und jetzt gehst du ins Bad, du hast noch acht Minuten.«

»Du bist eine Hexe.«

»Stimmt. Mit Zertifikat. Dalli jetzt.«

»Eine richtige schiache Hexe, eine böse.«

»Charly, du gehst jetzt schnurstracks duschen und bist in sieben Minuten fertig, ich werf dich sonst so, wie du bist, mit Bärchenpyjama und Bedhead, die Treppe hinunter.«

»Ich trau's dir zu«, murmelte ich, während ich ins Bad trottete. Ich zog die Tür hinter mir zu und betrachtete mich und die roten Augen und den Bärchenpyjama im Spiegel. »Das ist kein Bedhead, blöde Kuh. Das ist meine Frisur.«

15 DER EROTISCHSTE MOMENT

»Es war der peinlichste Tag meines Lebens«, sagte ich überzeugt, während ich neben Sybille herlief und versuchte, meine Haare zu einem Dutt zu binden.

»Das ist«, sagte meine Schwester wenig hilfreich, »angesichts eines an Peinlichkeiten nicht gerade armen Lebens vielleicht schon wieder eine Auszeichnung.«

Sie hörte sich an wie der Don.

»Du hörst dich an wie der Don«, sagte ich gereizt.

»Aber nein, wirklich, ich meine das ganz positiv.«

»Du hast ja keine Ahnung!«, rief ich, ich war stehen geblieben und warf das Haargummi erbost aufs Dach eines parkenden Autos. »Weißt du eigentlich, was da abging?«

Sybille blieb ebenfalls stehen, wir schauten uns an. »Liebes«, sagte Sybille, aber ich unterbrach sie. »Ich kann mich nur noch in meiner Wohnung verstecken und darauf hoffen, dass ein Komet einschlägt, die gesamte restliche Menschheit eliminiert und ein neues Zeitalter anbricht, in dem ich noch mal bei null starte. Das ist die einzige realistische Chance, dass dieses kosmische Debakel vom letzten Wochenende nicht mein gesellschaftlicher Untergang ist.«

»Honey, bestimmt ist das übertrieben«, Sybille fischte das Haargummi vom Autodach und zog eine kleine rosa Bürste aus ihrer Handtasche. Mit festen Strichen begann sie, meine Haare zu kämmen. »Schau,« sagte sie in einem salbungsvollen Ton, der auch ein sanfteres Gemüt als mich auf die Palme gebracht hätte, »schau, diese therapeutischen Prozesse sind ja immer sehr schmerzhaft, das ist ganz normal.« Sie zwirbelte gekonnt meine Haare zusammen und schlang sie zu einem geschmeidigen Knoten. »Alte Verletzungen brechen auf, Emotionen kommen hoch, wir weinen, aber glaub mir, Charly, das geht uns allen so, man muss sich dafür doch überhaupt nicht schämen. Bestimmt haben noch andere Leute geweint, nicht wahr?«

Ich ächzte, zündete mir eine Zigarette an und setzte mich wieder in Bewegung. »Weinen«, sagte ich verächtlich. »Jesus. Du hast ja wirklich keine Ahnung.«

»Niemand hat geweint?« Sybille packte ihre Bürste wieder ein und holte mich mit ein paar Schritten ein. »Das wundert mich aber. Ich war ja schon bei ein paar Aufstellungen mit dabei, und immer wurde viel geweint. Findest du nicht auch, dass diese Aufstellungen einen regelrecht süchtig machen? Ich könnte ständig an so was teilnehmen.«

»Nein. Das finde ich eigentlich nicht. Ich möchte so was genau genommen nie, nie wieder erleben.«

»Und niemand hat geweint?«

»Doch. Doch, doch, es wurde schon viel geweint. Wenn Weinen mein einziges Problem wäre, glaub mir, ich wäre ein glücklicher Mensch.«

»Wahnsinn, oder? Wie einen das mitnimmt. Das ist so eine unglaubliche Energie! Und wenn man das erste Mal als Stellvertreter eingesetzt wird, ist das nicht irre, wie man plötzlich Gefühle hat, die nichts mit einem selber zu tun haben?«

Ja, das war tatsächlich irre gewesen. Ich musste zugeben, dass ich über das, was da mit mir passiert war, immer noch fassungslos war.

Und natürlich erzählte ich ihr dann doch noch alles – ich hatte noch nie irgendwas für mich behalten können.

Wir spazierten durch den Kiez und überquerten Straßen, allerlei Menschen kamen uns entgegen, deprimierte Hunde, ein Kind im Selbstgespräch, beladen mit einem gigantischen Schulranzen, mysteriöser Müll lag herum – lauter Handschuhe, aber nur linke, sorgfältig aufgereiht auf einem Stromkasten –, DVD-Hüllen, die spannende Filme verhießen, aber alle waren sie leer, und Sybille schwieg, freundlich, wohlwollend und heiter, aber sie schwieg, und dann, als wir den Park erreichten, also nach ziemlich genau fünfzehn Minuten, da zerrupfte es mich.

»Ja gut, hör zu«, rief ich, ich trat meine Zigarette aus und zündete mir eine neue an, »also da war ein Typ, Frank hieß er. Er war da, weil er Probleme mit seiner Beziehung hatte. Irgendwie lief es mau mit seiner Frau, also richtig mau, richtig schlecht lief es, und er wollte herausfinden, warum. Zuerst wurde also er aufgestellt und seine Eltern und Großeltern und so, aber da war nichts, keine Auffälligkeiten, bei Franks Ahnen war alles in Butter. Dann wurden alle Verwandten wieder entfernt und es blieb nur sein Stellvertreter stehen und jemand wurde dazu geholt, als Stellvertreterin für seine Frau, das war ich. Alles klar, da stand er und ich stand ihm gegenüber. Und sofort war nichts mehr in Butter, alle spürten ganz genau: Da gibt es Probleme. Große Probleme. Und dann wurde er, nämlich Frank, eingewechselt, somit standen da nun der echte Frank und ich.«

Wir waren bei einer Parkbank angekommen und setzten uns. Vor uns auf der Wiese spielte ein Pärchen dieses extrem langsame Zen-Badminton, bei dem der Ball mit Sand gefüllt ist und quälend langsam durch die Luft fliegt, sodass jede Bewegung in Slow Motion ausgeführt werden muss. Vielleicht sah das bei Japanern super aus und auch elegant, hier, bei diesen zwei tollpatschigen Germanen mit einer ostasiatischen Klatsche, wirkte es wie eine Leibesertüchtigung für depressive Clowns. So ungefähr hatte übrigens auch die Familienaufstellung gewirkt.

»Und weiter?« Sybille wedelte die Schwaden weg, die in ihre Richtung geweht wurden, ich nahm einen Zug von meiner Zigarette und hielt die Hand dann hinter die Lehne.

»Jedenfalls«, ich stieß den Rauch aus, »denkst du, ich hätte den angeschaut? Den Frank? Keine Chance. Ich sollte ihn anschauen, immerhin stand ich da als Stellvertreterin für seine Frau, und die eigene Frau sollte einen schon mal anschauen, nicht wahr, aber – ging nicht. Ich wollte ihn partout nicht anschauen. Nein, ich konnte nicht.«

Sybille nickte begeistert. »Ist das nicht toll?«

»Dabei – mir konnte es ja wurscht sein, weißt du? Ich kannte diesen Frank nicht, Frank war mir herzlich egal, ich hätte ihm genauso gut den Gefallen tun und ihn anschauen können.«

»Wo hast du denn hingeschaut?«

»Schräg an ihm vorbei.«

»Und wer stand da?«

»Na erst mal niemand. Aber als ich derart penetrant schräg an ihm vorbeigeschaut habe, da wurde da jemand hingestellt, Axel nämlich.«

»Und dann?«

»Tja.« Die beiden Spieler schlugen sich noch immer in ihrem unendlich langsamen Elefantentanz die Bälle zu. Was dann passiert war, war mir selbst nicht so ganz geheuer. Ich hatte ein Gefühl, das nicht zu mir gehörte, das stimmte schon. Aber vor allen Dingen hatte ich ein Gefühl, das ich überhaupt noch nicht kannte.

»Und dann, Charly? Was war dann?«

Da hatte also Frank gestanden, ein schmaler Mann – Typ Jazztrompeter in einer Band für Easy-Listening-Stücke – mit feinen rotblonden Haaren, die ihm in den Nacken fielen, salopper Seitenscheitel, zarte Sommersprossen, Cordhosen, Hemd. Eigentlich ganz smart. Ein bisschen wie der junge Van Morrison, bevor er nur noch mit Hut und Sonnenbrille aus dem Haus ging, um von seinem korpulenten Körper abzulenken. Da stand also der schnieke Frank. Und da stand ich, Charly Benz, die hier aber seine Frau Elsie darstellte, und ich, Charly, hätte Frank anschauen können, das wusste ich. Der junge Van Morrison hatte mir immer gefallen. Aber Elsie wollte nicht. Elsie nahm Frank gar nicht wahr. Elsie schaute schräg an ihm vorbei auf den Boden ins Nichts und Elsie war mies gelaunt. Und dann wurde dort Axel hingestellt. Axel war ein großer, kompakter Mann, eine Menge Bart, schätzungsweise Mitte vierzig, mit tätowierten Unterarmen und einer kleinen Wampe, dafür ohne Hintern; wenn er sich bückte, sah man seine Poritze. Axel hätte gut in einem kleinen inhabergeführten Burgerladen Burger braten oder auf einem Piratenschiff anheuern können. Wenn der junge Van mein Typ war: Axel war hundertprozentig nicht mein Typ. Zumindest nicht Charlys Typ. Aber da wurde nun also Axel hingestellt, weil ich so hartnäckig auf den leeren Fleck gestarrt und mich geweigert hatte, den Blick abzuwenden. Nun stand da Axel, die Unbekannte x, und durch mich, Charly alias Elsie, ging ein Ruck. Mein Blick krabbelte behände an ihm hoch, die Beine entlang, den großen Bauch, die Brust, über die vielen Malereien auf seinen Armen, die er verschränkt hatte, und erreichte den kräftigen Bart und schließlich die Augen. Und dann begann ich zu strahlen. Etwas brach in mir auf, ich spürte eine unbändige Freude, aber nicht nur das. Das, was mich im Nachhinein so schockierte, war nicht die unbändige Freude. Es wäre nichts dabei gewesen, Freude war eine feine Sache. Es war das wilde, das ungestüme, das vollkommen unkontrollierbare Verlangen, das ich plötzlich empfand. Da stand dieser wildfremde Piraten-Axel und schaute mich an und ich schaute ihn an und ich merkte, ich musste mich ungeheuer beherrschen, um mich nicht auf ihn zu stürzen und hier, mitten in den Praxisräumen von Orlik, Busen und Co, den tornadohaftesten Sex meines Lebens zu haben. Und ich sah, Axel ging es genauso. Allen im Raum schien es peinvoll klar zu sein. Niemand mochte Frank ansehen, und als Theodor Indenbirken sanft sagte: »Elsie, hier steht dein Mann, Frank. Magst du einmal zu ihm hinüberschauen?«, da schüttelte ich den Kopf. Nein, ich wollte nicht zu Frank hinüberschauen, ich wollte mich auf Axel stürzen und in ihn hineinbeißen. Aber als Theodor mich noch einmal aufforderte, da schaute ich doch hin, trotzig, desinteressiert, genervt. Frank sah mich an, unendlich traurig, er kämpfte mit den Tränen, aber ich hatte überhaupt keine Lust, mich damit abzugeben. Er tat mir kein bisschen leid, er hielt mich hier nur auf.

»Frank«, sagte Theodor behutsam, »hast du eine Ahnung, wer das«, er deutete auf Stellvertreter Alex, »wer das sein könnte?«

Frank rannen Tränen übers Gesicht, er wischte sie nicht weg. Elsie und Frank schauten sich an und ich wusste, dass er keine Chance hatte. Sie war schon lange weg.

»Ja«, sagte Frank, seine Stimme verrutschte ihm, dann räusperte er sich, ja, da habe er schon eine Ahnung. Das, er tastete seine Hosentaschen fahrig nach einem Taschentuch ab,

Theodor reichte ihm eine Kleenexbox, er schnäuzte sich, das wäre wohl Patsche.

»Patsche?«

Paul Püschel, genannt Patsche. Patsche. Ein alter Freund. Also ein alter Exfreund. Von Elsie. Jahre her. Es war schon ewig aus zwischen den beiden.

Nun, dachte ich hämisch, das sehe ich also anders. Ich schämte mich sofort für diesen Gedanken. Aber ich wusste, so war es: Elsie sah das anders. Patsche mochte ein alter Exfreund sein und Frank ihr Mann. Aber es war Patsche, den sie wollte. Ich, Charly, würde aus meiner eigenen Stellvertreterposition heraus sagen: Das war nicht theoretisch. Das war keine elegische Träumerei, was die beiden verband, das war eine handfeste Affäre. Und das war es, was Frank auch gerade kapierte.

16 WEITERE UNTERSUCHUNGEN

Interessant war, dass die Qualität der Bestuhlung zunahm, je spezialisierter die Behandlung wurde. Ich versuchte lange, mir einen Reim darauf zu machen, aber ich kam nicht recht dahinter. Der Kaffee jedenfalls war endlich annähernd so wie in Schabowskis Praxis, wir brachten ihn nämlich in meiner Stanley-Thermoskanne selbst mit *(Tradition seit 1913. Eine Kanne, die Sie noch an Ihre Kinder weitergeben können.* Also mich überzeugte so was, wiewohl ich keine Kinder hatte – daran merkte man, dass es eine gute Werbung war, sie wirkte, obwohl sie dich nicht betraf), ebenso ein Sortiment der Süßigkeiten, die wir dort bei unseren geschäftlichen Terminen normalerweise so gemütlich snackten, Toffifee, Pocket Coffee, Mon Chéri, Ferrero Rocher und Raffaelo, niemals aber Ferrero Küsschen, wir fanden sie beide überbewertet. Es hätte schön sein können, sogar ohne unsere Mohawk Red, regelrecht fidel, wären wir nicht an den traurigsten Orten der Welt gewesen, denn das waren sie noch immer, verbesserte Bestuhlung und hausgemachter Kaffee hin oder her.

»Erzählen Sie mir mehr vom Dragaschnig, das interessiert mich«, sagte Herr Schabowski.

Herr Schabowski wurde von einem Spezialisten zum nächsten geschickt, von einer Spezialuntersuchung in die andere, und als hätten wir es abgesprochen, verlor keiner von uns beiden ein Wort über die Ergebnisse dieser ärztlichen Interventionen – ich fragte nicht und Herr Schabowski sagte nichts.

Ich bestand nur – das allerdings rigoros – darauf, dass er mir den jeweils nächsten Termin mitteilte, und er bestand darauf, dass ich weitererzählte, als wäre nichts gewesen.

Der Dragaschnig also. Wo soll ich beginnen? Da, wo unsere Wege sich trennten? Oder viel eher da, wo sie sich kreuzten? Kurz gesagt, bei Sissi Schubert oder bei den Schnitzeln und den Sternsingern. Ach, sparen wir uns die Sissi noch ein wenig auf. Unsere Wege kreuzten sich bei den Sternsingern, ich war zwölf Jahre alt, und mir wurde bei dieser Gelegenheit schlagartig klar, dass ich nie durch Anmut überzeugen würde.

17 DIE ERKENNTNIS

Vielleicht war es für alle anderen immer schon offenkundig gewesen, bloß ich selbst war durch die unendlichen Weiten der Arglosigkeit gesegelt. Plötzlich jedoch tauchte dieser Satz in meinem Kopf auf, als hätte mir jemand eine Notiz an die Hirnwand gepinnt: *Du bist eine Lachnummer.*

Es ging nicht darum, ob ich niedlich war oder nicht – ich war es zweifellos nicht. Es ging hier nicht um »seidige

Locken« und »lange Wimpern« – auch wenn ich gegen keines dieser Attribute etwas einzuwenden gehabt hätte. Es ging nicht um etwas, das nur Mädchen betraf. Wir sprechen nicht von Schönheit, nicht im klassischen Sinne. Aber die meisten Kinder haben irgendeinen Plüschfaktor, sie verwandeln dein Herz ruckzuck in eine Sofalandschaft. Sie haben kuscheliges Haar, saftige Backen und Grübchen, einen sehnigen Körper, sie sind schlank wie eine junge Birke oder gemütlich pummelig, sie haben eine irrsinnige Feinmotorik und ein Lachen wie Mineralwasser – es gibt so viele Varianten, ein apartes und ansprechendes Kind zu sein, und keine davon traf auf mich zu.

Meine Schwester Sybille machte die Sache natürlich nicht besser. Genau genommen machte keines meiner Geschwister irgendwas daran besser, aber Sybille schaffte es, es sogar schlimmer zu machen.

In Sybilles Bücherregal standen damals sämtliche Werke Carlos Castanedas, Fritjof Capras *Wendezeit* und Oshos diverse Bücher (am besten gefiel mir immer der Titel: *Mut. Lebe wild und gefährlich*), allerlei Fachliteratur zu fernöstlicher Heilung, Paramahansa Yoganandas *Autobiographie eines Yogis* und Krishnamurti in handlichen Taschenbuchausgaben. Dazu Hahnemanns *Organon,* James Tyler Kents *Repertorium* und andere Standardwerke der Homöopathie. Ja, Sybille las *alles*. Ich wusste damals noch nichts von der Esoterikskala, aber Fakt war: Sybille kletterte im Laufe der Jahre mühelos an der zehn vorbei und war schon munter auf dem Weg zur hundert. Es gebe, teilte sie mir damals mit, sogenannte *Kindertypen,* jeder Mensch ließe sich in eine der drei Untergruppen und von dort abzweigend in einen spezifischen Typus einteilen. Anhand des Aussehens, des Verhaltens und des allgemeinen Habitus ließe sich somit, so Sybille, das entsprechende Homöopathikum zur Behandlung etwaiger Beschwerden herausfinden.

Diese Informationen verdüsterten mein ohnehin gebeuteltes Gemüt. So wie ich ihre Ausführungen interpretierte, war es, als hätte jemand die unsympathischsten Typen zusammengeschüttet und daraus ein Kind gebastelt, und dieses Kind war ich. Silicea: spinnenförmiger Leib; Sulfur: ein Gesicht, als wäre es immer schmutzig; Lycopodium: rasch erschöpft, keine Ausdauer; Barium Carbonicum: probiert etwas zwanzigmal und merkt nicht, dass andere darüber lachen, und so weiter. Es gab eigentlich nur zwei wirklich nette Typen unter den Kindern: Phosphor (lebhaft, geistig rege, fröhlich, schlank, beliebt) und Pulsatilla (sanft, nachgiebig, empfindsam, zart, blond, blauäugig). Man kann sagen, mein Interesse an alternativen Heilmethoden war seit dieser Annäherung an die Materie deutlich geschrumpft.

Man wird nun vermutlich ahnen, dass jemandem wie mir nicht alle Türen offenstanden. Klar, *Schönheit kommt von innen* und *der Charakter zählt,* Jesus, wie oft hatte ich so was schon Leute sagen hören, Tatsache war, dass man es immer nur *hörte.* Wollen Sie wissen, wie ich nach ein paar Jahren Lebenserfahrung über die Sache denke? Wenn jemand äußerlich schön ist, geht man davon aus, dass er es auch innerlich ist. Fertig.

Umgekehrt braucht es viel Überzeugungsarbeit. Und natürlich zählt der Charakter! Jemand wie ich hat nur selten Gelegenheit, ihn ins Spiel zu bringen, die Leute wenden sich vorher schon wieder ab.

Jedenfalls mit zwölf Jahren endete eine Ära und dieses Erlebnis war zentral für vieles, was danach kam. Die glückliche, unbekümmerte Ignoranz all meiner Insuffizienzen war vorbei, als ich die Tür zum Gemeindesaal der katholischen Kirche öffnete und hundert Sternsinger, die an den langen Tischen über ihren Tellern saßen, sich zu mir umdrehten und verstummten.

Ich weiß noch, es lief *Born to be alive* von Patrick Hernandez, und kurz war es nur die Musik, die zu hören war, diese wahnsinnig rasanten Rhythmen, und ich fühlte mich gut, sehr gut, der Gemeindesaal und die wartende Menge, das war meine Bühne!

Es war schwer zu sagen, wie es dazu gekommen war, dass die anderen alle schon längst wieder umgezogen waren und in Zivilklamotten und ohne Schminke im Gesicht ihre Schnitzel spachtelten und nur ich offensichtlich den Entwicklungen hinterherhinkte. Die Kinder hörten unisono auf zu kauen und starrten mich an wie eine Erscheinung aus dem Morgenland, die ihren Einsatz verpasst hatte.

Man muss sagen, damals galt es noch nicht als rassistisch, dem Caspar ein kohlrabenschwarzes Gesicht zu schminken, genauso wenig, wie irgendjemand etwas daran bemerkenswert fand, von ihm als einem *Mohren* zu sprechen. Er war ein Mohr und man aß an Fasching einen Mohrenkopf. Das waren die Achtzigerjahre. Telefonzellen, Briefe, die man in einen Briefkasten warf, und Mohrenköpfe. Klingt, als wäre das hundert Jahre her, was? Aber ich bin dabei gewesen! Es war kurz nach dem Mittelalter und ich war mittendrin!

Jedenfalls Caspar, Melchior und Balthasar und Caspar war der Mohr und niemand dachte sich irgendwas dabei. Ganz im Gegenteil, die Heiligen Drei Könige bildeten eine Art Fantasietrio mit wild zusammengewürfelten Utensilien aus der Zeit der Kreuzzüge, ein Beduine im Nachthemd mit phrygischer Mütze und Krummsäbel, besagter Mohr, reich geschmückt mit Gold und Juwelen und einem Turban, gewaltig wie der des kleinen Muck, und ein nicht näher definierter Araber, der wie die anderen beiden vor allem *irgendwie orientalisch* aussah, mit Pluderhosen, besticktem Wams und Schnabelschuhen, und wir alle waren in erster Linie stolz auf den Touch Internationalität, den wir drei in die kleine Stadt brachten. Es war, als klingelte *die Welt* an den Türen der braven Bürger und hinterließ, als Beweis dafür, dass es sie wirklich gab, ihre Initialen an den Türstöcken.

Nein, es war damals nichts Rassistisches dabei und nicht einmal die Bemerkung, die der Dragaschnig in die vollkommene Stille hinein machte, war mir in Erinnerung geblieben, weil ich oder sonst jemand sie als fremdenfeindlich aufgefasst hätte, nein, es war nicht der Mohr, den er demütigte, es war ich.

Der Dragaschnig war sechzehn und so irrsinnig cool und dazu schlank wie eine Vorzeige-Birke, mit einem Teint, als führe er das ganze Jahr über Ski, und der Feinmotorik eines Zirkusartisten, dazu ein umwerfender schwarzer Haarschopf, in den man sich hineinlegen wollte, der Dragaschnig wusste anscheinend schon lange, dass die Charly Benz eine Lachnummer war.

Ich hatte in der Garderobe zwar den Turban abgelegt, die gigantischen Creolen und den Sternenstab, die weiten Hosen und den schön verzierten Königsmantel, hatte aber völlig vergessen, mir die Schminke von Gesicht, Hals und Händen zu waschen.

Man kennt das ja. Niemals ist das Volk so lachfreudig, so wild entschlossen, sich zu amüsieren, wie nach des Tages Mühen. Wir alle hatten uns stundenlang in luftigen Kleidern und wehenden Mänteln durch den Schnee gekämpft, hatten singend und weihräuchernd Hunderte und Aberhunderte von Wohnungen, Häusern und Geschäftslokalen besucht, wir hatten auf den Straßen gefroren und in den Häusern geschwitzt, Trompeten geblasen und geflötelt, Gedichte rezitiert und mit Spendenboxen geschüttelt, wir hatten brav hinter Tischen schwerhöriger alter Damen Platz genommen und wahllos alles verzehrt, was man uns vorgesetzt hatte, wir hatten Geschenke in Form von unzähligen Schokoladentafeln und Kekspackungen in großen Säcken davongetragen und hatten uns schließlich zurück in die Kirche geschleppt, um unser »Geld für die Welt« zu zählen und unser wohlverdientes Abendbrot zu verschlingen. Eingeschnitzelt und vor Bergen mit Pommes und mit dem unschlagbaren Gefühl, heute verdammt viel gute Tat vollbracht zu haben, waren alle überdreht und hatten eine Bombenlaune. Die Bemerkung vom Dragaschnig war gar nicht besonders lustig. Aber es war halt der Dragaschnig. Der Dragaschnig war cool und was der Dragaschnig sagte, war cool, egal wie cool es wirklich war. Und der Dragaschnig gab ihnen nun die Gelegenheit, die Bombenlaune explodieren zu lassen.

Ich öffnete die Tür, alle drehten sich um, verstummten. *Born to be alive.* I was feeling it. Ich sah den dicken Weckler (übrigens Sybilles Meinung nach eindeutig ein Calcium-Calcarea-Typ: *Entwicklung der geistigen und körperlichen Eigenschaften verzögert*) innehalten im Kauen, seine linke Backe wölbte sich über dem Schnitzelbissen.

»Na?«, sagte der Dragaschnig, man spürte förmlich, wie die Spannung sich bis zum Äußersten dehnte, wie alle nur darauf warteten, loszujubeln und den Abend zu einer Fiesta zu machen. »Na? Bist du in die Mülltonne gefallen?«

Die Menge heulte auf vor Begeisterung, die Getzner (»Klarer Fall«, sagte Sybille, »Carcinosin: *impulsiv und leicht verärgert*«) kippte vor Lachen mitsamt ihrem Stuhl um, dem Weckler spickte der Schnitzelbatzen aus dem Mund, nur der Dragaschnig blieb lässig, er nahm eine besonders lange Pommes und hielt sie hoch, wie man ein Glas hochhielt, wenn man jemandem zuprostete. Er schaute mich quer durch den Saal hinweg an, die Menge tobte, nicht mal die Musik war noch zu hören, aber er und ich, wir sahen uns an, als wären wir allein auf der Welt und als rastete in der großen trägen Lebensuhr etwas ein, ein winzig kleines, aber wichtiges Rädchen.

Dann steckte er seine Pommes langsam in den Mund, wandte sich wieder seinem Teller zu und begann, noch inmitten des Begeisterungssturmes, den er ausgelöst hatte, in aller Ruhe sein Schnitzel zu verzehren.

Es erübrigt sich zu sagen, dass der Dragaschnig »ein hundertprozentiger Phosphor« war (Anamnese Sybille).

18 EGAL

»Schauen Sie, Herr Schabowski«, sagte ich, als wir in einem weiteren Wartebereich Platz genommen und es uns mit der Stanleykanne und ein paar Balistos gemütlich gemacht hatten, »schauen Sie, es war nicht so, als hätte ich daraufhin gebrochen in der Garderobe zwischen den Pluderhosen gesessen und in meinen Turban geweint.«

»Nicht?«, fragte Herr Schabowski, während er uns den Kaffee einschenkte.

Selbstmitleid lag mir damals wirklich noch fern, mich hat sozusagen erst der Zahn der Zeit mürbe gemacht, nein, ich war nicht selbstmitleidig – übrigens eine der wichtigsten Eigenschaften, wenn man nicht auf der sonnigen Seite der Schöpfung steht –, nein, ich ging einfach schnurstracks nach Hause, in meiner Strumpfhose, ohne Schuhe, ohne Anorak, als der Mohr, der ich war. Ich war nicht einmal bedrückt, man hätte es ja verstehen können, oder gekränkt, womöglich beschämt, nein, ich war plötzlich allerbestens aufgelegt, und als ich am beleuchteten Schaufenster der Bäckerei *Gschwend* vorbeikam und mein zappendusteres Gesicht anschaute, verstand ich eines sehr genau: Beim Dragaschnig spielte es keine Rolle, dass er keine super Grübchen hatte und keine langen Wimpern, der Dragaschnig bewirkte allein mit seiner Lässigkeit, dass man dachte: Jesus, hat der Dragaschnig einen gesunden Teint. Es war egal, ob er einen gesunden Teint hatte, vielleicht hatte er keinen. Es war egal.

»Na?«, sagte ich lässig zu meinem Spiegelbild, »bist du in die Mülltonne gefallen?«

»Du schiacher Fratz!«, rief jemand direkt hinter mir, eine eiserne Klaue umfasste meinen Hals, erschrocken wandte ich mich um, die *Gschwend*bäckerin hatte mich am Nacken gepackt. Nun, als sie mir ins Gesicht schaute, ließ sie mich los, als hätte sie den Leibhaftigen persönlich gesehen. »So grauslig, wie du ausschaust, und dann über meinen Schokogugelhupf blöd daherreden! Verzupf dich, aber dalli!«

19 MEIN ZUHAUSE

Von dem Moment im Gemeindesaal der Kirche an schien es mir, ich wäre zum Abschuss freigegeben. Hatte ich vorher bloß nie darauf geachtet, war es mir einfach nicht aufgefallen? Hatte man immer schon über mich gelacht? Heute vermute ich eher, es war kein Zufall, dass es genau in diesem Alter passierte. Solange ich mich in der Gruppe meiner kleinen Kinderfreunde bewegt hatte, hatte weder mein Äußeres noch mein verschüsseltes Verhalten eine besondere Rolle gespielt.

»Und Ihr Zuhause?«, fragte Herr Schabowski. »Es klang immer so, als hätten Sie ein wirklich reizendes Zuhause, die vielen Geschwister, Ihre liebe Frau Mama, gewiss wurden Sie doch von allen innig geliebt, ganz egal, welche *Eigenheiten* Sie entwickelt hatten.«

Mein Zuhause? Ich fürchte, mein Zuhause war nicht der richtige Ort, um eine objektive Einschätzung zu bekommen. Als ich an diesem Abend heimkam, hungrig, frierend, mit nassen Strumpfhosen und einem schneebestaubten Wollpullover, saß meine Familie beim Abendbrot.

»Na?«, rief mein Bruder aus der Küche.

Ich zog die nassen Klamotten aus und ging in Unterwäsche zu den anderen, setzte mich an den Tisch.

»Na mein Schatz«, meine Mutter musterte mich, »auch etwas essen?«

Mein Bruder stand auf und holte einen Teller aus dem Schrank, er schöpfte mir was vom Gulasch. »Szegediner ohne Szegedin«, sagte er fröhlich.

Meine Schwestern schauten mich an. »Hola, Kleine, alles klar?«, sagte Sybille. »Gab es heute nicht Schnitzel und Pommes?« Sie drehte sich zu Eva und Anna. »Am zweiten Tag gibt es doch immer Schnitzel und Pommes, oder?« Die Zwillinge nickten. »Hast du kein Schnitzel gegessen und keine Pommes mit den Sternsingern?«

»Hat sich nicht ergeben«, sagte ich und nahm Bruno den gefüllten Teller ab.

Sybille lächelte verständnisvoll, als wäre das einfach manchmal so, dass es sich nicht ergab, dann beugte sie sich wieder über ihr Buch. Anna reichte mir den Brotkorb, sie nahm ihre Brille ab, putzte sie mit der Tischdecke und setzte sie wieder auf, schaute mich unergründlich an, und Eva wandte sich wieder meiner Mutter zu. »Nur mal rein hypothetisch: Wäre Adolf Hitler als Kind getötet worden, hätte es den Nationalsozialismus nie gegeben?«

»Niemand tötet einfach so ein Kind«, sagte Sybille, ohne von ihrem Buch aufzublicken.

»Nur hypothetisch.«

»Ein Kind ist ja schuldlos«, sagte Sybille und blätterte um, »niemand konnte ahnen, was aus ihm werden würde.«

»Und was, wenn man es geahnt hätte?«

»Das ist natürlich interessant,« Sybille klappte ihr Buch zu, behielt aber einen Finger darin, während sie ihren Löffel ins Gulasch tunkte, »dürfte, ja, müsste man in einem solchen Fall töten?«

Meine Mutter hatte ein Sauerkrauthaar am Kinn. »Ich denk drüber nach, Liebchen, ich denk drüber nach.«

»Auf der anderen Seite«, sagte Eva, »niemand von uns könnte das, niemand. Niemand tötet ein unschuldiges Kind und macht sich damit selbst schuldig.«

»Sicher, aber womöglich ist es der Grund für eine Menschheitskatastrophe.«

»*Womöglich*, das ist es ja, wir können uns nicht hundertprozentig sicher sein.«

Und so weiter, meine Schwestern waren Spezialistinnen für diese Art von Gesprächen.

»Ich bin verknallt«, teilte ich meiner Familie mit.

Alle schauten hoch, es gab einen kurzen Moment, in dem Gulasch von Löffeln patschte und Brillen ab- und wieder aufgesetzt wurden, dann folgte eine Art Begeisterungssturm, den ich huldvoll entgegennahm, meine Familie hatte tausend Fragen, klar, wie lange schon und war derjenige auch verknallt in mich, wo sind wir uns das erste Mal begegnet und vor allem: Wer war es?!

»Der Dragaschnig«, sagte ich.

Meine Familie, eben noch vereint in wilder Freude, erstarrte schlagartig.

Sicher, jeder auf dem Gymnasium kannte den Dragaschnig. Meine Mutter kannte ihn, weil sie ihn in Deutsch unterrichtete, und meine Geschwister kannten ihn, weil man den Dragaschnig einfach kannte.

Ich denke mal, damals war ich der felsenfesten Überzeugung, sie wären voller stummer Bewunderung für meine Wahl.

Konnte man sich ein besseres Objekt für seine Liebe aussuchen? Wohl kaum. Der Dragaschnig war so cool, der Dragaschnig hatte so viele Freunde, er war bei den Sternsingern und auch im Basketballteam der Schule, er ministrierte mit frommem Gesicht in der Kirche, und wenn er sommers auf dem Dreimeterbrett stand, dann glänzte sein brauner geschmeidiger Körper wie der von einem jungen Gott, Adonis nix dagegen.

»Und«, Sybille räusperte sich, »wie sieht's bei ihm aus? Beim – Dragaschnig? Ist er auch in dich, ähm, verknallt?«

»Ich denke, schon«, sagte ich nach kurzem Nachdenken. Tatsächlich hatte ich über diesen Aspekt meiner jungen Liebe noch gar nicht nachgedacht, aber ich machte mir auch absolut keine Sorgen: Entweder der Dragaschnig war schon ebenso verknallt in mich wie ich in ihn oder er würde es innert absehbarer Zeit sein.

In der anhaltenden ehrfurchtsvollen Stille, die ich durch meine Ankündigung ausgelöst hatte, aß ich mein Szegediner ohne Szegedin, was, falls sich jemand fragen sollte, nur hieß, dass kein Fleisch drin war. Meinen Bruder stimmten solche Scherze fröhlich. Man könne daran erkennen, sagte Sybille gern, dass er eine sehr leicht zu unterhaltende Natur habe (Calcium Carbonicum: *meistens gut gelaunt, lacht über seltsame Sachen*).

20 WAREN WIR PEINLICHE FREAKS?

»Verstehen Sie?« fragte ich Herrn Schabowski. »Verstehen Sie, was ich meine?«

»Ich weiß nicht«, sagte er. Nachdenklich schaute er in den Flur mit den vielen Türen, von denen sich immer wieder eine öffnete und einen Menschen entließ und einen anderen aufnahm. »Vielleicht meinen Sie damit, dass Sie eine etwas extravagante

Familie hatten, vielleicht ein wenig ungewöhnlich, aber liebevoll, und dass die Welt dort draußen ein kalter, unwirtlicher Ort ist.«

So ungefähr war es vermutlich.

In den nächsten Tagen ertappte ich mich des Öfteren dabei, wie ich meine Familie betrachtete, wie ich sie beobachtete wie ein Experte eine Ameisenkolonie.

Meine älteren Schwestern, bebrillte, lange und ungelenke Elende, die sie waren, sahen, wenn sie mit buckligen Rücken irgendwo saßen, aus wie ein kleiner Schwarm verträumter Riesenuhus, die versehentlich in ein Unwetter geraten waren und ganz generell nicht wussten, dass es sich bei ihrer Spezies um Raubvögel handelte. Freundlich und unendlich geduldig warteten sie, lesend, malend, musizierend oder vertieft in kompliziert verzweigte, aber sinnlose Gespräche, Tag für Tag darauf, dass ihre Mahlzeit an ihnen vorbeischlenderte.

Meine Mutter war der Oberuhu, Haare wie ein Gebüsch und Klamotten, die an ihr herunterhingen wie erschöpfte Zelte, eine dieser Brillen, die das halbe Gesicht einnahmen und den Eindruck erweckten, man betrachte sein Gegenüber in einem verschmierten Schaufenster. Einer der Bügel war gebrochen und mit Klebeband umwickelt, übrigens nicht erst seit Kurzem.

Bärtig und mit riesigen Händen und Hosen, die immer ein wenig Hochwasser hatten, sah mein Bruder haargenau aus wie Rübezahl, aber ohne seine Depressionen.

Erst jetzt fiel es mir auf. Wenn meine Mutter in ihrem wehenden wadenlangen Inspektor-Gadget-Mantel die Treppen des Gymnasiums hinaufeilte, ihren Schal wie eine Girlande hinter sich herschleifend, drückten die Oberstufenschüler sich gespielt ängstlich an die Wand und wischten sich mit ausladenden Gesten den imaginären Schweiß von der Stirn, wenn sie außer Sicht war.

Wenn Anna und Eva mit ihren furchtbaren Brillen, den unmodischen Pullovern und den unvorteilhaften Hosen disputierend vor einem Spielplatz hin und her spazierten, sahen ihnen die Spielplatzmütter zu wie den Protagonisten eines sehr, sehr langsamen Tennismatches, und sogar die Kleinsten schienen aus ihren Sandkästen heraus zu grinsen, und wie ich erfuhr, kursierte über Sybille der Spruch: *Mein letzter Wille, eine Frau wie Sybille.*

Mein Bruder hatte keine Ahnung, dass wildfremde Leute ihn auf der Straße fotografierten, zumeist Touristen, die ihren Lieben zu Hause die Bilder sicher als rare Aufnahmen der scheuen Bergbewohner präsentierten, dieser Yetis, die manchmal, ganz selten, von den Schweizer Gletschern herunter zu den Menschen stiegen.

»Sie haben recht«, sagte ich zu Herrn Schabowski, »tatsächlich war nicht mein Zuhause das Problem, das Problem entstand, sobald meine Familie das Haus verließ, und es entstand bei mir nicht ohne Grund in diesem Alter, weil sich nun, auf dem Gymnasium, plötzlich die Kleinen mit den Großen mischten und der Welpenschutz anscheinend vorbei war, diese unausgesprochene Regel nicht mehr galt, die besagte, dass man sich als Kind in so einer Art Naturschutzgebiet bewegt. Ja, die Sternsinger waren nur der Anfang gewesen. Wissen Sie, ich machte mir nach meiner ersten Euphorie keinerlei Illusionen darüber, dass ich die Sache – also die Liebe – mit außerordentlicher Geduld angehen musste.«

»Das scheint mir eine sehr vernünftige Einstellung zu sein«, sagte Herr Schabowski, er warf einen Blick auf seine Uhr.

»Herrje, Herr Schabowski, ermüden Sie meine biografischen Ausschweifungen?«

»Keineswegs, Frau Benz, niemals könnten mich Ihre ungeheuer packenden Kindheitsgeschichten ermüden, eher ist es das Herumlungern in diesen Praxen und Krankenhäusern, das mir allmählich zum Hals heraushängt. Sagen Sie, wollen wir das Projekt nicht abblasen? Ich denke, ich habe alles getan, um den Pakt zu erfüllen, was meinen Sie?«

»Kommt gar nicht infrage, es ging darum, dass Sie eine Diagnose kriegen – das scheint ein kompliziertes Unterfangen zu sein, aber erst dann ist der Pakt erfüllt.«

»So ganz gerecht scheint mir das aber nicht zuzugehen«, sagte Herr Schabowski, »immerhin mussten Sie ja nur ein Mal zur Familienaufstellung.«

»Na ja, aber die Familienaufstellung wirkt ja so irre lange nach, das ist ungeheuer anstrengend, weil sich ja ganz viel bewegt und verändert bei mir, einfach im Untergrund, es dauert ewig, bis das Ergebnis sichtbar wird, das ist durchaus vergleichbar mit diesen vielen Arztkonsultationen.«

»Manchmal erschöpfen mich Ihre rhetorischen Winkelzüge, Frau Benz.«

»Ja, das kann ich mir vorstellen. Jedenfalls erzähle ich Ihnen die Geschichte nur dann weiter, wenn wir irgendwo herumsitzen und auf einen überarbeiteten Doktor warten – das sollte Anreiz genug sein.«

»Also so ganz kann ich Ihnen da nicht zustimmen, Frau Benz, nein, nein, ich habe eine andere Idee.«

»Ja, was denn?«, fragte ich argwöhnisch.

»Sie machen den Brief auf.«

»Welchen Brief.«

»Sie wissen genau, welchen Brief.«

»Das Wiener Schreiben«, flüsterte ich.

»Ganz recht. Sie sagten es ja selbst – alles verändert sich, nicht wahr? Und das Öffnen des Briefes wird das Symbol dafür sein.«

»Für die Veränderung.«

»Ganz recht. Abgemacht?«

Ich zögerte kurz, dann schlug ich ein. »Also gut, Herr Schabowski, also gut. Sie wissen nicht, was Sie da von mir verlangen, aber dieses Zugeständnis sollte Sie motivieren, weitere MRTs und was der Geier noch alles über sich ergehen zu lassen.«

»So ist es. Abgesehen von der Genugtuung, dass Sie Ihre Postangst überwunden haben, natürlich. Ich sage Ihnen, in absehbarer Zeit hängt auch Ihr wundervolles Porträt in meiner kleinen, feinen Galerie. Fahren Sie fort, Frau Benz.«

»Mein Porträt? In der Galerie der Helden? Träumen Sie weiter, Herr Schabowski.«

Tatsache war: Der Dragaschnig war von einer lodernden Leidenschaft, wie ich sie neuerdings ihm gegenüber verspürte, Lichtjahre entfernt. Der Dragaschnig übersah mich für gewöhnlich, und wenn er mich nicht übersah, fragte er, ob ich in die Mülltonne gefallen sei – dass das kein gesunder Boden für eine Beziehung war, leuchtete mir vollkommen ein. Ich würde mit äußerster Geduld vorgehen müssen und sozusagen ein totales Refurbishment meiner selbst vornehmen. Tatsächlich wendete ich die nächsten paar Jahre dafür auf, mich auf jeder Ebene zu perfektionieren, bis ich mit etwa sechzehn alles aus mir herausgeholt hatte, was aus mir herauszuholen war.

Zu Beginn meiner Generalüberholung schwebte mir vor, mich, ähnlich einem vollkommen unbrauchbaren Altbau, dessen Fassade man aber aus Gründen des Denkmalschutzes bewahren wollte, einer gründlichen Entkernung zu unterziehen. Denn auch ich würde meine Fassade, so wie es aussah, behalten müssen, allerdings aus Kostengründen.

»Eine Schönheitsoperation?« Meine Mutter lag in ihrem Arbeitszimmer auf dem senfgelben Sofa und las, sie blätterte die Seite um. »Frag mal Bruno, ob unser Budget das hergibt, ich fürchte, das Klavier letztes Jahr hat uns ein Riesenloch in den Geldbeutel gerissen.«

»Du willst dich operieren lassen? Wie kommst du denn auf die abgefahrene Idee?« Mein Bruder saß am Klavier, er übte die rechte Hand einer vertrackten Passage Brahms. Man konnte sagen, was ihm an Talent fehlte, versuchte er mit Hartnäckigkeit wettzumachen, allerdings ohne Erfolg; ich glaube, ich habe meinen Bruder immer nur entweder die eine Hand üben hören oder die andere, niemals beide zusammen.

»Ich habe neulich gelesen, man könne mit plastischer Chirurgie Wunder vollbringen.«

»Gefällt dir was an deinem Aussehen nicht?«

»Mein Aussehen? Darum geht's nicht, mich interessiert das Wunder.«

»Ah so.« Brunos Finger stolperten, er begann noch mal von vorne. »Ich glaube, das kostet ein Vermögen.«

»Du könntest doch das Klavier verkaufen.«

»Charly, es kann sein, dass man das nicht hört, aber ich mache Fortschritte.«

»Stehen sie im Verhältnis zu den Kosten?«

»Keine Ahnung. Ja.«

»Verdammt.«

»Tut mir echt leid.«

Zurück in meinem Zimmer überschlug ich mein eigenes Kapital und machte mich auf den Weg zum Telefon, ich wollte ein paar Anrufe bei den entsprechenden Praxen tätigen und erste Angebote einholen. Eva und Anna saßen in der Diele auf ihren kleinen Klappstühlen und aquarellierten das Schuhregal (»Kein Zweifel«, sagte Sybille: »Natrium Muriaticum, Hobbys: *Malen und Zeichnen, aber selten Menschen oder die Sonne.*«) Ich konnte mich auch an sie wenden, gewiss hatten sie eine ungefähre Ahnung. Meine Schwestern hatten von allem eine ungefähre Ahnung.

»Was kostet denn eine Schönheits-OP so in etwa?«

Eva tuschte behutsam rote Puschel auf die eben gemalten Hausschuhe. »Das kommt natürlich darauf an, was man alles machen lässt. Nase korrigieren, Ohren anlegen, Lippen aufspritzen, Grübchen nähen, Pausbacken entfernen, Kinnverkleinerung, Busenvergrößerung …«

»Verstehe. Sagen wir«, ich überlegte, was für ein ganz normales Wunder nötig wäre, »Nase, Grübchen, Busen.«

»Ein paar Tausend.« Eva wusch den Pinsel aus und betrachtete ihr Werk.

»Ein paar Zehntausend«, sagte Anna. Sie streckte sich. »Die Krankenkasse übernimmt das ja nicht. Außer du kriegst keine Luft, weil deine Nase so schief ist. Garderobenständer?«

Eva nickte, die beiden verschoben ihre Stühlchen, legten sich neue Blätter auf die Staffeleien und begannen, unsere Mäntel zu malen.

Ein paar Zehntausend? Ich war erschüttert. Das Klavier würde also maximal ein Ohr finanzieren.

»Jetzt mal ehrlich«, sagte Schabowski, er war gerade aufgerufen worden und stand auf, »haben Sie das mit der Schönheitsoperation wirklich in Betracht gezogen? Oder war das einer von Ihren legendären Versuchen, sich selbst bis ins Karikaturhafte zu überzeichnen?«

Ich nahm ihm seine Tasse ab, ich lachte verblüfft.

»Wenn ich Ihnen so zuhöre, Frau Benz, denke ich manchmal, Sie machen das nur, um mich zu unterhalten.«

Er ging den Flur hinunter und verschwand in einem der Behandlungszimmer, ich trank den Rest seines Kaffees aus.

21 HÄNSE QUANDT

Alles geriet irgendwie in Bewegung.

War es wegen der Familienaufstellung? Keine Ahnung. Jedenfalls war ewig lang nichts passiert und dann passierte plötzlich alles auf einmal. Das mit dem Brief, das mit Sybille, das mit Herrn Schabowski, das mit dem Dragaschnig und dann das mit Hänse Quandt. Jesus, und Mo Gabler, natürlich! Ehrlich, es wunderte mich selber, dass ich nicht zusammenbrach, es wunderte mich, dass ich nicht mindestens eine Angina kriegte oder Herpes. Ab und zu sagte ich zu Herrn Schabowski, ich sei ein waschechter Hypochonder (Postangst, Prokrastrination und Hypochondrie – wenn das nicht eine von diesen sensationellen New Yorker Neurotikermischungen ist, die wir aus all den tollen Filmen kennen, dann weiß ich auch nicht), aber er sagte: »Ein waschechter Hypochonder sieht anders aus.« – »Und wie?« – »Ganz anders einfach.«

Einige Tage nach der Familienaufstellung jedenfalls traf ich per Zufall auf einen der Journalisten vom letztjährigen Notfallessen.

Ich muss sagen, ich war da noch immer ziemlich neben der Spur. Ich hätte, wäre Sybille nicht in meiner Wohnung aufgetaucht, die nächsten Tage problemlos im Bett verbringen können, mit Bibi, Mohawk und Friends. Theodor Indenbirken und meine Aufstellungscrew hatten mich nachhaltig aus dem Tritt gebracht, ich fühlte mich so erschöpft, als hätte ich tagelang auf dem Bau gearbeitet.

Es war Freitag – da wir uns jetzt, Ende September, quasi schon im Weihnachtsgeschäft befanden, fiel mein freier Freitag flach –, und ich trat nach einem weiteren nutzlosen Tag im Dienste der Suppen und Müsliriegel aus dem alten Fabrikgebäude in Kreuzberg, in dem *LuckyLili* in der Zwischenzeit eine ganze Etage belegte. Ich zündete mir eine Feierabendzigarette an und rauchte, ermattet an die Klinkerwand gelehnt, dann ging ich nahtlos zur Nach-Feierabend-Zigarette über, die ich ziemlich cool im Mundwinkel hängen ließ, während ich an meinem Fahrradschloss herumnestelte. Ich stellte einmal pro Woche die Kombination meines Zahlenschlosses um, ich hatte mal gelesen, das würde das Gehirn frisch halten. Auf mich traf das eigentlich nicht zu.

»Oh, hallo! Wir kennen uns doch, nicht wahr?«

Ich richtete mich auf, wischte mir die Haare aus dem Gesicht und betrachtete den Mann vor mir. Er war etwa eins neunzig, dünn, keine schlechte Frisur, Stil Weimarer Republik, im Nacken ganz kurz, sauber geschnitten, ein weit auf der rechten Seite liegender Scheitel, dank Pomade alles bombenfest zementiert, so Comedian-Harmonist-mäßig; weißes Hemd, moosgrüner Kaschmirpullover mit V-Ausschnitt, schmal geschnittene Anzughosen aus feiner Wolle und darüber ein camelfarbener Duffle von Burberry, gute Schuhe. Alles prima Ware, ich hatte für so was einen Blick, mein eigener Schrank war voll mit guter Ware, aber es half nichts: Es war kein schöner Mann. Das Gesicht irgendwie schief und auffällig große Ohren, als wäre er bereit für einen Lauschangriff. Ich hatte diesen Mann hundertprozentig noch nie gesehen.

»Oh, Vorsicht«, sagte er, »Sie aschen sich da auf den Mantel.«

Ich schaute an mir herunter, tatsächlich, alles vollgeascht, er klopfte ein bisschen an mir herum.

»Das Notfallessen«, half er nach, »im letzten Jahr, bei Liliane? Irgendwas im Nest und *Feine Sahne Fischfilet?* Erinnern Sie sich? Wir saßen uns gegenüber.«

Jetzt fiel der Groschen. Ich sollte eigentlich nie sagen: hundertprozentig. Ich sollte nicht sagen: *Ich hatte diesen Mann hundertprozentig noch nie gesehen,* auch wenn ich hundertprozentig davon überzeugt war, dass es so war. Mein Problem war, dass ich immer übertreiben musste. Meine Glaubwürdigkeit war damit natürlich hundertprozentig im Eimer.

Ich trat die Zigarette aus und holte mir eine neue aus der Packung, er tätschelte seinen Dufflecoat ab, ich tätschelte meinen Mantel ab, aber keiner von uns stieß auf Streichhölzer, ich suchte den Boden neben meinem Fahrrad ab, ich hatte doch eben noch welche gehabt. »Kulturjournalist, oder?«, sagte ich von unten zu ihm hoch. »Renommierte Wochenzeitung, so was?«

Er nickte und reichte mir die Hand, ich richtete mich wieder auf und steckte mir die Zigarette hinters Ohr. »Hans Quandt – meine Freunde nennen mich Hänse.« Ich ergriff die Hand und schüttelte sie. »Herr Quandt. Ich erinnere mich. Charly Benz. Ja, *Feine Sahne Fischfilet*. Wie könnte ich Sie Hänse nennen. Sie haben besonders laut gelacht.«

»Herrje. Was soll ich zu meiner Verteidigung sagen?«

»Was weiß ich, *Sie* sind der Journalist, lassen Sie sich was einfallen.«

»You made my day.«

»Tja, ich denke, ich nehme das als Kompliment.«

»Ich muss vielleicht noch weitergehen und es wie folgt formulieren: You made my year. Und nicht nur meins, glauben Sie mir. Wir haben noch tagelang gelacht.«

»Ja, so was in der Art habe ich schon befürchtet. Ihrem Berufsstand muss es echt dreckig gehen.«

»Fragen Sie nicht.«

Ich zog mir die Mütze über den Kopf und band sie unter dem Kinn zusammen – es war so eine tolle Fliegermütze, mit Lammfell gefüttert, ein echtes Achtzigerjahre-Original von *Dolce & Gabbana*, das ich für teuer Geld einmal bei einem Zürcher Vintage-Design-Shop erstanden hatte. Der Don hatte mich kurz nach dem Kauf übrigens missbilligend darauf hingewiesen, ich solle nicht die Klamotten von meinem Opapa klauen – und klemmte meine Tasche auf den Gepäckträger.

»Vorsicht, Ihre Zigarette!« Er klaubte die zerbröselte Zigarette unter meiner Mütze hervor.

»Ah ja, danke. Scheiße.« Ich kämmte mir mit den Fingern den Tabak aus den Haaren. »Und, war dieses Jahr gütiger zu Ihnen?«

»Es geht. Ich fürchte, es war schlecht genug, um an Silvester wieder beim Notfallessen zu landen.«

»Machen Sie sich nichts draus, ich bin dort seit Jahren Stammgast.«

Er lachte. »Das ist doch immerhin ein Lichtblick.«

»Seien Sie sich da nicht so sicher, ich lerne seit Monaten die Zeitungen auswendig, es wird kein Revival geben von so viel Spaß, in der Zwischenzeit ist keiner besser informiert über *Feine Sahne Fischfilet* als ich, neulich war ja was mit der AfD. Im Übrigen, nur falls das zwischen uns stehen sollte, was *Feine Sahne Fischfilet* angeht, ich bin pro.«

Er lachte wieder. »Verstehe. Mögen Sie diese Art von Musik?«

»Keine Ahnung, ich hör doch keinen Punk, sind Sie verrückt? Ich bin nur ideologisch pro. Ich halte es für prätentiös, vom toten Punk zu reden, nur weil der Punk erwachsen wird und nicht mehr einfach gegen alles ist.«

»Ach so. Und wie geht es Ihnen? Arbeiten Sie hier?«

»Ja, aber ich an Ihrer Stelle würde nicht weiter nachfragen, ich arbeite im Marketing.«

»Ach, jetzt erinnere ich mich, Sie arbeiten für Liliane, bei *LuckyLili,* nicht wahr? Ich wusste gar nicht, dass die Firma hier ihren Sitz hat.«

»Richtig, ich arbeite für Liliane. Wollen Sie etwas über Marketing wissen? Ich bin ein ziemlicher Crack darin. Vermutlich haben Sie nicht mal eine Ahnung, was Marketing eigentlich ist, nicht wahr?«

»Na ja, Werbung halt – oder ist das arg verkürzt?«

»Auf keinen Fall. Lassen Sie sich bloß nie was anderes einreden.«

»Versprochen. Also – ich meine, wenn Sie mit Ihren Werbeslogans für heute fertig sind, könnten wir ja vielleicht einen Kaffee zusammen trinken?«

»Heute ist schlecht.«

»Ach so.«

»Ja.«

»Schade, na, vielleicht ein andermal.«

»Ich trinke auch am Abend gar keinen Kaffee, ich kriege da immer so Herzflattern.«

»Ach so.«

»Glauben Sie, das ist normal?«

»Herzflattern? Also, ich würde sagen –«

»Eher nicht, oder. Vielleicht bin ich krank?«

»Also krank, ich weiß nicht, ich glaube, viele Leute haben –«

»Wissen Sie, das ist eigentlich meine aller-, allergrößte Sorge: dass ich schwer krank bin und alle Zeichen sind da, ich verstehe sie nur einfach nicht. Ich habe Herzflattern, weil ich einen schweren Herzfehler habe, aber ich denke immer nur: Am Abend sollte ich keinen Kaffee trinken. Und irgendwann, zum Beispiel, während ich gerade versuche, die Kombination für mein Fahrradschloss herauszufinden, flattert mein Herz einmal zu viel und ich falle um, tot.«

»Das wäre kein schönes Ende.«

»Nein, wirklich nicht. Was soll ich bloß tun?«

»Vielleicht ein Buch lesen?«

»Ein Buch lesen?! Womöglich muss ich jetzt sterben und Sie empfehlen mir Lektüre? Sie sind wirklich ein Kulturjournalist, einer von der schlimmsten Sorte. Ich fürchte, Sie glauben ehrlich, Lesen helfe gegen alles.«

»Na ja, das Buch heißt: *Muss ich jetzt sterben,* ich habe das mal rezensiert. Ist nicht nur für Hypochonder.«

»Denken Sie, ich bin ein Hypochonder?«, fragte ich angenehm überrascht. Ich betrachtete mein Zahlenschloss. »Nein, sagen Sie nichts. Es ist egal, was Sie denken. *Ich* denke, ich bin ein Hypochonder, auch wenn mir kein Mensch glaubt. Ich fühle mich von diesem Buch, das Sie erwähnen, ertappt, ich fühle mich regelrecht niedergestreckt. Und natürlich denke ich automatisch: Muss ich jetzt sterben? Ich glaube, das nennt man ein Dilemma.«

»Ich glaube, das nennt man nicht Dilemma. Man nennt das Hypochondrie. Ich würde sagen, Sie sollten damit aufhören.«

»Ja«, seufzte ich, »das sagt mein Schabowski auch. Also genau genommen sagt er, ich solle aufhören, zu behaupten, ich wäre ein Hypochonder.«

»Schabowski, ist das Ihr Therapeut?«

»Sehe ich so aus, als hätte ich einen Therapeuten?«

»Nein.«

»Und warum nicht? Bin ich ein hoffnungsloser Fall oder was, ist bei mir Hopfen und Malz verloren oder was wollen Sie damit sagen? Alle Welt hat einen Therapeuten, bloß die blöde Benz muss alleine klarkommen?«

»Ich meinte damit nur, Sie sehen nicht aus, als hätten Sie einen Therapeuten, Sie sehen so aus, als bräuchten Sie einen.«

»Jesus, ja. Ja, so ist es. Aber wissen Sie, es ist so peinlich, sich einen Therapeuten zu suchen, wenn alle schon längst einen haben, es wirkt dann so, als würde ich jeden Trend mitmachen.«

»Ich glaube, Sie machen sich zu viele Gedanken um so was.«

»Sicher haben Sie recht.«

Prompt fiel mir die Zahlenkombination ein, viermal die vier, ich öffnete das Schloss und streifte mir dann die Handschuhe über. »Also dann«, sagte ich, ich wandte mich um und begann, mein Fahrrad zu schieben, ich wollte zur Kaiser-Apotheke, gegenüber von der Marheineke Markthalle, sie verkauften dort spagyrischen Nasenspray, ich könnte es aufbewahren, falls ich mal einen Schnupfen bekäme.

»Hören Sie«, sagte Hans Hänse Quandt, der Kulturjournalist von der renommierten Wochenzeitung, er kam die paar Schritte hinter mir her, »wenn Sie sowieso zu Fuß gehen, kann ich Sie ja vielleicht ein kleines Stück begleiten – außer natürlich, Sie wollen gleich losradeln.«

»Nein, nein, das Fahrrad ist eh kaputt, ich benutze es nur, damit ich meine Tasche nicht tragen muss. Klar, wenn Sie auch in meine Richtung müssen? Ich geh noch rasch zur Apotheke, sie verkaufen dort spagyrischen Nasenspray.«

»Ach so.«

»Nicht, dass Sie denken, ich wäre esoterisch oder so, ich bin auf der Skala maximal bei zwei, aber ich schwöre, bei Schnupfen gibt es nichts Besseres als den spagyrischen Nasenspray.«

Er überlegte kurz. »Was denn für eine Skala?«

»Ach, egal. So eine Skala halt, man sollte sich einfach im unteren Bereich bewegen.«

»Okay.« Er schien wieder in Gedanken versunken und fragte dann: »Und was genau ist spagyrisch?«

»Ich weiß es wirklich nicht«, sagte ich.

»Okay.«

Wir gingen schweigend nebeneinanderher, wie gesagt, ich fand es unendlich affig, wenn man mich siezte, noch viel, viel affiger fand ich es, wenn ich selbst jemanden siezte, der nicht mindestens hundert Jahre älter war als ich, und richtig schlimm fand ich es, dass ich keine Ahnung hatte, wie ich aus dieser unseligen Siezerei wieder herauskommen sollte. »Und«, fragte ich, »woran arbeiten Sie gerade? Was gibt es Neues in der Kunst und Kultur?«

»Leonard Cohen. Ich schreibe gerade einen längeren Artikel zu Leonard Cohen.«

»Hat er ein neues Album rausgebracht?«

»Nein, also – nein.«

»Wär aber mal wieder Zeit, was? Das letzte liegt doch schon Jahre zurück.«

»Ja, das – das stimmt. Könnte aber schwierig werden.«

»Schwierig? Er ist Musiker, das kann ja nicht so schwer sein.«

»Das stimmt natürlich. Bloß«, er warf mir einen prüfenden Blick zu, »Leonard Cohen ist tot.«

»Was?« Ich war stehen geblieben und lupfte die rechte Klappe meiner Fliegermütze, hatte ich mich verhört? »Leonard Cohen ist tot?! Haben Sie das gerade gesagt? Und seit wann bitte?«

»Im November jährt sich sein Todestag zum –«

»Und wieso weiß ich davon nichts?«

»Hm, also, keine Ahnung. Muss an den Medien liegen, ich vermute, sein Tod wurde vertuscht.«

»Was?!« Ich hatte die Mütze vom Kopf genommen. »Hören Sie, machen Sie keine blöden Witze über Leonard Cohen. Wegen *Feine Sahne Fischfilet* wirke ich vielleicht, als könnte man mich leicht verschaukeln. Ich weiß, es ist in Ihren Kreisen ja opportun, alles durch den Kakao zu ziehen, aber bei Cohen hört für mich der Spaß auf.«

»From this broken hill all your praises they shall ring.«

»Was?«

»Von diesen Hügeln aller Lobpreis erklinge.«

»Das ist doch vom Master himself!«

»Ja, aus *If it be your will.*«

Ich setzte mir die Mütze wieder auf. »Sie mögen Leonard Cohen?«

»Ein bisschen.«

»Sie wissen schon, dass das uncool ist.«

»Tatsächlich ist es folgendermaßen«, sagte Hans Hänse Quandt von der renommierten Wochenzeitung, »ich arbeite gerade an einem längeren Artikel zu Cohen – es ist ja bald der Jahrestag seines Todes und –«

»Ich bin immer noch nicht darüber hinweg: Cohen – tot!«

»Eben, und ich sammle gerade ein paar Quotes von Passanten, vielleicht fällt Ihnen ja spontan was dazu ein? Nur kurz, quasi auf dem Weg zum – zum Nasenspray.«

»Zum spagyrischen Nasenspray.«

»Ja.«

»Quotes?«

»Na, was Ihnen ganz spontan zu Cohen in den Sinn kommt, ob Ihre Generation irgendwas mit ihm verbindet, ob er verankert ist in Ihrem Popkosmos, ob Sie ein Lieblingslied haben, und wenn ja, welches, ob sein Tod vor drei Jahren Sie geschmerzt hat.«

»Sie sind gut, ob es mich geschmerzt hat. Da ich erst heute davon erfahre, fühlt es sich an, als wäre es heute gewesen.«

»Klar.«

»Leonard Cohen also«, sagte ich nachdenklich, während ich mein kaputtes Fahrrad neben mir herschob Richtung Marheineke Markthalle, »da müsste ich etwas ausholen.«

»Kein Problem«, sagte der Kulturjournalist, er war plötzlich putzmunter, blieb kurz stehen und packte seinen Rekorder aus und hängte ihn sich um den Hals, dann lief er wieder neben mir her und drückte den Knopf und zückte den Stift, er war Kulturjournalist, von einer renommierten Zeitung, er hatte mit *weit ausholen* kein Problem, nein, im Gegenteil, das machte ihm richtig gute Laune, das allzu Knappe war es, das Lapidare, was ihm die Petersilie verhagelte, wenn ich etwa gesagt hätte: »Nichts; ja; ja; ja; sag ich nicht; nein.« *Das* wäre ein Problem gewesen.

»Genau genommen fällt mir zu Leonard Cohen sofort die liebe Tante Vivienne ein.«

»Vivienne«, notierte er sich.

22 DIE BIRNENFLADEN MIT DEM DON

»Es war vor einigen Jahren, ich lebte damals noch in Zürich«, sagte ich, »als ich das letzte Mal intensiv an Leonard Cohen denken musste.«

»Intensiv«, notierte er erfreut.

»Ich traf meinen Vater – wir nennen ihn nur *den Don,* er hat gewisse Ähnlichkeiten mit einem Mafiaboss – damals in so einem fancy Zürcher Café, das ich selbst nie ausgesucht hätte. Er war jetzt offiziell Rentner, was aber übrigens überhaupt nicht hieß, dass er nicht weiterhin ungeheuer viel zu tun hatte, der Don wirkte umtriebiger und undurchsichtiger denn je. Er kam selten nach Zürich und nie meinetwegen. Er besprach mit Leuten, die ich nicht kannte, seine undurchsichtigen Geschäfte und sah sich mit ihnen dabei interkulturelle Ausstellungen im Museum Rietberg an. Manchmal nahmen sie dort an einer langwierigen japanischen Teezeremonie teil, dabei weiß ich genau, dass er Tee hasst, das ist doch verdächtig. Oder was meinen Sie?«

Der Kulturjournalist schaute auf. »Na ja«, sagte er, »ein bisschen auffällig vielleicht schon, aber was meinen Sie mit undurchsichtigen –«

»Eben. Das war total verdächtig. Er traf alte Freunde, die ich allesamt dubios fand, zu konspirativen Treffen in einem exklusiven Tennisklub (natürlich spielt er kein Tennis!), aß zu Mittag im *Grünen Glas* und erwarb für den Gegenwert meiner jährlichen Mietaufwendungen feine Hemden, Hosen und Krawatten bei seinem Herrenausstatter *Chez Lui* in der Bahnhofstraße. Irgendwo dazwischen trank er mit mir Kaffee und schaute auf die Uhr. Er hielt übrigens, das nur nebenbei«, sagte ich, wir waren in der Zwischenzeit beim Marheinekeplatz angekommen, ich stellte das Fahrrad ab und setzte mich auf eine der Bänke, der Kulturjournalist setzte sich neben mich und legte das Diktiergerät zwischen uns, »jeden meiner Freunde für grenzdebile Volltrottel, aber der letzte – Leander, ein hagerer Typ mit Hermann-Hesse-Brille, einer heutzutage total unmodischen Vorliebe für Heidegger und gerippten Unterhosen – habe meinem an Unsinn nicht gerade armen Leben die Krone aufgesetzt.«

Nun war Leander mitsamt Feinripp und seinem schwermütig zerzausten Haar wieder abgedampft – tatsächlich auf meine Initiative hin. Ich hatte festgestellt, dass dieses ewig raunende hermeneutische Geschwafel schon zum Frühstückskaffee mir tierisch schlechte Laune machte. Ich konnte nicht sagen, dass mir danach konkret Leander gefehlt hätte, es war eher die neu gewonnene freie Zeit, die mir ein gewisses Unbehagen bereitete, es war der Mann an sich, der mir fehlte, die Brille neben der meinen, das antike *Old Spice* im Bad, und weniger seine phänomenologischen Erkenntnisse nach sexuell vollbrachter Tat (Heidegger, lernte ich in dieser Zeit, passt einfach immer!).

»Ach was«, sagte der Don, während er behaglich einen Schluck Cappuccino trank und sich hernach zurücklehnte und die Arme weitflächig über die Sofalehne drapierte, »sei froh, dass du diesen Jammerlappen los bist. Im besten Fall hätte er sich in ein paar Jahren umgebracht und dir mit der Sauerei einen Haufen Scherereien gemacht. Im schlimmsten Fall hättet ihr lauter kleine Nazis mit Himmler-Brille gezeugt, die mit ihren Marmeladenfingern meine Louis-XVI-Stühle einsauen und mir den reaktionären Rotz ums Bein wickeln.«

»›Himmler‹, sagte er«, ich lehnte mich vertraulich zum Kulturjournalisten rüber, »verstehen Sie? Mein Vater hatte ja keine Ahnung.«

»Hören Sie«, sagte Hans Hänse Quandt, »das ist alles wahnsinnig interessant, aber die Sache ist die, ich brauche heute noch ein paar verwertbare Aussagen zu Cohen, ich kann nicht erkennen, dass das, was Sie mir hier berichten, auch nur ansatzweise etwas mit –«

»Dass das etwas mit Leonard Cohen zu tun hat? Aber ja, ich sagte doch, ich muss ein wenig ausholen. Jedenfalls, ich verzichtete darauf, das mit der Brille klarzustellen, Hesse ist Hesse und Himmler Himmler, aber es war ja vergebens, dem Don etwas erklären zu wollen. Kam das Gespräch auf meine Männerwahl, vertrat er felsenfest die Meinung, ich hätte ihn ›mal vorher konsultieren sollen‹, da er mit seinem sicheren Instinkt für ›Menschen, Charaktere und Frisuren‹ schon anhand der Beschreibung sagen könne, ob einer was tauge oder nicht. ›Im Zweifelsfall taugt er nichts‹, so die abschließende Bemerkung des Don.«

Hänse Quandt kniff die Augen zusammen und beobachtete eine alte Dame, sie trug zwei Einkaufstüten, vollgestopft mit Grünkohl, an uns vorbei.

»Findest du nicht, dass du es dir zu einfach machst?«, hatte ich den Don gefragt.

»Zu einfach!« Der Don hob in dieser typischen italienischen Klagegestik, die er aus dem Fernsehen haben musste, theatralisch die Hände, als würde er die Kaffeehausdecke anflehen. »Ich bitte dich! Erinnere dich an dieses Würstchen mit dem spärlichen Haar, wie hieß es doch gleich? Steve?«

»Pete. Mein Gott, Donnele, das ist doch Jahre her!«

»Allein das«, er deutete mit dem Zeigefinger streng auf mich, »allein das sagt dem Menschenkenner, dass das ein handgewebter Waschlappen ist, wer nennt sich denn bitte allen Ernstes *Pete?* Sind wir hier vielleicht in Wisconsin?«

»Wisconsin!«

»Das kann nur ein armes Würstchen sein. Und dann diese hinunterlampenden Hosen, als hätte er in die Windel gemacht, es war furchtbar.«

»Musst du nicht los?« Ich sah auf die Uhr, die Zeit kroch dahin, als hätte sie jemand bestochen.

»Immerhin trug er Unterhosen von Calvin Klein«, der Don lehnte sich vor, »dank der Hosen, die ihm immer um die Knie schlackerten, konnte ich das sehr schön beobachten. Ich habe mich damals schon gefragt, wo er die geklaut hat.«

Ich angelte nach meiner Jacke auf der Stuhllehne und wickelte mir den Schal um den Hals. »Du musst jetzt los«, sagte ich.

»Ach was!« Der Don warf einen Blick auf die Uhr. »Du hast ja noch gar nichts gegessen.«

»Ich will nichts.« Ich knöpfte meine Jacke zu und suchte nach der Mütze, der Don saß darauf.

»Zwei mal die Birnenfladen bitte!«, rief er Richtung Tresen. »Wir haben uns ja noch gar nicht richtig unterhalten, was machst du denn eigentlich so die ganze Zeit?«

»Vater? Ich studiere?«

»Und was war das noch mal? Irgendwas mit Literatur, oder? Irgendwas ohne Perspektive und ohne Berufschancen.«

Ich zerrte die Mütze unter seinem Hintern hervor und

stülpte sie mir über den Kopf, die Servierdame des *Henrici* stellte in dieser gezierten Art, die mich im *Henrici* immer schon auf die Palme gebracht hatte, die Fladen auf den Tisch und der Don drückte mich zurück auf den Stuhl, er betrachtete mich missbilligend. »Diese Mütze«, sagte er, »solltest du dem Opapa zurückgeben.«

»Welchem Opapa?«

»Lassen wir das. Ich wollte mit dir über die liebe Tante Vivienne reden. Du kannst dich hoffentlich an die liebe Tante Vivienne erinnern?«

Klar konnte ich mich an *die liebe Tante Vivienne* erinnern. Vivienne war nicht der Typ Frau, den man je wieder vergaß, sie war deutlich von allem zu viel, zu viel Rouge, zu viel Busen, zu viel Hintern, dazu überhaupt und insgesamt zu groß und mit einer Stimme wie Leonard Cohen, wenn er sehr, sehr müde war und *I'm your man* sang. Bei einem unserer raren Treffen hatte sie in der *Öpfelchammer* trotz ihrer beachtlichen Ausmaße auf Anhieb die legendäre Balkenprobe bestanden, bei der man über diverse jahrhundertealte Deckenbalken kletterte und – quasi der Höhepunkt des Spektakels, das von sämtlichen Gästen durch Klopfen auf den Tisch frenetisch bejubelt wurde – bis zum Bauchnabel nach unten hing und in dieser, gerade für berockte Damen, eher ungünstigen Position ein Glas Weißwein in einem Zug austrank. Anschließend kehrte man, immer noch lustig mit dem Kopf voran, wieder auf den Boden zurück. Dies waren so Abende ganz nach des Don Geschmack, er klopfte ausgelassen mit seinen Maulwurfpranken auf den Tisch und rief nach einer Runde fürs ganze Lokal, die liebe Tante Vivienne warf sich in breitbeinige Siegerpose wie Usain Bolt, nachdem er die Goldmedaille gewonnen hatte, und kippte sich vier große Gläser Apfelschnaps hinter die Binde, um anschließend – ein Recht, das sie sich durch die Balkenüberquerung erworben hatte – ihren Namen ins gut durchpflügte Holz zu kerben. Tante Vivienne kratzte auch gleich ihre Telefonnummer daneben. Als ich sie später fragte, wofür das gut sein solle, sagte sie, sie schreibe immer mal wieder ihre Telefonnummer irgendwohin, sie habe so schon die erstaunlichsten Leute kennengelernt, zum Beispiel meinen Vater. Ich fragte lieber nicht genauer nach.

Dann kommandierte sie einen jungen Mann aus der übrigen Gästeschar an eine der Gitarren, die in der *Öpfelchammer* für solche Anlässe immer bereitstanden, und sang zu seiner Begleitung *I'm your man* so zärtlich, rau und zugleich samtig, wie Cohen selbst gesungen hätte. Es war mucksmäuschenstill, während sie sang, aber als sie fertig war, hörte das begeisterte Tischgeklopfe kaum mehr auf. Sie trank ein weiteres Glas Apfelschnaps, beugte sich zu mir herüber und behauptete, das Trinken sei das Lachen der Götter, »wie der alte Ovid schon gesagt hat«.

Mein Professor für klassische Philosophie, später von mir zur Verifizierung des Zitats zurate gezogen, schaute mich argwöhnisch an und murmelte im Weggang etwas wie: »Jaja, und lieber eine Pulle Bier als die Pullezei.«

Tante Vivienne war jedenfalls eine durchgeknallte alte Schachtel und passte dementsprechend gut zum Don.

»Sie hat nach dir gefragt«, sagte er, während er systematisch seinen Fladen zerteilte.

»Oh nein.«

»Sie meinte, wir könnten uns doch mal wieder zu dritt treffen.«

»Nein danke.«

»Iss deinen Kuchen, du bist eh schon dünn wie ein Soletti. Kein Wunder, dass du immer die falschen Männer aufgabelst, richtige Männer finden das nicht schön.«

»Donnele. Du redest wie ein Nacho.«

Der Don lachte wie Käpt'n Ahab, so Käpt'n Ahab je lachte. »Nacho! Der ist gut! Nacho! Aber zurück zum Geschäft. Vivienne. Sie hätte da was Interessantes für dich.«

»Nein.« Ich fing an, den Birnenfladen zu essen.

»Eine Aufgabe. So was wie ein Job, könnte man sagen. Große Sache.«

»Nein. Ich habe einen Job. Und ich studiere, Vater.«

Er seufzte und sah auf die Uhr, er schob den halb gegessenen Fladen von sich. »Aha. Und, was steht so an im Studium, was liest man da so?«

»Ich schreibe gerade eine Arbeit über den Glauben in Zeiten der Säkularisierung.«

»Oh Gott«, der Don blätterte das Geld auf den Tisch, setzte seine Dreißiger-Jahre-Casquette auf und warf sich den Staubmantel um, er küsste mich nachlässig auf die Wange, »alles, alles Gute dann noch.« Und weg war er. Ein lonesome Cowboy, der die Stadt verließ, auf dem Weg zu interessanteren Orten.

Ich saß noch eine Weile in Schal und Jacke am Tisch, dann nahm ich zwei der vier Zwanzig-Franken-Nötli, steckte sie ein und aß auch den anderen Fladen auf. Ich war mir nie sicher, ob der Don eigentlich großzügig oder großkotzig war.

23 WIE ICH MIT DEM RAUCHEN AUFHÖRTE

Der Journalist der renommierten Wochenzeitung hatte sein Tonband abgeschaltet. Wir saßen seit geraumer Zeit auf der Bank an dem kleinen Platz und nun schauten wir uns an.

»Was war das denn für ein Job, den die liebe Tante Vivienne da für Sie hatte?«

»Sie ist übrigens gar nicht wirklich meine Tante.« Ich

suchte schon wieder nach meinen Streichhölzern und klopfte mich zentimeterweise ab.

»Ach so. Aber haben Sie nie nachgefragt, waren Sie kein bisschen neugierig?«

»Ja, doch, es gab dann danach mal so ein Treffen, aber – also, Ihnen muss klar sein, es konnte nichts Rechtmäßiges sein. Wenn Sie die liebe Tante Vivienne kennen würden, würden Sie verstehen, was ich meine.«

»Ihr einziger Bezug zu Leonard Cohen ist also, wenn ich das so salopp zusammenfassen darf, dass Ihre liebe Tante Vivienne eine Stimme hat wie Leonard Cohen.«

Ich dachte eine Weile darüber nach. »Wissen Sie«, sagte ich dann, »wenn ich die liebe Tante Vivienne höre, dann denke ich, Leonard Cohen war der wichtigste Sänger auf diesem Planeten. Ich denke, *I'm your man* ist das schönste Lied der Welt. Und ich denke weiter, der Popkosmos wäre ein anderer, wäre er nicht der wichtigste Sänger auf diesem Planeten.«

Der Journalist der renommierten Wochenzeitung packte seinen Krempel zusammen. »Was hatten Sie denn neben dem Studium für einen Job?«, fragte er, während er, auf der Suche nach seinem Füllerdeckel, seine Jackentaschen abklopfte. Wir klopften beide an unseren Taschen herum.

»Das war nur so dahergesagt. Ich lebte von den Zuschüssen meines Vaters.«

»Klar«, er zog den Deckel aus der Brusttasche, schraubte den Füllfederhalter zu und steckte ihn ein, »und, was von diesem Leander gehört in letzter Zeit?«

»Nicht direkt.« Leander war einer von den Schnarchnasen gewesen, die ich mir früher notorisch angelacht hatte, in der Hoffnung, mal eine normale, nette Beziehung zu führen. Er war nur insofern interessant, als ich nach ihm die Reißleine gezogen und es gar nicht mehr versucht hatte – das mit den

Beziehungen, meine ich. Ich dachte an Leander und dass er mit seinem melancholischem Cümbüşgezupfe und seinem Wunschjob als Gärtner, aber nur für Rosen und nur bei schönem Wetter, dass er mir mit diesem dünkelhaften Heideggergeschwurbel zumindest eines klargemacht hatte: Es war nicht prinzipiell besser, zu zweit zu sein.

Ich hatte in der Zwischenzeit die Streichholzsuche aufgegeben. Tatsächlich hatte mich die Streichholzsuche derart verärgert, dass ich auch gleich das Rauchen aufgegeben hatte, Schluss damit, ich hatte keine Lust mehr, eine Geisel des Streichholzes zu sein. Ich sagte das auch dem Kulturjournalisten: »Aus, Schluss, ich habe keine Lust mehr, diese ganzen Abhängigkeiten! Man muss immer Zigaretten dabeihaben, man muss immer Feuer haben, man muss regelmäßig rausgehen und eine rauchen, aus und vorbei damit, jetzt hör ich auf.« Ich holte eine Packung Fisherman's Friend heraus und bot auch ihm eines an.

»Leander war, um auch diesen Punkt noch abzuhaken, zwar nie offizieller Bewohner meiner damaligen WG, hatte aber, Dauergast, der er war, seinen persönlichen Besitz in der gesamten Wohnung verteilt. Unter anderem hing ein fröhlich und irgendwie sowjetrussisch koloriertes Poster von Atatürk im Klo, er trug darauf eine dieser schwarzen Persianerfellmützen, die man nicht mehr tragen darf, sie harmonierte aber gut mit seinen stahlblauen Augen. Woher dieser Hang zum Osmanischen bei Leander kam, war mir schleierhaft. Tatsache war, dass er bei seinem Auszug sämtliche Sackpfeifenaufnahmen und seine Cümbüşgitarre einpackte, auf der er, wenn es dämmerte, gern nachdenklich zupfte. Als ich einmal während seines abendlichen Spiels mit dem Don telefonierte, lauschte dieser erschüttert und meinte, wenn das keine endogenen Depressionen seien, dann wisse er auch nicht. Nach Leanders

Auszug behauptete ich, er hätte in einem seiner manischen Schübe das Atatürk-Plakat zerfetzt und wäre dem IS beigetreten, mit seinem orientalischen Gesang unterhielte er nun die kämpfenden Truppen.«

Ich schwieg kurz, Hans Hänse Quandt schwieg auch.

»Dann hörte ich lange nichts von ihm. Vor ein paar Jahren allerdings sah ich in den Medien ein Bild, es war ein Film-Still aus einem dieser verwackelten IS-Terroristenvideos. Ich bin mir fast sicher, das war er. Er hatte seinen Fuß auf den abgeschnittenen Kopf eines Journalisten gestellt. Leander fehlte ein Schneidezahn, aber er sah glücklich aus.«

»Auf einen Journalistenkopf?«

»Ja. Ich glaube, es war ein Kulturjournalist.«

»In den Medien«, sagte der Kulturjournalist.

»Ja, Medien«, sagte ich.

»Um mit den Worten Ihres Vaters zu sprechen«, meinte Hänse Quandt, »das setzt Ihrem an Unsinn nicht gerade armen Leben die Krone auf.«

Ich lutschte innig an meinem *Friend.* »Vielleicht haben Sie recht.«

»Was arbeitete Ihr Vater eigentlich, bevor er in Rente ging?«

»Das ist eine interessante Frage. Wenn ich übrigens *Rentner* sage, trifft das den Sachverhalt, also den Don, nur bedingt. Ich habe nie geglaubt, sein eigentlicher Broterwerb – er übte in der Stadtverwaltung von St. Gallen eine Beamtenfunktion aus, deren genauer Sinn sich mir nie erschlossen hat – wäre die Quelle für diese erstaunliche Liquidität, derer er sich erfreute.«

Der Journalist der renommierten Wochenzeitung knöpfte die Duffleknöpfe seines Dufflecoats zu und hängte sich eine dieser journalistentypischen Messenger Bags um, die einen, so glauben die Journalisten, um Jahre jünger machten. »Zusammenfassend können wir sagen, nach allem, was Sie mir erzählten, bleiben im Grunde nur offene Fragen.«

Ich schaute über den Platz. Die Kreuzberger Tauben stolzierten versnobt und auf eine ekelhaft gezierte Art zwischen den Bänken umher, die mich sofort an das Servierpersonal des *Henrici* erinnerte, und neben uns baute man schon die Buden für den Flohmarkt am Samstag auf. Ich nickte, ich dachte an die Familienaufstellung neulich.

»Sie wissen gar nicht, wie recht Sie haben. Aber das soll ja nicht Ihre Sorge sein, das Wichtigste haben Sie ja«, sagte ich, »Leonard Cohen: wichtigster Sänger, Planet, Kosmos, *I'm your man*.«

Wir blieben noch ein wenig nebeneinander auf der Bank sitzen und sahen zu, wie sie die Bretter für die Stände vom Transporter luden.

»*I'm your man* – haben Sie den Text vielleicht zufällig im Kopf?«

»If you want a lover«, sagte der Kulturjournalist, *»I'll do anything you ask me to.«*

»Richtig.« Ich wusste kurz nicht mehr, was ich sagen wollte, ich nahm mir noch ein Bonbon. »Können Sie nur ganz zufällig die erste Zeile? Oder von jedem Leonard-Cohen-Lied die erste Zeile?«

»Ich kann«, sagte der Kulturjournalist, »ich kann von jedem Leonard-Cohen-Lied jede Zeile.«

Ich nickte, als wäre das naheliegend. »Das ist ja dann eine ganze Menge«, sagte ich diplomatisch, ich hoffte, ihn dadurch nicht als den Supernerd dastehen zu lassen, der er war. »Ich habe darüber vorher noch nie nachgedacht, aber wenn Sie den Text von *I'm your man* präsent haben, verstehen Sie mich vielleicht, wenn ich sage, in dem Lied steckt sozusagen der Mängelkatalog zu meinem Leben. Alles, was ich habe, ist ein lächerlicher Kleinganove als Vater, kein Mann weit und breit, aber ein Schlappschwanz zum Exfreund – und die liebe Tante Vivienne. Über den Rest meiner Familie breiten wir den gütigen Mantel des Schweigens. Ich habe ein kaputtes Fahrrad. Ich hätte aber viel lieber all das, was Leonard Cohen mir mit dieser vertrauenerweckenden Stimme so vollmundig verspricht, einen Boxer, einen Arzt, einen Liebhaber. Ich bräuchte einen Chauffeur. Ich hätte gerne einen Vater für meine ungeborenen Kinder, ich hätte gerne einen Mann, der meine Schönheit anheult wie ein hitziger Hund, einer, der einfach ab und zu vorbeikrault. Einen Mann, der in mein Herz kriecht, wenn es einsam ist in einer kalten Nacht. Verstehen Sie, egal was die Frage ist, Leonard Cohen hat eine Antwort. Sie fragen mich, ob Leonard Cohens Tod mich persönlich schmerzt? Ich kann Ihnen gar nicht sagen, wie sehr. Ich vermute, er wäre meine ganz persönliche Antwort gewesen, denn ich bin ein einziges Fragezeichen. Er wäre mein Mann gewesen.«

Der Kulturjournalist der renommierten Wochenzeitung betrachtete seine matt polierten *Red Wings,* er sagte nichts.

Ich stand auf und reichte ihm die Hand. »Und ich denke«, sagte ich, »ich kann damit für meine gesamte Generation sprechen.«

24 NICHTRAUCHEN IST AUCH KEINE LÖSUNG

Ich steckte mir ein weiteres Bonbon in den Mund, langsam machte der Nikotinmangel mich nervös, ich zerkaute es hektisch und schob mein kaputtes Fahrrad neben mir durch die Straßen nach Hause und dachte mir, dass der Kulturjournalist der renommierten Wochenzeitung – Hans Hänse Quandt – viele Fragen gehabt hatte, aber ich hatte noch mehr. Ich schaute in die Fisherman's-Friend-Packung und schüttete mir den gesamten Rest in den Rachen, die scharfen Dinger trieben mir die Tränen in die Augen, und ich dachte weiter, dass entweder Fragen oder Antworten generell überschätzt wurden. Ich war mir noch nicht sicher. Ich hielt an und kramte eines von diesen verhutzelten Papiertaschentüchern aus meiner Manteltasche, das viele Eukalyptus machte mich fertig. Und als ich mein kaputtes Fahrrad, das auf eine Art kaputt war, dass es weder bergab rollen noch hügelan fahren konnte und auch nicht auf ebener Strecke, weil niemand die verdammte Kette repariert hatte (sprach Cohen in seinem Song von einem Mechaniker? Ich jedenfalls brauchte einen), als ich dieses Fahrrad fast den gesamten Weg nach Hause geschoben hatte und die große Zeder vor meinem Haus schon in Sicht kam, da dachte ich abschließend, dass man einfach nur sehr weit ausholen konnte. Dass man nur sehr viele Berufe und Fertigkeiten lernen konnte, wie Leonard Cohen ganz genau gewusst hatte, dass man Boxer lernen musste und Arzt und Liebhaber und Vater, dass man kraulen üben musste und Verschwindezauber und tausend andere Sachen mehr. Dass man hoffen musste, dass irgendwas davon passend war, wenn einmal eine Frau kam oder eine Frage oder ein Mann. Dass es sein konnte, dass nichts passte. Dass es keine Antworten gab. Dass es sein konnte, dass einfach niemand vorbeikam, keine Frau und auch kein Mann.

Erst als ich oben in meiner Wohnung angekommen war, fiel mir ein, dass ich den spagyrischen Nasenspray vergessen hatte. Ich war völlig aus dem Konzept gekommen, ich hatte keinen spagyrischen Nasenspray, aber ich hatte ja auch keinen Schnupfen, ganz im Gegenteil, ich fühlte mich so gesund wie nie zuvor, wahrscheinlich, weil ich das Rauchen aufgegeben hatte. Ich fühlte mich wie eine junge Bachforelle. Mir war klar, dass sich mein Leben vor mir ausbreitete wie ein komplizierter persischer Teppich, nein, wie eine mathematische Gleichung, die auch mathematische Supergenies nicht lösen könnten, aber ich war bereit, mich hineinzuwerfen. Ich blickte in den leeren Kühlschrank. Was du schon wieder für einen Blödsinn zusammendenkst, dachte ich bei mir, *in eine mathematische Gleichung hineinwerfen,* was bitte soll das denn heißen? Aber gut, ich schloss den Kühlschrank und legte schließlich einen Brocken gefrorene *LuckyLili*-Suppe unter den Heißwasserstrahl. Dann holte ich eine frische Packung Streichhölzer aus der Küchenschublade und zündete mir eine Zigarette an, mein kurzzeitiger Entschluss, mit dem Rauchen aufzuhören, war gut gewesen, vor allem, weil er kurz gewesen war. Alles andere daran hatte mich eigentlich nicht überzeugt.

Aber es war so: Von diesem Tag an kam alles in Bewegung, es war, als klarte es auf.

25 DIE NOTWENDIGKEIT EINES RESETS

Das nächste Treffen mit Schabowski fand bei ihm in Dahlem statt, es war der reguläre Termin im Rahmen meines Premium-Abos, und wir waren in Feierlaune. Nicht, weil irgendein erschöpfter Doktor Entwarnung gegeben hätte *(Alles in Ordnung, Herr Schabowski, einfach mal ein bisschen den Süßigkeitenkonsum im Auge behalten, nicht wahr?),* nein, wir waren einfach nur glücklich, uns mal wieder hier in den altvertrauten Räumen gegenüberzusitzen. Wir schwelgten in Kannen voller Kaffee und rauchten unsere Mowhaks mit einer regelrechten Arbeitswut, wir aßen Raffaelos, bis uns schlecht wurde – durch diese gehaltvolle Kokoscreme gab es bei diesem Snack eine natürliche Verzehrgrenze –, dann wechselten wir zum herzhaften Knabberspaß und aßen Goldfischli. Goldfischli hatten übrigens eine der mysteriösesten Werbemanöver, derer ich mich entsinnen kann. In den Achtzigerjahren war hinten auf der Packung der Goldfischli-Song aufgedruckt, inklusive Noten. Ich hatte damals gerade angefangen, das Spiel der Blockflöte zu praktizieren, und stürzte mich lerneifrig auf das neue Notenmaterial. Umso ratloser machte mich die hundertprozentige Nutzlosigkeit dieser Übung, der Text nämlich war umwerfend einfach, um nicht zu sagen allzu schlicht, und ging so: *Goldfischli, viele, viele Goldfischli* – und das war's. Das Notenmaterial selbst wirkte nach den kleinen Mozartmenuetten, die ich mir schon flötelnd erarbeitet hatte, vollkommen schwachsinnig. Ich konnte nun also das kleine Lied mit den drei Noten flöten, ich konnte es auch singen. Aber ich wusste nicht, wozu. Ich weiß es bis heute nicht. Vielleicht – denke ich nun, mit meiner beruflichen Erfahrung – ist genau das die perfekte Propaganda und das Vademecum funktionierender Werbung: null Sinn, aber es bleibt für immer hängen.

Vor lauter Erleichterung, dieses Mal in keiner Arztpraxis abzuhängen, hatte ich sogar vergessen, meine Post mitzubringen, und so verbrachten wir unser Stündchen mit weiteren Kindheitserinnerungen.

»Die nächsten Monate«, fuhr ich, rauchend, trinkend und snackend, fort, »waren nicht leicht.«

Ich war das Kind, das jeder Oberschüler kannte, weil es hektisch keuchend in ihre Lehrveranstaltungen platzte und mit verrutschter und beschlagener Brille blind einem Platz zustrebte, weil es dachte, seine eigene Unterrichtsstunde habe schon angefangen; ich war die, die für Professor Fonatsch ein paar (zehn) Blätter Noten *War is over* zum Mitsingen kopieren sollte und sich bei der gewünschten Stückzahl vertippte (tausend) und, unfähig, den Vorgang zu stoppen, nach den herausjagenden Papieren haschte, während eine Rotte Siebtklässler staunend die Performance verfolgte; ich war die, die beim Sportfest hilflos auf dem Barren hängen blieb, direkt vor dem Dragaschnig, der neben der Matte stand und Punkte für Eleganz und Geschicklichkeit vergab, beim Stangenklettern wie ein Sack zehn Zentimeter über dem Boden schwebte, unfähig, weitere Höhen zu erklimmen, und beim Kugelstoßen die Kugel auf den Fuß des Sportlehrers fallen ließ. Ich war die, die eine halbe Stunde lang ein ausuferndes Referat hielt *(Geschlechter der Frauenbewegung)* und erst danach anhand der unbehaglichen Stille im Klassenraum viel zu spät kapierte, dass ich das Thema verfehlt hatte *(Geschichte der Frauenbewegung)*.

Ein Neustart war unbedingt nötig. Bloß wie sollte ich den bewerkstelligen? Es schien mir eine unlösbare Aufgabe zu sein. Meine Familie war nicht cool, meine Kleidung war nicht hübsch, meine Brille war ein Desaster, Nase, Kinn und Ohren hätte man verkleinern oder anlegen oder irgendwie *unscheinbar* machen müssen, meinen Busen hingegen aufbauen, und ich schwafelte zwar für gewöhnlich frühreif daher, jedoch gab es kein einziges universelles Thema, das ich souverän hätte erörtern können. Ich benahm mich wie ein Trampel und hatte von nichts eine Ahnung. Gewiss, das alles war selbstverständlich völlig normal für eine Zwölfjährige, aber, Herrgott, ich wusste es aus Film und Fernsehen: Wenn man der Liebe seines Lebens begegnete, war man zumindest annähernd erwachsen. Ich war nicht erwachsen, aber der Dragaschnig war die Liebe meines Lebens, daran gab's nichts zu rütteln. Also musste ich mich dem Erwachsensein annähern.

26 HEILIGE RÄUME SCHAFFEN MIT FENG-SHUI

Eines Abends suchte ich Sybille in ihrem Zimmer auf. Sie saß auf dem Fußboden und hatte vor sich ein großes Stück Packpapier ausgebreitet. Ich setzte mich ihr gegenüber und schaute ihr eine Weile beim Zeichnen zu.

»Wenn du irgendwas anders haben willst«, fing ich irgendwann an, »wie gehst du da vor?«

Sybille richtete sich kurz auf und betrachtete ihr Werk, sie warf einen Blick in ihr Notizbuch und fing dann an, einzelne Flächen ihrer Zeichnung zu schraffieren.

»Was denn anders?«, fragte sie, sie steckte den Bleistift in das Durcheinander ihrer Haare und radierte ein bisschen.

»Einfach irgendwas, eine Veränderung.«

»Irgendwas also.«

»Ja also, wie zum Beispiel, wenn man abnehmen möchte. Man ist dick und will nicht mehr dick sein, das ist eine wünschenswerte Veränderung, und mich würde interessieren, wie man da vorgeht.«

»Tja«, sagte sie, während sie gewissenhaft weiter ihrer Arbeit nachging, »erst einmal muss man Ursachenforschung betreiben. Wie ist es zur Dicklichkeit gekommen? Es kann erforderlich sein, verschiedene Bereiche anzuschauen. Ernährung. Bewegung. Genetische Disposition. Stress. Psychische Faktoren. Es liegt nahe, den einzelnen Bereichen eine prozentuale Gewichtung zu geben, also zum Beispiel: Ernährung siebzig Prozent, Bewegung zwanzig Prozent, der Rest verteilt sich ungefähr zu gleichen Teilen. Dann ist es empfehlenswert, Informationen einzuholen, sprich: Wie ernähre ich mich richtig, wie viel Sport ist sinnvoll, welcher Sport und so weiter. Für alles, was man nicht selbst herausfinden kann, sucht man sich einen Experten. Tja, man lernt kurzum, was zu tun ist, man fertigt einen Plan an und dann setzt man ihn um, voilà, fertig ist das Traumgewicht.«

»Das klingt nicht schwer«, sagte ich.

»Überhaupt nicht schwer. Eigentlich sogar pipieinfach.«

Ich blieb noch ein wenig sitzen und schaute ihr dabei zu, wie sie nun eine feine Lage Pergamentpapier – ebenfalls versehen mit einer Art architektonischer Skizze – über ihr Packpapier legte. Es war mir komplett schleierhaft, was sie damit bezweckte.

»Hast du eigentlich keine Bedenken, mir einfach so Diättipps zu geben?«

Sybille steckte ihre Kladde in die hintere Hosentasche, klebte die beiden Papiere am oberen Rand zusammen und hob sie hoch. Das Pergament hing nun wie eine Art Duschvorhang vor der dahinterliegenden Zeichnung. »Was denn für Bedenken?« Sie ging mit dem riesigen Plakat zur Wand neben der Tür. »Kannst du mal halten?«

Ich drückte das Packpapier gegen die Wand, sie trat einen Schritt zurück, begutachtete ihr Werk und bat mich, es etwas höher zu schieben. Ich stand auf den Zehenspitzen und musste mich ganz schön strecken. Sie kramte aus der Brusttasche ihres Hemds ein paar Nägel und steckte sie sich zwischen die Lippen. Sie blickte sich suchend um. »Wo hab ich denn jetzt den Hammer?«, sagte sie gepresst. »Moment.«

Ich betrachtete die Skizze direkt vor mir. Langsam rutschte ich nach unten. Sybille wühlte sich hinter mir durch ihr Zimmer.

»Ich meine nur. Was, wenn ich nun abnehmen wollte.«

Ich hörte die Schubladen ihres Schreibtischs auf- und zugehen.

»Wieso solltest du abnehmen wollen, du bist dünn wie ein Strich.«

»Ja eben. Das liegt am Silicea in meiner Konstitution, das hast du höchstpersönlich diagnostiziert, *spinnenförmiger Leib.* Was aber, wenn ich nun magersüchtig wäre.«

Meine Schwester steckte im Schrank, ich schaute unter meinem linken Arm zu ihr hinüber, sie zerrte BHs und Unterhemden hervor.

»Ich dachte, es wäre nur ein Beispiel«, sagte sie dumpf, »hypothetisch.«

Das Plakat unter meinen Händen rutschte immer weiter nach unten, meine Arme fingen an, lahm zu werden. »Sybille, der Hammer ist bestimmt nicht bei deiner Unterwäsche.«

»Da ist er ja!«. Munter hielt sie ihn hoch und warf ihre Wäsche wieder in den Schrank.

»Ja, schon«, ich war mit dem Plakat in der Zwischenzeit weit Richtung Boden gesackt, es berührte mit der unteren Kante die Scheuerleiste, »aber wäre es nicht typisch für eine Magersüchtige, so zu tun, als wäre es nur ein Beispiel, könnte das nicht ein Trick sein?«

Sybille begann, das Plakat an die Wand zu hämmern. »Das stimmt natürlich«, sagte sie, »ein wichtiger Punkt.«

Sie hämmerte den letzten Nagel fest und wir traten einen Schritt zurück. Das Plakat hing so tief, man konnte es nur kniend betrachten, wir setzten uns davor.

»Schön«, sagte ich.

»Honey«, Sybille drehte sich zu mir und fasste mich zärtlich an den Schultern, »du hast eine wunderschöne Figur, du musst dir keine Sorgen um dein Gewicht machen.«

»Sybille, ich bin erst zwölf, ich bin zu dünn, ich mache mir keine Sorgen um mein Gewicht.«

»Meine Liebe, alle Magersüchtigen sagen das. Es könnte ein Trick sein.«

Ich seufzte. »Okay«, sagte ich, »gut, dass wir gesprochen

haben. Es hat mir wirklich zu denken gegeben und ich weiß jetzt, Magersucht ist keine Lösung. Danke, Sybille.«

»Nichts zu danken«, Sybille hatte sich wieder ihrem Plan zugewandt. Sie fischte ihre Kladde aus der Hosentasche, legte sich flach auf den Bauch, um die Details besser zu erkennen, und begann, sich Notizen zu machen.

Ich war aufgestanden und sah zu ihr hinunter. »Sollen wir es nicht noch mal neu befestigen? Ein paar Meter höher?«

»Hm?« Sie war ganz vertieft in ihre Arbeit.

»Ach, schon gut.« Ich ging Richtung Tür. Ich war schon halb draußen, da rief sie mir hinterher: »Pass auf, ich *merke* es, wenn du ins Klo kotzt!«

»Das wäre dann Bulimie«, sagte ich.

»Was?«

»Ach egal, mach ich nicht. Ich hasse es, mich zu übergeben.«

»Ich auch, ehrlich. Die beste Prophylaxe vor einem anderen psychischen Knacks ist eine Phobie, sag ich immer.«

27 EIN NOTIZBUCH IST DER ERSTE SCHRITT IN EIN NEUES LEBEN

Ich muss sagen, ich ging die Sache mit dem allergrößten Eifer an.

Am nächsten Tag besorgte ich mir in der Papeterie *Schiff* ein Notizbuch. Es stellte sich ein Effekt ein, den ich später, beim Kauf diverser weiterer Notizbücher zur Niederschrift von Listen und Plänen und Bestandsaufnahmen, immer wieder bemerken würde: Ich hatte das Gefühl, das Schwierigste schon gemeistert zu haben. Ein leeres Notizbuch hatte so was Frisches, Erquickendes, so ein Notizbuch sagte dir: *In deinem Leben war bisher nur Chaos, ein Wirrsal von banalem Mumpitz, hier bei mir liegt die Zukunft glatt und sauber vor dir. Alles ist möglich.*

»Ein leeres Notizbuch«, dozierte ich, während Herr Schabowski den Aschenbecher leerte und eine neue Packung *Goldfischli* öffnete, »ist wie eine neue Wohnung, ein neuer Schrank, ein neuer Pullover.«

»Da stimme ich Ihnen absolut zu«, sagte er, »tatsächlich bewahre ich in einem Schrank in der Diele meine gesamten Terminkalender und Notizbücher und Tagebücher der vergangenen Jahrzehnte auf – und immer wieder ist es eine kleine Freude, darin zu schmökern. Man blickt in eine Welt, die man ansonsten schon längst vergessen hat.«

»Ja, das ist ja schön für Sie, Herr Schabowski, ich selbst kann da nicht mitreden.«

Warum es mir nie gelingen wollte, diese Chance der leeren Seiten zu nutzen und meinem ganzen Leben diesen gesunden energischen Schub zu geben und dann die Richtung zu halten, war mir unbegreiflich. Tatsache ist, meine Wohnungen wurden ruckzuck wieder zum Saustall, meine Schränke waren traurige Stätten der Gesetzlosigkeit und meine Pullover hatten Pilling. Sobald ich begann, meine Notizbücher vollzukritzeln, ahnte ich, dass es vollkommen sinnlos war. Schon wieder war alles kompliziert und mit jeder weiteren Liste verstärkte sich nur die Gewissheit: Ich brauchte ein neues Notizbuch.

Damals jedenfalls ahnte ich noch nichts von den vielen weiteren Notizbüchern, die auf dieses erste folgen würden, damals ging ich ins *Schiff,* und als ich wieder herauskam, blickte ich der Zukunft mit neuem Optimismus entgegen. Ich musste meine inneren Kompetenzen ausbauen und modisch auf den neuesten Stand kommen. Den Plan dazu musste ich nur aufschreiben. Dann musste ich ihn umsetzen. Experten hinzuziehen. Sybille hatte vollkommen recht. Es war pipieinfach.

Als ich zu Hause ankam, herrschte Aufbruchsstimmung. Unter Sybilles Anleitung … erwähnte ich es übrigens schon? Sybille ist »ganz klar Iodum, überaktiv, ruhelos, impulsiv«. Klar, dass sie bei diesem nervigen Typus keine Sekunde warten konnte, ihren Generalstabsplan in die Tat umzusetzen. Sie hat »einen zu raschen Stoffwechsel, deutliche Überfunktion der Schilddrüse«. Sie begutachtete sich selbst wirklich mit derselben Mitleidlosigkeit wie den Rest von uns. Jedenfalls unter ihrer Anleitung trugen die Zwillinge unsere Möbel in der Wohnung umher. Ich ging an ihnen vorbei in mein Zimmer, meine Mutter saß in meinem Sessel und korrigierte Arbeiten, mein Bruder hatte sich natürlich aus dem Staub gemacht – Calcium Carbonicum ist *bekanntermaßen faul und träg*. Meine Mutter, das nur nebenbei, war Sybilles Ansicht nach Tuberculinum: *starke Erkältungsneigung, ersetzt den Barometer* – das stimmte wirklich, meine Mutter begann zu husten und am nächsten Tag regnete es.

»Hallo Schätzchen«, sagte sie, »du und ich sollten wohl die Zimmer tauschen.«

»Warum?«

»Sybille hat einen Feng-Shui-Plan entwickelt und der besagt, dass mein Arbeitszimmer bisher im Bereich der *Hilfreichen Freunde* lag. Sie meint, ich sollte eher in dein Zimmer ziehen.«

»Warum?«

»Du wohnst in den *Glückbringenden Segnungen*.«

»Die brauche ich auch.«

»Ja, aber Sybille sagt, wenn ich da einziehe, verdiene ich mehr Geld.«

»Okay.«

Ich begann, meine Sachen in die Kartons zu packen, die offensichtlich zu diesem Zweck in mein Zimmer gebracht worden waren.

»Was ist eigentlich Feng-Shui?«

»Ich habe keine Ahnung, Schätzchen«, meine Mutter schrieb eine Note und nahm sich die nächste Arbeit vor, »aber ein bisschen mehr Geld kann ja nicht schaden, nicht wahr? Ich würde sagen, wenn Sybille damit die Ausgaben für das Klavier wieder reinholt, hat es sich schon gelohnt.«

Im Grunde kam mir die Umräumaktion nicht ungelegen. Ich ging hinüber in Sybilles Zimmer und kniete mich vor ihr Plakat. Nun – mit den Informationen meiner Mutter – ergaben die beiden Papiere plötzlich einen Sinn. Auf dem Packpapier erkannte ich die Räume unserer Wohnung, liebevoll hatte meine Schwester die Möblierung jedes Zimmers eingezeichnet. Auf dem Pergament darüber hatte sie verschiedene Zonen gemalt. Tatsächlich, ich sollte zu den *Hilfreichen Freunden* ziehen. Ich war sehr zufrieden. Das Feng-Shui kam mir zu Hilfe. Ich brauchte unbedingt noch Experten, die mir bei der Umsetzung meines Plans behilflich waren – und was sonst waren denn Experten, wenn nicht hilfreiche Freunde? So schloss ich beispielsweise eine hilfreiche Freundschaft mit Jane Fonda.

28 METHODIK IST ALLES

Ich begann mein Notizbuch zu füllen, ich führte Buch. Die nächsten paar Jahre standen ganz im Zeichen meiner Recherche und Typveränderung.

Wie ein Ethnologe sich den Sitten und Gebräuchen unbekannter Stämme widmet, beobachtete ich meine Mitschüler. Ich machte mir Notizen über ihre Kleidungsstücke, ihre Gesten und ihre Mimik, gewissenhaft belauschte ich ihre Gespräche und notierte mir die Codes der wirklich Lässigen (*geil* beispielsweise kam gerade groß in Mode, *cool* oder *fett*, Jesus, ich stamme wirklich aus dem Mittelalter!!). Wie ein

Spion lauerte ich in den Ecken des Schulhauses und las durch mein kleines Opernglas die Aufschriften auf ihren Schuhen *(Converse, Adidas)* und lungerte in der Nähe der Bushaltestelle am Bahnhof herum *(Coole Jugendliche immer an Bushaltestellen, auch wenn sie nicht auf den Bus warten. Warum?? Herausfinden!!).*

Ich notierte mir die Marken von Taschen und Rucksäcken und unterstrich mit rotem Fineliner, dass man tolle Frauen fortan *Schnecken* nannte.

Meine Beobachtungen hielt ich auf Packpapier fest, das ich mir bei Sybille besorgte. Die Plakate, die ich fertigte, waren Meisterwerke. Meisterwerke der Kryptik, wie ich vielleicht dazusagen muss. Ich verstand nicht, was sich abspielte bei den ganzen coolen fetten Leuten um mich herum, je mehr ich über sie herausfand, desto mysteriöser erschienen sie mir.

»Aber egal«, sagte ich zu Herrn Schabowski, »manchmal, das hat meine Mutter des Öfteren gesagt, manchmal erschließt sich einem der Sinn einer Sache erst hinterher.«

»Ihre Mutter«, sagte Herr Schabowski, »erzählen Sie mir doch noch ein bisschen was über Ihre Mutter. Was ist sie für ein Mensch – abgesehen von der ewig geflickten Brille und so –, ich meine, was ist sie für eine Frau, wie hat sie Ihr Leben geprägt? Lebt sie noch in St. Gallen?«

»Meine Mutter?« Ich schaute auf die eingedunkelte Resopalplatte von Herrn Schabowskis hässlichem alten Schreibtisch, ich schaute mir gründlich die sorgfältig gespitzten Bleistifte in ihrer Stifteschale aus Zelluloid an, das Usambaraveilchen. Ich suchte nach Worten, aber viel fiel mir nicht ein, darum sagte ich irgendwann, und es klang lahm und unbefriedigend: »Nein. Nein, sie wohnt nicht mehr in St. Gallen.«

»Verzeihen Sie, meine Liebe«, Herr Schabowski tätschelte mir die Hand und reichte mir noch einmal die Goldfischli-

Tüte, »ich wollte Sie nicht in Ihrer Erzählung unterbrechen, Sie waren dabei, mir Ihr Konzept zu erläutern, Ihre jugendliche Coolness zu steigern, das interessiert mich natürlich, wie genau gingen Sie vor?«

Ich aß ein Fischli und dann noch eins und noch eins, ich schob alle komplizierten Gedanken an meine Mutter beiseite und erzählte da weiter, wo noch alles unkompliziert war und amüsant, zumindest aus der Distanz der Jahre betrachtet.

Meine Mutter hatte sich geweigert, mir neue Turnschuhe zu kaufen. »Die Alten sind doch noch gut!« Meine Mutter hatte keinen blassen Schimmer, was sich vor ihrer Nase abspielte, sie unterrichtete diese ganzen geilen Leute und realisierte nicht, dass man ohne Adidas sozusagen Luft für die war – also schrieb ich auf meine Hallenschuhe mit schwarzem Textmarker *Adidas Superstar*.

Auf meiner To-do-Liste stand beispielsweise: *Coole Jugendliche immer an Bushaltestelle, auch wenn sie nicht auf den Bus warten. Zweimal die Woche auch machen.*

Das Problem war nur: Warum? Warum bloß standen sie an dieser verdammten Bushaltestelle? Ich wusste es nicht. Sollte ich also fortan zweimal die Woche an der Bushaltestelle am Bahnhof stehen und Bus für Bus vorbeiziehen lassen? Gab es für dieses geheimnisvolle Verhalten einen Grund, der sich mir nicht erschloss? Konnte ich es riskieren, grundlos an der Bushaltestelle zu stehen und keinen Bus zu nehmen? Oder würden mich die ganzen Insider sofort als Hochstaplerin enttarnen und mich lachend in den nächsten Bus werfen, den sie nicht nahmen? Ich musste es einfach ausprobieren.

Des weiteren fand sich auf meiner To-do-Liste: *Haare kurz schneiden.*

Zöpfe waren out, das Mädchen der Zukunft trug den vorteilhaften Jungsschnitt, kein Mädchen in meiner Klasse hatte noch lange Haare, alle hatten sie schon längst abgesäbelt. Ich war unsicher, ich hatte Fitzelkram, wo andere Haare hatten. Konnte ich es wagen, nicht nur an Masse, sondern auch noch an Material zu sparen? Es half alles nichts, mein spärlicher Kopfschmuck musste weg. Eva, zu meiner Friseurin erkoren, war erst etwas skeptisch, als ich auf ihre Nachfrage, »Wie kurz?«, »Einfach kurz« antwortete, schnitt mir dann aber anstandslos das Haar raspelkurz ab.

Mein neuer Look hätte mich von einem miserabel aussehenden zu einem ganz okay aussehenden Jungen befördert, ich als Mädchen sah natürlich scheiße aus. Aber egal, mit meinem neuen Haar, den angesagten Hallenschuhen und den Jeans, die ich mir unten karottig zusammengeheftet hatte, stand ich fortan immer dienstags und freitags an der Bushaltestelle am Bahnhof, etwa für eine Dreiviertelstunde. Ich hielt das für ausreichend, um klarzumachen, dass ich nicht auf den Bus wartete. Dann fuhr ich mit meinem Fahrrad wieder nach Hause. Ich fühlte mich nicht schlecht. Ich war auf dem richtigen Weg.

Nach zwei, drei Wochen, die ich ziemlich selbstbewusst mit meinem neuen Lebensgefühl verbracht hatte, merkte ich, irgendetwas stimmte nicht. Ich hatte mein Leben umgekrempelt, aber es tat sich nichts. Weder warf mir der Dragaschnig anerkennende Blicke zu, wenn er an mir vorbeischlenderte, noch nannte mich jemand eine coole Schnecke, ich wusste, dann hätte ich es geschafft. Ganz im Gegenteil muss ich sagen, dass ich von den ganzen Oberstufengirls nun des Öfteren als »süßer Junge« bezeichnet wurde, was meinen Bestrebungen natürlich diametral entgegenlief. Als süßer Junge würde ich beim Dragaschnig hundertprozentig nicht punkten, er war, soviel ich wusste, eher nicht schwul.

Ich hatte alles richtig gemacht, und doch stand ich vollkommen ratlos vor meinen Plakaten. Gewiss, es war irgendwie einleuchtend, das alles zu notieren und eine Karottenhose anzuziehen, wenn alle eine Karottenhose anzogen. Aber reichte das wirklich? Wäre es nicht besser, den Trends immer einen Schritt voraus zu sein?

Es war total offensichtlich, ich brauchte Fachliteratur. Es würde natürlich nichts nützen, wenn ich meinem besseren Ich immer nur hinterherkrabbelte, wenn ich immer nur notierte, welche Rucksäcke man gerade trug. Bis ich mir einen zusammengespart hatte, trug die schon längst kein Schwein mehr. Während ich noch *Allstars* auf meine No-Name-Schuhe malte, preschten die anderen schon Richtung *Puma,* wer wusste das schon?

Ich abonnierte die *Vogue*, die *Vanity Fair* und die *Cosmopolitan*. Die Kosten dafür verbuchte ich in unserem Budget unter »Fachzeitschriften«. Eva durfte schließlich auch ihr *Concerto* abonnieren, eine hundertprozentig langweilige Zeitschrift für Alte Musik, und Anna *Psychologie heute*.

29 ICH WAR AVANTGARDE

»Machen wir es kurz, Herr Schabowski: ob das Ganze von Erfolg gekrönt war?«

Schwer zu sagen. Mir wurde eines sehr, sehr klar: Das, was die ganzen armen Kinder auf meinem Gymnasium trugen, war gar nicht der richtig »heiße Scheiß«, wie man so sagte. *Converse* und *Adidas,* Jesus, *Converse,* las ich in einem etwas mitleidigen Bericht in der *Cosmopolitan,* gab es seit 1917, Chucks waren im Grunde immer in, das war doch keine Kunst! Karottenhosen, damit ging man quasi auf Nummer sicher, die alles entscheidende Frage war, womit man sie kombinierte. Auch mit meinem diffusen Haarschnitt war ich aufs völlig falsche Gleis geraten, das wussten die Hinterwäldlerinnen aus meiner

Klasse nur noch nicht, man trug die Haare jetzt lang mit so winzig kleinen Löckchen, von denen ich zuerst keinen blassen Schimmer hatte, wie man die herstellte, und toupierte sie. Gern band man sie sich auch in einer seitlichen Palme zusammen, die fröhlich vom Kopf abstand. Und dann gab es natürlich den Kurzhaarschnitt, aber nicht irgendeinen! Undercut zum Beispiel war angesagt oder ein kühner Garçon-Schnitt wie der von Linda Evangelista. Tatsächlich war meine einzige Option, auf den Undercut hinzuarbeiten, der war zeitnah zu realisieren. Bis ich mir das Haar kreppen konnte, war der Trend sicher schon längst wieder reinste Steinzeit.

Ich jedenfalls war nun zumindest theoretisch auf dem allerneuesten Stand, ich wusste, womit ich fortan die Menge rocken konnte. Ich hatte nur ein kleines Budgetproblem. Woher sollte ich das Geld nehmen für all die absolut notwendigen Anschaffungen? Ich blätterte in meinen Fachzeitschriften. Wenn ich es schaffte, es meinen neuen Idolen Linda, Claudia und Cindy gleichzutun, würde ich einschlagen wie eine Bombe.

Eine Zeit lang half Anna mir. Sie nähte mir aus einem alten geblümten Bettbezug eine Fliegerjacke (Rosenprints gehörten in jede gute Garderobe. *Für dich soll es rote Rosen regnen – welche Frau wünscht sich das nicht?*, fragte die *Vogue* zu Recht), aber als ich mit meiner umfangreichen Liste zu ihr kam und ihr eindringlich erklärte, worauf es bei den sogenannten *Zipper-Details* ankam (*Eingesetzte Zipper*, so las ich in der *Cosmopolitan*, *machen aus einem So-lala-Kostüm einen echten Hingucker!*), warf sie mich aus dem Zimmer und meinte, ich solle mir meine Reißverschlüsse sonst wohin nähen. Ich war ratlos, aber nicht lange.

Ich hatte die geniale Idee, am Samstag auf dem Wochenmarkt neben dem Vadiandenkmal belegte Brote zu verkaufen.

Ich erwarb in der Migros eine Großpackung schneeweißes Toastbrot und Scheiblettenkäse. Es lief nicht ganz so gut, wie ich mir das vorgestellt hatte, genau genommen gar nicht. Als ich die Sandwiches schlussendlich großzügig an vorbeigehende Passanten verschenkte, wollte sie keiner haben.

Nachdem ich Sybille mein Leid geklagt hatte, kramte sie in ihrem Bücherregal und drückte mir ein Vollwertkochbuch in die Hände. »Die neue Ökobewegung«, sagte sie, »ist nicht aufzuhalten!« Das klang wie eine Botschaft aus der *Vanity Fair*, und ich glaubte ihr sofort.

Fortan buk ich freitags nach Rezepten von Barbara Rütting *(Mein neues Kochbuch. Schlemmereien aus der Vollwertküche)* bis spät in die Nacht hinein Apfelkuchen, Bienenstich und Zimtrollen und verkaufte sie samstags für teuer Geld an meinem Wochenmarktstand. Noch phänomenaler wurden meine Einkünfte, als ich Eva beschwatzte, den Kuchen zu verkaufen, während ich Waffeln à la Rütting buk (Vollkornmehl, Milch, Salz). Die Zwetschgenmarmelade aus der Migros füllte ich um in die irdenen Steinguttöpfe, in denen bei uns zu Hause normalerweise die Kochlöffel standen, und die Leute rissen mir die Waffeln mit der hausgemachten Marmelade nur so aus den Händen. Ich muss sagen, der Laden brummte, und trotz der Standmiete von fünfzehn Franken und dem horrenden Tagessatz von fünf Franken, den Eva verlangte, trug ich abends eine gut gefüllte Kasse nach Hause. Ich war reich!

Fortan gab es kein Halten mehr. Ich ging in Jogginganzügen in Neonfarben und geometrischen Mustern zur Schule, und dies, als in unserer kleinen Stadt noch kein Mensch daran dachte, einen Jogginganzug zu was anderem als zum Turnen anzuziehen, geschweige denn wie ein durchgeknallter Textmarker auszusehen. Ich lernte in der *Vogue* alles über Schulterpolster, Taillengürtel und Puffärmel und bemitleidete die ganzen Bauerntrampel um mich herum, die von diesen wichtigen modischen Entwicklungen noch nie gehört hatten, ich sagte Ja zum überdimensionalen Blazer, als die anderen noch banale Pullis trugen, und übte zu Hause in roten Stulpen und pinken Leggings, über denen ich meinen Badeanzug trug, zu Jane-Fonda-Videos den Trendsport Aerobic aus.

Außerdem hörte ich Musik wie andere Leute Kette rauchten, morgens weckte mich mein Radiowecker, beim Duschen beschallte mich mein Kassettenrekorder. Ging ich irgendwohin, ging mein Walkman mit, und auch zu Tisch traf man mich nur noch mit meinen Kopfhörern an. Ich hatte nämlich festgestellt, dass ich cool wirkte, sobald Musik mein Tun untermalte. Wie das Trinken von Wein machte, dass man schöner aussah, machte das Hören von Musik, dass man cooler war.

Wenn ich abends meine Mixtapes zusammenstellte, war ich unendlich glücklich.

Rob Gordon sagte viel später in *High Fidelity* Folgendes: »Was war zuerst da? Der Kummer oder die Musik? Kinder, die täglich Tausende von Songs hören, die von unerfüllter Liebe, Zurückweisung, Schmerz, Verlust und Elend handeln. Hab ich damals Popmusik gehört, weil ich mies drauf war? Oder war ich mies drauf, weil ich Popmusik hörte?«

Bei mir allerdings verhielt es sich zu dieser Zeit anders, bei mir war es genau umgekehrt, ich hätte sagen müssen: Habe ich damals Popmusik gehört, weil ich gut drauf war? Oder war ich gut drauf, weil ich Popmusik hörte?

Als ich den Film sah – ich glaube, er kam irgendwann in den Nullerjahren in die Kinos – und ich seine Analyse hörte, da kamen mir die Tränen. Ich war kein Kind mehr, aber diese ganzen Songs, die von unerfüllter Liebe, Zurückweisung, Schmerz, Verlust und Elend handelten, machten mich fix und fertig.

Damals aber nicht. Damals war ich gut drauf und hörte Popmusik und arbeitete, wie jeder normale Mensch in dieser Zeit, an den perfekten Mixtapes.

30 CROP TOPS

»Herr Schabowski, es ist natürlich das Schicksal vieler Trendsetter, unerkannt zu bleiben. Ich sage Ihnen das, weil Sie ja kein Trendsetter sind. Sie sind ein guter Mensch, verstehen Sie mich nicht falsch, aber kein Trendsetter, nicht wahr? Dem würden Sie doch zustimmen, oder nicht?«

»Gewiss, Frau Benz, niemals könnte ich mich damit brüsten, zu irgendeiner Zeit irgendeinem Trend voraus gewesen zu sein. Ich denke, Leute wie ich von eher konservativem Charakter würden niemals ein Risiko eingehen – aber natürlich bewundern wir diese mutigen Menschen, die uns den Weg ebnen.«

Ich nickte, ja, das verstand ich. Ich musste auch wirklich sagen, ich war damals unendlich mutig. Heutzutage würde ich diesen Mut nicht mehr aufbringen, so viel war gewiss.

Als die richtigen, die echten Achtzigerjahre mit Overalls und Pailletten um den Busen bei den Kids in unserer Stadt mit unendlicher Verspätung doch noch ankamen, hatte ich sie schon längst hinter mir gelassen und war mutig auf dem Weg in die Neunziger und trug verspiegelte Sonnenbrillen, Crop Tops und Flanellhemden und stopfte meine Hosen in die Winterstiefel – ja, auch sommers.

Logisch, die Leute lachten, wenn sie mich sahen, aber ich denke mal, im Nachhinein bewunderten sie meinen modischen Instinkt.

Was den Dragaschnig anging, musste ich irgendwann einsehen: Unser kleiner Austausch im Pfarrsaal vor vier Jahren war wohl der Höhepunkt unserer Liebe gewesen.

Klar, ich kämpfte auf keinen Fall nur mit äußerlichen Mitteln, nein, die Fashionimpulse, die ich setzte, waren ja nur ein kleiner Teil meines Rundumerneuerungsplans. Viel wichtiger war es natürlich, niemals um einen flotten Spruch verlegen zu sein, Schlagfertigkeit war alles. Nie wieder, hatte ich mir geschworen, nie wieder würde ich sprachlos vor einer enthusiasmierten Menge stehen und stumm durch eine Schneenacht von dannen schleichen, es war, wie ich mir immer wieder versicherte, gar nicht so wichtig, *was* man sagte. Manchmal – ich konnte das am Dragaschnig wunderbar beobachten –, manchmal sagt der Coole was wirklich Cooles, aber eigentlich ist am Coolen cool, dass er einfach immer was sagt. Wenn ich also beispielsweise im Rahmen des Sportfests neben dem Dragaschnig auf dem Barren strandete, sagte ich: »Ich brauche mal ein kleines Nickerchen!« Wenn ich meinen Vortrag zur Frauenbewegung versemmelte, fasste ich mich schnell wieder und schloss mit den Worten: »Das war mein Vortrag zu den Geschlechtern der Frauenbewegung. Alles in allem kann ich zur *Geschichte* der Frauenbewegung sagen, sie war in erster Linie weiblich«, und dem Sportlehrer versuchte ich eine Möglichkeit zu geben, unserem kleinen Unfall eine Erkenntnis abzugewinnen: »Sport ist, wie mein Bruder immer sagt, nur eine Methode, Krankheiten durch Unfälle zu ersetzen.«

Interessanterweise schien mein neues Charisma beim Dragaschnig nicht die Wirkung zu erzielen, die ich mir erhofft hatte. Er betrachtete mich keineswegs mit neuer Hochachtung und flüsterte mir auch nicht anerkennend »Coole Schnecke« zu, es war nicht so, dass er meine eloquenten Sprüche, wenn mal wo was schiefging, mit einem ebenso genialen Diktum erwiderte und wir gemeinsam lässig lachten, nein, er sagte genau genommen überhaupt nichts mehr zu mir.

Ich warf ihm zwei meiner sorgsam zusammengestellten

Kassetten in den Briefkasten, versehen mit kleinen Botschaften auf den Hüllen: *Time is on my side, C.* Und: *Let's spend the night together, C.*

Ich wusste, würde er nur dieselbe Musik hören wie ich, er würde es endlich verstehen.

Es kam nie eine Antwort.

31 DAS ENDE EINER GROSSEN LIEBE

»Das klingt, als hätten Sie irgendwann aufgegeben«, sagte Herr Schabowski, wir spazierten nach einer weiteren Konsultation zu *Zum Bob*, um noch eine Kleinigkeit zu essen, ich schob mein kaputtes Fahrrad mit der geleerten Thermoskanne im Korb neben mir her. Ich meine, ich hatte ja einen Magen aus Stahl und so, aber diese gewaltigen Mengen Kaffee, die wir seit diesen ganzen Arztbesuchen zu uns nahmen, machten mir allmählich zu schaffen – nannte man das Sodbrennen? Jedenfalls sagte mir mein tüchtiger Hausverstand, dass es eine gute Idee war, das viele Koffein mit viel Fett und Salz auszubalancieren.

Aufgegeben?

»Na ja«, sagte ich, »sagen wir, meinen Bemühungen wurde durch einen äußeren Faktor ein Ende gesetzt. Ich bin jetzt keine große Mathematikerin, aber sagen wir, meine Arithmetik wurde durch eine neue Unbekannte x durcheinandergebracht.«

»Eine neue Unbekannte? Ich glaube, in der Mathematik tauchen nicht aus dem Nichts Unbekannte auf. Wenn es eine Unbekannte x gibt, dann war sie von Anfang an da, also in der Mathematik.«

Ich seufzte. »Jaja«, sagte ich, »ich weiß schon, was Sie meinen. Die Unbekannte x war die ganze Zeit schon da, ich habe sie nur nicht gesehen. Das ist alles. Sissi Schubert war die ganze Zeit schon da – wie mir Bruno irgendwann sagte, habe er es schon seit einer Weile gewusst. Er habe sie mal beim Eisessen gesehen, in der Eisdiele *Amore* – affig, oder? Aber er habe nicht gewusst, wie er mir das schonend beibringen sollte.«

Sissi Schubert jedenfalls machte meinen verbliebenen Ambitionen den Garaus. Sie sah haargenau aus wie die Frau aus der Wellawerbung *(Die Figur hat sie wahrscheinlich von der Mutter, die Augen vom Vater, aber die Locken von Wella Design.)* Wenn sie sich hinter den Dragaschnig auf sein Motorrad schwang, spiegelte sich die Abendsonne auf ihrem schwarzen Helm und mitsamt ihrem tollen Haar, den männlichen Augen und der super Figur brauste sie, dicht an ihn geschmiegt, dem Horizont entgegen.

Ich stand auf dem Schulparkplatz neben meinem dummen Fahrrad und schaute ihnen hinterher. Ich wusste aus diversen Multiple-Choice-Tests aus der *Vanity Fair*, was mein Typ war (der Dragaschnig), die *Cosmopolitan* hatte mir erklärt, wie man ihn in wenigen Stunden um den Finger wickelte, ich vertraute der *Vogue* und war stilsicher gekleidet (aktuell in einer dezenten Jeans-in-Jeans-Kombi, die sich sehen lassen konnte), ich hatte mein längst nachgewachsenes Haar zu einem schiefen, aber sehr selbstbewussten Sträußchen gebunden, und seit Jane Fonda tanzte ich wie eine Goddess of Fitness, aber der Dragaschnig fuhr mit Sissi Schubert davon und schmuste ihr gleich den Labello von den Lippen. Ich radelte nach Hause und warf die ganzen Magazine und Videokassetten in den Müll. Mit meinen Bemühungen war es fortan vorbei, der Dragaschnig und Sissi Schubert, das waren die Lässigen, die in Slow Motion am Baggersee knutschten, und ich hüpfte derweil in Leggings, Stulpen und Badeanzug in der Wohnung umher wie ein Seepferdchenanwärter auf Speed, ich war eine Lachnummer und verspürte überhaupt kein Bedürfnis mehr, an diesem Zustand irgendwas zu ändern. Ich hörte damals auf, Musik zu hören, und zwar radikal. Musik hatte mir ein Lebensgefühl gegeben, eine Vision, wie ich sein könnte. Mit Musik war ich cool, erotisch und aufregend, je nach Song. Aber es nützte nichts, wenn all diese Gefühle niemals ausgelebt wurden. Die Realität hatte nichts davon eingelöst. Plötzlich war ich mies drauf, wenn ich Popmusik hörte. Ich musste das lassen, für mein eigenes Seelenheil.

Das Einzige, was mir aus dieser Zeit blieb, war das Backen. Mit Barbara hatte ich eine rein dienstliche Freundschaft geschlossen, und ich buk weiterhin meine Kuchen und beglückte die St. Galler mit meinen Waffeln. Das Geld steckte ich zum Teil in Star-Wars-Filme auf Videokassetten, die ich mir immer wieder anschaute, als wären Yodas Weisheiten die Verheißungen des Messias, zu Weihnachten wünschte ich mir ein Laserschwert, aber ich bekam keins.

Außerdem investierte ich in Bibi-Blocksberg-Kassetten. Klar, ich war zu alt dafür, aber konnte ich vielleicht etwas dafür, dass ich zu früh geboren war? Ich holte damit irgendwie meine Kindheit nach, von der ich bis dahin nicht gewusst hatte, dass ich sie verpasst hatte.

32 AUFMERKSAME LESER

»Weswegen war denn der Dragaschnig eigentlich da?«

Sybille und ich waren auf unserem Spaziergang irgendwann im *Schleusenkrug* gelandet und aßen Rührei. Es war ziemlich voll, wir hatten ganz hinten im Lokal zwei Plätze ergattert, an unserem Tisch saß noch ein Paar, das sich schweigsam einen

Flammkuchen mit Speck teilte und mit derselben enervierenden Hingabe langsam die beiden Biere leerte. Ich hatte noch nie jemanden so unwillig Flammkuchen essen sehen.

Ich versuchte, in dem Gewimmel Kellner Kalle ausfindig zu machen. Als er zu mir herübersah, hielt ich den leeren Brotkorb hoch, er nickte.

»Der Dragaschnig?« Tja, dem Dragaschnig ging es auch nicht so toll. Der Dragaschnig hatte wider Erwarten nicht Sissi Schubert geheiratet und mit ihr viele kleine Dragaschnigs gezeugt, der Dragaschnig hatte, wie auch das echte Phosphor in der Natur, hell und heftig gebrannt und dabei eine ungeheure Energie erzeugt, und danach war seine Kraft erschöpft gewesen. Der Dragaschnig war ausgebrannt. Während seiner Aufstellung erfuhr ich, dass sein Vater Alkoholiker gewesen war und sich mit Mitte fünfzig zu Tode gesoffen hatte, Leberversagen. Sein Setting während der Aufstellung sah folgendermaßen aus: der Dragaschnig, sein Vater und der Alkohol. Der erschütterndste Moment war, als Ulrike – die Frau, die den Alkohol darstellte – von ihrem Platz, der angenehm weit weg vom Dragaschnig war, nämlich neben dem Stellvertretervater, durch den Raum zu ihm herüberkam und sich direkt vor ihn stellte, also wirklich direkt. Sie stand so direkt vor ihm, dass er ihr Gesicht zwanzig Zentimeter vor dem seinen hatte, und schaute ihn an. Das fand nicht nur ich unheimlich, der Dragaschnig fand es regelrecht unerträglich und versuchte, sich immer wieder wegzudrehen, aber sie kam ihm immer hinterher, und Theodor Indenbirken sagte, ja, so sei das halt oft mit dem Alkoholismus. Das Kind sei symbiotisch mit dem Vater verbunden, selbst wenn es diesen verachte oder gar hasse. Ob denn er, Konrad, selbst Abstinenzler sei, ob er ein Alkoholproblem habe oder gehabt habe?

»Konrad?« Sybille hatte sich was von ihrem Rührei auf eine Brotscheibe geschaufelt und hielt inne, sie schaute mich an.

»Ja eben!«, rief ich. »Konrad! Ich habe noch nie gehört, dass irgendjemand den Dragaschnig anders genannt hätte als Dragaschnig. Konrad sagte: Ja, er habe früher ein Alkoholproblem gehabt und wäre jetzt seit zehn Jahren Abstinenzler.«

»Irre«, Sybille biss von ihrem Brot ab und wischte sich den Mund mit der Serviette ab, »und dann?«

»Ach, wurscht«, ich schob meinen Teller von mir und hätte gerne geraucht, »es geht ihm halt nicht gut. Keine Beziehung hielt länger als ein, zwei Jahre, immer wieder war er ohne Job und lag dann seiner jeweiligen Freundin auf der Tasche, früher alles kombiniert mit Alkohol. Jetzt kein Alkohol mehr, aber der Alkohol war wohl nur ein Symptom, ihn einfach nur wegzulassen nützte nichts. Kinder hat er auch nicht, irgendwie hat das was damit zu tun, dass er die mütterliche Seite nicht integrieren konnte oder so, so genau habe ich das nicht verstanden, und jetzt ist jedenfalls gerade auch noch seine Mutter gestorben.«

»Du liebe Zeit«, sagte Sybille bekümmert, sie zog meinen Teller mit den Resten des Rühreis zu sich hinüber und begann, es auf eine weitere Brotscheibe zu häufen.

»Der hat aber echt keinen guten Lauf«, sagte Sybille mit vollem Mund, ich nickte.

Kalle kam herüber und tauschte den leeren Brotkorb gegen eine vollen. »Mädels«, sagte er, »dafür, dass Kohlenhydrate heutzutage quasi die Nazis unter den Nahrungsmitteln sind, seid ihr aber noch gut dabei, was?«

Wir lachten und bestellten noch ein Bier, das Pärchen an unserem Tisch rüstete sich zum Aufbruch. Als sie weg waren, holte ich mir die Reste des verschmähten Flammkuchens herüber.

»Aber nun zu dir«, sagte Sybille, »was lief denn bei deiner eigenen Aufstellung?«

Ich blickte stumm in meinen Bierschaum und pickte auf dem Holzbrett ein paar Speckwürfel zusammen.

»Weißt du«, sagte ich zu Sybille, als wir uns zuprosteten, »es hatte ja gar nicht schlecht begonnen. Wir haben am Samstag verschiedene Leute und ihre Probleme aufgestellt, Frank mit seiner Elsie, Ulrike mit ihrer Frigidität, Lars mit der Autoaggression, eine Evi, die immer so Rückenschmerzen hatte, wenn sie ihre Mutter besuchte, Laura sprach nicht mit ihrem Bruder und Moana war adoptiert und das war – aufstellungsmäßig – eh kompliziert.«

Ich war am Samstagabend müde, aber irgendwie beschwingt mit meinem Fahrrad durch den Tiergarten nach Hause spaziert, hatte mir irgendwo eine Pizza mitgenommen und den Abend mit meinen Freunden von Netflix verbracht. Am Sonntag war der Dragaschnig und der Alkohol dran und Axel mit seiner sudetendeutschen Großmutter, deren viertes Kind auf der Flucht vor den Russen gestorben war, Franziska – Fränzi – hatte Gebärmutterhalskrebs, wie ihre Mutter, Margarethe ekelte sich vor Männern, und Hansjörg wollte gerne ein besseres Verhältnis zu seiner Frau und seinen Kindern, die waren schon erwachsen und er hatte es sich irgendwie mit ihnen allen verbockt. Theodor Indenbirken fragte immer »Und wer möchte jetzt?« und ich starrte jedes Mal konzentriert auf die Teppichauslegware. Ich muss zu meiner Verteidigung sagen, ich wirkte bei allen Aufstellungen höchst engagiert als Stellvertreterin mit, nach meiner prominenten Rolle im Leben von Frank war ich regelrecht erpicht auf weitere Erfahrungen dieser Art und ich wurde nicht enttäuscht. Ich schien ein hervorragendes Medium zu sein, ich litt, ich wurde aggressiv, ich fühlte mich mutlos und leer, ich spürte den nahenden Tod und die Hilflosigkeit eines einsamen Kindes, egal, wohin man mich stellte, ich gab profund und beredt Auskunft über die Verfassung der jeweiligen Person, für die ich da stand. Ich war ein Naturtalent.

In der Pause pirschte ich mich an Axel heran – den Mann, der mich hier, in den Praxisräumen von Frau Busen, das Begehren gelehrt hatte –, neugierig, ob wir womöglich auch im wahren Leben füreinander geschaffen sein könnten.

Ich rührte in meinem Yogitee, aß einen trockenen Hildegard-Nervenkeks und kam unauffällig mit ihm ins Gespräch. Ich merkte, auch er checkte mich ab, ebenso verwundert, ebenso ratlos wie ich. Eben noch hatten wir uns die Kleider vom Leib reißen wollen, eben noch war es ungeheuer schwierig gewesen, uns nicht vor aller Augen zu begatten, und nun? Nichts. Axel und ich: null erotisches Potenzial. Zwischen uns war etwa so viel Spannung wie zwischen zwei Hildegardkeksen. Ich war ein bisschen enttäuscht. Es war der erotischste Moment meines Lebens gewesen, aber es war gar nicht mein eigener Moment gewesen. Oder konnte ich vielleicht zumindest daraus schließen, dass ich fähig war, so zu empfinden? Ich wusste es nicht, aber ich hoffte es.

33 DIE GELOGENE AUFSTELLUNG

Was soll ich sagen, natürlich war irgendwann die Reihe an mir, natürlich hatten sich, nachdem Theodor Indenbirken gefragt hatte, wer denn nun der Nächste sein wolle, alle irgendwann gemeldet, nur ich nicht, und natürlich hatte er dann gar nicht mehr fragen müssen. Ich war die Nächste und er schien keinen Zweifel daran zu haben, dass ich, die Nächste und Letzte, auch wollte.

Das war ein Irrtum, kein bisschen wollte ich, und nachdem ich Aufstellung um Aufstellung verfolgt hatte und fleißig mitgetan hatte als Stellvertreterin, hatte ich eines sehr gut verstanden: Ich fühlte mich am wohlsten als Stellvertreterin. Ich war eine Stellvertreterin, wo andere echte Hauptfiguren waren. Und abgesehen davon: Das hier schien zu funktionieren. Es war mir zwar schleierhaft, wie und warum, aber ich sagte mir: morphische Resonanz und Quantenfeld. Ich sagte mir: Biologen und Physiker. Ich versteh's zwar nicht, aber ich bin ja auch keine Spitzenbiologin und keine Harvardphysikerin.

Klar, ich hatte ein Problem mit meinen Beziehungen. Klar, meine Beziehungen hatten alle nicht Dragaschnig geheißen. Das war das Problem, dachte ich. Also war auch klar, ich wollte den Dragaschnig fortan in meinem Quantenfeld haben, ich wollte vom Dragaschnig einfach ein bisschen mehr Resonanz erfahren.

Also meinetwegen. Lügen. Ich würde lügen müssen, so viel stand fest. Niemals, so schwor ich mir insgeheim, niemals stelle ich hier die Wahrheit auf und stehe nachher irgendeinem Stellvertreter gegenüber, in den ich seit Jahrzehnten verliebt bin. Ich ahnte, worauf das hinausliefe, alle wollten helfen und grübelten solidarisch mit mir zusammen, wer das wohl sein könnte, und dann schaltete sich das morphische Feld ein und die Quantenphysik ginge ihren unbeirrbaren Weg, und alle drehten wie auf Kommando ihre Köpfe zum Dragaschnig und zeigten mit dem Finger auf ihn und sagten: *He's the one!*

Also stellte ich einen totalen Blödsinn auf, ich erfand eine Familie, die es nicht gab, und die sah so aus: ich, ein Einzelkind; ein alleinerziehender Vater und eine überdominante Omama mit einer für Schweizer eher untypischen Verehrung für Wagner und altgermanische Riten, die mit im Haus wohnte, dazu ihre vier Windhunde (Helga, Hedda, Huldrich und Hagen), die ich im Verdacht hatte, von meinem Vater mehr geliebt zu werden als ich selbst; dazu ein Repräsentant für den Mann an meiner Seite, den ich gerne hätte. Wahllos verteilte ich die Stellvertreter für Menschen und Hunde im Raum, als besonders witziges Detail für mich selbst platzierte ich den Dragaschnig als einen der Windhunde (Hagen). Alle bemühten sich nach Leibeskräften, wie sie sich auch bei allen anderen Aufstellungen bemüht hatten, alle fühlten sich ein, alle gaben sich hin, und ich hatte mich zumindest amüsieren wollen, aber ich fühlte mich schlecht.

Es ging schleppend voran. Ich hatte gedacht, es wäre einfacher, eine Aufstellung zu erfinden. Es kostete mich eine ungeheure Energie, mich nicht zu verraten, ich war fahrig und unkonzentriert und mir brach der Schweiß aus, als die Germanen-Omama vermutete, ihr Sohn, also mein Vater, wäre gar nicht wirklich ihr Kind, er wäre adoptiert, es fühle sich an, als hätte man ihr eigenes Kind geklaut und ihr ein anderes untergeschoben. Im Krieg, sagte sie. *Aber,* wollte ich sagen, *du bist Schweizerin! Du warst doch gar nie im Krieg!* Meine eigene Stellvertreterin, die Charly Benz der Aufstellung, meinte, sie fühle neben sich so eine Leerstelle, als habe sie eigentlich noch Geschwister, die aber vor ihr geheim gehalten würden, und als einer der Hunde (Hedda) behauptete, sie glaube, sie wäre eines der im Krieg verschollenen Kinder der Omama, die ja als Schweizerin nie im Krieg gewesen war – ich hatte das zu Anfang klipp und klar gesagt –, riss mir der Geduldsfaden.

»Schluss, aus!«, rief ich. »Ich sag's ja! Ich werde alles sagen!«

Indenbirken schien nicht unerheblich verblüfft. »Charly, du bist ja ganz außer dir. Hat einer der Stellvertreter etwas berührt, von dem du fühlst, dass es stimmen könnte?«

»Ach Scheiße verdammt!« Mir kamen die Tränen, und dann war ich alles zugleich, zornig und traurig, Tränen und Rotz liefen mir übers Gesicht, und dann brüllte ich. Es war ein riesiges, gigantisches, exorbitantes Brüllen, es war kosmisch, ich brüllte, wie ich noch nie gebrüllt hatte und wie ich auch noch nie jemanden hatte brüllen hören, ich brüllte, als wären sämtliche Dämme in mir gebrochen und alles, alles geriete ins Fließen und müsse raus, ich brüllte so, dass daneben nichts mehr Platz hatte, kein Laut, keine Bewegung, es war nur noch ich und ein infernalisches Geräusch. Ich brüllte, bis kein Fitzelchen Luft mehr in mir war und ich mich keuchend auf meine Knie stützte.

Es hätte mich nicht gewundert, wenn meine Kollegen von der Aufstellung allesamt verschwunden, hinter irgendwas in Deckung gegangen wären, hinter dem einzigen Gummibaum im Raum beispielsweise, es hätte mich überhaupt nicht verblüfft, wenn sie sich an die Wände gedrückt hätten, die Gesichter in den Händen vergraben, aber es war viel schlimmer. Als ich, immer noch völlig außer Atem, aufblickte, standen alle da und schauten mich an.

Ich richtete mich langsam auf und rieb mir ein paarmal über das Gesicht und betrachtete dann angestrengt meine Socken.

Dann räusperte ich mich und deutete auf den Dragaschnig. »Um ihn geht es!«, sagte ich. »Ihn habe ich immer gewollt.«

»Windhund Hagen?« Indenbirken wirkte nun ernsthaft erschüttert. »Charly, was meinst du damit, dass du Windhund Hagen immer gewollt –«

»Ach was!«, sagte ich ungeduldig. »Es gibt gar keinen Windhund Hagen! Es gibt überhaupt keine Hunde«, sagte ich, ruhiger jetzt, während ich weiterhin meine Socken inspizierte, als würde ich daraus lesen. »Da war auch kein alleinerziehender Vater, mein Vater war gar nicht da, und an meine Omama kann ich mich nicht erinnern. Ich habe vier Geschwister und eine Mutter, eine gestorbene Mutter, und einen Vater, der sich aufführt wie ein Mittelklasseganove. Bei uns heißt er nur *der Don.*« Ich verstummte. Ach, es war alles so kompliziert. Es wäre, dachte ich jetzt im Nachhinein, einfacher gewesen, den ganzen Quatsch aufzustellen und dann einfach das Quantenfeld wirken zu lassen, als es hier weitschweifig erzählen zu müssen.

»Aber um meine Familie geht es hier auch gar nicht«, sagte ich dann.

»Meiner Erfahrung nach geht es meistens um die Familie«, sagte Indenbirken sanft. »Vielleicht nicht vordergründig. Aber im Endeffekt geht es immer um die Familie. Vordergründig sagt man zum Beispiel, man habe Probleme mit seinen Beziehungen.«

Ich nickte.

»Weil man zum Beispiel keine hat«, fuhr er fort. »Und dann stellt man sich auf und dazu die Leerstelle, die ein fehlender Partner ist, und plötzlich wird deutlich, dass man keinen Partner hat, keinen haben kann, weil man anderweitig gebunden ist. Weil die ganze Energie und Konzentration aufgefressen wird von einem ungelösten Konflikt in der Familie, von einem Geheimnis, von einem nicht betrauerten Tod, von einem Abwesenden. Und schon ist man bei der Familie.«

»Ja«, sagte ich leise, »schon ist man bei der Familie.«

»Was meintest du damit, dass du immer ihn gewollt hast.« Indenbirken deutete auf den Dragaschnig. »Wenn es keinen Windhund Hagen gibt, wer ist es dann?«

Ich verweilte noch ein bisschen bei der Betrachtung meiner Socken, dann hob ich den Kopf und schaute den Dragaschnig direkt an. »Ihn habe ich gewollt.«

»Okay«, sagte Indenbirken, »aber für wen steht er? Für wen ist Konrad unser Stellvertreter? Wen hast du immer gewollt?«

Ich schaute den Dragaschnig an und der Dragaschnig schaute mich an, und in seinen Augen sah ich, dass er es plötzlich begriff. Er begriff, wer ich war. Er erkannte mich. Für ein paar Sekunden schien er die Fassung zu verlieren, er wirkte erschüttert, hilflos, er wirkte irgendwie ganz – roh.

»Den Dragaschnig habe ich immer gewollt«, sagte ich. »Konrad. Ich habe immer den Stellvertreter gewollt.«

34 WIE ALLES AUSEINANDERFIEL

»Sie haben mich neulich nach meiner Mutter gefragt«, sagte ich zu Herrn Schabowski.

»Liebe Frau Benz, ich fürchte, das war womöglich etwas unsensibel von mir, wir müssen natürlich überhaupt nicht über Ihre Mutter sprechen – ich meine, wir sprechen ja auch nicht über meine, nicht wahr?«

»Könnten wir aber. Erzählen Sie mir von ihr.«

Schabowksi lachte. »Ein andermal«, sagte er, »meine Mutter war eine beeindruckende Person und sie hatte – wie viele Schlesienflüchtlinge – kein einfaches Leben. Ich glaube, wir bringen erst mal Ihre Geschichte zu Ende – was geschah dann? Was geschah, als Sie Ihre erste Liebe aufgeben mussten, als Sie das Musikhören sein ließen und nicht mehr in diesen interessanten Zeitschriften schmökerten?«

Ja, was geschah dann? Als ich siebzehn war, geschah das, was uns alle aus dem Takt brachte, und zwar nachhaltig. Ich betrachtete meine Hände, die schmalen Handgelenke, eine kleine Narbe über der Daumenwurzel.

»Unsere Mutter hatte Schmerzen und ging, nachdem sie drei Termine verbaselt hatte, irgendwann endlich zum Arzt. Die Diagnose, die sie erhielt – Brustkrebs im fortgeschrittenen Stadium, Prognose: schlecht –, war so irreal, dass wir, so fühlte es sich zumindest für mich an, dass wir alle noch am Tisch saßen und versuchten, es zu verstehen, als sie schon gestorben war.«

Ich schwieg. Herr Schabowski schwieg auch. Wir saßen zum wiederholten Mal im Wartezimmer eines Spezialisten, wir waren hier, weil Herr Schabowski Schmerzen hatte, und wir warteten auf eine Diagnose.

»Ach, Frau Benz«, sagte Herr Schabowski irgendwann leise.

Ich nickte ein bisschen.

Unsere Mutter war, bei all ihrer verpeilten Unfähigkeit, den Alltag souverän zu meistern, unser Zentralstern gewesen. Sie konnte nicht kochen – alles war entweder ungesalzen, verbrannt oder zerkocht –, sie konnte nicht mit Geld umgehen, sie zog sich an, als hätte sie ein Abo bei der Caritas, sie verpasste Friseurtermine und ihre eigenen Elternabende, sie unterzeichnete sämtliche unserer Krankmeldungen, auch wenn wir offensichtlich schwänzten, ich schwöre, Bruno legte ihr einmal eine Krankmeldung vor mit der Begründung *Menstruationsschmerzen,* und sie hat sie anstandslos unterschrieben. Sie war so wahnsinnig unpraktisch in allen relevanten Dingen, und wir, ihre Kinder, waren es, die sich sämtlicher Disziplinen des banalen Alltags annahmen, und doch versorgte sie uns mit einer unablässigen Energie. Man könnte sagen, sie war der Generator, der sämtliche Maschinen speiste und uns alle am Laufen hielt. Ihre Warmherzigkeit, ihr Witz, ihre unendliche Geduld und ihre sichere, kompromisslose Liebe hüllte uns ein wie ein warmer Mantel. Nach den Sternsingern hatte ich verstanden, dass ich eine Lachnummer war. Ich hatte alles getan, um das zu ändern, ich wollte schön sein und modern und elegant und geheimnisvoll, ich wollte eloquent sein und gescheit, ich wollte, wie vermutlich die meisten Mädchen, die in die Pubertät kamen, eine andere sein. Aber wenn meine Mutter mich anblickte, wenn sie mich durch ihre verschmierte, kaputte und viel zu große Brille mit ihren wundervollen blauen Augen anblickte, dann wusste ich, dass ich genau richtig war. Dass mir nichts passieren konnte, dass es immer, egal was das Leben bringen würde, einen Ort gab, der mein Zuhause war, und dieses Zuhause, das war sie. Sie starb und dieses Zuhause implodierte. Wir, die wir scheinbar den Laden am Laufen gehalten hatten, merkten plötzlich, dass nichts mehr ging. Wir waren alle erwachsen, und trotzdem waren wir fünf verlorene Kinder. Wir zerfaserten. Jeder von uns taumelte in eine andere Richtung. Unsere Mutter war die Leitkuh gewesen, die uns morgens auf die Weide gelotst und abends wieder zurück in den Stall geführt hatte. Ohne sie stromerten wir ziellos durch die Gegend, wir fanden unseren Weidegrund und unseren Heimatstall nicht. Wir waren keine Herde mehr. Das ist okay, wenn man beispielsweise ein Tiger und damit ein Einzelgänger ist, für eine Kuh ist es nicht okay. Eine Kuh will unter anderen Kühen sein.

Sybille widmete sich fortan sämtlichen esoterischen Disziplinen, derer sie fündig wurde. Klar, sie hatte immer schon Feng-Shui-Pläne gemalt und Séancen veranstaltet, aber sie hatte auch Böden abgezogen und unsere Urlaube geplant, sie konnte Waschmaschinen reparieren und begeisterte sich für impressionistische Malerei. Nun aber war sie auf dem Weg Richtung Erleuchtung und ließ uns weit hinter sich zurück. Es war ein schleichender Vorgang, den keiner von uns so richtig mitbekam, ihre Schals wurden internationaler, sprich: bunter, sie schwor auf die Kraft der Steine und beschriftete unsere Wassergläser mit guten Vibes *(love, peace, joy),* aber erst, als sie am folgenden Weihnachtsfest nicht auftauchte, da sie irgendwo im Engadin übers Feuer lief und nachts den Mond antrommelte, wurde uns die Dimension der ganzen Sache klar: Wir verloren ein weiteres unserer aktiven Mitglieder. Sie hängte ihre universitäre Karriere (Wirtschaftsinformatik und Landschaftsarchitektur) an den Nagel und reiste nach Indien, um Unterricht bei einer Schamanin zu nehmen, belegte im Allgäu einen Kurs, um zertifizierte Hexe zu werden, und lernte Shihatsu. War sie in St. Gallen, sahen wir uns selten, weil ihr Biorhythmus nicht so gut zum Alltag von uns anderen passte, sie stand spät auf und ging spät zu Bett, die Zeit dazwischen verbrachte sie in den Wäldern und Wiesen außerhalb der Stadt, ich hatte keine Ahnung, was sie dort trieb. Manchmal brachte sie neue Bekanntschaften mit nach Hause, die sie in ihren diversen Kursen kennengelernt hatte, meiner Meinung nach handelte es sich ohne Ausnahme um Verrückte. Einer davon hauste im Wald oberhalb des Klosters Notkersegg, ich glaube, in einer Laubhütte, und sie bot ihm an, die kalten Wintermonate bei uns zu verbringen. Er hieß Simon Knöpfel und belegte fortan das Wohnzimmer. Knöpfel sah tagein, tagaus fern und ernährte sich von Kartoffelchips, die Sybille ihm in großzügigen Mengen in der Migros besorgte. Als es im März anfing zu tauen, war er plötzlich verschwunden, zurück blieben diverse Chipstüten, die er in die Sofaritze gestopft hatte, und eine leere Stelle, wo vorher der Fernseher gestanden hatte. Ich weiß noch, dass ich damals lange grübelte, wo er den in seinem Zuhause, dem Wald, eigentlich anschließen wollte.

Anna und Eva arbeiteten nach der Matura in einem drittklassigen Kochbuchverlag, trugen Röcke wie die Trümmerfrauen 1946 in Berlin und hatten beide die gleiche Frisur, die uns lange rätseln ließ, woher wir sie kannten, bis es uns klar wurde: Rudi Völler. Wir nannten sie nur noch Tante Häte und Tante Käthe.

Bruno beendete die Schule mit Noten, mit denen er sich auch in Harvard hätte bewerben können, aber er fuhr mit einem Work-and-Travel-Visum nach Südamerika und kam nie zurück. Laut den spärlichen Briefen, die wir von ihm erhielten, gab er das Traveln irgendwann auf und machte nur noch Work, und zwar auf einer kleinen Kakaoplantage. Auf den Fotos, die er seinen kümmerlichen Zeilen beilegte, präsentierte er grinsend und mit nacktem Oberkörper gigantische Kakaoschoten oder rührte in Bottichen mit einer undefinierbaren Pampe, von der er behauptete, sie ergebe eine hervorragende Schokolade. Es dauerte Jahre, bis wir ihn wiedersahen.

Als ich die Schule abschloss, lösten wir die Wohnung auf. Bruno war bei seinem Kakao, Tante Häte und Tante Käthe zogen gemeinsam nach Genf, sie bewohnten ein kleines Studio. Es war so klein, dass ich nie über Nacht bleiben konnte. Das Sofa, das eine Option gewesen wäre, besetzte ein speckiger Basset, wie ihn auch Inspektor Columbo in seinen Filmen besaß. Auch er hieß »Hund«.

Sybille fing an, selbst Kurse und Seminare zu geben, und lebte für einige Zeit in Auroville, einer experimentellen und spirituellen Stadt im Süden Indiens. Sie lernte dort ihren späteren Mann kennen, Georg, und zog mit ihm nach Berlin. Gemeinsam bauten sie ihr heilerisches Imperium auf, mit Seminarhaus in Brandenburg, einem Laden für Esoterika und einer gut besuchten spirituellen Internetplattform.

»Und Sie«, fragte Herr Schabowski, ich stand auf und reichte ihm seinen Mantel, wir waren die Letzten, und die Arzthelferin räumte schon ihren Schreibtisch auf, wir verabschiedeten uns. »Was war mit Ihnen?«

Mit mir? Ich hockte in meiner ersten WG in Zürich, hatte noch nie einen Freund gehabt, diverse Moden durchlaufen und besaß sämtliche Bibi-Blocksberg-Kassetten, konnte die wichtigsten Sätze bei Star Wars akzentfrei mitsprechen und war Herrin über einen eindrücklichen Stapel Notizbücher, jedes davon der Start in ein neues aufregendes Leben.

35 DIE ZÜRCHER JAHRE

Wir spazierten noch ein wenig durch die Straßen, es war ein milder Abend, ein paar Ginkgobäume am Straßenrand leuchteten in ihrem goldgelben Blätterkleid, dass es fast blendete. Wir teilten uns die restlichen Malteser (*gemalzter Getreidekern, die leichtere Art, Schokolade zu essen* – komischerweise hatten sie sich nie so durchgesetzt wie beispielsweise M&M's, aber wenn es nach mir ging, waren sie unter den Top Ten) und warteten dann an der Haltestelle auf Schabowskis Bus.

»Viele Jahre später war ich mir völlig im Klaren darüber, dass sich etwas ändern musste. Ich war dreißig Jahre alt und lebte immer noch von den Zuschüssen meines Vaters.«

Herr Schabowski wollte mich unterbrechen, aber mir war klar, was er sagen würde, ich redete schnell weiter.

»Meine Mitbewohner stellten die leeren Marmeladengläser auf den kleinen Dachvorsprung vors Fenster – sie umgingen damit zwei unendlich langweilige Konsequenzen: sie zu waschen oder zu entsorgen. Im Klo stapelten sich kahle Papprollen auf einem langen, im Nichts endenden Heizungsrohr, während das Klopapier ständig alle war, und wenn Nico Pasta machte, hingen die Spaghetti über Wochen hinweg zum Trocknen über dem Wäscheständer, was wiederum zwei Sachverhalte deutlich machte: dass keiner sie aß und dass niemand Wäsche wusch.«

Ich führte, kurzum, ein Leben, das kurz nach der Matura aufregend und unkonventionell war, sich mit Mitte zwanzig überlebt hatte und mit dreißig erbärmlich wurde. Wenn in anderen Studenten-WGs jemand lernwütig aus seinem Zimmer rief und fragte, ob er mal das medizinische Kompendium ausleihen könne, er müsse was nachschlagen, so rief bei uns nur jemand vom Klo, ob man ihm bitte mal mit einer Packung Papiertaschentüchern aushelfen könne. Es war eine Studenten-WG, das ja, aber wir studierten alle schon seit Jahren und ein Ende war nicht abzusehen. Dass irgendeiner von uns jemals einem regulären Gelderwerb nachgehen würde, hielt ich für vollkommen unrealisistisch.

Ab und zu kam Post von Bruno, die Fotos von seiner fortschreitenden Urwaldisierung hängte ich in der Toilette neben die Klopapierrollen. Tante Häte und Tante Käthe telefonierten mich regelmäßig an, weitschweifig und monoton berichteten sie von blauen Badeanzügen, die sie eben erworben hatten, und der kleinen Lagerhalle, die sie anmieten wollten, um ihre menschenlosen Kunstwerke zu stapeln. Sie stellten nie eine Frage und wenn ich irgendwann sagte, ich müsse jetzt auflegen, sagten sie: »War schön mit dir zu sprechen, Charly.«

»Ich sage hier übrigens so beiläufig *lebte von den Zuschüssen meines Vaters,* aber ich habe freilich nicht ohne Grund bisher darauf verzichtet, meinen Vater in diese Geschichte einzuführen.«

»Nun, ich habe das vorhin auch festgestellt, ich wollte Sie eben darauf ansprechen.«

»Ich weiß.«

Erweckten ich und der Rest meiner Familie den Eindruck, als arglose Amateure durchs Leben zu torkeln, war mein Vater ein Profi. Eigentlich in allem. Er verdiente profimäßig viel Geld, kleidete sich wie ein Profi, aß in Restaurants, in denen man nur Profis an den Herd ließ, und liebte trotzdem die gute helvetische Hausmannskost, denn er war auch ein profimäßiger Schweizer.

Selbst in den Jahren der völligen Absenz, als niemand von uns wusste, wo er eigentlich war und was er da machte, sandte er uns im Herbst immer einen riesigen Biberzelten – eine mit Mandelmasse gefüllte Lebkuchenspezialiät – aus der Appenzeller Bäckerei *Schäfli* und eine Fonduemischung Moitié-Moitié von *Monsieur Fromage* für ungefähr hundert Esser.

Wenn mein Vater irgendwo sachverständig vorüberschlenderte, war allen sofort klar: Das vorher war nur die Vorgruppe, unbedarfte Laien, jetzt kommt der Chef.

»Mein Vater war wirklich nicht der Typ, einen zu schonen, wissen Sie, mein Vater war sicher der Letzte, der gütig über die ein oder andere Unzulänglichkeit hinwegsah, wäre mein Vater da gewesen, ich hätte spätestens mit drei Jahren eine realistische Einschätzung davon bekommen, wie ich auf andere wirke, nämlich schlecht. Nicht, dass es etwas geändert hätte. Ich hätte es nur gewusst, und das wäre noch schlechter gewesen. Im Grunde muss ich also sagen, mein durchaus gesundes Selbstbewusstsein gründete auf einer Leerstelle.«

Es war mir ein Rätsel, was eigentlich der Grund dafür gewesen war, dass er sich plötzlich wieder in unser Leben geschaltet hatte wie ein lang verschollener Fernsehkorrespondent aus irgendeinem arabischen Krisengebiet, der unverhofft wieder auf Sendung war. Nebenbei bemerkt war es mir sowieso schleierhaft, was in aller Welt meine Eltern aneinander gefunden hatten, sie hatten überhaupt nicht zusammengepasst. Das größte Mysterium war es, dass sie vier Kinder gezeugt hatten, ebendiese vier Kinder lang zusammengeblieben waren, ein weiteres auf den Weg geschickt hatten, nämlich mich, um sodann den Büttel hinzuschmeißen und getrennte Wege zu gehen. Wir sprachen selten über den Don, eigentlich nur bei Eintreffen der Biberzelten und Fonduemischungen.

Er verströmte so ein Air von Abenteuer und weiter Welt, das uns übrigens völlig abging. Uns allen war klar, dass sein regulärer Job – er war, wie gesagt, Beamter in der St. Galler Stadtverwaltung – keinesfalls die Quelle seiner gesamten Einkünfte sein konnte. Entweder er spekulierte erfolgreich, oder aber er betätigte sich in irgendwelchen kriminellen Machenschaften. Mein Vater hatte alle Anlagen zum vielversprechenden Mafiaboss, aber St. Gallen war halt nicht New York.

36 SYBILLE REISST AUS

Ein paar Tage nach diesem Gespräch mit Schabowski musste ich Sybille von meinen erstaunlichen Meditationserfahrungen erzählen. Ich hatte mich natürlich nicht hingesetzt und eine schöne Meditation gemacht, so was lag mir wirklich fern, ich war vermutlich der unmeditativste Mensch auf diesem Planeten, nein, es hatte mich die Meditation eher überrollt.

»Ich kann wirklich nicht behaupten«, erklärte ich Sybille, »dass ich mir gedacht hätte: Jetzt täte mal eine Meditation gut, jetzt sollte ich mal meditieren, mir ein Meditationskissen häkeln und mir so eine App runterladen, wo eine samtige Stimme mir sagt ›Die Gedanken kommen und Sie lassen sie wieder ziehen, machen Sie kein Problem daraus‹. Ich war immer anti Meditation.«

»Wieso wundert mich das bloß nicht?«

»Umso interessanter«, sagte ich, ich zog in meinem Büro die zweitoberste Schublade auf und legte die Füße darauf, »umso interessanter ist es, dass nicht ich zur Meditation gekommen bin, nein, die Meditation ist zu mir gekommen.«

»Aha.«

»Ja«, ich klemmte mir den Hörer zwischen Ohr und Schulter und riss die Verpackung von einem Müsliriegel auf, Schoko-

Banane, nicht revolutionär, ganz klassisch, ganz okay, »ich kann sagen, mit der Meditation ist es wie mit einer Katze: Willst du unbedingt, dass sie dir auf dem Schoß sitzt und dich verliebt anschaut, kannst du sicher sein: Die kommt nie. Vermutlich springt sie dem letzten Dummkopf, der hereinschneit, auf den Schoß, der eine Katzenallergie hat und noch dazu eine Katzenphobie, er hat keinerlei Bedürfnis, das Vieh bei sich hocken zu haben, aber: Genau zu dem kommt sie und geht nie mehr weg. So ist es mit der Meditation. Wenn man unbedingt meditieren will, dann steht das natürlich im eklatanten Widerspruch zur Meditation selber, denn man soll zwar *kein Problem daraus machen,* aber etwas unbedingt wollen ist unmeditativ, das *ist* einfach ein Problem. Ich hingegen: Scheiß auf die Meditationskatze. Und schon kommt sie angehoppelt und macht es sich bei mir gemütlich und *es meditiert sich von ganz allein,* verstehst du?«

»Hör zu, Charly, kann ich für ein paar Tage bei dir wohnen?«

»Was?« Ich hörte auf zu kauen und nahm die Füße von der Schublade. Ich schaute zur offenen Bürotür, in der Sabine vom Kundenservice stand, sie hob einen Stapel Papiere hoch und machte ein fragendes Gesicht.

»Nur für ein paar Tage, bis ich mir was überlegt habe.«

Hastig schluckte ich den Müsliriegelbissen hinunter, ich hustete. »Was willst du denn überlegen?!« Ich wackelte mit der Hand die Kundentante weg und zeigte ihr fünf Finger. »In fünf Minuten«, formte ich die Worte überdeutlich mit dem Mund, sie nickte.

»Nun, es gibt ein paar atmosphärische Schwierigkeiten.«

»Was?« Ich wandte mich wieder dem Telefonat zu und rollerte mit meinem Bürostuhl zum Fenster und starrte hinaus.

»Ich denke, ich brauche einfach ein bisschen Abstand, dann wird sich der Weg abzeichnen, den ich gehen muss.«

»Ich versteh kein Wort, wieso denn ein Weg abzeichnen, du wohnst fein am Kleinen Wannsee, wie man da hinkommt, ist ja keine Raketentechnik!«

»Charly, ich erkläre dir das alles mal in Ruhe, aber Georg und ich haben gewisse Differenzen und –«

»Differenzen?!«

»Wie gesagt, ich erkläre dir das alles mal in Ruhe, ich bin so in etwa einer Stunde bei dir.«

»Das geht nicht, ich bin im Büro, ich bin gar nicht zu Hause! Und wieso Differenzen? Ihr seid das glücklichste Paar der Welt, ihr und eure teuren Rassehunde seid eine Familie! Jesus, du wirst doch wohl nicht deine Familie aufgeben!«

»Charly, es ist kompliziert, und natürlich gebe ich meine Familie nicht auf, wir werden für alles eine gute Lösung finden, eine Kathedrale der Liebe bauen, alles ist im Fluss, man sollte Veränderungen mit offenen Armen begrüßen.«

»Sybille, was redest du da für einen Quatsch, ihr wollt euch trennen? Und eure Kinder sollen das mit offenen Armen begrüßen? Und was für eine Kathedrale? Du hast sie ja nicht mehr alle.«

»Kathedrale der Liebe, Charly, und wir haben keine Kinder, es sind Hunde. Lass uns später reden, ja? Auch über den Don. Wir müssen über den Don sprechen. Und über alles andere. Wir sehen uns bei dir zu Hause. Ich koch uns was Schönes.«

»Über den Don? Wieso müssen wir über den Don sprechen? Und wir können uns nicht bei mir zu Hause treffen, du kommst doch gar nicht rein! Ich bin doch gar nicht da!«

»Liebchen, das ist doch gar kein Problem, ich werde schon reinkommen.«

»Sybille, ich –«

Ich schaute den Hörer an, sie hatte aufgelegt. Kathedrale der Liebe. Jetzt fiel mir ein, von wem dieser Schwachsinn stammte, von Gwyneth Paltrow nämlich. Ich wusste das aus meinen Fachzeitschriften, und hier muss ich leider ein Geständnis machen: Ja, ich war wieder Abonnentin. Ab und zu bekam ich einen Rappel und brachte mich modisch wieder auf den neuesten Stand, optimierte an mir, was es zu optimieren gab, dann ließ ich es wieder bleiben. Allerdings bestellte ich die teuren Hefte nun auf Bürokosten, ich sagte gern, für mich im Marketing sei es wichtig, immer up to date zu sein, und vielleicht stimmte das sogar. Jedenfalls war mir nun auch klar, wieso ich von Kindern gesprochen hatte, wo es doch Hunde waren: Gwyneth Paltrow hatte ihre Kathedrale wegen der Kinder gebaut. Ob auch Hunde involviert gewesen waren – keine Ahnung. Wie gesagt, *ich* wusste das aus meinen niederen Lektüren, ich fragte mich nur, wieso Sybille das wusste, seit wann bildete sich eine Heilpraktikerin mithilfe der *Vogue* weiter? Und was war denn bloß mit dem Don? Wieso wollte Sybille dauernd mit mir über den Don reden? Ich schaute immer noch den Hörer an, dann legte ich ihn weg. Dann schaute ich den klassischen Müsliriegel an. Und dann starrte ich ratlos aus dem Fenster hinaus in den grauen Tag und der Tag starrte töricht zurück.

37 VERMUTLICH WAR FRÜHER ALLES BESSER

Als ich nach dem Telefonat loseilte, um meine Mittagspause mit Schabowski in einem Wartezimmer zu verbringen, verdrängte ich meine durchgeknallte Schwester und ihre Kapriolen, ich hoffte einfach inständig, dass sie schön zu Hause bleiben und in aller Ruhe mit ihrem tollen Georg gewaltfrei kommunizieren würde und hinterher alles wieder gut wäre. Sybille war immer schon so entsetzlich impulsiv gewesen wegen dieses Iodums in ihrer Konstitution, durchaus möglich, dass sie jahrein, jahraus in trauter Liebe vereint mit Georg durchs Leben flanierte und dann von einem Moment auf den anderen stach sie der Hafer, wie man so sagt, und sie wollte, was weiß ich, Mormonin werden oder Mongolin. Ich wollte das alles vergessen, ich wollte nachher in meine Wohnung kommen und zum Telefonhörer greifen und ich wollte, dass sie dann sagte: »Sorry, Charly, das war wohl etwas vorschnell von mir, ich lasse das mal mit der Kathedrale, komm doch wie immer am Sonntag zum Essen.«

Ich wollte wie immer am Sonntag zum Essen kommen, ich wollte mit Georg Mahjong spielen und verlieren, ich wollte mit ihrem Ruderboot ein wenig hinausrudern, nur, um vom Wasser aus die erleuchteten Fenster der kleinen Villa in der Dämmerung schweben zu sehen, ich wollte, dass sie auch weiterhin in kosmischer Harmonie alles miteinander teilten, wie sie seit Jahren alles miteinander geteilt hatten, ihre Karriere genauso wie die Liebe zu den Hunden und die Doppelhängematte zwischen den beiden Apfelbäumen im Garten. Ich hatte vom ersten Augenblick an verstanden, was Sybille an ihm liebte, und es rührte mich merkwürdig, dass sie jemanden gefunden hatte, der so dermaßen gut zu ihr passte.

Ich ließ mich neben Schabowski auf einen Stuhl fallen. »Wo waren wir stehen geblieben, Herr Schabowski?«

»Ihre Jahre in Zürich, als Studentin.«

»Ah ja. Wissen Sie, Herr Schabowski, meine Studentinnensorgen damals waren von der heutigen Warte aus betrachtet eigentlich übersichtlich.«

Damals wickelte ich meinen ungelenken Körper in Stretchhosen und ausgebeulte Strickkleider, verzweifelte jedes Jahr tief und ehrlich an diesen Schnittlauchhaaren, die mit der Heizsaison jeglichen Willen fahren ließen und wie

Schnittlauch aussahen, den man über den Winter im Beet vergessen hatte. Ich wechselte von sommerlich leichten Schuhen zu dem Exemplar Stiefeln, die Nico gerne als »nuttig« bezeichnete, und krönte das Ganze mit einem dieser hinreißenden Oversized-Mänteln, die an gewissen Frauen absolut fabelhaft aussahen, an mir jedoch wirkten, als hätte ich mich in eine Sofagarnitur gewickelt. Tatsache war: Aus dem völlig vergagelten Kind war eine hundertprozentig chaotisch zusammengewürfelte Erwachsene geworden. Ich hatte lange Beine, aber nicht *die* Art lange Beine. Leider hatte ich auch ein langes Gesicht, deutlich zu lang tatsächlich, und darin wie ein schlechter Witz ein übergroßer Mund, den man in einem anderen Zusammenhang sinnlich genannt hätte. Ich hatte zu schmale Schultern und keinen Busen, ich war groß und dabei nicht grazil, ich hatte Riesenfüße, aber keine schmalen Fesseln, ich war kurzum das, was mit einer gewissen kleinen Verschiebung androgyn und damit total sexy gewesen wäre, bloß wartete ich bis anhin vergeblich auf diese gewisse kleine Verschiebung. Ich dachte insgeheim oft, als Mann hätte ich wirklich Charakter gehabt, als Mann wäre ich einer dieser sympathisch unkonzentrierten Woody-Allen-Typen gewesen, denen immer etwas Schelmisches anhaftete, etwas Jungenhaftes, als Frau fühlte ich mich eher wie die fiese Karikatur einer Suffragette.

In Zürich gab es eine Zeit lang eine Plakatserie, die Dinger hingen überall, an Bauzäunen, an Litfaßsäulen, öffentlichen Fluren, ich habe keine Ahnung mehr, wofür sie eigentlich warb, für die Schule für Gestaltung oder fürs Opernhaus oder das Theater an der Winkelwiese, vielleicht aber warb sie einfach nur für Zürich, wie man beispielsweise in Berlin für Berlin warb, man sagte *arm, aber sexy,* und das war dann eine tolle Werbung. Es waren großformatige Fotos von jungen und hippen Zürchern, man sah sie von hinten ein Stiegenhaus hochschlurfen, man sah sie einen Teller Nudeln essen und fröhlich dazu lachen, man sah sie verschlafen einen Becher Kaffee trinken.

Der Witz an diesen Bildern waren die Details. Es ging nicht einfach ein junger Typ in Levi's, Sneakers und stilsicher nachlässig herausschauendem Hemdsaum unterm Lacoste-Pullover eine Treppe hinauf, nein, wenn man genauer hinsah, erkannte man, dass an seiner Schuhsohle eine Fahne Klopapier haftete und er sie Schritt für Schritt nach oben trug zu den anderen hippen und ebenfalls wunderbar jungen Leuten, vermutlich war es eine spektakuläre Party. Die umwerfend gut aussehende Frau (mit dieser Sorte von bezaubernd zerzaustem Haar, das ich selbst schon seit Jahren hartnäckig versuchte herzustellen und dann wieder nur ungekämmt aussah), die so glücklich über ihrem Teller Nudeln lachte, trug chanelroten Lippenstift und hatte dabei Spinat zwischen den Zähnen, und dem kernig Karierten mit dem Coffee to go hing eine vergessene Suppennudel im wohl gepflegten Barthaar.

»Der Punkt ist, Herr Schabowski: Ich erkannte mich in jedem der Plakate wieder. Egal, wie ernsthaft mein Versuch war, mich schick und schmuck zu machen, ich konnte sicher sein, eine vergessene Unterhose vom Vortag beulte mein Hosenbein aus, und ich bemerkte sie erst, als sie während eines Referats herausrutschte und, für alle wunderbar sichtbar, neben mir auf dem Fußboden lag; ich ging zur Uni und stellte fest, das ich unter dem Mantel noch meine Pyjamajacke trug, oder spazierte, große Reden schwingend, durch die Institutsgänge und hatte die ganze Zeit den Hosenschlitz offen. Ich war der Typ Zahnpasta im Mundwinkel, aber wenn es nur das wäre, würde ich lachen. Auf den Zürich-für-Zürich-Plakaten funktionierte die Botschaft selbstredend hervorragend, die dort abgebildeten Leute waren jung und hipp, sie waren perfekt, so wie Zürich perfekt war, und diese kleinen Störungen hoben wider Erwarten diese Perfektion hervor und sorgten dazu für einen ungemein liebenswerten Touch, die Zürcher Perfektion war damit nicht mehr einschüchternd und elitär, nein, sie wirkte plötzlich ganz nahbar und erreichbar für jedermann. Bei mir, und das fasste das Problem, also mich, ganz kompakt zusammen, stimmte allerdings die Ausgangslage nicht. Ich war meinethalben noch halbwegs jung, aber ich war ganz gewiss nicht hipp, ich war nicht die Traumfrau mit dem sympathischen kleinen Fehler, nein, ich war der Fehler an sich und mit zerknülltem Schlüpfer im Hosenbein eine einzige Narretei. Wenn ich die richtigen Jeans kaufen wollte, kaufte ich die falschen, und wenn ich doch die richtigen kaufte, sahen sie an mir falsch aus. Kaufte ich teure Jacketts, waren innert Kürze Flecken darauf, die nie wieder rausgingen, und nicht mal ein kostspieliger Foulard, der Fachleuten zufolge jede Garderobe aufwertete, tat an mir das Seine, er war von Hermès, aber wenn ich ihn trug, dachten alle, er wäre von H&M.«

»Meine Liebe, ich muss Sie einmal mehr darauf hinweisen, dass Sie übertreiben – wirklich, Sie überzeichnen sich –, was soll das bringen, dass Sie sich selbst immer wieder darstellen, als wären Sie die Protagonistin einer schlechten Sitcom?«

»Kann schon sein, Herr Schabowski, kann schon sein, dass ich da und dort ein bisschen übertreibe, aber es ist doch so: Es ist ein merkwürdiges Phänomen, dass ein Mann mit ähnlich zerpflücktem Äußeren wie ich durchaus eine gewisse charmante Attraktivität entfalten kann, man schließt aus den zahllosen Kalamitäten auf eine gute Portion Humor und das ist schön, denn vor einem Mann mit Humor muss man sich nicht fürchten und hat viel Spaß. Interessanterweise nützt einer schönen Frau Humor überhaupt nichts, vermutlich, weil er der natürliche Feind der Anmut ist. Einer hässlichen Frau nützt er auch nichts, weil sie ja nicht schön ist. Und das war haargenau mein Problem. Eine vergessene Unterhose in der Jeans würde bei einem mäßig attraktiven Mann mit komödiantischen Fähigkeiten auf eine weibliche Zuschauerschaft durchaus einen erheblichen Reiz ausüben, man würde ihn mehrfach in die Cafeteria einladen und die Werner-Herzog-Reihe im Kino Xenix anpreisen, um ihn zu einem Date zu überreden. Wenn mir das Unterhosendebakel passiert, ernte ich nur bedauernde Blicke, wenn mir das passiert, gehen Männer prustend an mir vorbei wie in diesen schlechten amerikanischen Serien. Das ist, um es kurz zu machen, der Grund, warum ich nicht nur die falschen Hosen, sondern auch immer die falschen Männer habe.«

Und das konnte ich nun wirklich nicht schönreden. Meinen Weg säumten die, deren Brillen so dick wie Colaflaschenböden waren, die sowieso nur alles verschwommen sahen, also auch mich. Meine Pfade wurden gekreuzt von bleichen und schnarchnasigen Schachnerds, die nie irgendwas unternehmen wollten, denn »wir können doch Schach spielen«. Mich begleiteten verfilzte Aussteiger in übergroßen Strickpullovern, die nur mit einem Leiterwägelchen voller Habseligkeiten die Welt umrundeten und die »überhaupt keinen Wert auf längere Bindung und auch nicht auf Äußerlichkeiten« legten. Sie badeten in meiner Badewanne, rasierten sich mit meinem Ladyshaver und aßen meine Kekse. Am nächsten Tag waren sie wieder weg, die Welt war groß.

Der letzte Kandidat war Leander – ich erwähnte ihn hie und da einmal kurz, er war nicht an sich wichtig, nur in seiner Rolle als Schlusspunkt einer Ära. Die Pflege dieser Gestalten erwies sich als ungleich mühevoller als der daraus resultierende Nutzen, ich war nun wirklich nicht der Typ für Pro- und-Kontra-Listen, aber mir war klar, fertigte ich je eine an, könnte ich mir gleich die Kugel geben.

»Leander übrigens«, erklärte ich Schabowski – »nur falls Sie jetzt wieder einwenden wollen, sooo schlimm könne er schon nicht gewesen sein und gewiss hätte er Qualitäten, die ein Zusammenleben mit ihm zu einer Bereicherung machten –, Leander hatte irgendwie eine soziale Störung, er hatte keinen einzigen Freund und wenn meine WG-Mitglieder in der Wohnung weilten, verbarg er sich im Zimmer und schlich nur ab und zu heimlich ins Bad.«

»Verstehe«, sagte Herr Schabowski. »Vielleicht war er wirklich nicht so ein idealer Gefährte.«

»Nein«, sagte ich, »vielleicht nicht.«

38 TINDER – ZUM ERSTEN

Nach meinem letzten nicht so idealen Gefährten und nach etlichen durchsingelten Jahren war ich natürlich überhaupt nicht mehr im Bilde, wie Männer und Frauen das heutzutage so miteinander organisierten seit Parship und Tinder, und so war ich abgehängt, offiziell abgehängt. Wenn es in der Liebe sowieso schon um Äußerlichkeiten ging, dann war eine Dating-App wie Tinder ja quasi der groteske Höhepunkt meiner Chancenlosigkeit. Wisch und weg, das war mein persönliches Tinder-Profil.

Dabei muss ich zugeben, ich habe es wirklich versucht.

Als Tinder langsam Mainstream wurde, warf ich mich voller Elan in die flirtende Community. Ich dachte mir: Wenn du den Jungs erst mal am Bistrotisch gegenübersitzt, wickelst du sie mit deinem Esprit ein.

Ich beschloss, ein paar Selfies zu machen. Ich würde aber nicht naiv mein Gesicht in die Landschaft halten und losfotografieren, ich war ja nicht blöd. Ich wusste ganz genau, so ein Selfie musste minutiös geplant werden, nichts durfte man dem Zufall überlassen, die genaue Kenntnis des aktuellen Selfietrends war unbedingt notwendig.

Es war gerade die Zeit des Duckfaces, dachte ich zumindest. Ich hatte das nebenbei aufgeschnappt. Daphne aus der Marktforschung – eine ausgebildete Soziologin – hatte das beim After-Work-Drink in meinem Beisein erörtert, während wir eine Margarita nach der anderen geschlürft hatten. »Das ist ja wahnsinnig spannend, zu beobachten, wie die Leute sich bei Instagram und Co präsentieren, was für Trends sich da verbreiten und warum sie wieder abebben.«

Ich beschloss, mich gleich am nächsten Morgen ausführlich zu informieren, die hippen Praktikantinnen bei *LuckyLili* kannten sich mit so was hundertprozentig aus. Wie es dann zu dieser womöglich etwas zu euphorischen Aktion mit dem Ententeich kam, kann ich mir eigentlich nur mit der Menge an Restalkohol in meinem Blut erklären oder mit der Menge Alkohol, die ich dem Restalkohol hinterherschickte, das war schwer zu sagen.

»Ja du«, sagte ich und lehnte mich vertraulich an den Kühlschrank in der Teeküche, ich hatte grässliche Kopfschmerzen von den vielen schönen Margaritas, aber ich ließ mir nichts anmerken, ich schielte auf ihr Schild über dem Busen, sie hieß Juli. Die Praktikanten hatten alle ein Schild über dem Busen, mich persönlich wunderte, dass sie nicht dagegen aufbegehrten, immerhin musste man durch diese unglückliche Platzierung häufig auf ihre sekundären Geschlechtsmerkmale schauen. »Ja du, Juli, ich müsste mal was wissen, zu diesem Duckface.«

»Duckface?«, fragte Juli mitleidig, während sie meditativ langsam heißes Wasser in den Filter einer dieser feinen Chemexkannen goss.

»Ja eben, wie man das macht, das müsste ich mal wissen.«

»Wie man das macht?«

»Ja, ganz praktisch, wie man das, tja, herstellt, so physiognomisch.«

Ein weiterer salbungsvoller Strahl kam aus ihrem Kupferkessel. »Wofür brauchst du das denn?«

»Nur theoretisch.«

»Du brauchst eine praktische Anleitung nur theoretisch?« Sie beobachtete hingebungsvoll die Kaffeetropfen, die unten in die gläserne Kanne platschten. »Das versteh ich nicht.«

Ich lächelte freundlich, »Ja«, sagte ich, »im Marketing geht man manchmal verschlungene Wege.«

»Okay. Also, Duckface ist easy, beim Duckface muss man einfach die Wangen einsaugen, eine Schnute ziehen und mit großen Augen in die Kamera schauen.«

Sie hielt den Kessel mit dem heißen Wasser von sich weg und machte es mir vor, ich lachte lauthals, beleidigt knallte sie den Wasserkessel auf den Herd und zog mit ihrem Tablett ab. Bitte, das konnte so schwer nicht sein – wenn der Markt nach Enten rief, sollte er Enten bekommen! Ich eilte also rüber zu den Grafikern, genau, dachte ich gut gelaunt, aufs Hirn! Man sollte ihnen ihr Namensschild aufs Hirn kleben! Vielleicht würde das eine irgendwie stimulierende Wirkung ausüben, also auf die Praktikanten natürlich.

Ich meine, ich machte ein Duckface aus rein kommerziellen Gründen, ich wusste, ich musste mit den Enten schwimmen, aber die Praktikanten dachten ehrlich, so ein Duckface würde irgendwie ihre Vorzüge betonen. Wenn man mich fragte, hatten die alle einen an der Murmel.

Bei den Grafikern angekommen warf ich einen raschen Blick auf das Schild an der Tür – Tatsache war leider, dass ich mir einfach keinen dieser vielen Namen merken konnte. Seit unser Team nicht mehr nur aus Liliane und mir bestand, war ich verloren. Vielleicht war auch nur ich es, die den Praktikantinnen ständig auf den Busen starrte wie der letzte Nacho, vielleicht wussten die anderen einfach, mit wem sie hier zusammenarbeiteten. Ich ging ins Grafikerbüro und wies Thommi an, ein oder zwei großformatige Fotografien von melancholischen Teichen anzufertigen, ich murmelte etwas von »neuer Produktlinie« und »dem wichtigen Trend Algen« in der veganen Ernährung.

»Algen?«, sagte er verblüfft.

»Ja sicher«, sagte ich, »Algen, ganz wichtig, viele Mineralstoffe.«

»Ja schon, aber aus Teichen?«

»Klar, sind viel besser als aus dem Meer, weil regional. Das ist wie bei einer Pollenallergie, da muss man ja auch unbedingt den Honig vom Baum um die Ecke essen.«

Er überlegte kurz. »Was ist wie bei der Pollenallergie?«

»Ich brauche also diese Bilder, schön groß, so eine Art Fototapete.«

»Ich versteh's nicht.«

»Jaja, das ist halt die Produktentwicklung, gell, man steckt nicht drin.«

Der Grafiker warf mir einen gekränkten Blick zu und rollerte mit seinem Stuhl vor den Bildschirm und klickte sich durch diverse Teichlandschaften. »So in etwa?«

»Ja, wunderschön!«, rief ich, ich spürte, ich musste die leicht destruktive Stimmung, die während unserer Unterhaltung leicht gekippt war, wieder ins Lot bringen. »Genau so, da sieht man halt den Profi!«

Thommi verzog keine Miene, kühl klickte er sich durch seine Programme und überreichte mir schließlich kommentarlos den gewünschten Teich, ein mal ein Meter. Er wandte sich wieder seinem Rechner zu und tat so, als hätte er was Interessantes zu tun.

Ich klemmte mir das Plakat unter den Arm, an der Tür drehte ich mich noch mal um. »Tja, also«, sagte ich zögernd, »tatsächlich geht es bei dem neuen Produkt gar nicht um Algen.«

»Nicht.« Er rollerte mit seinem Stuhl wieder ein Stück vom Schreibtisch weg und verschränkte die Arme vor der Brust. Thommi sah mit dieser viereckigen Frisur und dem süffisanten Mund immer ein bisschen aus wie Mr Spock und auch er schien, wie sein halb vulkanischer Cousin, gewisse Mühe zu haben, menschliches Verhalten richtig einzuordnen, ausdruckslos schaute er mich an. »Es geht also nicht um Algen«, wiederholte er.

»Nein, Algen sind ja ein alter Hut, Algen sind schon in jedem dummen Brötchen, man kann ja in keinen profanen Schokoriegel mehr beißen, ohne gleichzeitig haufenweise Algen zu sich zu nehmen, nein, ich sag's dir, aber«, ich legte mir den Zeigefinger beschwörend auf die Lippen und senkte die Stimme, »top secret.«

Thommi beugte sich vor und lauschte aufmerksam.

»Entengrütze«, sagte ich.

Er verharrte noch kurz in der Position, dann richtete er sich auf, er schaute mich fassungslos an, ich hielt das Plakat über meinen Kopf. »See you soon in saloon«, sagte ich lässig, dann zog ich ab.

Zufrieden ließ ich ihn in – so nahm ich schwer an – grüblerischer Stimmung zurück und ging in mein Büro. Ich hängte den Ententeich auf, dekorierte die Topfpflanzen noch ein bisschen um und machte ein paar Duckface-Aufnahmen. Der große dunstige Teich im Hintergrund, meine kleinen Entenfreunde schaukelnd auf den Wellen, unverdrossen auf der Suche nach Nahrung, umgeben von der gehaltvollen Entengrütze, der Ficus als eine Art Laubwald am Rande und ich mittendrin mit einem Duckface, da konnte die Kaffeebeschwörerin Juli einpacken. Ich war hochzufrieden. Kein Wunder, dass ich es im Marketing so weit gebracht hatte, ich hatte ein ungeheures Gespür für Stimmungen. Menschen wollten unterhalten werden, ganz egal, ob ihnen langweilig war oder ob sie Hunger hatten oder neue Schuhe brauchten. Erzähl ihnen eine Geschichte, untermal das Ganze mit ein paar kraftvollen Bildern und sie kaufen dir alles ab, alles, dattelige Müsliriegel, Bohnenpüree, von dem man dauernd furzen muss. Ich würde mit diesem Profil praktisch einen Harem eröffnen müssen, um die Männermassen, die über mich hereinbrechen würden, bewältigen zu können.

Für den Fall der Fälle, dass eines unserer Produkte so richtig durch die Decke ging, hielten wir bei *LuckyLili* immer ein paar Flaschen Champagner im Kühlschrank bereit und ich fand, mein Debüt bei Tinder war ein Anlass zum Feiern. Ich ging über den langen Flur hinüber zur Küche, alle waren schon nach Hause gegangen. Ich ließ den Korken knallen, schenkte mir was ein und setzte mich zusammen mit Glas und Flasche wieder an den Schreibtisch. Beschwingt erstellte ich mein Tinder-Profil, schrieb eine vorteilhafte Besprechung meiner selbst – ganz ehrlich, wäre ich ein Buch und das meine Rezension, dann würden die enthemmten Leser schon eine Stunde später die Buchhandlungen stürmen! –, betrachtete noch einmal zufrieden mein Werk, dann veröffentlichte ich es. Ich schenkte mir Champagner nach und machte mich sogleich daran, attraktive Männer aus meiner näheren Umgebung auf die richtige Seite zu wischen, je mehr Männern ich eine Chance bot, desto größer waren die Erfolgsaussichten. Ich stellte mich darauf ein, in der nächsten Zeit viel Arbeit mit der Auslese zu haben, aber gut, das gehörte dazu, wir würden uns in lauschigen Cafés treffen oder zu einem schönen Spaziergang in der Dämmerstunde, vielleicht ein Museumsbesuch? Warum nicht? Ich trank noch ein Glas Champagner, konnte man nicht während der gemeinsamen Bildbetrachtung wahnsinnig viel übereinander erfahren? Zugegeben, ich ging nie ins Museum, aber ehrlich gesagt hatte ich null Lust auf so einen Kunstbanausen, der dachte, Manet wäre ein Schreibfehler von Monet, und der nur ins Museum ging, um Kühlschrankmagnete zu kaufen. Ich ging noch einmal zu meinem Profil und fügte hinzu: *Hochinteressiert an Kunst und Kultur, jedes Genre, Manet, Monet, alles.*

Nun gab es nichts mehr zu tun. Ich leerte den Champagner und prostete mir selbst zu, mein Profil war perfekt, ich hatte etwa fünfzig Männer an mein Ufer gewischt – ich wollte keinesfalls als pingelig gelten, ich hatte ein großes Herz –, jetzt hieß es gespannt sein.

39 TINDER – ZUM ZWEITEN

Ich saß in meinem Büro, aß Blumenkohlauflauf mit Cashewkruste, den ich mir in die Mikrowelle gestellt hatte, und starrte abwechselnd auf den Ententeich an der Wand und mein Smartphone und wartete hoffnungsfroh. Ich hatte eigentlich damit gerechnet, dass es sofort heiß hergehen würde – am Vorabend hatte ich nach all den interessanten Infos von Daphne noch eine ausführliche Recherche gemacht und ein paar der tindernden Mitarbeiter von *LuckyLili* mit einer großzügigen Menge Brambles abgefüllt –, ich wusste also, der normale Tinderer war quasi rund um die Uhr online und wischte und matchte den lieben langen Tag. Es war ja nicht wie bei Jane Austen, wo man ewig an einem Brief herumbosselte und sich jede Formulierung siebzehnmal durch den Kopf gehen ließ und dann wochenlang bang auf Antwort wartete, nein, das Tolle an Tinder war ja die enorme Geschwindigkeit, heute getindert, morgen schon glücklich verlobt.

»Das ist so super«, hatte beispielsweise die angeschickerte Dörte gesagt, während sie sich mit ihrem Drink in die Loungekissen gefläzt und sich die Brombeerkerne zwischen den Zähnen hervorgepult hatte, »es kann einfach jeder Tag *the day* sein und jeder Mann könnte *the one* sein, verstehst du?«

»Klar«, sagte ich, während ich mir eine weitere Margarita bestellte, »das ist wirklich irre, aber sag mal, jetzt einmal angenommen, du hast da so ein Match, was schreibst du denn dann so? *Wie wär's mit uns, du heißer Feger?* So was?«

»Bist du verrückt?!« Dörte schoss aus den weichen Polstern hoch und knallte ihr Glas auf das kleine Tischchen. »Auf keinen Fall«, sagte sie, »auf gar keinen Fall darfst du zuerst schreiben!«

»Wie meinst du das, ich darf nicht zuerst schreiben.«

»Die Frau wartet ab, und erst wenn der Mann den ersten Schritt gemacht hat, sollte man dezent darauf eingehen.«

»Die Frau wartet ab, bis der Mann den ersten Schritt gemacht hat? Ist das nicht ein bisschen old fashioned?«

»Sei doch nicht blöd, auf keinen Fall darfst du da bei den armen Männern mit der Tür ins Haus fallen, nein, nein, der Mann macht den ersten Schritt, dann kannst du reagieren, aber ganz sanft, nicht so mit Karacho durchs Gebüsch wie ein geiles Trüffelschwein.«

Das gab mir natürlich zu denken. Ich hatte nicht gewusst, dass Männer so fragile und zartbesaitete Wesen waren, die nach einem herzhaften Anklopfen quasi kollabierten, aber gut, der neue Mann war total sensibel, das las man ja überall.

Ich stellte also mein Profil online, befolgte brav den Ratschlag von Dörte und legte die Hände in den Schoß und wartete gespannt darauf, dass die ganzen Softies sich hervortrauten und mal schüchtern Hallo sagten.

Nichts passierte. Ich las mir noch mal die Bedienungsanleitung der App durch, es war lächerlich einfach, man stellte also sein Profil online – hatte ich gemacht – und wenn man nach links gewischt wurde, war man interessant, und wenn man nach rechts gewischt wurde, war man nicht interessant. Vielleicht auch umgekehrt, ich wurde jedenfalls immer weggewischt, nie herbeigewischt. Ich hatte fünfzig Männern den Zugang zu meinem Herzen gewährt, aber keiner wollte hereinkommen.

Ich dachte, es läge vielleicht am Duckface, vielleicht, dachte ich, ist das Duckface schon längst wieder aus und vorbei.

»Juli«, sagte ich liebenswürdig, als ich am nächsten Tag ins Büro kam, »sorry noch mal wegen neulich, ich musste wegen was ganz anderem lachen.«

»Schon klar.«. Sie schaute nicht auf und haute mit ihren perfekt manikürten und gepinselten Fingern energisch in die Tasten ihres Computers.

»Nein, ehrlich, der Dings von der Technik hatte mir einen guten Witz erzählt von, ich weiß nicht mehr genau, Horst Seehofer oder von zwei Vertretern – na egal, also, ja, was ich sagen wollte, jetzt noch mal wegen des Duckfaces, ist das eigentlich noch aktuell, so als Trend?«

»Aktuell? Nee, du, schon ewig nicht mehr.« Ihr Drucker begann zu arbeiten. »Nee, Duckface ist over, macht man nur noch manchmal aus Sentimentalität, good old times.«

»Ach. Und was ist denn jetzt so der richtig heiße Scheiß?«

»Hm, mal überlegen«, sie holte ihre Papiere aus dem Drucker und warf einen kurzen Blick darauf, »also mit Sicherheit T-Rex.«

Ich war perplex. »T-Rex?! Im Ernst?!«

»Absolut«, sie legte die Ausdrucke in ein Papiermäppchen und schob ihren Bürostuhl mit Schwung zurück, »T-Rex ist überall, findest du in jedem Hashtag.«

»Im – im wo?«

»Hashtag?!« Sie war schon auf dem Weg den Gang hinunter, jetzt drehte sie sich noch mal zu mir um. »Sag mal, sagtest du gestern nicht, du bist im Marketing?!«

»Ach so! Ja klar, Hashtag! Alles klar! T-Rex! Okay!« Ich hob beide Daumen und lächelte wissend, dann schaute ich ihr hinterher, wie sie in ihren Tigerleggings Richtung *Innovation* tigerte.

Mir war das unbegreiflich, erst machte man auf Ente und jetzt sollte man Dinosaurier spielen? Gewiss, ich fand das hochgradig lächerlich, aber es hatte mich auch so was wie ein Ehrgeiz gepackt, bitte, mir konnte das ja egal sein. Nach Feierabend ging ich in die Teeküche, köpfte eine weitere Flasche Champagner und kehrte zurück in mein Büro. Ich trank mir Mut an und dimmte das Licht, stellte mich für die passende Athmo vor die große Monstera, machte ein paar Saurierfotos von mir und stellte sie online.

Die Reaktionen kamen handkehrum, allerdings nicht so, wie ich mir das vorgestellt hatte. Ich wurde jetzt zwar auf die richtige Seite gewischt, aber nicht, weil alle coolen anderen Fleischfresser jetzt mit dem Dinogirl ausgehen wollten, nein, man wischte mich nur auf interessant, um mir witzige kleine Emojis zu schicken, Mondgesichter, die die Augen zum Himmel rollten, Mondgesichter, die einen mit aufgerissenen Augen ratlos anstarrten, das Emblem eines Mannes, der sich mit der Hand fassungslos an den Kopf fasste, kleine Dinos mit drei Fragezeichen dahinter. Ich trank hastig ein weiteres Glas Champagner, ich war verunsichert. Hatten die bei Tinder alle noch nicht gecheckt, dass der T-Rex das neue Duckface war? Ich googelte ein bisschen und mir wurde heiß und kalt zugleich, ich trank jetzt direkt aus der Flasche, Juli, der Praktikanteneinzeller, hatte ihre Infos maßlos verkürzt an mich weitergegeben, klar, dass die Community sich einen Schranz lachte, wenn ich mich auf den Fotos wie ein Tyrannosauros auf Beutefang gebärdete! Anstatt in der Masse mitzulaufen und ein Dino unter vielen zu sein, war ich quasi auf einer Faschingsparty, bei der niemand anderes verkleidet war. Niemand ging hier als Saurier, kein einziger Tyrannosaurus weit und breit! Es war nicht der T-Rex selbst, der en vogue war, nein, nur die Hand! Ich gurgelte schnell mit weiterem Schaumwein, ruhig Blut, sagte ich mir, jetzt ganz ruhig bleiben.

Die Hand. Das hieß konkret: Man schaute sinnlich und möglichst anmutig und brachte, quasi als Kontrastprogramm, die eine Hand neben dem Gesicht in Pose, zur Dinokralle geformt, leicht, aber wirklich nur leicht! Am besten lackiert, aber Nägel lackieren endete bei mir immer in einer Fingerfarbenparty, es musste so gehen. Ich trank die Flasche leer und machte einige Aufnahmen und aktualisierte schnell mein Profil. Dann wartete ich wieder. Nichts. Ich war ratlos, war Tinder vielleicht kaputt? Hatten die schwerwiegende technische Probleme, wie GMX ständig schwerwiegende technische Probleme hatte? Ich googelte, ob noch andere Nutzer Schwierigkeiten hatten, aber bei Tinder schien alles in Ordnung zu sein, niemand klagte über Ausfälle. Ich schaute mir in der Zwischenzeit ein paar andere, heiß gehandelte weibliche Selfies auf Instagram an und wurde stutzig: Klar, da waren ein paar T-Rexe, aber vor allem Posen, die ich überhaupt nicht kannte! Ich erwog noch einmal, mich an Juli zu wenden, ließ es dann aber bleiben. Wer weiß, mit was für Fachbegriffen die noch so um sich werfen würde. Hashtag hatte ich jedenfalls schnellstens gegoogelt und ich musste ihr recht geben: Es war mir selbst ein Rätsel, wie man im Marketing arbeiten und nicht wissen konnte, was ein Hashtag war. Na egal, jedenfalls wollte ich mir keine weitere Blöße geben vor diesen Teeküchenmäusen, sie waren schon jung und schön, sollten sie auch noch denken, sie wüssten mehr von der Welt? Sicher nicht.

40 TINDER – ZUM DRITTEN

Ich warf mich also voller Enthusiasmus, oder vielleicht muss ich – nach Schabowskis Hinweis, ich würde dauernd übertreiben und eine Karikatur aus mir machen –, vielleicht muss ich eher sagen: Voller selbstmörderischem Fanatismus warf ich mich in die Recherche. Womöglich hätte eine feigere Natur als ich nach den bisherigen Erfahrungen mit dieser Tändelplattform mit einer gewissen Ernüchterung befunden, Tinder wäre vielleicht nichts für sie. Doch mit der Inbrunst einer Frau, die nichts zu verlieren hatte, warf ich mich ins Gemenge.

Ich wurde zum Selfie-Profi. Und ich staunte nicht schlecht, was sich da seit der Erfindung des Selfies alles getan hatte, wirklich, es gab einfach alles! Da war zum Beispiel das *Bedstagram* (zu Deutsch auch *Schlafie*), verwuschelte Haare, zerknitterter Pyjama, wie frisch aus dem Bett halt. Ich machte zu Hause, nachdem mein Tageslichtwecker mich aus dem Schlaf genervt hatte, ein paar Fotos. Ich wusste nicht, wie andere Leute es machten, frisch aus dem Bett so selfietauglich zu sein, ich sah einfach nur aus wie frisch aus dem Bett und das war eben genau das nicht: selfietauglich.

Es gab das *Shower-Selfie.* Der Dusche entstiegen und abgetrocknet war man gerade beim Anziehen – schwierig, man brauchte teure Unterwäsche und es bestand die Gefahr, entweder zu nackt oder aber zu wenig nackt zu sein. Ich probierte es natürlich trotzdem. Ich investierte mein halbes Monatsgehalt in ein porscherotes Seidenensemble mit Spitze und riesigen Geschenkschleifen an den Hüften, das meine langen Beine und meinen bleichen Teint vorteilhaft zur Geltung brachte, er sah dann nämlich nicht mehr bleich aus, sondern blass, und das war ein Riesenunterschied. Das eine war ungesund, das andere aristokratisch, und das bisschen Unterwäsche katapultierte mich von einer schlecht angezogenen Baumwollunterhosenträgerin zu einer *Queen of Love.* Aber entweder mein Badezimmer war vom heißen Wasser so dunstig, dass man mich auf dem Foto gar nicht ausmachen konnte – ich sah aus wie ein Eoraptor auf einer Nacht-und-Nebel-Aktion –, oder ich hatte mich verduscht und mein Bild ähnelte auf frappierende Weise dem einer Katze, die sich mit Müh und Not aus den Fluten gerettet hatte.

Belfie war interessant und nicht ganz unkomplex, man musste sich verdreht vor den Spiegel stellen und sowohl Gesicht als auch den geschickt, also wenig bekleideten Hintern aufs Bild kriegen, fiel aber wegen meines abwesenden Pos aus, *Bilfie,* die kleine Schwester des *Belfie,* war ein Bikinifoto aus der Vogelperspektive: Man musste sich im Bikini in die Sonne legen, den Bauch einziehen und die Brust rausplustern und sich von oben fotografieren, und wenn das *Belfie* an meinem Popo scheiterte, dann scheiterte das *Bilfie* an meinem Busen. Sonne hatte ich auch keine, es war wie verhext.

Das *Suglie* fiel für Tinder per se aus, war aber sozusagen meine Königsdisziplin – es setzte sich zusammen aus *Selfie* und *ugly* und bezeichnete die Kunst, sich beim Selfie zu blamieren – sollte jemand eine Dating-App entwickeln, die diese Art von Stärken in den Vordergrund stellte, dann wäre ich ihr Aushängeschild.

Für das *Ussie,* das glückliche Gruppenselfie, fehlte es mir an dem *us,* dem geselligen Wir, und überhaupt, wie sollte man mich zwischen allen anderen finden?

Ebenso kontraproduktiv war das *Relfie,* das konnte ich dann machen, wenn ich bei Tinder glücklich fündig geworden war (*relfie* von *relationship*, Paare teilten damit ihr Glück mit der ganzen Welt), ebenso das *After-Sex-Selfie,* das insgesamt aber günstig war, da immer gedimmtes Licht.

Die Bambipose war im eigentlichen Sinn kein Selfie, da es der Mitarbeit eines Komplizen bedurfte, es war schon fast wieder retro, aber natürlich schmeichelhaft für jede Figur – hinknien, Rücken durchstrecken und von oben ablichten lassen, schüchterner Blick in die Kamera. Klar, man konnte es auch als Selfie produzieren, aber meine Rechercheergebnisse rieten mir eigentlich davon ab. Es sah dann einfach aus wie ein Reh kurz vor der Exekution, das war ja nicht der Sinn der Sache, außer man hatte es auf die ganzen Perversen da draußen abgesehen, aber ohne mich!

Ganz hot und auch im Alleingang problemlos zu realisieren war jetzt aber das *Fish-Gape.* Leicht geöffneter Mund, bisschen Zahn zeigen, fertig. Das *Fish-Gape* war nicht schwer, aber meiner Meinung nach unterstrich es meine Vorzüge nicht so optimal. Wenn die anderen Ladys dabei aussahen wie Frauen mit einem süßen Fischmund, sah ich aus wie ein süßer Fisch, der ein Selfie machte.

Letztendlich endete ich entnervt beim *Shelfie.* Beim *Shelfie* musste man nichts einsaugen und nichts rausdrücken und sich nicht so verdrehen, dass man danach einen Hexenschuss hatte, beim *Shelfie* ging es nicht um Wangenknochen, die hervortreten sollten, und Zähne, die man ein bisschen sichtbar waren, aber nicht zu sehr, beim *Shelfie* war der Hintern egal und der Busen überhaupt kein Thema, man musste seine Hüften nicht für teuer Geld in Geschenkpapier verpacken und nicht vorher sechs Semester Maniküre studieren, beim *Shelfie* stellte man schöne Dinge ins Regal, zum Beispiel ein schönes Buch, und das Buch auf dem Regal, das war dann das Foto. Das *Shelfie* war meine letzte Tat bei Tinder, und da ist es heute noch, es wird weggewischt und wieder weggewischt und ich schließe daraus Folgendes: Die Leute sind dem Trend wieder mal um Lichtjahre hinterher. Das *Shelfie* ist der geheime Geheimtipp im Posing-Geschäft, und niemand außer mir hat den Schuss gehört.

41 MEIN LEBEN ALS SINGLE

»Und seitdem, also seit dem melancholischen Leander, sind Sie Single? Das ist immerhin schon einige Jahre her, nicht wahr?«

»In der Tat. In der Tat.« Ich dachte zurück an diese Zeit in Zürich, ich überschlug im Kopf die Anzahl der Jahre und kriegte einen kleinen Anfall von Panik, als ich realisierte, seit wann ich schon alleine war. Dabei war das lange okay gewesen. Ich hatte – ich musste mir das so schonungslos klarmachen –, ich hatte irgendwie kein Händchen für Männer, man sollte meinen, so eine Beziehung brächte das profane Leben zum Leuchten, bei mir war das definitiv nicht der Fall gewesen.

Ich blieb also Single und gewöhnte mich überraschend schnell an diesen Zustand, auch wenn er mir nicht gefiel. Ich badete in meiner Badewanne, rasierte mir die Beine, ich kaufte mir einen chanelroten Lippenstift, der anscheinend jedem stand, und ging ins Xenix und schaute mir jeden einzelnen verdammten Werner-Herzog-Film an.

Ich ging kurzum meiner Wege und besuchte mit stumpfem Eigensinn meine Vorlesungen – aktuell gerade Philosophie, nachdem ich diverse andere Fachbereiche schon hinter mir gelassen hatte.

Von der Logik hatte ich mich innerlich schon längst verabschiedet. Ich saß in den überfüllten Reihen und verfolgte stumm die mathematischen Wunder, die der schnauzbärtige Nietzscheverschnitt Professor Dr. Schulthess unverdrossen an die Tafel malte.

Ich hatte die ersten paar Logikseminare absolut couragiert und mit einer sagenhaften Energie in Angriff genommen. Es gefiel mir, Sätze mit Schlussfolgerungen und Konklusionen zu fabrizieren wie: *Herbert hatte gesagt, dass Michi schwanger ist. Also muss Michi eine Frau sein.*

Ja, es gefiel mir, diesen scheinbar banalen Sachverhalt auf seine sogenannte *deduktive* oder *induktive Gültigkeit* hin zu untersuchen, wenn es schon etwas komplexer wurde: *Herbert hat gesagt, dass Michi schwanger sei. Herbert sagt fast immer die Wahrheit. Nur weibliche Wesen werden schwanger. Also ist Michi weiblich.*

Es gefiel mir noch mehr, Schritt für Schritt die Schraube anzuziehen: *Michi ist eine Frau oder Michi ist nicht schwanger. Michi ist schwanger. Michi ist eine Frau.*

Immer noch schön fand ich, diese tiefen Wahrheiten in simple Buchstaben zu verwandeln, ich schrieb:

A oder nicht B

B

A

Ich freute mich noch erheblich, als geheimnisvolle Zeichen hinzukamen, $\rightarrow\wedge\varphi<\subseteq\psi\mu\}$, und ich bemühte mich redlich, nicht nur Herbert und Michi, sondern auch die Sorgen und Nöte von diversen anderen Gestalten wie Joachim, Angela und Christine und einem Sammelsurium von Brillen, Busfahrten nach Ubbedissen und Katzen auf der Matratze zu lösen sowie über blaue Mülleimer und Prosecco, Regen und Regenwürmer und das Rauchen und das schlechte Gewissen in logisch schlüssigen Sätzen nachzudenken. Ich wurde skeptisch, als das Personal und seine kleinen Problemchen, die ich so gewissenhaft formalisiert hatte, weniger und weniger wurden und irgendwann aus den Ausführungen Professor Dr. Schulthesses verschwanden, es machte mich völlig konfus, plötzlich seitenweise Buchstaben und mathematische Runen aufs Blatt zu malen und dabei nicht immer zu überlegen, was davon nun die schwangere Michi und was Herbert war, wo in diesem Gekritzel sie den Bus nach Ubbedissen nahmen und wie viel Prosecco sie tranken. Es sollten – wenn ich Professor Dr. Schulthess richtig verstanden hatte, wenn alles seinen ordentlichen logischen Gang nahm –, ganz im Gegenteil, Michi und Herbert gar nicht mehr relevant sein, ich sollte angefangen haben, logisch zu denken, und ich dachte nur: Wie geht's Michi? Wenn sie eine Frau ist, müsste sie längst geboren haben. Sie sollte natürlich keinen Prosecco mehr trinken und schon längst nicht mehr rauchen. Vermutlich hat sie ein schlechtes Gewissen deswegen und fährt mit dem Bus nach Ubbedissen zu ihrem Psychoanalytiker. In der Zwischenzeit feiert Herbert in der sturmfreien Bude mit Joachim, Angela und Christine. Das Baby legt er zu der Katze auf die Matratze. Draußen regnet es, im Blumentopf reckt ein Regenwurm den Kopf aus der Erde und Herbert erinnert sich plötzlich, dass er ein Mensch ist. Er bekommt sofort auch ein schlechtes Gewissen und möchte nur eines: den Bus nehmen nach Ubbedissen, wo auch sein Psychoanalytiker wohnt. Joachim, Angela und Christine kümmert das nicht, sie feiern einfach weiter und stecken Herbert, ohne zu zögern, in den Mülleimer. Frage: Sind Joachim, Angela und Christine Menschen?

Ich weiß nicht, dachte ich, vielleicht, aber schlechte. Oder Aliens? Ich hielt das nicht für ausgeschlossen. Aliens kamen bei Professor Dr. Schulthess nicht vor, auch keine schlechten Menschen, nein, überhaupt keine Menschen kamen mehr vor, keine Katzen, nichts zu trinken. Alles, was den Menschen so unendlich komplex machte, dass er rauchte und ein schlechtes Gewissen deswegen hatte, dass er auf einmal merkte, dass seine Freunde schlechte Freunde waren, dass er das Baby von der Matratze nahm und hoffte, dass es keine Katzenallergie hatte und später nicht ebenfalls zum Psychoanalytiker nach Ubbedissen musste und alles, was es an Kindheitserinnerungen hatte, dieser Wurm war, der seinen Kopf aus der Erde reckte, immer wieder dieser einsame Wurm, all das kam nicht mehr vor in meinen Logikseminaren, und das war der Grund für meinen innerlichen Abschied, dem schon bald mein äußerlicher Abschied logisch auf dem Fuße folgte, ich ging nämlich nicht mehr hin. Herr Professor Dr. Schulthess musste künftig seine Buchstaben ohne meine tatkräftige Mithilfe sortieren.

Aber die Logikseminare waren nicht mein einziges Problem.

Ich frequentierte nun schon seit zwei Semestern kleine Tutorien zu Wilhelm von Ockhams erkenntnistheoretischen Schriften und konnte immer noch nicht sagen, was er genau für Erkenntnisse gehabt hatte. Nebenbei grübelte ich – nachdem ich der Wittgensteinspezialistin großzügig vorgeschlagen hatte, meine Semesterarbeit dem gesamten Tractatus widmen zu wollen – über fünf winzigen Zeilen, die die Spezialistin mir, nachdem ich sie zu unkontrollierten Lachsalven animiert hatte, ans Herz gelegt hatte (»Fangen wir mal damit an«). Sie gingen so: *Das künstlerische Wunder ist, dass es die Welt gibt.*

Dass es das gibt, was es gibt. Ist das das Wesen der künstlerischen Betrachtungsweise, dass sie die Welt mit glücklichem Auge betrachtet? Ernst ist das Leben, heiter ist die Kunst.

Ich hatte keinen blassen Schimmer, wie ich mit meiner Analyse dieser mickrigen paar Sätze die obligatorischen zehn Seiten der Semesterarbeit füllen sollte, aber gut, sie war die Expertin, sie kannte ihren Wittgenstein. Wenn sie der Meinung war, man könne zu dieser Bemerkung mehr sagen als »Ja« oder »Okay«, dann musste ich eben noch mal überlegen.

Was mich in der Philosophie allerdings besonders irritierte, war diese krude Mischung aus Verlotterten und Verrückten, die dieses Studium in so reicher Zahl anzuziehen schien.

Regelmäßiger Gast sämtlicher angebotener Seminare war beispielsweise ein etwa fünfzigjähriger Mann mit wenig Frisur, der sommers wie winters in eine überdimensionierte Daunenjacke gehüllt war. In seinen Nasenlöchern steckten dicke Büschel Watte, seine Habe transportierte er in einer abgenudelten Migrostüte und er hatte viele Fragen. Er war genau der Typ Mann, der gerne in meiner Badewanne baden wollte, aber ich kannte meine Pappenheimer und ging ihm weiträumig aus dem Weg.

Nicht weniger eifrig studierte eine ältere Dame mit verzotteltem Haar und irrem Blick, sie trug Hemden mit abgewetzten Kragen und löchrige weinrote Herrenpullover, und sie schleppte Aktenordner voller philosophischer Materialien mit sich herum. Ich dachte eine Zeit lang, sie wäre vielleicht mein Schlüssel zum besseren philosophischen Verständnis, sie würde sich mütterlich meiner annehmen und mir alles erklären, aber sie redete nie mit irgendjemandem außer mit sich selbst. Sehr oft fiel der Begriff *eidetische Reduktion*, ich schlug ihn gewissenhaft nach, sie beschäftigte sich allem Anschein nach mit Husserl, aber für den reichte meine Kraft nicht auch noch.

Dieser Fachbereich war durchdrungen von derartigen Figuren, dazwischen tummelten sich die Kiffer mit peruanischen Ohrenmützen, bunt gewebten Tüchern und ihrer auffälligen, aber im Nichts endenden Vorliebe für Nietzsche und Schopenhauer sowie fade Milchgesichter in teuren Navyboots und Hosen von Strellson auf der Suche nach dem Sinn des Lebens. Gewiss, da und dort saßen echte Denker mit der weisen Wittgensteintolle, einem krummen Sartregesicht oder dem intellektuellen Hannah-Arendt-Timbre, vergeistigte und kluge Studenten, die mit vollen Segeln Richtung Erkenntnis unterwegs waren, aber ich hatte mich durch meine unprofessionellen Äußerungen zu Michi und Herbert und ihrem kleinen Haushalt in diesen Kreisen unmöglich gemacht, keiner von ihnen lud mich zum gemeinsamen Tüfteln über Induktionsprobleme ein oder wollte mit mir zusammen Vorträge zu den aristotelischen Kategorien erarbeiten, niemand wollte wissen, ob ich Leibniz' Monadenlehre auch so super fände und ob wir nicht mal ein bisschen darüber quatschen wollten.

Ich hatte mich zudem in das ein oder andere germanistische Seminar eingetragen, ein Fehler, wie ich fast sofort bemerkte. Ahnungslos fand ich mich in irgendwelchen Thomas-Mann-Splittergruppen wieder, die mit fanatischem Ehrgeiz das Vergehen der Zeit im *Zauberberg* diskutierten, und saß für ein paar Monate in einer Art Julia-Kristeva-Fanklub fest, was auf verblüffende und mir selbst wahnsinnig unangenehme Art den Macho in mir herauskitzelte. Ich belegte ein Max-Frisch-Seminar. Max Frisch, hatte ich gedacht, ist doch eine sichere Nummer, irgendwann mal, vor tausend Jahren, hatte ich seine Bücher gelesen und gemocht, aber ich stellte fest, dass seine Sachen mordsmäßig schlecht gealtert waren und er mir schlimm auf die Nerven ging. In meinem ersten Vortrag – ich hielt ihn zu seinem Alterswerk *Montauk* – verstieg ich mich dazu, klipp und klar zu sagen, man habe den Mann vollkommen überschätzt.

Ich besuchte kurzum eine wüste Mischung aus wahllosen Seminaren, machte mich auf allen Ebenen unbeliebt und saß in der unendlich weitflächigen Zeit dazwischen, die das Studium im humanistischen Fachbereich mit sich brachte, zu Hause an meinem Pult und las gewissenhaft Sekundärliteratur zu Mann und Wittgenstein, immer in der stummen Hoffnung, es handele sich bei diesem müßigen Zeitvertreib um ernsthafte Arbeit.

Irgendwann im November des dritten Semesters – der Spätherbst hielt die Stadt fest umklammert und durch die nassen Scheiben meines Zimmers blickte ich in eine düstere Vampirdämmerung und das melancholische Kraut und Rüben von Garten, in dem ein zäher Wind wütend in den Bäumen jätete –, spätestens jetzt stellte ich fest, dass ich vollkommen falschlag.

42 DIE PHILOSOPHIN

Ich saß an meinem Schreibtisch und sah hinaus und dann wieder auf diese fünf läppischen Zeilen, die ich immer weniger verstand (*Das künstlerische Wunder ist, dass es die Welt gibt* – was bedeutete das bloß?). Dann schaute ich auf den gewaltigen Apparat Sekundärliteratur, den ich nach und nach – immer in dem unbehaglichen Gefühl, die Wittgenstein-Expertin damit irgendwie zu hintergehen – aus der Bibliothek hergeschleppt hatte. Ich blätterte durch die annähernd fünfzig Seiten, die ich in der Zwischenzeit dazu verfasst hatte – alles in allem ein bunt zusammengewürfeltes Potpourri der Sekundärliteratur, der Index unten war deutlich größer als der eigentliche Text –, und mir war völlig klar, dass ich diesen Unsinn niemals und unter gar keinen Umständen der Expertin vorlegen konnte. Sie würde sofort und expertentypisch erkennen, dass ich, so es sich um Wittgenstein handelte, nur eines konnte: Sekundärliteratur lesen. Alles andere konnte ich nicht. Ich konnte nichts zur Welt sagen und nichts zur Kunst, nichts zum Ernst des Lebens und nichts dazu, dass es das gab, was es gab. Ich verstand diese Sätze nicht, ich verstand Wittgenstein nicht, nein, schlimmer noch, ich verstand nicht, warum die Expertin eine Expertin für Wittgenstein sein wollte. Und hier lag das Problem: Wittgenstein nicht zu verstehen mochte bedauerlich sein, eine Schande war es nicht, immerhin war sie darum die Expertin und nicht die trottelige Charly Benz. Nein, nicht mein mangelndes Verständnis war es, was mich quälte, es war die gänzliche, grundsätzliche und zweifelsfreie Abwesenheit jeglicher Ambition, die mir Sorgen machte, die Ambition, Wittgenstein verstehen zu *wollen.* Ich studierte im dritten Semester und ich hätte ums Verrecken nicht sagen können, was dieser Ockham eigentlich wollte und was ich von ihm wollen sollte, ich las ganz gerne mal Thomas Mann, ich kannte den *Zauberberg,* klar, aber ich wusste nicht, wie die Zeit verging dort oben, und es war mir auch egal. Ich wollte nicht in Seminaren sitzen, in denen jedes dritte Wort »Kristevatext« lautete, und ich wollte nicht einmal blöde Machosprüche von mir geben, wenn ich dann doch darin saß, aber der Hang zum Blödtun war stärker als ich. Ich wollte – ich musste mir dies in der ganzen schonungslosen Offenheit endlich eingestehen –, ich wollte gar nicht Philosophie studieren und Germanistik grad auch nicht.

43 DER RUF GOTTES

»Tja, Herr Schabowski, es war wie eine Art Eingebung. Ich hatte an diesem Abend, als ich hinausschaute in den düsteren Weltuntergang vor unserem Haus, vielleicht eine metaphysische Erfahrung: Ich studiere Theologie, dachte ich mir.«

»Ach.«

»Ja. Sie mag es verblüffen, aber es erschien mir vollkommen logisch.«

Ich stellte mir lebhaft vor, mit meinen mir offen und ganz im Sinne der Caritas zugewandten Mitstudenten stundenlang über geheimnisvollen apokryphen Texten zu sitzen und die Gottesbeweise, die Professor Dr. Schulthess jeweils kaltblütig logisch zertrümmerte, bis ins letzte Glied theologisch zu durchdenken und für wahr zu deklarieren. Ich dachte an freundliche und angenehm unprätentiöse Kommilitonen, die in den Seminaren nicht nur keine Ohrenklappenmützen trugen, nein, sie trugen vernünftigerweise überhaupt keine Kopfbedeckungen in geschlossenen Räumen, so wie sie sich – Diogenes! – auch keine Regentonne aufs Handgelenk tätowieren ließen wie gewisse Haschischkonsumenten nach ihrer ersten Stunde in klassischer Philosophie.

Ich dachte an meine Kindheit in der katholischen Ostschweizer Provinz, ich dachte – weil das ganze Logikstudium nicht völlig für die Katz gewesen sein sollte: Charly hatte eine schöne Kindheit. Charly war Kind in der katholischen Provinz. Charly lügt fast nie.

Daraus folgte: Charly hatte eine schöne Kindheit, weil sie katholisch war.

Ich dachte: Denk ich an den Katholizismus, fallen mir nur gute Sachen ein: meine Schwester Anna, die mir für den Gottesdienst Parfum hinters Ohr tupft. Erntedankfeste mit

Körben voller praller Würste und Äpfel. Der Finger im kalten Weihwasserbecken. Kirchenglocken am Samstagabend. Rorate.

Rorate, murmelte ich ein paarmal vor mich hin, Rorate. Fasste das Wort Rorate nicht alles zusammen, was den Katholizismus so mysteriös und erstrebenswert machte? Morgens vor der Schule durch die Dunkelheit zu gehen und verschlafen einer Predigt zu lauschen, um hinterher Buttergipfeli und Kakao zu kriegen. Jetzt, wo ich alleine in meiner WG saß und nur harte Toastscheiben im Brotkasten lagen, steinalte Spaghetti auf dem Wäscheständer hingen und verschimmelte Marmeladengläser in der Sonne vor dem Fenster dünsteten, da wusste ich beim besten Willen nicht mehr, was schöner sein könnte.

Am nächsten Morgen marschierte ich ins Theologische Seminar und beschwatzte den dort waltenden Dekan, mich trotz des schon begonnenen Semesters in seine Studentenschaft aufzunehmen.

Es war ein zähes Ringen, es ging um nicht vorhandene Griechisch- sowie Hebräischkenntnisse, es ging – ich sagte nichts, aber es war kleinkrämerisch von ihm – um das große und um das kleine Latinum und um die Frage, ob ich denn wirklich Pfarrerin werden wolle wie meine künftigen Mitstudenten. Ich ließ mir natürlich nichts anmerken, aber ich war kurz nicht unerheblich irritiert, ich dachte mir: Pfarrerin? Seit wann sagt denn der Vatikan Ja zur Frauenordination? Das war mir völlig neu, da musste ich wohl in meinen verirrten atheistischen Jahren eine wichtige Entwicklung verpasst haben. Während er sprach, dachte ich des Weiteren, ich durfte auf keinen Fall vergessen, mich wieder der Kirche anzumelden. Ich war mir nicht sicher, ob ich Pfarrerin sein konnte, ohne in der Kirche zu sein, andererseits, wenn sie jetzt schon Frauen in den Talar schlüpfen ließen, dann waren vielleicht neutrale Pfarrer gar nicht so unerwünscht, ähnlich den parteilosen Kandidaten in der Politik. Ich nickte also alles ab, ich wollte neu anfangen, ich wollte Professor Dr. Schulthess und die Wittgenstein-Expertin hinter mir lassen, ich wollte nicht mehr mit schlechtem Gewissen »Husserl« denken, sobald ich einen weinroten Herrenpullover sah, und ich wollte wieder Thomas Mann lesen, ohne mit einem roten Fineliner *Zeitstrahl!* an den Seitenrand zu kritzeln. Ich wollte einen Julia-Kristeva-Text lesen und sagen können »Eine gescheite Frau, diese Julia Kristeva« anstatt »Gender ist ein Griff ins Klo«. Ich wollte Theologie studieren und ein besserer Mensch werden, ich wollte – ja, während meines komplizierten Gesprächs mit dem Dekan sah ich es glasklar vor mir –, ich wollte auf den katholischen Talar hinstudieren und in ein paar Jahren in meiner eigenen Kirche die mir angetraute Gemeinde begrüßen.

Ich muss sagen, dafür, dass meine Bereitschaft, meine Zuversicht, mein unbedingter Wille zum kirchlichen Werdegang nicht mehr zu übertreffen waren, dafür, dass ich mir am Morgen vor dem ersten Seminar umsichtig das Erbstück meiner Omama – eine Goldkette mit einer wunderbaren Madonna auf dem Medaillon – um den Hals gelegt und vorsichtshalber die Bibel eingesteckt hatte, falls ich mal was nachschlagen musste, dafür, dass ich so absolutistisch gedacht hatte, die Losertruppe aus der Philosophie wäre nicht mehr zu toppen, ich hätte bisher einfach das falsche Umfeld gehabt, wenn Gott einen rief, konnte man nicht im Logikseminar sitzen und brav ableiten, dass er nicht existierte – angesichts dessen war es erstaunlich, dass ein einziger Tag unter den anderen Theologiestudenten reichte, um mich auszunüchtern.

Genau genommen wähnte ich mich auf einem Sozialarbeiterworkshop. Es roch nach Kaffee und es gab selbst gebackene

Plätzchen und eine – es fühlte sich deutlich nach mehr an –, mindestens eine Frau weinte, Gott weiß warum, und wurde von einer anderen in den Arm genommen, leise wiegten sie sich in den Gängen und schnaubten mit geschlossenen Augen in das Dickicht ihrer langen Haare. Andere tauschten sich über ihre Erlebnisse der vorangegangenen Wochenendfahrt aus – wenn ich es richtig verstand, gab es irgendeine Art Blockseminar, das einmal im Monat in der Kartause in Ittingen abgehalten wurde. Ein Höhepunkt der zweitägigen Veranstaltung war wohl eine Art Challenge gewesen, der rückwärtige Fall eines jeden Seminarteilnehmers von einem Tisch nämlich, auf dass einen die wonnetrunkene Menge auffange. Mit Tränen in den Augen berichteten zwei Teilnehmer von dieser wichtigen Erfahrung, dem Getragenwerden durch die Gemeinschaft, alle nickten bewegt, ja, das Getragenwerden durch die Gemeinschaft.

Diese Gemeinschaft hier setzte sich zusammen aus einigen ganz angenehm unprätentiösen Männern und Frauen in gedeckten Farben (Dunkelblau, Grau, noch ein Grau, interessanterweise kaum Schwarz, der unerreichte Farbstar der Philosophen), sie waren das Äquivalent zu den aufstrebenden Wittgensteins und Kierkegaards in meinem ehemaligen Studiengang, emsig und strebsam und strahlten diese gewisse metaphysische Ruhe der mit einer religiösen Heimat Ausgestatteten aus, aber ich wusste noch nicht, welchen Idolen sie nacheiferten, Thomas von Aquin, Franziskus, der heiligen Barbara, keine Ahnung, wer hier die Kings waren. Zusammenfassend konnte man sagen, dass sie alle nicht dick und nicht dünn, sondern irgendwie normal waren, das Gros bebrillt, aber so, dass man sich nicht hätte merken können, was für eine Brille, Brille einfach, dazu Klamotten, die keinen Namen hatten, zumindest keinen guten. Haarfarbe: normal.

Dazwischen gab es die psychisch Angeknacksten, die, die aussahen wie erwachsen gewordene Missbrauchsopfer mit ihrem verwischten Blick, die, die hier studierten in der Hoffnung auf Heilung und Heimat und Besänftigung der Verzweiflung, die in ihnen wütete. Es waren hauptsächlich Männer. Manche trugen kleine hilflose Schnäuzer, andere hatten einen Topfschnitt, viele waren zu blass, alle jedoch verband das Phänomen der zu kurzen Socke.

Es gab hier nicht wenige jener Frauen, die ich immer als typisch schweizerisch bezeichnet habe, mit vollen Hüften und Fleisch auf den Knochen, ohne speckig zu wirken, fest und kernig, gerne mit Leggings und im engen Rock oder prall in einer High-Waste-Jeans Größe vierzig, ungeschminkt und mit dieser puritanischen Resolutheit roter Backen. Immer mit wahnsinnig gutem Haar. Dieses Haar machte mich seit jeher fertig, es war viel, es war dick, es war kraus oder zumindest angelockt, es changierte in allerlei Farbtönen und mitunter war es schon früh durchzogen von einzelnen silbrigen Fäden, es war so, dass man hineinfassen und darin umrühren mochte. Man ahnte, sie kamen immer gerade von draußen, vom Holzhacken oder Beete-mit-Reisig-Abdecken für den Winter, oder sie waren mit dem Hund gegangen in der frühen Dämmerung eines frösteligen Oktobers und würden jetzt gleich Zwetschgenkuchen backen.

Es waren diese Frauen, die ich immer schon mit einem gewissen Neid betrachtet hatte, ich beneidete sie um diese Aura von Unbeirrtheit und Langmut, ich beneidete sie darum, dass diese engen Röcke und hohen Jeans so wahnsinnig gut saßen und wieder einmal deutlich machten, dass nicht das Dünnsein an sich erstrebenswert war, sondern die sinnvolle Proportion, wie man an mir so wunderbar erkennen konnte. Ich beneidete sie um dieses ungeheure Volumen, das sie ernsthaft zum

Friseur trieb, um »das Haar ein wenig auszudünnen«, es war einfach zu viel, man kriegte es nicht mal durch ein normales Haargummi. Diese Frauen hatten immer gute Laune und besaßen ohne Ausnahme diese bauchigen Teekannen aus handgetöpferter Keramik mit der Tülle, die nicht tropfte.

Dieser Frauentyp war so gut wie nie skeptisch, mir gegenüber war er es. Ich weiß nicht genau, was dieses Misstrauen auslöste, über das sie sich so einig zu sein schienen, Tatsache war, dass ich auch hier gerne eine von ihnen zur Freundin gehabt hätte, aber sie schienen zu wissen, dass ich ein hoffnungsloser Fall war. Das nämlich ist das eigentlich Interessante an diesen Frauen, die immer so putzmunter aus der Kälte zu uns hereinkommen und erst mal den Ofen einheizen: Sie helfen ja gern, aber sie gehen nicht dabei drauf. Vor jeglichem Helfersyndrom schützt sie ihr sagenhafter Pragmatismus, vor jeder Verirrung in ein heilloses emotionales Durcheinander ihr gesunder Instinkt und ein felsenfest verankertes Selbstbewusstsein.

»Überhaupt, Herr Schabowski, studierten verblüffend viele Frauen dort. Sehr viele Frauen.« Erstaunlich viele Frauen, ja. »Als ich das Seminargebäude nach meinem ersten Tag als angehende Pfarrerin wieder verließ, wusste ich, dass ich *reformierte* Theologie studierte und dass ich nie irgendjemandem davon erzählen würde, wie ich das herausgefunden hatte.«

»Aber es würde mich doch nicht wenig interessieren, wie Sie Ihren Irrtum schließlich –«

»Nie. Vergessen Sie's, Herr Schabowski. Ich werde nicht viel mit ins Grab nehmen, aber dieses Wissen hundertprozentig.«

Ich wurde reformierte Pfarrerin – und das, obwohl ich überhaupt nicht verstand, was am Katholizismus eigentlich nicht stimmen sollte. Was war da reformiert worden? Soweit ich wusste, war vor allem viel abgeschafft worden: Rorate zum

Beispiel. Beichtstühle. Weihrauch. Die Würste zum Erntedank, alles, was diese Religion so schön und heimelig gemacht hatte, war weg. Was in aller Welt war damit gewonnen?

44 SYBILLE?

Leider musste ich sagen, dass Sybille verrückt geworden war. Klar, sie hatte schon immer so einen gewissen Schlag, aber nun war sie vollkommen durchgeknallt.

Ich kam abends spät nach Hause, ich war mit Schabowski noch bei *Zum Bob* eingekehrt. In der Garderobe lagen zwei Paar von ihren Barfußschuhen (I know! I know.), in der Diele stapelten sich drei Bananenkisten mit ihren bunten Klamotten darin, meine sonst so ordentliche Schwester musste die Sachen in aller Hast hineingeworfen haben, im Wohnzimmer hatte sie einen Schlafsack auf meinem Sofa ausgerollt, in der Küche stand ein Entsafter, im Badezimmer ein Basenbad – überall, wo ich auch hinschaute, hatte meine Schwester Bestandteile ihres Besitzes verteilt –, aber sie selbst war nicht da. Sie hatte mir einen Zettel geschrieben, aber weil sie so eine kreative Schrift hatte, konnte ich natürlich kein Wort entziffern.

Ich ärgerte mich nicht wenig und nahm mir vor, sie zur Rede zu stellen, wegen allem nämlich: dafür, dass sie offensichtlich holterdiepolter, aus Gott weiß welchen Gründen, Georg verlassen hatte, dafür, dass sie so mir nichts, dir nichts meine Wohnung in Beschlag nahm, und vor allem dafür, dass sie dann nicht mal aufkreuzte und mir erklärte, was eigentlich los war. Ich würde sie so richtig zur Rede stellen, aber sie kam an diesem Abend gar nicht nach Hause. Sie kam die ganze Nacht nicht nach Hause, denn am Morgen war ihr Schlafsack nicht zerdrückt und die Zahnbürste trocken – ich war so eine

Detektivin! Als ich am folgenden Abend von der Arbeit kam, war sie schon wieder nicht da, ich sah aber, dass sie untertags in der Wohnung gewesen sein musste, sie hatte das Badezimmer geputzt und meine Regale umgeräumt und sich einen Saft entsaftet, das Innenleben des Entsafters war fein säuberlich zum Abtropfen auf einem Geschirrtuch ausgestellt. Ich hasste es, dass sie sich aufführte, als wäre ich eine Art Untermieterin. Ich würde sie so richtig zur Schnecke machen, sowie sie mir unter die Augen trat, aber genau das vermied sie geschickt. Ich rief sie an und sprach ihr auf den AB. Irgendwann rief sie zurück, ich hatte das Handy ausgeschaltet – ich war mit Schabowski bei der Spintografie –, sie sprach mir auf den AB, sie sagte: »Hey, sorry, Charly, ich bin gerade wahnsinnig beschäftigt, lass uns nächste Woche mal zusammen kochen, ja? Küsschen!«

45 WAS IST LOS IM KULTURJOURNALISMUS?

Ein paar Tage nach meinem ersten Zusammentreffen mit dem Kulturjournalisten der renommierten Wochenzeitung trat ich nach Feierabend aus dem Bürogebäude und suchte meine Streichhölzer. Meine *LuckyLili*-Kollegen kamen einer nach dem anderen hinter mir aus der Tür, ich tat einen Schritt zur Seite und sagte ungefähr zwanzigmal Tschüss. Dann waren sie alle weg, aber ich war noch da, meine Streichhölzer waren nämlich auch schon wieder weg. Ich blickte mich suchend nach einem feuergebenden Objekt um, Subjekt, meine ich, und staunte nicht schlecht, als ich sah, dass der Kulturjournalist Hans Hänse Quandt schon wieder bei den Fahrrädern stand und grüßend die Hand hob.

»Haben Sie was verloren?«, fragte ich, als ich hinüberging.

»Hallo«, sagte er. »Verloren? Nein, eigentlich nicht.« Er

nahm ein Feuerzeug aus der Tasche, ich beugte mich über die Flamme.

»Haben Sie angefangen zu rauchen?« Ich richtete mich auf und paffte großspurig vor mich hin.

»Nein. Nein, nicht direkt.«

»Haben Sie angefangen, ein Feuerzeug mit sich herumzutragen?«

»Ja, so könnte man das wohl ausdrücken.«

Ich nickte, ich hielt das generell für einen klugen Entschluss, und rauchte gemächlich weiter, dann begann ich mit der Fahrradschlossnestelei, nebenbei betrieb ich ein wenig Konversation mit dem Kulturjournalisten, die allerdings erstaunlich schnell ein Ende fand, irgendwie arbeitete mein Hirn an diesem Tag auf Hochtouren und ich hatte die Kombination ratzefatze erinnert.

»Arbeiten Sie auch samstags?«

»Vor Weihnachten arbeiten wir immer.«

»Ach so.«

»Also dann«, sagte ich, während ich meine Tasche festschnallte und meine Fliegermütze unterm Kinn zuknöpfte.

»Sagen Sie, wie ging es damals eigentlich weiter? Sie erwähnten letztes Mal ein weiteres Treffen, mit Tante Vivienne alias Leonard Cohen und Ihrem Vater.«

Ich musterte ihn. Was ging bloß in so einem Kulturjournalisten vor?

»Also wenn Sie sich von mir weiteren Stoff für weitere Artikel zu weiteren verstorbenen Sängern wünschen, muss ich Sie enttäuschen. Tante Vivienne und Leonard Cohen teilten diesen einen magischen Moment, ich glaube nicht, dass es je wieder einen Punkt in ihrem Leben gab, wo sich ihr Weg mit dem seinen gekreuzt hätte, geschweige denn mit den Wegen anderer, jetzt verstorbener Sänger.«

»Darf ich?« Hans Hänse Quandt deutete auf mein Fahrrad und ich überließ es ihm zu schieben. »Ich bin wirklich nicht beruflich hier«, sagte er.

Bitte, mir konnte es ja gleich sein, wie ein Kulturjournalist seine Freizeit verbrachte. Ich fand es übrigens angenehm, dass er mein Fahrrad schob. Ich mochte, wenn Männer Feuerzeuge bei sich trugen für Zigaretten, die sie nicht selber rauchten, und Fahrräder schoben, die nicht die ihren waren, ich mochte es, wenn sie Türen öffneten und nicht selbst zuerst hindurchgingen und Mäntel aufhielten, in die sie nicht selber schlüpften. In jedem Genderseminar, zum Beispiel zu Julia Kristeva, hätte man mich für so eine Auffassung aus dem Fenster geworfen, mir war völlig klar, dass diese Haltung hoffnungslos veraltet war und man so etwas niemals in der Öffentlichkeit erwähnen sollte, aber ich hatte nicht das Gefühl, dem Feminismus damit irgendwie ein Bein zu stellen. Ich hatte eigentlich sogar das Gefühl, irgendwie emanzipierter zu sein ohne ein kaputtes Fahrrad, das ich selber schieben musste.

46 IMMERHIN LIEBT MICH DER MOPS

Also, jedenfalls als ich damals, nach dem Gespräch mit dem Don, bei der lieben Tante Vivienne im durchhängenden Sofa saß, wusste ich wieder, warum ich nicht hatte herkommen wollen. Glasklar stand mir vor Augen, dass es im besten Fall ein ausgemachter Schwachsinn wäre, den sie mir vorschlagen würde, im schlimmsten Fall eine kriminelle Sauerei.

»Aber klar«, sagte ich zu Hans Hänse Quandt, dem rasenden Reporter, während wir gemütlich mit meinem Fahrrad durch die Straßen schlenderten, »Sie schätzen mich, zehn Jahre später, völlig richtig ein: Ich war neugierig. Mich hat es immer schon eher zerrupft, als dass ich ein Geheimnis für mich behalten konnte, und es zerrupfte mich auch, etwas nicht zu erfahren. Also saß ich bei der lieben Tante Vivienne im durchhängenden Sofa.«

Während ihr fetter Mops mich verliebt anstierte und sich begattungsfreudig an meinem Bein rieb, hantierte sie wichtig in ihrer Küche und beschallte mich mit Wagner, der mir natürlich sofort Kopfschmerzen bescherte. Ich hasste Wagner und ich hasste ihren Köter und ich war mir sicher, was auch immer sie und der Don mir vorschlagen wollten, ich würde es auch hassen.

Ich legte meinen Kopf nach hinten und schloss die Augen. Wagner rüttelte an meinen Nerven, der Hund schnaufte und Tante Vivienne knallte ein Tablett auf den Stubentisch.

Ich richtete mich auf und wühlte in ihrem Keksteller und suchte mir die Schokotaler heraus.

»Schau«, sagte sie.

Ich warf mir die Kekse in den Rachen. »Nein«, sagte ich.

»Ich habe ja noch gar nicht angefangen!«, sagte sie entrüstet, sie schenkte uns Tee ein und rührte mir ungefragt Johannisbeergelee hinein. War das eigentlich irgendeine russische Tradition? Dabei war Tante Vivienne überhaupt keine Russin. Tante Vivienne war so schweizerisch, wie man nur sein konnte, sie feierte den ersten August, als gäbe es kein Morgen, fand ein Fondue »gmüetlich« und bewanderte sommers in roten Wandersocken das Wallis, mit Gottfried Kellers *Zürcher Novellen* als Lektüre im Rucksack. Allerdings hatte sie diese unbekümmerte Art, sich diverse Sitten und Gebräuche fremder Kulturen anzueignen, als hätte sie die gesamte Erdkugel kolonialisiert.

»Kannst du den Wagner ausschalten, er macht mir wahnsinnig schlechte Laune.«

Tante Vivienne schnaufte, exakt wie ihr triefäugiger Mops schnaufte, wenn er mit mir viele kleine Möpse zeugen wollte, und hievte sich wieder aus den Sofakissen, sie nahm die Schallplatte vom Plattenteller und legte eine neue Scheibe auf. Ich weiß nicht, was sie ritt, ich habe keine Ahnung, wie ihre Denkgrammatik funktionierte, ich kann nicht sagen, wie sie innerlich den Übergang von Wagner zu Bob Dylan gestaltete, aber sie tat es, selbstsicher, kompromisslos und heiter, wie sie sämtliche Dinge miteinander verknüpfte, die nicht zusammengehörten. Bob sang *But it ain't me, Babe.* It ain't me, liebe Tante Vivienne.

»*It ain't me you are looking for, Babe*«, sagte ich und schüttelte den Köter von meinem Bein, ich schenkte mir frischen Tee nach. Tante Vivienne lächelte freundlich und ließ einen großzügigen Löffel Marmelade in meine Tasse gleiten.

Später gesellte sich der Don zu uns, er erkundigte sich nach meinem Studium, aber als ich gerade zu einer weitschweifigen Antwort ansetzte, unterbrach er mich und sagte: »Du, mal was ganz anderes.«

Er und die liebe Tante Vivienne saßen in den beiden Sesseln vor mir, der Hund wuselte unablässig um meine Beine und hechelte hektisch, ich fühlte mich in die Zange genommen.

»Also«, sagte der Don, »wir haben uns da was überlegt. Die liebe Tante Vivienne hat dir ja den einen Teil des Plans schon unterbreitet und –«

»Donnele«, sagte ich, »wieso in aller Welt sollte ich in einem Hotel jobben? Ich habe null Erfahrung im Service.«

»Du hast doch mal gekellnert da, in der Rosengasse, im Hotel Adler, Fondue und Raclette und so.«

»Ja, Fondue und so, ich habe das erste kochend heiße Fondue Waadtländer Art, das ich serviert habe, haarscharf an meinen Gästen vorbei in eine Handtasche von Louis Vuitton geschüttet. Ich habe genau einen Abend lang gekellnert, dann war finito mit Kellnern. Ich habe für so was kein Händchen, glaub mir.«

»Unsinn, dir fehlt nur eine ordentliche Ausbildung, und damit komme ich auch schon zum zweiten Teil unseres Plans.«

Ich schaute abwechselnd vom Don zur lieben Tante Vivienne. »Ich brauche keinen Plan, Vater, ich studiere, ich bin glücklich.«

Der Don lachte, laut und herzlich, Tante Vivienne lachte auch, sie warf ihrem Mops einen Keks zu, er machte einen Sprung wie eine feiste Robbe bei der Fütterung, keuchend knusperte er dann daran, wieder eng mit meinem Bein vereint.

»Natürlich nicht«, der Don hörte abrupt auf zu lachen und nahm sich ebenfalls einen Keks, »natürlich bist du nicht glücklich. Und dieses Studium«, er machte eine wegwerfende Geste, »willst du sämtliche Fächer des humanistischen Fachbereichs ausprobieren? Du studierst seit Jahren, ohne Ergebnis, alles sinnlos, Theologie, Germanistik, Philosophie, Geschichte hattest du auch schon und ein Semester Indologie, alles Quatsch. Nein, hör zu, was hältst du von der Hotelfachschule in Lausanne?«

»Was ich davon halte?! Nichts halte ich davon!«

»Doch, doch, das ist eine sehr gute Schule, hervorragender Ruf, vielleicht die beste der Welt, jedenfalls ist sie die älteste der Welt und das allein spricht ja schon für ihren hervorragenden Ruf.«

»Nein.«

»Aber ja, ein ganz ausgezeichneter Ruf!«

»Ich meine: nein. Es ist mir egal, was für einen Ruf sie hat, ich will nicht auf eine Hotelfachschule, das passt überhaupt nicht zu mir.«

»Was soll das schon heißen, passt vielleicht die Theologie zu dir? Passt Gott zu dir? Du bist ja nicht einmal in einer Kirche eingeschrieben.«

»Das heißt nicht eingeschrieben, das heißt irgendwie anders. Spielt auch keine Rolle, ich habe gedacht, ich mache das wie diese Parteilosen in der Politik. Aber es ist sowieso ein alter Hut, ich habe mit der Theologie abgeschlossen.«

»Und warum erfahre ich das nicht? Und vor allem, warum hast du damit abgeschlossen, wenn ich fragen darf?«

»Das war irgendwie nicht der Gott, wie ich ihn kannte.«

»Na umso besser, dann bist du ja bereit für einen ganz neuen Abschnitt in deinem Leben.«

»Falsch, ich studiere jetzt nämlich –«

»Das Hotelgewerbe ist immer spannend, so viele interessante Menschen, und die Jobs sind sicher, weil Urlaub«, er breitete die Arme aus, »Urlaub macht der Mensch immer!«

»Und wenn du«, mischte sich die liebe Tante Vivienne ein, »dazu vorher noch im *Hotel Europe* jobbst, wie wir das besprochen haben, dann –«

»Wir haben nichts *besprochen*, du hast gesprochen, ich habe Nein gesagt, und ich sage auch zum Gesamtpaket Nein.«

»Aber Charly«, die liebe Tante Vivienne langte zu mir herüber und tätschelte mir energisch den Rücken, dass es mich fast von ihrem Sofa haute, »das ist ja kein Zustand mehr, du hast ja schon seit zwanzig Jahren ganz sinnlos studiert, das muss ja mal ein Ende haben.«

»Nicht zwanzig.« Ich gab dem Mops mit meinem Fuß einen Stoß, der ihn unter einen Sessel beförderte, aber dieses Tier hatte ein Gemüt wie ein Hackstock, unverwüstlich rollte er sich wieder auf die Füße und hoppelte schon wieder verliebt auf mein Bein zu.

»Nach zwanzig Jahren ist einfach einmal genug, es ist nötig, dass du lernst, auf eigenen Füßen zu stehen. Also, mit der Hotelfachschule verhält es sich folgendermaßen, es –«

»Schluss jetzt damit, was gibt's zum Essen?«

»Fondue!«, rief mein Vater.

»Fondue isch guet und git e gueti Luune!«, fügte die liebe Tante Vivienne hinzu und es klang, als hätte Leonard Cohen für seine allerletzte Platte ein Lied gedichtet, das nur er verstand.

»Jesus«, ich schüttelte zum tausendsten Mal den Mops ab, griff mir im Gehen noch ein paar Kekse und warf die Tür hinter mir ins Schloss.

Als ich auf die Straße trat, war es schon dämmrig. Ich mochte das Quartier, in dem die liebe Tante Vivienne wohnte – nun ja, wer mochte es nicht? Gerade um diese Zeit im Jahr war es, als wäre man in einem Werbespot für *La dolce vita* gelandet, der Abend war mild, ein fast südliches Licht lag auf den Dächern, italienisch eigentlich, ein italienisches Licht. Die Häuser standen dicht an dicht, es war ein völlig unzerstörtes Stück Mittelalter, und ich hatte mich, bevor ich die liebe Tante Vivienne kennenlernte, immer gefragt, wer wohl in solchen Häusern lebte, wer es sich in dieser Stadt leisten konnte, mittendrin zu wohnen. Wenn die liebe Tante Vivienne die Fenster öffnete, konnte sie in die Limmat spucken.

Ich zögerte, ich hatte wenig Lust, nach Hause zu gehen. Erst vor Kurzem war mein letzter WG-Genosse ausgezogen, zu Hause war nichts im Kühlschrank, aber sonst lag überall etwas herum, zu Hause war es unwirtlich. Ich spazierte die Strehlgasse entlang und schaute mir die Auslagen an. Alles rüstete für den Sommerschlussverkauf, über den Türen zu den feinen Geschäften hingen kunstvoll gedrehte Girlanden aus Efeu und getrockneten Rosen. Ich ging schnell am *En Soie* vorbei, einer exquisiten Boutique, deren Schaufenster besonders liebevoll dekoriert war, kleine Häschen tollten durch die Obstbaumzweige, verfolgt von lachenden Bären. Ich hatte den Geschäftsräumen vor einiger Zeit – als ich noch dachte, ein Foulard könnte mein Image aufmöbeln – einen Besuch abgestattet und mich heillos in einem der ausladenden Tücher verheddert und ein ganzes Regal mit ihren berühmten *Rabbit mugs* abgeräumt. Ich würde nicht sagen, dass ich direkt Hausverbot hatte, aber wenn die Verkäuferinnen mich vorbeigehen sahen, huschte ein ängstlicher Schatten über ihre Gesichter. Ich stopfte mir die Handvoll Kekse in den Mund und winkte ihnen zu, niemand winkte zurück.

47 ICH HABE DEN ZÜRCHER KELCH GELEERT

Der Journalist der renommierten Wochenzeitung und ich waren vor meiner Haustür angelangt, ich betrachtete mein Schloss, gab einen neuen Code ein und kettete mein Fahrrad an.

»Ja«, sagte ich abschließend, »so war das damals. Tante Vivienne und der Don wollten mich irgendwie in eine Hotelkarriere drängen, keine Ahnung, was sie geritten hat. Aber nicht mit mir.«

Hänse Quandt lehnte sich an die dicke Zeder vor meinem Haus und betrachtete die Fassade des zahntechnischen Labors. »Merkwürdig eigentlich«, sagte er, »was sollte das mit dem Hotel? Haben Sie später nicht mal nachgefragt?«

Ich wühlte in meiner Tasche und holte zwei Riegel hervor und bot dem Journalisten einen an, einvernehmlich wickelten wir sie aus dem Papier. »Es gab kein Später«, sagte ich dann kauend, »ich habe Tante Vivienne und den Don danach nie wiedergesehen.«

»Ernsthaft?« Er schaute mich verwundert an. »Und warum nicht?«

Ich zuckte die Schultern. Ich dachte an diesen Abend in der Zürcher Oberstadt, als ich aus dem Haus der lieben Tante Vivienne trat. Oben saßen der Don und die Tante und der Mops, aßen eine gueti Fondue und hatten dazu eine gueti Luune, hinter den Schaufenstern waren die Verkäuferinnen des *En Soies,* sie hatten es auch guet. Rundherum spazierten die Zürcher, sie schwatzten miteinander oder trafen sich zum Essen, sie waren auf dem Weg in ihr behagliches Heim. Allen ging es gut, mir ging es nicht gut. Alle hatten jemanden, ich hatte niemanden. Draußen war die Welt okay, in mir drin war sie nicht okay.

Am nächsten Tag hatte es zu regnen begonnen – dieser gleichmäßige, ausdauernde Regen, der Sonntage noch erbärmlicher machte, als sie sowieso schon waren – und ich beschloss mutig, am See spazieren zu gehen.

»Sonntage sind ja schwierige Tage, finden Sie nicht auch?«, fragte ich Hans Quandt. »Oder sagen wir es so, sagen wir es ganz neutral, es sind *interessante* Tage. Man kann an den Sonntagen so viel verstehen von diesem Leben.«

Ich jedenfalls, am Sonntag, mit Regenschirm am öden grauen See, verstand plötzlich so vieles.

Sonntage waren für Singlemenschen wie mich schwierige Tage. Außer natürlich, man war – anders als ich – nicht auf jeder Ebene ein Singlemensch, sprich, man hatte einen schönen Freundeskreis, der sich an so einem frühherbstlichen Sonntag zum Brunch traf und hinterher einen Spielenachmittag veranstaltete und anschließend spontan einen Risotto kochte. Das wäre kein schwieriger Sonntag, das wäre ein wundervoller Tag mit Blaubeerpfannkuchen und Rührei, netten Flachsereien zwischen Tee und aufgeschäumter Milch, später ein paar Runden *Ligretto* und *Tabu,* gläserweise Sauser und dann ebendieser Risotto. Ich aber hatte nicht nur keinen Freund, ich hatte auch keine Freunde.

Anders war natürlich so ein Sonntag auch für ein glückliches Pärchen. Erst mal ausschlafen, bisschen schmusen und tratschen zwischen der herrlich zerknitterten Leinenbettwäsche, während der Regen zärtlich an die Scheiben klöpfelte, goldgelbes Gebäck vom Bäcker (hatten glückliche Pärchen eigentlich so einen Lieferservice? Einfach am Sonntag Tür aufmachen und Bäckertüte reinholen? Ich ging schwer davon aus. Ich vermutete: Es war – neben der Zweisamkeit, klar – der Schlüssel zu ihrem ungeheuren Glück), frische Erdbeermarmelade, die sie im Sommer zusammen eingekocht hatten, der Kaffee schmeckte. Hinterher ein Spaziergang am See. Mit matching Gummistiefeln unterm Pärchenschirm patschten sie gemütlich durch die Pfützen und kuschelten sich wohlig in ihre Strickjacken. Später gingen sie zum Tee zu einem weiteren sehr glücklichen Pärchen, es gab Apfelkuchen und Bienenwachskerzen und Klaviermusik von Chopin. Chopin passte zu verregneten Sonntagen wie der Fuß in den Hunter-Gummistiefel. Der Tag schmeichelte sich so langsam in den Abend, das Pärchen kehrte nach Hause zurück, schön was zusammen kochen, ein neues Rezept von Ottolenghi, ziemlich ambitioniert mit fünfzig verschiedenen Zutaten und komplizierten Kochkniffen, aber wenn man so super zusammenarbeitete, so als Paar, dann machte das fast überhaupt keine Mühe. Später ein Glas Wein und diese tollen Rauchmandeln auf dem Sofa und vielleicht eine Partie Schach? Warum nicht? Den Abend einfach ganz behaglich ausklingen lassen, damit man am nächsten Montag frisch und gestärkt in die neue Woche startete.

Woher ich das alles wusste? Ich konnte auf diese etwas einfältige Frage nur immer die gleiche Antwort geben: aus den

Medien. Woher sonst. Und: Irgendein Erbsenzähler wird gewiss monieren und herumjammern – von wegen, da schreibt sie jetzt gleich auch noch gescheit daher von Familien und Kindern, ja bitte, woher will sie denn das wissen? Hat sie vielleicht Kinder? Nein. Haben ihre Geschwister Kinder? Auch nein. Haben ihre Freunde Kinder? Sie hat ja noch nicht mal Freunde.

Ja, das alles stimmte. Ich hatte nur einen Fernsehapparat und meine gesamte Bildung, mein nicht ganz kleines Wissen von der Welt und ihren irritierenden Ellipsen, speiste sich ausschließlich durch eisernes wackeres Fernsehen, man könnte sagen, ich betrieb sozusagen theoretisch durch das Fernsehen, was andere in der Praxis erfuhren, und ich persönlich glaube, ich kam damit relativ weit. Zumindest theoretisch. In der Praxis bewährte sich die Sache eigentlich nicht, in der Praxis hatten die Leute durch ihr fleißiges Praktizieren irgendwann Freunde, Partner, Familie, ich wiederum hatte nur einen Fernseher.

Aber immerhin. Und darum wusste ich nur zu genau: Für Familien mit kleinen Kindern waren Sonntage anstrengend, aber schön. Ausschlafen konnte man natürlich für die nächsten paar Jahre vergessen, spätestens um sechs quetschte sich der gesamte Nachwuchs zu den Eltern ins Bett, um »noch ein bisschen zu dösen«, tatsächlich quatschten sie dir ein Ohr ab und hüpften dir so oft aufs Kreuz, dass die Flucht in die Senkrechte die einzige Rettung war. So ein schnelles Müslifrühstück in der Dämmerung hatte natürlich was für sich, vor allem hatte man dann noch so viel vom Tag. Spätestens um halb neun waren alle Kinder angezogen, sämtliche Wasserflaschen gefüllt und Brotdosen gepackt und man konnte, ausgerüstet mit Rucksäcken, Pelerinen und Regenhüten, zum Beispiel an den See, womöglich wird das Wetter doch noch schön.

Natürlich wurde es das nicht, trotzdem, bisschen am See entlangwandern, Brotzeit unter einem tropfenden Baum, ein paar bunte Blätter sammeln, die ersten Kastanien, motzende große Kinder, nörgelnde kleine Kinder, Kinder in der Rückenkraxe, Kinder, die man an der Hand hinter sich herschleifte, Geheule, weil man im Café nicht einkehrte, nasse Schuhe, die Notfallkekse aufgeweicht, die im Notfall die Laune heben sollten, irgendwann machte man sich wieder auf den Weg nach Hause, miese Stimmung im Auto, die einen stritten, die anderen pennten sofort ein – Super-GAU, denn dann würden sie abends wieder ewig nicht einschlafen –, zu Hause matschige Klamotten und der Inhalt diverser Rucksäcke in der ganzen Wohnung verstreut, eine schnelle Nudel mit Butter und Käse zum Abendbrot, Sauerei im Badezimmer, putzmuntere Kleinkinder bis abends um elf und zwei erschöpfte Eltern, die nach ein paar vorgelesenen Büchern, zwei Maschinen Wäsche und dem täglichen Apokalypse-Hinterherräumen um Mitternacht in ihr Bett fielen, vollkommen erledigt, ABER glücklich. Nach einem Sonntag mit Kindern wusste man einfach, was man getan hatte. Überhaupt war es herrlich, Kinder zu haben, so viel Leben! Einsamkeit? Du, wir haben echt andere Probleme, sagten die Eltern.

Ich spazierte an diesem Sonntagnachmittag am See entlang, eng umschlungene Pärchen kamen mir entgegen, ich überholte heulende Familien, eine Gruppe Freunde rannte lachend durch den Regen zu ihrem Ligrettospiel und ich verstand vom Leben plötzlich so vieles. Ich verstand, dass ich allein war. Ich verstand, dass ich allein war und viel zu einsam. Ich war kein Pärchen, ich war keine Familie, ich hatte keine Freunde. Sonntage sollten schön sein, aber meine Sonntage waren schlimm. Ich hatte gelernt, mich mit meinem Singledasein zu arrangieren, aber ich konnte mich nicht mit meiner Einsamkeit arrangieren. Überhaupt, es mochte irgendwie folgerichtig sein, dass ich keinen Freund hatte (ich wollte die Badewannenbader nicht, alle anderen wollten mich nicht, es war eine vorhersehbare Rechnung), aber wieso in aller Welt hatte ich eigentlich keine Freunde?

Ich setzte mich auf eine Bank und hörte den Regen auf meinen Schirm trappeln. Ich schaute aufs Wasser, ich hatte eine nasse Hose und ich war mausallein. Wann war das eigentlich passiert? Ich musste feststellen: Ich hatte nur ein soziales Umfeld, wenn es sich irgendwie ergab. Meine Familie hatte sich ergeben, meine WG hatte sich ergeben. Meine Mitstudenten hielten mich entweder für dumm (die Philosophen) oder für arrogant (die Theologen), sie dachten, ich wäre ein Macho, der sich im Geschlecht geirrt hat (die Germanisten), oder hielten mich für peinlich (alle, die sahen, wie ein Schlüpfer aus meinem Hosenbein fiel). Den angehenden Pastorinnen mit dem super Haar war ich zu chaotisch, den anderen zu spießig, ich war, was ich immer gewesen war, eine Lachnummer. Nichts hatte sich geändert, außer dass ich nun eine Lachnummer war, über die niemand mehr lachte, weil einfach niemand da war.

»Abgesehen davon – ah, einen Moment!« Gerade sah ich den Bankberater von gegenüber in unsere Straße einbiegen, er trug seine Aktentasche unter dem Arm und rauchte, ich ging zu ihm hinüber und sagte Hallo, dann bat ich ihn um eine Zigarette, meine letzte Mohawk war in die ewigen Jagdgründe eingegangen. Mein Nachbar sagte auch Hallo, dann hielt er mir seine Zigarettenpackung hin, er rauchte Gitane *(Zigeunerinnen. Eine gehaltvolle, starke Zigarettenmarke für den anspruchsvollen Raucher),* was mich völlig aus dem Konzept brachte. Ich meine, klar, man muss nicht wie Serge Gainsbourg aussehen, um Gitane zu rauchen, aber quasi diametral auf der anderen Seite sollte man auch nicht stehen, so rein äußerlich.

Ich sah ihm zu, wie er die Haustür aufschloss. Jemand sollte ihm mal sagen, dass seine Hosen zu kurz waren, dachte ich nicht zum ersten Mal. Dann dachte ich, dass niemand es ihm jemals sagen würde, wenn ich es nicht selbst täte. Wir hatten eine Hallo-Beziehung, und ich musste ihm sagen, dass seine Hosen zu kurz waren. Ich seufzte, das Leben war schwer.

»Abgesehen davon«, fuhr ich fort, als ich wieder neben dem Kulturjournalisten stand und mir von ihm Feuer geben ließ, »hatte ich nicht mal mehr die liebe Tante Vivienne und den Don. Das wusste ich nur noch nicht.«

Als ich nämlich zum Ersten des Monats Geld abheben wollte, stellte ich fest, dass ich im Minus war. Und da blieb ich auch. Der Don hatte seine Zahlungen eingestellt. Ich versuchte ein paarmal, ihn zu erreichen, er ging nicht ans Telefon. Ich fuhr mit dem Zug nach St. Gallen und lief zu seinem großkotzigen Haus am Rosenberg, niemand machte auf. Ich klingelte bei seinem Nachbarn, einem Herrn, der offensichtlich gerade beim Essen war, jedenfalls schwenkte er anklagend eine Stoffserviette, und er klärte mich darüber auf, dass Herr Benz verreist sei. Nach Bad Gastein, zur Kur. Ich hielt das für einen Witz, aber er machte mir die Tür vor der Nase zu, bevor ich darüber lachen konnte. Ich musste den Tatsachen ins Auge sehen: Der Don war abgetaucht, genauso plötzlich, wie er vor ein paar Jahren wiederaufgetaucht war.

Vielleicht war es eine Trotzreaktion, vielleicht lag es an der Tatsache, dass ich keine einzige Rechnung mehr bezahlen konnte und irgendwann, nach wiederholter postalischer Ermahnung durch meinen Stromanbieter, von der ich natürlich nichts erfuhr, da ich sie nicht las, abends das Licht ausging und mein Kühlfach zu tauen begann. Oder es war der Sonntag am

See, der nun seine volle Wirkung entfaltete: Ich schmiss mein Studium (aktuell Sinologie und Kunstgeschichte) und bewarb mich auf eine Stelle als Mädchen für alles bei einer veganen Foodcompany namens *LuckyLili*, und zwar in Berlin. Ich spürte sehr deutlich, ich musste weg. In Zürich posaunte mir jeder schickimicki gekleidete Zürcher mein eigenes Versagen ins Gesicht, die einzigen Menschen, die ich noch ab und zu besuchte, waren meine Rudi-Völler-Schwestern in Genf, die tief verwoben in ihrem öden Leben steckten und ihr tausendstes Bild ohne Menschen darauf fertigten, und ich hatte danach Depressionen, manchmal lief mir eine Theologiestudentin mit krausem Haar und gesunden Backen über den Weg und tat so, als würde sie mich nicht kennen, die Schweiz war irgendwie abgefrühstückt. Irgendwohin zu gehen, wo ich niemanden kannte, traute ich mich nicht und Südamerika, wo Bruno inmitten seines ganzen Kakaos immer noch glücklich schien, war mir zu heiß, ich hatte so eine Tendenz zum Schwitzen. In Berlin hingegen wohnte seit einigen Jahren Sybille und, so lächerlich es war, scheffelte Geld als zertifizierte Schamanin, bei ihr würde ich fürs Erste unterkommen.

»Und so sind Sie in Berlin gelandet«, sagte Hans Hänse Quandt.

»Ja«, sagte ich. Ich trat die Zigarette unter meinem Stiefelabsatz aus und kramte meinen Haustürschlüssel hervor, »so bin ich hier gelandet.«

»Und hat sich Ihr Leben dadurch verbessert?«

Ich betrachtete meinen Schlüsselbund und wog ihn in der Hand. Aus irgendeinem offenen Fenster kam Musik, ich warf einen suchenden Blick nach oben, es musste das Küchenfenster meines Hallo-Gainsbourg-Nachbarn sein, ich lauschte kurz, *Out of reach* von Graeme Jefferies, wow. Ich geriet kurz aus dem Konzept. »Bitte, was haben Sie gefragt?«

»Ob es sich dadurch irgendwie verbessert hat, Ihr Leben, seit Sie in Berlin sind.«

»Keine Ahnung«, sagte ich. »Ich meine, ich verdiene mein eigenes Geld. Das ist ein ungeheurer Fortschritt. Ich lebe alleine, und weil ich immer diese Easy-Listening-Stücke höre, drehe ich auch nicht durch deswegen. Sonntage sind nicht mehr so arg, in einer Großstadt spürt man das nicht so, zur Not gehe ich in meinen Späti und lasse mich von den Arabern dort verachten oder in eine Kneipe, irgendwas hat ja immer offen. Alles in allem ist es okay.« Ich dachte kurz nach und musste lachen. »Aber vielleicht stimmt es auch gar nicht. Ich meine, sobald mich mal jemand was fragt – Sie jetzt zum Beispiel –, quatsche ich ihm ein Ohr ab. Jedenfalls war nett, dass Sie mein Fahrrad geschoben haben und alles, das mit dem Feuerzeug auch. Ich muss jetzt mal rein, so eine Fertigmahlzeit stellt sich ja nicht von alleine in den Ofen.«

»Klar«, sagte er. Er nahm meine Tasche vom Gepäckträger und reichte sie mir.

Ich tat einen Schritt auf ihn zu und nahm plötzlich seinen Geruch wahr. Die Tasche fiel mir aus der Hand, wir bückten uns beide, er hob sie auf und reichte sie mir noch einmal. Wir schauten uns an, immer noch wehte Graeme Jefferies aus dem Fenster, der Kulturjournalist wirkte irgendwie – verblüfft. Ich war auch verblüfft, aber ich wusste nicht mal, worüber.

»Also dann«, sagte ich, ich räusperte mich.

»Also dann«, sagte er zögernd.

Als ich oben in der Wohnung im Badezimmer meine Hände wusch, blickte ich in den Spiegel. Ich hatte riesige heidelbeerblaue Augen, tief wie eine Marmeladenpfütze. Ich hatte Augen, wie man sie nur hatte, wenn man zu viel Wein getrunken hatte. Wenn man zu viel Wein getrunken hatte, sah man ja immer super aus. Zumindest *dachte* man, man sehe super aus. Ich hatte bislang nicht herausgefunden, ob es eigentlich stimmte. Ob man wirklich schöner war mit Wein. Jetzt jedenfalls, händewaschend in meinem Bad und ohne Wein, war mir plötzlich – ja. Ja was eigentlich? Mir war plötzlich, als könnte man in mich hineinfallen. Ja mehr noch: als müsste man das. Ich drehte den Wasserhahn zu und schaute in meine Augen, die ich nicht verstand.

48 DAS KOMMEN UND GEHEN DES DON

Man musste es sich ungefähr so vorstellen: Der Don war wie ein Walfisch, der nur ab und zu mal an die Oberfläche kam, um Luft zu holen. Oder anders gesagt: Er war wie ein Mafiaboss, der die meiste Zeit im Untergrund lebte. Er kam nur hervor, wenn etwas ganz ungeheuer Wichtiges ihn dazu zwang. Eine gefährliche Operation etwa, für die er einen Spezialisten hinzuziehen musste. Oder ein Ereignis, der hundertste Geburtstag seiner Mutter oder so. So in etwa stellte ich mir die Sache vor, wenn ich über den Don nachdachte, aber wahrscheinlich waren auch diese Gedanken sozusagen New York.

Was der eigentliche Grund dafür war, dass er die ersten zwanzig Jahre meines Lebens verschollen war, dann für ein paar Jahre wiederauftauchte, mir Geld auf mein Studentenkonto packte und sich ab und zu mit mir zum Kaffee traf, die Wahl meiner männlichen Begleiter, meine Studienfächer und meine Lebensumstände generell kritisierte, um anschließend genauso nonchalant wieder abzutauchen, war mir schleierhaft.

Wäre der Don ein erfolgreicher Gangsterboss, wären die Gründe für sein wiederholtes Verschwinden vermutlich legendär und dramatisch, so allerdings lag die Vermutung nahe, dass sie banal waren. Er verschwand, weil er keinen Bock mehr auf Familie hatte, er tauchte wieder auf, weil er sich gerade einsam fühlte, und er verschwand abermals, weil er merkte, dass diese Familie tatsächlich so nervig war, wie er es in Erinnerung gehabt hatte. Irgend so was wird es gewesen sein.

49 ERSTAUNLICHE EREIGNISSE

Nachdem ich mich damals von Hans Hänse Quandt, dem Kulturjournalisten vom Dienst, verabschiedet hatte, nach dem – wie soll ich sagen – Moment? Nach diesem merkwürdigen Moment, den wir für einen Moment geteilt hatten? Ja. Danach. Danach hatte ich bei mir oben in den Spiegel geschaut, und der Moment war noch zu sehen gewesen, aber einen Moment später war er wieder weg.

Am Abend dann machte ich es mir gemütlich und lag, gewandet in meinen pinkfarbenen Jogginganzug, auf meinem schönen Sofa und wartete auf meinen Filmabend. Gewiss, niemand musste heutzutage mehr auf seinen Filmabend warten, und auch ich netflixte, was das Zeug hielt, aber nichts ersetzte die Freuden, die ein Samstagabend früher brachte, wenn um Viertel nach acht der Samstagabendfilm begann, nachdem man vorher die Nachrichten durchlitten hatte. Die Nachrichten allerdings sparte ich mir immer; durch meine notorische Zeitungslektüre, der ich seit dem letzten Notfallessen frönte, fühlte ich mich sowieso eher überinformiert. So viel Elend, wie es auf der Welt gab, konnte ich gar nicht gebührend beklagen.

Man könnte sagen, ich lebte mein bestes Leben, ein rosa Blitz, umgeben von farblich harmonierenden Snacks, Mon Chéri nämlich, dazu Rosé, eh klar – wir Werbeprofis denken immer in fixfertigen Tableaus –, und wild entschlossen, einen tollen Film zu schauen.

Justament in diesem perfekten Moment klingelte es an der Tür. Tatsächlich klingelte es in dieser Zeit nie an meiner Tür. Später oft und noch später quasi ununterbrochen, damals aber nie. Ich überlegte, ob es meine Schwester sein könnte, immerhin hatte ich ihr nie einen eigenen Schlüssel gegeben, aber dann dachte ich, und ich kriegte schon wieder eine Mordswut auf sie, nein, nein, Sybille klingelte nicht, Sybille brauchte auch keinen Schlüssel, Sybille war ja Kreditkartenbesitzerin, die blöde Kuh.

Als ich öffnete, war ich nicht wenig verblüfft.

Draußen stand mein Nachbar, der Bankberater. Er heißt übrigens Gabler, aber das wusste ich nicht aus langen, tiefgründigen Gesprächen mit ihm, das wusste ich von seinem Klingelschild. Gabler und ich, wir hatten bislang nicht nur keine langen, tiefgründigen Gespräche geführt, wir hatten überhaupt keine Gespräche geführt. Wie gesagt, wenn wir uns im Treppenhaus begegneten, sagte ich Hallo und er sagte auch Hallo und ich persönlich konnte dem einiges abgewinnen. Es machte mich geheimnisvoll, denke ich mal, und das ist natürlich generell ein erstrebenswerter Effekt.

»Hallo«, sagte ich.

»Hallo«, sagte er, er räusperte sich und betrachtete seine Schuhe, ich betrachtete auch seine Schuhe.

Es war natürlich unendlich peinlich. Was sollte ich sagen? Dass seine Schuhe zu spitz waren? Seine Hosen zu kurz? Nun wäre vielleicht eine Gelegenheit gewesen, diesen Sachverhalt umsichtig zu erwähnen, aber als ich ihm wieder ins Gesicht schaute, merkte ich, dass er erheblich betrunken war. Vorhin, auf der Straße vor dem Haus, war er nicht betrunken gewesen, da war ich mir sicher, nun war er erheblich betrunken. Er war, anders konnte ich es mir nicht erklären, schnurstracks zu seiner Hausbar geschritten und hatte sich ruckzuck betrunken. Es konnte nicht dieses Herumgeeiere gewesen sein von wegen

»mal ein schönes Glas Wein trinken unter Freunden«, nein, es musste sich um ein ehrliches pragmatisches Trinken nur aus einem Grund gehandelt haben: um betrunken zu sein.

»Ja, hallo«, sagte ich, ich räusperte mich auch, »wollen Sie – hereinkommen? Vielleicht auf«, ich warf ihm einen raschen Blick zu, kein Bier, kein Wein, entschied ich resolut, »einen Kaffee? Ich mache uns einen Kaffee.« Herzrasen hin oder her, dachte ich.

»Arbeiten Sie eigentlich bei einer Bank?«, fragte ich, während ich uns einschenkte.

Er setzte sich und nahm die Kaffeetasse entgegen. »Nein«, sagte er, »warum?«

»Versicherung?«

Gabler trank einen Schluck und seufzte. »Guter Kaffee«, sagte er, er wirkte sofort wieder halbwegs nüchtern. »Nein«, sagte er dann, »keine Versicherung. Leider nicht.«

Ich nickte stumm, ich war ein wenig ratlos.

Wir saßen auf meinem schönen Sofa und tranken unseren Kaffee.

»Hilfe kommt aus Bregenz«, sagte Gabler, völlig zusammenhanglos.

Ich war irritiert. Ich kannte Bregenz eigentlich nur wegen des Dragaschnigs. »Dem Dragaschnig seine Familie«, hatte es in der Schule immer ehrfurchtsvoll geheißen, »kommt eigentlich aus Bregenz, Bregenz in Vorarlberg.« Es hatte immer so exotisch geklungen, als stammte er, keine Ahnung, aus Patagonien.

»Bregenz in Vorarlberg?«, fragte ich sicherheitshalber beim Gabler nach.

»Seien Sie ehrlich: Wird der Satz durch diese Präzisierung irgendwie sinnvoller?«

Ich überlegte kurz. »Vermutlich nicht.«

Gabler nickte, er trank seinen Kaffee aus und ich goss ihm eine weitere Tasse davon ein.

Er aß ein Mon Chéri. »Mal Kafka gelesen?«

Mir wurde unbehaglich, Kafka war meiner Ansicht nach eine Nervensäge.

»Hm, ja, das ein oder andere«, sagte ich vage, ich dachte an meine Kafkaseminare an der Uni und wie deprimiert ich nach jeder Seite Kafka gewesen war.

Gabler nickte lange. »Ich alles«, sagte er kauend, er seufzte, »ich habe von Kafka alles gelesen.«

»Gott sei Dank sind die Romane so kurz!«, sagte ich betont munter, ich hoffte, er merkte nicht, dass ich das Lesen vom ganzen Kafka für einen kapitalen Fehler hielt. Meiner Meinung nach war Kafka, nun ja, nicht direkt überschätzt. Ich glaube nicht, dass irgendjemand Kafka als überschätzt bezeichnen würde. Aber Kafka war, das zumindest konnte man guten Gewissens vielleicht sagen, Kafka war eine traurige Socke. Wenn man eh schon so down war, sollte man um Kafka einen zünftigen Bogen machen, das war meine Meinung.

»Na ja, dafür gibt es sehr viele Kurzgeschichten«, räumte Gabler ein, er nahm sich noch ein Mon Chéri, »mit den Tagebüchern und dem gigantischen Konvolut an Briefen macht er das mehr als wett.«

»Klar«, sagte ich.

»Bei Kafka kommt Hilfe auch aus Bregenz«, sagte Gabler.

»Ach so?«

»Aber ich habe das nie verstanden.«

»Ich verstehe es auch nicht. Bregenz in Vorarlberg?«

»Ja.« Er schwieg eine Weile. »Ich arbeite leider nicht bei der Bank«, sagte er dann.

»Ja«, sagte ich, »das sagten Sie bereits.«

»Ich arbeite nämlich an der Uni«, sagte er. »Juniorprofessur.«

»Ach!« Ich war ehrlich verblüfft. Ich meine: diese Hosen!

»Kafkaspezialist«, sagte er.

»Alles klar«, sagte ich. Das ist ein Desaster, dachte ich verzweifelt.

»Und heute«, sagte er, »heute habe ich vor vollem Plenum gesagt, Kafka sei total überschätzt.«

Ich schwieg. DAS war ein Desaster, dachte ich. Ich erinnerte mich schlagartig an meine ähnlich gearteten Aussagen zu Max Frisch und der sehr schlechten Wendung, die das genommen hatte. »Suboptimal«, sagte ich irgendwann, er nickte. Wir saßen lange schweigend da.

»Aber warum?«, fragte ich nach einer Weile. »Warum haben Sie das gesagt?«

»Ich wollte«, sagte Gabler, »ich wollte ein kafkaeskes Momentum erzeugen.«

»Ach so.«

»Mehr Praxis, wissen Sie, weniger Theorie.«

Ich dachte darüber nach. »Kafkaesk für wen eigentlich?«

»Für die Studenten natürlich.«

»Und was ist passiert?«

Er zuckte die Schultern und wickelte noch ein Mon Chéri aus. »Das Ding ist total aus dem Ruder gelaufen«, sagte er, »wissen Sie, diese politisch überkorrekten Studenten, die schon nach der Polizei schreien, wenn ich versehentlich mal *Studenten* sage und nicht Studierende, wollen nicht praktisch erfahren, was ein kafkaeskes Momentum ist, sie wollen in so einer Situation sofort ihr Handy zücken und diesen Skandal – *Professor sagt: Kafka überschätzt!* – in ihre diversen Social-Media-Accounts einspeisen. Das ist es, was sie wollen.«

»Und was ist dann passiert?«

»Na ja, das, was immer passiert. Es ist egal, ob es um diese blöden Blumen am Alice-Salomon-Haus geht oder darum, dass ich in einem Seminar mit dem Titel *Kafka und seine Zeitgenossen* einen antisemitischen Text lesen lasse, einfach weil Kafka den ein oder anderen antisemitischen Zeitgenossen hatte. Glauben Sie mir, diese Kinder sind nicht mehr in der Lage, Ambivalenzen auszuhalten oder etwas im historischen Gesamtkontext zu sehen, sie kennen nur gut und böse, schwarz und weiß, richtig oder falsch. Sie wollen sich mit all dem, was dazwischen ist, nicht beschäftigen, und dabei ist praktisch alles dazwischen.«

»Blöde Blumen?«

»Sie wissen schon, das Blumengedicht? Ich weiß nicht, ob ich das richtig zusammenkriege, ich bin ein wenig betrunken, also: *Alleen! Bäume und Blumen, Blumen und Frauen und Bäume und Blumen und Frauen und Alleen* – irgendwie so.«

»Das ist ja mysteriös.«

»Wenn es mysteriös klingt, habe ich es sicher falsch wiedergegeben, Gomringer, also der Dichter, sagte, es sei konkrete Poesie, die Studenten sagen, es sei sexistisch. Das Ding ist aber in der Zwischenzeit ein alter Hut, ist ewig her.«

»Ach so.« Es ärgerte mich, dass mir medial mal wieder was entgangen war.

Abgesehen davon stellte ich mir die Szene vor, Gabler und seine Hosen, gerade noch der gefeierte Juniorstern am Unihimmel, kurz darauf ein verschwitzter Flüchtling, in die Enge getrieben von einer durchgedrehten Studentenmeute. »Kafkaesk, irgendwie, das Ganze.«

»Stimmt.«

»Eigentlich ist damit Ihr Experiment ja gewissermaßen gelungen, nicht?«

»Das ist nett, dass Sie das sagen.«

Wir schwiegen wieder.

»Das ist eine Scheiße«, sagte ich.

»Ja. Eine Riesenscheiße.«

»Studenten sind so blöd.«

Wir nickten beide einvernehmlich, wir tranken unseren Kaffee.

Er deutete auf mein Fernsehgerät. »Wollten Sie gerade einen Film schauen?«

Ich nickte.

»Kann ich mitgucken?«

»Klar!«

Ich schaltete den Fernseher ein, der Film war natürlich schon ein wenig fortgeschritten, aber wie wir feststellten, kannten wir ihn beide praktisch auswendig – ich hielt die Hand hoch und Mo Glabler schlug ein, Freundschaft!

Wir schauten *Star Wars, Episode V, The Empire strikes back* und aßen Mon Chéri, später öffnete ich eine Packung Chips und ein paar Biere, Gabler verband sein Handy mit meiner Anlage und Graeme Jefferies, also, wow. Ich war ziemlich geflasht, *richtige* Musik, in *meiner* Wohnung! Und, ganz ehrlich, von da oben, irgendwo im Weltall, waren Bregenz und die Uni und Bäume und Blumen und alles ganz schön weit weg. Von da oben war Kafka auch einfach nur einer mit vermutlich – also ziemlich sicher – zu kurzen Hosen, ein Mann, der bei einer Versicherung arbeitete halt, und ich musste sagen, abgesehen von seinen traurigen Büchern fand ich ihn verdammt attraktiv.

50 DER ENDLOSE PROLOG

Zwei Tage später stand tatsächlich Sybille leibhaftig in der Küche und machte auf nützlich, sie trug meine Luke-I'm-your-father-Schürze und schnetzelte einen Kürbis klitzeklein.

Ich schenkte mir was von dem Rotwein ein, den sie geöffnet hatte, setzte mich mit meinem Aschenbecher aufs Fensterbrett und schaute ihr eine Weile zu. Ich wollte verärgert sein und sie zusammenscheißen, aber irgendwie verging mir gerade die Lust dazu.

»Und«, sagte ich, ich blies den Rauch nach draußen, »was wird das jetzt? Und komm mir jetzt nicht mit dem Ofengemüse oder was auch immer du da gerade bastelst, ich will wissen, was los ist. Seit Tagen haust du in meiner Wohnung, seit Tagen kriege ich dich nicht *ein Mal* zu sehen, und dabei habe ich keinen blassen Schimmer, was überhaupt passiert ist.«

Sybille platzierte die Kürbisschnitze auf dem Blech und träufelte Öl und Salz darüber, dann schob sie es in den Ofen.

Sie setzte sich an den Tisch, schenkte sich ebenfalls was von dem Wein nach und ließ ihn im Glas kreisen.

»Wir müssen über den Don reden«, sagte sie.

»Nicht jetzt, Sybille, du bist ja wohl nicht wegen des Don bei mir eingezogen, nicht wahr?«

»Das nicht, aber es ist wichtig, das weißt du.«

»Eins nach dem anderen, erst erzählst du mir, warum du hier bist.«

Sybille seufzte. »Kannst du«, sagte sie dann, sie hob den Kopf und schaute mich an, »kannst du dafür garantieren, dass du dich in einer Situation für das Richtige entscheidest, auch wenn du das Falsche willst? Und ich meine damit: wirklich willst. Und ich meine auch: ganz genau wissen. Du weißt *ganz genau,* was das Richtige ist, und willst *wirklich* das Falsche.«

»Sybille.« Ich stand auf, drückte die Zigarette aus und streckte mich, drüben im zahntechnischen Labor räumten sie zusammen, bald würden sie die Lichter löschen und Feierabend machen. Ich hätte auch gerne Feierabend gemacht, aber ich spürte, das würde ein langer Abend werden. »Sybille«, sagte ich, »soll ich dir sagen, was ich hasse?«

»Was?«

»Ich hasse es, wenn Leute um den heißen Brei herumreden, als würden sie einen Prolog schreiben für einen Roman. Weißt du, was ich meine?«

Sybille leerte ihr Glas, sie lachte und schenkte sich nach. »Ich weiß genau, was du meinst.« Sie trank ihren Wein aus und schenkte sich wieder nach, ich stand auf und öffnete eine Packung Chips – übrigens, wenn wir schon über Chips reden: Ich bin wirklich nicht der Meinung, man müsse quasi seine Mastercard Gold hervorholen und sich über Jahre verschulden, wenn man mal was knabbern will. Aber bei Chips muss ich von Billigkäufen abraten. Meine Chips der Wahl? *Sal de Ibiza* und *John&John (besonders geschmacksintensive altenglische Kartoffelsorten)*. Ich öffnete die Chips übrigens nicht für mich – wenn Sybille bei dem Zug, den sie an den Tag legte, jetzt nicht ein bisschen was Fettiges in den Magen bekäme, würde sie mir vom Stuhl kippen, bevor wir auch nur den Prolog hinter uns hätten.

»Das Ding ist«, ich schob ihr die Chips hin und sie steckte sich ein paar davon in den Mund, »das Ding ist«, sagte sie knuspernd, »ich glaube, ich brauche den Prolog. Ich meine, das ist ja auch in einem Roman nicht nur so eine Stilsache, ich glaube, so ein Intro setzt den Ton für das ganze restliche Buch.«

»Und was für einen Ton hat das, was du mir erzählen willst?« Ich ahnte, dass nicht nur mein Feierabend flöten ging, nein, es würde auch nicht unbedingt ein amüsanter Abend werden, also nicht einer von denen, wo wir zu fortgeschrittener Stunde Polonaise tanzend durch den Kiez zogen.

Sie zuckte die Achseln. »Keine Ahnung.« Sie wirkte plötzlich sehr ratlos und sehr einsam. Sie war meine große Schwester und so einsam und ratlos möchte man seine großen Schwestern nicht erleben. »Sag du's mir«, sagte sie.

»Woher soll ich das wissen«, sagte ich, ich seufzte und setzte mich mit meinem Glas zurück aufs Fensterbrett und zündete mir eine neue Zigarette an, »dann fang halt an.«

51 DIAGNOSTIZIEREN, ELIMINIEREN

Es war dunkel, als wir den Kürbis aßen. Er war ein bisschen angebrannt, aber ich war das gewohnt. Ich fand, ohne angebrannt schmeckte es eigentlich gar nicht richtig selbst gekocht, da konnte man ja gleich zum *LuckyLili*-Produkt greifen.

Sybille hatte eine Menge geredet, interessanterweise aber nichts gesagt.

Ich fühlte mich sehr erschöpft.

Drüben im Labor war es jetzt dunkel, in der Ferne hörte ich den ausgeleierten Ton eines vorbeibrausenden Rettungsautos. Das erinnerte mich sofort an meinen Hautarzt. Er hieß Dr. Roggenpöhler und hatte eine triste Praxis in der Luisenstraße in der Nähe der Charité ohne eine einzige interessante Zeitschrift im Wartebereich, dauernd hörte man die Martinshörner der vorbeisausenden Rettungsautos. Er hatte damals bei mir einen Blutschwamm diagnostiziert und dann auch gleich eliminiert.

»Sybille. Möchtest du mir mit diesem viel zu langen Prolog sagen, dass du dich verliebt hast?«

»Das möchte ich dir genau genommen nicht sagen.«

»Also, du hast dich verliebt, sagen wir: Hals über Kopf, und jetzt denkst du, du müsstest sofort was unternehmen, dieser Verliebtheit nachgehen und womöglich deinen Mann betrügen und –«

»Ich betrüge meinen Mann nicht, ich habe ihn verlassen.«

Ich schwieg. Klar, das war meine Schwester Sybille. Sybille machte nie was halb, sie las ein Feng-Shui-Buch und stellte das ganze Haus auf den Kopf, sie fand Kräutertees wohlschmeckend und wurde Hexe, klar, dass Sybille sich die Sache nicht erst mal in Ruhe durch den Kopf gehen ließ. Natürlich brachte es jetzt auch nichts mehr, wenn ich sagte: Mach es mit der Verliebtheit wie Dr. Roggenpöhler mit dem Blutschwamm, Gefahr erkannt, Gefahr gebannt. Sie wollte gar nichts bannen. Sie wollte nichts als die Gefahr.

Ich hätte gerne Schokolade gegessen, aber es war keine da, also nur die mit 92 % Kakao, die ich pflichtschuldig kaufte, weil es ja immer hieß, wenn schon Schokolade, dann ganz dunkle, weil gesund, ich kaufte sie, das ja, aber ich aß sie nie. Ab und zu, wenn ich sehr verzweifelt war und auch sehr faul, zu faul, um noch aus dem Haus zu gehen und mir um die Ecke was Richtiges zu holen, also eine Schokolade, die den Namen verdiente, eine ordentliche Süßigkeit und nicht eine Herzgesundheitsprophylaxe, dann stippte ich die viel zu bittere Schokolade in Erdnussbutter und wälzte sie hinterher gründlich im Zuckerfass. Das war noch kein anständiger Schokoriegel, aber es ging in die entsprechende Richtung.

»Würdest du jetzt auch so gerne Schokolade essen? Also: so was Richtiges?«

52 RIEGELFREUDEN

Wir saßen vor dem Späti auf einer Bank aus alten Europaletten und aßen Snickers. Snickers war, das war meine persönliche Meinung, der King unter den Schokoriegeln. Ich meine, ich verschmähte nichts, wirklich nicht, Milky Way – alleine schon die Werbung war so abgespaced gut: *So lecker und locker geschlagen, der schwimmt sogar in Milch.* Ich glaube, ich war nicht das einzige Kind, das gegrübelt hatte: Warum tun sie das Milky Way in die Milch? Warum ist das ein Pluspunkt für einen Schokoriegel? Es war und ist eines der großen ungelösten Rätsel meiner Kindheit.

Und Lion, *der Löwe unter den Riegeln, Raider heißt jetzt Twix, sonst ändert sich nix, Mars macht mobil, bei Arbeit Sport und Spiel,* generell war ich für alles zu haben, wo Karamell drin war, *Nuts hat's* und so weiter, aber Snickers hatte meiner Meinung nach die ultimative Mischung aus süß, salzig und fettig, das ging praktisch direkt ins Hirn, und ich fühlte mich auch sofort besser und so, als gäbe es für alles eine Lösung, für alles. Ich musste beim Snickersessen immer an diese irre Szene aus *Mein liebster Feind* denken, wo Werner Herzog mit Klaus Kinski während der Dreharbeiten zu Fitzcarraldo irgendwo im Urwald stand und stritt und Klaus Kinski so durchdrehte, ich glaube, es ging ums Essen da im Urwald, Kinski fand das scheiße und der Produktionsleiter sagte: »Du musst die Scheiße ja nicht fressen, friss doch deine eigene Scheiße«, und Kinski drehte komplett durch. Wäre ich Werbetussi bei Snickers, das wäre mein Spot zum legendären Slogan *Du bist nicht du, wenn du hungrig bist.* Eigentlich war Werbung schon super.

Ich jedenfalls war wieder ich, nachdem ich meinen Schokoladenhunger gestillt hatte, und auch Sybille schaute schon wieder viel fröhlicher aus der Wäsche.

Mir fiel der andere legendäre Snickers-Slogan ein, er passte zur Situation wie die Faust aufs Auge: *Wenn's mal wieder länger dauert*.

»Jetzt mal ohne Pillepalle«, sagte ich streng. »Wann, wo, wer und vor allem: Warum? Und wohin soll das führen?«

Um es kurz zu machen – natürlich holte Sybille wieder viel zu weit aus –, Sybille hatte gedacht, es wäre mal wieder Zeit, etwas Neues zu lernen.

»Wann hast du das gedacht?«

»So vor ein paar Wochen?«

»Warum? Warum soll es an der Zeit gewesen sein?«

»Damit man nicht stehen bleibt natürlich, damit man lebendig bleibt, es ist gut, in Bewegung zu bleiben.«

Sybille halt, okay, lebendig bleiben und so, sie war also nicht stehen geblieben, sondern hatte was Neues gelernt, nämlich Tanzen.

»Was für ein Tanzen?«

»Tango.«

Ich warf ihr einen Blick zu und ich wusste, ich brauchte nichts zu sagen, sie wusste das alles selber.

Mir fallen auf einen Schlag drei Tangofilme ein und alle handeln von Tango, klar, und von Sex. Sie haben mehr oder weniger subtile Titel, sie heißen *Tango Lesson, Der letzte Tango* oder einfach *Tango*. Immer geht es darum, dass die Leidenschaft geweckt wird, dieser berühmte Eros, und er wird hundertprozentig nie vom eigenen Partner geweckt, nein, er wird vom Tanzpartner geweckt. Die Leute in den Filmen haben Partner, dann gehen sie Tango tanzen und danach haben sie andere Partner. Es sind eigentlich recht einfältige Filme, wenn ich es mir so recht überlege, und, klar – sie demütigen einen im besten Handke'schen Sinne. Man schaut Leuten dabei zu, wie sie keinen Sex haben – mit ihren angestammten Partnern nämlich –, dann schaut man ihnen dabei zu, wie sie eine gute Idee haben, sie könnten ja tanzen lernen ist die Idee, dann schaut man ihnen zu, wie sie tanzen gehen und quasi sofort denken: Sex!; und dann wollen sie Sex und dann haben sie Sex. Danach sind sie unglücklich, weil sie zwar Sex haben, aber sonst alles im Eimer ist. Ich weiß wirklich nicht, ob irgendjemand das unter einem schönen Film versteht, ich jedenfalls nicht. Warum ich sie mir trotzdem angeschaut habe? Das ist sehr einfach: um Bescheid zu wissen. Durch diese Filme wusste ich, sobald Sybille »Tango« sagte, wie der Hase lief.

»Sag mal, guckst du eigentlich nie fern, oder was?«

Sybille machte sich ein Bier auf und trank die Hälfte davon in einem Zug aus, ich hatte vergessen, hieß es *Bier auf Wein, das schmeckt so fein* oder *Bier auf Wein, das lasse sein?* Ach egal, der zu erwartende Kater war nun wirklich ihre geringste Sorge.

Ich nahm ihr die Flasche ab, ich betrachtete das Wulle-Logo. Ich fand, dass der Wulle-Werbespruch einer der schönsten war: *Wir wollen Wulle!,* einfach, fröhlich, eingängig, Alliterationen funktionierten eigentlich immer. Da waren einfach Profis am Werk, und man verzehrte ja immer auch ein Stück Philosophie, nicht wahr? Jesus, daran, dass ich wie eine Irre eine Werbekampagne nach der anderen aus dem Hut zauberte, merkte ich, wie sehr mich dieses Gespräch überforderte.

»Was meinst du?« Sie hatte ihr Wulle ausgetrunken und öffnete ein weiteres, ich fragte mich insgeheim, wie ich sie nachher, nach diesen ganzen Wulles, nach Hause bugsieren sollte, nach Hause wullen!

»Ich meine«, sagte ich, ich zündete mir die letzte Mowhak an und knüllte die Packung zusammen, »entweder man schaut sich einen Tangofilm an und denkt nachher: Tango wäre das Aus für meine Ehe, da lass ich schön die Finger davon, oder aber man schaut sich einen Tangofilm und denkt sich: Ich wünsche mir das Ende meiner Ehe, geh ich also mal Tango tanzen. Eins von beidem muss es ja sein, mehr Möglichkeiten sehe ich nicht.«

»Ich glaube«, sagte Sybille langsam, »ich habe gar nicht so viel nachgedacht dabei.«

Ein paar Männer wankten vorbei, sie hatten eindeutig *die Wulle überschritten*, einer nach dem anderen warf uns einen taxierenden Blick zu und wandte ihn schnell wieder ab, wir waren eindeutig keine einträgliche Beute, ich sowieso nicht und Sybille auch sowieso nicht. Eigentlich wunderte es mich, dass sie eine Tangoaffäre hatte, aber vielleicht war die Macht des Tangos so wahnsinnig stark, dass selbst jemand wie Sybille prompt eine Affäre an der Backe hatte. Vielleicht, überlegte ich überrascht, sollte ich es auch einmal mit Tango – na lassen wir das.

»Ich schlage vor, du beendest das Ganze einfach wieder«, sagte ich aufgeräumt.

»Was beenden?«

»Na, das Intermezzo.«

»Intermezzo?«

»Deine Tangoaffäre! Beende einfach deine Tangoaffäre!«

Sybille seufzte. »Ich kann nicht.«

»Wie, du kannst nicht. Man kann immer, wenn man nur –«

»Ich will nicht«, unterbrach mich Sybille.

53 BALD IST WEIHNACHTEN

Im Späti erlebte ich eine gewisse Überraschung: Ich gab die leeren Flaschen zurück und bat um eine Packung Mohawk Red und der *4-Blocks*-Protagonist – ich war in der Zwischenzeit felsenfest davon überzeugt, dass er *wirklich* in der

Serie mitgespielt hatte – schaute wie immer knapp an mir vorbei, als er mir das Pfandgeld zurückgab, dann sagte er: »Und?«

»Was und?«, sagte ich, während ich an meinem Zigarettenkarton herumnestelte.

»Mann, schon angefangen mit der Chräbelibäckerei?«

Ich war kurz sprachlos. »Nein«, sagte ich dann, ziemlich lahm, ich weiß.

Er nickte vor sich hin, dann nahm er sein Handy aus der Hosentasche und tippte darauf herum. Was schrieb er bloß? *Noch nicht mit Chräbeliproduktion begonnen?* Und an wen?

»Tschüss«, murmelte ich.

»Nicht vergessen, bald ist Weihnachten«, rief er mir hinterher.

»Ja«, sagte ich.

54 EIN KURZES RESÜMEE

Am nächsten Morgen schlief Sybille ihren Rausch aus, aber ich war früh wach. Ich hatte mir Kaffee gekocht und saß in der Fensternische und schaute nach draußen. So war das also. Sybille hatte Mann und Rassehunde verlassen und eine Affäre, das alles missfiel mir moralisch. Ach, was hieß denn schon moralisch, es ging ja gar nicht um Moral. Es missfiel mir aus rein egoistischen Gründen.

Ihr Leben war von der maximalen Ordnung in die maximale Unordnung gerutscht, einfach so. Es erstaunte mich selbst, wie sehr mich das erschütterte. Sybille und Georg waren ein sicherer Hafen gewesen in einer schweren See, mein Hafen. Die Sonntagsessen, nach denen ich manchmal, wenn ich keine Lust auf meine leere Wohnung gehabt hatte, über Nacht geblieben war, die langen Spaziergänge mit ihnen und den Hunden im Wald, ich hatte Ostern wie Weihnachten mit ihnen verbracht, wir hatten im Herbst Feuer gemacht im Garten und Kastanien geröstet, weil es die hier in Berlin so selten zu kaufen gab, wir hatten am Wochenende vor dem ersten Advent aus Tannenzweigen und Stechpalmen große Kränze und Girlanden geflochten, und jedes Jahr am 1. März waren wir von ihrem eigenen Steg aus in den See gesprungen, zum Schon-mal-Anbaden.

Waren sie nicht glücklich gewesen? Hatte etwas gefehlt? Und was? Oder ist es falsch, zu denken, Leute verliebten sich nur, wenn sie in der eigenen Beziehung unglücklich waren? Ich wusste es nicht. Ich merkte nur, dass ich, ganz kindisch, wollte, dass es immer so weiterging.

55 DAS DATE

Als ich den Kulturjournalisten der renommierten Wochenzeitung das nächste Mal traf, war es schon Anfang Oktober. Es war kühl geworden, ich hatte die Handschuhe aus dem Schrank geholt und mit meinen Gebeten für Schnee begonnen, man konnte ja nicht früh genug damit anfangen. Der ausbleibende Schnee war der Grund dafür, dass ich mir ernsthaft Gedanken darüber machte, wie mein persönlicher kleiner Beitrag zum Klimaschutz aussehen könnte. Das durfte man natürlich niemals öffentlich sagen, weil es egoistisch und dumm war, die Erde heizte sich auf, die Polkappen schmolzen und die Korallenriffe starben ab, Wälder brannten und Wasser wurde knapp, Insekten verendeten, Bienen kämpften um ihr Leben, das waren die echten Sorgen, natürlich war es da lächerlich, wegen des ausbleibenden Schnees zu jammern.

Ich habe den Winter immer geliebt, alles daran. Diese klare und stolze schneidende Kälte, die man am meisten auf den Backen spürte. Man öffnete morgens die Balkontür und sie nahm sofort den ganzen Raum ein, schnell und hart und gut. Diese ungeheure Lautlosigkeit, mit der Schnee vom Himmel taumelte, so heiter und dabei so still, das war ungewöhnlich, etwas Heiteres war eigentlich nicht still, nicht wahr?

Mein erster Winter in Berlin, 2009/2010, der zeigte mir: Hier bist du richtig. Ende Dezember begann es zu schneien. Es schneite und schneite, der Verkehr kam zum Erliegen, die Berliner gingen nur noch mit ihren Schlitten einkaufen, und als ich an einem frühen Morgen am Teufelsberg spazieren ging, bezaubert von den sanften Flocken, die unablässig fielen, kamen mir von oben drei junge Mädchen entgegen, vielleicht waren sie elf oder zwölf, alle auf Langlaufskiern, und wie ein Traum glitten sie an mir vorbei durch den pulvrigen Schnee nach unten, drei Schulschwänzerinnen, die keinen besseren Grund haben könnten als diesen herrlichen, herrlichen Schnee. Noch immer denke ich dann und wann an diese drei Langläuferinnen. Sie gaben mir das Gefühl, dass hier so viel Platz war für alles Mögliche, dass man diesen eigentlich ja urbanen Raum bespielen konnte, wie man wollte. Ich ging rodeln im Park, und es waren zwar nicht die Rodelberge, die ich aus meiner Kindheit kannte, aber sonst war es wie früher, man zog seinen Rodel nach oben, man schrie: »Bahn frei«, und sauste hinunter, und wenn es etwas gab, was mehr Laune machte, dann kannte ich es jedenfalls nicht.

Jedem Kind, das heutzutage aufwächst, muss man ja erklären, was das ist: dieses weiße Zeug, das in den alten Weihnachtsbüchern vom Himmel fällt. Jetzt war es so, dass jeder Winter zu einer Zitterpartie wurde. Würde er es schaffen? Würde er stark genug sein, Schnee hervorzubringen, und wenn ja, würde er die Kraft haben, ihn zu halten? Es war wie in einem Flötenkonzert mit einem unsicheren Flötisten. Man sitzt wie auf Nadeln, in steter Sorge, er könne sich verspielen oder vor lauter Nervosität gleich ein totales Blackout haben. Wenn ich über den Winter nachdachte, den es so nicht mehr gab, über den Schnee, der zu einer Rarität geworden war, einer Kostbarkeit, dann wurde ich sehr traurig. Wenn ich an den Schnee dachte, den ich so gerne wiederhaben würde, dann war ich bereit, alles zu tun fürs Klima.

Es war sieben Uhr abends, ich dachte an den Schnee, ich wünschte ihn mir sehnlichst herbei, ich trat aus dem Fabrikgebäude in Kreuzberg und zupfte mit den Lippen gerade eine Zigarette aus der Packung, als er auf mich zukam. »Sie schon wieder«, sagte ich.

»Ja«, sagte er.

Er gab mir Feuer und ich paffte ein paarmal. »Machen Sie wieder eine Umfrage?«

»Eine Umfrage? Ach so, nein. Nein, keine Umfrage. Und Sie? Rauchen Sie eigentlich wieder? Ich wollte Sie das schon letztes Mal fragen. Ich dachte, Sie hätten aufgehört.«

»Ja, habe ich auch. Aber nur kurz. Es war gut.«

»Ach so.«

Ich klemmte mir die Zigarette cool in den Mundwinkel und nestelte an meinem Fahrradschloss, ich gab ein paar Kombinationen ein. Wenn es mein Gehirn schon nicht frisch hielt, war es immerhin eine gute Übung in Geduld. »Sind Sie zufällig in der Gegend?«

Er ging in die Hocke, er war nun auf Augenhöhe. »Nein, eigentlich nicht.«

»Haben Sie hier zu tun?«

»Nein. Nein, ich habe hier nichts zu tun.«

»Himmel, Arsch und Zwirn, verdammte Scheiße noch mal!«

»Kann ich vielleicht helfen?«

»Nein! Niemand kann mir helfen! Dieses dämliche Schloss geht mir derart auf den Senkel.«

»Vergessen Sie jeden Tag Ihre Kombination?«

»Ach was! Ich gebe immer wieder mal eine neue Kombination ein, ich habe mal irgendwo gelesen – ach egal. Jedenfalls wenn das eine gute Übung in Geduld sein soll, kann ich nur sagen: ohne mich!«

»Geduld wird sowieso überbewertet.«

»Geduld ist ein Otterpimmel, das ist meine Meinung.«

»Okay.« Er schwieg kurz, während ich weitere Zahlen in mein Schloss eindrehte. »Und wie genau ist ein Otterpimmel? Nur so interessehalber.«

»Was weiß ich, ich bin ja keine Spitzenbiologin, blöd halt.«

Das Schloss öffnete sich endlich (mein Geburtstag), ich richtete mich völlig erledigt wieder auf. »Also dann«, sagte ich.

Er kam ebenfalls wieder hoch. »Sie haben hier –«, er streckte die Hand aus und klopfte an meinem Mantel herum. Ich blickte hinunter, alles voller Asche, ich warf verärgert die Zigarette weg. »Entweder«, sagte ich zu Hans Hänse Quandt, »entweder es gibt für diese coole Rauchertechnik irgendeinen Trick, den ich nicht kenne, oder aber sie schneiden das Abaschen aus den coolen Filmen, in denen das immer so cool präsentiert wird, jeweils raus, anders kann ich mir das beim besten Willen nicht erklären.«

»Ja«, sagte er, »das ist wirklich ein Mysterium.«

»Vielleicht sollte ich mir mal ein YouTube-Tutorial dazu anschauen, es gibt ja für alles ein Tutorial, zum Beispiel auch für den Dutt. Ich habe mir aber noch nie eins angeschaut, nur falls Ihnen mein misslungener Dutt auffällt und Sie sich fragen, warum das Tutorial nicht wirkt.«

»Ja«, sagte er, »also eigentlich nein, das habe ich mich nicht gefragt, mir gefällt Ihre Frisur.«

»Ihnen gefällt meine Frisur?«

»Ja. Ich wusste allerdings nicht, dass es ein Dutt sein soll, ich fand gerade gut, dass Sie, wo heutzutage jeder einen Dutt trägt, keinen Dutt tragen. Es war eine Frisur ohne Namen, das fand ich gut.«

»Und jetzt, wo Sie wissen, dass es ein Dutt sein soll, finden Sie sie plötzlich nicht mehr so gut?«

»Das kann ich so nicht sagen. Da es nicht auch nur im Entferntesten an einen Dutt erinnert, hat sich an meiner Sicht auf die Dinge nicht viel verändert.«

»Ach so.« Ich schwieg.

»Hören Sie«, er klopfte noch einmal an meiner Mantelfront herum, »mal was ganz anderes, ich wollte Sie eigentlich fragen, ob Sie vielleicht mit mir was essen gehen.«

»Was essen?«

»Ja, was essen gehen.«

»Und was?«

»Na ja, Abendessen eben. Oder haben Sie schon gegessen?«

»Ein paar Müsliriegel, aber die waren nicht so revolutionär. Halten Sie sich an Schoko-Banane, the good old classic, da gehen Sie auf Nummer sicher.«

»Okay. Das werde ich beherzigen. Dann haben Sie also schon gegessen?«

»Es waren ein paar Müsliriegel, kein echtes Abendessen. Finden Sie, Müsliriegel sind ein Abendessen?«

»Hm, nein, nein, nicht direkt.«

»Sehen Sie, das ist das Problem mit Müsliriegeln. Man isst sie anstelle von einem Abendessen, zum Beispiel, und dann hat man doch wieder kein Abendessen gegessen.«

»Ja, ich sehe das Problem. Aber für unseren konkreten Fall trifft sich das doch ganz gut, oder?«

Ich hatte meine warmen ledernen Handschuhe angezogen, nun betrachtete ich meine Finger, die darin aussahen wie zufriedene Bratwürste. »Nur damit ich Sie nicht falsch verstehe«, sagte ich, »Sie waren nicht zufällig in der Gegend und wollen mich auch nicht zu irgendwas interviewen, Sie haben hier nichts zu tun und wollen aber was mit mir essen gehen, irgendwas, keine Müsliriegel, ein Abendessen?«

»Ja, das ist so weit alles richtig.«

»Okay«, sagte ich, »okay.« Ich blickte von meinen Handschuhen auf und in sein Gesicht, es war irgendwie schief und krumm, das machte seinen Gesamteindruck ein bisschen ungenau, aber er schaute mich an. Er hatte ein dissonantes Gesicht und sehr gelassene Augen, nicht nervös, nicht unsicher, ganz ruhige Augen hatte er. »Okay«, sagte ich noch mal. Er lächelte. Ich lächelte auch, wir lächelten uns ausführlich an wie zwei Trottel.

56 DER ASIATE IST DER NEUE ITALIENER

Was soll ich sagen? Wir gingen was essen. Was? Irgendwas Asiatisches. Nicht, weil ich so ein Fan gewesen wäre von asiatischer Küche, aber es war seit ein paar Jahren schwierig geworden, in Berlin was anderes zu essen, der Asiate war das, was früher einmal der Italiener gewesen war, der Italiener war praktisch tot, ich jedenfalls kannte keinen mehr. Früher ein Italiener an jeder Ecke, Pizza und Pasta war das täglich Brot des Auswärtsessers, es gab ja eine Zeit, da hieß essen gehen zum Italiener gehen, und das bedeutete nun nicht, dass es original italienisches Essen gewesen wäre, es war einfach so, wie es sich der Mitteleuropäer vorstellte. Jetzt war Schluss mit Spaghetti in Sahnesoßen und Pizza mit Gouda, jetzt gab es keinen Cappuccino mehr mit einer dicken Sahnehaube obendrauf und Tomate-Mozzarella mit geschmacklosen holländischen Treibhausfrüchten und Aldi-Gummi, jetzt gab es Wan Tans und Pho Bo und ich würde wetten, dass kein Mensch in China oder Vietnam seine Nudeln und Suppen so verzehrte, wie man das hier nun tat, aber ehrlich gesagt fand ich alles lecker, was nicht aus meinem Tiefkühler kam, ich war eigentlich gar nicht so fürs Hausgemachte.

Ich war etwas befangen, immerhin war das hier mein erstes Date seit – na ja, im Grunde genommen war das mein erstes Date.

Aber war es überhaupt ein Date? Ich war in diesen Dingen wirklich hoffnungslos unbeleckt, ich hatte keine Ahnung, was an der Romantikfront gerade abging. Die bisherigen Badewannenbader und Schachidioten waren irgendwie wie organische Organismen in mein Leben gewabert, wie kriechende Zellhaufen, die sich rasend schnell vermehrt und plötzlich meine ganze Wohnung eingenommen hatten, meine Badewanne ausgefüllt und den eh schon prekären Inhalt meiner Speisekammer verzehrt hatten. Es gab eigentlich nie einen offiziellen Beginn der jeweiligen Liaison, irgendwie waren diese Männer plötzlich da und dann blieben sie halt auch da. Sie haben gebadet, Hausschlapfen mitgebracht und eine Kakteenzucht auf meinem Fenstersims gestartet. Irgendwann hat sich die Sache dann jeweils auch wieder verlaufen, und genauso, wie sie sich langsam in meinem Leben ausgebreitet hatten, zogen sie sich auch wieder zurück. Zurück blieben ihre Spuren im Sand, Kakteen, die langsam eingingen, eine einzelne Schachfigur (Springer), die in einem Wutanfall durchs Zimmer geworfen worden war und die ich irgendwann unter dem Bett hervorsaugte, Origamischwäne eines virtuosen Bastlers. Alle schwappten herein wie das Meer bei Flut und waren irgendwann wieder weg wie bei Ebbe. Dann wurde der Nächste hereingespült. Natur eben.

Außer natürlich Leander, Leander ist nicht weggespült worden, Leander habe ich rausgeworfen, Leander ist in der traurigen Reihe meiner männlichen Begleiter der Tropfen gewesen, der das Fass zum Überlaufen gebracht hat, Leander habe ich einfach nicht mehr gepackt. Jetzt, im Nachhinein, würde ich sagen, ich hatte damals schon ein irrsinniges Gespür dafür, dass Heidegger ein Griff ins Klo war.

War ich vorher Ebbe und Flut quasi hilflos ausgeliefert gewesen, hatte ich nach Leander einen Damm gebaut. Seither blieb das Meer auf der anderen Seite und ich singelte durchs Leben. Das war nicht schön, ich blieb aber trocken. Ich fand, das war nicht nichts.

Aber jetzt saß ich leibhaftig einem Mann an einem Restauranttisch gegenüber und mir wurde klar, dass ich tatsächlich noch nie mit einem Mann essen war, so ganz offiziell. Ich hatte mit Männern an Dönerbuden gestanden oder Pizza bestellt, wir hatten chinesische Bratnudeln aus dem Pappkarton gegessen oder in Mensen das Menü A geteilt. Ich lauschte den typischen Restaurantgeräuschen, dem wogenden Auf und Ab der Gespräche, die Musik im Hintergrund, war das Bob Marley? Tatsache. *No woman no cry*. Ewig, ewig nicht gehört.

Beklommen schaute ich in die Speisekarte, dick wie ein Telefonbuch, und dazwischen heimlich auf den Kulturjournalisten, ich wollte auf gar keinen Fall etwas falsch machen und dieses zarte, hasenfüßige Exemplar von einem Mann durch eine ungeschickt brutale Äußerung in die Flucht schlagen, aber ich spürte, irgendwo tief in mir drin war eine Katze aufgewacht – nennen wir sie die Patsche-Katze –, die Patsche-Katze hatte vor ein paar Wochen Patsche-Blut gerochen und ich hatte gedacht, sie hätte nur einen Auftritt gehabt, in einem Stück, das gar nicht mein eigenes war, im Elsie-und-

Patsche-Stück nämlich, und wäre dann weitergezogen. Ich hatte gedacht, es wäre eine Wanderkatze, Wanderkatze wie Wanderschauspieler, heute hier, morgen dort.

Aber nun merkte ich, dass das nicht stimmte. Die Patsche-Katze hatte sich nur ausgeruht. Von der Familienaufstellung ausgeruht. Es war anstrengend gewesen für sie, sie war dort plötzlich aufgetaucht und hatte Blut geleckt, aber nichts zu fressen bekommen. Und sie war zwar eine temperamentvolle Katze, aber auch eine Katze, die sich beherrschen konnte, die Patsche-Katze hatte damals instinktiv gewusst, dass es unseriös gewesen wäre, über den Alex alias Patsche herzufallen und ihn zu verspeisen. Sie hatte sich damals bei mir eingenistet und war nicht wieder gegangen, sie hatte sich nur ausgeruht. Und jetzt wachte sie auf, streckte sich und gähnte und machte die Augen auf. Und sie sah den Kulturjournalisten. In mir drin war ein kurzes Zittern, aber ganz ruhig. Ziemlich gutes Gefühl.

57 DER BRIEF, DER BRIEF

Als ich am Tag darauf aufwachte, wusste ich plötzlich, was zu tun war: Ich musste aufräumen. Und mit aufräumen meinte ich: überall und alles. Ich musste meine Wohnung aufräumen, das war der äußerliche und vergleichsweise einfache Teil, und ich musste meine Einliegerwohnung aufräumen, meinen innerlichen Saustall nämlich, und der war beträchtlich. Theodor Indenbirken hatte eine Saat gesät und ich merkte, wie sie nun, drei Wochen später, aufging. Ich hatte damals etwas verstanden – gar nicht unbedingt bei meiner eigenen Aufstellung, die, hm, eher suboptimal verlaufen war, nein, ich hatte etwas verstanden, als ich den anderen bei ihren Aufstellungen zugeschaut hatte, als ich als Stellvertreterin in diesen fremden

Leben herumgestanden und gefühlt und gewollt und nicht gekonnt und geweint hatte.

Ich hatte verstanden, dass es um Verantwortung ging.

Wie Theodor Indenbirken gesagt hatte: Eine Aufstellung ersetzte keine Therapie. Sie konnte ein Anstoß sein, ein kleiner Schubs, um in Bewegung zu kommen. Man solle, so sagte er, die verschiedenen Phasen ernst nehmen: Die Aufstellung gebe einem einen Hinweis darauf, wo ein Problem festsitze und womit das zu tun haben könne. Wie Staub, den man aufwirbelte, gerate alles in Bewegung. Die zwei, drei Wochen danach solle man genau schauen, welche Themen durch die Aufwirbelung sichtbar geworden seien. Dann könne man in die Handlung kommen und Dinge verändern. Ließe man diese paar Wochen ungenutzt verstreichen, verfestigten sich die Gefühle wieder, sänken hinab in den Untergrund, das Zeitfenster würde sich wieder schließen. Das wäre nicht schlimm, es wäre einfach nur ein geschlossenes Fenster.

Er hatte, wenn ich das aus dem Wirrwarr von Metaphern und Fenstern und Befindlichkeiten und so richtig geschlossen hatte, damit sagen wollen, dass es für manche Menschen zu schmerzhaft sei, ein Fenster zu öffnen.

Ein offenes Fenster war also eine Herausforderung, eine Frage. Es konnte sein, dass man keine Antwort hatte. Es konnte sein, dass man eine Antwort hatte, aber Angst vor ihr. Es konnte sein, dass man eine Antwort hatte, die aber keine Lösung war. Manchmal waren Antworten Lösungen, manchmal nicht. Und prompt fielen mir noch viele, viele andere tolle Metaphern ein, abseits der Fenstermetapher, ich weiß nicht, wie das anderen Leuten geht, aber ich muss sagen, Metaphern haben bei mir irgendwie einen Effekt wie Schimmel, ist er einmal da, breitet er sich rasant aus. Es gefällt mir, mich metaphorisch immer näher heranzupirschen an das eigentliche

Geschehen. Ich dachte, eine Familienaufstellung wäre, als würde man einen ruhig daliegenden Teich aufrühren, und der ganze Schlamm und Morast würde aufgewirbelt, man konnte für einen kurzen Moment sehen, was da alles verborgen lag in diesem Teich, Fische würden aufgeschreckt, die am Boden nur gründelten, halb verrottete Pflanzen und so weiter. Aber nach einer Weile sank alles wieder zurück, die Tiere beruhigten sich. Ich dachte, eine Familienaufstellung wäre wie – ja was soll ich sagen, ich dachte halt lauter Metaphern, aber das war natürlich auch nur eine Methode, um das Zeitfenster nicht zu nutzen. Wenn ich nicht reagierte, hätte ich zwar einen Haufen kongenialer Metaphern, aber das Fenster wäre schon längst wieder zu und verriegelt.

Ich räumte die Wohnung auf. Während ich saugte und staubwedelte, überlegte ich, was ich zu erledigen hatte, so *seelenhygienisch* gesehen. Ich würde Tante Häte und Tante Käthe anrufen, ich hatte mich lange nicht bei ihnen gemeldet und sie sich auch nicht bei mir. Ich würde Georg anrufen – ich hatte mich gescheut davor, ich hatte keine Ahnung, wie es ihm ging, ich wusste nicht, wie ich mich verhalten sollte. Trotzdem musste ich ihn anrufen. Ich würde Bruno schreiben, ich würde mich nach seiner Schokolade erkundigen, nach seinem Leben im Urwald. Ich spürte, dass ich anfangen musste, meine Kontakte zu pflegen. Und ich würde mir heute das Wiener Schreiben vornehmen. Warum das überhaupt noch bei mir herumlag? Warum ich es nicht mitsamt meiner restlichen Post zu meinen wöchentlichen Konsultationen bei meinem *PostEngel* mitgenommen hatte? Gute Frage. Vielleicht hatte ich gespürt, dass Schabowski recht gehabt hatte, als er angemerkt hatte, dieser Brief wäre womöglich das Symbol für die Wende. Es gefiel mir nicht, aber ich wusste, dass es stimmte. Vielleicht war das so.

Ich zog meinen Morgenmantel über und setzte einen Kaffee auf. Sybille, meine neue Mitbewohnerin, die das Wohnzimmer in Beschlag genommen hatte, war schon ausgegangen – klar, sie mochte eine Tangoaffäre haben und ihren Mann verlassen, trotzdem musste sie sich um ihr esoterisches Imperium kümmern. In der Wohnung hing noch der Geruch von verbranntem Salbei, sie hatte ihren Schlafsack ordentlich zusammengerollt und mir einen Zettel auf den Küchentisch gelegt – sie legte mir auffallend häufig Zettel auf den Küchentisch –, aber ich konnte wie immer kein Wort entziffern. Irgendwas mit Eierlikör und Lausekamm oder Nikoläusen und Sonnencreme.

Ich rief die Tanten an und betrachtete sie am Zoombildschirm, während sie nach meiner kurzen Eingangsfrage, wie es ihnen denn so gehe, zu einer umständlichen Antwort angesetzt hatten. »Hund« war gestorben, vermutlich der einzige Mensch, zu dem sie eine innige Beziehung gehabt hatten – und, ja, ich meine das genau so, wie ich es sage –, sie belegten einen Kurs in Freskenmalerei und kochten gerade nur japanisch, es gab Fisch und Suppe zum Frühstück, ein Guerillagärtner hatte eine Birke in ihren Vorgarten gepflanzt, und Ende Oktober würden sie eine Reise nach Spitzbergen unternehmen, auf einem Segelschiff, auf dem man Tag und Nacht mit Hand anlegen musste. Ich wollte fragen, ob sie denn segeln könnten, aber da waren sie schon bei einer Champignonzucht, die sie im Keller kultivierten, sie mussten dafür den Kaffeesatz aus der Espressokanne sammeln und hatten darum angefangen, Kaffee zu trinken.

Wir verabschiedeten uns, es blieben viele Fragen offen. Zum Beispiel nach dem Zweck des Kaffeesatzes, aber es war okay. Ich mochte sie, irgendwie. Ich denke, das reichte.

Ich holte mir eine weitere Tasse Kaffee und sprach dann lange mit Georg. Ich war anfangs befangen, aber er schien sich ehrlich über meinen Anruf zu freuen.

»Komm doch mal auf eine Runde Mahjong vorbei«, sagte er zum Schluss, »ich glaube, es würde mich aufbauen, weil ich da zumindest sicher sein kann, wie das Spiel ausgeht.«

Ich lachte und er lachte auch. »Das mache ich«, sagte ich, ich komme am Sonntag vorbei, wie immer.«

In der gelben Postkiste war die Briefkasten-Ausbeute der letzten Woche – und der Brief. Das Wiener Schreiben war das Symbol für mein neues Leben, und wenn ich schon nicht die Hypochondrie haben konnte, dann wollte ich die Postangst grad auch nicht und die Prokrastination konnte mir dann auch gestohlen bleiben, entweder ganz neurotisch oder gar nicht.

In zwei Tagen würde ich Herrn Schabowski zu seinem nächsten Arzttermin begleiten, und ich würde ihm eine Freude machen, er würde einmal mehr Erfolg gehabt und einen seiner Klienten zum Öffnen seiner Briefe bewegt haben, ich würde meinen Platz bekommen in seiner Galerie der geheilten Klienten. Ich freute mich darauf.

58 WIR SIND HÄSSLICH, ABER WIR HABEN DIE MUSIK

Wie es am Abend zuvor weitergegangen ist? Jesus, Sie sind ja schon wie Sybille! Nicht abzuschütteln, es ist zum Haareraufen, also gut.

Tja, wie gesagt, ich hatte mich so durch die asiatischen Gerichte geblättert, Bob Marley hatte gebetsmühlenartig gesungen, *keine Frau, kein Weinen*, die Patsche-Katze hatte sich gerekelt und ich hatte an die Samthandschuhe gedacht, mit denen man Männer heutzutage laut Dörte anfassen sollte, aber gewusst, dass es im Interesse meines trottelfreien Privatlebens unabdingbar war, sofort reinen Tisch zwischen uns zu machen.

Ich meine, wollte ich einen von denen, die einen Nervenzusammenbruch kriegten, weil sie beim Schach gegen sich selber verloren? Eben.

Dann zeigte ich der Bedienung irgendwas, klappte die Karte zu und räusperte mich. »Schauen Sie«, sagte ich, »schauen Sie. Ich habe da ein paar Fragen.«

»Okay«, sagte er, auch er hatte die Karte weggelegt und zog sich den Pullover aus.

»Wollen Sie in meiner Badewanne baden?«, fragte ich streng.

Er war gerade dabei gewesen, den Kopf aus dem Kopfloch zu ziehen, nun hielt er inne und ließ die Arme sinken. »In Ihrer Badewanne?«

»Schauen Sie, ich habe gewisse Erfahrungen gemacht, nicht direkt traumatisierend, aber sagen wir: prägend. Ich habe ein paar prägende Erfahrungen gemacht und ich finde, wir sollten ein paar Dinge ganz direkt klären, ohne Wischiwaschi, verstehen Sie?«

»Ach so.« Er zog sich den Pullover über den Kopf und hängte ihn sorgfältig über seine Stuhllehne. »Also, es war jetzt nicht mein erster Gedanke, in Ihrer Badewanne baden zu wollen, nein. Ich habe übrigens selber eine Badewanne.«

»Spielen Sie Schach?«

»Nicht besonders gut, leider.«

Die Kellnerin brachte die Getränke, sie öffnete unsere Biere und schenkte uns ein.

»Es ist also nicht das einzige Hobby, das Sie haben.«

Er prostete mir zu. »Auf keinen Fall, dafür spiele ich wirklich zu schlecht. Es wäre als Hobby eine erbärmliche Wahl.«

»Und Sie gehen einer Arbeit nach, ja?«

»Nun ja, ich bin halt Kulturjournalist bei der Wochenzeitung, ob das jetzt eine seriöse Arbeit ist, da kann man geteilter Meinung sein, aber, ja, der gehe ich nach.«

»Und Sie haben auch nicht vor, dem IS beizutreten, auf türkischen Saiteninstrumenten herumzuzupfen oder mir die Ohren mit Heidegger vollzuschwafeln?«

»Hm, also nein, alles nein. Ehrlich gesagt war mir diese Heideggerbegeisterung immer schon ein Rätsel, also auch zu der Zeit, als man noch von Heidegger begeistert war. Und tatsächlich kann ich sie zwar nicht spielen, ich besitze aber die alte Ziehharmonika meiner Großmutter – falls Sie generell etwas gegen Instrumente haben. Sie ist übrigens noch dazu kaputt, falls das irgendwie für mich sprechen würde.«

»Nein, nein, es geht nur um die Cümbüşgitarren. Leiden Sie an endogenen Depressionen?«

»Ah, jetzt verstehe ich, Sie möchten keinen zweiten Lean–«

»Ja, ja!«

»Ähm, gut, also – nein. Ich meine, wegen der endogenen Depressionen, nicht dass ich wüsste. Aber ich kann Ihnen das nächste Mal vielleicht ein Gesundheitszeugnis von meinem Hausarzt vorlegen – ich wusste nicht, dass das nötig ist, wenn man mit Ihnen essen gehen will.«

»Sie sind kein klassisch schöner Mann.«

»Das stimmt. Es tut mir leid.«

»Aber nein, das muss Ihnen nicht leidtun, ich habe da so meine Theorie, Sie sind der Typ Woody Allen, nicht wirklich gut aussehend, aber Sie machen das irgendwie wett, vermutlich durch Ihren Charme, und wirken dann trotzdem attraktiv.«

»Das ist nett, dass Sie das sagen. Woody Allen, den hat auch irgendwie das Heideggersyndrom eingeholt, was?«

»Absolut, man weiß einfach nicht, ob man Woody noch

gut finden kann, aber ich als Frau muss sagen, das Prinzip stimmt. Manchmal, wenn ein Mann nicht klassisch gut aussieht, macht das nichts.«

»Darf ich daraus schließen, dass Sie, um mit dem Master himself zu sprechen, sagen würden: *You told me again you preferred handsome men. But for me you would make an exception.*«

Ich war verblüfft, und die Patsche-Katze sprang und verbiss sich hingebungsvoll und hartnäckig in sein Herz. Ich war verloren. »*Well, never mind*«, sagte ich, »*we are ugly but we have the music.*«

Wir schauten uns an. »Aber wir haben nicht mal die Musik«, sagte er. »Stimmt auch wieder«, sagte ich.

Aber – das sei hier noch hinzugefügt – einen Tag nach diesem Gespräch kaufte ich mir eine Ukulele.

59 NOCH MEHR ERSTAUNLICHE ENTWICKLUNGEN

»Warum hast du mir nichts gesagt?«

Sybille verknotete gerade ein paar getrocknete Kräuter und Rindenstücke zu kleinen Päckchen, sie dienten vermutlich zur Aromatisierung von rituellen Lagerfeuern, sie hatte am Wochenende einen Workshop, draußen in Brandenburg.

»Vom Don«, sagte ich, »warum hast du mir das mit dem Don nicht gesagt?«

Sie wischte die feinen Pflanzenkrümel zusammen, sie hob die Schultern, aber nicht so, als ob es ihr egal wäre, eher ratlos. »Ich wollte doch die ganze Zeit mit dir darüber reden.«

Das stimmte. Aber es hatte nie gepasst. Es passte auch jetzt nicht, ich schaute auf die Uhr, ich musste dringend duschen und mich dann an den Schreibtisch setzen, ich arbeitete an dem Tag im Homeoffice.

»Lass uns in Ruhe reden«, sagte ich, »nach deinem Wochenende.«

Ich stieg gerade tropfend aus der Dusche, als mein Telefon klingelte – ich erwartete einen Anruf von meiner Assistentin –, ich hastete durch die Tür ins Wohnzimmer, Sybille war immer noch da, sie saß auf dem Sofa, hörte Zucchero – I know! Sie hatte einen Musikgeschmack, der alles sprengte! – und las, ich eilte an ihr vorbei, ging dem Klingeln nach und suchte das Telefon, auf ihren belustigten Blick hin zerrte ich das Tischtuch vom Tisch und wickelte es mir um den Leib, hektisch warf ich Bücher und Papiere durch die Gegend, sie langte gelassen hinüber und nahm das Handy vom Sofakissen, ich streckte ihr die Zunge raus und schnappte es mir. Ich hörte, wie sie die Musik ein bisschen herunterdrehte.

»Hallo?«, sagte ich.

»Ja, hallo.«

»Hallo.«

»Ähm, ich bin's.«

»Wer?«

»Ah, sorry, ich bin's, Konrad.«

»Wer?«

Ich sah Sybille über ihrem Buch grinsen, ich drehte mich weg. Ich musste unbedingt dafür sorgen, dass *The Joy of Love* oder wie das hieß wieder in ihre Ehe einkehrte, das war ja kein Zustand, Stasi nichts dagegen.

»*Joy of Sex*«, korrigierte ich mich, »nicht *Love. The Joy of Sex* heißt das, glaub ich.« Ich war mir nicht mehr sicher, war das ein Buch? Ein Film? Ein, keine Ahnung, Motto? Und von wem? Baghwan?

»Was?«

Mir wurde schlecht, ich hatte offensichtlich mein Rettungspaket für Sybille in meinen Telefonhörer hineinposaunt. »Ah nein, sorry, ich habe nur laut vor mich hin gedacht, ich habe gerade nicht zugehört, wer war da noch mal?«

»Dragaschnig.«

Ich schwieg, erschüttert, muss ich sagen, ich dachte: Ich habe gerade zum Dragaschnig gesagt: *Joy of Sex*, mir wurde noch viel schlechter und ich dachte, das war der peinlichste Moment meines Lebens, aber das hatte ich natürlich schon oft gedacht.

»Konrad Dragaschnig, wir haben uns vor ein paar Wochen bei der Familienauf–«

»Schon klar, alles klar, ich entsinne mich, dunkel, ich entsinne mich dunkel. Dunkel, fast schwarz.«

Er lachte, Jesus, ich lehnte mich an die Wand. Zucchero sang gerade *Chocabeck* und, verdammt sollte ich sein, wenn dieser Refrain mich nicht immer wieder erwischte, und der Dragaschnig lachte und ich erinnerte mich an dieses Lachen, was war das bloß, eine Mischung aus jungenhaft und irre abgebrüht, keine Ahnung, wie Lutscher und Asche, Milch und Knallerbsen, eine Mischung wie Rauch aus Faschings-Cowboypistolen und, ach scheiße, so eine verdammte unerklärliche und betörende Melange, die mir einen glatten Schnitt ins Brustbein setzte und mir direkt ins Herz griff und gewaltig drin umrührte, ich rutschte an der Wand nach unten und schloss die Augen, lehnte den Kopf an die Tapete.

»Hallo«, sagte ich, »ja, hallo.«

»Hey.«

»Hey. Hey.«

»Was machst du grad?«

»Ich? Ah, ich.« Ich öffnete die Augen und rutschte noch ein wenig tiefer, ich vermied es, zu Sybille hinüberzusehen, »ich arbeite grad an einem – Dings, ah, so neue, also, egal, also ich bin grad total am Arbeiten. Und – und du?«

»Ich bin ein bisschen unterwegs hier, muss ja noch die Gegend erkunden, schlendere so durch die Straßen und schaue mir die Häuser an.« Er verstummte und lachte wieder, mir kamen die Tränen, ich konnte gar nichts machen. Hey du, dachte ich. Wohin sind die Jahre gegangen? Ich fühlte wieder die unbändige Zuversicht, die absolute und unerschütterliche Zuversicht dieses jungen Mädchens, das ich gewesen war, das sich stürmisch in seine Verknalltheit geworfen hatte, und was lag zwischen mir und ihr? Ungenutzte Jahre, so viel Zeit. Es war – es war einfach so viel Zeit.

Ich war inzwischen in der vollkommenen Horizontalen angekommen, ich lag auf dem Fußboden, bedeckt mit meinem Tischtuch, und heulte, starrte an die Decke.

»Hey, Charly«, sagte er.

»Ja«, sagte ich.

»Ich wollte dich fragen, ob du mit mir tanzen gehst.«

»Was?« Ich hörte abrupt auf zu heulen.

»Ja, ich kam hier gerade an so einem netten Café vorbei, *Visite-ma-tente* heißt das, da spielen sie heute Siebziger-, Achtzigerkram – ist nicht ganz unsere Zeit, aber doch fast, nein?«

Ich hielt das Telefon und schloss die Augen, Dragaschnig, dachte ich, ach Dragaschnig. Was für eine seltsame Welt.

»Charly.«

»Ja?«

»Komm tanzen mit mir«, sagte er.

Ich wischte mir über mein klatschnasses Gesicht, ich musste lachen, er lachte auch, und jetzt wusste ich es: Rauch aus Cowboypistolen und Hubba Bubba. Das war die Mischung. So klang er, so roch er, das war er. Jesus, Dragaschnig.

»Hey«, sagte ich.

»Hey, sagte er. »Ich – ich freu mich.«

»Ja, ich – ja.« Ich heulte schon wieder und ich heulte noch, als wir beide längst aufgelegt hatten und Sybille neben mir saß und mir die Haare aus dem nassen Gesicht strich.

»Der Dragaschnig«, sagte ich schluchzend, »das war der Dragaschnig. Er will mit mir tanzen gehen. Und der Don ist tot.« Ich musste so weinen, dass ich meine Worte selbst kaum verstand, aber Sybille wusste trotzdem, was ich meinte. »Hey, Kleine«, sagte sie, sie streichelte sanft mein Gesicht, »alles wird gut, es wird alles gut.« Ich blieb liegen, hielt die Augen geschlossen, das Schluchzen hörte allmählich auf, aber die Tränen rannen mir ganz leise und stetig weiter über die Wangen. »Wieso ist denn der Don plötzlich tot?«, flüsterte ich. »Was ist denn bloß passiert?«

Sybille suchte nach einem Taschentuch und gab mir stattdessen einen Zipfel des Tischtuches, ich trocknete mir das Gesicht. »Wieso ist er weg und dann wieder da und dann weg und dann tot, was ist denn das für eine Scheiße?« Ich versuchte, wütend zu werden, aber es klang kläglich.

»Ach Liebchen«, sagte Sybille, »ich weiß es nicht.«

»Was mach ich denn jetzt? Was machen wir denn jetzt? Was –«

Sybille nahm meine Hände und drückte sie. »Hör zu, Charly. Eins nach dem anderen. Ich muss jetzt ins Geschäft, wir kriegen gleich eine Lieferung japanischer Zeremoniengongs, und danach bin ich erst mal ziemlich eingespannt, wir haben das ganze Wochenende über Workshop. Du musst arbeiten. Nachher machst du dich frisch, dann gehst du tanzen.«

»Aber wie soll ich tanzen gehen, wo doch –«

»Verdräng es. Bis wir die Zeit haben, in Ruhe darüber zu reden.«

»Verdrängen? Aber das ist doch so ungesund!«

»Manchmal ist das absolut gesund. Wenn man sich gerade nicht um ein Thema kümmern kann, dann ist es besser, es zu verdrängen. Man ist sonst mit seinen Gedanken immer woanders, macht alles andere nur halb und ist hinterher trotzdem total erschöpft, das bringt doch nichts. Verdräng es, geh tanzen, hab Spaß. Okay?«

»Okay.«

60 TANZEN

Ich kannte das *Tente,* es war ein nettes Café, das immer proppenvoll gewesen war, bis die uralte Besitzerin, von allen nur »Oma Sydow« genannt, die Geschäftsräume nebenan dazugekauft hatte, als der dortige Laden für Bürobedarf ausgezogen war. Sie hatte einen Durchbruch gemacht, seither gab es dort einmal in der Woche Tanz – man sagte, mitunter mische sie sich spätnachts unters Partyvolk und weise ihre Gäste zurecht, so sie sich schlecht benahmen, grölten und so. Tatsächlich war ich aber noch nie da gewesen. Um genau zu sein, war ich überhaupt noch nie tanzen gewesen. Ich muss sagen, mein pubertärer Größenwahn, der mich dazu verleitet hatte zu denken, die totale Dancingqueen zu sein, hatte, seit ich ausgewachsen war, quasi sekündlich abgenommen, ich hatte die ganzen coolen Moves niemals einer wie auch immer gearteten Öffentlichkeit präsentiert, und die Vorstellung, das an diesem Abend zum ersten Mal zu tun, bescherte mir nicht wenig Bauchschmerzen.

Ich war wie die Menschen, die immer nur gegen einen Schachcomputer spielten. Sie konnten irre gut darin sein, sie konnten das Gefühl haben, quasi schon einen Fuß im Profischach zu haben. Sobald sie aber einmal *in echt* jemandem am Brett gegenübersaßen, versagten sie auf der ganzen Linie und mussten feststellen: Ich kann nur Schach gegen den Computer. Schach gegen jemand, der leibt und lebt, kann ich nicht. Kann ich dann eigentlich Schach?

So war es auch bei mir. Wenn ich alleine durch mein Zimmer dancte, wenn ich brillierte mit den ungeheuerlichsten Verrenkungen, wenn ich dachte: Ich muss zum Film! Festivals! Die Parkette der Welt, ich muss über sie hinwegfegen wie ein Tornado über eine Küstenstadt! – dann war mir womöglich nicht ganz klar, dass ich mich mit jedem *Sprinkler* (kennt eigentlich jemand noch den *Sprinkler?* Hand in den Nacken und pumpen, den anderen Arm sprenkelnd über die begeisterte Menge gereckt, ein fleischgewordener Wassersprenkler, der Hit in jeder Disco, hatten meine Fachzeitschriften gesagt), mit jedem legendären *Worm,* den ich mausallein auf meinem Fußboden zum Besten gab, mehr und mehr davon entfernte, diesen erstaunlichen Blüten der Tanzkunst jemals in Gesellschaft zu frönen. Ich wurde immer besser, vielleicht war ich die beste Tänzerin der Welt und niemand würde jemals davon erfahren.

61 WAS ZIEHT MAN BLOSS AN?

Ich hatte kurz vor unserem Treffen die geniale Idee, noch schnell meinen Pony nachzuschneiden. Eh klar, dass ich mich verschnitt vor lauter Aufregung und nachbessern musste, dann verschnitt ich mich beim Nachbessern und musste nachbessern, kurzum, schlussendlich hatte ich, zumindest vorne, exakt die Frisur von der Außerirdischen Majka aus *Sie kam aus dem All.* Sehr hoher Pony. Übrigens schien das bei extraterrestrischen Wesen en vogue zu sein, ein zeitloser Klassiker, auch Mr Spock trug natürlich einen sehr hohen Pony.

Was mich bekümmerte, war: Ich hätte das vermeiden können. Ich entsann mich – allerdings erst, nachdem ich die Ergebnisse meines Scherenspiels im Spiegel betrachten konnte – eines Artikels, den ich in einer meiner Fachzeitschriften, der *Cosmopolitan* nämlich, gelesen hatte, es war dezidiert davon abgeraten worden, vor einem Date »noch schnell« den Pony nachzuschneiden. Dass diese Information der *Cosmopolitan* einen gesonderten Artikel wert war, ließ aufhorchen, es ließ darauf schließen, dass noch mehr Ladys diese Problematik kannten – »in einer Stunde habe ich ein Date, ich schneide noch schnell den Pony nach« –, es hätte mich beruhigen können, aufgehoben hätte ich mich fühlen können in der Schar der zahllosen Ponyträgerinnen, die noch schnell den Pony nachschnitten und folglich alle mit schlechtem Pony zu ihren Verabredungen eilten, aber das tat es nicht. Niemals hatte ich einen derart schlechten Pony wie den meinen an jemand anderem gesehen. Es schien mir eher die übliche Koketterie der Branche, der Schönheitsbranche nämlich. Eine Erweiterung des »Spinat zwischen den Zähnen« und »verschmierter Lippenstift«. Ein schlechter Pony war für eine schöne Frau überhaupt kein Problem, im Gegenteil. Ein schlechter Pony machte eine schöne Frau aufregend und mysteriös. Mich machte es zu einer Außerirdischen.

Es versteht sich von selbst, dass ich keine Ahnung hatte, was ich anziehen sollte. Natürlich probierte ich alles durch, was mein Kleiderschrank hergab – enges Etuikleid mit Pailletten, kurz und sexy? Oder war das overdressed? Was, wenn alle in ihren Jeans und T-Shirts daherschlurften? Ich hätte dann nur mein dummes Glas, um dahinter meine netzbestrumpften Beine zu verstecken. Also eher leger mit Levi's und Schlabberpulli? Oder wirkte das wie ein Couch-Potato? Langes Viskosekleid von Sézane, Puffärmel, cremefarbenes Paisleymuster? Zu elegant? Richtung cool mit schwarzer Lederhose und diesem tollen Klassiker von Chanel, ein Top aus elfenbeinfarbener Seide mit schwarzen Streifen? Zu cool? Vielleicht Schulmädchenstyle mit blauem Faltenrock und Kniestrümpfen, Schluppenbluse, große Brille? Irgendwie war das Thema aber abgefrühstückt, oder?

Dann: Schuhe. Schwierig. Pumps? Machten halt einen guten Hintern, sagten meine Fachleute. Kann schon sein, aber eigentlich war mir mein Hintern egal, ich kam aus dem All. Und, großer Nachteil, Pumps waren immer saukalt, wenn man draußen herumlief, Pumps waren eigentlich nur für Frauen, die überall mit dem Taxi vorfuhren, in der Liga spielte ich nicht. Ich fuhr nur Taxi, wenn ich zu betrunken war, um mein Fahrrad zu schieben, aber das war noch lange kein Grund, mich sinnlos zu betrinken, bevor ich mit dem Dragaschnig ins *Tente* ging. Lederstiefel? Zu Boho? Boho trug man wohl eher, wenn man zum Beispiel am Samstag mit einem Fischbrötchen in der Hand über einen Wochenmarkt schlenderte und dekorativ eine Stange Lauch und ein Sträußchen Petersilie aus dem Korb lugen ließ. Da könnte man dann auch das Paisleykleid tragen und sogar einen Hut! Ich ärgerte mich ein bisschen, dass wir uns nicht für einen Marktgang verabredet hatten, ich spürte instinktiv, dies wäre das ultimative Outfit, meine Vorzüge zum Leuchten zu bringen und den Pony zum Verschwinden, unter dem Hut nämlich. Stiefel waren jedenfalls sicher blöd beim Tanzen. Aber sollte ich wirklich tanzen? War das klug? Sollte ich nicht viel eher versuchen, das Tanzen zu vermeiden und den Dragaschnig in ein abenteuerliches Gespräch zu verwickeln, sodass er gar nicht auf die Idee kam, mit mir das Tanzbein zu schwingen? Aber wie könnte so ein Gespräch bloß aussehen? Worüber in aller Welt sollte ich denn überhaupt mit dem Dragaschnig reden, und dann auch noch stundenlang? War es da nicht viel schlauer und auch geheimnisvoller, schweigend die Tanzfläche zu stürmen und für die nächsten paar Stunden nicht mehr zu verlassen? Budapester also? Passten einerseits nicht zu einem Kleid, dafür wiederum gut zum Schulmädchendress. Jesus, es war unlösbar!

Natürlich scheiterte ich aber schon bei der Unterwäsche. Klar, am liebsten hätte ich meine sündhaft teure und überhaupt sündhafte Lingerie aus dem Schrank geholt, die ich mir extra fürs Duschselfie zugelegt hatte, aber die Geschenkschleifen an den Hüften trugen so auf – es war mir ein Rätsel, welche Klamotten man darüber anziehen sollte, alles mit Strumpfhose ging schon mal nicht, es sähe sonst so aus, als hätte ich mir Klopapier um die Hüften gewickelt. Enge Hosen konnte ich auch vergessen, ich warf ein Kleidungsstück nach dem anderen auf mein Bett, welche verdammten Klamotten passten über solche gigantischen Schleifen? Vermutlich überhaupt keine. Vermutlich war das eine Unterwäsche, die man solo trug, wenn man einmal nur Unterwäsche tragen wollte. Zum Beispiel wenn man – na egal. Keine Ahnung. Ich hatte jedenfalls nicht vor, in Unterwäsche im *Tente* aufzukreuzen.

Philosophen hatten das Flugzeugdilemma, das Bootdilemma und das Straßenbahndilemma. In der komplizierten Welt der Philosophen mussten sie darüber nachdenken, ob sie ein Flugzeug vom Himmel schießen oder riskieren sollten, dass es, von terroristischer Hand gelenkt, in ein Kernkraftwerk raste, sie mussten entscheiden, ob sie Flüchtlinge aus einem Sturm auf dem Meer retteten und dabei die Retter selbst womöglich umkamen, sie saßen in diversen hypothetischen Mobilen und hatten ein Problem: Wenn sie den eingeschlagenen Weg beibehielten, starben viele unschuldige Menschen, wenn sie die Route änderten, starb nur einer, er war aber auch unschuldig. Handeln oder nicht handeln, darüber grübelten die Philosophen seit Hunderten von Jahren. Sie kamen zu keinem befriedigenden Ergebnis. Sie konnten sich nur für eine Variante entscheiden, aber keine fühlte sich gut an. Die Philosophen hatten Dilemmata mit allen möglichen Fortbewegungsmitteln und allerspätestens daran konnte ich unweigerlich erkennen, dass aus mir niemals eine ordentliche Philosophin geworden wäre. Ich war, wenn ich mich in meinem bisherigen Leben mit allfälligen Fahrzeugen fortbewegt hatte, niemals in ein Dilemma dieser Fasson geraten, aber ich erlebte es praktisch jeden Tag bei mir zu Hause, ich nämlich hatte das String-Dilemma.

62 DIE STRING-THEORIE

Ich weiß, kein Mensch redet gerne über Stringtangas, aber sie sind nun mal eine nicht zu leugnende Realität. Es gibt sie. Und sie stürzen einen durch ihre schiere Existenz in eine nicht zu lösende Zwickmühle. Stringtangas sind das ultimative Symbol für das, was wir ein Dilemma nennen, Strings sind viel, viel näher an uns dran als die eben erwähnten Terroristen, die die Oberhoheit über ein Fluggerät an sich reißen.

Selbstredend sehen Stringtangas an niemandem gut aus. An niemandem. Lassen Sie sich nicht durch gefilterte und gehübschte Bilder von herumhüpfenden halb nackten Models beirren, denken Sie auf keinen Fall: Ich habe einfach nicht die Figur dafür, ich muss ein paar Kilo abspecken, dann sitzt auch der String, man muss gertenschlank sein für dieses Nichts von Wäsche, dann sieht es super aus. Es ist ein Irrtum. Erstens: Ich arbeite in der Werbung, ich weiß, wie man untragbare Stücke unters Volk bringt. Zweitens: Ich habe einen Haufen Probleme, schon klar, aber ich habe definitiv keine paar Kilos zu viel, und dennoch sieht der String verboten aus. Zum einen bedeutet String ja nicht nur hinten wenig Stoff, sondern auch vorne. Der klitzekleine Wimpel da, wo normalerweise die

Vorderfront einer patenten Unterhose ist, die diesen Namen verdient, ist niemals dafür gedacht, einen gut anzuziehen. Ein Stringtanga, das muss ich klipp und klar sagen, ist nur denkbar ohne Schamhaar. Frauen mit rasiertem Schamhaar sehen aber aus wie Riesinnen, die auf Zwergenkind machen, man sollte sich von solchen Lolita-Fantasien verabschieden. Mit Schamhaar sieht ein String von vorne aber aus wie ein Platzdeckchen mit Frisur, niemand kann das wollen. Zum anderen muss der String von hinten nicht diskutiert werden, weil immer Pobacken. Pobacken sind da, ob groß, ob klein, das spielt überhaupt keine Rolle, Pobacken, durch die eine Schnur gezogen wird, immer armselig. Auch ein mageres Pobackenensemble steht schlussendlich vor dieser nackten Wahrheit.

Nun aber das Dilemma: Nackt und nur mit String bekleidet ist jede Frau eine himmeltraurige Gestalt. Aber jede Skinnyjeans, jedes seidige Hängerchen, jedes hautenge Schlauchkleid und jeder zarte Rock bergen ohne String unweigerlich eine Gefahr: die *sich abzeichnende Unterhose.* Die sich abzeichnende Unterhose ist es, die jedes Outfit ruiniert, das nicht lose um den Körper beutelt, die sich abzeichnende Unterhose ist ein nicht lösbares Problem der souveränen Intimwäsche. Entweder also, man sieht ausgezogen und nur in seine Unterwäsche gewandet geschmackvoll aus, weil man klug nicht zum String gegriffen hat, oder man punktet in seinen Klamotten, weil man klug zum String gegriffen hat. Beides zusammen geht nicht.

Ich meine, daran sollten sich künftig angehende Abiturienten die Zähne ausbeißen, wenn sie sich mal philosophisch betätigen wollen, ich schwöre, sie kommen auch hier zu einem dilemmatisch einwandfreien Ergebnis: Keine der möglichen Lösungen fühlt sich gut an.

Ich weiß, diese Dings, wie heißt sie, Bridget, aus dem Fernsehgerät, Jones meine ich, Bridget Jones, hat ein ähnliches Problem. Wie sie ihrem Tagebuch und der restlichen Welt anvertraut, hat sie am Abend ein Date mit dem Mann ihrer Träume. Sie zermartert sich den Kopf wegen der perfekten Unterhose. Da wäre also das Pendant zu meinem peugeotroten Unterhöschen, das aussieht wie ein feines Einwickelpapier, ein hauchzartes schwarzes Nichts von Schlüppi nämlich, und so was wie einen Quetschgummi, um ihre Figur in Form zu quetschen. Sie überlegt hin und her: Soll ich das klitzekleine Höschen anziehen, das so hübsch aussieht, falls ich mich im Beisein des Mannes meiner Träume später womöglich ausziehe? Doch sie entscheidet sich für den Quetschgummi und damit fürs Angezogenbleiben. Der Quetschgummi, denkt sie zufrieden, quetscht mich in Form und ich sehe bei meinem Date gut aus. Auf keinen Fall werde ich mich im Beisein von Mr. Perfect nachher ausziehen, so schnell kriegt man mich nicht ins Bett! Dann will sie sich mit fortschreitendem Abend, fortschreitendem Alkoholpegel und fortschreitender Romantik doch ausziehen – Charakterstärke ist, wir haben es in diversen früheren Tagebucheinträgen erfahren, nicht ihr Ding – und steht in dem unrühmlichen Quetschgummi da, und der Mann ihrer Träume redet irgendwas von seiner Omama. Keine Frau möchte, wenn sie sich halb nackend zeigt, mit einer Omama verglichen werden, keine.

Ich persönlich löse das Problem in der Regel, indem ich gar keine Unterwäsche trage. Nicht, weil ich so versaut bin oder so, aber so vermeide ich *die sich abzeichnende Unterhose*. Ich vermeide den schlimmen String, der meine Nacktheit trübt. Ganz nackig ist tausendmal besser als nackig mit Schnur. Und ich komme dadurch drum herum, den Verlauf des Abends vorausahnen zu müssen, egal was kommt, ich bin gerüstet.

Ich fahre mit dieser »Ohne-alles-Methode« ausgesprochen

gut, und zwar nicht nur, wenn ich auf ein späteres Publikum hoffe, sondern überhaupt. Ich habe insgesamt aufgehört, Unterhosen zu tragen, Schluss damit. Ich habe ein paarmal zu oft eine beim abendlichen Ausziehen meiner Beinkleider vergessene Baumwollunterhose in meinem Hosenbein stecken gehabt, die am nächsten Tag in den ungünstigsten Momenten herausgefallen ist, das Tragen einer Unterhose ist mir einfach zu gefährlich. Wer nackig ist unter seinen Kleidern, der geht immer auf Nummer sicher und sieht gut aus in jeder Lebenslage.

Außer – ich muss das leider anmerken –, außer man kommt in einem philosophischen Dilemma vor und sitzt in einem Fahrzeug, das auf die eine oder andere Art nicht sicher an seinem Zielort eintrifft, sprich, man wird in einen Unfall verwickelt. Ich weiß nicht, ob ein Philosoph das gesagt hat – vielleicht Kant? –, aber es ist typisch, dass wir dadurch wieder inmitten eines unlösbaren und heillosen Dilemmas landen: »Tragen Sie immer schöne Unterwäsche, Sie könnten in einen Unfall geraten.«

63 EIN ABEND IM *TENTE*

Wie so oft war es dann am Ende ganz einfach.

Ich trug einen Jeansoverall und keine Unterwäsche, Sneakers und einen Pferdeschwanz, den Pony hatte ich zur Seite gegelt. Das war nicht optimal, aber anders war es auch nicht optimal. Ich hatte mir hundert Gesprächsthemen zurechtgelegt und hatte Kopfschmerzen, ich überlegte, ob ich noch was essen sollte, aber ich trug schon Lippenstift, ich war, kurzum, fix und fertig, als der Dragaschnig an der Tür klingelte.

Wir spazierten zum *Tente* und plauderten über Gott und die Welt, als hätten wir das früher schon immer getan und würden nahtlos daran anknüpfen. War es die gemeinsame Herkunft, der Geruch des Dorfes? War es die Familienaufstellung? Gut möglich. So eine Familienaufstellung macht einen ganz schön nackig, es ist wie nach der Sauna. Man redet nicht darüber, aber man weiß, wie man unter den ganzen Klamotten aussieht, uns schien das zu entspannen.

Es war unkompliziert mit dem Dragaschnig.

Wir schwatzten und schwatzten, und als wir ins *Tente* kamen und ich noch überlegte, ob ich mich sophisticated an der Bar platzieren sollte oder eher, ja, keine Ahnung, jedenfalls herrschte eine Bombenstimmung, es lief ein absoluter Superhit, *Daddy Cool,* und von einem Moment auf den anderen vergaß ich alle meine Bedenken und ich warf meinen Mantel von mir und mich selbst ins Getümmel. Musik! Her mit guter, echter Musik!

Ganz wichtig ist übrigens – das nur nebenbei –, wenn man mal tüchtig tanzen will, dass die Musik *laut genug* ist. Es ist wie bei Coca-Cola (übrigens immer eine gute Werbung, ob *Taste the feeling* oder *Enjoy thirst* – kurz und knackig), also, mit Musik verhält es sich genau wie mit Cola: Lauwarm ist sie viel zu süß und klebrig. Eiskalt aber – whaaa! Whaaa! Und genau so ist es mit Musik, mancher mag vielleicht einwenden, ja du, das sind jetzt aber nicht so die Bringer, *You're the one that I want* ist doch ganz alter Kaffee – aber schalten Sie mal einen Tick lauter. Und dann noch ein bisschen. Und? Whaaa! Eiskalte Cola nix dagegen, was?

Jedenfalls wie durch eine Vitaminspritze lebte ich auf, *You sexy thing,* ich war Lazarus, auferstanden von den Toten, *Der goldene Reiter,* ich hatte eine heilsame Medizin bekommen, *Brother Louie;* als wären nicht fünfundzwanzig Jahre vergangen, war mein Körper bei den ersten Takten auf Sendung und ich spürte, *We are family,* die Tanzfläche, das war mein Revier.

Zwischen den vielen Hits trank ich einen Mojito nach dem anderen, ich fühlte mich bald wie meine eigene Legende.

Eindeutiger Höhepunkt des Abends war meine Performance à la John Travolta in *Saturday Night Fever* – die ersten Takte von *Stayin' Alive* und: I was hitting the dance floor!

Ich las einmal in einer meiner Fachzeitschriften, Travolta gehe in dem Film auf die Tanzfläche wie ein Pfau auf Amphetaminen – yes, Sir! Das war haargenau, wie ich mich fühlte, aufgeplustert und euphorisiert, selbstsicher wie die Queen nach erquicklichem Schlafe!

Ich jerkte und camelwalkte quer über die Tanzfläche, sämtliche Gäste wichen bewundernd zurück, bis ich sie, souverän wie die Chefchoreografin vom Dienst, alle zum Line Dance zurück aufs Parkett holte, und als hätten wir es wochenlang geprobt, performten wir die Bee Gees, check und hoch, und Batmanfingers, rechts und links, up und down, quer und check und hoch! Als das Stück endete, brachen wir alle in Jubel aus, es war einer dieser legendären Momente, das Glück eines spontanen Flashmobs. Es war cool. Ich war cool. Und, klar, ich war betrunken.

Jemand drückte mir einen frischen Mojito in die Hand und als ich aufblickte, sah ich, auf der anderen Seite des Raumes, den Dragaschnig. Er hatte ein Glas Cola in der Hand und schaute mich an, er lächelte und hob sein Glas und prostete mir über die enthusiasmierte Menge hinweg zu, wie er mir schon einmal zugeprostet hatte, und dieses Mal hob auch ich mein Glas und lächelte.

64 VERÄNDERUNGEN BEDEUTEN IMMER SCHEREREIEN

Als ich Herrn Schabowski berichtete, dass ich *eine ganze Ladung Briefe* höchstpersönlich geöffnet hatte, inklusive Wiener Schreiben, war er kurz sprachlos.

»Frau Benz, das sind nun einmal wirklich gute Neuigkeiten. Sie müssen mir haarklein davon erzählen.«

»Vielleicht habe ich den Brief nur aus Trotz aufgemacht. Weil Sie mir damals keinen Notfalltermin gegeben haben.«

»Liebe Frau Benz, sogar das würde ich, in aller Bescheidenheit, irgendwie als Erfolgserlebnis verbuchen.«

Auch das stimmte. Der grandiose Erfolg, den ich in Briefdingen sozusagen epistelologisch –

»Gibt es das Wort epistelologisch?«, fragte ich Herrn Schabowski – Herr Schabowski wusste solche Dinge.

»Nein.«

Schon wieder ein Wort also, bei dem die Griechen zu geizig waren, es uns Germanen zu gönnen.

»Ach, ich weiß nicht«, sagte ich. »Im Grunde bringt jede Veränderung nur Probleme. Ich habe diese verdammte Familienaufstellung besucht, seither steht kein Stein mehr auf dem anderen. Sie gehen wegen dieses dummen Paktes mit mir zum Arzt und nun sitzen wir hier seit Ewigkeiten in Wartezimmern und kein Ende ist abzusehen, und ich öffne das erste Mal seit Jahren einen wichtigen Brief und ich sage Ihnen: Der Inhalt hat sich gewaschen. Nur Scherereien, ich schwöre.«

»Meine liebe Frau Benz, Sie spannen mich auf die Folter, was in aller Welt stand denn nun darin?«

»Also, Herr Schabwoski, nun sperren Sie mal schön die Lauscherchen auf und –«

»Herr Schabowski, bitte!«, tönte eine Stimme aus dem Krankenhauslautsprecher.

Ich grinste, ich zuckte die Schultern. »Sorry, Herr Schabowski, aber das wird wohl heute nichts mehr.«

»Sie sind eine Sadistin.«

»Stimmt.«

65 DAS ENDE DES DON

Ich war dabei, als man Herrn Schabowski die Auswertungen der Laboruntersuchungen erklärte und als er geröntgt wurde, ich begleitete ihn zur Bronchoskopie und zur Feinnadelbiopsie, zur Computertomografie und zur Magnetresonanztherapie, zum Ultraschall, zur Knochenszintigrafie und zur Mediastinaskopie. Ich begleitete ihn zu lauter Worten, von denen ich vorher noch nie gehört hatte.

Und ich war dabei, als diese ganze Warterei und die Krankenhausflure und Behandlungsräume und die diversen Ärzte und Untersuchungen und Ergebnisse von einem weiteren Arzt zusammengefasst wurden.

Wir warteten. Die Stühle: okay. Der Kaffee: gut. Der Snack: Ferrero Rocher.

»Frau Benz, jetzt aber mal Butter bei die Fische, was stand denn nun in dem Brief?«, fragte Herr Schabowski, während er mir eine weitere Tasse Kaffee eingoss. Übrigens, ich muss das einmal so offen aussprechen, ist ja die Dallmayr-Werbung aus den Neunzigern für mich irgendwie immer noch das Paradebeispiel für eine perfekte Werbung, erinnert sich jemand? Zuerst der Vogelflug auf das herrliche barocke Dallmayr-Stammhaus in München *(Qualität seit 1700)*, dann drin im Laden das Gefühl der guten alten Zeit: viel Holz und Messing, das behutsame vormittägliche Licht, Verkäuferinnen in hinreißenden blauen Kleidern mit blitzeblanken weißen Schürzen darüber, die sie sich aufmerksam gegenseitig zurechtzupfen, unendlich langsam mit Füller geschriebene Produktschilder, der Tintenklecks auf der Nase der jungen Elevin, Kaffeebohnen, die in Zeitlupe in goldene Verpackungen rieseln, die Waage, auf der noch mit Gewichten der frisch abgefüllte Kaffee gewogen wird, alle lächeln sich zu. Diese Art von Retro-Werbung funktioniert eigentlich immer (Jesus, erinnert sich noch jemand an die Landliebe-Joghurt-Werbung? Die junge Bäuerin mit dem locker um den Kopf geschlungenen Tuch und der irdenen Schüssel im Schoß, die meditativ langsam die Erdbeeren in den Joghurt rührte? Legendär. Diese Art von Werbung machte, dass ich erst Dallmayr-Prodomo-Verkäuferin, dann Bäuerin und gleich danach Großvater werden wollte (Werthers Echte).

»Frau Benz?«

»Sorry, Herr Schabowski, ich war gerade abgelenkt, was haben Sie gesagt?«

»Der Brief. Sie öffneten seit Jahren das erste Mal eigenhändig Ihre Post und damit auch den Brief. Von dem Anwalt aus Wien. Der Brief, der alles verändern würde.«

»Stimmt«, sagte ich. Ich schaute zu, wie Herr Schabowski die Thermoskanne zuschraubte.

»Tja, ich öffnete ja eine Menge Briefe, alles langweiliges Zeug. Keine Dramen, keine spektakulären Neuigkeiten. Bis ich zu diesem Brief kam.« Ich verstummte. Ich ließ meinen Kaffee im Becher kreisen. Ich hob den Kopf, Herr Schabowski schaute mich direkt an. »Also in dem Brief stand, dass mein Vater tot ist und ich was geerbt habe.«

»Herr Schabowski, bitte zu Dr. Faruki, bitte!«

Wir standen auf, ich trank den Kaffee in einem Zug leer und verbrannte mir die Kehle.

»Das tut mir sehr leid. Das mit Ihrem Vater, meine ich.«

Ich winkte ab. »Ich weiß gar nicht, was ich darüber denken soll«, sagte ich, »wir haben uns seit Jahren nicht gesehen. Davor haben wir uns eine Weile ab und zu gesehen, er hat mich jedes Mal für alles kritisiert, davor haben wir uns auch Jahre nicht gesehen. Der Don ist tot. Das klingt so abstrakt, wie es sich für mich anfühlt.« Ich packte unsere Jausenutensilien in Herrn Schabowskis Tasche und wir gingen durch den langen Flur.

»Und was haben Sie geerbt?« Herr Schabowski stand vor der Tür, durch die wir gleich treten würden, denn dieses Mal wollte, dieses Mal musste ich mit dabei sein.

Es war unpassend, der Situation völlig unangemessen, aber ich musste wahnsinnig lachen. »Ein Hotel«, sagte ich, »ich habe ein Hotel geerbt! In Bad Gastein!«

66 DAS FAZIT

Wir nahmen drinnen auf den Besucherstühlen Platz.

Dr. Faruki war der schönste Mann, den ich je gesehen hatte. Er sah aus wie jemand aus Tausendundeiner Nacht, er sah aus wie ein persischer Prinz, er sah aus wie sein eigenes Klischee. Dann fiel mir ein, dass das gar nicht mehr Persien hieß. Ich grübelte kurz, bis ich darauf kam, dass Persien der heutige Iran war, was gleich nicht mehr so romantisch klang, im Iran lief ja auch nicht alles rund, so politisch gesehen, und dass Dr. Faruki vermutlich auch nicht in seiner Freizeit auf einem Kamel mit einem Turban auf dem Kopf und einem Falken auf dem Arm über die Dübener Heide fegte. Nein, Dr. Faruki war Lungenspezialist, und als ich mich wieder einklinkte, fasste er gerade ruhig und knapp und merkwürdig sanft die letzten Wochen und die Ergebnisse sämtlicher Untersuchungen zusammen. »Lungenkrebs«, sagte er und: »Metastasen im Gehirn, empfohlene Behandlung: Bestrahlung und Chemotherapie, voraussichtlich verbleibende Lebenszeit: zwei Monate.«

67 MIRABELL

Ich weiß nicht mehr, wie das Gespräch zu Ende ging, ich weiß nicht mehr, wie wir hinausgelangten, ich weiß nur noch, dass ich vor dem Beratungszimmer den Kopf an die Wand lehnte und mich zwang, tief einzuatmen, weil ich mich sonst übergeben hätte, ich schloss die Augen. Ich fürchtete, ich müsse in Ohnmacht fallen. In mir war alles schwarz, aber wenn ich die Augen aufmachte, war auch alles schwarz. In Ohnmacht fallen, dachte ich noch, wie lächerlich, wie neunzehntes Jahrhundert. Dann fiel ich um.

Als ich die Augen aufmachte, schaute ich in die Gesichter eines persischen Prinzen und eines deutschen Beamten. »Herr Schabowski«, murmelte ich, ich tastete nach seiner Hand, er ergriff meine und drückte sie fest.

»Haben Sie das öfter?«, fragte Dr. Faruki.

»Ach was.« Ich rappelte mich hoch, Dr. Faruki reichte mir ebenfalls die Hand und gemeinsam zogen sie mich hoch, ich ließ den Doktor los und wandte mich Herrn Schabowski zu.

»Herr Schabowski«, sagte ich, »ich weiß gar nicht, was ich sagen soll, da fall ich einfach um und Sie helfen mir auch noch hoch, dabei müsste ich Ihnen helfen, Herr Schabowski, ich –«

»Frau Benz, tun Sie mir einen Gefallen?«

»Jeden!«, rief ich. »Alles!«

»Lassen Sie uns die letzte Viertelstunde kurz vergessen. Nur kurz. Nur heute. Lassen Sie uns so tun, als hätte das letzte Gespräch nie stattgefunden – nichts gegen Sie persönlich, Herr Doktor –, tun wir so, als hätten wir nichts erfahren, als hätten Sie mir nur von Ihrem Brief erzählt. Nur heute. Okay?«

Ich schwieg. Ich hatte das Gefühl, wir müssten sofort etwas tun, diese Diagnose bekämpfen und eine wundersame Heilung herbeiführen, ich hatte den unbändigen Wunsch, in einen nie gesehenen Aktionismus zu verfallen und diese ungeheure Diagnose, die über Herrn Schabowski schwebte wie dieses Schwert des Perikles, Damoklesschwert meine ich, aus der Welt zu schaffen. Dr. Roggenpöhler, mein Hautarzt, hatte bei meinem Blutschwamm damals nicht lange gefackelt: diagnostizieren, eliminieren. Und wenn das schon kein tragendes Konzept für die Affäre meiner Schwester war, so doch sicher für Herrn Schabowski. Ich schaute ihn an, meinen *PostEngel,* und ich dachte an die ewige Warterei der letzten Wochen in unzähligen Krankenhäusern und Gängen, ich dachte an seine unruhige Hand an seinem Jackett, und nun sah ich die Angst in seinen Augen, eine große, eine unbezähmbare Furcht, eine Furcht wie ein dunkler enger Sack, der einen umhüllt, und ich verstand, dass er eine Schonfrist brauchte, um sich ihr zu stellen. Und ich wusste plötzlich, dass es mir genauso gehen würde, dass ich mir wünschen würde, ein paar Stunden von meinem alten Leben zurückzuhaben, von einem Leben ohne diese neue Information, die alles umwarf.

»Okay«, murmelte ich.

Herr Schabowski holte die Packung mit den Ferrero Rocher aus seiner Tasche und bot sie dem Arzt und mir an, dann griff er selbst hinein. »Und um dasselbe möchte ich Sie bitten, Herr Doktor.« Dr. Faruki nickte. Schweigend aßen wir unsere Pralinen, ich merkte, wie mein Kreislauf wieder in die Gänge kam.

»Kann ich noch irgendetwas für Sie tun?«, fragte Dr. Faruki.

»Aber nein«, sagte Herr Schabowski. »Diese Dame hier hat gerade ein Hotel geerbt, da kann man schon mal durcheinandergeraten.«

»Tatsächlich?«, sagte Dr. Faruki überrascht, er musterte mich nachdenklich, als versuche er, sich mich als kultivierte Lady im Diorkostüm vorzustellen, die einen fein moussierenden Taittinger kredenzte und den persischen Prinzen liebenswürdig fragte, ob die Suite nach seinem Geschmack sei.

»Ja«, sagte Herr Schabowski, er reichte noch einmal die Ferrero-Rocher-Kiste herum, wir bedienten uns alle und knisterten die goldenen Kugeln auf, »in Bad Gastein. Meine Liebe«, er wandte sich zu mir, »ich vergaß ganz, mich nach dem Namen besagten Objekts zu erkundigen.«

»Mirabell«, sagte ich, ich nahm eine Praline und betrachtete sie. Ich dachte, dass ich nie wieder Ferrero Rochers essen würde, nie wieder. »Grandhotel Mirabell heißt es«, sagte ich, ich begann zu lachen, auf einmal wurde mir klar, was für ein ungeheurer Schwachsinn das war, »ich bin die Erbin des Hotels Mirabell!«

»Ich denke«, sagte Herr Schabowski aufgeräumt, »das müssen wir feiern.«

ZWEITER TEIL

68 FRUCHTLOSE BEMÜHUNGEN

»Frau Benz, es ist sehr nett, dass Sie sich so viele Gedanken um mich machen, aber ich kann einen solchen Kurs nicht besuchen.« Herr Schabowski saß hinter seinem Küchentisch und schob mir das Faltblatt herüber. Auf der Vorderseite sah man etwa zehn Leute in »bequemer« Kleidung in einem Kreis sitzen und sich aufmerksam und betroffen anschauen, es war die Einladung zu den Treffen von *Leben mit Krebs.*

»Herr Schabowski«, sagte ich, »es ist doch nur ein Anfang, einfach, damit wir uns überlegen können, was wir als Nächstes tun wollen. Im Übrigen haben Sie in zwei Tagen einen neuen Termin bei Dr. Faruki, er möchte mit Ihnen über die Chemotherapie sprechen und so.«

Herr Schabowski stand auf und trat ans Fenster, er schaute hinaus. Der Berliner Spätherbst ging so weiter, wie er angefangen hatte, grau, schneelos und ohne jeden Charme.

Nie hatte ich Herrn Schabowski so gesehen. Normalerweise empfing er mich in blitzeblank geputzten Schuhen und in Anzug und Krawatte und geleitete mich, nachdem er mir galant den Mantel abgenommen hatte, unverzüglich in sein Büro, in dem die Krupsmaschine schon behaglich vor sich hin röchelte.

Diesmal jedoch war ich ohne Termin gekommen, ohne Ankündigung. Das heißt, ich hatte mich schon angekündigt. Genau genommen hatte ich tagelang versucht, Herrn Schabowski zu erreichen, nie war er ans Telefon gegangen. Ich hatte ihm mehrfach auf den Anrufbeantworter gesprochen, er hatte nicht zurückgerufen, meine Mails waren unbeantwortet, Nachrichten ungelesen geblieben.

Als ich an der Tür klingelte, öffnete er nicht – in seiner Wohnung allerdings brannte Licht.

Kurz darauf stand ich in seinem Wohnzimmer, Herr Schabowski fragte, wie ich hereingekommen sei, ich sagte: »Mit meiner Kreditkarte«, er fragte, ob jeder so mir nichts, dir nichts zu ihm hereinkommen könne, ich sagte: »Jeder Kreditkartenbesitzer«, also mit der EC-Karte gehe es auch, Kreditkarte sei aber stilvoller.

Er saß mit einer Flasche Cola in seinem Sessel, umgeben von vielen bereits geleerten Colaflaschen, und ich setzte mich auf das Sofa. Er trug eine Jeanshose und ein T-Shirt von der Sparkasse, dazu karierte Hausschlapfen. Ich wusste nicht, wie alt Herr Schabowski eigentlich war, aber nun sah er zehn Jahre älter aus. Manchen Männern sah man im Anzug an, dass sie sich nicht wohl darin fühlten, dass sie ihn niemals souverän ausfüllen würden, Herr Schabowski scheiterte an dieser Jeans.

»Kommen Sie«, sagte ich, »ich mache uns einen Kaffee.«

Später stand er am Fenster in der Küche, auf die Fingerspitzen gestützt, wie Hugh Grant als Premierminister, bevor er anfängt, zu *Jump* in den Hüften zu grooven und die Treppe hinunterzudancen – und nichts hätte ich mir mehr gewünscht, als dass Herr Schabowski sich umdrehen und all die Sorgen hinforttanzen könnte, wie Tony im Film seine Sorgen hinforttanzt.

Aber er blieb am Fenster stehen und es war schwer und still in der Küche und ich merkte, wie wenig ich umgehen konnte mit dieser Situation, wie sehr ich mir einen Ausweg wünschte, einen Witz, eine ironische Wendung.

»Sie müssen sich überwinden, wenn Sie wieder gesund werden wollen«, wiederholte ich, »Sie müssen sich dem stellen und zum Gegenangriff übergehen.«

»Ich kann nicht mehr gesund werden, Frau Benz.«

Ich trat zu ihm ans Fenster, wir schauten zusammen hinaus.

Im Garten lag nasses, welkes Laub, manche der Rosen trugen noch ihre vertrockneten rosa Blütenköpfe, eine Katze saß neben dem alten Schuppen, reglos. Alles war im Rückzug begriffen, in der Kontemplation. Eigentlich mochte ich das: die Natur, die ruhte. Dann ruhte auch der Mensch.

»Herr Schabowski, Sie dürfen jetzt nicht aufgeben. Sie müssen kämpfen.«

»Ich kann nicht.«

Ich wandte mich zu ihm, er weinte. Sein großes freundliches Gesicht sah so müde aus.

»Bitte, Herr Schabowski«, flüsterte ich, »geben Sie nicht auf.«

»Ich habe keine Kraft«, sagte Herr Schabowski. »Ich habe für so was keine Kraft mehr.«

69 FAKE IT

»Ich denke, du bist Schamanin?! Ich denke, bei dir ist alles natürlich und ohne Chemie?! Warum probierst du nicht eine von deinen vielen blöden Heilmethoden, wozu hast du dich denn jahrzehntelang ausgebildet in dem ganzen Schwachsinn bitte!«

»Charly, dein Schabowski ist nicht an einem Punkt, an dem er für so etwas offen ist, glaub mir. Er ist in einer schweren Depression. Und solange das so ist, wird er nichts ausprobieren, was helfen könnte.«

»Dann ist es ein Teufelskreis. Er braucht Hilfe, um aus der Depression zu kommen, und solange er depressiv ist, wird er keine Hilfe annehmen.«

»Ja. Es ist ein Teufelskreis.«

»Und wieso sollte er dann bereit sein, Psychopharmaka zu nehmen?«

Sybille zuckte die Schultern. »Weil er denkt, dass er daran nicht glauben muss. An alles andere glaubt er nicht, Psychopharmaka aber sind für ihn – vermute ich mal, immerhin ticken die meisten Leute so – keine Frage des Glaubens. Es ist Chemie. Viele Menschen in seiner Situation vertrauen der Chemie.«

»Und alles andere wirkt nur, wenn man daran glaubt. So ist das nämlich.«

»Nein. Es wirkt sowieso. Aber du musst bei allem anderen bereit sein, etwas zu tun. Du musst Verantwortung übernehmen, du musst handeln. Solange er in der Depression ist, schafft er das nicht. Ich empfehle, ihn mit Psychopharmaka zu stabilisieren, und dann kann man sehen, ob er bereit ist, zu handeln. Man könnte sagen, er ist gerade nicht er selbst.«

Ich saß im Schneidersitz auf meinem Sofa und legte den Kopf zurück, ich merkte, dass ich schon wieder heulen musste.

»Und was, wenn er aber gerade jetzt er selbst ist? Die Hoffnungslosigkeit, die er spürt, ist echt, und wenn er sich durch die Medikamente besser fühlt, ist es fake? Was dann?«

»Tatsächlich stimmt das sogar. *Fake it until you make it*. Es ist wie mit dem Lachyoga. Lachen ist erwiesenermaßen gesund und kann tatsächlich heilen – es wirkt entzündungshemmend, Stresshormone werden abgebaut, die Atmung verbessert sich und so weiter. Eine Viertelstunde am Tag reicht schon. Und das Interessante dabei ist: Es kommt nicht darauf an, ob es echtes Lachen oder künstliches Lachen ist – für den Körper kommt es nicht darauf an, er kann es nicht unterscheiden. Psychopharmaka funktionieren natürlich noch mal anders, aber im Endeffekt haben wir ein ähnliches Ergebnis: die Suggestion von Wohlgefühl, von Angstfreiheit. Ob sie künstlich oder natürlich herbeigeführt wird, ist schlussendlich egal.

Man fühlt sich wieder lebendig – und nur wer sich lebendig fühlt, kann Dinge tun, die einen am Leben erhalten.«

Ich dachte nach. Mir leuchtete das ein. Schabowski musste aus dieser Lähmung heraus, so viel stand fest.

70 AKTIONISMUS

»Nein«, sagte Herr Schabowski, als ich ihm diese Idee präsentierte, »ich werde keine Antidepressiva nehmen.«

»Und warum nicht? Das ist Chemie!«

»Ich weiß nicht, warum das ein überzeugendes Argument sein sollte.«

»Sie müssen an überhaupt nichts glauben! Es ist nur Chemie!«

»Ich glaube auch an nichts. Trotzdem will ich keine Chemie.«

»Und warum nicht?«

»Ich habe damit keine guten Erfahrungen gemacht.«

»Mit Chemie?«

»Ja. Mit Psychopharmaka. Mit Chemie, wenn Sie so wollen.«

Ich schwieg. Ich war überrascht – mein Schabowski hatte Antidepressiva genommen? Warum? Und wann? Wir saßen am Küchentisch und starrten gemeinsam in den trostlosen kleinen Garten, der in der frühen Herbstdämmerung dahindriftete wie ein führerloses Schiff – wie ein Pestschiff, zum Beispiel. So wie ich das sah, hatte Herr Schabowski seit meinem letzten Besuch vor zwei Tagen seine Wohnung nicht verlassen. Er hatte auch seine Jeans nicht verlassen. Er hatte sich nicht rasiert, er hatte sich nicht gewaschen, er hatte überhaupt nichts gemacht. Er hatte dagesessen und geraucht und Cola getrunken, und die Traurigkeit umgab ihn wie eine dicke Schicht Watte.

»Und was wollen Sie stattdessen tun?«

»Was soll ich tun? Es gibt nichts zu tun.«

»Dr. Faruki möchte Sie sehen, um die Bestrahlungen und die Chemotherapie zu planen.«

»Was soll das bringen?«

»Was das bringen soll?! Dass Sie wieder gesund werden!«

»Frau Benz, Sie haben etwas nicht verstanden. Es geht nicht darum, dass ich in zwei Monaten sterbe, wenn ich nichts dagegen unternehme, aber nicht sterbe, wenn ich etwas mache. Ich werde an diesem Krebs sterben. In zwei Monaten.«

»Warum sollte Ihnen Dr. Faruki dann die Behandlungen empfehlen?«

»Er ist Arzt. Was soll er sonst tun?«

»Dann sagen Sie ihm das zumindest persönlich.«

»Was.«

»Dass sein Beruf purer Aktionismus ist, ein Vortäuschen von Betriebsamkeit, nur damit niemand auf die Idee kommt, er fröne der Untätigkeit.«

»Meinetwegen. Sie müssen übrigens gar nicht so ironisch tun. Glauben Sie mir, Sie sind einfach noch zu jung, um zu wissen, dass das, was in der Krebsbehandlung alles so veranstaltet wird, durchaus mit Aktionismus verglichen werden kann.«

71 DA PASSIERTE ES SCHON WIEDER

»Herr Schabowski«, sagte Dr. Faruki, »keine Bestrahlungen zu machen, keine Chemotherapie, das ist, als würden Sie den Kampf verloren geben, bevor Sie ihn aufgenommen haben. Für mich ist das wie aufgeben.«

Herr Schabowski betrachtete seine Hände. »Ich gebe auf«, sagte er.

»Warum?«

»Was gibt es bei diesem Kampf zu gewinnen?«

Dr. Faruki sah ihn an, dann sah er mich an, er lehnte sich zurück. »Zeit«, sagte er, »Sie gewinnen Zeit.«

»Wozu?«

»Um zu leben.«

»Ich muss sterben. Wozu sollte ich da noch leben?«

»Wir müssen alle sterben.«

»Richtig, Dr. Faruki. Aber normalerweise erhalten wir kein Ablaufdatum. Wir leben immer, als würde es noch jahrzehntelang so weitergehen – und tatsächlich tut es das ja, manchmal. Wenn es dann einmal nicht so ist, haben wir trotzdem so gelebt. Aber diese Unschuld ist vorbei. Ich werde nie wieder leben können, als läge mein Tod noch in weiter Ferne. Ständig die Gewissheit des nahen Todes vor Augen zu haben ist unmenschlich, es beraubt uns jeder Leichtigkeit, die nötig ist, um leben zu können, gut zu leben. Das Leben, das mir nun bevorsteht, möchte ich nicht verlängern.«

Dr. Faruki betrachtete die Akten vor sich auf dem Tisch. »Hören Sie, Herr Schabowski, diese Therapien halten den Tumor in Schach. Ich kann für nichts garantieren, wenn Sie sie ausschlagen.«

»Herr Dr. Faruki, Sie können auch sonst für nichts garantieren. Es gibt keine Garantie bei diesem Spiel. Ich weiß das. Und ich weiß, was diese Therapien bedeuten, ich weiß, welche Nebenwirkungen sie haben. Ich weiß, wie das Leben aussieht, das man dabei gewinnt. Ich möchte es nicht haben. Ich möchte meine restliche Zeit nicht so verbringen. Entweder ich kriege das Leben so, wie ich es hatte, wie ich es mag, oder ich will es gar nicht.« Herr Schabowski lehnte sich zurück.

Dr. Faruki schob langsam seine Unterlagen zusammen. »Ich verstehe«, sagte er dann, »ich kann Sie zu nichts zwingen.« Er räusperte sich. »Ich würde Ihnen dringend raten, das Rauchen einzustellen.«

»Wozu?«

Herr Schabowski und Dr. Faruki sahen sich an. Sie schwiegen lange.

»Ich weiß es nicht«, sagte Dr. Faruki irgendwann. Vom Krankenhausflur her drangen gedämpfte Geräusche, Schritte, die näher kamen und sich wieder entfernten, Rollwagen, auf denen Geschirr klapperte, schwatzende Krankenschwestern, ein sonores Männerlachen. Ich dachte, dass diese Geräusche einer heiteren Normalität eigentlich das Schlimmste waren.

»Ich halte die Einnahme von Psychopharmaka allerdings wirklich für sinnvoll«, machte Dr. Faruki einen neuen Versuch.

»Warum?«

Dr. Faruki blickte mich an, ich zuckte hilflos die Schultern, er wandte sich wieder Herrn Schabowski zu. »Sie fühlen sich sehr schlecht. Es wird Ihnen dann besser gehen, glauben Sie mir.« Er stand auf und reichte Herrn Schabowski die Hand.

»Ich fühle mich schlecht, weil es mir schlecht geht. Was sollte daran nicht stimmen?«

»Herr Schabowski, das grenzt an Masochismus, und Sie wissen das. Denken Sie darüber nach.«

Ich stand ebenfalls auf, um mich zu verabschieden, dann passierte etwas Erstaunliches: Ich fiel schon wieder um.

Als ich die Augen aufschlug, schaute ich das zweite Mal in Folge in das Gesicht von Schabowski und Dr. Faruki, es war lächerlich.

»Wasnsiert?« Mir war flau, ich schluckte und versuchte es noch einmal, wieder kam nichts dabei heraus, aber Dr. Faruki schien die Frage trotzdem zu verstehen.

»Sie sind gerade zum zweiten Mal in Ohnmacht gefallen.«

»Das ist lächerlich«, murmelte ich, ich wollte mich hochrappeln, aber Dr. Faruki drückte mich auf den Boden zurück und legte mir einen Stapel Fachliteratur unter die Beine. Ich starrte an die Bürodecke und betrachtete die Tageslichtröhren. Langsam verzogen sich die dicken Schwaden in meinem Gehirn – Schwaden von der Art, wie sie am Ende eines der gemütlichen Beratungsgespräche in Schabowskis Büro in der Luft gehangen hatten, nachdem wir ein paar Indianische geraucht hatten –, und meine armen Gehirnzellen formierten sich wieder, um einen Gedanken zu produzieren.

»Heutzutage fällt man nicht mehr in Ohnmacht«, erklärte ich langsam, »das ist eine untergegangene Disziplin, das gibt's nur noch in alten Büchern.«

»Frau Benz, darf ich Sie fragen, ob Sie womöglich guter Hoffnung sind?«

»Ob ich was bin?!« Ich starrte Dr. Faruki an. Dann schwenkte ich hinüber zu Herrn Schabowski, der ebenfalls neben mir kniete. Hatte er die letzten Tage gewirkt, als wäre er völlig abgedriftet von seinem üblichen Kurs, war er plötzlich wieder voll da. Er schaute mich an, vollkommen verblüfft, ich schaute ihn an, nicht weniger verblüfft, dann schaute ich Dr. Faruki an. Dr. Faruki wirkte nicht verblüfft, Dr. Faruki wirkte professionell.

»Wie bitte?«, flüsterte ich.

Dr. Faruki hielt meine Hand und suchte den Puls. »Wann war denn Ihr letzter Zyklus?«, fragte er ungeniert.

»Was?!«

»Ihre Periode. Wann war denn die letzte Blutung?«

»Ja keine Ahnung!«

Er nickte, machte ein unergründliches Gesicht und schaute auf die Uhr. »Ich denke, Sie sollten Ihre Frauenärztin aufsuchen.«

»Ich habe keine Frauenärztin!«

Dr. Faruki ließ behutsam meine Hand los, es war mir, als könnte ich seine Gedanken lesen, die in zügiger Neonschrift an seiner Stirn vorbeizogen: »Was soll ich bloß mit diesen beiden Tölpeln anfangen?«

Er stand auf und setzte sich in seinen Bürostuhl, er rollerte hinüber zum Computer und tippte was in seine Tastatur, ich betrachtete wieder die Decke mit den Tageslichtröhren. Wir hatten solche auch im Büro. Sie waren hässlich, aber sie halfen, den trüben Winter zu überstehen.

Dr. Faruki druckte etwas aus und half mir dann zusammen mit Herrn Schabowski hoch, er reichte mir eine Überweisung. »Versuchen Sie es mal mit Frau Dr. Öhmel, sie genießt einen ausgezeichneten Ruf.«

Er gab Herrn Schabowski ein Rezept. »Vielleicht überlegen Sie sich das mit den Medikamenten ja noch«, meinte er.

Dann geleitete er uns, beide Arme hinter uns ausgestreckt wie eine Gans, die ihre Küken schützte, zur Tür, und wortlos verließen wir beide sein Büro, Schabowski und ich.

72 COLA

Wir standen vor dem Krankenhaus und betrachteten die winterlichen Blumenrabatten ohne Blumen. Patienten in schlechten Bademänteln saßen rauchend neben ihren rollbaren Infusionsständern, der Kiosk wurde mit folienverpackten Sträußen beliefert, eine Frau bugsierte sich und einen Schokoladenkuchen in einer durchsichtigen Tupperwaredose umständlich durch die Drehtür.

Ich holte meine Mohawks hervor und bot Schabowski eine an. Er gab erst mir, dann sich selbst Feuer. »Sie sollten aufhören zu rauchen«, sagte er.

»Sie auch.«

Wir schwiegen und rauchten.

»Der Mann ist verrückt«, sagte ich.

Herr Schabowski sagte nichts.

»Mir ist schlecht.«

Schabowski kramte in seiner Tasche und reichte mir eine Stange Pocket Coffee. Ich wickelte eines aus und steckte es in den Mund. Der leckere Pocketkaffee, die gezuckerte Kapsel drum herum, alles eingehüllt in billige Schokolade, dazu die feinen Rauchwaren, herrlich. Ich betrachtete kauend die Packung, dann aß ich ein zweites. Mir war nicht mehr schlecht, mir war nicht mehr flau, mir ging es blendend. Kaffee, Zucker und Zigaretten waren ein Lebenselixier. Mein Lebenselixier. Mir wurde bang, wenn ich daran dachte, was eine Frauenärztin, die ausgezeichnete Fachkraft Dr. Öhmel beispielsweise, dazu sagen würde. Klar, ich hatte keine Frauenärztin und war auch noch nie schwanger gewesen, aber wie bei jedem anderen Thema hatten mich mein Fernsehgerät sowie meine Fachzeitschriften ausführlich informiert, es gab ja praktisch keine amerikanische Serie, in der nicht mindestens eine Schwangere auf eine Frauenärztin traf und diese sie streng darüber aufklärte, dass Kaffee, Zucker und Zigaretten fortan tabu waren – Alkohol war sowieso der erste Schritt in die Mutterhölle – und durch viele gesunde Früchte, grünes Blattgemüse und schöne Kräutertees ersetzt werden sollten. Ich wurde wütend, wenn ich an Frau Dr. Öhmel dachte, in ihrer pastellfarbenen Wohlfühlpraxis mit den hässlichen, ergonomisch geformten Stühlen für dickbäuchige Frauen im Wartezimmer und den Körben voller Probepackungen Schwangerschaftsstreifenöl und Roibuschfrechheit. Niemals, dachte ich angriffslustig, werde ich mich in die Fänge einer Dr. Öhmel begeben, die mich um alles bringen wollte, was mein Leben schön machte.

»Sollen wir irgendwo einen Salat essen?« Herr Schabowski

hatte die restlichen Pocket Coffees in seiner Tasche verräumt und zog den Reißverschluss seiner Lederjacke zu.

»Vergessen Sie's. Wir gehen zu *Zum Bob.*«

Ich aß Pommes und Currywurst, Herr Schabowski saß in seiner Lederjacke am Tisch, als wäre er auf dem Sprung, und trank Cola.

»Wollen Sie gar nichts essen?«

Er schüttelte stumm den Kopf. Ich klaubte ein paar Pommes aus meinem Schälchen und badete sie ausführlich in der Mayonnaise, Schabowski trank sein Glas aus und bestellte sich eine weitere Cola. Ich kaute und wischte mir die Finger ab, ich betrachtete nachdenklich die Kohlensäureperlen in seinem Glas.

Wenn Herr Schabowski vorher, im Krankenhaus, einen kurzen lichten Moment gehabt hatte – neben mir auf dem Boden, kniend und besorgt –, so tauchte er gerade wieder ab in dunkle Gewässer. Kraftlos und müde saß er da, und ich hätte nicht sagen können, ob er über etwas nachsann oder einfach nur nach unten sank, immer weiter nach unten, bis er irgendwo an einem düsteren, düsteren Grund ankommen würde.

»Woher wissen Sie eigentlich so gut Bescheid? Über Krebstherapien, meine ich. Kannten Sie jemanden, der – der an Krebs gestorben ist? Dem die Therapie nicht geholfen hat?«

Herr Schabowski drehte das Colaglas in der Hand. »Meine Frau«, sagte er.

»Herr Schabowski, verdammt. Ich wusste das nicht, es – das tut mir so leid.«

Herr Schabowski winkte ab. »Es ist sechzehn Jahre her. Wir haben alles probiert, alles mitgemacht. Jede Bestrahlung, jede Chemotherapie. Es war ein zäher, qualvoller Niedergang, und diese Behandlungen haben es nicht besser gemacht. Im

Gegenteil. Ich glaube nicht, dass sie mehr hätte leiden können. Sie starb erbärmlich.«

Ich schob die Pommesschale von mir, man hörte leise den Sender im Hintergrund, es lief irgendein Gespräch, in den schnellen türkischen Sätzen tauchten immer wieder einzelne deutsche Worte auf, *Adventskalender* oder *Winterreifen* und *Wichtel.*

»Ich weiß gar nicht, was ich sagen soll.«

Herr Schabowski wischte ein paar Krümel zusammen. »Sie brauchen nichts zu sagen. Es ist lange her. Es ist vorbei. Ich werde mich nur nicht behandeln lassen. Das ist alles.«

Ich nickte. Ich verstand das. Wir lauschten noch ein wenig dem Gespräch, es wurde viel gelacht, ich hätte gerne mitgelacht, über Wichtel und so.

Mit einem Wursträdchen wischte ich die Currysoße zusammen. Um uns beide auf andere Gedanken zu bringen, deutete ich auf seine Jacke. »Wo haben Sie denn diese Lederjacke her?«

»Hm?«

»Sie haben doch nie eine Lederjacke getragen, Sie sind ein Mantelträger.«

Herr Schabowski holte eine Packung Zigaretten hervor, er klopfte sich eine heraus, aber als er sie anzünden wollte, kam vom Tresen her ein Zungenschnalzer wie von einem Cowboy, der sein Pferd zur Eile antrieb, wir schauten hinüber. Imbiss-Bob deutete auf die durchgestrichene Zigarette auf dem Schild hinter ihm, dann machte er diese coole I'm-watching-you-Geste mit Zeige- und Mittelfinger, bei der ich immer durcheinanderkam, wenn ich sie selber mal machte, und Herr Schabowski steckte seine Zigaretten wieder ein.

»Meinen Mantel hätte ich ausbürsten müssen«, sagte er. »Ich habe keine Lust mehr, irgendwas auszubürsten.«

Ich nickte. Das leuchtete mir ein. Ich hatte auch nie Lust, meinen Mantel auszubürsten. Trotzdem trug ich ihn. Das war der Unterschied zwischen Schabowski und mir. Ich aß meine Wurst auf und stippte mit dem Zeigefinger das Salz aus dem Pommesschälchen. Man musste einen Mantel ausbürsten, einen Anzug am Abend ordentlich aufhängen, ein Hemd bügeln, eine Krawatte knoten. Mit Jeans, T-Shirt und Lederjacke musste man überhaupt nichts. Man konnte sie einfach tagelang anlassen.

Wir saßen noch eine Weile am Tisch vor den geleerten Schälchen.

»Und was machen Sie jetzt?«, fragte ich irgendwann.

»Was ich mache?« Schabowski trank sein Glas aus und stand auf, ich warf unseren Müll in den Eimer und wir verließen die Imbissbude. »Nichts mache ich. Es gibt für mich nichts zu tun. Die Frage ist, was Sie jetzt machen.« Er reichte mir die Hand und schaute mich matt an.

Ich ergriff sie und schüttelte sie. »Was soll ich denn machen?«

Schabowski holte seine Zigaretten wieder heraus. Ich ließ mir ebenfalls eine geben und er hielt mir sein Feuerzeug hin, ich sog den Rauch ein. »Ich mache auch nichts«, sagte ich dann. »Wenn Sie nichts machen, dann mache ich auch nichts.«

Herr Schabowski seufzte. Er versuchte, den Reißverschluss höherzuziehen, aber mehr ging nicht, er steckte in dieser speckigen Jacke fest wie in der Schale einer unreifen Banane. »Frau Benz, glauben Sie mir. Ich habe keine Kraft. Ich habe nicht einmal für dieses Gespräch noch Kraft. Führen Sie es mit jemand anderem. Mit jemandem, der Ihnen das gibt, was Sie nun brauchen. Nur so viel: Für mich geht es darum, ein Ende zu finden – Sie aber stehen an einem neuen Anfang. Sie werden ein Baby haben. Es geht nicht mehr nur um Sie,

Sie tragen nun Verantwortung. Sie müssen Ihr Leben ändern. Anders wird es nicht gehen.«

Ich nahm einen letzten Zug und warf meine Zigarette auf den Asphalt, mit der Stiefelspitze trat ich sie aus, ich nickte langsam. Dann tat ich einen Schritt auf Herrn Schabowski zu, wir schauten uns an. Er mutlos, ich prüfend. Schließlich schaute er weg und ich auch. Ich zog meine Handschuhe über.

»Habe ich Ihnen mal erzählt, dass Sybille eine homöopathische Phase hatte?«

Herr Schabowski schüttelte den Kopf.

»Sybille hatte ja alle möglichen Phasen, mal war sie total auf Orgon nach Wilhelm Reich, mal schwörte sie auf Flugsalben und halluzinogene Pilze und so weiter, und eine Zeit lang hatte sie eine homöopathische Phase. Jetzt hat sie praktisch von allem ein bisschen Ahnung. Jedenfalls in ihrer homöopathischen Phase konnte sie quasi kein Buch lesen, ohne die Protagonisten in homöopathische Typen einzuordnen. Meine Familie, meine Schulkameraden, die Wurstfachverkäuferin, ich war umgeben von wandelnden Globuli.«

Herr Schabowski warf seine halb gerauchte Mohawk auf die Straße.

»Verstehen Sie, es ging gar nicht anders, ich musste da das ein oder andere aufschnappen.«

Herr Schabowski schwieg hartnäckig weiter.

»Was ich eigentlich sagen will«, fuhr ich fort, »Sie trinken ganz schön viel Cola zurzeit, was?«

»Es ist das Einzige, was mir schmeckt.«

»Ja. Sie trinken Cola, Sie lassen sich gehen, Ihnen ist alles egal.«

»Das ist nicht fair.«

»Homöopathische Typen sind nicht fair. Es gibt hauptsächlich Unsympathler, glauben Sie mir, ich bin dafür das beste

Beispiel. Jedenfalls: Sie stellen sich tot. Sie fangen sozusagen ja schon an mit dem Sterben, Sie sind depressiv, schweigsam, apathisch und verweigern alles, Sie lassen sich einfach verwelken.«

»Herrgott, ich habe eine vernichtende Krebsdiagnose bekommen! Jeder würde so reagieren!«

»Keineswegs. Das hängt ganz vom Typus ab. Fragen Sie meine Schwester Sybille. Ein anderer würde womöglich panisch reagieren oder könnte keine Sekunde mehr alleine sein, wieder ein anderer würde total aggressiv werden, in einen hektischen Aktionismus verfallen oder es nicht wahrhaben wollen – es gibt unzählige Möglichkeiten, auf so eine Diagnose zu reagieren.«

»Menschen sind eben verschieden.«

»Eben. Darum ja auch die Konstitutionstypen. Weil Menschen verschieden sind, reagieren sie ganz unterschiedlich und brauchen ganz unterschiedliche Mittel, auch wenn sie die exakt gleiche Diagnose bekommen.«

»Frau Benz, ich bin wahnsinnig erschöpft, ich will nach Hause.«

»Klar. Was ich sagen will, ist: Nehmen Sie Acidum Phosphoricum.«

»Weil ich ein *Acidum-Phosphoricum*-Typ bin oder wie?«

Ich zuckte mit den Schultern. »Vielleicht nicht generell. Aber jetzt, in der Situation. Ich komme nur drauf wegen der Bäckerin. In der Bäckerei Gschwend. Bei der war das auch so, als sie so schwer krank wurde, sie hat genau so reagiert wie Sie. Und Sybille sagte: Acidum Phosphoricum.«

Herr Schabowski schaute zu Boden. Er hatte deutlich an Gewicht verloren, und ich fand es regelrecht unheimlich, dass er zwar vorher schon schwer krank gewesen war, aber gesund ausgesehen hatte, nun aber, seit er es wusste, auch krank wirkte.

»Was hat das mit meiner Cola zu tun?«

»Ist einfach ein guter Hinweis. Acidum Phosphoricum nennt man auch *erloschenes Phosphor*. Das Engagement, die Begeisterung, die Empathie früherer Zeiten ist verbrannt und es bleibt dieser apathische, depressive, lustlose Zustand übrig. Phosphorsäure wiederum ist ein Bestandteil von Coca-Cola. Sie versuchen instinktiv, Phosphor aufzunehmen, weil es ihnen fehlt.«

Herr Schabowski holte seine Zigarettenpackung wieder hervor, aber sie war leer, er knüllte sie zusammen. Ich kramte in meiner Manteltasche und reichte ihm eine von meinen.

Er sog den Rauch tief ein und stieß ihn langsam aus. »Ich glaube an so was nicht.«

Ich nickte. »Schon klar. Aber Sie haben mich auch zur Familienaufstellung geschickt, Sie haben gesagt: Hilft's nicht, schadet's nichts.«

»Kann schon sein, Frau Benz. Aber es war auch nur eine Spielerei.«

»Dann spielen Sie doch jetzt auch.«

»Es ist nicht die Zeit für Spiele.«

»Für was dann?«

»Für nichts. Die Zeit zerrinnt mir zwischen den Fingern. Zwei Monate, Frau Benz. Das ist keine Zeit für irgendwas.«

»Sie können Acidum Phosphoricum nehmen. So viel Zeit sollte sein.«

»Was soll das denn bringen?«

»Vielleicht verändert sich Ihr Gefühl.«

»Ich habe kein Problem mit meinem Gefühl. Ich fühle nichts und ich mache nichts. Für mich ist das in Ordnung.«

Ich schloss kurz die Augen. »Dieses Gespräch ist sinnlos«, sagte ich.

»Ja«, sagte er.

»Nur fürs Protokoll«, sagte ich. »Ich gehe jetzt nach Hause und mache gar nichts. So wie Sie. Wenn es Ihnen wichtig sein sollte, dass ich irgendetwas unternehme – was auch immer das sein sollte –, dann melden Sie sich einfach. Entweder wir ändern unser Leben zusammen oder gar nicht.«

»Das ist Wahnsinn«, sagte Herr Schabowski, »falls Sie wirklich schwanger sind, ist das Wahnsinn. Denken Sie doch an das Kind, ein unschuldiges kleines Kind.«

Ich klemmte meine Tasche auf den Gepäckträger. »Denken *Sie* doch daran. Sie können es sich ja überlegen«, sagte ich, »es liegt ganz bei Ihnen.«

»Ich kann nicht, Frau Benz, glauben Sie mir. Ich kann nicht.«

Ich zuckte die Schultern und ging mit meinem kaputten Fahrrad davon. Und ich spekulierte heimlich darauf, er würde mir hinterherkommen und einlenken, bereit sein, alles gegen diesen Krebs zu tun, damit ich alles für dieses Kind tat, ich hoffte noch am Abend, er würde anrufen, und auch in den folgenden Tagen, aber ich hatte mich getäuscht: Wenn nicht einmal mein größter, mein einziger Einsatz etwas nützte, dann war es keine Frage des Willens, so viel war mir klar. Herr Schabowski konnte wirklich nicht.

73 HILFT VIELLEICHT DIE LOGIK?

Das einzig Gute daran war, dass ich mich nicht mit mir selbst beschäftigen musste. Vielleicht, dachte ich, hatte Dr. Faruki sich getäuscht – sehr wahrscheinlich sogar. Jesus, der Mann war Lungenspezialist! Er hatte keine weiteren Indizien als zwei läppische Umfaller – wer da gleich eine Schwangerschaft vermutete, war ein Scharlatan. Er hatte nichts gegen mich in der Hand.

Natürlich machte mich seine Behauptung etwas nervös – der Mann wirkte eigentlich nicht wie einer, der vollkommen haltlose Diagnosen in die Welt posaunte wie ein Hochstapler, der nie eine Uni von innen gesehen hatte und sich ohne jedes Diplom in diese Position geschummelt hatte, er war nicht so ein Catch-me-if-you-can-Typ, wie hieß er noch, Abagnale, Frank. Obwohl das natürlich gar nichts zu sagen hatte, der Witz an einem Hochstapler war ja wohl, dass er überhaupt nicht wirkte wie ein Hochstapler. Eigentlich, dachte ich dann, war Dr. Faruki sogar der perfekte Hochstapler.

Aber egal. Hochstapler oder nicht, gefallen taten mir seine irren Behauptungen jedenfalls nicht. Und wenn es nur eine einprozentige Chance gab, dass er richtiglag, war es mir ein Prozent zu viel, um meinen Frieden zu haben.

Ich hatte keine Ahnung, wo in meinem Zyklus ich stand – wieso auch, sollte ich darüber Buch führen? Hatte ich nichts Gescheiteres zu tun? Ich meine, ich habe meine Erfahrungen mit Notizbüchern gemacht! Jedes Notizbuch der Start in ein neues aufregendes Leben, erinnert sich jemand? Und? Was ist draus geworden? Ein gewaltiger Stapel Notizbücher, in denen jeweils die ersten drei, vier Seiten euphorisch bekritzelt waren, danach: gähnende Leere. Ich bewahrte sie nur auf, falls ich mal Papier für einen Einkaufszettel brauchte oder so, aber ich brauchte nie welches. Und was war mit dem aufregenden neuen Leben? Ich war Werbetussi für vegane Fanatiker und hatte auch kein Privatleben, das den Namen verdiente. War das aufregend? Nein. Das war nicht aufregend, das war ein Desaster. Ich hatte dementsprechend auch kein Tagebuch, ich notierte weder meine wankelmütigen Stimmungen noch das aktuelle Wetter (kein Schnee nämlich), ich schrieb nicht auf, welche Ausgaben ich tätigte oder was ich zu verspeisen pflegte, es gab so vieles, was man hätte festhalten können, den

Flug der Tauben oder die Güte der Erdbeeren, das Kräuseln des Grünkohls auf dem Markte, aber mir fiel beim besten Willen nicht ein, wieso. Vielleicht lag die letzte Periode, wie Dr. Faruki das so fachmännisch ausgedrückt hatte, schon lange zurück, vielleicht auch nicht – Zeit war relativ. Es gefiel mir grundsätzlich, mich in einem nicht näher definierten Kontinuum zu bewegen, jeder Versuch, diesen Sachverhalt in ein wie auch immer geartetes Diagramm zu pressen, passte mir überhaupt nicht.

Ich verfrachtete diese verstörende Behauptung des persischen Arztes also in die hinteren Gefilde meiner internen Gehirn-Lagerhallen, ich hatte ja auch so genug Sorgen. Sybille breitete sich in meiner Wohnung aus wie eine Flechte, wiewohl sie die Nächte zumeist auswärts verbrachte. Ich fragte nicht näher nach. Überall stolperte ich über ihren esoterischen Klimbim, Trommelschlegel und Klangschalen, Kristalle und Räucherwerk, pulverisiertes Zeug in indianischen Beuteln, vermutlich getrocknete Mäuseköpfe, jedenfalls stank es. An den Wochenenden besuchten uns ihre preisgekrönten Rassehunde – Georg brachte sie vorbei, wie andere getrennte Paare sich die Kinder an den Wochenenden vorbeibrachten. Sie hießen Anduin und Almina – Sybille halt – und waren bezaubernd. Wie andere Kinder spielten sie am liebsten mit mir Verstecken. Während ich mich versteckte, warteten sie brav hechelnd neben dem Sofa und legten die Köpfe auf den Boden, aber ich war von der Vorweihnachtshektik bei *LuckyLili* so überarbeitet, dass ich regelmäßig in meinem Versteck einschlief.

Mo Gabler hatte sich krankschreiben lassen, der Social-Media-Hype um seine Person nahm groteske Züge an und er hatte gute Chancen, das Notfallessen an Silvester als Spitzenthema zu bereichern. Nachts kam er des Öfteren mit einem Sixpack Bier zu mir und wir quatschten und schauten Star-

Wars-Filme und so. Ich ging mit dem Dragaschnig tanzen und spazieren und so und mit Hänse Quandt essen und mein Fahrrad durch die Gegend schieben und so. Ich arbeitete viel zu viel, ernährte mich praktisch ausschließlich von Müsliriegeln und konnte mich dementsprechend auch langsam mit einem Müsliriegel identifizieren, ich hatte das Gefühl, ich bestünde schon mindestens zur Hälfte aus billigen Datteln und noch billigeren Haferflocken.

Und quasi als Gipfel des gesamten Unsinns: Ich hatte einen toten Vater und ein geerbtes Hotel. Diese beiden Fakten machten mich mindestens so ratlos wie das Reiskörnchen, das angeblich neuerdings in mir herumschwimmen sollte, der Tod des Don war abstrakt, dass ich Hotelerbin sein sollte, war noch abstrakter, dass in mir ein Baby wachsen sollte, war nicht nur abstrakt, es war absurd.

Dennoch: Bei jeder Mohawk, die ich rauchte, und jedem Glas Wein, das ich trank, hatte ich neuerdings ein schlechtes Gewissen. Ich dachte: Wenn es eine einprozentige Chance gibt, dass Dr. Faruki kein Scharlatan ist, ist das schlecht für das Baby. Ich dachte plötzlich an die schwangere Michi aus meinem Logikseminar, vor tausend Jahren in Zürich.

Dr. Faruki hat gesagt, dass Charly schwanger sei. Dr. Faruki sagt fast immer die Wahrheit. Nur weibliche Wesen werden schwanger. Also ist Charly weiblich.

Sicher, das war vielleicht logisch, im besten Schulthess'schen Sinn, half mir nun aber nicht viel weiter, an meinem Frausein hatte ich, im Gegensatz zu praktisch allem anderen in meinem Leben, nicht den geringsten Zweifel.

Charly ist eine Frau oder Charly ist nicht schwanger. Charly ist schwanger. Charly ist eine Frau.

Es lief immer nur darauf hinaus, dass ich eine Frau war. Die interessante Frage war aber, ob man es auch umdrehen könnte, also: *Charly ist schwanger oder Charly ist keine Frau. Charly ist eine Frau. Also ist Charly schwanger.* Könnte ein Logikcrack wie Professor Schulthess alleine anhand seiner logischen Deduktionen auf eine Schwangerschaft schließen? Ungefähr so, wie Dr. Faruki alleine durch zwei Umfaller auf den imposanten Satz mit der guten Hoffnung kam? Mir war das alles nicht ganz geheuer.

Jedenfalls, die arme Michi damals aus der Deduktion hatte geraucht und Prosecco getrunken, und wie ich hatte sie ein schlechtes Gewissen gehabt deswegen und war zu ihrem Psychoanalytiker nach Ubbedissen gefahren. Aber ich hatte keinen Analytiker. Ich rauchte und trank und war alleine mit meinem schlechten Gewissen. Ich googelte mal rasch Ubbedissen, es lag im Norden von Bielefeld, mit den Öffentlichen bräuchte ich vier Stunden dorthin, mir schien das für eine Analysestunde etwas ambitioniert. Ich würde mit meinem schlechten Gewissen alleine bleiben müssen.

Dann aber dachte ich an *Mad Men* und all die schwangeren Frauen darin, es waren die Sechzigerjahre und alle rauchten und tranken gemütlich weiter, und trotzdem gebaren sie nicht kleine schiefe Kinder. Der Gedanke half, aber trotzdem schmeckte mir alles nur noch halb so gut, ich hatte das Gefühl, ich rauchte nur noch aus Trotz.

Außerdem wartete ich nach wie vor aktiv auf Herrn Schabowskis Einlenken. Und ich machte das, was man angeblich niemals tun sollte, was ich aber immer tat, und nie bereute ich es, ich googelte seine Diagnose. Ich hatte schon alles Mögliche gegoogelt – immerhin war ich mal ein überzeugter Hypochonder gewesen, zumindest theoretisch –, ich wusste also: Sobald man etwas ganz Harmloses googelte, beispielsweise: *Schnupfen,* gelangte man in der Regel nach fünf Verlinkungen zur tödlichen Variante davon. Das war nicht schön.

Jeden, der nicht so hartgesotten war wie ich, hätte diese Recherche hochgradig ernüchtert. Es gab Krebserkrankungen mit guten Prognosen, mit prozentual irgendwie vorhandenen Heilungschancen. Die Lunge gehörte nicht dazu.

Vorteilhaft an meiner jahrelangen Krankheitsgoogelei war, dass alles, was ich zu Schabowski ergoogelte, mich nicht erschütterte. Ich hatte mir durch meine hypochondrische Googelei ein hartes Fell angeeignet, ich rechnete eh immer mit dem Schlimmsten.

Das Interessante war: In einem solchen Fall, wenn einen diese schlimmen Ergebnisse nicht überraschten und auch nicht schreckten und man stattdessen unverdrossen weiterrecherchierte, gelangte man spätestens nach fünf weiteren Links zu den Wundern.

74 DER ANRUF

Nachdem ich den Stapel Bücher, den ich mir nach meiner Recherche zugelegt hatte, durchgearbeitet hatte, war klar: Herr Schabowski musste alles ändern. Seine Ernährung und seine Einstellung, er würde unterdrückte Emotionen loslassen und positive Emotionen verstärken müssen, er musste, es half alles nichts, seine spirituelle Verbindung vertiefen und starke Gründe fürs Leben formulieren, dazu Nahrungsergänzungsmittel in rauen Mengen zu sich nehmen, um sein Immunsystem zu boosten, und hoch dosiertes Marihuana, eingekocht zu einer Art Mus, er sollte esslöffelweise kolloidales Silber schlucken und regelmäßig Kurkuma.

Schabowski aber hatte nicht den Eindruck erweckt, er wäre auch nur bereit für *eine* Sache, und *eine* Sache würde niemals ausreichen.

Die beste Zusammenfassung all meiner Erkenntnisse entnahm ich dem Buch *Neun Wege in ein krebsfreies Leben,* das der Frage nachging, wie sogenannte Spontanheilungen – oder »Radikalremissionen«, wie die Autorin das nannte – möglich waren. Eine solche Radikalremission war mein erklärtes Ziel. Frei nach Logikcrack-Professor Schulthess hieß das also: *Wenn AB, dann A, also B.* Wenn sie bei anderen möglich war, so war meine neue, unerschütterliche Devise, war sie möglich, also für jeden. Diese neun Wege, beschloss ich, musste mein Schabowski gehen – so er überhaupt irgendwohin ginge, was ich bezweifelte. Das Einzige nämlich, was irgendwohin ging, waren die Tage, und zwar ins Land, er rührte sich nicht. Hundertmal wollte ich ihn anrufen, bei ihm vorbeigehen, ihn hervorzerren und zwingen, etwas zu tun, zu verändern, anzupacken, aufzuhören, zu beginnen. Hundertmal sagte ich mir, dass das nichts brachte. Ich wusste, dass man vieles erzwingen konnte, aber das nicht. Man konnte Liebe nicht erzwingen, man konnte Lebenswillen nicht erzwingen. Die wichtigen Dinge.

Ich seufzte und legte das letzte Buch weg. Ich saß auf meiner Couch im Büro, es war schon längst dunkel draußen.

Hätte ich nur mehr Zeit. Wie überall begann auch bei *LuckyLili* die Vorweihnachtszeit immer früher. Dieses Jahr war es der Launch eines Adventskalenders – als Pilotprojekt erst mal nur für Berliner Kunden, wir würden sie auf Anfrage persönlich zustellen –, der uns zusätzlich Nerven kostete. Der Kalender war übrigens meine Idee, eine Glanzidee. Es gab ja Kalender mit allem möglichen Plunder, Bambussocken, die nach dem ersten Tragen Löcher hatten, oder nuttiges Parfüm von Douglas, hier jedoch erwartete einen täglich eine vegane Köstlichkeit, natürlich nicht die Tiefkühllinie. Die Türchen waren gefüllt mit Kardamompralinen und Cashewnugat, den revolutionären Riegeln und Haferkeksen mit Himbeer-Chia-Marmelade, Erdnussbutterfudge. Der ganze Krempel also, der einen Veganer in Jubelstimmung versetzte. Aus Gott weiß welchen Gründen hatte allerdings die Firma, die für unsere Verpackung zuständig war, kurzfristig unseren Slot gestrichen, konkret hieß das, dass Tausende von leeren Kalendern von den *LuckyLili*-Mitarbeitern eigenhändig befüllt werden mussten, und das natürlich bis spätestens Ende November.

Auch mein Büro war dementsprechend zugestellt mit bunten Pappkartons und Kisten voller Süßigkeiten.

Es war natürlich eine demütigende Aufgabe und regelmäßig zerriss ich mir an den scharfen Kartonkanten eine dieser sündteuren Strumpfhosen von Wolford, ich rechnete das über das Spesenkonto ab.

Ich saß auf meiner Couch und betrachtete vergrämt die neueste Laufmasche. Aus den angrenzenden Büros hörte ich die anderen *LuckyLilis* kruscheln, ich warf einen Blick auf die Uhr, es war schon spät, Viertel vor acht, und ich fragte mich, wie viele meiner Mitarbeiter, die mich bislang noch nicht gehasst hatten, es nun taten, umzingelt von turmhohen Bergen von Adventskalendern.

Mein Geschäftstelefon klingelte. Ich hob ab. »*LuckyLili*, Marketing, Charly Benz am Apparat, was kann ich für Sie tun?«

»Waren Sie schon bei Frau Dr. Öhmel?«

»Herr Schabowski! Ich bin so froh, dass Sie sich melden!«

»Und?«

»Natürlich nicht. Haben Sie schon irgendwas unternommen?«

Ich hörte ihn schnaufen. »Haben Sie wenigstens einen Test gemacht?«

»Herr Schabowski, ich sagte Ihnen bereits, ich werde überhaupt nichts unternehmen, bevor Sie nicht –«

»Also gut. Potenz?«

»Wie bitte, Herr Schabowski?!«

»Ihre Globuli, Acidum Phosphoricum, in welcher Potenz soll ich das nehmen? Ich stehe in der Apotheke, sie reden hier von Potenzen, und sie schließen gleich.«

»Das ist ja wunderbar, Herr Schabowski!«

»Frau Benz, ich sage Ihnen jetzt genau, was Sie tun werden: Sie gehen jetzt in die nächstgelegene Apotheke. Dann machen Sie einen Test. Dann vereinbaren Sie einen Termin bei der Fachkraft Öhmel, ist das klar?«

»Klar, Herr Schabowski. Wird gemacht, Herr Schabowski. C200.«

»Wie bitte?«

»Die Potenz. Nehmen Sie die C200.«

»Sie gehen mir übrigens auf die Nerven.«

Ich lachte. »Sie mir auch.«

Er hatte aufgelegt. Mir fiel ein Stein vom Herzen, irgendwas, dachte ich, wenigstens tut er nun *irgendwas.* Dann war mir nicht mehr zum Lachen zumute. Ich betrachtete die Kardampralinen in ihren roten Einwickelpapieren. Ich warf einen erneuten Blick auf die Uhr, seufzte und nahm meinen Mantel.

In der Kaiser-Apotheke ließen sie schon die Gitter runter, aber als ich angerannt kam, mich keuchend auf meine Knie stützte und japsend nach einem Schwangerschaftstest flehte, zogen sie sie wieder hoch.

75 DAS BIER ZUR STUNDE

Ich hatte meine Schwester selten sprachlos erlebt. Sie lehnte am Küchenschrank, fixfertig eingetütet in ihren Tangofummel, bereit, einen weiteren Abend im Schummerlicht des Werbens und Begehrens zu verbringen, mit Pumps und Dutt und langen Ohrringen und allem.

Ein paarmal hob sie an, irgendwas zu sagen, aber jedes Mal klappte sie den Mund wieder zu.

»Tja«, sagte ich darum irgendwann, »das kommt jetzt womöglich etwas unerwartet.«

Sybille sagte nichts.

»Sicher fragst du dich, ob das wohl geplant war.« Ich holte mir ein Bier aus dem Kühlschrank, heute: Red Stripe, *Expect Good Things*, eine geniale Werbereihe. Da fährt zum Beispiel einer mit extra wenig Benzin im Tank raus aufs Meer, nur um zu beweisen, dass man immer darauf vertrauen sollte, dass alles gut werde. Und das wird es dann auch, weil natürlich geht das Benzin aus und da kommen dann – na egal, schaut es euch selber an. Ich holte mir also ein Red Stripe aus dem Kühlschrank und warf ihr einen kurzen Blick zu, Sybille schwieg immer noch eisern. »Tatsächlich«, sagte ich aufgeräumt, »tatsächlich aber muss ich sagen, dass das eher nicht geplant war. Eher nicht.«

Ich öffnete die Flasche und nahm einen Schluck. »Sicher fragst du dich, wie ich mir das nun vorstelle.« Ich wartete, Sybille regte sich nicht. »Tja, genau genommen stelle ich mir gar nichts vor. Ich muss sagen, dieser Fall entzieht sich irgendwie meiner Vorstellungskraft, verstehst du?« Ich wartete. »Na ja, und neben allen praktischen Fragen, von denen es eine Menge gibt und die ich mir selbst alle stelle, fragst du dich vielleicht, wer denn womöglich der Vater sein könnte von diesem Kind.« Ich trank das Bier aus und musste rülpsen.

»Dragaschnig«, sagte Sybille mit rauer Stimme, »der Dragaschnig.«

»Eben«, ich betrachtete die leere Flasche und dachte an die drei Bikinigirls, die auf dem Meer aus dem Nichts angeschaukelt kamen, sie fragten, ob der Red-Stripe-Ambassador irgendwie Hilfe brauche, »das ist es eben.«

»Was?«, sagte Sybille, sie nahm ihre große Brille ab und rieb sich erschöpft die Augen.

Ich räusperte mich. »Es kann sein, dass der Dragaschnig der Vater ist. Vielleicht aber auch nicht.«

»Willst du damit sagen, es könnte auch von dem Kulturjournalisten sein, mit dem du die ganze Zeit abhängst?!«

Ich räusperte mich wieder. »Durchaus möglich«, sagte ich. »Einer von den dreien muss es eigentlich sein.«

»Von *den dreien?!*« Sybille zuckte zusammen, sie wirkte ehrlich erschüttert. »Meinst du etwa, es könnte auch von *dem Nachbarn* sein?!«

»Mo Gabler«, sagte ich, ich nickte ein wenig, »auch das wäre eine Möglichkeit.«

Sybille setzte sich ihre Brille wieder auf, sie betrachtete mich lange. Dann schlüpfte sie aus ihren Pumps, zerrte sich ihr Tangokostüm vom Leib und löste den Dutt, und ohne ein weiteres Wort zu sagen, zog sie sich ins Wohnzimmer zurück, das jetzt ihr Zimmer war, und schloss die Tür hinter sich. Dann öffnete sie die Tür noch einmal, warf die langen Ohrringe auf den Fußboden und knallte die Tür wieder zu.

76 WAS ICH VON HANDKE GERNE WISSEN WÜRDE

Tatsache ist, ich habe jetzt natürlich ein Problem. Jesus, Handke! Wie löst *du* das? Ich habe mir vorgenommen, hier niemanden zu demütigen, nicht den lieben Leser, nicht mich, aber nun habe ich den Salat: Ich bin schwanger. Und vermutlich ist nicht nur meine Schwester Sybille etwas, wie soll ich sagen, *verblüfft* über diese erstaunliche Wendung, nein, auch ein lieber Leser muss sich selbstverständlich sehr selbstkritisch fragen: Habe ich was verpasst? Hatte die Charly Benz irgendwann versehentlich Sex und ich habe es einfach überlesen? Oder ist das dann so, na, jungfräuliche Geburt?

Nun, das kann ich ausschließen. Das kann ich ausschließen. Aus meiner ganz persönlichen Erfahrung würde ich sagen: Es gibt keine jungfräuliche Geburt. Klar, nirgends in der Bibel steht, dass Maria je mit einem Mann im Bett war, geschweige denn mit dreien, aber vielleicht hatte der Bibelautor – oder das Autorenteam, muss man ja wohl sagen – das gleiche Dilemma wie Handke und ich, vielleicht wollte es auch niemanden demütigen, sich nicht, den lieben Bibelleser nicht und auch nicht die Maria, vielleicht dachte es sich ebenfalls: Sexszenen sind total überschätzt.

Ich würde gerne beim Handke vorbeigehen und ihn fragen, wie das ein seriöser Autor ohne Demütigung hinkriegt, aber ich habe mal gelesen, Handke stehe nur auf schöne Frauen, sehr wahrscheinlich würde er mir nicht mal das Gartentor aufmachen, wenn ich in Chaville bei Paris vorbeikäme und ihn nach ein paar Tricks aus seiner großen Trickkiste fragte.

Irgendwie habe ich quasi das Baby mit dem Bade ausgeschüttet, oder wie man dazu sagt, mit meiner vollmundigen Ankündigung, hier eine garantiert sexfreie Zone einzurichten, nur dass es bei mir umgekehrt ist: Ich habe mir ein Kind im Bauch eingefangen und kein Mensch weiß, wie.

Ich schlage darum hier einen Kompromiss vor: Für alle, die sich wie ich nicht demütigen lassen wollen, schreibe ich jetzt gleich einen informativen Satz. Dann blättern Sie schleunigst weiter auf Seite 313 und haben die gefährliche Klippe umschifft.

Für alle anderen gibt es nach dem informativen Satz sozusagen den Masters Cut oder wie das heißt, die *extended version*.

Das ist ein bisschen wie beim Yoga, man kann zwischen

zwei Posen immer diesen Chaturanga machen – das ist natürlich anstrengend – oder gleich zum Herabschauenden Hund übergehen, das ist die Abkürzung. Jedenfalls treffen sich am Schluss alle beim Hund, und wir treffen uns dann alle nach der anstrengenden Demütigung.

Also, hier der Infosatz:

Ich hatte Sex.

Und hier die *extended version*:

77 WAS IST NUR MIT DER MUSIK LOS?

Als ich Hänse Quandts Wohnung das erste Mal betrat, staunte ich nicht schlecht. Ich hatte immer gedacht, ich wäre schon der treueste Yedi, mit meiner Fan-Klobrille *(Aim like a Jedi not like a Stormtrooper)*, meiner Ikea-Lampe PS 2014, die ich mit Sprühfarbe in zwei verschiedenen Grautönen gekonnt in einen Todesstern verwandelt hatte – sobald man an der Schnur zog, öffnete sich das gefährlich leuchtende Innere –, und meiner Küchenschürze, die klüger war als ich und die ich gerne trug, wenn ich meine Fertigmahlzeiten in den Ofen schob *(Luke I am your father eat your vegetables)*, aber nein, der Kulturjournalist schaffte es, einen gewissen Neid in mir zu entfachen. Er hatte einen R2-D2-Staubsauger, einen Toaster in der Form von Darth Vaders Helm, der die Worte *Dark Side* auf die Scheiben grillte, und an der Wand, haltet euch fest, zwei gekreuzte Laserschwerter.

»Und, wer gewinnt bei dir so?«, fragte ich, ich stand nach einem kleinen Rundgang im Wohnzimmer, jetzt drehte ich mich zu Hänse Quandt um. Er war wie ich noch in Schal und Mantel, er kniete vor seinem Ofen und entzündete gerade ein Stück Zeitung und wartete, bis die darübergeschichteten Spalthölzer Feuer fingen, er lehnte die Ofentür an und stand auf. Dann legte er Musik auf – mit einer Selbstverständlichkeit, die mich erschütterte, ich meine: Musik auflegen! Gab es ein peinlicheres Filmzitat? Man musste entweder sehr unbekümmert oder kleingeistig oder auch sehr mutig sein, um das zu tun, man konnte das nur verachten oder bewundern. Ich für meinen Teil bewunderte ihn dafür. Was für ein mutiger Mann! Es war übrigens der gleiche Mut wie der der Männer, die diesen ungeheuren Moment aushielten, wenn sie in der Kirche sagten: Ja, ich will. Die witzigsten, lustigsten, schlagfertigsten Männer, plötzlich waren sie total fokussiert. Ohne Gehampel, ohne Ironie, ohne Spielchen. Ich persönliche kannte das – wie eigentlich alles – ja nur aus dem Fernsehgerät, aber ehrlich, da brach mir immer kurz das Herz. Männer, dachte ich dann, Männer, Männer, I love you. Gab es etwas Umwerfenderes als die Innigkeit eines coolen Mannes?

Ah ja, ich musste mich ganz schön konzentrieren, er legte also Musik auf, bezaubernden und zarten Folk von Johnny Flynn, den ich mochte, nein, das war falsch. Musik hat eine eigentümliche Wirkung auf mich. Habe ich irgendwo gesagt, ich würde diesen Easy-Listening-Mist hören, um mir die Qual der Wahl zu ersparen? Das war übrigens gelogen. Tatsache ist, sobald ich Musik höre, bin ich völlig geflasht. Klar, es gibt Musik, die mich kaltlässt, aber die meiste Musik packt mich irgendwo am Schlafittchen und beutelt mich gründlich durch und ich verfalle ihr. Ich verfalle ihr einfach, vollkommen kampflos, vollkommen chancenlos.

Nach meinem Patsche-Erlebnis verstärkte sich dieser Effekt übrigens bis ins Unerträgliche, letztens etwa saß ich in der Espressobar und trank nichts ahnend meinen gesunden Grüntee – Grüntee, Sie wissen schon, damit knallt man dem Krebs so richtig eins vor den Latz, eine Tasse Grüntee und man kann danach hemmungslos dem Kaffeegenuss frönen und Flatrate rauchen –, ich las ein Buch, Inhalt: egal, irgendwas mit Männern und Frauen und melancholischen Verstimmungen, und sehnte mich nach einer Zigarette und – whoppa! – plötzlich lief *It's all over now, Baby Blue* in der absoluten Hammerversion von Them. Und klar, damit wir uns hier nicht missverstehen, auch ich finde, Bob Dylan ist der King und Them sind im Vergleich dazu ein paar unbedarfte Lakaien, gerade gut genug, sein Silber zu putzen, aber, ehrlich, bei *Baby Blue* haben sie einfach die Nase vorn. Haben Sie es im Kopf? Heutzutage kann man das ja jederzeit und überall streamen, das ist echt super. Sprache ist ja so dürftig. Niemals werden Worte vermitteln, was ich Ihnen sagen will, wenn ich ein schönes Mixtape für Sie zusammenstelle – aber das ist eh nicht mehr interessant, weil jetzt alles Spotify und so. Also, ich in der Espressobar bei meiner Krebsprophylaxe mit einem Buch, das ich nachher auf dem Tisch liegen lassen würde – sollte sich jemand anderes mit diesem humorfreien Zeug herumschlagen –, und ich dachte, ich müsse in Ohnmacht fallen. Nein, das ist ja schon wieder gelogen! Ich dachte, ich müsse mich sofort, also wirklich SOFORT, zur Seite drehen und einen mir hundertprozentig unbekannten Herrn, der neben mir völlig unbedarft und zufrieden mit sich und der Welt in der *Berliner Zeitung* blätterte, jetzt gleich und ohne Verzögerung wild küssen. Ich musste mich festhalten, regelrecht festhalten an diesem dummen Buch! Was war bloß los mit mir? Hatte ich da bei Busen und Co meine erotische Erweckung gehabt und nun irrte ich durch die Straßen und wurde bei jedem guten Song eine Gefahr für meine unbescholtenen männlichen Mitbürger? Richtig. So war es.

Jedenfalls, das musste gesagt werden, denn nun, bei Hänse Quandt, lief Johnny Flynn und so was steckte ich nicht einfach so weg.

Und Hänse Quandt kam zu mir herüber und nahm die beiden Schwerter von der Wand und warf mir eines davon zu. Er trat drei Schritte zurück, lockerte seinen Schal und drückte auf den Knopf, der Strahl seiner Klinge leuchtete rot auf. »Probieren wir's aus«, sagte er, ich warf meine Tasche auf sein Sofa und öffnete meinen Mantel, fasste die Klinge mit beiden Händen, drückte ebenfalls auf den Knopf und hob das blau leuchtende Schwert über meinen Kopf. »May the force be with me«, rief ich, dann kreuzten wir die Klingen und begannen, mit wehenden Mänteln zu kämpfen.

Haben Sie schon einmal zu Musik gekämpft? In Filmen wird ja immer zu Musik gekämpft, das erweckt bei uns, die wir Kämpfe meist nur vom Fernsehgerät kennen, gerne den Eindruck, das wäre auch in der Realität so und es würde, sobald man mal die Ärmel hochkrempelt und sich rauflustig ins Getümmel wirft, aus einer geheimen Quelle sofort Musik anheben. Aber ich vermute stark, dass das ein Irrtum ist. Wenn die Mafia irgendwo ihren Job macht, dann läuft im Hintergrund nicht der Soundtrack von *Pulp Fiction,* und wenn ein Berliner Taxifahrer die Nerven verliert und einen anderen tölpelhaften Autofahrer aus seinem Fahrzeug zerrt und vermöbelt, spielt sein Radio auch nicht gerade *Sultans of Swing* und gibt dem Ganzen einen irgendwie amüsanten Touch.

Aber ich muss sagen, wenn man mal zu Hause zum Lichtschwert greift, kann ich musikalische Untermalung nur empfehlen, man kriegt praktisch sofort allerbeste Laune und es ist eigentlich wie tanzen, nur mit Sieger. Ich bin wahnsinnig gerne Sieger, habe allerdings nicht so viel Erfahrung diesbezüglich, ich meine – vier ältere Geschwister! Geschwister sind die rücksichtslosesten Wesen auf der Welt, ich glaube, weil alle Geschwister im Geheimen immer eifersüchtig aufeinander sind und einander töten wollen, so ungefähr jedenfalls sagt das der Chef der unbewussten Wünsche, Master Freud. Sobald jemand, der Geschwister hat, sich an ein Spielbrett setzt, sagen wir: Malefiz, wird dieser Killerinstinkt in ihm geweckt. Er kann ansonsten ein netter, verträglicher Mensch sein, aber nun will er vernichten. Jüngste Geschwister wie ich werden naturgemäß am öftesten vernichtet. Das Gute ist: Man gewöhnt sich daran. Das Schlechte ist, dass man natürlich, so sich die Gelegenheit bietet, kämpft bis zum Umfallen, das ist eine Art Blutrausch, kann man gar nichts dagegen machen. Mit der Musik von Johnny Flynn im Hintergrund war es, als kämpften wir in einer dieser herrlichen P.-G.-Wodehouse-Landschaften, grüne Hügel verloren sich irgendwo am dunstigen Horizont, das tiefe Licht der Abendsonne fiel auf das Gesicht meines Gegners, Brombeerhecken voller glänzender Früchte, ich warf meine Mütze von mir und dachte, ich fühlte den Wind in den Haaren.

Der Kulturjournalist war der Erste, der ins Schwitzen geriet und seinen Mantel auszog, aber auch mir wurde rasch immer wärmer, nach und nach legte ich den Mantel ab, den Schal, es folgten sein Pullover und meine Strickjacke, das Hemd, die Hose und mein Kleid. Wir standen uns in Unterwäsche gegenüber – also er in Boxershorts, aber ohne Hemd, ich im Unterhemd, aber ohne Shorts – und keuchten, die Hände auf die Knie gestützt, ich merkte, wie Johnny Flynn Stück für Stück an meiner inneren Demontage arbeitete und nun lief *Queen Bee*. Wenn mich alles vorher weichgekocht hatte, *Queen Bee* ließ mich zerfließen wie Butter auf einem Dark-Side-Toast von Grillmeister Vader, Johnny Flynn sang und wir schauten uns an und ich ließ das Laserschwert fallen und Hänse ließ auch sein Laserschwert fallen, und dann zogen wir den Rest von den ganzen Klamotten auch noch aus und dann kam ich ein bisschen näher und Hänse auch und als er mich das erste

Mal berührte, ganz sanft über meine Wange strich und über meinen Hals und dann über den ganzen Rest, da dachte ich: Entweder ich sterbe oder ich sterbe, aber als wir uns küssten, da dachte ich nichts mehr.

78 JÄGER DER MORGENRÖTE

Tatsächlich aber muss ich an dieser Stelle der Ordnung halber einen Dialog wiedergeben, der mich zwar nicht ins allerbeste Licht rückt, aber immerhin deutlich machen sollte, dass wir nicht einfach wie liebestolle Teenies übereinander herfielen und das wichtige Thema Verhütung unerwähnt ließen, nein, ich erinnere mich ziemlich deutlich, dass sich Hänse irgendwann, als wir über den Teppich rollten, aufrichtete, eine Socke klebte an seiner Schulter. »Du«, flüsterte er, »sag, verhütest du?«

Ich setzte mich ebenfalls auf: »Oh! Nein! Nein. Und du?«

»Nein, eben, ich habe gar nichts da.«

»Ah, Jesus, was machen wir denn da?«

»Ich weiß nicht, Liebste«, er strich mir eine meiner zerzausten Strähnen hinters Ohr, »wollen wir – wollen wir es mit dem Interruptus versuchen?«

»Interruptus?« Ich sagte original: »Ist das ein Dinosaurier, den ich nicht kenne?«

Hänse hielt in der Bewegung inne, er ließ die Hand sinken. »Was denn für ein Dinosaurier?«

»Na so wie Eoraptor – das bedeutet übrigens *Jäger der Morgenröte* –, ziemlich klein, so ein Meter oder so, reicht einem maximal bis zum Knie. Fleischfresser.«

Hänse blickte mich an, dann lachte er laut und hemmungslos und ich lachte der Geselligkeit halber mit, wir lachten, bis wir nicht mehr konnten, und dann küssten wir uns, bis wir nicht mehr konnten, und dann hatten wir – sorry, Handke, irgendwie entgleitet das hier –, dann hatten wir Sex, bis wir auch nicht mehr konnten.

Der Interruptus ist, so viel sei der Vollständigkeit halber gesagt, ein Dinosaurier, über den Spitzenbiologin Benz an diesem Tag nichts mehr herausgefunden hat.

79 DER ERDBEERDIEB

Es war der Tag nach dem Tanzvergnügen im *Tente*. Ich wachte früh auf und wunderte mich über die William-Morris-Tapete, von der ich nicht gewusst hatte, dass sie meine Wände schmückte. Eine sachte Dämmerung hatte sich schon im Zimmer eingenistet, zusehends wurde es heller. Ich richtete mich ein wenig auf und suchte nach meinem Tageslichtwecker. Als er nicht da war, fiel mir ein, dass das ja gar nicht mein Zimmer war. Es war das Zimmer vom Dragaschnig. Er wohnte hier zur Untermiete, und da lag er auch, dicht neben mir, nackt und braunhäutig und ganz entspannt, zur Hälfte zugedeckt. Er atmete ruhig. Ich stopfte mir mein Kissen in den Rücken und lehnte mich benommen dagegen. Ich sah meine Brille auf dem Nachttisch und als ich sie aufsetzte, erkannte ich, dass auf der Morris-Tapete lauter kleine Vögel Erdbeeren stibitzten, und mir fiel ein, dass das Muster auch wirklich *Strawberry-Thief* hieß. Es sah hübsch aus in dem mageren Morgenlicht.

Ich betrachtete die Wände, die Biedermeiermöbel, die ganz sanft rötlich schimmerten, unsere verwurstelten Klamotten auf dem Boden, ein paar Umzugskartons an der Wand, und mein Blick schweifte zum Dragaschnig und ich schaute ihn mir genau an. Er hatte den gleichen schlanken, athletischen Körper wie früher, irre schmale Hüften. Ich mochte enorm schmale Männerhüften immer schon. Es rührte mich, dass sie so schmal waren wie eh und je, wie damals, als er so irrsinnig cool durch die Gänge des Gymnasiums geschlendert war, auf dem Sportplatz Basketbälle ins Netz befördert und auf dem Parkplatz vor der Schule Sissi Schubert geküsst hatte. Er hatte Hüften wie ein Achtzehnjähriger, und in seinen dichten schwarzen Haaren schimmerten die ersten silbernen Strähnen. Er war ein umwerfend schöner Mann. Vielleicht – neben Dr. Faruki, klar – der schönste, den ich kannte.

Ich war gelinde gesagt perplex über den gestrigen Abend, es war, als hätte ich meine Jugend nachgeholt. Wir hatten getanzt und Mojitos und Cola getrunken, wir hatten viel gelacht und die Musik war gut gewesen, und dann hatten sie *Out of Time* gespielt und er hatte auf der einen Seite des Lokals gestanden und ich auf der anderen, und wir hatten einander zugeprostet. Wir bewegten uns durch die vielen Leute hindurch aufeinander zu und küssten uns. Und ich umfasste diese schmalen Hüften und roch seine Haare und den Schweiß an seinem Hals, und irgendwann lehnten wir knutschend im Vorraum vom *Tente* an der Klotür und ich weiß nicht genau, wie wir nach Hause kamen, knutschend.

Jesus, knutschen. Knutschen ist ja auch so ein prekäres Wort, immer wenn man's wo hört, wird einem ein bisschen unbehaglich zumute, niemals, dachte ich immer, würde ich es aussprechen, aber es ist wie mit dem Latte macchiato: Wenn man ihn unbedingt trinken will, muss man sich vorher laut dazu bekennen, und beim Knutschen ist es so, wenn man knutscht, also wirklich knutscht und nicht einfach küsst, dann muss man sagen: Ich habe geknutscht. Ganz ähnlich verhält es sich mit dem Schmusen, man weiß eigentlich nicht recht, was einen, so als nackiges Wort, eigentlich mehr fertigmacht, knutschen oder schmusen. Ich persönlich habe auch nie so recht verstanden, wann man von knutschen redet und wann von schmusen. War das gestern überhaupt knutschen oder doch eher schmusen? Und muss man dann sagen: Es war *noch* knutschen, aber *noch nicht* schmusen oder genau umgekehrt, wir haben geschmust, aber *noch nicht* geknutscht? Kurzum, ist das eine mehr als das andere? Ausführlicher, ausladender, einladender? Rein intuitiv würde ich sagen, erst kommt küssen. Dann wird geschmust, dann geknutscht. Wie auch immer, ich denke, wir haben alle drei Kategorien irgendwie abgedeckt, wir haben geküsst und geschmust und geknutscht. Dazu lief ziemlich gute Musik, die der Dragaschnig irgendwann und irgendwie angemacht hatte, *Walk on the wild side* und *American Pie* und *Sound of Silence,* und in dem Stil ging es weiter, nur Hits!

Ich stand vorsichtig auf, ich brauchte Kaffee. An einem Haken an der Wand hing ein karierter Morgenmantel (*Derek Rose,* ich musste einfach nach dem Etikett schauen, *A men's dressing gown from Derek Rose is key for relaxing in luxury.* Auch die Mitglieder des englischen Königshauses schlüpften in ihren Derek Rose, bevor sie sich einen Kaffee machten), den ich mir überstreifte, dann machte ich mich auf die Suche nach der Küche. Ich tappte über das feine Fischgrätparkett in der großen Diele und öffnete diverse Türen und schloss sie wieder, es war eine riesige Wohnung, deren Besitzer den Winter irgendwo im Süden verbrachten, der Dragaschnig hütete hier für sechs Monate die vielen, vielen Pflanzen und den Morgenmantel und den Rest der Einrichtung, dazu so eine überzüchtete Katze mit langen Haaren. In der schicken Küche – Bulthaup, klar – fand ich auch gleich die Kaffeemaschine – Nespresso, what else? Die zahllosen bunten Kapseln mit den verheißungsvollen Namen hatten mich immer schon überfordert, ich nahm einfach irgendeine, stahlblau, sie hieß *Odacio,* und hoffte, sie möge nicht entkoffeiniert sein.

Ich schaute zu, wie der herrliche Kaffee in die dickwandige Tasse tröpfelte.

Ich musste ein kurzes Resümee ziehen.

Ich war dreiundvierzig Jahre alt und hatte das erste Mal eine Nacht hinter mir wie ein Teenie, mit Schmusen und Knutschen und allem. Es war merkwürdig. Ich nahm eine zweite Tasse aus dem Schrank, für den Dragaschnig wählte ich Grün, *Stormio*.

Ich öffnete den Deckel einer bauchigen Bonbonniere aus Glas, die auf der spiegelglatten Kücheninsel schwebte wie eine elaborierte Qualle, und holte ein paar Cantuccini heraus. Aus dem Schlafzimmer kam plötzlich Musik. Ich hielt inne und lauschte. *These boots are made for walking* von Nancy Sinatra. Schon wieder ein toller Hit. Ernsthaft, das war eine Mischung, wie ich sie selbst nicht besser hätte zusammenstellen können. Mit meinem Tablett kehrte ich zurück ins Schlafzimmer.

Der Dragaschnig hatte sich seine Boxershorts übergezogen und kniete neben der Musikanlage, ich ging zu einem der Sessel am Fenster und stellte das Tablett auf das kleine Tischchen daneben. Mit meiner Kaffeetasse setzte ich mich in die roten Polster.

»Die waren von dir, oder?« Er hielt etwas hoch, ich musste erst scharf überlegen, was das war, es war ein Objekt, dem ich schon lange nicht mehr begegnet war. Eine Kassette.

Er schaute mich an. Ich schaute die Kassette an, dann schaute ich den Dragaschnig an. Meine Mixtapes, Jesus.

»Ich habe die wiedergefunden, als ich das Haus meiner Mutter ausgeräumt habe.« Er lachte. »Weißt du, dass ich nie herausgefunden habe, von wem die sind?«

Nein, natürlich hatte ich das nicht gewusst. Ich hatte damals gedacht: Ich liebe den Dragaschnig und der Dragaschnig liebt mich, und wenn er mich noch nicht ganz so fest liebt wie ich ihn, dann tut er es, nachdem er meine Mixtapes gehört hat.

Er stand auf und kam mit den beiden Kassettenhüllen zu mir herüber.

»Ich habe mir extra einen Kassettenrekorder angeschafft – war gar nicht so leicht, man kriegt die Dinger praktisch nur noch auf dem Schwarzmarkt.«

Ja du, das konnte ich mir vorstellen, vermutlich hatte er ihn aus der Antikensammlung im Technikmuseum geklaut.

»*Let's spend the night together, C.*« Er las vor, was ich vor Jahren, vor Jahrhunderten auf die Kassettenhülle geschrieben hatte. Er setzte sich neben mich. »Okay«, sagte er, er küsste mich. »*Time is on my side, C.*«, las er von der anderen Kassettenhülle ab. »Stimmt«, sagte er, er grinste und ich grinste auch, und dann küssten wir uns noch ein bisschen weiter, wir schmusten schon fast. Und ich dachte: Wir haben wirklich die Zeit auf unserer Seite.

80 SEX, SCHON WIEDER

Na ja, und dann ist da noch Mo Gabler. Bei Mo Gabler habe ich gar nicht so viel weggelassen. Erinnert sich jemand an den Abend, als er bei mir vor der Tür stand? Voll wie eine Strandhaubitze?

Es wurde ja dann ein sehr netter Abend und genau genommen noch viel netter, als ich das hier ausgeführt habe, gehen wir kurz ein wenig zurück, es war folgendermaßen:

Wir schauten *Star Wars, Episode V, The Empire strikes back* und aßen Mon Chéri, später öffnete ich eine Packung Chips und ein paar Biere, Gabler verband sein Handy mit meiner Anlage und Graeme Jefferies erklang, also, wow. Ich war ziemlich geflasht, *richtige* Musik, in meiner Wohnung! Und, ganz ehrlich, von da oben, irgendwo im Weltall, waren Bregenz und die Uni und Bäume und Blumen und alles ganz schön weit weg. Von da oben war Kafka auch einfach nur einer mit vermutlich – also ziemlich sicher – zu kurzen Hosen, ein Mann, der bei einer Versicherung arbeitete halt, und ich musste sagen, abgesehen von seinen traurigen Büchern fand ich ihn verdammt attraktiv.

So weit, so gut. Ich habe bei Gabler eigentlich nur einen Halbsatz weggelassen, ich denke, das zählt gar nicht richtig, der Halbsatz ging so:

Ich fand Gabler eigentlich verdammt attraktiv, vor allem ohne Hosen.

Ja und dann?! Fragt der liebe Leser vielleicht, bar jeden Vorstellungsvermögens. Ja, was soll ich sagen! Irgendwann lagen wir jedenfalls unheilbar oder, wie sagt man, *heillos* ineinander verknäult auf meiner Sofalandschaft, die Musik: Graeme Jefferies, die Hosen: aus, der Attraktivitätsfaktor: groß. Und dann, Jesus, es gibt so viele peinliche und peinvolle Wörter, pimpern, pudern, poppen, und das sind nur die mit p, dann hatten wir, kurzum, Sex.

Und hier erblicken wir unsere Freunde wieder, die das Chaturanga ausgelassen haben – weise oder feige, das ist Ansichtssache –, und treffen uns alle im Herabschauenden Hund. Wir atmen ein paarmal kurz durch, und weiter geht's.

81 WAS ICH ALLES NICHT SAGTE

Das alles hätte ich meiner Schwester Sybille sagen können, aber Sybille entschied sich für die gekürzte Version, für die extrem gekürzte sogar, meine Schwester wusste nicht einmal, dass ich Sex hatte. Aber ich schätze mal: Sie ahnte was.

Und erst später, als ich nach unserem relativ einseitigen Dialog in meinem Bett lag, da war von meiner vorherigen Munterkeit nichts mehr vorhanden.

Und nun? Nun war ich schwanger. Es war offensichtlich. Dr. Faruki hatte es vermutet, der Schwangerschaftstest hatte ihm recht gegeben und Fachkraft Dr. Öhmel hatte es bestätigt. Wie sollte das gehen? Wie sollte ich denn so was schaffen? Wollte ich überhaupt ein Kind? Ich wäre gerne noch mal gefragt worden. Ich hätte Zeit gebraucht, um es mir *wirklich* zu überlegen, *vorher*. Sicher, ich hatte es mir in den vergangenen Jahren genug überlegt, aber das war ja theoretisch gewesen, das war ja – ich musste mir das jetzt schonungslos eingestehen: Ich hatte es mir überlegt und mir ein Kind gewünscht, ohne dass es eine Chance gegeben hatte, dass es wahr würde. Da konnte man sich ja alles Mögliche wünschen. Und jetzt? Jetzt war ich gefangen.

Ich lag wach in meinem Bett, ich fragte mich, ob das jetzt bleiben würde: dieses schreckliche Gefühl des Ausgeliefertseins.

Und dann veränderte ein ganz simpler Gedanke alles, auf einen Schlag, ich dachte nämlich: Du musst es ja nicht bekommen.

Es war ein Gedanke wie eine Hand, die einen Schleier wegzog, einen Schleier aus Angst und Verzagtheit und Selbstmitleid, und plötzlich sah ich wieder glasklar. Ich sah nämlich mein Baby. Schwebend und kompakt wie eine Mistel. Und ich dachte: Kommt überhaupt nicht infrage. Und ich fühlte Zuversicht und eine wilde Freude, ganz kurz, wie ein Aufflackern, dann zog sich das Feuer wieder zurück, und es blieb die Unsicherheit. Eine Unsicherheit, die aushaltbar war.

Ich wusste einfach, dieses Kind nicht zu bekommen war keine Option. Ich wusste immerhin: Das wollte ich nicht.

Und so konnte ich erst mal nur klar sagen, was ich nicht wollte, und noch nicht so klar, was ich wollte, nämlich ein Kind, aber vielleicht war das ja auch normal. Vielleicht wurde man von so was immer überrumpelt, vielleicht sogar Frauen, die sich ganz fest ein Kind gewünscht hatten, und wenn es sich dann wirklich ankündigte, war es ein Schock, und man brauchte Zeit. Vielleicht brauchte man Zeit, damit sich die Angst vor all dem Ungewissen verzog und Platz machte für das Wollen.

Und dann dachte ich: Was dem Red-Stripe-Ambassador die Bikinigirls waren, das waren mir der Dragaschnig, Hänse Quandt und Mo Gabler. Ich hatte mich auch mit viel zu wenig Benzin hinaus aufs Meer gewagt, ich hatte mich mit viel zu wenig Proviant irgendwie verrannt, ich hatte insgesamt zu wenig Treibstoff gehabt und war in dieser Welt so merkwürdig gestrandet, und – *expect good things* – da waren die drei angeschaukelt gekommen, und, was auch immer das war, das sie mit sich gebracht hatten: Es fühlte sich gut an.

82 GUT GEMEINTE VORWÜRFE

Sybille gesellte sich zu mir in die Küche, es war sechs Uhr morgens, ich legte auch für sie ein gefrorenes Croissant auf den Toaster. Sie holte sich eine Tasse und schenkte sich was von meinem Kaffee ein. Wir trugen beide unsere Morgenröcke und zause Nachtzöpfe, es hatte das Flair eines schlampig geführten Sanatoriums.

Schweigend verzehrten wir die verkohlten Croissants, ich ergänzte ein paar Punkte auf meiner Liste im Notizbuch.

»Charly«, Sybille putzte sich die Brille mit einem Zipfel ihres Nachthemds, »jetzt noch mal fürs Protokoll, vielleicht habe ich gestern irgendwas nicht richtig verstanden: Du kriegst ein Kind?«

Ich legte den Bleistift weg und nickte langsam, ich rührte ein bisschen in meinem Kaffee. »Sieht ganz so aus«, sagte ich.

Sybille setzte sich die Brille wieder auf, sie musterte mich. »Und wie *denkst* du darüber? Wie *fühlst* du dich? Ich meine: Du kriegst ein Kind?! Ich meine, du hast damit nicht gerechnet! Oder?«

»Na, null!«, rief ich. »Woher denn auch? Aber wie ich mich fühle?« Ich zögerte. »Ich weiß es nicht, Sybille. Ambivalent. Sehr ambivalent. Aber was ich sagen kann, ist: Ich wollte eigentlich immer ein Kind haben.«

»Dafür hast du in den letzten Jahren aber reichlich wenig unternommen, um das zu realisieren.«

»Ja, was sollte ich denn machen? Den erstbesten Mann auf der Straße kidnappen, in meine Wohnung schleppen und zum Reproduktionssex zwingen?«

»Ja, hm, sieht ganz so aus, als hättest du das nun genau so gemacht.«

»Ach was, an ein Kind habe ich überhaupt nie gedacht dabei!«

»Charly, du musst immerhin Sex gehabt haben!«

»Sei nicht so vulgär, ich empfinde das als demütigend.«

»Ja, das merkt man. Schon mal was von Verhütung gehört?«

»Wir haben uns halt ververhütet.«

»Habt ihr überhaupt an Verhütung gedacht?«

»Nein.«

»Dann kann man auch nicht von ververhüten reden!«

»Okay.«

»Und überhaupt, was heißt da: wir? *Wir haben uns ververhütet*, wen genau meinst du?«

»Na, wir alle halt.«

»Charly, ich fasse es nicht, was ist los mit dir? Du gehst mit *drei* Männern ins Bett und denkst nie daran, zu verhüten?! Was du dir alles holen kannst bei so einem Leichtsinn!«

»Jesus, Sybille, denkst du, du sagst mir hier irgendwas, was ich mir nicht schon selbst gesagt habe? Ich war einfach zu lange raus aus dem Geschäft mit dem Sex, ich hatte das nicht mehr auf dem Schirm.«

»Na und die Jungs? Was ist mit denen? Das spricht natürlich *überhaupt* nicht für sie!«

»Sybille, uns hat das einfach irgendwie übermannt, glaub mir.«

Sie vergrub den Kopf in den Händen »Euch *alle. Übermannt.* Charly, ich habe das Gefühl, ich lausche den Worten einer Verrückten.«

»Komm, Sybille, in deinem Gewerbe hast du doch andauernd mit so Nasen wie mir zu tun, erzähl mir doch nicht, dass die *irgendwas* im Griff hätten – ich meine, die schlucken Gift vom Amazonas, reihern dir dann die Eimer voll und denken nachher, ihr Leben ist wieder in Butter.«

»Ayahuasca ist nicht ›Gift vom Amazonas‹, es ist ein Pflanzensud mit psychedelischer Wirkung, ein seit Jahrtausenden erprobtes Gemisch aus –«

»Jaja, mir doch egal, jedenfalls würdest du denen bei einer unerwarteten Schwangerschaft auch nicht einen blöden Vortrag halten, nein, bei denen würdest du es irgendwie karmisch sehen, irgendwie als spirituellen Fingerzeig, als –«

Sybille winkte ab. Sie sah aus, als hätte sie absolut keine Lust auf dieses Gespräch. Ich verstummte, ich hatte auch absolut keine Lust auf dieses Gespräch und vor allem gar keine Zeit. »Ehrlich gesagt habe ich auch gerade andere Sorgen.« Ich reichte ihr meine Schabowski-To-do-Liste und trank meinen Kaffee aus. »Schabowski muss sein Leben ändern. Es gibt neun Wege aus der Krebserkrankung, alle muss er gehen. Hier ist die Liste. Vielleicht fallen dir ja Kurse ein oder so, so Workshops, Seminare, Retreats, das ist doch voll dein Gebiet.«

»Charly, nicht Schabowski muss sein Leben ändern, *du* musst dein Leben ändern.«

»Meinetwegen dann halt wir beide! Such doch bitte *für uns beide* Kurse raus. Ich muss jetzt ins Bad, mit meinem Dutt kämpfen, und dann los, bei mir stapeln sich die Adventskalender und daneben ein Schreibtisch voller Akten, meine Mitarbeiter hassen mich jetzt *alle* und ich muss mir überlegen, ob ich die potenziellen Väter in die frohe Botschaft einweihen soll.«

»Das ist nicht dein Ernst, du willst ihnen *nichts* sagen?!«

»Keine Ahnung, ich weiß beim besten Willen nicht, wie ich das anstellen sollte, soll ich mit jedem Einzelnen das gleiche Gespräch führen? – *Hey! Hallo, Hänse Slash Dragaschnig Slash Mo, du, es kann übrigens sein, dass du Vater wirst. Aber vielleicht auch nicht.* Oder sollte ich sie eher als Gruppe informieren? In so einem Stuhlkreis? Mit Schuhe aus und in Socken? Diese Überlegungen machen mich so müde.«

»Du machst *mich* müde!«

»Sicher nicht, du bist müde, weil du dich in den Nächten mit irgendwelchen Tangueros amüsierst. Dass du mir moralische Vorhaltungen machst, ist wirklich gut, kehr doch mal vor deinem eigenen Haus. Haustür.«

»Ich kann nicht vor meinem Haus kehren, weil Georg mich da gerade nicht sehen will.«

»Siehst du! Weil du eine Riesenscheiße gebaut hast.«

»Du hast auch eine Riesenscheiße gebaut!«

»Kann schon sein, aber immerhin hätte ich in so einem Fall zwei weitere Adressen, wo ich klingeln und kehren könnte.«

»Wart's ab. Nach diesem ›Gruppengespräch mit Vätern‹ tippe ich darauf, dass da drei Türen gründlich zu sind.«

»Ja du, ganz ehrlich, das befürchte ich auch. Ich sag's ja, am besten erzähl ich keinem was. Vielleicht rufe ich Georg mal an. Ich mochte Georg immer. Als Mann und als Hundevater.«

»Honey, du musst zur Arbeit.«

Ich warf einen Blick auf die Küchenuhr und eilte ins Bad, sprang unter die Dusche, zwirbelte mein Haar zusammen und rannte mit meinem kaputten Fahrrad ins Büro. Ich musste dringend diese Tutorials studieren, der Dutt war die Veredelung jeder Schwangerschaft. In amerikanischen Serien trugen schwangere Frauen immer Latzhosen und einen gekonnt schludrigen Dutt, am besten mit chinesischen Essstäbchen fixiert, ich vermutete, die Stäbchen glichen irgendwie den dicken Bauch aus, jedenfalls sahen sie immer be-zau-bernd aus, zum Anbeißen. Da wollte ich hin.

83 DIE SEMINARJUNKIES

In der Pause verschnauften wir, vollkommen erschöpft, und Herr Schabowski reichte mir eines der beiden Wurstbrote, die er eingepackt hatte.

Ich biss hinein und kaute erleichtert. Manche Frauen konnten in der Schwangerschaft ja anscheinend partout nichts essen, alle paar Minuten kriegten sie die Kotzerei, mir war zwar dauernd schlecht, aber das Einzige, was immer half, war Wurst, zur Not tat es auch ein Bifi – übrigens eine echt okaye Werbung: *Mach doch, was dir schmeckt.* Meine Rede.

»Wie ist denn Dr. Öhmel?« Herr Schabowski schenkte uns Kaffee ein.

Ich biss ein großes Stück vom Wurstbrot und sagte mit vollem Mund: »Die Frau ist ein Hippie. Das ist eine Hippiepraxis. Ich schwöre, die Handtücher im Bad sind gebatikt, und im Warteraum gibt es unter einer Glashaube so fade Reishappen, wie sie früher die Krishnas auf der Straße verteilt haben. Ich weiß nicht, was Dr. Faruki sich dabei gedacht hat. Tatsache ist, nach alldem hier«, ich nickte in die Runde, »und den diversen anderen Kursen, die wir absolvieren werden – *und* dazu die Hippie-Öhmel –, kann ich die Esoterikskala gleich in der Pfeife rauchen.«

»Das ist wahr.« Herr Schabowski packte seinen Mörser aus und zermörserte lautstark eine seiner steinharten tibetischen Pillen.

Es war die komplizierteste Medizin der Welt, die Pillen und Kapseln waren hübsch eingepackt in kleine bunte Stoffbeutelchen, aber so hart, dass man ihnen nur mit einem fußballgroßen Mörser zu Leibe rücken konnte, und auch dann spritzten die Einzelteile meterweit durch die Gegend, wenn man nicht aufpasste. Herr Schabowski reiste seither nur noch mit Rucksack. Egal, wohin er ging, der Mörser war mit dabei. Dazu kamen die unmenschlichen Einnahmezeiten, Herr Schabowski hatte einen komplexen Wochenplan, er hing in seiner Küche an der Wand. Eine gewehrkugelgroße Pastille in safrangelber Stoffumwickelung musste er nur alle drei Tage einnehmen, aber immer nachts um zwei. Eine andere täglich zur Mittagszeit, aber auf nüchternen Magen, ein Pulver vor dem Schlafengehen, verrührt in heißer Milch, von einer grünen Pille jeweils sieben Stück, als Ganzes geschluckt, nachmittags um vier und so weiter. Als ich ihn mal fragte, wie die Dinger schmeckten, sagte er, er habe dafür keine Worte. Es sei das Schlimmste, was er je zu sich genommen habe.

Anscheinend aber hatte ihm der tibetische Arzt imponiert. »Ich habe für Sie auch gleich einen Termin vereinbart.«

»Was?!«

»Wir machen das jetzt alles zusammen – haben Sie selbst gesagt.«

»Aber doch nicht so was, ich bin ja nicht krank!«

»Jedenfalls habe ich da einen Termin für Sie vereinbart.«

»Sie gehen mir wahnsinnig auf die –«

»Sie mir auch.«

Der tibetische Arzt sei enorm grob gewesen, sagte Schabowski, das klang natürlich nicht gerade ermutigend. Er habe ihn kaum angeschaut, auf eine Stelle zwischen den Schulterblättern gedrückt, bis ihm die Tränen gekommen seien, er habe gequetscht und an ihm herumgeknetet, dann habe er ihm mitgeteilt, er habe große Probleme mit seinen Lungen und teilnahmslos auf diese und jene Stellen an seinem Körper gezeigt, die fast unheimlich mit den Röntgenbildern übereingestimmt hätten, auf denen man sah, wo der Krebs gestreut hatte. Der Arzt sagte, sein Körper sei sehr geschwächt, very low energy, aber innerhalb kurzer Zeit würde er sich kräftiger fühlen.

Und so war es auch. Schabowski mörserte und rührte und stellte sich den Wecker und würgte hinunter, und er sagte, er fühle sich kräftiger.

Dem Punkt *Nahrungsergänzungsmittel* schien mir mit den Tibetern zumindest fürs Erste Genüge getan. Für den weiteren Verlauf plante ich allerdings aufzustocken, ich ging nur taktisch vor.

»Sagt er eigentlich was zu Ihrer Ernährung?« Ich holte mein altes Notizbuch hervor und warf einen Blick auf unseren Plan – es war das erste Notizbuch, das ich in meinem Leben erworben hatte, in der Papeterie Schiff, vor ungefähr hundert Jahren –, ich hatte die paar beschrifteten Seiten herausgerissen und den Kursplan notiert, den Sybille für uns entwickelt hatte. Morgen Abend: *Kochen gegen den Krebs*, übermorgen Abend: *Einführung in die transzendentale Meditation,* danach – und ich war ehrlich froh, in meinem Zustand nicht dafür zugelassen zu sein –: *Ayahuaska-Retreat* unter der schamanistischen Führung von Luna Miriel alias Sybille.

Schabowski seufzte. Er hatte seine Pillen hinuntergewürgt

und aß nun sein Wurstbrot. »Kein Kaffee«, sagte er, als er runtergeschluckt hatte. »Keine Paprika. Keine geräucherten Sachen. Keine Bananen.«

Ich warf ihm, seiner Kaffeetasse und seinem Salamibrot einen strafenden Blick zu. Um uns herum packten alle anderen ihre Jausensachen wieder ein und strömten langsam zurück in den Saal. Die zweite Runde Lachyoga stand auf dem Programm, und ehrlich, man würde das nicht meinen, aber für mich fühlte sich das an wie Spitzensport.

84 DIE WAHRHEIT ÜBER SOCKEN

Wenn mich einer der Vielleicht-Väter anrief oder Mo Gabler an der Tür klingelte, wimmelte ich sie ab. Ich war noch nicht bereit für ein klärendes Gespräch, geschweige denn für mehrere, ich ging ihnen aus dem Weg. Ich sagte, ich hätte neben der Firma und den vielen Kursen mit Schabowski einfach keine freien Kapazitäten, und das war nicht einmal gelogen. Ich stand so früh auf wie noch nie, war um sieben im Büro, damit ich guten Gewissens um vier wieder gehen konnte, um mich den diversen Disziplinen zu widmen, die Schabowskis und mein Leben irgendwie verändern sollten, verbessern, *ship shape machen*, wie der Seemann sagte. Seither verbrachte ich mehr Zeit in Socken, als mir lieb war. Es war eine interessante Gemeinsamkeit dieser Weiterbildungen, dass sie alle ohne Schuhe ausgeübt wurden. Ich fragte mich, ob das etwas zu bedeuten hatte. Ob vielleicht – mir war klar, dass das eine steile These war –, ob vielleicht der schuhfreie Zustand das eigentlich Heilsame war und der jeweilige Kurs nur ein Ablenkungsmanöver, ähnlich dem ganzen unterhaltsamen Tamtam eines Zauberkünstlers, der mit seiner Show nur seine banalen Tricksereien verschleierte.

Ich hatte aber eigentlich gar keine Energie, mich mit derart müßigen Gedanken herumzuschlagen, alles fiel mir unendlich schwer.

Es war schwer, keinen Zucker mehr zu essen und kein Fleisch, es war schwer, Weißmehl zu vermeiden und Milchprodukte, und es gefiel mir nicht, aber es war augenscheinlich: Ich war mit der anvisierten Diät, die sowohl Kranken als auch Schwangeren so dringend anempfohlen wurde, beim *LuckyLili*-Produkt. Unsere Ernährungstante sagte aber nicht: »Kauft euch die *LuckyLili*-Produkte, dann seid ihr auf der sicheren Seite«, sie sagte das, was man mir auch in jedem Singlekochkurs gesagt hatte: »Selber kochen ist wichtig. Frische Zutaten, Vitalstoffe.« Da ich mit dem Kochen für Singles nie weit gekommen war, kochte ich jetzt zweimal die Woche mit Herrn Schabowski. Tatsächlich aß ich noch immer meine Wurstbrote. Sicher, Wurstbrote waren schlecht, aber wenn ich sie nicht aß, war *mir* schlecht, ich fand das einen gelebten Kompromiss, und das wiederum war gut. »Mit Dogmatismus«, sagte unsere Kochtante, »ist niemandem geholfen. Finden Sie lebbare Kompromisse.« Mit dem Wurstbrot kämpfte ich also gegen diesen ungesunden Dogmatismus.

Es war auch schwer, Yoga zu machen, ich kam bei dieser Vorbeuge maximal mit den Händen bis zu den Knien, und da hatte ich schon alles gegeben. Bis zu den Füßen zu gelangen, die flachen Hände sogar entspannt auf dem Fußboden auszuruhen, wie unsere Yogalehrerin das tat, schien mir ein Vorgang echter Magie zu sein. Beim Baum kippte ich um, beim Herabschauenden Hund musste ich die Beine anwinkeln, Yoga war Folter, ich saß hernach in der Umkleide, alles tat mir weh, ich verzichtete sogar aufs Umziehen, viel zu schmerzhaft. Am nächsten Tag hatte ich so Muskelkater, ich konnte kaum mein kaputtes Fahrrad schieben und brauchte es doch, um mich daran festzuhalten. Und apropos Herabschauender Hund: Ich gehöre natürlich zu denen, die immer die Abkürzung nehmen und dann beim Hund auf die ganzen Ehrgeizler, die sich durchs full Chaturanga quälen, warten. Ich wäre – und darum würden Handke und ich uns so super verstehen –, ich wäre immer eine von denen, denen der Satz *Ich hatte Sex* absolut genügte, aber aus purer Faulheit. So groß konnte meine Neugierde gar nicht sein, dass ich die Schonung meiner persönlichen Ressourcen vergaß.

Noch viel schwerer als Yoga aber war das Meditieren. Aus dem Transzendentalkurs brachte ich mein eigenes Geheimwort mit, das ich mit allen anderen der Altersgruppe (bis fünfundvierzig) teilte, und das Geheimwort hieß *Kirim*. Schabowskis Geheimwort hieß *Schiama,* weil er schon über sechzig war, er war in einer anderen Geheimgruppe als ich. Während der jeweils zweimal zwanzig Minuten am Tag sollten wir unsere Mantras in Gedanken wiederholen, wie ein Echo sollte es in uns widerhallen, bis wir nur noch *Kirim* waren oder halt *Schiama,* aber ich hatte ein Problem.

Vielleicht dachte ich auch in meinem meditationsfreien Alltag kreuz und quer in der Gegend herum, ziemlich sicher sogar, aber sobald ich meditierte, drehte mein Geist durch. Wie ein Rennauto auf dem Weg zum Sieg legte mein Gehirn los und dachte sekündlich an achtundzwanzig verschiedene Dinge, klar, ich sollte mich einfach auf meinen Atem konzentrieren und *Kirim,* aber es war unmöglich. Ich schaffte vielleicht einen Schnaufer, weg war ich. Im Schweinsgalopp schaute mein Hirn bei meinen Adventskalendern vorbei, ich dachte *Kirim,* als es auf der Kopfhaut juckte, *Kirim!,* ich beschäftigte mich mit meinem schmerzenden Bein, mit dem nächsten Kurs, ich war bei der Einkaufsliste, *Kirim?,* bei meinen potenziellen Vaterschaftsanwärtern. Beim Meditieren dachte ich plötzlich an Dinge, an die ich seit tausend Jahren nicht mehr gedacht hatte, an meine Mutter und die Pullover, die sie immer mit dreiviertellangen Ärmeln gestrickt hatte, damit sie sie beim Abwaschen nicht hatte hochkrempeln müssen, *Kirim! Kirim! Kirim!*, an Jane Fonda aus meinen Videos und konkret ihr Stirnband, an die Winterreise nach Wien, die Alte Donau war zugefroren gewesen, kleine Buden hatten auf dem dicken Eis gestanden und Maroni und Bratkartoffeln verkauft, *Ki–*, ich dachte an eine Kotelettfaser, die irgendwann mal zwischen meinen Zähnen gehangen und nach Verwesung gerochen hatte, als ich sie Tage später endlich rausgekriegt hatte, wie auf Speed rasten meine Gedanken von da nach dort, und kaum ertappte ich mich dabei, wie ich mich wieder völlig dem Chaos im Kopf hingab, waren sie schon weitergeprescht wie eine Horde mongolischer Reiter, zurück blieb ich, völlig erschöpft, verzweifelt dachte ich *Kirim*.

Meditieren war nichts für mich, ich machte null Fortschritte, dabei übte ich regelmäßig, einmal morgens direkt nach dem Aufstehen, einmal abends kurz vor dem Zubettgehen, immer kämpfte ich mit dem Schlaf gleichermaßen wie mit dem Radau in meinem Kopf, es waren die schrecklichsten Minuten des ganzen Tages. Ich hatte mir extra einen Platz freigeräumt – das Meditationskissen, hatten wir in der ersten Stunde gelernt, sollte immer bereit liegen, es sollte einen »clear and tidy space« nur für die Meditation geben, sodass man einfach gleich losmeditieren könne, wann immer es einen packte. Manchmal fand Sybille mich, wenn sie um drei Uhr in der Früh von ihrem Tangospaß nach Hause kam, tief schlafend auf meinem Meditationskissen und schickte mich ins Bett, manchmal wankte ich morgens nach dem Aufstehen zu meinem space und schlief sofort weiter, bis mich die zweite Klingelrunde meines Tageslichtweckers aufschreckte. Ich murmelte: »Kaffee«, meinte aber *Kirim*, und machte mir Kaffee.

85 SCHABOWSKI HAT RECHT

»Sie nehmen das nicht ernst!« Herr Schabowski hatte sein Jackett ausgezogen und die Hemdsärmel hochgekrempelt, er trug eine Schürze, ich trug eine Schürze, beide trugen wir Schürzen, meine von Darth Vader, seine war ohne alles, und mit vereinten Kräften kochten wir *Hirse mit Lauch*, ein gesunder, einfacher Klassiker aus der Anti-Krebs-Diät, den jeder Dödel hinkriegte, ich verlinke das Rezept oben in meiner Bio – HAHAHAHA! Spaß beiseite, ich hatte, auf der Suche nach Rat und Hilfe in meiner neuen Phase als Lebensoptimiererin, mal bei ein paar Bloggern und Instagrammern und so vorbeigeschaut, ich hatte gedacht: Die meditieren und cleaneaten und fließen den lieben langen Tag durch ihre Yogaflows, vielleicht springt der Funke von ihnen zu mir über und ich werde ein anderer Mensch. Tatsächlich muss ich aber sagen, dass diese Heile-Welt-Kids mir enorm auf den Senkel gingen. Als ich beim Ansehen eines Yogavideos in einem komplizierten Twist feststeckte und keine Chance sah, da jemals wieder heil herauszukommen, und dann der Satz fiel: »If you feel to, hop into your handstandpraxis« (im Yoga spricht man gerne Englisch, das ist cooler), riss mir der Geduldsfaden. Ich ließ mich, unyogisch, aber effektiv zur Seite kippen wie ein sedierter Elefant. »Und wenn *du* dich danach fühlst, halt deine Backen«, zischte ich ihr zu, und das war's mit unserer Yogafreundschaft. Instagram und Co dienten meiner Meinung nach nur zweierlei: dass der Instagrammer sich gut fühlte, wegen der vielen Herzchen und dem ganzen *I love your video/your hair/and where are your pants from*, und dass der Follower sich schlecht fühlte, weil immer defizitär. Ich wusste wirklich nicht, wozu das gut sein sollte.

Hirse mit Lauch ist jedenfalls schmackhaft und ganz leicht zu kochen, ein Gericht, gemacht für Leute wie Schabowski und mich, und es geht so: einen Lauch schneiden. Wie? Egal. Und in Öl braten, wie viel? Wie man's halt mag. Eine Tasse Hirse dazu, einen kleinen Teelöffel Kurkuma, dann zweieinhalb Tassen Wasser und Salz und gequetschten Knoblauch, aufkochen, kochen lassen, bis das Wasser nicht mehr zu sehen ist, dann Deckel drauf, Feuer aus, zehn Minuten ziehen lassen. Lecker mit Pfeffer und, wenn man Milchprodukte darf, Käse, fertig. Würde ich ein Kochbuch schreiben, es würde so aussehen. Keine ewigen Romane von wegen: *Waschen Sie den Lauch gründlich, auch zwischen den Blättern, und schneiden Sie ihn in zentimetergroße Ringe und braten Sie ihn in drei Esslöffel nativem Olivenöl zwei bis drei Minuten bei mittlerer Hitze an, bis er goldbraun ist,* kein Mensch braucht das, entweder man kann kochen, oder man kann nicht kochen. Wenn man kochen kann, weiß man das eh alles, wenn man nicht kochen kann, kriegt man nur das Gefühl, dass Kochen superkompliziert ist und man bei jedem Schritt ins Buch schauen muss, ergo total gestresst ist und sich hinterher schwört: nie wieder *Hirse mit Lauch,* dabei ist es idiotensicher.

Die Vorteile dieser schönen Mahlzeit liegen auf der Hand: kaum was zum Abwaschen – wenn man gemeinsam einträchtig aus dem Topf isst, noch weniger –, man nimmt Kurkuma zu sich, schön in Kombi mit Fett und Pfeffer, sonst wirkt er nämlich nicht, Hirse eh Superpower, Lauch auch und Knoblauch sowieso. Für die richtigen Küchencracks gibt es sogar noch ein Topping aus geräuchertem Tofu (Eiweiß ist so wichtig!), schneiden, kross in Öl anbraten, rüber damit, und Hirse mit Lauch ist noch getoppt.

Jedenfalls sagte Schabowski, während er den Lauch klitzeklein schnitt: »Sie nehmen das nicht ernst!«

»Was nehme ich nicht ernst?«

»Unsere ganzen Weiterbildungen«, er warf den Lauch in

das zischende Öl und rührte ein bisschen, »ich meine, Sie sagen, es wäre wichtig für mich.«

Ich warf ihm von der Seite einen Blick zu, er trug diese Schürze und mit dem Kochlöffel in der Hand stocherte er unbeholfen im Topf herum. Ich war betroffen, ich wusste sofort, dass er recht hatte. Ich nahm das nicht richtig ernst, für mich war es ein Spiel, einfach, weil ich es mir leisten konnte. Ich konnte es mir leisten, diese coole Rolle einzunehmen von jemandem, der das alles, was wir gerade lernen wollten, nicht konnte und auch nicht können wollte. Ich wollte mich lieber darüber lustig machen. Ich stellte mich neben ihn, wir schauten in den Lauch. Ich drehte das Gas ein wenig herunter. »Ist es auch. Es ist enorm wichtig.«

»Und warum benehmen Sie sich dann wie ein trotziges Kind? Ich fühle mich lächerlich, wenn ich das ernst nehme, und dabei nehme ich es nur wegen Ihnen ernst. Ich dachte, wir hätten eine Abmachung.«

»Das haben wir auch. Herr Schabowski, es tut mir leid.« Ich bekam ein heißes Gesicht, ich streute Kurkuma in den Topf und sah zu, wie sich alles gelb färbte. »Habe ich Ihnen mal erzählt, dass ich so eine Aerobicphase hatte?«

»Ja.«

»Na ja, das Ding ist, ich denke, wir sind uns darüber einig, dass Aerobic tausendmal peinlicher ist als alles, was wir jetzt gerade machen, oder?«

»Ich weiß nicht«, Schabowski schüttete das Wasser und das Salz hinein und warf den Knoblauch hinterher, »es gab schon ein paar sehr peinliche Momente, neulich beispielsweise, bei *Channeln mit Engeln,* als wir den Kontakt zu unserem geistigen Team da oben herstellen sollten, dieses laute Rufen nach Gabriel und Raphael, das war mir schon sehr unangenehm.«

»Ja okay, *Channeln mit Engeln* war ein Griff ins Klo. Aber

glauben Sie mir, Aerobic und meine Fachzeitschriften, das war damals mein Leben. Es war oberpeinlich, wenn man es mal mit einem gewissen Abstand betrachtet, aber ich habe es hundertprozentig ernst genommen. Und wissen Sie, warum? Weil ich *vorher* begriffen hatte, wie lächerlich ich war. Ich war eine Lachnummer. Aber ich dachte, ich könnte das Ruder herumreißen. Ich war vollkommen überzeugt davon. Erst danach, als ich verstanden habe, dass ich eine Lachnummer bin *und bleibe*, erst danach habe ich nichts mehr ernst genommen. Ich habe mich dareingefügt, verstehen Sie? Und es ist enorm schwer, aus dieser Haltung wieder herauszukommen. Ich befinde mich in einer ironischen Endlosschleife.«

»Die Esoterikskala.«

»Eben! Die Esoterikskala macht es mir so schwer! Verstehen Sie, ich habe mich immer damit gebrüstet, mich in den niederen Bereichen der Skala zu bewegen, eine Eins, maximal die Zwei, und jetzt sprenge ich alles und tue aber dabei so, als könnte ich das mit amüsierter Distanz betrachten, dabei geht das nicht.«

»Nein, es geht nicht.«

»Eben. Man muss die Esoterikskala ab einem bestimmten Punkt umarmen. Wenn man eine gewisse Schwelle überschritten hat, sagen wir die Fünf, dann muss man sich die Finger schmutzig machen. Man muss voll pro sein, man muss von sich sagen können: Ja, ich bin bei der Esoterikskala ungefähr schon bei vierzig und: Ich liebe es.«

Ich hielt die linke Hand hoch, Herr Schabowski legte den Kochlöffel weg und schlug ein, wir mussten beide lachen.

»Ich würde sagen: Die Hundert knacken wir auch noch«, sagte er.

»Easy«, sagte ich.

86 MEHR KURSE

Wir saßen später beim Essen und stritten um die knusprigen Tofubrocken.

Schabowski schluckte einen Bissen hinunter und schenkte uns beiden Wasser nach. »Schauen Sie, Frau Benz, ich mache ja nun all die vielen Kurse, die Ihre Schwester Sybille für uns zusammengestellt hat.«

Ich trank das Glas aus und hielt es ihm wieder hin. »Ich mache auch all die vielen Kurse, die Schwester Sybille für uns zusammengestellt hat.«

»Ja, ja! Tatsache ist, ich mache das für Sie.«

»Für Schwester Sybille?!«

»Ich mache das für *Sie,* Frau Benz.«

»Sie sollten das aber für sich machen, Herr Schabowski.«

»Möglich. Ich mache es jedenfalls Ihnen zuliebe. Und darum möchte ich, dass Sie auch etwas mir zuliebe machen.«

»Herr Schabowski, das ist doch ein Witz. Ich tanze und channle und yogapraktiziere und meditiere und weiß der Geier was noch alles *Ihnen* zuliebe! Jesus, das ist doch alles nicht für mich!«

»Also gut, Sie machen das meinetwegen, ich mache es Ihretwegen, vermutlich stimmt unterm Strich dann irgendwie die Rechnung und es ist egal, dass ich es nicht für mich tue, weil Sie es ja schon für mich tun, und es ist auch egal, dass Sie es nicht für –«

»Herr Schabowski, worauf wollen Sie hinaus?«

»Ich möchte, dass Sie einen Kurs besuchen, den *ich* aussuche. Auch wenn er Ihnen nicht gefällt.«

»Herr Schabowski, mir gefallen alle diese Kurse nicht.«

»Ach kommen Sie, Frau Benz, zumindest ein Kurs hat Ihnen gefallen, da bin ich mir sicher.«

»Und welcher soll das sein?«

»Ich erinnere Sie an unsere Trommelsession letzten Dienstagabend, Sie waren richtiggehend –«

»Ja, ja! Ersparen Sie mir die Details, ich lege wirklich keinen Wert darauf, bei all der Peinlichkeit auch noch eine Ahnung davon zu kriegen, wie ich nach *außen* wirke.«

»Wie auch immer. Ich möchte, dass Sie mit mir einen Kurs besuchen.«

»Und was für einen?«

Er sagte es mir und ich sagte sofort Nein.

»Es ist mir wichtig, Frau Benz.«

»Das kann ich nicht.«

»Frau Benz, dachten Sie das nicht bei jedem einzelnen Kurs, den wir nun erfolgreich meistern?«

»Das ist etwas anderes. Und Sie wissen das, Herr Schabowski.«

Wir schwiegen. Ich starrte auf meinen halb leer gegessenen Teller.

»Ja«, sagte er irgendwann, »das ist etwas anderes. Aber es ist mir wichtig. Frau Benz, hören Sie mir kurz zu. Ich habe vorhin nicht ganz die Wahrheit gesagt. Ich mache diese Kurse nicht nur für Sie. Anfangs ja, anfangs habe ich diese Kurse ausschließlich Ihnen zuliebe gemacht, Sie haben mich ja mehr oder weniger erpresst.«

»Nicht mehr oder weniger, ich habe Sie erpresst, Herr Schabowski, erfolgreich, möchte ich dazu sagen, erfolgreich erpresst.«

»Richtig. Sie haben mich erfolgreich erpresst und ich habe Ihnen zuliebe eine Menge Kurse angefangen, die ich niemals besucht hätte, wenn es nach mir gegangen wäre. Aber nun«, Herr Schabowski verschob sein Glas ein wenig auf dem Tisch, »aber nun mache ich es, weil ich es möchte«, sagte er. »Ich gehe in diesen albernen Tanzkurs und quäle mich durch die

Meditationen, aber ich merke, dass es anfängt, mir Spaß zu machen. Ehrlich gesagt gefiel mir sogar das *Channeln mit Engeln* irgendwie ganz gut.«

»Also das nicht, Herr Schabowski!«, ich legte schwungvoll den Löffel ab, »nicht *Channeln mit Engeln!*«

»Jedenfalls, das alles macht mich, nun ja«, er räusperte sich, »es macht mich glücklich, wissen Sie?«

Ich musste lächeln, und ich sah aus den Augenwinkeln, dass Schabowski auch lächelte. Wir fingen beide wieder an zu essen.

»Aber warum dann das?«, fragte ich schließlich. »Warum dann dieser neue Kurs?«

Herr Schabowski pickte mit der Gabel die letzten Hirsekörner auf und legte dann das Besteck zur Seite, er schob den Teller weg.

»Frau Benz, ich verspreche Ihnen, ich mache alles, um –« Er stockte.

»Um gesund zu werden«, sagte ich.

»Um nicht zu sterben. Alles. Aber wenn es an irgendeinem Punkt klar werden sollte, dass nichts mehr hilft – und ich meine wirklich: nichts –, wenn alles ausgeschöpft ist, dann möchte ich so sterben, wie ich es für richtig halte. Können Sie das verstehen?«

Ich schwieg. Dann nickte ich. »Ja, das kann ich verstehen.«

»Und es ist mir wichtig«, sagte Herr Schabowski, »dass wir dann nicht verhandeln. Ich werde immer ehrlich sein. Und ich bitte Sie, ebenfalls ehrlich zu sein. Wenn ich spüre, dass noch irgendwo in mir ein Lebenswillen ist, und wenn es auch nur ein Funken ist, dann werde ich nicht aufgeben. Aber wenn ich fühle, wenn ich weiß, dass es vorbei ist, dann werde ich es Ihnen sagen. Und ich bitte Sie, es dann zu respektieren. Ich bitte Sie, mich dann im Sterben ebenso zu unterstützen wie im Leben.«

Mir liefen die Tränen über die Wangen. Ich atmete tief ein, hielt den Atem und atmete aus, beim dritten Mal beruhigte sich alles in mir, ich wischte die Tränen mit dem Saum meines T-Shirts weg. »Ich denke darüber nach, okay?«

»Okay«, sagte er.

87 DAS TIERHEIM

In immer variierender Reihenfolge machte ich mir Gedanken um Schabowski und seine Krankheit, ich dachte an mich und dieses Reiskörnchen, das in mir herumpaddelte, ich dachte an Sybille und ihren Irrweg, an meinen toten Vater und das Hotel, ich dachte an die potenziellen Väter des Reiskörnchens, ich dachte daran, dass es unmöglich war, all diese vertrackten Dinge irgendwie zu lösen. *Eines* von diesen Dingen hätte mir völlig gereicht. Beispielsweise eine Hotelerbin zu sein. Von der tatsächlichen Regelung in der Realität ganz zu schweigen. Was in aller Welt sollte ich mit einem Hotel? Am besten verkaufen, dachte ich. Das wäre sogar richtig gut. Ich wäre reich! Ich fragte mich angelegentlich, ob eigentlich auch alle meine Geschwister was geerbt hatten, weitere Hotels beispielsweise, und dabei fiel mir ein, dass ich schon längst mit Sybille hatte reden wollen, über den Tod des Don, über dieses Testament, aber wir kamen einfach nicht dazu.

Genau genommen war aber von allen Dingen, die mich beschäftigten, die Hotelfrage die harmloseste. Sie war die, bei der man am ehesten »irgendwas unternehmen« konnte, nämlich anrufen.

Und das tat ich dann auch, es war Montag, kurz vor zehn, ich saß in meinem Büro und rief bei der Anwaltskanzlei in Wien an.

Danach wusste ich, dass das Hotel Mirabell insgesamt *fünf* Erben hatte, meine Geschwister und mich nämlich, und dass

Verkaufen keine Option war, weil es in diesem Fall als Spende ans Tierheim gehen würde.

Alles in allem hatten wir zwei Jahre Zeit, das Hotel in Betrieb zu nehmen, ansonsten würde es auch ans Tierheim fallen. Falls es unter uns Geschwistern Streit gäbe bezüglich des Erbes, gehörte es dem Tierheim. Falls wir es nicht als Hotel führen würden, sondern beispielsweise zu Wohnungen ausbauen wollten – Tierheim. Und so weiter, es gab nur einen sehr schmalen Pfad, dieses fragwürdige Erbe anzutreten: Einer von uns oder wir alle mussten Hoteliers werden. Sonst Tierheim. Von einem sonstigen Besitz des Don war übrigens überhaupt nicht die Rede, er schien alles in den Kauf des Hotels investiert zu haben. Das restliche Vermögen hatte er auf ein Konto gepackt, von dem ein Hausmeister bezahlt wurde, er sah im Grandhotel nach dem Rechten.

Nach all diesen anwaltstechnischen Informationen war ich natürlich müde, nach diesem Gespräch dachte ich, dass all meine anderen Sorgen doch die besseren Sorgen seien.

Ich bestellte Hänse Quandt, den Dragaschnig und Mo Gabler für den nächsten Samstag zu mir nach Hause. Ich würde ein klärendes Gespräch in Socken führen und alle Karten, also konkret das Ultraschallbild, auf den Tisch legen. Dann würde ich sehen, wer nachher noch im Boot saß – um bei *Red Stripe* zu bleiben. *Expect good things* – ich war gespannt.

88 ERKENNTNISSE GLOBALEN AUSMASSES

Als ich am nächsten Morgen um sechs bei meiner Meditation saß, passierte es. Ich meditierte *wirklich.* Klar, es handelte sich nur um ein paar meditierte Wimpernschläge, *aber ich fühlte es.* Es war ein echter Flow, es war magisch. Ich dachte nichts.

Ich machte aus nichts ein Problem. In mir war nur *Kirim.* Und nach diesen kurzen Momenten des Nichts und *Kirim* machte es klick. Ich schlug die Augen auf und rappelte mich hoch, dann ging ich zu Sybille ins Wohnzimmer, sie lag auf dem Rücken, den Schlafsack bis unters Kinn gezogen, und schlief noch fest, ich knipste die Leselampe auf dem kleinen Tischchen an.

»Sybille!«

Sybille machte die Augen auf. Wie eine Mumie, gestört in der ewigen Totenruhe, schaute sie mich an.

»Sybille, ich habe gerade meditiert!«

»Honey, das ist wunderschön, aber weißt du, wie spät es ist?«

»Ja, sechs, ich muss gleich los, aber hör zu, es hat das erste Mal funktioniert!«

»Wie meinst du das, *funktioniert.*«

»Es war spirituell. Es war kurz, aber spirituell.«

»Das ist wirklich toll.«

»Ja, aber hör zu, das Ding ist, ich habe danach kapiert, was mit mir los ist.«

»Ach so?« Sybille richtete sich nun auf und tastete nach ihrer Brille, sie drapierte den Schlafsack um sich herum und faltete die Hände, als wäre sie bereit, mir die Lebensbeichte abzunehmen.

»Ich meine, jetzt nicht grundsätzlich. Natürlich habe ich keinen blassen Schimmer, was grundsätzlich mit mir los ist. Nur in der Sache mit den Männern.«

»Mit welchen Männern?«

»Eigentlich mit allen. Hör zu, seit der Familienaufstellung, die Sache mit Patsche, erinnerst du dich?«

»Klar.«

»Es war ja quasi meine erotische Erweckung. Aber das Ding ist, es hat nur etwas aufgeweckt, was sowieso da war. Seit den Sternsingern.«

»Schätzchen, ich kann dir wirklich nicht folgen, was war denn bei den –«

»Es ist ganz einfach. Es ist die Musik! *Born to be alive!* Es lief im Pfarrsaal in der Fatima-Kirche, und es war das erste Mal, dass der Dragaschnig mit mir redete, und ich war verknallt!«

»Du meine Güte, was hat er denn Umwerfendes gesagt?«

»Er hat gefragt, ob ich in die Mülltonne gefallen wäre.«

»Klar«, murmelte Sybille, »klar warst du da verknallt.«

»Es fühlte sich so gut an! Dann, nach dem empörenden Finale mit Sissi Schubert, habe ich dieses Gefühl sozusagen abgekapselt.«

»Abgekapselt?«

»Was weiß ich, es ist halt verschüttgegangen. Aber das Ding ist: Bei der Familienaufstellung, mit Patsche, da wachte es wieder auf. Und seither verknall ich mich am Laufmeter, nämlich immer, und jetzt kommt's: immer wenn ich Musik höre.«

»Charly, das klingt wirklich erstaunlich. Um nicht zu sagen bescheuert.«

»Sybille, ich meine es ganz ernst. Sobald ich Musik höre, gute Musik, erwacht das Erotische in mir und es gibt kein Halten mehr. Ich kann gar nichts dagegen tun, es ist stärker als ich!«

»Das ist«, sagte Sybille langsam, aber resolut, »die absolut dümmste Ausrede dafür, dass jemand mit Hinz und Kunz ins Bett springt, die ich je gehört habe.«

»Nicht mit Hinz und Kunz, nur bei Musik. Guter Musik.«

»Aber dann mit Hinz und Kunz. Bei *guter Musik.*«

»Gut möglich«, räumte ich ein.

Sybille nahm die Brille ab und legte sich wieder hin. »Ich pack dich einfach nicht heute.«

»Ich wollt's dir nur sagen.«

»Okay«, murmelte sie, »danke.«

»Ich muss jetzt eh los«, sagte ich. Ich ging zur Tür, dann drehte ich mich noch einmal um. »Wir müssen irgendwann über den Don reden.«

»Ja«, sagte Sybille, »das müssen wir.«

»Warum hast du mir nicht gesagt, dass du ein Hotel geerbt hast?«

»Du hast ja auch nichts gesagt.«

»Ich will ja auch kein Hotel.«

»Ich auch nicht.«

Ich nickte langsam, Sybille hatte die Augen geschlossen. »Dann hoffen wir mal, dass Tante Häte oder Tante Käthe ein Hotel wollen. Oder unser Kakaokönig.«

»Die wollen auch kein Hotel.«

»Hast du mit ihnen gesprochen?«

»Ja.«

Ich nickte, klar hatten sie miteinander gesprochen. »Und was machen wir dann mit dem Hotel?«

»Ich denke mal, es geht ans Tierheim. Der Don hat ja an alles gedacht bei seinen tollen Erbschaftsplänen.«

Ich nickte einfach weiter, der Don hatte wirklich an alles gedacht. »Hat er dir auch mal vorgeschlagen, eine Hotelfachschule zu besuchen?«

»Ja.«

»Uns allen?«

»Ja.«

Ich nickte und nickte. Versonnen dachte ich an ein Hotel, an das Mirabell in Bad Gastein. Wie in die gute alte Arche Noah strömten die Tiere hinein, aus dem Tierheim nämlich. Sie sahen glücklich aus.

»Ich wollte schon immer mal was dem Tierheim spenden.«

»Ja«, sagte Sybille, »das ist wirklich wichtig.«

89 VIELE HEILIGE DINGE

Seit ich die Esoterikskala umarmte, ging es mir blendend. Ich verlor alle Hemmungen. Beim gemeinsamen Chanten in *Heilsames Singen* gab ich alles, vielleicht war ich nicht textsicher, womöglich missriet mir die melodische Führung und ziemlich wahrscheinlich fehlte mir jedes Gefühl für Rhythmus, aber neben Schabowski im Schneidersitz hockend sang ich lauthals und klatschte dazu, ich legte mein Herz in die heilsamen Gesänge aus aller Welt, ich war danach vollkommen außer Puste und verschwitzt, aber es ging mir schweinemäßig gut, ich hatte allerbeste Laune, ich spürte förmlich, wie das heilsame Singen mich heilte, vor allem mein Gemüt, und eine Energie aus mir herauskitzelte, die ich nicht kannte. Heilsames Singen machte mir wahnsinnig Spaß, ich hätte stundenlang weitersingen und weiterklatschen können, und die vielen schönen Mantras und Chants begleiteten mich fortan durch meine Tage, alleweil summte und sang ich vor mich hin, dass es eine reine Freude war.

Das Problem mit einer ironischen Haltung ist ja folgendes: Sie macht in jeder Lebenslage Sinn. In fast jeder. Meiner persönlichen Meinung nach wertet eine ironische Grundhaltung alles auf, ein peinliches Thema, ein schlechtes Gespräch und so weiter, ich bin wirklich nicht der Meinung, dass man ausschließlich mit Ernsthaftigkeit irgendwas wirklich gewuppt kriegt. Aber – und jetzt kommt's –, aber in meiner spirituellen Entwicklung bin ich mit meiner Ironie nicht weitergekommen. Es war gut, mit Schabowski einen Ernsthaftigkeitspakt geschlossen zu haben. Ich fühlte mich befreit, denn es war klar: Meine neue Abmachung mit Schabowski zählte mehr als meine alte Abmachung mit der ironischen Grundhaltung. Der Mensch Schabowski war mir wichtiger als die Idee der Ironie.

Konkret sah das so aus, dass wir mit vollem Elan sangen

und meditierten und bioenergetische Übungen vollzogen und tanzten (ja, wir tanzten, und zwar den *tanzenden Heilkreis der Colima-Indianer*, und ja, es war supertoll), wir tranken grüne Säfte und gingen jeden Tag zehntausend Schritte, wir taten alles, alles, was Sybille uns in unseren Wochenplan packte, und wenn uns mal die Ironie überfiel wie ein spielwütiger kleiner Hund, dann unterbanden wir das sofort. Wir lachten immer erst hinterher, nach den Seminaren, dann aber ausführlich, weil ja auch Lachen so wahnsinnig heilsam war. Alles, alles stand unter dem Zeichen der Heilsamkeit, manches davon lag mir weniger, etwa *Heilsames Arbeiten mit Ton* – Herr Schabowski fertigte kunstvolle Schalen und Becher, ich aber ging jeweils nach Hause mit einem gepitschepatschten Blödsinn –, anderes vollzog ich mit ungeheurer Begeisterung, zum Beispiel *Lustige Filme schauen im Zeichen der Heilsamkeit*. Lustige Filme schauen wurde zu unserer Königsdisziplin, wir hatten uns vorgenommen, mindestens drei lustige Filme pro Woche anzuschauen, was angesichts unseres Mammutprogramms im Zeichen der Heilsamkeit gar nicht so einfach war, mitunter mussten wir am Sonntagmorgen zum Frühstück schon einen lustigen Film schauen, weil wir nachmittags wieder in einem heilsamen Kurs steckten.

Das mit den zehntausend Schritten war übrigens leicht getan, es galt nämlich nun, da es Ende November war, die Adventskalender auszuliefern. Liliane war der Meinung, es wäre eine schöne Geste und quasi eine Reminiszenz an unsere Anfänge – als die Firma nur aus uns zweien bestand und ungefähr einen Kunden hatte –, wenn sie und ich, die Urgesteine, die Kalender persönlich auslieferten und unseren Berliner Kunden einen Überraschungsbesuch abstatteten. Wir teilten die Bezirke unter uns auf, ich bekam einen Anhänger an mein Fahrrad, der wurde vollgepackt mit *LuckyLili*-Adventskalendern, und radelnd sollte ich die Stadt durchqueren. Da mein Rad nach wie vor nicht radelte, ging ich zu Fuß, und da Schabowski ebenfalls seine zehntausend Schritte zu tun hatte, gingen wir zusammen. Zugegeben, anfangs fluchte ich, zumal mir sehr schnell klar wurde, dass täglich weitaus mehr als zehntausend Schritte zu tun wären, sollten die Kalender wirklich alle schön zum 1. Dezember in den trauten Stuben hängen. Am ersten Tag gingen wir vierundzwanzigtausend Schritte, fix und foxi schleppten wir uns zu mir nach Hause. Bislang hatte mir die Schwangerschaft, die ja noch eine sehr frühe Schwangerschaft war, keinerlei nennenswerte Probleme bereitet, abgesehen von der Übelkeit, die sich leicht mit Wurstbroten beheben ließ, plötzlich aber fiel ich in ein nie gekanntes Zuckerloch. Ich musste mich auf die Treppenstufe vor meinem Haus setzen und Schabowski erinnerte mich an das tiefe, ruhige Atmen, er wickelte einen revolutionären Riegel aus und während ich langsam kaute, wurde es besser.

In diesem Moment kam Mo Gabler daher, offensichtlich war er einkaufen gewesen, er hielt eine vollgepackte Tüte in den Armen.

»Ich schwöre«, sagte ich, »ich bin nicht mehr so viel gelaufen, seit ich das letzte Mal mit den Sternsingern um die Häuser gezogen bin.« Ich dachte kurz und überrascht, dass es auch sonst ganz ähnlich war wie damals, als ich als König Caspar brilliert hatte. Wir klingelten bei wildfremden Leuten an der Tür und brachten Geschenke, alle freuten sich, manche luden uns zu einem Kaffee ein, dann gingen wir weiter zum nächsten Haus.

»Ich koch uns was«, sagte Mo.

Und dann musste ich mich sehr wundern, dass Mo so unverschämt gut kochen konnte, denn dann kochte er uns was, und zwar nicht einfach so Nudeln mit Öl oder so, Reis ohne alles, nein, was Richtiges. Er hatte ausführlich eingekauft, und zwar offensichtlich für sich selbst, und kochte aus seinem ausführlichen Einkauf ein detaillastiges Gericht, das mindestens von Ottolenghi war. Während ich mit einer Kompresse auf der Stirn auf meinem Sofa ruhte, Schabowski im Sessel die Zeitung las und Sybille sich die Tarotkarten legte, stand Mo in meiner Küche und kochte die erstaunlichsten Schweinereien. Wieder stöpselte er seinen iPod an meine Anlage und machte Musik an, ich shazamte schnell, denn das kannte ich nicht, *Candy*, von Paolo Nutini, gefiel mir aber, und ungeheuer souverän bewegte er sich zwischen der Musik und dem Herd und der Spüle hin und her, sautierte und würzte und warf mit der Pfanne Gemüse in die Luft, und mit einem Mal schienen mir seine Hosen gar nicht mehr so kurz. Er wirkte so ruhig, so sicher, wenn er kochte.

Als wir später am Tisch saßen und die vielen sautierten und gewürzten und geworfenen Dinge verzehrten, die er in einem Affenzahn zubereitet hatte, fragte ich, ob er auch einmal einen Singlekochkurs absolviert habe.

»Nein«, sagte er. »Aber ich hatte mal eine Freundin, wir haben gerne zusammen gekocht.«

Ich nickte, gemeinsames Kochen, mit Gummistiefeln durch den Regen und Schach spielen am Abend. Mo Gabler war einmal Teil eines glücklichen Paares gewesen, und ich konnte es mir plötzlich vorstellen. Er schaute auf und wir blickten uns an, und es lief ein Stück, El Conticinio, Guitarricadelafuente nämlich, Jesus, und ich dachte: Ich könnte mir vorstellen, mit dir ein glückliches Paar zu sein, mit Brötchenservice und allem.

Wie lange wir noch mit Ausliefern beschäftigt seien, fragte er.

Wenn wir das heutige Gehtempo beibehielten, würden wir noch gut zwei Tage unterwegs sein.

»Wünsch dir was«, sagte er, »was willst du dann essen? Ich koche für euch.«

Ich musste nicht lange überlegen, die Analogie zu den Sternsingern damals war mehr als deutlich, ich war erschöpft gewesen, aber nun, nach dem Essen, fühlte ich mich herrlich, müde, aber glücklich.

»Schnitzel und Pommes am ersten Abend und Kässpätzle mit Apfelmus am zweiten.«

Sybille hob den Kopf, sie grinste und hob den Daumen, auch sie war natürlich einmal ein aktives Sternsingermitglied gewesen.

»Das ist nicht ganz Anti-Krebs und so«, sagte ich entschuldigend zu Herrn Schabowski, »aber es ist das, was die Heiligen Drei Könige seit Jesu Geburt nach ihrer langen Wanderung zu essen kriegen, und Sie müssen zugeben, es war eine lange Wanderung.«

»Endlich mal wieder Pommes frites«, sagte Schabowski zufrieden, »immer Anti-Krebs zu essen ist auch langweilig.«

Wir räumten gemeinsam die Küche auf, dann brach Schabowski auf, und Sybille schloss sich an, sie ging zu ihrer allabendlichen Milonga, und Mo Gabler und ich überlegten, ob wir ein bisschen Film schauen sollten oder womöglich ein wenig über Kafka quatschen, aber dann saß ich auf dem Boden und er auf dem Sofa und ich schwafelte was von meiner Meditationspraxis, die ich auf keinen Fall vergessen dürfe, und nun lief Cat Stevens, *Lady d'Arbanville,* ein Wahnsinnsstück, wenn man einsam war, musste man viel heulen, wenn man nicht einsam war, wollte man mit Mo Gabler ins Bett gehen, und er beugte sich zu mir herunter und küsste mich und alles verwischte in meinem Kopf und so weiter.

90 UNDURCHSCHAUBARE NEUIGKEITEN

Und, auch das darf ich nicht unterschlagen: Ich machte eine neue Familienaufstellung. Diesmal ohne Mätzchen. Schabowski machte auch eine Familienaufstellung. Aber wir machten nicht zusammen eine Familienaufstellung, ich wollte ihn nicht dabeihaben und er mich auch nicht, wir wollten beide niemanden dabeihaben, der uns kannte. Es reichte mir schon, dass Indenbirken mich kannte, aber gut, Indenbirken hatte mich an meinem erstaunlichsten (Patsche-Katze) und an meinem tiefsten Punkt erlebt (das Dragaschnigdebakel), bei ihm war jetzt auch schon alles egal.

Jedenfalls, ich dachte, eine echte, eine ehrliche, eine ganz ernst gemeinte Familienaufstellung würde mir helfen, meine etwas verzwickte derzeitige Situation (ein Baby, drei potenzielle Väter) zu klären, und genauso startete ich auch in mein morphisches Feld: drei Stellvertreter für die Männer, eine Stellvertreterin für mich, eine weitere für das Baby, aber zu meiner großen Verblüffung ging es innert kürzester Zeit um etwas völlig anderes, nämlich um den Don.

»Es geht«, sagte Indenbirken, »erst mal nicht um die möglichen Väter deines Kindes, es geht um deinen eigenen Vater.«

Ich nickte, ja, das leuchtete mir ein. »Mein Vater«, sagte ich, ich zögerte, »mein Vater ist tot. Ich habe ihn kaum gekannt. Er ist vor Kurzem gestorben.«

»Okay«, sagte Indenbirken, er rieb sich die Hände, »dann schauen wir uns die Sache mal an.«

Ich stellte also einen Vertreter für den Don auf. Der Don in meinem morphischen Feld stand nun zwar physisch da, aber er war innerlich abwesend. Er konnte sich nicht um seine Frau und seine fünf Kinder kümmern, und tatsächlich hatte er sich ja auch außerhalb des morphischen Feldes nicht um uns gekümmert. Er konnte es nicht, so viel wurde immerhin klar, weil er so mit seinen eigenen Dingen beschäftigt war. Ich dachte, ja klar, Geschäfte, der Don war immer mit seinen undurchsichtigen Geschäften beschäftigt gewesen.

Aber nein, Indenbirken schüttelte energisch den Kopf, um so was gehe es hier nicht, die Konstellation hier deute in eine ganz andere Richtung, der Don, so erläuterte er, der Don müsse etwas Ungeklärtes in seiner Vergangenheit haben, eine Art Geheimnis vielleicht, oder auch nur ein Missverständnis, etwas, das sozusagen alle Energie von uns abzog.

»Ja was soll denn das sein?«, fragte ich.

»Das werden wir versuchen herauszufinden«, sagte Indenbirken munter, er war voll in seinem Metier, es war genau das, was ihm so richtig gut gefiel: ein Kuddelmuddel in der Gegenwart und Aufklärung durch die Vergangenheit.

Daraufhin wurden die Eltern des Don aufgestellt, Omama und Opapa Benz – beide lange tot, sie waren gestorben, als ich noch ganz klein war –, sie hatten in der St. Galler Altstadt ein Geschäft für Molkereiprodukte betrieben, das *Chäslädeli Benz,* aber der Stellvertreter des Don schaute ganz woandershin. Omama und Opapa Benz waren ihm wurst.

Diese ganze Konstellation machte mich ratlos, ich wusste beim besten Willen nicht, was das bedeuten sollte, und auch nicht, was das mit mir zu tun haben könnte, und als Indenbirken zwei weitere Stellvertreter hinzufügte, einen Mann und eine Frau nämlich, und der Stellvertreter-Don plötzlich aufblickte und zu strahlen anfing, glücklich auf die beiden zuging und sie sich unter Gelächter und Tränen fest umarmten, da verstand ich überhaupt nichts mehr.

»Weißt du, wer das sein könnte?«, fragte Indenbirken.

Nein, das wusste ich beim besten Willen nicht.

Indenbirken nickte nachdenklich. »Wenn dir das gerade gar

nichts sagt, würde ich es erst mal so stehen lassen. Lass es nachwirken. Vielleicht ein bisschen Familiengeschichte recherchieren, das schadet nie. Irgendwas wird sich verschieben, irgendwas wird sich ergeben und alles klärt sich – so ist es immer.«

»Okay.« Ich betrachtete die Stellvertreter, den Don. Mich überkam eine plötzliche Wehmut. Ich hatte ihn nicht gekannt, nicht richtig, das machte mich wehmütig, und die wenigen Erinnerungen, die ich an ihn hatte, machten mich auch wehmütig. Wie fröhlich er in der *Öpfelchammer* gewesen war. Wie beherzt er seinen Birnenfladen im *Henrici* verzehrt hatte, was für feine Krawatten er immer getragen hatte. Ich hätte ihn gerne alles Mögliche gefragt. Wieso er ein Hotel gekauft hatte, zum Beispiel, in Bad Gastein. Wieso er uns verlassen hatte, als ich vier Jahre alt war. »Knall auf Fall«, hatte meine Mutter immer gesagt. Wo er gewesen war, in all den Jahren, was er gemacht hatte und mit welchem »Missverständnis«, mit welchem »Geheimnis in der Vergangenheit« er beschäftigt gewesen war. Das alles und vieles mehr hätte ich meinen Vater gerne gefragt.

»Und was mache ich jetzt mit meinen Vielleicht-Vätern?«

»Reden«, sagte Indenbirken, er lächelte, »der Vorteil an den Lebenden ist, dass wir mit ihnen reden können.«

91 NICHT GANZ SO WIE ERWARTET

Der »Sockenkreis«, wie ich es nannte, fand am ersten Samstag im Dezember statt. Ich hatte den Dragaschnig, Hänse Quandt und Mo Gabler eingeladen, ich hatte gesagt: »ein Abend unter Freunden«. Das war nicht gelogen, ich war mit allen gut Freund und es würde, da ich sie alle für neunzehn Uhr einbestellt hatte, auch Abend sein, und alle hatten sich über die Einladung gefreut.

Für den Sockenkreis hatte ich vier Stühle in meinem Wohnzimmer platziert, schon beim Anblick wurde ich nervös. Ich hatte den Roibuschtee gekocht, den es bei der Fachkraft Öhmel in Probierpackungen gab, nicht dass ich ihn schon probiert hätte, und ich hatte Grünkohlchips in den Ofen geschoben, aber sie waren verbrannt, darum gab es jetzt Chips ohne Grünkohl. Ich lüftete noch die Rauchschwaden hinaus, als es das erste Mal klingelte.

Hans Hänse Quandt kam herauf, er brachte Törtchen mit von *Frau Zeller*. Ohne Aufforderung zog er seine guten Red Wings aus und marschierte ganz unbekümmert in Socken durch meine Wohnung, in der Küche öffnete er die Schränke auf der Suche nach einer Tortenplatte. Zurück im Wohnzimmer stellte er die Törtchen auf den Tisch und nahm mein Gesicht in die Hände, er küsste mich und lächelte, ich küsste etwas hektisch zurück.

»Ich dachte«, sagte ich betont harmlos, ich räusperte mich, »wir setzen uns alle zusammen ganz zwanglos in diesen Stuhlkrei–«

Über meine Schulter hinweg schien er etwas erspäht zu haben. »Nein!«, rief er erfreut, er löste sich von mir, ich drehte mich um, er hatte schon meine Ukulele aus der Ecke geholt und nahm sich einen der vier Stühle und stellte ihn ans Fenster. Den Fuß auf dem Fensterbrett begann er sie zu stimmen und fragte: »Spielst du?«

Ich goss was von dem Roibuschtee in zwei Tassen und roch daran, ich stellte ihn wieder weg. »Ich wollte ein Ukulelenorchester gründen.«

»Und was für Stücke kannst du so?«

»Keine.«

Er nickte und begann ein paar Akkorde zu spielen. »Und wie willst du dann im Ukulelenorchester zurechtkommen?«

»Ich dachte mir, erst das Orchester, dann der Rest. Es bringt ja nichts, wenn ich wie wild drauflosübe, und dann hat das Orchester keine weiteren Mitglieder.«

»Klar.«

Es klingelte wieder, diesmal aber oben an der Wohnungstür, es war Mo Gabler, er brachte Bier und war schon in Socken, er musste ja nur über den Flur. Freundschaftlich reichte er Hänse die Hand und öffnete drei Biere, ich räusperte mich wieder und deutete einladend auf einen der verbliebenen Stühle aus dem Stuhlkreis. »Wie wär's«, sagte ich munter, »wenn wir uns alle ganz zwanglos in den –«

»Mensch, gute Idee!«, rief Mo begeistert. »Ich hole auch noch schnell meine Ukulele, das wird lustig!« Er ließ die Tür offen und ging kurz hinüber, es klingelte.

Ich blieb im Türrahmen stehen und hörte, wie der Dragaschnig die Treppen hochkam, flüsternd wiederholte ich meinen Text: *Ich habe einen Stuhlkreis vorbereitet, vielleicht wollen wir alle ganz zwanglos* – da er immer zwei Stufen auf einmal nahm, war er ungemein schnell. Als er meine Etage erreichte, kam Mo gerade wieder aus seiner Wohnung, er hatte gleich zwei Ukulelen dabei und klemmte sich eine unter den Arm, um dem Dragaschnig die Hand zu reichen.

»Ich dachte, ich bringe gleich beide mit, eine Sopran und eine Tenor. Ich bin Mo.«

»Freut mich, freut mich, Konrad, verdammt, wenn ich das gewusst hätte, dann hätte ich meine Ukulele auch mitgebracht! Hallo Süße!«, sagte der Dragaschnig, er strahlte und küsste mich, dann hob er eine Tüte hoch. »Ich habe Fruchtsaft dabei, für so Fruchtsafttrinker wie mich.«

»Stimmt, ich hab vorher gar nicht richtig Hallo gesagt. Hallo Süße!«, sagte Mo übermütig, er küsste mich.

Die beiden gingen in die Wohnung, sie waren schon vertieft

in Ukulelenfachgespräche. Sie schienen nichts zu ahnen und diese Begrüßungsküsse irgendwie eher als Scherz aufgefasst zu haben. Ich war so der Typ für diese Art von Scherzen. Ich lehnte mich kurz an die Wand des Treppenhauses und atmete tief durch. Ich hatte das tiefe Atmen viel geübt in der letzten Zeit, wie das Schuheausziehen gehörte es praktisch zu jedem heilsamen Kurs dazu, es half eigentlich immer, meinen Geist ruckzuck wieder zu beruhigen, ihn in eine spiegelglatte See zu verwandeln, aber dieses Mal half es nicht. Mein Atem war nicht ruhig und mein Geist war auch nicht ruhig, mein See war nichts als tosende Gischt. In meiner Wohnung war es übrigens auch nicht ruhig. Hätte ich nicht mit Sicherheit gewusst, dass mein Ukulelenorchester außer mir noch kein einziges Mitglied hatte, hätte ich gesagt, in meiner Wohnung probte das Ukulelenorchester.

Ich skandierte leise noch einmal meine Aufforderung zum zwanglosen Stuhlkreis, holte Luft und ging hinein.

Alle hatten sich einen Stuhl gegriffen und ein Bier, der Dragaschnig hatte sich Saft eingeschenkt, nur mein eigener Stuhl hielt noch am Stuhlkreis fest und stand traurig in der Mitte des Zimmers, aber ich war zu feige, mich nun noch zu ihm zu bekennen.

Ich holte Teller für die Törtchen, überlegte, ob Bier oder Saft, seufzte und setzte mich mit einem Glas Saft aufs Sofa. Ich trank einen Schluck, überlegte mir eine neue Taktik. Kein Problem, dachte ich mit frischem Optimismus, Menschen sind eben keine Maschinen, ich habe den Stuhlkreis zu sehr gewollt, zu viel Planung aber ist kontraproduktiv und verhindert mitunter, dass sich Probleme auf natürlichem Wege lösen. Es war wichtig, spontan zu bleiben. Ganz spontan, nahm ich mir vor, würde ich irgendwann während dieses beschaulichen Beisammenseins zum Beispiel sagen, also ich würde sagen: *Hey, wisst ihr eigentlich schon, dass ich schwanger bin? Ist das nicht toll? Nein, keine Ahnung, wer der Vater ist, aber, hey, ist das wirklich so wichtig? Wisst ihr, ich bin der Meinung, dass* – Mo und der Dragaschnig saßen sich gegenüber und spielten *Riptide,* meiner Meinung nach ein verdammt schwieriges Stück, Mo sang dazu, und zwar gar nicht schlecht. Jesus, er sang sogar richtig gut. Kurz kam ich aus dem Konzept. *Wisst ihr, ich bin der Meinung, dass* – aber was für einer Meinung war ich eigentlich? Hänse kam mit meinem Instrument zu mir herüber und brachte mir die ersten drei Griffe auf der Ukulele bei.

»Und ich dachte, wir hätten nicht mal die Musik«, sagte ich, während ich unter Höllenqualen meine hornhautlosen Fingerspitzen auf die Saiten drückte, »seit wann spielst du denn Ukulele?«

Er lachte und legte ein Piemonteser Haselnusstörtchen auf einen Teller und balancierte mit der Gabel einen Bissen zu meinem Mund.

»Seit wann? Seit unserem Gespräch damals. *We are ugly but we have the music.* Das hat Janis Joplin zu Leonard Cohen gesagt und du zu mir. Ich dachte also, es wäre nicht schlecht, zumindest die Musik zu haben. Ich kann schon *I'm your man.* Aber nur ganz langsam. Das nächste Mal, wenn du kommst, spiele ich es dir vor.«

Ich schaute ihn an. Er teilte gerade mit der Gabel einen weiteren Bissen vom Törtchen ab, ich legte ihm die Hand an die Wange, er schaute auf, wir lächelten uns an.

Ich übte den C-Dur-Akkord und F-Dur und a-Moll, und Hänse fütterte mich mit dem Törtchen und danach brannten meine Finger wie der Teufel, aber Hänse meinte, wenn ich noch das G hinzunähme, könnten wir schon bald *Hallelujah* spielen, von Cohen nämlich.

92 EIN NEUES KONZEPT MUSS HER

Es wurde ein netter Abend. Ein Abend unter Freunden. Wir tranken Bier und Saft und aßen Törtchen und Chips, und irgendwann, als der Abend fortschritt und es Nacht wurde, ging der Dragaschnig los und holte Pizza, die aßen wir dann auch noch. Den Roibuschtee tranken wir nicht, er war eine Frechheit. Wir übten abwechselnd auf den drei Ukulelen und tatsächlich, gegen Mitternacht spielten Hänse und der Dragaschnig und ich ganz, ganz langsam *Hallelujah*, von Cohen nämlich, und Mo sang dazu den Text und wir alle dann den Refrain.

Das Interessante ist, dass das *Hallelujah* von Cohen ja immer super klingt. Es ist egal, ob es von Cohen selbst gesungen wird oder von einem drittklassigen Kirchenchor oder einem viertklassigen Ukulelenorchester, das an einem Abend unter Freunden quasi aus dem Boden gestampft wurde, das *Hallelujah* klingt immer so, dass man sich danach immer ganz eigentümlich fühlt, ganz innig und besinnlich.

Aber wenn ich so darüber nachdenke, ist das natürlich Unsinn. Das Hallelujah von Cohen klingt immer am besten von Cohen, am innigsten, aber an diesem Abend, in dieser Nacht, da klang es so, dass ich wusste, Cohen wäre zufrieden mit uns, wenn er zufällig vorbeikäme. Wenn er noch lebte.

Jedenfalls war es halb drei Uhr morgens, als wir uns überschwänglich voneinander verabschiedeten, Mo ging zu sich hinüber, Hänse und der Dragaschnig polterten die Treppen hinunter, um sich ein Taxi zu teilen, und alle waren der Meinung, es wäre der Beginn einer wunderbaren Freundschaft. Und natürlich der Beginn eines Ukulelenorchesters.

Als ich die leeren Flaschen in die Küche räumte und mir die restlichen Krümel aus der Chipspackung in den Mund schüttete, hörte ich den Schlüssel sachte im Schloss. Sybille hatte sich draußen die Schuhe ausgezogen, um mich nicht zu wecken, nun stand sie mit den Riemchen ihrer Tangoflitzer am Handgelenk in der Tür und fragte: »Und? Wie ist es gelaufen?«

»Gut«, sagte ich, ich holte ihr auch eine Gabel und Sybille ließ ihre Schuhe fallen und warf den Mantel über den letzten Stuhl des Stuhlkreises, wir setzten uns mit den Resten der Törtchen aufs Sofa. »Gut ist es gelaufen«, sagte ich. »Es war ein Abend unter Freunden.«

»Das ist schön.« Sybille kaute und betrachtete mich nachdenklich durch ihre große nachdenkliche Brille. »Und wie haben sie es aufgenommen? Was sagen sie dazu?«

»Tja«, ich musste laut gähnen, »es hat sich irgendwie nicht ergeben. Du weißt schon, das Babyding und so.«

Sybille nickte langsam, sie nahm noch einen Happen Törtchen, dann legte sie die Gabel weg. »Wieso bloß wundert mich das nicht? Also um Klartext zu reden, sie wissen alle drei nach wie vor nichts von der Schwangerschaft und sie wissen auch nichts voneinander. So weit richtig?«

Ich nickte, so war es. Ich hatte einfach nicht gewusst, wie ich die Stühle in den Stuhlkreis hätte zurückbringen sollen und uns auf die Stühle. Aber ohne Stuhlkreis – mit Stühlen überall in der Wohnung, bloß nicht im Stuhlkreis, dazu Bier und Saft und Ukulelen und Pizza und Törtchen – hatte es zu keiner Sekunde des Abends einen Moment gegeben, an dem ich diesem quasi organischen Fortschreiten unserer fröhlichen kleinen Party eine neue Richtung hätte geben können. Ich dachte, wenn man gleich zu Beginn den Stuhlkreis verpasste, dann hatte sich das Pferd vergaloppiert, dann gab es kein Zurück mehr.

Nicht umsonst begann jeder heilsame Kurs mit einem Stuhlkreis, der Stuhlkreis war der Zentralstern jeder Heilung.

Und vielleicht war genau das das Problem gewesen. Der Abend hatte ja gar nicht im Zeichen der Heilung stehen sollen. Ich war schwanger, nicht krank. Vielleicht war der Stuhlkreis die ganz falsche Methode für eine Informationsveranstaltung. Ich ächzte. Sybille schaute mich an.

»Was?«, sagte sie.

»Soll ich vielleicht ein Infozelt aufstellen oder was.«

Sybille nahm mir den Teller ab. Sie strich mir ein paar Schnittlauchsträhnen aus dem Gesicht, dann lächelte sie mich an und ich lächelte auch, kurz darauf lachten wir so laut, dass es Mo drüben vermutlich aus dem Bett haute, wir lachten, regelrecht hysterisch, saugut war das. Es war besser als ein Stuhlkreis und ein Infozelt, es war alles, was es in dem Moment brauchte, und ich merkte – als wir irgendwann nicht mehr konnten und keuchend und mit so einem Restkichern, das einem ordentlichen Lachen immer lange nachklang, in den Sofakissen hingen –, dass mein Atem sich endlich beruhigte und damit auch mein Geist. Ich war ein spiegelglatter See, ein weites Meer. Und irgendwo in der Ferne kam ein Boot angeschaukelt. Ich hatte keine Ahnung, wer darinnen saß oder was, aber es war egal. *Expect good things.*

93 DAS EXPERIMENT

»Ich weiß nicht, was genau Sie tun, aber bleiben Sie dabei.« Dr. Faruki hatte Schabowskis Krankenakte vor sich auf dem Tisch und betrachtete nachdenklich die Röntgenbilder. Kurz vorher hatte er uns die Befunde erklärt, und ganz eindeutig war der Tumor ein ganz kleines bisschen geschrumpft, die Metastasen hatten sich teilweise zurückgebildet.

»Und wie geht es Ihnen sonst?« Dr. Faruki hielt noch einmal eine der Röntgenaufnahmen gegen das Licht und musterte sie, dann legte er sie zu den restlichen Unterlagen und klappte die Akte zu, er nahm seine Brille ab und schaute Herrn Schabowski an.

Herr Schabowski zögerte kurz. »Gut«, sagte er dann, »ehrlich gesagt geht es mir ziemlich gut.«

Dr. Faruki musterte uns beide, er sah aus, als hätte er eine Menge zu sagen, eine Menge Fragen, aber eben auch eine Menge zu sagen, aber er fragte nur: »Und bei Ihnen, Frau Benz, alles in Ordnung?«

»Klar«, sagte ich.

Ich fragte mich angelegentlich, ob ich mich – wiewohl er ein derart gut aussehender Mann war – nur darum ganz harmlos mit ihm unterhalten konnte, weil im Krankenhaus einfach nie Musik lief.

Ein bisschen betrübte mich diese Tatsache. Dr. Faruki wäre eine wunderbare Bereicherung meiner kleinen, aber feinen Sammlung gewesen.

Ich muss allerdings sagen, diese ganze Sache mit der Musik und den Männern wurmte mich. War ich wirklich zu einer so leichten Beute geworden? Oder musste ich es nicht andersherum formulieren: Wurden Männer, quasi zwangsläufig, zu meiner Beute, wenn nur die richtige Mucke lief? Sicher, ich hätte mich damit brüsten können wie dazumal das tapfere Schneiderlein mit den Bienen, Dings, Fliegen, aber der Haken war ja, dass ich mich in diesem perfiden Netz mindestens ebenso verhakelte wie die armen Männer. Es schien – ich konnte es mir nicht anders erklären – mit der richtigen Musik eine Art erotisches Fluidum von mir auszugehen, das mich ebenso niedermähte wie die Männer.

94 ALLES WIE IMMER

Am 20. Dezember tat ich den letzten Strich im Büro, dann war Weihnachtsfeier. Polonaise tanzend zogen wir durch die *LuckyLili*-Räume und stießen mit Champagner auf das hinter uns liegende erfolgreiche Jahr an, irgendein Witzbold legte mir einen Entenschnabel auf den Schreibtisch – einen *echten* Entenschnabel, ich brauchte eine Weile, um zu verstehen, was das war, und ich habe nie herausgefunden, von wem er war. Ich hatte Praktikanten-Juli im Verdacht und schwor ewige Rache. Den Entenschnabel warf ich im Hinausgehen in den Papierkorb, dann begab ich mich in meinen wohlverdienten Urlaub.

In den vergangenen Jahren hatte ich Weihnachten bei Sybille und Georg und ihren erstklassig erzogenen Hunden mit Raclette und Chräbeli und Plätzchen und Punsch und allem am Kleinen Wannsee verbracht, aber das fiel ja wohl dieses Jahr flach, erstens wegen sowieso, weil nämlich Sybille ihr Leben in Schutt und Asche gelegt hatte, und zweitens, weil meine Schwester plötzlich behauptete, sie hätte Weihnachten immer nur »den Hunden zuliebe« gefeiert.

»Sybille? Es sind Hunde?!«

»Ja und?«

Kurz fiel mir nichts dazu ein, aber dann schon. »Ich dachte, ihr wolltet eine Kathedrale der Liebe bauen.«

Sybille seufzte. »Ja du, ich habe mir das auch leichter vorgestellt. Georg und ich schaffen aber maximal eine Kapelle. Oder nicht mal das. So ein *Marterl* oder wie das heißt, ein Steinhaufen am Wegesrand. Tatsache ist, Georg will die Hunde über Weihnachten bei sich haben.«

»Sybille, es sind Hunde.«

»Ja und? Abgesehen davon ist es ein Tag wie jeder andere auch.«

Dagegen war natürlich nichts einzuwenden. Wir hingen beide unseren Gedanken nach.

»Hattest du jemals Weihnachten keinen Baum?«, fragte ich irgendwann.

»Nein, nie. Da waren ja immer die Hunde.«

»Sybille, ehrlich, geh mir nicht auf den Keks, komm jetzt, wir gehen einen Baum kaufen und dann gibt es zu Weihnachten Raclette und Punsch und du backst Plätzchen, ich back Chräbeli, wie immer.«

»Meinetwegen.«

95 DIE FRÜHEN SACHEN

Was ich übrigens bemerkenswert fand, war, dass ich mit dem meisten, womit der Dragaschnig sich so beschäftigte, überhaupt nichts anfangen konnte. Er war ein fanatischer Gamer – ein Zeitvertreib, dem ich nie irgendwas hatte abgewinnen können –, er hatte in seinem Leben vermutlich kein einziges Buch gelesen und sich auf dem Gymnasium irgendwie mit viel Geschick und Geschummel durch diverse schriftliche Buchanalysen gehangelt, er fand Star Wars langweilig und hatte sogar für meine Begriffe verdammt wenig Ehrgeiz, beruflich mal irgendwie zu Potte zu kommen, er jobbte mal hier und mal da, bezauberte alle mit seinen Grübchen in den Wangen und machte jegliche Unkenntnis der Materie mit einem Charme wett, der alle dahinschmelzen ließ.

Nein, so ganz nüchtern und aus der Ferne betrachtet gab es eigentlich nichts, was ich an ihm anziehend fand. Sobald ich allerdings näher kam, sah das ganz anders aus, sobald ich am Dragaschnig schnupperte, sobald ich ihm zuschaute, wie er in eine Jeanshose schlüpfte oder in ein Butterbrot biss, sobald er mich anschaute und ich irgendwie in diese Art magischen

Dunstkreis eintrat, war er mir so vertraut wie niemand sonst. Sobald ich mit ihm zusammen war, war es, als wäre ich wieder zwölf und vierzehn und sechzehn, und er war der Einzige, den ich wollte. Ja, es war wirklich wie mit Handke. Ich mochte einfach seine frühen Sachen. Das reichte, damit alles Spätere egal war.

96 ZWEI WEIHNACHTSMÄNNER

Schabowski hatte seine Lesebrille aufgesetzt und studierte seine Filmliste.

»Die *Oceans*-Filme?«

Ich sagte: »Aber sicher, weil saulustig, aber nur 11 und 12, weil 13 schlecht.«

Er sagte: »Okay«, und strich die 13 durch.

»Wobei«, sagte ich, »13 ist nur *im Vergleich* mit 11 und 12 schlecht, er ist nicht *wirklich* schlecht. Im Vergleich mit – tja, mir fällt jetzt nichts Konkretes ein, aber im Vergleich mit den meisten anderen Filmen ist er eigentlich auch saulustig.«

Er sagte: »Okay«, und schrieb die 13 wieder auf die Liste. »Ich dachte«, sagte er, »ich gehe systematisch vor und wir arbeiten jetzt mal George Clooney ab.«

»Gute Idee«, sagte ich, »Clooney ist toll. Schreiben Sie auf: *Burn after reading*, da ist Clooney so lustig und Brad Pitt auch, der ist da, glaube ich, ein blonder Fitnesstrainer, der dauernd Essen in sich reinstopft.«

»Ist gut«, sagte Schabowski.

»Interessanterweise stopft er ja auch bei den *Oceans*-Filmen dauernd Essen in sich rein«, sagte ich nach kurzem Überlegen, »ob das so eine Art Running Gag ist, der sich durch all seine Filme zieht?«

»Wahrscheinlich«, sagte Schabowski.

Wir schauten noch ein paar andere lustige Filme und ich machte mir das erste Mal seit Langem ernsthafte Sorgen um seine Gesundheit, als wir *Zwei Weihnachtsmänner* schauten. Bei der Szene in dem Prager Hotel, wo dann der Streit um den Beutel Kokain losgeht und Christoph Maria Herbst das ganze Pulver ins Gesicht kriegt und eine etwas unkonventionelle Nacht verbringt und legendär mit seiner Frau zu Hause in Potsdam telefoniert, mussten Schabowski und ich so wahnsinnig lachen, dass wir kaum noch Luft kriegten, und bei mir mit meinen Mowhak-gestählten Lungen mag das noch gut gehen, aber Schabowski wäre fast *erstickt*. Er hustete und hustete, und wie immer, wenn ich ihn husten hörte, war mir sehr klar, dass das gar nicht gut klang, er wurde rot wie ein gekochter Hummer, und als er es nach Ewigkeiten immer noch nicht geschafft hatte, einzuatmen, und sein Blick im Zimmer umherirrte wie der eines Tieres auf der Suche nach einem Versteck, da geriet ich langsam in Panik. Er stand auf, und war er vorher rot gewesen, wurde er nun schon langsam blau und rang und rang nach Luft. Ich hatte den Film gestoppt und überlegte hektisch, ob das nun ein Moment für den Heimlichgriff wäre, aber Schabowski hatte ja gar nichts verschluckt, und dann erinnerte ich mich daran, dass das ruhige Atmen immer und in jedem Seminar der Beginn von allem gewesen war, vor allem *Pranayama,* der »Anti-Panik-Atem«, den wir im Yoga gelernt hatten. Ich legte ihm die Hand an den Hinterkopf und zwang ihn, mich anzuschauen, dann sprach ich sehr laut und ruhig wie ein mit allen Wassern gewaschener Zenmeister zu ihm: »Herr Schabowski, hören Sie mir zu. Wir werden nun ganz langsam zusammen atmen. Wir atmen sanft ein.« Ich atmete ein. »Und wir atmen ganz ruhig und fließend aus, ich zähle bis vier.« Ich hielt meine Augen eisern auf Schabowski gerichtet, atmete ein und aus und zählte und suchte seinen Blick aufs Neue, wenn er Gefahr lief, wieder abzutauchen, und ich merkte, wie er kämpfte, wie er langsam, aber sicher zurück an die Oberfläche kam und versuchte, sich an meinem Atemrhythmus festzuklammern wie an einer herumschwimmenden Schiffsplanke, und als er das erste Mal mit mir zusammen einatmete, japsend und kurz und alles andere als sanft, und mit mir zusammen ausamtete, da wusste ich, dass ich ihn wiederhatte.

Wir atmeten noch eine Weile weiter, nun im *Khumbaka*, mit der Pause zwischen Ein- und Ausatmen, denn was Besseres gibt es nicht bei einer Panikattacke, die Yogis schwören darauf, ich hatte seinen Kopf losgelassen und ihm seine eigene Hand auf den Bauch gelegt, die andere übers Herz, und so standen wir uns gegenüber, erschöpft, aber gerettet, zwei Schiffbrüchige, die sich an Land gekämpft hatten.

Ich kochte ihm später einen ayurvedischen Sitopaladi-Tee, den Sybille gegen Atemnot, Husten und Schwäche angeraten hatte, Schabowski trank ihn in langsamen Schlucken, und immer noch hörte man, wenn er einatmete, wie es in seinen Lungen röchelte und rollerte, er wirkte so geschwächt, dass ich ihm anschließend die leere Tasse aus der Hand nahm und ihn trotz seines kleinen Protestes auf das Sofa bettete und eine Wolldecke über ihm ausbreitete.

»Machen Sie Ihre Schiama-Meditation«, sagte ich, »ich komme in zwanzig Minuten wieder.«

Herr Schabowski nickte mit geschlossenen Augen. Ich ging aus dem Wohnzimmer und schloss die Tür hinter mir. Ich schaute auf die Uhr und beschloss, bis die zwanzig Minuten um waren, zu Mo Gabler hinüberzugehen.

97 FÜRS KARMA

»Weißt du, was mich am meisten erschreckt hat?«

Mo Gabler schüttelte den Kopf, er füllte gerade die Espressokanne und stellte sie auf die Gasplatte.

»Dass Schabowski von einem Moment auf den anderen so schlecht ausgesehen hat. Eben ist noch alles gut gewesen, wir sind bei unserem letzten Töpferkurs vor den Ferien gewesen, wir sind zu mir nach Hause spaziert, wir haben einen Film geschaut, und nach diesem Hustenanfall sieht er auf einmal aus, als wäre er krank.«

»Charly, Schabowski *ist* krank.«

»Weiß ich doch, aber verstehst du, die letzten Wochen haben sich überhaupt nicht so angefühlt. Er hat nicht krank gewirkt, kein bisschen, ganz im Gegenteil, Dr. Faruki hat auch gesagt, dass es sich richtig gut entwickelt.«

»Mag ja sein. Ich glaube, so kleinere Entwicklungen in die eine oder andere Richtung sind bei diesen Tumoren gar nicht unüblich, manchmal schrumpfen sie ein bisschen, dann wachsen sie wieder umso mehr.«

»Er ist richtig aufgelebt, Mo, du hättest ihn sehen sollen, als er die Diagnose bekommen hat, das sind Welten, die da dazwischenliegen. Diese ganzen Umstellungen tun ihm so gut, er bewegt sich, er hat abgenommen, er isst richtig gesund, er ist spirituell und alles, ich sage dir, er ist ein anderer Mensch!«

»Sicher, Charly, das will ich ja gar nicht in Abrede stellen, und ich will dir auch nicht die Freude daran verderben, aber dein Schabowski ist unheilbar krank.«

»Unheilbar gibt es nicht.«

»Doch, das gibt es. Lungenkrebs ist nicht heilbar.«

»In meinen Büchern ist das ganz anders. Da werden Leute als unheilbar und austherapiert nach Hause geschickt und dann machen sie alles Mögliche und verändern ihr Leben, und zehn Jahre später sind sie immer noch da und gesund.«

Der Kaffee sprudelte in den oberen Teil der Kanne, von einem Moment auf den anderen begann es ganz herrlich zu duften. Ich glaube, es gibt eigentlich keinen besseren Geruch als den von frisch aufgebrühtem Kaffee. Sofort hebt sich die Laune, sofort entspannt man sich, sofort ist alles halb so wild. Mo Gabler machte uns Cappuccino.

Ich schaute mich in der Küche um. Es war gemütlich hier. Mo hatte eine pflaumenblau gestrichene Küchenbank mit karierten Kissen darauf, pastellfarbene Teebecher hingen an einer Stange unter einem offenen Regal mit gestapelten Tellern, es gab eine Küchenmaschine, einen Hochleistungsmixer und zwei Hängepflanzen, die Geschirrtücher waren aus wolkigem Leinen und auf den Dielen lag ein hübscher Flickenteppich. An der Wand über der Bank klebte ein Rezept für Pfannkuchentorte mit einem Bild von Pettersson und Findus darüber, gemeinsam verzierten sie vorfreudig einen beachtlichen Berg Pfannkuchen mit Sahne. Ein Lippenstiftkuss prangte an der unteren Ecke des Blattes, ich kniff die Augen zusammen, *I ❤ you, kitchentiger* stand da. Mo stellte unsere Cappuccinos auf den Tisch, er folgte meinem Blick.

»Von deiner Freundin?«, fragte ich.

»Exfreundin.«

Ich nickte, klar. Er hatte gesagt, er habe früher gerne mit seiner Freundin gekocht, und das hier war eindeutig eine Küche, in der man nicht nur einen *LuckyLili*-Shepards-Pie in den Ofen schob, hier hatten sich zwei abends ein Glas Wein eingeschenkt und gemeinsam was Schönes gezaubert.

Er setzte sich zu mir an den Küchentisch. »Kann schon sein, dass es das gibt«, nahm er den Faden wieder auf, »diese Wunderheilungen. Aber das sind ungeheuer seltene Ausnahmen.

Du kannst doch nicht ernsthaft davon ausgehen, dass dein Schabowski dazugehören wird.«

»Warum?«

»Weil es unrealistisch ist. Die Chance, von diesem Krebs geheilt zu werden, bewegt sich quasi im nicht messbaren Bereich.«

»Und wenn es so ist – schadet es, fest daran zu glauben? Was ist damit gewonnen, realistisch zu sein?«

Mo Gabler schwieg, er rührte in seinem Kaffee, dann legte er den Löffel weg. »Weil man sonst geschockt ist, wenn es nicht eintritt. Damit man darauf gefasst ist. Damit man sich nichts vormacht. Damit man sich auf den Tod vorbereitet.«

»Wir bereiten uns auf den Tod vor. Wir meditieren. Es gibt keine bessere Vorbereitung auf den Tod.«

»Wie meinst du das?«

»In der Meditation lernst du, deinen Geist ruhig zu halten. Gefühle kommen und gehen. Ängste, Panik, Unruhe, Trauer und so weiter, aber du reagierst nicht darauf. Du betrachtest nur. Du lässt die Gefühle ziehen, ohne dich von ihnen kapern zu lassen. Und genau diese Fähigkeit hilft dir, wenn du stirbst. Du musst in der Lage sein, deinen ängstlichen Geist zu kontrollieren, du musst der sein, der die Zügel in der Hand hat, und dich nicht von deinen Gefühlen überrollen lassen. Gefühle sind keine Fakten.« Ich merkte, wie ich mich allmählich in Fahrt redete. Ich war in den vergangenen Wochen einem steten Nieselregen ausgesetzt gewesen, einem Sprühregen von Spiritualität und Weisheit, die diversen Glaubenssätze waren wiederholt worden und wiederholt und wiederholt, und nun waren sie in mich eingedrungen. »Gefühle sind keine Fakten. Es sind nur Gefühle. Das ist im Sterben wichtig zu wissen, man muss sich von den Gefühlen distanzieren. Und es ist erst recht wichtig, wenn du dann gestorben bist. Eine Seele ist dann sehr unruhig. Sie möchte so schnell wie möglich wieder in einen Körper inkarnieren, weil sie das beruhigt. Es ist sogar egal, was das für ein Körper ist, ob das eine gute Familie ist, in die sie da dann hineingeboren wird. Hauptsache, die Sicherheit der vier Wände ist wieder da.«

»Der vier Wände?«

»Des Körpers, meine ich. Aber wenn du Meditation geübt hast, dann kann die Seele diese Unruhe gut ab, dann muss sie nicht in den erstbesten Körper reinkarnieren, sondern kann sich in Ruhe aussuchen, wo sie wiedergeboren wird, und das ist gut, denn sie kann dadurch ihre Entwicklung beeinflussen.«

»Charly, glaubst du jetzt an Wiedergeburt?«

Ich trank einen Schluck Kaffee und dachte verblüfft nach. Ich hatte nie an Wiedergeburt geglaubt. Ich hatte an gar nichts geglaubt. Tatsache war aber, dass in praktisch sämtlichen Seminaren, die wir besucht hatten, die Reinkarnation als vollkommen selbstverständlich vorausgesetzt wurde.

»Ja, keine Ahnung«, sagte ich, »anscheinend schon. Neuerdings.«

»Wie auch immer.« Mo legte die Hände vor sich auf die Tischplatte, er betrachtete sie, dann schaute er mich an. »Dein Schabowski wird sterben, Charly. Er wird an diesem Krebs sterben.«

Ich stand auf und stellte die halb volle Kaffeetasse in seine Spüle, dann drehte ich mich zu ihm um. »Das werde ich zu verhindern wissen.«

»Charly, sei doch –«

Den Rest hörte ich nicht mehr. Ich hatte Gablers Wohnungstür hinter mir zugeworfen, dann schloss ich leise meine eigene Tür auf, und als ich vorsichtig ins Wohnzimmer schaute, ob Schabowski mit seiner Meditation schon fertig war, saß er im Sessel am Fenster und las die Zeitung, er hatte gesunde rote Backen, gekämmte Haare, er lächelte mir entgegen und sagte: »Meine Liebe, ich fürchte, wir müssen diesen umwerfend komischen Film noch einmal anschauen, diese Szene da im Prager Hotel ist mir nur nebelhaft in Erinnerung, aber es war legendär, als er da mit seiner netten Frau telefoniert hat und total zugekokst gewesen ist und was dahergefaselt hat von der goldenen Stadt, ehrlich, ich dachte, ich sterbe.«

Ich lachte, ja du, dachte ich, das dachte ich auch.

98 MISTLETOE AND HOLLY

Als Sybille und ich den Baum aufgestellt hatten, in Endlosschlaufe alten amerikanischen Weihnachtssongs lauschten und Chräbeli backten, mit dem Berliner Korn, den ich bei meinen Freunden, den Hamadis, beim Späti um die Ecke geholt hatte, dachte ich plötzlich, meine Schwester hatte recht.

Weihnachten ohne Hunde ist gar kein Weihnachten. Ohne Hunde, ohne Kinder und auch sonst ohne irgendwen, so sollte Weihnachten, das Fest der Liebe, auf keinen Fall sein, und dann lud ich alle ein. Und mit alle meine ich: wirklich alle.

Schabowski und das Triumvirat, bestehend aus Quandt, Gabler und Dragaschnig – gut, das verstand sich fast von selbst, irgendwie waren wir ja fast eine Familie, Schabowski als väterlicher Freund, die anderen als befreundete Väter.

Dazu lud ich aber – wie ich fand, ganz schön progressiv und auch innovativ –, haltet euch fest, Georg mit den Hundekindern Anduin und Almina *und* den hotten Tanguero ein. Er hieß Bernhard, wie ich bei der heimlichen Durchsicht von Sybilles Telefon erfahren hatte – Bernhard, völlig unpassend natürlich für einen Tango-Latin Lover.

Vielleicht wird jetzt jemand einwenden, dass ich damit das

Risiko in Kauf nahm, dass die Stimmung irgendwann kippte, aber ich kann mit gutem Gewissen berichten: Bis Sybille den Abend sozusagen mit dem Arsch einriss, war er ein voller Erfolg.

Klar, es gab ein kurzes Handgemenge, als Georg nicht nur die Hunde, sondern auch seine neue Freundin mitbrachte, sie hieß Roxana und war witzigerweise ebenfalls im heilpraktischen Bereich tätig, sie war so ein richtiger Crack, was Heilsteine und Hildegardmedizin anging, und erwies sich abgesehen davon im Laufe des Abends als ungemein unterhaltsame Person, sie konnte steppen und Kartentricks.

Und, sicher, als Tango-Bernhard mit einer Schüssel voller Schokomousse eintraf und sich als kleiner, dicklicher Mann entpuppte, mit sichtbarem Rückgang des Haupthaars – also praktisch eins zu eins so aussah wie der Vater von Bibi Blocksberg, der ja, lustiger Zufall, ebenfalls Bernhard hieß –, jedenfalls als Bernhard eintraf und Georg ob seines Erscheinungsbildes einen hysterischen Lachanfall bekam, von dem er sich auch nach Stunden noch nicht ganz erholt zu haben schien, immer wieder schallten aus irgendeiner Ecke der Wohnung eruptive Lachsalven, da gab es einen kurzen fragilen Moment, in dem ich dachte, das diesjährige Weihnachten könnte nur mit Toten enden.

Aber Schabowski, mit seiner Lebenserfahrung und seinem neuerdings meditativen und auf Harmonie ausgerichteten Geist, realisierte sofort, dass ein schnelles Einschreiten unbedingt vonnöten war. Er griff nach Sybilles Hand, die sich womöglich im nächsten Moment an Georgs Gurgel zu schaffen gemacht hätte, zog sie in die Mitte des Wohnzimmers und begann mit ihr zu *The Christmas Blues* zu tanzen, von Dean Martin. Erst hielt er sie sehr fest, es war eine Art tänzerisches Gerangel, aber irgendwann entspannte sie sich, und ich staunte nicht schlecht, dass meine ungeschickte, patscherte Schwester an Schabowskis Hand derart elegant und leichtfüßig dahinschwebte. Sie wurde schön, beim Tanzen, und später, als auch der moppelige Bernhard das Tanzbein schwang, da musste ich meine Meinung über ihn revidieren: Er tanzte ausgezeichnet, tanzend verpuffte seine Erdenschwere, und er und meine Schwester waren ein Paar, das, im Tangoschritt dahinschleichend, plötzlich absolut Sinn ergab.

Jetzt aber, am frühen Abend, trödelten nach und nach die Vielleicht-Väter ein, und dann fand ich mich in einem Szenario wieder, das auf fast unheimliche Weise meine alten Rummo-Fantasien wahr machte: Bing Crosby und Frank Sinatra sangen fröhlich von Weihnachten, einer schnitt Tomaten, eine andere setzte Wasser auf, jemand putzte Gemüse, Hunde sprangen so freudig durch die Wohnung, dass man lachend seinen Wein festhalten musste, wir saßen an meinem großen Tisch und das Sugo dampfte nur so über den heißen Nudeln, langsam niedersinkende Basilikumblätter, Parmesanspäne, die durch die Luft wehten, alles wie im Protokoll, es war richtig unheimlich.

Der Baum hing voller *LuckyLili*-Süßigkeiten, wir entzündeten Wunderkerzen und warfen Lametta, obwohl das, glaube ich, nicht traditionell war, aber Gabler behauptete, doch, Roxana steppte, dass kein Auge trocken blieb, und wenn sie es drauf angelegt hätte, wäre sie mit Taschen voller Geld von dannen gezogen – keiner kapierte, was sie mit ihren Spielkarten veranstaltete, wir verloren jeden Wetteinsatz, aber sie schob uns am Ende unsere ganze Kohle friedfertig wieder über den Tisch. Wie Sybille später sagte: »Ich glaube, sie hat einen miesen Charakter, aber gewinnen tut sie mit Anstand.« Ich sagte nichts, aber das brauchte ich auch nicht, Sybille seufzte. »Jaja, du brauchst gar nichts zu sagen, sie hat gar keinen miesen

Charakter. *Ich* habe einen miesen Charakter.« Ich sagte wieder nichts, trotzdem war sie beleidigt.

Sie und Bernhard brachten uns ein paar Tangoschritte bei, und dann aßen wir Schokoladenmousse wie Gott in Frankreich, wie man so sagt. Wir schwatzten über dies und das. Gegen Mitternacht holten alle Mitglieder meines designierten Ukulelenorchesters ihre Ukulelen heraus und wir zupften uns schon zurecht und wollten gerade loslegen und ein paar weihnachtliche Hits in Angriff nehmen und es war alles ganz schnuckelig und gemütlich, bis Sybille den Glühwein ausschenkte und mir keinen Becher gab, sondern meinte, sie koche mir einen schönen Kakao.

»Wieso?«, sagte ich, ich schaute auf zu Hänse Quandts Noten und versuchte, mir die Grifffolge für *Stille Nacht* einzuprägen. »Ich will keinen Kakao.«

»Na«, sagte Sybille, sie war sichtlich etwas angezwitschert, »du hattest vorhin schon ein Glas Wein, zum Essen, du solltest keinen Alkohol mehr trinken, ist doch klar.«

»Wieso?«, sagte ich, ui, bei *Stille Nacht* kamen gleich zwei schwere Griffe hintereinander, zuerst G und dann auch noch D7!

»Na, weil –« Sybille hielt inne, sie schlug sich die Hand vor den Mund und riss die Augen weit auf.

Es war noch ein kurzer Moment von ukulelischer Leichtigkeit, man hörte noch ein G, dann ein D7, und dann*: scratch.*

Scratch, war es mit der Rummo-Idylle vorbei, und es stellte sich heraus, das hier war gar keine Nudelwerbung, auch kein Spot für vegane Weihnachten mit *LuckyLili*, nein, das hier bewegte sich, wenn nicht noch ein Wunder passierte, ruckzuck in Richtung Nürnberger Versicherung: *Ohne Versicherung wird auch der freudigste Anlass ein Grund zur Sorge.*

Es hörte auch der Letzte auf mit dem Gezupfe, es wurde

sehr still. Alle schauten mich an, nur Herr Schabowski schaute angestrengt zu Boden und Roxana schaute verwundert von einem zum anderen. Sybille hatte immer noch die Hand auf dem Mund. »Charly, es tut mir leid«, sagte sie gepresst, »es tut mir leid, es tut mir leid, es tut mir –«

Ich winkte ab. Ich legte meine Ukulele zur Seite, dann legten auch alle anderen ihre Ukulelen zur Seite, und ich sagte: »Also Leute, es ist folgendermaßen.«

Und dann erklärte ich den Leuten, wie es ist.

99 DIE TAGE ZWISCHEN DEN JAHREN

Die Tage zwischen den Jahren waren eher ruhig. Ich musste nicht ins Büro, unsere Kurse und Seminare ruhten, ich ging viel spazieren, mit Schabowski, mit Sybille, allein. Ich hielt brav an meiner Kirim-Praxis fest und meditierte zweimal am Tag, aß viel Gemüse und schaute lustige Filme. Ich schlief lange. Ich brauchte dringend Erholung. Nach den letzten Wochen und Monaten, vor allem aber nach Weihnachten.

Man könnte sagen, nach dem »Kakaogate«, wie ich es gerne nenne, ist der Abend irgendwie eskaliert.

Hänse war der Erste, der sich fing, er sagte in die entstandene, fast vollkommene Stille hinein, nur begleitet vom zarten Schnarchen der beiden Hunde: »Du bist schwanger, Charly?«

»Ja«, sagte ich.

»Oh«, sagte er. »Wow.« Seine leichten Segelohren waren ganz rosa geworden und leuchteten sanft im Kerzenschein des Christbaums. Es wundert mich selbst, dass ich mich an derartige Details erinnere, aber so war es: Hänses gerötete Ohren, wie von einem kleinen aufgeregten Flugelefanten. »Und wie lange schon?« Er schaute mich zögernd an. »Und wann wolltest du das erzählen?«

»Das sind ja echte Neuigkeiten«, sagte der Dragaschnig, er fuhr sich mit beiden Händen durch sein wunderbar volles Haar, er wuschelte es gründlich durch. »Ich glaube, das muss ich erst mal verdauen.«

»Mensch, Charly«, sagte Mo Gabler, »ich weiß gar nicht, was ich sagen soll.« Wie ein Besiegter hing er in den Sofakissen.

Tango-Bernhard räusperte sich. »Nun, das kommt offensichtlich für alle Anwesenden etwas überraschend, dennoch denke ich, es ist ein Moment, in dem man gratulieren sollte. Herzlichen Glückwunsch, Charly.«

»Ja«, schloss sich Georg an, »herzlichen Glückwunsch. Und wer ist der glückliche Va–«

Ich sah, wie Roxana, die die Hand auf seinen Arm gelegt hatte, fest zudrückte, Georg verstummte, er schaute hilflos zu Sybille hinüber, die hatte den Kopf gesenkt und schüttelte ihn fast unmerklich. »Ja«, fing Georg noch einmal an, »jedenfalls herzlichen Glückwunsch. Und alles Gute.«

Wieder versank die versammelte Gesellschaft in ein angespanntes Grübeln, der Dragaschnig hatte die Hände auf seinem Kopf liegen, als hätte er sie da vergessen, Mo sah immer noch aus wie eine menschgewordene Kapitulation und Hänse Quandt schaute mich unverwandt an, die Ohren rot, das Gesicht sehr blass.

Ich dachte, da muss ich jetzt halt durch, ich praktizierte ein bisschen den Anti-Panik-Atem, dann präsentierte ich die paar relevanten Fakten, die eine Schwangerschaft so mit sich brachte.

»Tja, was soll ich sagen, ich bin schwanger.« Ich zögerte, sehr viel mehr Fakten, stellte ich fest, hatte ich gar nicht zu bieten, ach, doch: »Ja, also laut der Fachkraft Öhmel – das ist meine Frauenärztin, ich habe jetzt nämlich eine Frauenärztin, sie hat so eine Hippiepraxis in –, na, egal, die meisten von euch brauchen vermutlich eh nie eine Dings, Frauenärztin, also, die Öhmel sagt, ich bin in der zehnten Woche.« Gab es noch irgendwelche gesicherten Fakten? Eigentlich nicht. »Ob das ein Junge oder ein Mädchen ist, weiß ich noch nicht, und ich glaube, ich lass mich überraschen.«

Ich überlegte, ob ich nicht doch noch was Interessantes zu berichten hätte, alle schauten mich weiterhin an, aber ich vermied jeden direkten Blickkontakt, außer den zu Herrn Schabowski, der schaute mich jetzt nämlich auch an, freundlich, aufmunternd und so, als stünde er, egal was passierte, auf meiner Seite.

Ich holte noch einmal tief Luft. »Und das Ding ist, ich weiß nicht, wer der Vater ist. Leider weiß ich das nicht.«

100 DER HUND IM BAUM

Nun ja, und seither war Funkstille. Also nicht nach diesem Satz, leider. Es wäre erfreulich gewesen, wenn sich danach eine andächtige und ehrfurchtsvolle Stille über die Versammlung gelegt hätte, wenn alle elegisch vereint gewesen wären in diesem zerbrechlichen Moment der innigen Verbundenheit. Ich persönlich hätte das innovativ und auch progressiv gefunden, unserer unwahrscheinlichen Zusammenkunft würdig, ich hätte das modern gefunden.

Aber, liebe Freunde, ich sage euch: So war es leider nicht. So war es nicht. Das Ganze nahm einen höchst konventionellen Verlauf, schlechtes Drehbuch feine Sache dagegen.

Gewiss, es war kurz ganz ruhig, mucksmäuschenstill war es, nur die schnarchenden Hunde. Heimelig brannten die Christbaumkerzen. Es roch nach Chräbeli und Glühwein. Amina jaulte leise im Schlaf, eine *LuckyLili*-Praline in grünem

Einwickelpapier, Geschmack Pistazie, fiel mit einem satten Ploppen vom Baum, und als wäre das das Zeichen gewesen für den nächsten Akt, ging es plötzlich rund.

Keine Ahnung, wer eigentlich zuerst das Wort ergriff, ich würde sagen: alle zugleich. Die Praline fiel in die versammelte Krippengesellschaft und erschlug, es klingt wie ein Witz, justament den Josef, und alle ergriffen das Wort. Und »Wort ergreifen« ist jetzt auch arg euphemistisch ausgedrückt, die einen schrien los, die anderen versuchten, sie zu beschwichtigen. Weil aber die einen so laut schrien, waren auch die Beschwichtigungen der anderen zwangsläufig sehr laut, kurzum, es war, von einer Sekunde auf die andere, ein Riesenkrawall, die Hunde hüpften erschrocken von ihrem Teppichlager, spickten in die Luft wie Heugumper, dass ihre preisgekrönten Ohren nur so flogen, und kläfften, was das Zeug hielt, die Vielleicht-Väter schrien erst sich an, dann mich, Georg schrie Sybille an und Sybille Georg, Roxana und Bernhard schrien beschwichtigend in die Runde, Herr Schabowski schrie nicht, drum hörte man ihn leider auch nicht, aber ich sah, wie er unablässig den Mund bewegte und hingebungsvoll auf alle einredete, ich schrie auch nicht, aber nicht, weil ich nichts zu sagen gehabt hätte, ich wusste nur nicht, wo anfangen. Irgendwann nahm der Dragaschnig seine Ukulele und zerdepperte sie mit einem einzigen resoluten Hieb an einer Stuhllehne, woraufhin Mo ihm spontan eine langte. Alle fuhren erschrocken herum, ein Hund fiel kopfüber in den Baum, ich glaube, es war Anduin. Der Baum kippte um, richtig in Zeitlupe, mit *Lucky-Lili*-Pralinen und Kerzen und allem, es fing sofort lustig an zu flackern, Sybille griff sich geistesgegenwärtig den Hund und zog ihn am Halsband aus dem Inferno, Georg warf, mindestens ebenso geistesgegenwärtig, meine gute Kamelhaardecke darüber.

Meine Kamelhaardecke – vermutlich das feinste, das teuerste Objekt in meinem Besitz und das einzige, was ich jemals bei *Manufactum* erworben habe, im Grunde nur, weil sie dort werbetechnisch ziemlich geschickt Alfred Brehm zitiert haben, aus *Brehms Tierleben*. Leute wie ich sind ja noch mit *Brehms Tierleben* aufgewachsen – die zehn Bände waren eine feste Größe in jedem gemeinen Bücherregal –, weil im Mittelalter kein Internet. *Zum Lobe des Kamels,* schreibt der *Manufactum*-Werbefritze, *das er ansonsten für das »unliebenswürdigste, dümmste, störrischste und ungemüthlichste Geschöpf, das man sich denken kann«, hält, weiß der urteilsstarke alte Brehm nur zu sagen, dass sein Haar, nachdem es durch die textilen Künste veredelt wurde, ein wahres Gottesgeschenk sei.* Für diese verdammte Veredelung hatte ich ein Vermögen ausgegeben, und dieses Vermögen wurde nun innert Sekunden ein Raub der Flammen.

Und da riss mir der Geduldsfaden und ich schmiss alle aus der Wohnung, immerhin war ich schwanger, zu viel Aufregung war ungesund, das stand in jedem blöden Babybauchflyer.

101 WIEDER EIN NOTFALLESSEN

Wie gesagt, die Tage danach waren dann eher ruhig. Ich spazierte viel. Ich schlief, ich meditierte, ich aß grünes Gemüse, ich klimperte auf meiner Ukulele, ich erholte mich. Herr Schabowski und Sybille waren immer um mich herum und nervten mich trotzdem nicht mit dummen Fragen. Ich konnte keine Fragen mehr gebrauchen, ich hatte eh keine Antworten, eigentlich auf gar nichts. Wir besprachen wenig, nur so die wichtigen Sachen. »Hast du deine Mütze?« – »Nein.« – »Hol deine Mütze.« – »Ja.« Oder: »Essen Sie Ihren Brokkoli auf.« – »Nein.« – »Essen Sie jetzt sofort Ihren Brokkoli auf.« – »Ja.« Und so weiter.

Ich begegnete im Treppenhaus kein einziges Mal meinem Hallo-Nachbarn Mo, vermutlich war er verreist, oder er versteckte sich in seiner Wohnung, jedenfalls quoll sein Briefkasten über. Ich nehme an, Fanpost. Oder Morddrohungen. Den anderen beiden möglichen Vätern begegnete ich natürlich auch nicht, es gab schließlich keinen Grund für sie, in meinem Treppenhaus abzuhängen.

Ende des Jahres fühlte ich mich ausgeruht, frisch irgendwie, und ich beschloss, wie immer zum Notfallessen zu gehen, warum auch nicht? Es hatte sich zwar viel getan seit dem letzten Mal, ich fühlte mich jedoch keineswegs weniger notfallmäßig als in den Jahren zuvor, ganz im Gegenteil hatte sich für mich wieder einmal bestätigt: Bei mir war der Notfall Normalität. Er mochte sich aus ganz unterschiedlichen Gründen ergeben, aber heraus kam immer das Notfallessen. Ich war okay damit.

Dieses Jahr: schon wieder eine Menge Journalisten, im ewigen Notfallmodus, vermutlich, weil keiner mehr Zeitungen las; dazu ein Kardiologe von der Charité – er war der Einzige von uns, der niemand anderen zum Feiern hatte, weil er so viel arbeitete; eine Modistin – keiner trug mehr Hüte; ein Fotograf – das Handyfoto machte seinen Job obsolet; und sage und schreibe fünf Autoren, vermutlich, weil keiner mehr Bücher las.

Hans Hänse Quandt war nicht da. Entweder er hatte was Besseres zu tun und brauchte darum keine Notfallhilfe mehr oder aber er wollte nicht notfallmäßig mit mir vereint sein. Beides war denkbar. Ich versuchte, ein bisschen zu flirten, mit irgendwem, aber es lief einfach nicht die richtige Musik. Easy Listening – wir verstehen uns.

Immerhin war das Essen super. Es gab glasierte Ente aus Seitan mit Rotkohl und Hasselbackkartoffeln – *die schönste Beilagenkartoffel der Welt* –, vorher eine Knoblauchsuppe »mit hundertzwanzig Zehen Knoblauch!« Jede andere Crew wäre ob einer solchen Ankündigung der Gastgeberin schreiend davongerannt, aber Leute, die notfallmäßig zusammen Silvester feiern, hatten eh niemanden zum Küssen, wären wir sonst hier? Wir nahmen alle Nachschlag. Als Dessert gab es selbst gemachtes Pfefferminzeis und hätte ich einen Insta-Account, ich würde das Rezept hochladen und ganz viele Herzen bekommen, es schmeckte original wie die After Eights, die Schabowski und ich früher so gerne zusammen geknuspert hatten, dabei war das Eis aus Cashewnüssen und Algen, also quasi Entengrütze, man konnte es kaum glauben. Mir war sofort klar, dass wir es in unsere Produktlinie aufnehmen mussten, es würde weggehen wie, Dings, warmes Brot. Ich trank ein Glas Champagner und beteiligte mich irrsinnig cool an der Diskussion um den anhaltenden Skandal um einen Juniorprofessor aus der Germanistik, er hatte gesagt, Kafka sei überschätzt. Er hatte offensichtlich in einer Art Kamikazeaktion in den Weihnachtsfeiertagen über seine Social-Media-Accounts diverse andere Autoren für überschätzt erklärt, James Joyce, Virginia Woolf und David Foster Wallace. Er bekomme jetzt Morddrohungen, sagte einer der Journalisten anerkennend – damit war der Inhalt seines Briefkastens geklärt.

Ich musste aber wirklich lachen, Mo Gabler! Der Mann hatte irgendwie Stil.

Als es Mitternacht schlug, setzten wir uns Papierhüte auf und feierten noch ein bisschen, mit Luftschlangen, roten Nasen und kleinen Tröten. Ich ging früh nach Hause.

Es war ein erstaunliches Jahr gewesen. Ich war froh, dass es vorbei war. Ich vermutete, das nächste Jahr würde noch erstaunlicher werden. Es würde auch irgendwie vorbeigehen. Ich verstand nicht, warum Leute die Zeit anhalten wollten. Ich fand, das wirklich Gute an ihr war, dass sie verging. Das

Jahr würde womöglich allerlei Unbill mit sich bringen – und auch der würde irgendwann Vergangenheit sein. Das war doch beruhigend.

102 DER BESTE BOND

Von den drei möglichen Vätern hörte ich auch in den nächsten paar Wochen nichts. Sie schwiegen. Eisern, beleidigt, gekränkt, wütend oder verletzt, angeschossen, verwundet, tief getroffen, tödlich getroffen, ich weiß es nicht. Diese supersensiblen Männer heutzutage haben vermutlich Feelings, von denen ich noch nie gehört habe. Jedenfalls meldeten sie sich nicht, und ich meldete mich auch nicht.

Irgendwann im Verlauf der nächsten zwei Monate kriegte ich einen Bauch, ein Phänomen, das ich immer wieder ungläubig in meinem Wandspiegel bestaunte. Nicht zu fassen! Eine richtige kleine Wampe! Sofort ging ich eine Latzhose kaufen. Ich schaute mir endlich ein paar Dutt-Tutorials an, aber das war Hexenwerk, diese ganzen Mädels mussten Abertausende von Stunden mit Üben zugebracht haben, anders konnte ich mir diese Lässigkeit nicht erklären, mit der sie in ihrem Haupthaar herumwirtschafteten, ich hatte für so was keinen Nerv. Ich machte mir einen Rossschwanz und steckte diese Essstäbchen hinein, das musste reichen, um meine Schwangerschaft anzuzeigen.

Im Büro waren geruhsamere Tage eingekehrt, mein freier Freitag war wieder frei und ich machte keine Überstunden mehr. Wie nebenbei entwickelte ich eine extrem überzeugende Kampagne für unser neues Spitzenprodukt: Nachos aus Kichererbsenmehl. Mein Vorschlag, sie *Machos* zu nennen, kam wahnsinnig gut an, dabei hatte ich es als Witz gemeint. Es war mir egal. Wenn die Leute Sachen, die kein Witz waren, witzig fanden und echte Witze nicht mehr erkannten, meinetwegen, das allgemeine Niveau befand sich in einer steten Abwärtsspirale, irgendwann würde es sich die Menschheit in der allgemeinen Dumpfbackigkeit häuslich eingerichtet haben, was konnte ich dagegen machen? Für die *Machos* ließ ich einen kleinen sauteuren Werbefilm im Stil der Italowestern drehen, in dem Sheriffs wie Schurken gemütlich in der Westernbar zusammensaßen und vor großen Schüsseln voller *Machos (gebacken, nicht frittiert!)* tiefsinnige Beziehungsgespräche führten, anstatt sich gegenseitig abzuknallen. Ich schüttelte die peppigen Slogans aus dem Ärmel, während mein Gehirn mit ganz anderen Sachen beschäftigt war. In der wöchentlichen Sitzung schlug ich den Einstieg in die Eiscremeproduktion vor, ich hatte da schon ein paar eingängige Bilder im Kopf: Eiskugeln, die aus der eben erworbenen Tüte auf den Asphalt fielen, aber so gut schmeckten, dass der Kunde sie einfach vom Boden aufaß; eine Frau, die ihrem Mann beim Nachtisch erzählte, das Pfefferminzeis hier sei »mit Entengrütze« – er sah schaudernd alles vor sich, den grasgrünen Teich, Entengrützefischer, die sorgsam mit Eimern die Brühe einholten –, bis sie sich korrigierte. »Nicht Entengrütze«, sagte sie, »Schlick«, sagte sie, »ich glaube, es war Schlick.« Und so weiter.

Herr Schabowski und ich besuchten weiterhin alle möglichen Kurse. Es ging ihm richtig gut. Die »maximal zwei Monate«, die Dr. Faruki ihm gegeben hatte, waren vorübergegangen, ohne dass wir ein Wort darüber verloren hätten, aber ich denke, wir waren beide irgendwie froh, als sie um waren. Klar, das war nur Statistik, ein Mittelwert. Trotzdem. Es war wichtig.

Herr Schabowski jedenfalls wirkte zumeist fröhlich und entspannt, ziemlich kräftig, er hatte jetzt so Muskeln an den Waden, fast wie die Radler von der Tour de France, und nur vom Yoga! Mit stoischer Miene vollführte er meine absolute Hassübung aus dem Yogakosmos, nämlich den »Skater Squat«, aber nicht in der geschummelten Baby-Variante, mit dem Fuß auf dem Boden, nein, er hielt ihn in der Schwebe, während er mit den Hüften ganz weit nach unten ging und über dem Boden schwebte, der pure Wahnsinn. (Kein Bild vor Augen? Keinen Schimmer, was das für eine Übung sein soll? Kann ich verstehen. Würde ich meine eigene Beschreibung nachvollziehen, ich würde mich heillos verknoten und nie wieder grade werden. Lieber nichts nachmachen, was ich hier erkläre, für so was gibt es die Yogatanten mit den salbungsvollen Stimmen in den Tutorials.) Jedenfalls hatte er sichtbare Wadenmuckis, die er stolz in seinen neuen kurzen Hosen präsentierte, sobald die Sonne wieder viel zu früh im Jahr vom Himmel lachte. Ich sagte nichts zu den neuen kurzen Hosen, aber sie waren natürlich ein stilistisches Debakel, ein modischer Super-GAU. Sie waren übrigens auch gar nicht neu, leider, es war nur neu, dass Schabowski sie trug. Erinnert sich noch jemand an diese Turnhöschen aus den Sechzigerjahren? Superknapp? Gerade so die Pobacken verhüllend, in resoluten Grundfarben, Rot, Grün, Blau? Sehr gern getragen von Fußballern mit schlechten Frisuren. Rudi Völler, das ästhetische Vorbild meiner beiden Zwillingsschwestern, hatte zwar die Frisur, wurde aber leider viel zu spät geboren für die Höschen, aber Gerd Müller, der *Bomber der Nation,* der hatte sie immer gern getragen. Herr Schabowski musste seine irgendwann vor vielen, vielen Jahren eingemottet haben und nun, wo er sich ganz offensichtlich qua Yoga und Co an die Figur seiner Jugend heranpirschte, hatte er die grandiose Idee gehabt, sie wieder hervorzuzerren.

Er hatte wirklich deutlich an Gewicht verloren, war aber nicht ungesund abgemagert, weil krank, nein, er war seinen Bauchspeck losgeworden, seine Behaglichkeitsschwarten, die in den Jahren voller feiner Mon Chéris und Toffifees herangewachsen waren. Als würden wir uns gegenseitig ausbalancieren, wurde mein Bauch immer ein bisschen größer, während seiner kleiner wurde. Jedenfalls trug er nun diese Höschen.

Er arbeitete wieder wie eh und je. Ich war noch immer Premium-Abonnentin und öffnete oft mittags mit ihm zusammen meine Post, ich wusste, dass sich auch all seine anderen Klienten mit den harten veränderten Verhältnissen anfreunden mussten. Hemden, Krawatten, gebügelte Bundfaltenhosen, dies alles war Vergangenheit. Er hatte keine Lust mehr gehabt, seinen Mantel auszubürsten, er hatte gedacht, ich sterbe, wieso soll ich da noch was ausbürsten, nun hatte er einfach keine Zeit mehr, irgendwas auszubürsten oder zu bügeln. Wenn er in seinem Büro weilte, trug er diese Djellabas, gemütliche arabische Herrenkleider, und dazu passende Schlabberhosen. Er hatte irgendwann einen Dreitagebart, dann einen Fünftagebart, und bald konnte ich es nicht mehr verleugnen, Herr Schabowski war nun Bartträger. Er war vom glatt rasierten Krawattenmann zum bärtigen Herrn im Kleid geworden, und er vollzog diese Metamorphose, als wäre es die natürlichste Sache der Welt. Sein Kundenstamm musste sich damit abfinden, wie auch mit allem anderen. Sicher, es röchelte immer noch die Krupsmaschine mit dem preisgekrönten Melittafilter, aber was da herauströpfelte, war kein schöner Dallmayr mehr, sondern ein Lupinenkaffee von *Kornkreis*. Was soll ich dazu sagen? *Kornkreis* war ein Name, bei dem jeder Werbefuzzi bleich wurde, so was kann man einfach nicht anständig promoten, es ging einfach nicht, da warf jeder Profi die Flinte ins Korn. Es war Lupinenkaffee. Er war koffeinfrei. Schmecken tat er natürlich nicht. Und werbetechnisch gab es aus dem Hause *Kornkreis* keinen einzigen Satz, den ich guten Gewissens hätte zitieren können: *Der gemahlene*

Lupinenkaffee wird von der Erzeugergemeinschaft Kornkreis unter Biorichtlinien in Deutschland angebaut und ist von Natur aus gluten- und koffeinfrei. Hm, ja, okay. Sicher gewannen sie damit den begehrten Creative Award für PR. Oder: *Die erfahrenen Landwirte stellen das regionale Produkt aus speziellen Süßlupinensorten her.* Was sollte ich dazu sagen? Sollte das jetzt etwa das Dallmayr-Stammhaus in München ersetzen? Lächerlich. Interessanterweise konnte man das übrigens bei den meisten »guten« Produkten beobachten, diese Verweigerung der klassischen Werbeformeln. Bei Biomarken pennte man schon beim Lesen ihrer Werbestrategie ein. Außer, und das lag natürlich ausschließlich an mir, außer bei *LuckyLili.* Ich machte mit Produkten, die es gerade mal ein paar Jahre gab, Werbung, als hätten wir auch seit 1703 ein barockes Stammhaus, irgendwo im Schwarzwald. Und mit diesem Stammhaus im Kopf hatte ich genug Selbstbewusstsein, um ganz locker aus der Hüfte zu schießen und eine irrsinnig gute Werbung zu machen. Und das war mein ureigentliches Problem mit der Werbung: Ich wusste, dass sie falsch war. Werbung war böse. Aber ich liebte sie.

Bei Schabowski gab es nun keine Ferrero Rochers mehr und keine Mannerschnitten im praktischen Schnittenspender, dafür *LuckyLili*-Naschereien und gekühlte Selleriesticks, dazu Cracker aus Karottentrester, wenn er in seiner Saftpresse Karottensaft fabriziert hatte.

Er rauchte auch keine Mohawks mehr, das fiel ihm unendlich schwer, darum kaute er jetzt Nikotinkaugummis, und zwar Kette. Er nahm sie nicht mal zum Schlafen aus dem Mund, wie er mir anvertraute, er schob sie in die Backentasche und konnte so in der Nacht einfach weiterkauen, sollte er aufwachen. Mögen andere Leute Nikotinkaugummis als Übergangslösung kauen, um von den Zigaretten wegzukommen, für Herrn Schabowski war es die Lösung an sich – er hatte nicht vor, je wieder damit aufzuhören.

Ich selbst rauchte auch keine Indianischen mehr, ich kaute aber auch keine Kaugummis, ich hatte mich nämlich hypnotisieren lassen. Seither: null Interesse an Rauchwaren, es war reinste Magie. Herr Schabowski hatte sich natürlich auch hypnotisieren lassen, und es wirkte auch bei ihm fantastisch, aber nur für einen Tag. Herr Schabowski meinte, er könne vermutlich nur ohne Nikotin auskommen, wenn er nonstop hypnotisiert wäre. Wir stellten es uns kurz vor und fanden den Gedanken eigentlich ganz reizvoll. Vermutlich wäre man damit noch ein paar andere Probleme los, aber Herr Schabowski machte so einen kleinen Dreisatz:

Ein Tag rauchfrei = eine Sitzung à neunzig Euro.

Dreißig Tage rauchfrei = zweitausendsiebenhundert Euro.

»Das macht im Jahr zweiunddreißigtausendachthundertfünfzig Euro«, sagte Herr Schabowski, »ungefähr mein Nettogehalt.«

Wir schwiegen kurz erschüttert.

»Sie wären quasi ein Sklave des Hypnotiseurs. Sie hätten gar kein Leben mehr.«

»Richtig. Dann lieber hundertzwanzig Euro im Monat für Kaugummis und noch Geld übrig haben fürs Filmeschauen.«

»Yes, Sir!«, sagte ich. »Heute Abend Johnny English! Daniel Craig?! Roger Moore?! Kann man alle in der Pfeife rauchen, Rowan Atkinson ist der beste Bond aller Zeiten, wenn Sie mich fragen.«

»Korrekt«, sagte Herr Schabowski zufrieden.

Wir waren beide schlichte Gemüter, das war schön.

103 STERBEN ÜBEN

Es wurde langsam Frühling. Wir waren bei unserem Bioenergetikkurs. Wir hatten bioenergetisch schon viel erreicht, und in dieser Stunde ging es ums Sterben. Wir lagen auf unseren Matten und sollten es uns vorstellen. Die Kursleiterin hatte die Duftlämpchen mit Patschuliöl befüllt und schlug zu Beginn dreimal den großen Gong, dann ging's los. Wir sollten immer, wenn die Angst aufstieg, die Entspannungstechniken anwenden, atmen und dabei beobachten, welche Impulse auftauchten, welche Gedanken, welche Gefühle.

Ich lag auf der Matte und entspannte mich, ich atmete. Ich stellte mir meinen Tod vor, ich versuchte, mich ganz darauf zu konzentrieren. Es war warm im Saal, ich hörte um mich herum die anderen Kursteilnehmer, wie sie immer langsamer und langsamer atmeten. Mein Atem wurde ruhiger, ich sterbe, dachte ich, ich sterbe jetzt, jetzt sterbe ich. Dann spürte ich einen leisen Kummer. Darüber, dass ich Abschied nehmen musste. Vom Vogelgezwitscher meines Lichtweckers. Von meinem Morgenkaffee, dem verkohlten Croissant. Von meinem Fahrrad, der Rari-Rostlaube, die ich durch ganz Berlin geschoben hatte. Davon, den nächsten Teil Johnny English zu sehen. Der ersten warmen Sonne im März, dem Gefühl des Aufbruchs, das sie mit sich brachte. Von den vertrockneten Parkwiesen im Sommer. Von meinem Späti um die Ecke, den vielen starken Hamadis. Dem ersten Bissen in ein Snickers, dem ersten Schluck Wulle nach einem langen Tag. Mir kamen die Menschen in den Sinn, die ich liebte, meine Schwester, Herr Schabowski, Hänse Quandt, der Dragaschnig und Mo Gabler, Liliane. Dann, wie ein heißer Schock, fiel mir das Kind ein, mein kleines Kind, das in meinem kleinen Bauch herumpaddelte, das ich niemals kennenlernen würde. Ich merkte, wie mir die Tränen übers Gesicht liefen. Mein Kind, dachte ich, nicht mein Kind, man darf mir nicht mein Kind wegnehmen, ich will mein Kind erleben, ich will es im Arm halten und es beschützen, ich will für mein Kind da sein, ich will es nicht im Stich lassen. Ich weinte so, dass es mich schüttelte. Das kleine unschuldige Kind, dachte ich, es kann doch nichts dafür! Ich darf es nicht im Stich lassen!

Und von einem Moment auf den anderen fühlte ich Wut. Ich war plötzlich so wütend, dass ich alles zerstören wollte, die Matte und die gesamte Einrichtung, meine bequeme Kleidung, ich wollte die Duftlämpchen zertrümmern und den Gong zerdeppern. Ich war so unendlich wütend! Auf meine Mutter, auf meinen Vater, darauf, dass sie einfach verschwunden waren, uns, dachte ich böse, feige im Stich gelassen hatten, alle beide. Sie hatten sich hinterfotzig aus dem Spiel geschlichen, nichts geregelt, nichts geklärt, ohne ordentlichen Abschied, unfertig, so, wie sie gegangen waren, fühlte es sich unfertig an. Es fühlte sich an, als wäre jemand einfach während des Gesprächs aufgestanden und gegangen, mitten im Satz. Ich merkte, wie ich weggeschwemmt wurde, von meinen Gefühlen weggeschwemmt, ich dachte genau das: Ich werde von meinen Gefühlen weggeschwemmt, und ich spürte eine Genugtuung, eine trotzige kindische Genugtuung, seht ihr! Seht ihr, dachte ich triumphierend, weil ihr so weggestorben seid, werde ich jetzt weggeschwemmt, ich kann nichts dagegen tun, ich bin ausgeliefert, ich bin meiner Wut ohnmächtig ausgeliefert, und so kann ich selbst nicht gut sterben, ich werde wütend gehen, und ihr seid schuld daran.

Ich würde sterben und nichts in mir war friedlich, ich hatte keinen Frieden geschlossen. Ich verließ diese Welt wütend. Ich ging unter in einem Strudel von Gefühlen und Gedanken, ich verlor mich in einem irrsinnigen Toben in mir drin, ich hatte keine Zeit für das, was gerade anstand, nämlich das Sterben selbst, ich war beschäftigt mit meinem Frust, verheddert in meinem Fight mit meinen Eltern. Und wie ertappt hielt ich inne. Lenk nicht ab, sagte ich zu mir, lenk nicht ab.

Ich atmete, vier ein, hielt inne, vier aus, hielt inne, ein paarmal hintereinander. Ich fühlte, wie eine urplötzliche Heiterkeit in mir aufkam, Jesus, wie lächerlich, ich war mir selbst in die Falle gegangen! Sobald ich meinen Geist von der Leine ließ, merkte ich, wie irrsinnig schlechte Manieren er hatte! Verzogene Töle nichts dagegen! Fokussieren, dachte ich, Kirim, dachte ich, ich sterbe jetzt. Es ist okay. Liebes kleines Kind, verzeih mir.

104 LANGSAMER FRÜHLING

Als ich Schabowski später fragte, wie es ihm ergangen sei, beim Sterben im Bioenergetikkurs, schwieg er zunächst. Wir saßen in seinem Garten und schauten den plüschigen Hummeln bei ihrem Frühjahrsflug zu, schwerfällig peilten sie eine Blume an, wuschelten sich kopfüber in die Blüte, bloß ihre flaumigen Hintern waren noch zu sehen, und kämpften sich anschließend mit Müh und Not wieder daraus hervor, schwankend flogen sie weiter. Die Vögel zwitscherten fast so schön wie in meinem Lichtwecker, alles rüstete sich für die festive Draußen-Saison, die Katze war trächtig, wie ich. Wir beide schleppten unverdrossen unseren Nachwuchs mit uns herum und verrichteten unser Tagewerk, sie schlich gespannt wie ein Flitzebogen auf unsichtbaren Mäusepfaden, ich schleckte Eiscreme für die *LuckyLili*-Testküche. Ich hatte von unseren Konditeuren fünf verschiedene Sorten mitgebracht, an denen sie gerade tüftelten, Herr Schabowski und ich hatten kleine Eimerchen davon vor uns stehen und machten Kreuzchen auf den Bewertungsbogen.

»Ich habe Ihnen«, sagte Herr Schabowski, er steckte sein Löffelchen in einen Eisberg, Geschmack Kokos-Pflaume, »ich habe Ihnen nie von meiner Familienaufstellung erzählt.«

Das stimmte. Ich hatte Herrn Schabowski sehr wohl von meiner zweiten Familienaufstellung erzählt, vom Don, der urplötzlich zwei wildfremde Menschen umarmte und Omama und Opapa aus dem *Chäslädeli Benz* wie Betrüger dastehen ließ.

Herrn Schabowski hatte das genauso ratlos gemacht wie mich, und entgegen Indenbirkens Ermunterung, meine Familiengeschichte ein bisschen zu erforschen, hatte ich nichts unternommen, um diesen Sachverhalt irgendwie aufzuklären, ich hatte nicht recherchiert, ich hatte nicht alte Akten ausfindig gemacht, ich hatte mich nicht reingewühlt in die Vergangenheit des Don, ich hatte wirklich anderes zu tun gehabt.

Und ich hatte Herrn Schabowski nie gefragt, was bei ihm so los gewesen war.

»Erinnern Sie sich, ich habe Ihnen einmal von meiner Frau erzählt. Vor etwa siebzehn Jahren erkrankte sie, Brustkrebs.«

Ich nickte.

Wir betrachteten die Katze, seit einer geraumen Weile saß sie reglos in einer Ecke des Gartens, geduckt und bereit, zuzuschlagen, und dann schlug sie zu, so schnell konnte man gar nicht schauen, sie raufte sich kurz mit irgendwem, haute mit ihren Pfoten wacker drauf und trug sodann ihre Beute, eine klitzekleine Wühlmaus, mit erhobenem Schwanz zu uns herüber, legte sie uns zu Füßen, aber nur zum Bewundern, dann schleppte sie sie weg. »Ich erspare Ihnen hier die Details.« Herr Schabowski nahm sich sein Eisbecherchen und aß ein paar Bissen, er machte Kreuzchen auf dem Bewertungsbogen. »Es ist immer die gleiche Geschichte, nehme ich an. Diese Krankheit hat ein sehr einfaches Drehbuch. Und ziemlich wenige Protagonisten. Die Kranke. Der Mann, ein Arzt. Vielleicht ein paar Nebenfiguren. Die Kranke durchläuft sämtliche Phasen, von Verzweiflung zu Hoffnung und wieder zurück, sie klammert sich an alles, was die Hoffnung nährt. Der Arzt sagt Sachen wie: *Sie dürfen jetzt nicht aufgeben* oder: *Sie müssen kämpfen* oder: *Es gibt da eine neue Chemotherapie.* Die Patientin glaubt an den Arzt und seine neue Therapie, sie gibt nicht auf, sie kämpft. Der Mann ist an ihrer Seite und unterstützt sie nach Kräften. Erst ist sie zu Hause, dann ist sie im Krankenhaus, dann wieder zu Hause, irgendwann immer öfter im Krankenhaus. Nach und nach wird sie zum Pflegefall. Wie auch immer.« Herr Schabowski räusperte sich, er nahm ein anderes Becherchen und aß ein paar Happen, kreuzelte umsichtig Kästchen an. »Ich wollte Ihnen eigentlich die Details ersparen. Jedenfalls«, er holte tief Luft, »jedenfalls. Die Sache ist die, dass ich nicht da war.«

Ich wartete, ich sagte nichts, mir war beklommen zumute.

»Ich war nicht dabei. Ich habe sie, als es dem Ende zuging, im Stich gelassen.«

Ich schwieg. Ich sah die Katze unter einem Gebüsch in altem Laub wühlen.

»Wie lange? Ich meine, wie –«

»Drei Wochen. Ich habe meine Frau in den letzten drei Wochen alleingelassen. Sie war im Krankenhaus und sie war ganz allein. Sie ist alleine gestorben.«

Ich nickte langsam. »Und darum ging es in der Familienaufstellung.«

»Ja. Darum ging es. Ich habe, wie Indenbirken sagt, einen Fuß in ihrem Grab. Ist wohl häufig so, wenn man Krebs hat. Ein unverarbeiteter Tod. Man stirbt hinterher. Aus Scham, aus Schuld, aus unbewältigter Trauer, so was.«

Er nahm den nächsten Eisbecher zur Hand und ich tat es ihm gleich, stumm aßen wir Eis und kreuzten an, wie wir die Konsistenz fanden und das Aroma und die Süße und die Komposition, die Viskosität, die Geschmacksintensität. Wir aßen beide unsere fünf Becherchen leer. Dann lehnten wir uns zurück.

Herr Schabowski klickte die Mine seines Kugelschreibers rein und raus, dann legte er ihn weg.

»Und Sie haben es nicht gelöst. In der Aufstellung. Sie konnten es nicht lösen.«

»Nein. Ich konnte es nicht lösen. Da war die Stellvertreterin meiner Frau und mein Stellvertreter, und als ich eingewechselt wurde, da dachte ich, es bricht mir das Herz.«

»Und dann?«

»Und dann habe ich die Familienaufstellung abgebrochen. Ich konnte das nicht. Ich habe sie in ihrem Sterben, das ein furchtbares Sterben gewesen sein muss, alleingelassen. Es ist nicht verzeihlich.«

»Alles ist verzeihlich. Sagt Indenbirken. Es liegt in der Hand des Verzeihenden.«

»Ich kann es mir nicht verzeihen. Es ist eine Schuld, die ich nicht loswerde. Und ich komme immer wieder an den gleichen Punkt und kann ihn nicht überwinden. Es ist egal, ob es die Familienaufstellung ist oder das Ayahuascaseminar, die Bioenergetikstunden. Der einsame Tod meiner Frau ist die Schallmauer, die ich nicht durchbrechen kann. Wenn Sie also fragen, wie mein Sterben war, neulich in unserem Kurs, kann ich nur sagen: qualvoll. Das Gefühl der Schuld zerfrisst mich noch während meines eigenen Sterbens. Und ich weiß ganz genau, solange diese Schuld mich umtreibt, zerrt die hiesige Welt an mir, wenn mein Körper vielleicht schon fast drüben ist. Ich werde meinen Körper nicht loslassen können, obwohl er nicht mehr kann. Ich glaube, das ist dann das, was man Todeskampf nennt.«

»Ach Scheiße, Herr Schabowski.«

»Ja. Vermutlich haben Sie recht.«

Ich überlegte. Die Sonne stand tief. Aus den benachbarten Gärten roch es nach Grill.

»Vielleicht müssen Sie einfach üben. Jeden Tag, immer wieder.«

»Jeden Tag sterben üben?« Herr Schabowski ächzte. »Ich habe das Gefühl, ich habe in den letzten Monaten mehr geübt und gelernt als in den Jahrzehnten zuvor.« Er ordnete die Eiscremelisten und schob sie in die Mappe aus Karton.

»Aber vielleicht ist es das, worauf Sie sich konzentrieren müssen. Das klingt jetzt paradox, aber vielleicht können Sie nur gesund werden, wenn Sie loslassen, wenn Sie Ihr Sterben akzeptieren. Ich meine grundsätzlich, wenn Sie Ihr Sterben ganz grundsätzlich annehmen und angstfrei betrachten. Vielleicht kann man nur dann wirklich gut leben.«

»Ach, Frau Benz. Sie haben leicht reden.« Er schwieg. Dann sagte er: »Es macht mir so Angst.«

»Ich weiß nicht. Ich muss gerade Geburt üben.« Ich holte tief Luft. »Und wissen Sie was? Ich habe davor auch eine wahnsinnige Angst.«

»Ja«, sagte er. »Sie haben recht. Es tut mir leid. Geburt und Tod. Das sind die beiden großen Aufgaben, die uns gestellt werden, es sind Fragen, auf die wir eine gute Antwort geben müssen.«

Wir saßen da, der Wind trug immer wieder den Geruch von Fleisch und Würstchen zu uns herüber.

»Wie würden Sie denn gerne sterben? Wenn Sie es sich aussuchen könnten?«

Herr Schabowski überlegte. Er knipste sich einen neuen Kaugummi aus dem Blister und kaute intensiv.

»Ach«, sagte er, »vermutlich so, wie es sich jeder wünscht. Zu Hause. Ich würde gerne zu Hause sterben.« Er dachte noch mal nach. »Sitzend. Nicht im Liegen. Ohne Betäubungsmittel, ohne Beruhigungsmittel, ohne alles. Ich würde gerne sterben, einfach, weil der Körper irgendwann zum Leben zu schwach ist. Nicht allein.« Er zögerte. »Ich – es wäre schön, wenn Sie dabei wären. Und Sybille.« Er musste lachen. »Vielleicht sogar die Vielleicht-Väter Ihres Kindes. Ich mag sie, alle. Ich mochte dieses Weihnachten – also bevor es etwas, nun ja, unübersichtlich wurde. Ich glaube, vorher war es einer der schönsten Abende seit Langem.«

»Ja«, sagte ich. Kurz fühlte ich einen Schmerz, wie einen Stich. »Das war es wirklich.«

»Es wäre schön, wenn irgendwie ein Kommen und Gehen wäre, nicht so gedrückte Stimmung, einfach ein geschäftiges Beieinandersein, das mir das Gefühl vermittelt, dass das Leben weiter seinen normalen Gang nimmt. Dass ich aufgehoben bin in einer Gemeinschaft. Dass ich im Sterben – umfangen bin. Von Ihnen allen. Das wäre schön.«

Die Katze hatte genug von der vielen Mausearbeit und saß auf den Steinfliesen, sie putzte sich die Pfoten und starrte dann, wie Katzen es gerne taten, sinnierend und mit einer gewissen Unzufriedenheit in die Ferne.

»Ich habe Sie schon einmal darum gebeten, mich gehen zu lassen, wenn es so weit ist.«

Ich sagte nichts. Ich betrachtete die Katze.

Sie hatte sich mit großer Geste gestreckt und kam nun gemächlich zu uns herübergeschlendert, sie stand vor meinem Stuhl und betrachtete mich fachmännisch, dann machte sie einen geschmeidigen Satz und trampelte es sich auf meinem Schoß zurecht. Sie ließ sich auf die Seite fallen, arrangierte den dicken Bauch neben sich wie einen gut gefüllten Nikolaussack und begann praktisch sofort, sehr laut zu schnurren.

»Aber«, ich räusperte mich, »aber woher wissen wir, wann es wirklich so weit ist?«

Herr Schabowski langte herüber und kraulte die Katze unter dem Kinn, selig reckte sie ihm den Hals entgegen.

»Geht es Ihnen nicht auch so, dass sich, wie soll ich sagen, dass sich Ihr Gespür irgendwie verfeinert durch das ganze heilsame Tun in unseren vielen Kursen?«

Ich nickte.

»Ich zum Beispiel habe inzwischen einen ziemlich guten Kompass dafür, was ich essen sollte und was nicht – und nicht, weil ich so große Angst vor unserem tibetischen Arzt habe und es darum richtig machen will, nein, ich spüre irgendwie, was mir guttut, und habe die Lust verloren auf Sachen, die meinem Körper schaden. Auch beim Yoga, ich habe regelrecht eine Gier auf bestimmte Positionen, manchmal liege ich abends im Bett und freue mich schon auf eine Übung, weil mein Körper danach verlangt. Ich spüre es, wenn ich müde werde, und mache eine Pause, wo ich früher einfach einen Kaffee getrunken und weitergearbeitet hätte, ich spüre, wenn ich alleine sein möchte, und auch, wenn ich lieber unter Leuten wäre. Wenn ich launisch werde oder ungeduldig, sehe ich dahinter die Unsicherheit oder Traurigkeit, das, worum es eigentlich geht. Es ist, als wären die Gefühle nicht mehr so verdeckt durch irgendwas anderes. Und ich glaube, wenn es ans Sterben geht, dann ist es auch so. Dann werde ich es wissen.«

»Aber das haben Sie damals, als Sie die Diagnose bekommen haben, auch gedacht. Sie waren sicher, dass Sie sterben würden innerhalb der prognostizierten zwei Monate.«

»Das war etwas anderes.«

»Was war anders?«

»Vielleicht könnte man sagen, auch das war ein verdecktes Gefühl. Ich hatte zu große Angst davor, leben zu wollen, ich hatte das Gefühl, es stünde mir nicht zu.«

»Und jetzt?«

Schabowski zuckte die Achseln, er streichelte der Katze den Kopf, vertrauensvoll schmiegte sie sich an seine Hand. »Jetzt weiß ich, wie es sich anfühlt, lebendig zu sein. Übrigens nicht zuletzt dank Ihnen – aber das wissen Sie ja, nicht wahr?«

Ich lächelte. »Ja, das weiß ich.«

»Das ist ein sehr erstaunliches und wunderbares Gefühl.«

Ich musste schlucken. Ich atmete, ein, aus, vier, Pause, vier, Pause.

»Und Sie?« Herr Schabowski musterte mich freundlich. »Wie wollen Sie Ihr Kind bekommen?«

»Jesus.« Ich stand auf und streckte mich, diese Gartenstühle waren eine totale Zumutung für alle mit Bauch und Bäuchlein, da lobte ich mir die schönen ergonomischen Stühle bei der Fachkraft Öhmel.

Ich dachte nach. »Ich mache weiterhin alles einfach wie Sie«, sagte ich Richtung Garten, »wenn Sie zu Hause sterben wollen, will ich mein Kind auch zu Hause bekommen.«

Herr Schabowski sagte nichts, aber als ich mich zu ihm herumdrehte, sah ich, dass er lächelte.

»Sie gehen mir wahnsinnig –«

»Sie mir auch«, sagte ich. Wir lachten.

105 MEINE REAKTIONÄRE SCHWESTER

»Du?!«

»Ja. Wieso nicht?«

»Eine Hausgeburt?!« Sybille hätte nicht erschütterter sein können, wenn ich ihr gesagt hätte, dass eine Invasion von Aliens kurz bevorstand.

»Was dagegen?«

»Überhaupt nicht, ich meine nur…«

»Was? Du wärst doch die Erste, die ihr Kind zu Hause kriegt. Oder was weiß ich, im Wald. In einer Grotte.«

»Na ja. Ich dachte immer, du wärst eher so der Typ Kacheln.«

»Jesus, Sybille, was redest du denn da? Kacheln? Was für Kacheln?«

»Na, Krankenhauskacheln. Geflieste Wände, gekachelte Böden, Desinfektionsspray, sterile Tücher, Ärzte in Weiß, so was halt.«

Ich dachte nach. Das war nicht ganz falsch. Irgendwie war ich auch davon ausgegangen, dass das voll mein Ding wäre, dass es mich beruhigen würde, bei einem derartig beunruhigenden Vorgang wie einer Geburt umgeben zu sein von fachlichen Kacheln und anderem Fachpersonal.

»Ich glaube«, sagte ich langsam, »ich habe mit der Esoterikskala auch die gekachelten Wände gesprengt.«

Meine Schwester saß am Tisch vor ihrem Teeglas und suchte offensichtlich nach Worten.

»Jetzt will ich das volle Programm«, sagte ich, »Hebamme, Hörrohr, Hypnodings, Hypnoatmung.«

»Birthing«, sagte Sybille mit rauer Stimme, sie räusperte sich, »das heißt *Hypnobirthing*.«

»Genau«, sagte ich, ich hatte mich schon informiert, Hypnobirthing war der Knüller, »dann bin ich quasi in Trance und spüre keine Schmerzen, das ist irre.«

»Na ja, Charly, also ganz so ist das auch wieder –«

»Jedenfalls mache ich das so. Ich muss die Nachbarn informieren, damit sie sich dann nicht erschrecken, wenn es hier mal kurz laut wird.«

»Hm, meinst du nicht, dass das noch ein bisschen Zeit hat? Und vielleicht solltest du vorher mal mit Mo noch über ein paar andere Dinge reden.«

Ich seufzte. Leider stimmte das. Projekt Stuhlkreis. Es führte einfach kein Weg daran vorbei.

106 DAS ERNSTE GESPRÄCH

An diesem Abend saß schon wieder niemand außer mir auf meinen vorbereiteten Stühlen. Allerdings nur am Anfang, dann wurde es mir zu unbequem und ich wechselte auf den hässlichen Sitzball, den Sybille mir besorgt hatte. Er war eine Beleidigung für jedes Auge, aber Sybille hatte behauptet, für eine Schwangere gebe es nichts Besseres, und leider war es wahr. Hässliches Mobiliar war die Begleiterscheinung jeder Schwangerschaft, Sitzbälle, ergonomische Stühle, Schlafnudeln oder wie die hießen, die brauchte ich zwar mit meiner Miniwampe noch nicht, aber ich fürchtete mich jetzt schon davor, dass sie irgendwann mein Bett verunzieren würden. Die Klamotten wurden natürlich auch nicht besser, noch kleidete ich mich quasi in ein Ein-Mann-Iglu, aber am Horizont sah ich schon das Familienzelt dräuen.

Mo Gabler saß auf meinem Sofa, die langen Beine mit den zu kurzen Hosen übereinandergeschlagen, der Dragaschnig lehnte in seiner lässigen Dragaschnigart drüben am Fensterbrett, und Hänse Quandt saß im Schneidersitz im Sessel unter der Leselampe, das Gesicht krummer denn je.

»Und wenn jetzt, nur beispielsweise, das Kind von Mo

wäre«, sagte er gerade, »würdest du dann auch mit ihm zusammen sein wollen?«

»Oder«, fügte Mo an, »wenn es vom Dragaschnig wäre, mit ihm?«

»Oder«, sagte der Dragaschnig, »wenn es –«

»Jajaja!«, rief ich. »Ich hab es schon verstanden!« Ich hüpfte verärgert auf dem Sitzball herum. »Die Sache ist, ich weiß es nicht. Ich weiß es wirklich nicht.«

Wir schwiegen alle.

»Oder«, sagte Mo dann, »mal eine andere Frage. Wenn sich jetzt herausstellt, das Kind ist von Hänse, wäre es dann denkbar, dass du trotzdem mit dem Dragaschnig zusammen wärst?«

Auch das war – in allen denkbaren Kombinationen – eine berechtigte und interessante Frage, die ich so nicht beantworten konnte, und ich sagte das auch so: »Berechtigt, interessant, nicht zu beantworten.«

Wir schwiegen wieder.

»Ich hole mal ein paar *Cheesy Nibbles*«, sagte ich. Keiner lachte. Jesus, ich brauchte gerade dringend jemanden, mit dem ich über Johnny-English-Witze lachen konnte, dringend. Herrn Schabowski zum Beispiel. Wir hatten uns die legendäre Szene mit English und Malkovich alias Sauvage auf dieser Party, wo – na, das führt jetzt zu weit, wer das nicht kennt, ist eh ein hoffnungsloser Fall –, jedenfalls hatten wir uns das ungefähr zehnmal angeschaut und jedes Mal hysterisch gelacht, wenn er ihn losgeschickt hatte, um diese Cheesy Nibbles zu besorgen.

Ich kam mit Schabowskis Karottentrestercrackern zurück und bot allen was an, und während wir gemeinschaftlich knusperten, dachte ich intensiv nach.

»Ich glaube«, sagte ich irgendwann in die Stille hinein, ich schluckte und betrachtete die Cracker in meinem Schoß, »ich glaube, ich möchte gar nicht mit einem von euch zusammen sein.«

Mo schlug die Beine andersherum übereinander, der Dragaschnig wirkte auf einmal nicht mehr lässig, sondern gefährlich und Hänse vergrub den Kopf in den Händen – hatte ich den Satz irgendwie falsch betont? Hatte ich womöglich versehentlich das *gar nicht* zu sehr hervorgehoben? Ich möchte *gar nicht* mit einem von euch zusammen sein? Jesus, das war aber auch schwer!

»Ich meine, nicht mit *einem* von euch«, fügte ich hastig hinzu.

»Sondern mit uns allen, oder was?« Das war Mo.

Ich gumpte ein paarmal auf meinem Ball, dann bot ich noch mal jedem die Cracker an, einträchtig langten alle zu und wir knusperten uns noch eins und ich dachte, warum – wenn man so fröhlich zusammen knuspern konnte und Ukulele klampfen und alles –, warum bloß konnte man nicht ähnlich lustig zusammen ein Kind haben? Warum nur brauchte es immer diese Entscheidungen? Und: War die Idee der Kleinfamilie nicht sowieso schon längst überwunden?

»Ein sibirisches Sprichwort sagt: Es braucht ein Dings, eine Stadt, um ein Baby zu kriegen.«

Alle schauten etwas betreten auf den Fußboden, dann prustete Hänse los und Mo und der Dragaschnig stimmten ein, aus Geselligkeit lachte ich auch mit.

Weil wir dann schon dabei waren, lachten wir noch über ein paar andere Sachen, die zerdepperte Ukulele, die wie ein verhunztes Duchampprodukt an meiner Garderobe hing, Hund Anduin im Christbaum, den eigentlichen Beginn des Kakaogate (»Du hattest vorhin schon ein Glas Wein, zum Essen, du solltest keinen Alkohol mehr trinken, ist doch klar« – der Dragaschnig lieferte die perfekte Imitation meiner Schwester), die *Cheesy Nibbles*, die plötzlich doch alle richtig witzig fanden.

Wir lachten und lachten, bis wir nicht mehr konnten, dann beschlossen wir, zu *Zum Bob* zu gehen, auf ein Schälchen Pommes und Currywurst.

»Ich will ja kein Spielverderber sein«, sagte Hänse, als er sich die Red Wings schnürte, er richtete sich auf und stützte sich auf sein Knie, »aber tatsächlich hat sich an der Situation nichts geändert. Es ist nichts gelöst und nichts geklärt.«

»Stimmt«, sagte der Dragaschnig, »wir sind kein bisschen weitergekommen.«

»Was soll ich denn machen?«, fragte ich, ich hatte meine Strickjacke zugeknöpft und verschränkte die Arme vor der Brust. »Was genau soll ich denn machen?«

»Du musst dir überlegen, was du willst«, sagte Hänse und stand auf.

»Und ihr? Macht ihr euch das nicht gerade ein bisschen leicht? Müsst ihr euch nicht vielleicht auch überlegen, was ihr wollt?«

»Auch wieder wahr«, sagte der Dragaschnig. »Wir müssen alle überlegen, was wir wollen, okay?«

»Okay«, murmelte ich.

Der Dragaschnig schlüpfte in seinen Hoody. »Kommt jetzt«, sagte er, »lassen wir das für heute, gehen wir Pommes essen.«

»Nigerianisch«, sagte Mo, bevor er zu sich hinüberging, um Schuhe und Jacke zu holen, »es ist ein nigerianisches Sprichwort.«

»Dorf«, sagte Dragaschnig.

»Was?«

»Es braucht ein ganzes Dorf, um ein Kind zu erziehen.«

»Jaja«, sagte ich verärgert, ich nahm den Schlüssel vom Schlüsselbrett und steckte meine Geldbörse ein, »und es braucht drei Männer, um ein Baby zu zeugen.«

Stumm gingen wir alle die Treppe hinunter.

107 MEIN KLEINER HAREM

Ich meine, ich hatte das eher so dahergesagt, das mit dem »Ich möchte gar nicht mit *einem* von euch zusammen sein«, und als die Jungs das dann knallhart durchzogen, war mir das etwas unheimlich.

Meine künftige Hebamme hieß Annemarie und hatte eine zarte Stimme und ein liebes Lächeln und würde mich hoffentlich mit genau dieser Zartheit und Liebe durch die Geburt leiten. Einmal in der Woche ging ich in den Geburtsvorbereitungskurs, jedes Mal begleitete mich ein anderer Mann. Keine Ahnung, was meine schwangeren Kolleginnen davon hielten, jedenfalls fand ich dort keine neue Freundin, mit der ich über Bäuche und alles andere hätte quatschen können. Als wären wir ansteckend, machten sie und ihre Partner einen großen Bogen um uns. Annemarie wiederum ging mit keinem ihrer zarten Worte auf meinen kleinen Harem ein, verwechselte aber konsequent die Namen, ich berichtigte sie jedes Mal, jedes Mal lächelte sie lieb.

Keiner der drei Väter verzog eine Miene. Wir verbrachten viel Zeit miteinander, aber immer als Gruppe. Wir spazierten als Gruppe, wir aßen als Gruppe, wir plauderten als Gruppe. Neuerdings klingelte es dauernd bei mir, langsam ging mir das auf die Nerven.

Diese weichgezeichneten Abende, an denen die väterlichen Hände schützend auf dem größer werdenden Bauch lagen und die werdenden Eltern sich liebevoll anlächelten? Ein stolzer Vater, der dem Bauch eine Geschichte vorlas, damit das Baby sich schon mal an seine Stimme gewöhnte? Gemeinsame Überlegungen, in welchen Pastelltönen die Vorhänge des Stubenwagens wehen sollten? Klar, ich konnte das alles haben, aber immer nur zu viert. Ich hatte den Stuhlkreis gewollt, jetzt hatte ich den Stuhlkreis. Ich hatte nur noch den Stuhlkreis.

Ich war nicht sicher, ob sie sich abgesprochen hatten, aber ich ging schwer davon aus.

Nach dem Kakaogate hatten sie sich alle beleidigt/verletzt/wütend/zerschossen zurückgezogen, sie hatten sich vereinzelt. Nach unserem »klärenden Gespräch« hatten sie sich zum Rudel vereint, keine Wolke schien ihre schöne neue Freundschaft zu trüben.

Es war eine simple, wahnsinnig durchschaubare Taktik, und dennoch ging sie auf: Der Ball war bei mir. Sie würden das Ding nicht lösen, so viel war klar. Sie wussten vermutlich auch nicht, was sie wollten. Ich konnte das gut verstehen, immerhin ging es mir genauso.

»Wissen Sie«, sagte ich zu Herrn Schabowski, als wir an einem Mittwochabend in der Garderobe nach unserem Heiltanzkurs unsere Sachen zusammenpackten, »ich dachte kurzzeitig, so eine Art Kommune wäre vielleicht was für mich, ich fand es dann aber nur ungefähr eine Minute lang witzig, und auch das nur in der Theorie.«

»Ich glaube, liebe Frau Benz, jede Generation arbeitet sich immer wieder an diesen traditionellen Formen des Zusammenlebens ab, das ist vermutlich ganz normal. Klassische Treue, offene Beziehungen, serielle Monogamie, mehrere Partner gleichzeitig und was es da nicht alles gibt, vermutlich muss man einfach irgendwie nüchtern und angstfrei darüber nachdenken – wie über alles andere eben auch. Möglichst wertfrei, aber eben auch, ohne sich was in die Tasche zu lügen.«

Wir waren die Treppe hinuntergegangen und ich klemmte meinen Beutel auf den Gepäckträger und schloss mein Fahrrad auf.

»Wahrscheinlich stimmt das.«

Wir spazierten nebeneinanderher, an der Kreuzung, wo unsere Wege sich trennten, hielten wir an und betrachteten schweigend den Feierabendverkehr. Es roch nach Benzin, Döner und Kirschblüten.

»Ich habe halt gehofft, ich käme irgendwie um eine Entscheidung herum.«

»Ja«, sagte Herr Schabowski, »das verstehe ich.« Er hatte seine kurzen Hosen an, das Yoga-T-Shirt, auf dem *One breath, one movement* stand, und sah mit seinem Tanzrucksack und den Ledersandalen aus, als wäre er auf spiritueller Wanderschaft. Für einen kurzen Moment schaute ich ihn an, als würde ich ihn zum ersten Mal sehen, und er hatte nichts, einfach rein gar nichts mehr zu tun mit dem *PostEngel*-Schabowski von früher, nichts an ihm erinnerte an seine geleugnete Verwandtschaft mit *dem* Günter Schabowski, nichts ließ auf den Beamten schließen, der er ja eigentlich war. Mein Schabowski war innerhalb beachtlich kurzer Zeit zu einer Art Althippie geworden, ein Typus, um den ich immer einen riesengroßen Bogen gemacht hatte, und nun? Nun verbrachte ich praktisch meine gesamte Freizeit mit ihm und wir eilten von einem Hippie-Hobby zum nächsten.

»Ich hatte«, sagte Schabowski in meine Grübeleien hinein, »auch keine Lust mehr, Entscheidungen zu treffen.«

Ich nickte.

»Ich habe Ihretwegen wieder damit angefangen.«

»Und? Bereuen Sie es?«

Er dachte nach. »Schwer zu sagen. Einerseits nein, weil ich mein Leben gerade sehr mag. Es macht Spaß. Ich lerne viel – mehr, als ich mir je erträumt hätte. Das finde ich schön. Andererseits ja, weil es leichter wäre, loszulassen. Ich dachte, es wäre besser, sich nicht mehr allzu sehr ans Leben zu hängen, wenn man weiß, dass es in absehbarer Zeit vorbei ist.«

»Es ist nicht *in absehbarer Zeit* vorbei, Herr Schabowski, ich hasse es, wenn Sie so was sagen.«

»Ich weiß. Manchmal schäme ich mich dafür, wie gerne ich lebe. Das Gefühl, es stünde mir nicht zu, hält sich hartnäckig. Ich kann nichts daran ändern.«

»Ich wünschte, Sie könnten es.«

»Ja«, sagte Herr Schabowski, »das wünschte ich auch. Aber, um auf die eigentliche Frage zurückzukommen, ich finde, Sie müssen ja nichts überstürzen. Sie können das einfach noch eine Weile so weiterlaufen lassen. Irgendwann werden Sie wissen, was Sie wollen.«

»Hoffentlich«, sagte ich. Ich hoffte es wirklich. Aber ich glaubte es nicht. Wir schwiegen, die Autos brausten an uns vorbei, ich hatte ganz schön Hunger.

»Gehen Sie eigentlich gerne in die Oper, Frau Benz?«

»Ich? Nein, sehe ich etwa so aus?«

»Ich gehe ganz gerne in die Oper. Zumindest ging ich früher gerne in die Oper, als ich noch Zeit hatte und nicht meine gesamte Freizeit mit Trommeln und Tanzen verplant war. Eine meiner liebsten Zeilen aus der Oper stammt aus einem Libretto im Rosenkavalier. Ich fand immer, es ist der beste Rat für eine glückliche Beziehung – ich habe ihn nur leider selbst nie befolgt.« Herr Schabowski hatte die Daumen in die Riemen seines Rucksacks gehakt und sah einem Mann hinterher, der einen Sofatisch auf dem Kopf transportierte.

»Ja und wie geht die Zeile? Machen Sie es doch nicht so spannend, Herr Schabowski!«

Er lachte und drehte sich wieder zu mir. »*Leicht muss man sein: mit leichtem Herz und leichten Händen, halten und nehmen, halten und lassen.*«

»Das gefällt mir«, sagte ich, ich murmelte es noch einmal vor mich hin, halten und nehmen, halten und lassen. »Das gefällt mir sogar sehr.«

DRITTER TEIL

108

Wir schauten durch die staubige Glasscheibe der großen Eingangstür nach innen. Dort lag eine Art verschwenderischer Vorraum, dann kam eine etwa drei Meter breite Schwingtür aus hellem Holz und Sprossenfenstern, deren Flügel offen standen und den Blick freigaben auf eine hohe Eingangshalle. Die Wände waren in einem heiteren Grün gestrichen, wie schon Goethes Arbeitszimmer in Weimar gestrichen war, auf dem Boden lag ein riesiger Perserteppich in verschiedenen Blautönen und direkt gegenüber von uns prangte ein Kamin aus schwarzem Stein, womöglich Granit. Darüber ein Spiegel mit vergoldetem Rahmen, in welchem ich sowohl mich als auch Schabowski nebelhaft erkannte, wie wir unsere Gesichter gegen die Scheiben der Eingangstür pressten.

Wir richteten uns auf und schauten uns an. Wir sagten nichts. Was sollten wir dazu sagen? Ich kramte den großen Schlüsselbund hervor, den wir unten im Dorf bei Herrn Gruber abgeholt hatten, und probierte die diversen Schlüssel aus. Herr Gruber war der Hausmeister, bei Herrn Gruber, wurde mir in der Anwaltskanzlei in Wien mitgeteilt, könne ich den Schlüssel abholen, Herr Gruber habe sich in all den Jahren um das Hotel Mirabell gekümmert, Herr Gruber wisse über alles Bescheid. Mit Herrn Gruber, so viel war mir klar, würde ich mich irgendwann mal in Ruhe unterhalten müssen, über das Hotel und den Don, aber vorhin waren wir zu erschöpft gewesen von der Reise und Herr Gruber gerade auf dem Weg zu seinem Stammtisch.

Es roch nach dem feuchten Wald, der direkt hinter dem gekiesten Weg anfing, und irgendwie krautig. Es war ein verregnetes Frühjahr gewesen, das sich die ganze Zeit über schon eher wie Herbst angefühlt hatte, dabei war es noch nicht einmal Mai. Es roch nach Pilzen und nach Fuchsbau und frisch geschlagenem Holz, es tropfte von den Tannen, und abgesehen davon war es sehr still.

Später saßen wir in dem herrlich großen, luftigen Saal, der nach vorne zum Tal hin riesige alte Fenster hatte, und durch kein Glas ist ein Ausblick betörender als durch die leichten Wellen und Unebenheiten dieser gegossenen Scheiben, die wahrscheinlich kein Glaser mehr herstellte, außer man bezahlte ihn in Goldbarren.

Im Grunde genommen war das der schönste Raum, den ich je gesehen hatte. Vermutlich wurde hier früher nachmittags Tee getrunken und Zeitung gelesen, Schach oder Dame gespielt und geplaudert, vermutlich servierten Kellner silberne Kannen voll duftendem Kaffee und rollerten Dessertwägelchen, bestückt mit Esterhazytorte und Apfelstrudel, über die dicken Teppiche, und wundervolle Sahnehügel wurden einem auf die Kuchenteller gehäuft. Vermutlich gab es mäkelige alte Damen in Seidenblusen und der ein oder andere trug was Schönes aus Tweed, vermutlich strickte jemand was oder stickte oder häkelte oder verrichtete sonst eine vergessene Handarbeitstechnik, und vermutlich bot diese sonnendurchflutete Halle an einem späten Nachmittag zur Teezeit all das: die perfekte Mischung aus ruhiger Geschäftigkeit und Muße, verhaltener Gespräche und Geschirrgeklapper. Eine nicht unerhebliche Zahl an kleinen Sofas, bequemen Sesseln, Récamieren und Lehnstühlen, zierlichen Tischchen und Thonetstühlen bildeten kleine Sitzgruppen – dies war, davon war ich überzeugt, das Maximum an Behagen, das sich qua Interieur herstellen ließ.

Und vermutlich war das hier einmal der beste Ort der Welt: hier, hoch über Bad Gastein und seinen *mondänen*, ungeheuer imposanten Hotelbauten aus der Belle Époque, ganz so, als stünden sie in – keine Ahnung – Nizza oder Monte Carlo, und dabei war es die österreichische Bergwelt, die das Ganze umrahmte, und nicht die Côte d'Azur.

Übrigens, von wegen *mondän,* niemals, egal wo ich was über Bad Gastein las, niemals kam man um das Wort *mondän* herum. Auch wenn ich sage: »Nizza oder Monte Carlo«, ist das nicht auf meinem Mist gewachsen, tatsächlich habe ich weder in dem einen Ort noch in dem anderen geweilt, nein, sobald man mal irgendwo was über Bad Gastein las, stand da: *mondän, Nizza, Monte Carlo.* Und *Belle Époque,* nicht mal das stammte von mir. Was ich damit sagen will, ist: Bad Gastein ist schon wiederentdeckt worden, und nicht von mir. Es war früher einmal mondän gewesen, hier hatte die gehobene Gesellschaft gekurt und gesommerfrischt, dann war der erste Krieg gekommen, dann der zweite, und das hatte dem Ort den Garaus gemacht. Danach war er lange nicht mehr auf die Beine gekommen, erst in den letzten Jahren hatte er sein Comeback erlebt, ähnlich einem Popstar, der als junger Mann irrsinnig erfolgreich war, dann seinen Absturz hatte, Drogen und so – man kannte das ja, von der Bildfläche verschwand, kein Schwein redete mehr von ihm, manche dachten, er wäre schon längst tot –, aber dann tauchte er nach Jahren und Jahrzehnten wieder auf, gereift und weise, ein bisschen melancholisch, womöglich mit Bart und ergraut, aber die Stimme hatte dieses gewisse Etwas entwickelt, das man nicht geschenkt kriegte, nein, man musste ganz unten ankommen, durch die Scheiße musste man gehen, und wenn man Glück hatte, stieg man wie, Dings, dieser Vogel aus der Asche, und alle spürten: Der hatte eine Geschichte und seine Songs hatten jetzt auch eine Geschichte.

Jedenfalls war Bad Gastein so. Hoch obenauf, Belle Époque und mondän und alles, ganz tief unten und vergessen, jetzt eilte es im Schweinsgalopp wieder Richtung voll angesagt.

Wie auch immer, das Mirabell war eines dieser klassischen *Grandhotels*, ein Gebäude wie ein Schloss, mit zwei Türmchen und einer ungeheuren Zahl an Fenstern, mit einer herrlichen Terrasse und verspielten Balkonen und Austritten und Erkern und Ecken. Es sah aus wie das Hotel in dem Film *Grand Budapest Hotel*, den Schabowski und ich neulich im Zuge unserer Wes-Anderson-Fan-Woche angeschaut hatten, klar, nicht so piekfein in Form und auch nicht rosa, eher so vanillecremefarben, aber so in etwa konnte man sich das vorstellen.

Zwar servierte hier kein Kellner mehr irgendwelche Schweinereien, und die Polster der Ohrensessel waren bei genauer Betrachtung mächtig zerschlissen, zwar fehlten hier die alles pützelnden und pfleglichen Hände, die staubsaugenden und wischenden und arrangierenden und was weiß ich was noch alles verrichtenden guten Geister, zwar fehlte es hier insgesamt an Geläuf, wenn man das jetzt mal so nennen wollte, an Hoteltrubel, an- und abreisenden Gästen, lächelnden Rezeptionisten und einem Koch, der ab und zu kam und schaute, ob es seinen Gästen so richtig schmeckte. Das alles fehlte hier, und dennoch. Dennoch war das hier vermutlich der beste Ort der Welt. Für uns, Schabowski und mich, war es der beste Ort der Welt.

Wir saßen in zwei zerwutzelten grünen Chintzsesseln und schauten hinunter ins dämmrige Tal, dann schauten wir uns an, dann mussten wir wahnsinnig lachen. Wir lachten und lachten, denn es war eigentlich irrsinnig lustig: Da hatten wir monatelang erbauliche und heilsame Kurse besucht, wir hatten meditiert und getanzt, gemörsert und getöpfert, wir hatten lachen geübt und waren haufenweise Schritte gegangen, wir hatten gesunde Dinge gekocht und unsere Wohnungen ausgeräuchert, wir hatten uns hypnotisieren und akupunktieren lassen und Schabowski hatte heilsam gekotzt und alles, wir hatten ganz insgesamt und rundum unseren Geist, unsere Seele und unseren Leib trainiert, um ganz zu uns zu kommen und mit allem, was das Leben auch bringen mochte, in friedlichem Einvernehmen zu sein. Und jetzt? Jetzt saßen wir hier. Warum? Weil Schabowski eine Vision gehabt hatte? Gehe ins mondäne Bad Gastein und du wirst geheilt werden? Nein. Weil ich während meiner morgendlichen Kirimmerei verstanden hatte, dass das der mir zugedachte Platz auf Erden war? Nein. Weil die Pflicht mich gerufen hatte, die Stimme meines Vaters, die Berge, oder weil Schabowski hier, im mondänen Bad Gastein, möglichst vielen Menschen helfen wollte, mit ihrer schlimmen Postangst zurechtzukommen? Alles nein.

Ich suchte einen Pizzaservice heraus und bestellte uns Pizza, die ziemlich lange brauchte, um zu uns zu kommen, erstens wahrscheinlich, weil das Hotel so hoch über dem Ort lag, und zweitens, weil der Pizzabote sicher noch nie eine Pizza hierhergeliefert hatte. Herr Gruber hatte gesagt, seit den Neunzigerjahren habe das Mirabell leer gestanden, damals seien hier die letzten Gäste ein und aus gegangen, da hatte es gewiss noch keinen Lieferservice gegeben. Den Lieferservice und die Pizza hatten die Hotelgäste natürlich auch nicht gebraucht, da war ja der herausragende Koch gewesen, der in der Küche gewirkt und ein Schmankerl nach dem anderen fabriziert hatte.

Während wir die kalte Pizza aßen, wurde es dämmriger und dämmriger, dann wurde es Nacht. Es dunkelte ein, anders kann man das nicht sagen.

Es war schön, hier zu sitzen und Pizza zu essen, es war schön, hinunterzuschauen ins Tal, und dabei waren wir nur aus einem Grund hier: Wir waren vor unseren Problemen davongelaufen.

Und Probleme gab es zuhauf.

Erstens: Meine Vielleicht-Väter hatten den Druck erhöht. In meine Vorsorgeuntersuchungen, Vorbereitungskurse und diverse andere Vor-Kurse waren sie nun *alle* mitgekommen; sogar, wenn ich einen von ihnen antelefoniert hatte, war es nicht möglich gewesen, ein Gespräch zu zweit zu führen. »Moment«, sagte der Mo oder der Dragaschnig oder der Hänse dann, »ich schalte schnell die anderen mit dazu, damit sie nichts verpassen«; mehr als einmal wollte ich ihnen glasklar die Meinung sagen, aber mir war hundertprozentig bewusst, dass ich moralisch einfach einen schweren Stand hatte. Problem Nummer zwei: Auch Sybille ging mir zunehmend auf den Senkel, mit Georg schrie sie sich am Telefon an, es drehte sich um die Hunde, um das Haus, um Verletzungen und Kränkungen, schreiend klärten sie jedes einzelne Missverständnis aus zwanzig Jahren Ehe; mit Bernhard zankte sie in meinem Wohnzimmer, worüber, weiß ich nicht, ich floh jeweils ins Büro, da ging mir zwar ebenfalls alles auf den Senkel, aber immerhin ging es mir *leise* auf den Senkel. Zwischen Sybille und mir war auch nicht alles eitel Sonnenschein, ständig brach sie Streit vom Zaun über Fragen der Ordnung, zum Beispiel leere Kekspackungen, die ich, nachdem ich den letzten Keks entnommen hatte, wieder in den Schrank legte, Nüsse, die ich über dem Teller mit Nüssen knackte, und sodann ein heilloses Durcheinander entstand aus Nüssen und Nussschalen, und ausgetrocknete Teebeutel, die ich gerne auf dem Bücherregal deponierte. Ich sagte: »Ja, aber Sybille, es ist doch meine Wohnung, ich kann doch hier liegen lassen, was ich will!« Sie sagte: »Aber es stört mich!« Ich sagte: »Dann zieh doch aus!« Sie brach in Tränen aus. Sybille war mit den Nerven am Ende, sie hatte sich in eine amouröse Sackgasse manövriert, und als ich ihr sagte, das hätte ich ihr ja von Anfang an gesagt, heulte sie noch mehr. Sie tat mir leid, aber ich tat mir auch leid.

Dritter Problemfall: Büro. Im Büro war die kurze Zeit der nachweihnachtlichen Muße längst wieder vorbei, fieberhaft bereitete sich erst alles auf Ostern vor und dann alles auf die sommerliche Produktlinie mit gekühlten Snacks, und dazu sollte ich in einem Affentempo Ideen für die *nächste* Saison entwickeln, aber ich hatte keine Lust mehr, Ideen zu entwickeln. Ich verscherzte es mir mit jedem einzelnen Mitarbeiter – noch mehr als zuvor, falls das überhaupt möglich sein sollte –, da ich mir, vermutlich hormonbedingt gehirndegeneriert, nun *überhaupt* keinen Namen mehr merken konnte, nicht mal den von Liliane, der Chefin. Wenn ich sie ansprach, sagte ich sicherheitshalber: »Du, Chefin«, anstatt minutenlang zu grübeln, wie die Frau hieß, mit der ich seit über einem Jahrzehnt zusammenarbeitete. Ich war notorisch müde und schlief regelmäßig auf meinem Bürostuhl ein, die Füße auf der offenen Schreibtischschublade; es kann sein, dass ich schnarchte. Seit dieser Schwangerschaft war alles durcheinandergeraten bei mir, plötzlich schossen mir die Haare ins Kraut, als hätte ich sie gedüngt, meine Haut war zart und rein wie ein frisch gepflückter Apfel, und ich bekam einen Hintern, der das Wort verdiente, vortrefflich füllte er nun diese hosentypischen Ausbuchtungen, die vorher nur an mir herabgehangen hatten; das war immerhin alles sehr erbaulich, aber, wie es so schön heißt, *you win some, you lose some*. Nie hatte ich geschnarcht, nun wachte ich nachts sogar von meinem eigenen Schnarchen auf. Ich denke mal, auch der ein oder andere Mitarbeiter bei *LuckyLili* störte sich an den archaischen Grunzlauten, die neuerdings durch die Bürogänge dröhnten.

Ich verzögerte jeden Produktionsschritt, weil ich mein Zeug nicht fristgemäß erledigte, insgesamt hatte sich eine Art defätistische Haltung meiner bemächtigt. Sobald in einer unserer wöchentlichen Sitzungen irgendein Problem mit einem

Produkt thematisiert wurde, rief ich: »Sollen die Leute doch selber kochen!« Als Liliane mich irgendwann zu sich rief und mich eindringlich darum bat, mich etwas zu mäßigen, sagte ich: »Klar, Chefin, mach ich«, aber ich wusste, ich konnte nicht. Ich hatte es satt. Ich hatte es immer schon sattgehabt, aber jetzt war der Rubikon überschritten oder wie das hieß, auch meine Würfel waren gefallen, wie weiland schon beim alten Cäsar. Wäre ich nicht so feige und so schwanger gewesen, hätte ich gekündigt – so ging ich nur in eine verfrühte Elternzeit. Ich jammerte der Fachkraft Öhmel was vor, sie sagte: »Sie müssen mir doch nichts vorjammern, Frau Benz, ich sehe doch, dass es Ihnen blendend geht«, und schrieb mich krank.

Schabowskis Probleme? Nun, die waren eigentlich übersichtlich, er hatte nämlich nur eins.

Es war nur eine harmlose Magenverstimmung, die wir uns weiß Gott wo eingefangen hatten, wir hatten die Kotzerei und Durchfall und ein bisschen Darmzwicken, wir lagen beide ein paar Tage flach, es war nichts Schlimmes, aber danach berappelte er sich nicht mehr. Er verlor Gewicht, er hatte keine Kraft für seine ganzen Übungen, und wenn er die vier Stockwerke zu meiner Wohnung heraufstieg, hörte ich, wie er auf jedem Absatz pausierte und schnaufte wie ein Blasebalg. Die nächste Kontrolle bei Dr. Faruki bestätigte meine Befürchtungen: Die Werte waren sehr schlecht.

Nach einer langen Phase des Stillstands, ja Rückgangs, hatte der Krebs sich nun in beängstigendem Tempo ausgebreitet, er hatte sich quer durch Schabowski gefressen und überall genagt oder genistet oder wie man dazu sagen mochte, gewuchert hatte er, wie es Pilze nach einer langen Regenperiode taten. Und es waren nicht die Pilze, die wir alle liebten, nämlich Steinpilz, Pfifferling und Co, nein, es waren die bösen Pilze, die Knollenblätterpilze.

Ja, Schabowski hatte nur ein Problem. Aber das wog schwerer als alle meine Probleme zusammen.

Dr. Faruki wiegte den Kopf. »Metastasen«, sagte er, »im Rücken, im Nacken, in den Schultern, in den –« Aber da machte Schabowski etwas, was ich ihm niemals zugetraut hätte: Er stand einfach auf, mitten in Dr. Farukis Monolog, und ging. Er ging einfach aus dem Behandlungszimmer hinaus und ließ die Tür offen stehen. Ich sah, wie er eindeutig *nicht* Richtung Toilette ging, nein, er strebte dem Ausgang zu.

Dr. Faruki hob die Augenbrauen und fragte: »Nanu! Meinen Sie, Herr Schabowski musste dringend zur Toilette?«

»Eindeutig nein«, sagte ich, »er strebte dem Ausgang zu.«

Wir schwiegen uns an. Ich spürte, wie das Baby in meinem Bauch herumwirtschaftete, rechts zeichnete sich eine deutliche Beule ab unter meiner Latzhose, vermutlich der Po, ich drückte sanft dagegen und es schwamm weiter.

»Was schlagen Sie vor?«

Dr. Faruki hatte seine Brille abgenommen und rieb sich die Augen, dann setzte er die Brille wieder auf. Er betrachtete Schabowskis Krankenakte vor sich, dann klappte er den Ordner zu.

»Es gibt nichts vorzuschlagen«, sagte er.

»Was heißt das?«

»Das heißt, man kann jetzt nur noch palliativ behandeln.«

Ich nickte langsam. Unter meiner Hand arbeitete fleißig das kleine Menschlein, wie ein Maulwurf warf es ab und zu einen Hügel auf und krauchte sodann weiter. »Was heißt eigentlich palliativ? Ehrlich gesagt frage ich mich das schon lange.«

»Es heißt, dass wir unsere Patienten nur noch schmerzlindernd unterstützen können. Es geht nicht mehr um eine Therapie, es geht nicht mehr um die Heilung einer Krankheit.«

»Ging es bei Herrn Schabowski jemals um die Heilung der Krankheit?«

»Nein.«

»Also war es von Anfang an palliativ.«

»So kann man das nicht sagen. Was ich Herrn Schabowski damals vorgeschlagen habe, war natürlich eine Therapie.«

»Die niemals zur Heilung geführt hätte.«

»Das ist richtig.«

»Also purer Aktionismus.«

»Frau Benz, so kann man das nicht sagen, es –«

»Ich verstehe schon«, ich nickte, »was hätten Sie ihm auch anderes vorschlagen sollen?«

Dr. Faruki nahm seine Brille wieder ab, dieses Mal legte er sie weg und schaute mich mit diesem leicht verwunderten Blick der sehr Kurzsichtigen an. »Ich hätte Herrn Schabowski nichts Besseres vorschlagen können als das, was Sie gemacht haben.«

Ich schaute ihm in die Augen und versuchte herauszufinden, ob er mich nur besänftigen wollte, er schaute sehr ruhig zurück.

»Es ging ihm so viel besser«, sagte ich, ich holte tief Luft und versuchte, die Tränen zurückzuhalten.

»Das tat es wirklich«, sagte Dr. Faruki sanft, »auf jeder Ebene. Frau Benz, Herr Schabwoski kam in einem Stadium der Erkrankung zu mir, bei dem ich die Erfolge, die Sie beide mit Ihrem *Programm*, sage ich jetzt mal, erzielten, niemals für möglich gehalten hätte. Und vielleicht wäre diese positive Entwicklung, wäre nicht die Magen-Darm-Sache dazwischengekommen, sogar noch weitergegangen.«

Nun liefen mir die Tränen übers Gesicht und ich wühlte in meinem Stoffbeutel nach einem Taschentuch. »Ich hätte das verhindern müssen. Das hätte einfach nicht passieren dürfen.«

»Frau Benz, das verhindern zu wollen hieße, auf das Leben zu verzichten.«

»Was meinen Sie damit?«

»Nun, Sie können versuchen, sämtliche Ansteckungsmöglichkeiten zu vermeiden. Sie gehen sämtlichen Viren und Bakterien aus dem Weg. Konkret heißt das, Sie gehen allem und jedem aus dem Weg und umschiffen alle potenziellen Gefahrenquellen, am besten verlassen Sie nicht mehr die Wohnung und desinfizieren alleweil sich und alles, was Sie anfassen.«

»In der Wohnung hocken und dauernd Angst haben? Jesus«, ich schnäuzte mich, »das ist doch kein Leben.«

»*Zu Tode gefürchtet ist auch gestorben* – so sagt man doch, nicht wahr? Es wäre reines Überleben. Sie gewinnen Sicherheit, aber mehr nicht. Wenn Sie hinausgehen, Menschen treffen, sich öffnen, bekommen Sie genau das, was Sie bekommen haben: Lebensqualität. Freude am Dasein. Spaß. Man kriegt kein Leben ohne Gefahr. Sie beide haben Ihre Entscheidung getroffen, und ich persönlich bin davon überzeugt, dass es die richtige war.«

Ich schnäuzte mich noch einmal und steckte das Taschentuch wieder weg. Dr. Faruki hatte recht. Man bekam nicht das eine ohne das andere. Und gelebt hatten wir. Ich war mir sicher, Herr Schabowski würde alles wieder genauso machen, wie er es gemacht hatte. Und ich auch.

Ich nahm meine Tasche und stemmte mich hoch, wir gaben uns die Hand.

»Ich schätze«, sagte Dr. Faruki, er räusperte sich, »ein Krankenhausaufenthalt kommt für Herrn Schabowski nicht infrage.«

Ich nickte. »Das schätze ich auch.«

»Frau Benz, egal was in den nächsten Wochen kommen mag, Sie beide können auf mich zählen.«

»Was meinen Sie damit?«

»Sehen Sie, es ist wahrscheinlich, dass Herr Schabowski Schmerzen haben wird. Große Schmerzen. Und man muss das nicht aushalten. Es gibt heutzutage sehr gute Schmerzmittel, es hat sich auf dem Gebiet viel getan in den letzten Jahren.«

Dr. Faruki setzte sich seine Brille wieder auf und tippte etwas in seinen Computer. Der Drucker spuckte ein Blatt Papier aus, er reichte es mir. »Hier ist ein Rezept, damit bekommen Sie, was Sie brauchen. Wenn ich irgendetwas tun kann, lassen Sie es mich wissen.«

Ich musste lächeln, trotz allem. Er würde für mich immer der Mann bleiben, der besser, viel besser auf einen Araberhengst gepasst hätte als auf diesen Bürostuhl in der Charité, mit wehendem Haar, inmitten der Dübener Heide, Ausschau haltend nach seinem Falken. Er lächelte auch, aber ich wusste nicht, wo er mich lieber gesehen hätte als auf dem Besucherstuhl seines traurigen Kabuffs, da gab es ja viele Möglichkeiten.

»Alles Gute für Sie«, sagte er, »für Sie beide.«

»Ja«, sagte ich, »für Sie auch, Dr. Faruki.«

Herr Schabowski wartete unten am Eingang auf mich. Wie schon ein paar Monate zuvor betrachteten wir die Blumenrabatten, die Drehtür, die Leute in den schlechten Bademänteln, es hatte sich nichts verändert, außer uns. Wir hatten uns verändert. War alles umsonst gewesen? Wenn wir jetzt, ein paar Monate später, eh an dem gleichen Punkt ankamen? Hätten wir uns das alles sparen können?

Ein bleicher Mann in einem verwaschenen hellblauen Frotteebademantel, der nur bis zu seinen ebenfalls sehr bleichen Waden reichte, stand mitsamt diesem rollbaren Gestell für Infusionen neben einem Aschenbecher und rauchte. Ich schaute ihm zu, wie er die Zigarette ausdrückte und hernach mit sehr kleinen, unsicheren Schritten Richtung Eingang ging, meiner Meinung nach lief er bei dem Zeitlupentempo ernsthaft Gefahr, vom Schwung der Drehtür niedergemäht zu werden, aber er hatte irgendwie den Trick raus und schaffte es heil ins Innere des Gebäudes.

Und dann dachte ich an Herrn Schabowski in seinen Gerd-Müller-Turnhöschen, ich dachte daran, wie wir irgendwann beim Lachyoga hatten lachen müssen, dass wir gar nicht mehr hatten aufhören können, der Kursleiter hatte bis zum Ende der Stunde über unser hysterisches Gelächter hinweg moderieren müssen, wir hatten sogar den Rahmen des Lachyogas gesprengt. Ich dachte an Schabowskis ersten Kopfstand, den er irgendwann mitten im Raum hingekriegt hatte und nicht mehr an der Wand, wie langsam und konzentriert und kraftvoll er die Beine nach oben gestemmt hatte, ich dachte daran, wie er mir beim Hirse-mit-Lauch-Kochen gesagt hatte, ich würde das nicht ernst nehmen, und er hatte recht gehabt, damals. Aber seitdem nahm ich es ernst. Wir hatten so viele Veränderungen durchlebt und ich war mir sicher, dass sie gut gewesen waren, richtig, dass sie nötig gewesen waren. Für uns beide.

»*Mood follows action*«, sagte unsere Yogalehrerin immer, die Stimmung folgte der Handlung, nicht umgekehrt. Man musste nicht darauf warten, dass man in der richtigen Stimmung war, um handeln zu können, es war umgekehrt. Man wurde tätig, und es veränderte sich alles. Und wir waren tätig geworden, und alles hatte sich verändert, wir waren gesünder geworden und achtsamer, wir waren kräftiger geworden und ein bisschen gescheiter, wir hatten gelernt, Beobachter zu werden von unseren Gefühlen, denn Gefühle waren nur Gefühle, keine Realität. Wir waren heiterer geworden und zufriedener, wir waren, alles in allem, glücklicher geworden.

Ich schaute zu, wie Herr Schabowski einen Nikotinkaugummi aus dem Blister knipste, es war wie eine Parodie auf die schöne Mohawk hundert Jahre zuvor, rauchen und kauen, und da wusste ich, es galt auch jetzt: Die Stimmung folgte der Handlung. Wir mussten handeln, und zwar im ganz großen Stil. Dieses Mal brauchten wir einen Cut. Wir hatten viele, viele Schritte gemacht seit dieser furchtbaren Diagnose, nun brauchte es einen Sprung.

»Herr Schabowski«, sagte ich, »wissen Sie was? Wir hauen ab.«

Und das taten wir dann.

109 EINFACH WEG

Haben wir irgendwas geregelt, organisiert, vorbereitet, abgemeldet, Bescheid gesagt, gründlich überlegt? Nein.

Im Grunde ließen wir alles stehen und liegen, packten das Nötigste in Schabowskis blauen Volvo, gaben das Ziel in sein Navi ein und fuhren morgens um halb fünf, noch bevor Sybille von ihrem nächtlichen Tangogetanze zurückkam, los. Das war's. Wir waren unterwegs.

In der ersten Stunde redeten wir nicht viel. Schabowski saß neben mir auf dem Beifahrersitz, er hatte die Augen geschlossen und röchelte und rasselte bei jedem Atemzug.

Ich konzentrierte mich auf die Fahrbahn. Ich war eine höchst mittelmäßige, um nicht zu sagen miserable Autofahrerin, ängstlich klemmte ich mich hinter das Lenkrad und drückte, wie beim Fahrrad, immer auf die Bremse, wenn es mal ein leichtes Gefälle gab. Ich war todfroh, dass um diese Zeit noch nicht viel los war, wir hatten die Autobahn praktisch für uns.

Etwas schuldbewusst dachte ich an alles, was ich in den vergangenen Monaten gelernt hatte. Suchte man nach einer Botschaft, die all diese Disziplinen zu vermitteln versuchten, dann wäre es vermutlich: *Lauf nicht vor deinen Problemen davon.*

Man sollte die Probleme anschauen, man sollte sie ohne Furcht betrachten, man sollte ihre Existenz akzeptieren, man sollte atmen gegen die Angst, die sie einem machten, man sollte auf mannigfaltigen Wegen Kraft schöpfen, um sich ihnen zu stellen, man sollte zumindest aushalten, dass es sie gab. Man sollte nicht vor ihnen davonlaufen, und genau das war es, was wir taten, wir fuhren ihnen davon, mit Schabowskis Volvo, und ließen ein totales Chaos zurück, und das hatte nun auch meine Schwester begriffen. Ich sah, dass sie mehrfach versuchte, mich anzurufen, vermutlich hatte sie meinen Brief gefunden, der relativ schlicht gehalten war und sich in eine gewisse Tradition einreihte: *Bin nur mal schnell Zigaretten holen, tschüss dann auch.* Ich hütete mich, ihre Anrufe entgegenzunehmen, das schaffte doch nur Probleme, und Probleme, flüsterte ich vor mich hin, lassen wir schön in Berlin. Bei Sybille.

110 DER ALLTAG IST IMMER DAS PROBLEM

Es ist vergleichsweise leicht, zu springen. Leute bewundern einen immer für den Mut und die Chuzpe, einen radikalen Neuanfang zu starten, mit etwas jahrzehntelang Erprobtem zu brechen oder einen alten Zopf abzuschneiden, aber das alles ist kein Hexenwerk. Man kann das einfach machen. Kurz entschlossen in eine neue Stadt ziehen, aus einer Laune heraus eine Beziehung beenden, seinem Nachbarn einfach mal die Meinung geigen. Die Schwierigkeiten kommen erst danach. Ich als Spitzenbiologin vermute, während eines heroischen Akts ist man vollgepumpt mit allerlei körpereigenen Drogen – mit Adrenalin, danach, beflügelt vom Serotonin, ist alles super –, dann, irgendwann, ist das Serotonin aufgebraucht und schon stellt sich die Ernüchterung ein. Man fragt sich, was man da eigentlich soll, in der neuen Stadt oder als frischgebackener Single, als jemand, der es sich mit seinem Nachbarn vergeigt hat, der Akt des Ausbruchs war cool, aber es war nur der erste Akt. Danach kommen alle anderen Akte.

Es war auch vergleichsweise leicht, in den Volvo zu springen und loszufahren. Wir legten viele Zwischenstopps ein, Schabowski tat das lange Sitzen weh, im Rücken, im Nacken, in den Schultern, aber irgendwann am Abend kamen wir an, holten den Schlüssel bei Herrn Gruber, und dann bugsierte ich das Auto über die kurvige Straße nach oben, am Wasserfall vorbei und höher und höher, und dann kamen wir vor dem Hotel zum Stehen, ich schaltete den Motor aus und dann die Scheinwerfer, und hier waren wir.

111 KEINE DISKUSSIONEN

Nun, es war nicht so, dass wir es bereuten. Ich hatte, da vor der Charité, begriffen, dass wir die Kulisse wechseln mussten. Wir hatten irgendwie alle Möglichkeiten ausgeschöpft, die unsere Lebenssituation hergegeben hatte, wir hatten diesen Neustart gebraucht. Nein, wir bereuten es nicht, aber wir mussten uns zurechtruckeln.

Wir wachten auf in einem riesigen fremden Haus und ohne einen Plan, wie wir die nächste Zeit verbringen sollten. Wir trafen uns zum Frühstück vor dem pompösen Schaufenster zum Tal, wir aßen Äpfel und *LuckyLili*-Riegel und tranken den restlichen kalten Tee aus der Thermoskanne.

Ich glaube, wir spürten beide diese leise, leise Melancholie, die so rasch in eine Depression kippen konnte, wir spürten, wie sie sich anpirschte, sie wusste, wir waren labil und angreifbar in dieser neuen Situation.

Wir mussten uns wappnen. Und was bloß könnte besser dazu dienen als eine schöne Meditation?

Ich holte unsere Meditationskissen aus Schabowskis Auto und platzierte sie vor der grandiosen Aussicht, ich setzte mich, bereit für die Kirimmerei, und schaute, wo Schabowski blieb, er saß immer noch zusammengesunken auf seinem Stuhl an dem kleinen Marmortisch, an dem wir gefrühstückt hatten.

»Schiama ruft!«, sagte ich, ich klopfte auf sein Kissen.

»Ich glaube, ich kann nicht«, sagte er.

Ich schaute ihn mir genauer an, er sah wirklich sehr erschöpft aus.

»Ich kann einfach nicht mehr sitzen.«

»Na dann legen Sie sich halt hin – es ist ja nicht so, dass da gleich die Meditationspolizei anrückt, wenn man mal bei der Sitzmeditation nicht sitzt.«

Schabowski versuchte sich an einem Grinsen, er seufzte. »Aufgeben gilt nicht, was?«

»Nein«, sagte ich. »Wir rennen vielleicht vor unseren Problemen davon, aber nicht vor uns selbst.«

»Aber ich bin das Problem.«

»Der Krebs ist das Problem.«

»Er steckt in mir drin. Er ist ich.«

»Das stimmt nicht. Sie sind nicht der Krebs. Angst steckt auch in einem drin, aber man ist nicht die Angst. Man kann sich davon lösen. Man kann sie betrachten. Jesus, ich klinge schon wie so eine blöde Ratgeberseite, wissen Sie, wie peinlich das eigentlich ist? Sie bringen wirklich das Schlimmste in mir zum Vorschein, Herr Schabowski. Und Sie wissen das auch alles, also hören Sie auf, mit mir zu diskutieren, wenn Sie meditieren sollen.«

Er seufzte wieder, ich stand auf und half ihm hoch, dann rollte ich seine Yogamatte aus und Schabowski legte sich hin, und dann meditierten wir.

112 DER TERMIN

Es gab gute Tage und es gab schlechte Tage.

An den schlechten Tagen ruhte Schabowski zumeist im Salon vor dem Schaufenster. Er konnte nicht mehr Treppen steigen, und dem alten Lift in dem schönen Holzgitter traute ich nicht, also musste er unten schlafen. Ich hatte einen Diwan durch die Gegend gezerrt, Stühle und Sessel neu gruppiert und die Tische umgestellt, und auf dem Diwan lag nun Schabowski und hier schlief er auch, aber wenn die Tage schlecht waren, waren es auch die Nächte und er schlief gar nicht. Stattdessen lag er in dem großen Saal, beleuchtet von einer Lampe mit rotem Seidenschirm, und las Krimis aus der Hotelbibliothek. Er konnte nicht mehr lange auf dem Rücken liegen, wir sprachen nicht darüber, aber es waren die Metastasen, die sich überall durch seinen Körper bohrten.

An den guten Tagen spazierte er sehr langsam im Hotel umher und schaute sich um oder ließ sich von mir in den Ort fahren und kaufte Erdbeeren.

Wenn es ihm besonders gut ging, unterhielt er sich gerne mit Herrn Gruber, dem Hausmeister, der täglich heraufkam, um nach dem Rechten zu sehen, einmal wöchentlich schickte er eine Putzkolonne durchs ganze Haus, um das Nötigste zu reinigen.

»Und wer bezahlt Sie?«, erkundigte ich mich in einem unserer ersten Gespräche, wir saßen zusammen auf der Terrasse in der Sonne und Herr Gruber trank eine Tasse Kaffee nach der anderen und rauchte auch eine Zigarette nach der anderen. Herr Schabowski und ich saßen brav vor unserem Kornkreisgesöff und wir mussten es nicht aussprechen, aber Herr Gruber erinnerte uns beide an unsere besten Zeiten im *PostEngel*-Büro.

»Na, der Herr Benz. Der Herr Benz hat vor Jahren schon ein Konto eingerichtet, von dem geht mein Gehalt ab und das Gehalt für die Reinigungsfirma, und wenn Kosten aufkommen für kleinere Reparaturen und so, dann begleiche ich das auch mit dem Geld von dem Konto. Ihr Herr Vater hat das extra so geregelt, dass das weiterläuft im Falle seines Hinscheidens, für weitere zwei Jahre, und nun ist er ja leider dahingeschieden. Aber machen Sie sich gar keine Sorgen, besonders in Ihrem Zustand! Wann kommt denn das Wutzi?«

»Das Wutzi?«

»Gar keine Sorgen brauchen Sie sich zu machen! Ich kümmer mich auch weiterhin um alles, bis Sie sich eingerichtet haben.«

»Aha.« Der Don hatte an alles gedacht.

»Nur, wenn dann das Dach dran ist, dafür reicht das Geld natürlich nicht mehr. Und die Bäder, weil die –«

»Was heißt, *wenn das Dach dran ist?* Was meinen Sie mit *dran?*«

»Ja, so ein Dach muss ja alle dreißig Jahre mal erneuert werden, nicht wahr? Und ein paar von den Bädern müsste man halt auch modernisieren, aber da machen Sie sich jetzt *überhaupt* keine Gedanken, in Ihrem Zustand! Wenn das Wutzi glücklich auf der Welt ist, dann ist immer noch Zeit genug, das alles in Angriff zu nehmen!«

Klar. Der Don hatte an *fast* alles gedacht. »Hören Sie, Herr Gruber, da liegt ein Miss–«

»Und seit wann läuft diese Vereinbarung?«, unterbrach mich Herr Schabowski, er legte mir die Hand auf die Schulter, »seit wann kümmern Sie sich denn um das Haus?«

»Na, lassen Sie mich überlegen. Kennengelernt habe ich den Herr Benz Anfang der Achtzigerjahre – wissen Sie, damals hatte ich mit meiner Frau noch ein kleines Lebensmittelgeschäft. Und immer wenn jemand von außerhalb kam und ein bissl was über den Ort erfahren oder eine Führung haben wollte durch die ganzen leer stehenden Gebäude, dann hat man den zu mir geschickt, denn ich kenn bei uns jeden Quadratzentimeter, und damals hatte ich die Schlüssel zu den meisten leeren Häusern, weil ich immer schon überall nach dem Rechten gesehen habe. Ja, und der Herr Benz war sehr interessiert, immer wieder ist er gekommen, mindestens zweimal im Jahr, gewandert ist er und Badekuren hat er gemacht und mit jedermann hat er sich gut verstanden hier, und so nach und nach hat er sich alle verwaisten Häuser angeschaut.« Herr Gruber warf einen Blick auf die Uhr. »Jetzt muss ich aber gleich«, sagte er, er ließ sich von mir aber noch Kaffee nachschenken und zündete sich eine neue Zigarette an.

»Und dann?«

»Na, und er hat immer gesagt, dass er gerne eines von den Hotels kaufen würde, und das war ja gar nicht schwer, weil damals hier überhaupt nix los war. Wann genau das war, da müsste ich jetzt nachschauen, mit den Jahreszahlen hab ich's nicht so. Das war ja immer geplant, dass eins von euch Kindern das übernimmt und wieder als Hotel in Betrieb nimmt, und bis dahin war dann eben die Vereinbarung, dass ich hier alles in schöner Ordnung halte – und Sie haben's ja gesehen, hier können Sie Ihren Mantel an den Haken hängen und den Lichtschalter drehen, hier ist alles tipptopp.«

Ich sagte nichts zu dieser Inbetriebnahme des Hotels, die

der Don geplant hatte und von der Herr Gruber ganz selbstverständlich ausging und die ich kein bisschen in Erwägung zog, vielmehr hatte ich noch tausend weitere Fragen.

Herr Gruber aber sagte: »Jetzt muss ich aber wirklich! Im Keller hatten wir neulich Schimmel, da muss ich schauen, ob wir den gut weggekriegt haben.«

Zusammen schauten Herr Schabowski und ich abends *Mit Mut, Mörtel und ohne Millionen,* eine Dokuserie, die uns einen Mordsspaß machte. In Mecklenburg-Vorpommern gab es unzählige alte Gutshäuser und eine Menge davon waren verfallen und verlassen. In der Serie kauften Leute – sie hießen »die Gutshausretter« – diese Ruinen und malochten so lange, bis sie sie in Schlösser verwandelt hatten. Also: jahrelang, sie malochten jahrelang. Es waren Künstler darunter und schwule Pärchen und andere Pärchen, ein verwitweter Einzelkämpfer, junge Hipster. Ich persönlich glaube übrigens, dass da durchaus Millionen investiert wurden, so über die Jährchen, und es mit Mut und Mörtel allein nicht getan war.

Wenn wir eine Folge geschaut hatten, fühlten wir uns immer ein bisschen besser. Wir fühlten uns besser, weil unser Hotel tausendmal weniger abgewrackt war als diese fabelhaften Baustellen. Tatsächlich war es überhaupt nicht abgewrackt, es war, Herrn Gruber sei Dank, vielleicht ein bisschen abgenudelt, aber tatsächlich voll funktionstüchtig. Aber wir fühlten uns auch ein bisschen schlechter, weil diese Leute alle einen Plan hatten oder eine Vision oder sogar beides und wir keinen blassen Schimmer, was nun zu tun sei. Wir hatten ein voll funktionstüchtiges Hotel, mit Strom und Wasser und sogar einer Heizung – davon konnten die Mörtelleute nur träumen! Aber was sollten wir damit machen? Ein Schild hinaushängen, auf dem *Zimmer frei* stand? Und dann im Alleingang –

Schabowski todkrank und ich patschert bis zur Kriminalität – diesen Riesenkasten mit, was weiß ich, zweihundert Zimmern und wer weiß wie vielen Suiten wuppen? Natürlich nicht.

Kurzum, wir verdrängten und ignorierten und prokrastinierten noch eine Weile, und dann wachte ich eines Morgens auf. Ich hatte mir eines der Zimmer im dritten Stock ausgesucht, es hatte ein Badezimmer aus grünem Marmor und Tapeten mit kleinen Papageien. Ich lag in meinem Bett unter dem geschnitzten Baldachin und betrachtete gemütlich den hübschen buttergelben Betthimmel. Ich hatte die apricotfarbenen Vorhänge vor den Fenstern zugezogen, ich fühlte mich wie im Inneren einer Cantaloupe-Melone. Draußen schien die Sonne, man hörte die Vögel fanatisch krakeelen und im Hintergrund das meditative Geräusch eines Rasenmähers, das mich daran erinnerte, meine Meditation nicht zu vergessen. Man hörte hier oft einen Rasenmäher, in Berlin so gut wie nie, hier andauernd, und dementsprechend dachte ich praktisch ständig ans Meditieren.

Träge überlegte ich, ob wir Äpfel gekauft hatten, ich hatte Lust auf Haferbrei und Apfelkompott, ich überlegte, ob wir einen leichten Spaziergang machen sollten – falls es nicht zu heiß war –, und als ich überlegte, ab wann es hier wohl richtig heiß werden würde und ob überhaupt, wurde mir klar, dass es noch ziemlich genau fünf Wochen waren, bis das Baby zur Welt kam, und dann war fertig mit Überlegen. Entsetzt strampelte ich die Decke von mir, entsetzt betrachtete ich den durchaus gigantischen Bauch unter meinem Nachthemd, entsetzt sprang ich aus dem Bett, nein, wälzte ich mich aus dem Bett und warf mir einen Hotelbademantel über, entsetzt eilte ich nach unten, wo Schabowski schon in der großen Küche stand und seinen Kornkreiskaffee brühte.

»Es ist der 31. Mai!«, rief ich.

»Das ist richtig, Frau Benz. Auch einen Kaffee?«

»In fünf Wochen kommt das Kind!«

»Auch das ist korrekt. Wollen wir Müsli essen? Oder lieber –«

»Wir müssen uns der Realität stellen!«, rief ich. »Ich kann hier nicht den lieben langen Tag herumgammeln und mich dann wundern, wenn plötzlich die Geburt losgeht!«

»Vollkommen richtig.«

»Ich habe hier nicht einmal eine Hebamme! Meine Hebamme ist in Berlin! Jesus!« Meine Hebamme, die sanfte Annemarie, war in Berlin. Die Hebamme, mit der ich seit Monaten diese Geburt vorbereitete, mit Atmen und Hypnobirthing und regelmäßigem Lauschen am Bauch mit dem hölzernen Hörrohr, meine Hebamme war mit ihrem verdammten Hebammenwissen und Hörrohr und allem Drum und Dran in Berlin.

»Meine verdammte Hebamme ist im verdammten Berlin«, sagte ich, ich lehnte mich gegen den enormen Herd mit den vielen Gasplatten und betrachtete die monströsen Töpfe, die ordentlich nach Größe sortiert in den Regalen standen. In diesen Töpfen, dachte ich, hätte ich vollständig Platz, sogar mit Bauch. Man könnte einen Deckel draufsetzen und ich wäre nicht mehr zu sehen.

»Auch das entspricht leider den Tatsachen. Ich habe mir darum erlaubt, Herrn Gruber um Rat zu fragen.«

Ich stöhnte. »Was hilft mir denn da ein Herr Gruber? Erzählen Sie mir nicht, dass Herr Gruber Regenrinnen repariert, ein Klo entstopft und dann im nächsten Moment eine Nabelschnur durchtrennt.«

»Herr Gruber hat mir eine Hebamme empfohlen, die hier in den Tälern Hausgeburten betreut, sie kommt heute Nachmittag gegen fünf, um alles durchzusprechen, sie heißt Brigitte.«

»Ach was!« Ich überlegte, was ich sonst noch dazu sagen sollte, aber mir fiel nichts ein.

Herr Schabowski schob mir eine Tasse Kornkreis herüber. Schweigend gingen wir hinüber zum Talschaufenster und setzten uns in unsere Chintzsessel, schweigend tranken wir den Kaffee.

Ich stellte meine Tasse auf dem Bauch ab und seufzte. »Ich glaube, ich muss mal Sybille anrufen.«

Herr Schabowski seufzte auch. »Wahrscheinlich«, sagte er.

»Und alle anderen, Sie wissen schon, die Vielleicht-Väter.«

»Ja«, sagte er.

»Nicht zu vergessen der Anruf bei der Versicherung und all den anderen Stellen, wo man irgendwas abmelden, ummelden oder anmelden muss.«

»Ja«, sagte er, »ich fürchte fast, ich sollte auch das eine oder andere telefonische Gespräch führen.«

Mit Grausen fiel mir ein, dass Herr Schabowski sich vom Acker gemacht hatte, ohne auch nur einem Klienten Bescheid zu sagen, seine Basis-, Standard- und Premium-Kunden hatten vor seiner verschlossenen Tür gestanden und hatten ihn vermutlich ratlos, um nicht zu sagen: *panisch,* angeklingelt, aber er hatte nie abgenommen. Er hatte alles in seiner Wohnung stehen und liegen lassen, sicher quoll der Briefkasten über, sicher wunderten sich seine Nachbarn, dass sein Auto nicht da war und er verreist war, ohne ihnen den Schlüssel zum Blumengießen zu übergeben, sicher quälte Herrn Schabowski insgeheim dieser überquellende Briefkasten, denn wenn er etwas gewiss noch niemals gemacht hatte, dann das: seine Post ungeöffnet zu lassen.

Es war furchtbar, aber nicht zu leugnen: Auch bei Geburt und Tod mahlten die Mühlen der Bürokratie weiter und wir würden ihnen nicht entkommen.

»Okay«, sagte ich, »dann packen wir's jetzt an.«

»Okay«, sagte er, er stellte die leere Tasse ab. »Aber erst mal Frühstück, die wichtigste Mahlzeit des Tages.«

»Ich hätte gerne Haferbrei mit Apfelkompott.«

Und dann aßen Herr Schabowski und ich die wichtigste Mahlzeit des Tages und verbrachten anschließend Stunden am Telefon.

113 DIE NEUE HEBAMME

Am Nachmittag gegen fünf kam Brigitte angerumst, das muss man wohl so sagen, Hebamme Brigitte kam angerumst. Ich hatte noch nie eine derart spektakuläre Frau gesehen, groß wie ein Strommast und eine Figur wie ein Ringer, an dieser Lady gab es kein Stück Speck und Schwabbel, alles kompakt und fest, man sah ihre Muskeln wurlen, wenn sie nur zur Teetasse griff, Walküre nix dagegen. Herr Schabowski unterhielt sich nett mit ihr, fast würde ich sagen, er flirtete womöglich ein wenig, und es sah so aus wie in der Szene, in der Hagrid Madame Maxime anhimmelt, Madame Maxime aus, Dings, Beauxbatons. Schabowski, selbst ja eigentlich ein durchaus hochgewachsener Mann, sah neben Hebamme Brigitte fast aus wie ein Wicht. Ich war zu eingeschüchtert, um mich groß an dem Gespräch zu beteiligen, und gab einsilbige Antworten.

Insgesamt machte sie mir zwar Angst, weil ihr bei der Geburt womöglich das nötige Feingefühl fehlte, aber sie beruhigte mich auch, weil sie sich im Notfall, sollte die Geburt ins Stocken kommen, einfach auf mich draufsetzen und das Kind aus mir herausquetschen konnte. Was ihr, ich kann es nicht leugnen, was ihr vollständig abging, war eine zarte Stimme und ein liebes Gesicht.

»Du hast Glück, dass ich in der Zeit frei bin«, rief Brigitte.

»Ja«, sagte ich.

»Keine anderen Geburten im ganzen Tal«, rief sie.

»Ach so«, sagte ich.

»Erst Ende Juli wieder. Aber bis dann werden wir das Wutzi schon zur Welt gebracht haben, was?«

»Das Wutzi?«

»Also, der 4.7. ist Geburtstermin, das ist ein Donnerstag, wollen wir den gleich nehmen?«

Ich wechselte einen Blick mit Schabowski, er zuckte die Schultern. Was redete die Frau, es ging hier doch nicht um eine Mandel-OP, für die man Tag und Uhrzeit festlegen konnte. Wenn man etwas nicht planen konnte – so hatte ich in meinen vielen Ratgebern gelesen und so hatte auch meine liebe Annemarie es immer so zart ausgedrückt –, wenn man etwas nicht planen konnte, dann eine Geburt.

»Wie meinen Sie das, *den gleich nehmen*.«

»Na, meiner Erfahrung nach klappt das meistens: Wir machen ab, wann es uns am besten passt mit der Geburt, und dann haut das in der Regel hin.«

»Ach!«

»Jawohl! Am Freitag kann ich zum Beispiel nicht, da bin ich auf dem Geburtstag von Fred.«

»Fred?«

»Nehmen wir gleich den Donnerstag?«

Ich überlegte hektisch und wurde etwas panisch, Donnerstag passte mir eigentlich überhaupt nicht, so mitten in der Woche, und überhaupt, das ging dann doch etwas schnell.

»Oder Samstag? Samstag kann ich auch.«

»Lieber Samstag«, sagte ich, Samstag schien mir ein guter Geburtstag, wir könnten zum Frühstück noch ein paar schöne Dinkelwaffeln frühstücken und einen Kuchen backen für den Sonntag.

Brigitte notierte sich das Datum in ihren Kalender und klappte ihn zu. »Ich würde sagen: Wassergeburt.«

»Okay«, sagte ich verdattert.

»Hier ist die Liste, das besorgst du alles. Pool schick ich dir hoch.«

»Pool?«

»Na, Schwimmbecken, für die Wassergeburt, hier ist ja schön Platz. Also, servus!«

»Servus«, sagten Schabowski und ich matt, aber da war sie schon zur Tür hinaus.

114 ICH WOLLTE NIE ZU DEN PFADFINDERN

Diese Liste bereitete mir etwas Sorgen.

»Diese Liste bereitet mir etwas Sorgen«, sagte ich zu Herrn Schabowski, als wir am Abend bei unseren Mut-und-Mörtel-Geschichten saßen und dabei zuschauten, wie Gutshausretter Knut Splett-Henning mit einem großen Hammer Wände in Schutt und Asche haute, um »die ursprünglichen Sichtachsen wiederherzustellen«.

»Was für eine Liste?«

»Na die Liste mit allem, was ich für die Hausgeburt brauche. Raten Sie mal, was da draufsteht!«

Herr Schabowski lag auf seinem Diwan und hatte sich bis obenhin in eine schottisch karierte Wolldecke gewickelt, wohlwollend sah er zu, wie Knuts Frau Christina von Ahlefeldt, eine gebürtige Dänin, ihre unvermeidlichen Kerzen in der Bruchbude verteilte, um schon mal ein bisschen hyggelige Atmosphäre zu schaffen. »Was da draufsteht?«, fragte er, ohne den Blick abzuwenden. »Keine Ahnung, vielleicht Schnuller? Windeln? Oder, ich weiß nicht, ein beruhigender Tee?«

»Schnuller! Herr Schabowski, so weit sind wir doch noch überhaupt nicht, das Baby ist noch in weiter, weiter Ferne, zwischen mir und dem Schnullerbaby steht noch eine Geburt! Ich rede von der Liste für die Geburt!«

»Ja«, sagte er, »dafür ist der beruhigende Tee. Damit Sie sich bei der Geburt beruhigen.«

»Stecken Sie sich Ihren Tee sonst wohin! Das wird ganz sicher alles Mögliche, aber keine ruhige Geburt! Haben Sie Hebamme Brigitte mal genauer unter die Lupe genommen?! Bei der Frau bebt doch schon der Boden, wenn sie sich Zucker in den Tee löffelt, wie soll unter ihrer Ägide irgendwas ruhig ablaufen! Jetzt hören Sie mal gut zu, was auf dieser Liste steht: *2 x Plastikplane, Größe ca. 1,50 m x 1,50 m (Baumarkt), Isomatte, Schlafsack oder altes Unterbett, blauer 100-Liter-Müllsack, 2 Packungen Tiefkühlerbsen im Beutel, ein großer Kohlkopf, ein Paket gefrorene Beeren, starker Kaffee in der Thermoskanne.* Und das war jetzt nur eine Auswahl, glauben Sie mir, da steht noch so manch anderes Mysterium drauf.«

Stumm verfolgten wir das weitere Geschehen. Ronald van der Starre begutachtete begeistert sein neues rotteliges Domizil, aus diversen Hausritzen wuchsen Birken.

»Vielleicht habe ich irgendwas falsch gemacht«, meinte Herr Schabowski.

»Gut möglich«, sagte ich.

»Vielleicht hat der gute Herr Gruber mich irgendwie missverstanden.«

»Denkbar.«

»Vielleicht ist die Frau gar keine Hebamme.«

»Sehr wahrscheinlich.«

»Ich weiß nicht, ist sie vielleicht Pfadfinderin und möchte mit Ihnen ein durchgeknalltes Zeltabenteuer erleben?«

»Sieht ganz so aus.«

Wir schauten weiter *Mut und Mörtel*. Ich fragte mich, wie Ronald van der Starre und sein Mann und ihre drei Pflegekinder in diesem löchrigen Gemäuer in der ostdeutschen Provinz klarkommen wollten. Ich sah eine düstere Zukunft mit Erfrierungen ersten Grades und Nazis mit Fackeln, die nachts skandierend ums Haus marschierten, ich sah, wie ihre Kinder in der Schule gehänselt wurden und sie selbst eines Morgens in schneebedeckten Betten die Augen aufschlugen und sich entgeistert fragten, in welchem Moment geistiger Umnachtung sie ihre feine Dreißigerjahre-Villa mit Seezugang in Großglienicke aufgegeben hatten, um in diesem Albtraum aufzuwachen.

Mich selbst sah ich auf einem horrorartigen Campingurlaub mit der Walküre, wir hatten uns aus Plastikplanen einen Unterschlupf gebaut und teilten uns meinen Schlafsack, mit Erbsenbeuteln als Kissen. Mit den Kohlblättern sammelten wir Tau und Regen, um etwas zu trinken zu haben. Wenn uns der Hunger übermannte, lutschten wir ein paar aufgetaute Beeren und bemalten uns mit dem Saft das Gesicht, um in der Dunkelheit keinem wilden Tier aufzufallen. Der Kaffee half uns, nachts wach zu bleiben, wenn wir schichtweise aufpassten, dass uns dieses wilde Tier, das uns womöglich trotz Tarnfarbe aufstöberte, nicht auffraß. Und der Müllsack?

Die Kamera bei *Mut und Mörtel* flog in der Vogelperspektive über die herbstliche mecklenburgische Landschaft, mich schauderte. Den Müllsack brauchte sie, um mich hernach, fachgerecht in Einzelteile zerlegt, zu entsorgen, wieder eine Schwangere, die die Pfadfinderprüfung vor der Geburt nicht bestanden hatte.

115 GESPRÄCHE MIT HERRN GRUBER

»Sagen Sie, Frau Benz, kam Ihr Vater eigentlich von hier?«

»Was? Aus Bad Gastein, meinen Sie? Der Don?« Ich bückte mich nach einer Erbse, die über den Tisch und auf den Boden gekullert war, dann brach ich eine neue Schote auf. »Unsinn. Mein Vater kam aus St. Gallen, mein Vater war ein Schweizer, wie er im Buche steht. Klar, einer von der eleganten, gut aussehenden Sorte – Sie wissen schon, gepflegter Schnäuzer, glatt nach hinten gekämmtes Haar, immer im Dreiteiler mit Hemd aus ägyptischer Baumwolle, dazu Krawatte oder, wenn er ausging, schwarze Fliege – er war Vito Corleone, wie wir ihn kennen und lieben, nur mit dem breitesten Ostschweizer Dialekt und einer starken Vorliebe für Speckplatten und Älplermagronen. Wenn er ein Alphorn hörte, kamen ihm die Tränen.«

Ich hatte die letzten Erbsen aus meinem Schotenkontingent gepult und schaute streng auf Schabowskis magere Ausbeute. »Wenn Sie weiter in dem Tempo arbeiten, wird das heute nichts mehr mit dem frischen Erbsenpüree.«

Herr Schabowski brach halbherzig eine Schote auf und betrachtete nachdenklich die Murmeln darin. »Es ist nur«, sagte er, »weil Herr Gruber gesagt hat, der Herr Benz sei ja hier geboren und wie schön das sei, dass nun auch das Wutzi hier geboren werde, dem Herrn Benz sein Enkelkind, wie er es ausdrückte.«

»Der Don? Hier geboren? Das wüsste ich aber!«

Herr Schabowski zuckte die Schultern. »Er meinte, Herr Benz hätte das einmal als Begründung genannt für seine tiefe Verbundenheit mit dem Ort.«

»Ich glaube, Herr Gruber redet viel, wenn der Tag lang ist, sicher bringt er da etwas durcheinander. Oder der Don hat mit

Absicht ein paar Falschinformationen gestreut, ich trau ihm durchaus zu, dass er so was einfach erfunden hat, um die Herzen der Bad Gasteiner zu gewinnen. Sie wissen schon, verlorener Sohn und so, Rückkehr zu den Wurzeln, so was mögen die Leute.«

»Reden kann Herr Gruber wirklich, ich glaube, neulich bin ich während eines Gesprächs mit ihm eingeschlafen, und als ich wieder aufgewacht bin, hat er immer noch geredet, es ist ihm gar nicht aufgefallen.« Herr Schabowski ließ die Finger durch die wenigen Erbsen in seiner Schüssel gleiten, ich holte mir den Berg Schoten von ihm herüber und sagte: »Legen Sie sich hin, Herr Schabowski. Haben Sie starke Schmerzen?«

»Ach, es geht schon«, sagte er, aber ohne Widerspruch ging er hinüber zu seinem Diwan. Er versuchte zu lesen, aber ihm fielen immer wieder die Augen zu. Ich ließ die Erbsen stehen, setzte mich zu ihm und las ihm aus einem Kriminalroman vor, bis er schlief.

116 DER BESUCH

Zwei Wochen später wachte ich auf, weil es an der Hotelpforte dingdongte. Ich schaute auf die Uhr und ächzte, es war sechs Uhr, in der Cantaloupe-Melone war es noch dämmrig. Ich hievte mich hoch, aufstehen wurde immer beschwerlicher. Tatsächlich sah meine tägliche Yogapraxis nun folgendermaßen aus: Ich entrollte die Yogamatte und verharrte dann eine gute halbe Stunde in der Kindhaltung, vollkommen erschöpft. Danach ging ich direkt über zur Endentspannung. Alles andere war mir zu beschwerlich. Genau genommen wurde nämlich alles beschwerlicher, gehen, stehen, sitzen, jede Viertelstunde musste ich aufs Klo, und wie ich mit diesem gewaltigen Bauch noch halbwegs bequem schlafen sollte, war mir ein Rätsel. Lag ich auf dem Rücken, fühlte ich mich wie ein armer Hirschkäfer, der nie mehr auf die Beine kam, auf dem Bauch liegen war sowieso passé und auf der Seite tat mir die Seite weh. Sehnsüchtig dachte ich an diese Schlafnudel, die mir die Hippie-Öhmel so eindringlich ans Herz gelegt hatte, immer hatte ich kategorisch abgelehnt, aus ästhetischen Gründen. Schon wenn sie gesagt hatte: »Schlafnudel«, hatte ich schlechte Laune gekriegt – jetzt hätte ich alles darum gegeben. Ich hätte ein Bein über sie schwingen können und den Bauch darauf betten, ich hätte meinen Rücken mit ihr stützen und meine Arme auf ihr ausruhen können, diese Nudel, so wurde mir nun schmerzlich bewusst, hätte meine Boje sein können, mein Rettungsfloß, auf dem ich sicher durch die Wogen der Nacht reiste, nachdem der Schlaf mich hau ruck abgeworfen hatte, so aber musste ich unablässig schwimmend in Bewegung sein und war am Morgen natürlich immer fix und foxi.

Wie gesagt, nichts ging mehr so richtig geschmeidig, komischerweise aber war es kein Problem, zu wandern. Sobald mein gewaltiger Leib einmal so richtig ins Rollen gekommen war, lief er wie geschmiert, und nicht nur das, es tat mir ungeheuer gut. Vielleicht war das Kind so ein richtiger Wanderfreund? Ein Anwärter des Alpenvereins? Alle Zeichen sprachen jedenfalls dafür.

Schon wieder läutete die Türglocke. Was war denn da los? Ein überengagierter Bad Gasteiner Pöstler, der den Ehrgeiz hatte, bis morgens um neun sämtliche Briefe auszuliefern und danach Feierabend zu machen? Die Gasteiner Polizei, die uns verhaften wollte, weil wir scheinbar das Hotel gekapert hatten und sie besorgt war, es könnte sich eine Art anarchische Hausbesetzerszene im Ort breitmachen?

Ich knotete den Bademantel über dem Bauch zusammen – trotzdem schaute er heraus – und schlurfte nach unten. Als ich am Gesellschaftsraum vorbeikam, sah ich, dass Herr Schabowski schon auf war. Er saß in einem Korbsessel auf der Terrasse in der Dämmerung – dass es in der Zwischenzeit frenetisch geklingelt hatte, war ihm mit seinen großen Kopfhörern, die er über die Ohren gestülpt hatte, entgangen. Keine Ahnung, was er hörte, aber es war laut genug, um den Rest der Welt auszuschalten.

Ich ging durch den langen Flur mit den Landschaftsmalereien in Öl – Berge, Wälder, Berge, Seen, mehr Berge –, durchquerte die Eingangshalle und sah durch die beiden verglasten Schwingtüren einen groß gewachsenen Mann mit einem fast ebenso großen Rucksack neben sich. Er hatte eine Frisur wie Robinson Crusoe nach zehn Jahren Inselkoller und trug einen derangierten Strohhut und ausgebleichte Klamotten. Er erinnerte mich an einen meiner früheren Gefährten, an den nämlich, der mit einem Leiterwägelchen um die Welt gezogen war und bei mir nur eine Erholungspause eingelegt und in meiner Badewanne gebadet hatte. Der Besucher nahm die Hand jetzt gar nicht mehr von der Klingel, er hing quasi am Klingelzug, abgesehen von der enormen Frisur war er zudem extrem bärtig, man sah praktisch nichts von seinem Gesicht, und als er mich durch die Scheiben erblickte, lächelte er breit zwischen den vielen, vielen Haaren hervor und winkte mir zu. Ich stutzte – war das die Möglichkeit? Ich öffnete die Schwingtür, ging durch den Vorraum und spähte nach draußen – Tatsache. Es war gar nicht der gefürchtete Weltenbummler, der kam, um meine Kekse zu fressen und meinen Ladyshaver zu missbrauchen, nein.

Rübezahl kam aus dem Urlaub zurück. Ich musste kurz scharf nachdenken, während ich den Schlüssel im Schloss drehte und die Flügeltüren des Eingangs öffnete, ich musste wirklich scharf nachdenken, bis mir der Name meines Bruders wieder einfiel. »Ja Bruno!«, rief ich, er bückte sich zu mir herunter und drückte mich fest an sich. »Ja was machst du denn hier?!«

Mein Bruder wiegte mich in den Armen und lachte in seiner unbekümmerten, naiven Art, wie er immer gelacht hatte. »Mensch, Charly, gut siehst du aus! Ein bisschen sehr rundlich, aber das steht dir, ehrlich!«

»Sehr witzig. Du bist ein bisschen sehr bärtig, aber das steht dir, ehrlich! Du siehst aus wie ein südamerikanischer Yeti. Vom Rübezahl zum Yeti – nennt man das eine Karriere? Jetzt sag schon, was machst du hier?«

Bruno schwang sich seinen riesigen Rucksack auf den Rücken und ging an mir vorbei durch den Vorraum in die Eingangshalle, interessiert schaute er sich um.

»Ich hab gehört, du übernimmst das Hotel.« Er schlenderte hinüber zum Kamin und nahm eine der hässlichen rosa Muranoglasvasen in die Hand und betrachtete sie, dann stellte er sie wieder zurück.

»Und dann hab ich gehört, du kriegst ein Kind«, er drehte sich zu mir herum und strahlte, er tätschelte mir liebevoll den Bauch, »na, und da dachte ich, du könntest womöglich einen Schokoladenbrunnen in der Eingangshalle gut gebrauchen – das lieben Gäste wie Kinder gleichermaßen, glaub mir – und vielleicht auch sonst ein bisschen Hilfe, tja, und hier bin ich!«

»Von wem gehört – von wem hast du gehört, dass ich das Hotel übernehme? Das ist so übrigens nicht ganz richtig, also davon kann keine Rede sein, es ist genau genommen sogar regelrecht falsch, ich bin hier nur interimsmäßig untergekommen, weil – na egal. Das mit dem Kind ist jedenfalls korrekt. Hat Sybille dich angerufen?«

»Ja klar, wer denn sonst?« Bruno warf einen Blick auf seine

Armbanduhr. »Sie müsste übrigens auch bald hier sein, sie ist gestern bis München gefahren und hat einen Zwischenstopp gemacht bei irgendeiner anderen Hexe. Sie bringt meine Kisten mit.«

»Sybille kommt? Und was für Kisten? Wieso kommt denn Sybille? Niemand hat sie eingeladen! Vor Sybille bin ich geflohen! Unter anderem.«

»Jaja, Sybille, manchmal muss man vor ihr unter anderem fliehen, aber sie ist eine gute Haut.« Er schnürte seinen Rucksack auf und nahm einen Zehnerkarton Eier und einen Laib Brot heraus. »Die Kisten mit meinem Besitz, ich habe sie am Bahnhof eingelagert, ich wollte zu Fuß herkommen, nach den Strapazen der langen Reise war das sehr erfrischend. Ich mach uns Rührei.«

In meinem Gehirn rollten unendlich langsam die verschiedensten Gedanken hin und her wie unwuchte Bowlingkugeln, Gedanken, die die eine oder andere Frage aufwarfen. Wieso, wollte ich zum Beispiel fragen, wieso hast du deinen Besitz am Bahnhof eingelagert, wieso kommst du überhaupt mit deinem gesamten Besitz, und was genau willst du hier und was will Sybille hier und, äh, habt ihr vor, länger zu bleiben oder was, aber Bruno ging schon zielstrebig in die falsche Richtung und ich seufzte und wankte ihm ergeben hinterher und zeigte ihm, wo's zur Küche ging.

117 DER SCHOKOLADENKÖNIG

Sybille kam im Großraumtaxi und mit ihr die Hunde Anduin und Almina und zehn große Alukisten, in denen Brunos Habe verstaut war, unter anderem die Bestandteile eines imposanten Schokoladenbrunnens. Sie dingdongte an der Tür, ich öffnete, die Hunde sprangen fröhlich an mir hoch und dann an mir vorbei, und sie und ich taten von da an so, als hätten wir uns erst gestern noch gesehen, gestern und in aller Freundschaft. Sie erwähnte weder meine Flucht noch meine spärlichen Abschiedsworte noch unser nur halbwegs gelungenes Telefongespräch hinterher noch sonst irgendwas, was sie mir – zu Recht – hätte vorwerfen können, und ich erwähnte auch nichts von dem, was ich ihr hätte vorwerfen können. Ich wusste ja, dass sie einiges mitgemacht hatte in der letzten Zeit, und sie erkannte sofort, dass ich zu einem großen Kürbis gereift war, einem großen Kürbis mit einem kleinen Nervenkostüm. Zärtlich streichelte sie mir übers Haar und beugte sich zu meinem riesigen Bauch hinunter und sagte Hallo zu »dem kleinen Wutzi«, wie Schabowski neuerdings gerne zu dem Kindlein sagte.

Sie bezog eines der Zimmer im ersten Stock, Bruno eines im fünften, die Hunde schliefen unten bei Schabowski.

»Ich dachte, das wäre ein Witz gewesen«, sagte ich, als Bruno am späten Nachmittag inmitten der Einzelteile auf dem Boden der Eingangshalle sitzend nach der Schokoladenpumpe suchte.

»Charly, dieser Brunnen wird das Wahrzeichen des Hotelimperiums.« Er hatte zusammen mit Herrn Gruber eine der Marmorsäulen aus der großen Halle herbeigeschafft und baute nun seine kleine Fontäne auf. »Und hier wird nicht so ein billiges Zeug heraussprudeln, so eine gepanschte braune Frechheit, nur ein wirkliches Topprodukt verlässt diesen Brunnen.«

»Sag, bärtiger Bruno, hast du wirklich in Schokolade gemacht, da in Südamerika? Ich war mir bei diesen Fotos, die du uns geschickt hast, nie ganz sicher, ob das nicht alles eine große Inszenierung ist. Weißt du, wie diese Pappfiguren in viktorianischen Kleidern, wo das Gesicht ausgeschnitten ist, und man stellt sich dahinter und schaut aus dem Loch hinaus.«

Bruno lachte. »Charly, ehrlich, ich kenne niemanden, der sich so komplizierte Gedanken macht, wenn er ein Foto betrachtet.«

»Ich weiß nicht. Oder, andere Möglichkeit, dachte ich dann weiter, vielleicht ist dir einfach mal eine von diesen riesigen Kakaoschoten auf den Kopf gefallen und du hast morgens, müde und verpeilt, versehentlich in einem Conchierkessel gerührt.«

Bruno wirkte ehrlich gekränkt. »Liebe dicke Schwester«, sagte er, »ich habe in Peru eine Kooperative gegründet, zusammen mit einigen Pflückern von Wildkakao. Wir zahlen faire Preise für besten Urwaldkakao. Mit meiner Criolloschokolade beliefere ich die feinsten Häuser der Welt! Abgesehen davon stehe ich vor dem Spatenstich meiner eigenen Schokoladenmanufaktur.«

»Deiner Manufaktur? Und wo gedenkst du diesen Spaten einzustechen?«

»Ach, das war nur so dahergesagt, das steht doch schon alles, wir fangen demnächst an zu produzieren, was denkst du, warum ich hier bin?«

»Warum du hier bist? Weil Sybille dich angerufen hat? Weil ich das Hotel übernehme? Weil ich ein Kind kriege?«

»Ich denke, du übernimmst das Hotel gar nicht.«

»Jaha! Aber das konntest du doch nicht wissen! Das mit dem Kind stimmt immerhin, schau mich doch an!«

Bruno tätschelte mir liebevoll den Bauch. »Reg dich wieder ab, kleines Schwesterchen, natürlich bin ich deinetwegen hier, aber unsere kleine Fabrik steht schon in den Startlöchern, es war sowieso Zeit, meine Zelte drüben abzubrechen. Wenn wir in Produktion gehen, kann Zotter einpacken!«

»Zotter kann einpacken?«

»Schokozotter mit seinen exquisiten und vielschichtigen Schokotafeln. Meine Schokolade wird noch exquisiter und noch vielschichtiger.«

»Ich kenne diesen Zotter nicht. Ich kenne eigentlich nur *LuckyLili*-Produkte. Und all die wundervollen Dinge von Storck, Ferrero und Nestlé.«

Bruno vergrub theatralisch das Gesicht in den Händen. »Charly, Nestlé! Ferrero! Das ist nicht dein Ernst, das ist der billigste Schrott, den man kaufen kann, das ist Abfallschokolade – ich würde hier überhaupt nicht von Schokolade sprechen!«

»Aber lecker. Wenn du etwas annähernd so Schönes produzieren kannst wie das einzigartige *Mon Chéri,* dann stelle ich nie wieder dein Können infrage.«

Bruno lachte wieder, er hielt die Hand hoch. »Schlag ein, kleine blöde Schwester«, sagte er, »die Wette gilt!«

»Bruno, jetzt mal ernsthaft. Ich hatte nie vor, das Hotel wieder zu eröffnen. Das ist ein paar Nummern zu groß für mich – in jeder Hinsicht, auch als, wie soll ich sagen, auch als Bauwerk. Ich wohne hier nur übergangsweise. In dem Testament heißt es doch, das Hotel geht, so es keiner von uns übernimmt, nach zwei Jahren ans Tierheim. Na ja, und bis die zwei Jahre um sind, dachte ich, kann ich ja – und überhaupt. Ich kann doch kein Hotel führen. Ich hätte dazu diese Hotelfachschule besuchen müssen, die der Don mir damals so angepriesen hat, in Lausanne, ich habe doch von nichts eine Ahnung. Abgesehen davon gibt es auch noch andere Gründe, die dagegensprechen.«

»Was sind denn die anderen Gründe?«

»Geld. Der Don hat uns zwar ein durchaus wertvolles Objekt hinterlassen, aber nicht das nötige Vermögen, um es wieder zum Laufen zu bringen. Ohne Startkapital geht das nicht.«

»Charly, das ist doch überhaupt kein Problem«, Bruno schraubte die verschiedenen Edelstahletagen zusammen und platzierte das ganze Ding auf der Marmorsäule, »das wird sich schon alles finden, du musst jetzt nur an dich und das Kind denken. Viel Ruhe, gute Luft, fein was essen, viele gesunde Vitamine, schön schlafen.«

Ich seufzte. Schlafen. Ich wünschte, ich könnte schlafen. Ich setzte mich schwerfällig auf den Boden der Halle, lehnte mich gegen den Kamin und schloss die Augen. Ich hörte Bruno zufrieden vor sich hin summen, während er das ganze Seidenpapier, mit dem er die Einzelteile verpackt hatte, glatt strich und zusammenfaltete, er summte zufrieden vor sich hin, wie er immer schon zufrieden vor sich hin gesummt hatte, zufrieden und ein bisschen ahnungslos, wie ein einfältiges Kind, ich hörte Sybille und Schabowski, stetig murmelnd mäanderte ihr Gespräch in der großen Halle auf und nieder, einlullend wie das Geräusch einer Waschmaschine oder das eines dieser meditativen Rasenmäher, und ich hörte das Ticktack der großen Standuhr im Hotelflur, das Tschilpen der Vögel im Holderbusch neben dem Eingang, das Knirschen des Kieses, wenn ein Spaziergänger am Hotel vorbeiging, und dann musste ich eingedöst sein. Als ich aufschreckte, lag ich gebettet auf einem Kissen, das eine Bein ruhte angewinkelt auf einer langen Sofarolle, die arg Richtung Schlafnudel ging, optisch, aber eben auch vom Nutzen her, es fühlte sich nämlich verdammt bequem an. Jemand hatte eine Wolldecke über mich gebreitet, warm und wohlig lag ich eng an meine Sofanudel gekuschelt und spürte das kleine Wutzi im Bauch schon geschäftig herumstrawanzen. Es war dämmrig. Der Schokoladenbrunnen, fertig aufgebaut und eindrucksvoll, stand in der Mitte der

Eingangshalle, hoch und edel wie die Statue von Giordano Bruno auf dem Campo de Fiori. Ich grübelte kurz, wie ich auf einen derart abgespacten Vergleich kam. Und vage erinnerte ich mich, im Traum mit Goethe in Rom ein Eis gegessen zu haben. Mit Goethe oder Handke, so genau konnte ich das nicht mehr sagen, aber bei der Sorte war ich mir hundertprozentig sicher: Stracciatella. Das wusste ich deshalb so genau, weil Goethe – oder Handke – es mit lauter Stimme und ohne falsche Scham bestellt hatte: Schtratschatella.

118 MEHR BESUCH

Es schellte an der Eingangstür, ich warf die Decke von mir und rappelte mich auf, ich warf einen Blick in den Spiegel über dem Kamin. Die Essstäbchen in meinem Zopf hingen schlaff nach unten und hielten nur noch, weil sich mein Haar zu einem gigantischen Kuddelmuddel verheddert hatte, und ich hatte diese klassische Kissenfalte über der Wange, wie ich sie bisher nur aus dem Fernsehgerät kannte, interessanterweise kam sie ausschließlich bei weiblichen Protagonistinnen vor. Es gefiel mir, irgendwie verlieh es mir zusammen mit der originellen Frisur einen Hauch von Glamour und Verruchtheit, geradeso, als hätte ich die letzten Stunden auf eine Art und Weise aktiv verbracht, über die Handke und ich einvernehmlich schweigen würden. Ich denke übrigens, Goethe auch. Niemals hatten – das nur am Rande – im Fernsehen Männer Kissenfalten, vielleicht, weil Männer so gerne auf dem Rücken lagen und schnarchten.

Es schellte schon wieder, ich sah mich um, tatsächlich, ich hatte praktisch zwölf Stunden geschlafen, durch das Schaufenster zum Tal lugte schon die Morgensonne, kitzelten schon die ersten Strahlen den satten Samtstoff der Polstermöbel.

Und da, am großen Eingangstor, stand schon wieder jemand und begehrte Einlass, ernsthaft, wenn das ein florierendes Hotel wäre, es könnte kein regerer Publikumsverkehr herrschen. Rätselhaft war, warum sämtliche Gäste in aller Herrgottsfrühe hier aufkreuzten.

Ich schloss die Tür auf und wir wussten erst mal nicht, was sagen.

Dann sagte ich – eigentlich nur, um meine Unsicherheit zu überspielen, aber ich denke mal, meine raue Stimme verriet mich –: »Ist das irgendwie ein Running Gag, den ich nicht kapiere, dass ihr alle zu so unchristlicher Zeit hier auftaucht?«

Hänse Quandt lächelte, er legte mir die Hand an die Wange und strich leicht über die Kissenfalte, und ich legte ihm auch eine Hand an die Wange, und dann lächelte ich auch.

119 WEIT IN DER VERGANGENHEIT

Nach dem Frühstück saßen wir auf der Terrasse und schauten ins Tal.

Sybille war mit den Hunden spazieren gegangen, Schabowski lag mit seinen großen Kopfhörern auf einer der Sonnenliegen, er hatte die Rückenlehne aufgestellt und die Augen geschlossen.

Bruno hatte seine Haare hinten zusammengebunden und saß an seinem Laptop, er trug eine Lesebrille und ein verwaschenes T-Shirt mit Che Guevara drauf. Er tippte auf der Tastatur herum, blätterte in einem Ordner und führte ab und an ein Telefongespräch, wahlweise auf Englisch, Spanisch oder Deutsch. Es irritierte mich nicht wenig, dass er in den Jahren der Abwesenheit zu so was wie einem Geschäftsmann geworden war, zu so einem von der lässigen Art, wie sie auch im Silicon Valley herumsprangen – sie sahen aus wie die letzten Schluffis und scheffelten dabei Geld wie Heu. Er hatte eine Kooperative gegründet, er produzierte Edelkakao, seine Geschäfte liefen gut, und bald würde er hochwertige Schokoladen schöpfen mit vielen exquisiten Schichten, und auch das würde laufen wie geschmiert. Er war von einem unbekümmerten Tunichtgut zu einem unbekümmerten Mann des Erfolgs geworden. Und während ich so darüber nachdachte, stellte ich mit Erstaunen fest, dass auch Sybille genau diesem Typus entsprach: Sie war immer lächerlich gewesen bis zur Schmerzgrenze, aber sie hatte es geschafft, mit einem Beruf zu Geld zu kommen, in dem die Leute sonst am Existenzminimum herumkrebsten – wer wurde bitte schon reich mit heilpraktischem Klimbim?

Was meine verpeilten Schwestern Eva und Anna anging, konnte ich natürlich keine sichere Aussage treffen, aber womöglich hatten auch sie sich auf ihren Außenseiterpfaden wacker durchgeschlagen, den drittklassigen Kochbuchverlag hinter sich gelassen und lebten nun in Saus und Braus dank einer raketenmäßigen Instagram-Karriere mit dem Profil *Die malenden Zwillinge.*

Ich erkannte, dass zumindest Bruno und Sybille die Qualitäten unserer Eltern erfolgreich in sich vereinten: die kompromisslose Geradlinigkeit unserer nerdigen Mutter und die lässige Nonchalance unseres weltmännischen Vaters.

Irgendwann klappte Bruno den Laptop zu, streckte sich und gähnte ausgiebig und meinte, er würde sich mal ein bisschen im Hotel umsehen.

Auch Hänse Quandt war übrigens nicht ausschließlich wegen mir und dem kleinen Wutzi in meinem Bauch hierhergereist, auch, aber eben nicht nur. Hänse Quandt hatte, ganz der investigative Journalist, nämlich ein bisschen recherchiert.

»Es hat mich einfach gewurmt«, sagte er.

»Was hat dich gewurmt?«

»Diese Geschichte damals, als du bei der lieben Tante Vivienne zum Tee warst und sie und der Don dich dazu überreden wollten, die Hotelfachschule in Lausanne zu besuchen und im Hotel Europe zu jobben.«

»Was gibt es da zu wurmen«, sagte ich und deutete mit einer auslandenden Geste auf das ausladende Hotel, »der Don hatte das Mirabell erworben und sie haben nach einer Geschäftsführerin für ihre neue Errungenschaft gesucht. Oder nach einem Geschäftsführer, offensichtlich war es ihnen ja komplett schnurz, wer von der Benz-Brut die Chose übernimmt, Hauptsache, einer übernimmt es.«

»Das ist es ja, was mich gewurmt hat.«

Ich stand auf und streckte den Rücken durch, Jesus, diese letzten Schwangerschaftswochen waren wirklich kein Spaziergang, musste denn jede Minute des Tages von irgendwelchen Wehwehchen geprägt sein? Entweder ich hatte Sodbrennen oder der Ischias zwickte oder mich plagte ein ewiger Schluckauf oder sonst ein Blödsinn, ich vermutete, die Natur hatte es, perfide und ausgefuchst, wie sie war, so eingerichtet, dass man einfach irgendwann nudelfertig war mit den Nerven und bereit, sich der gefürchteten Geburt zu stellen, koste es, was es wolle.

Hänse rutschte auf seiner Sonnenliege nach hinten und klopfte auf die frei gewordene Sitzfläche, ich setzte mich vor ihn und er begann, behutsam meinen unteren Rücken zu massieren. Ich stützte mich mit den Ellbogen auf den Knien ab und schloss die Augen, ich versuchte, »in den Schmerz hineinzuatmen«, wie Schabowski und ich das so oft geübt hatten, aber es war schwer.

»Warum«, fuhr Hänse fort, während er knetend über meinen

Rücken wanderte, »warum war es ihm so wichtig, dass einer von euch dieses Hotel übernimmt?«

»Ja keine Ahnung«, knurrte ich, es war alles, einfach alles verspannt an mir, sobald Hänse irgendwo massierend reingriff, jaulte ich auf. »Weil er es gekauft hat?«

»Das ist eigentlich kein Grund, oder? Er hätte ja einen Geschäftsführer dafür einstellen können, nicht wahr?«

»Weißt du, der Don hätte gerne in unserem Leben herumgepfuscht – zumindest soweit es mich betrifft, kann ich das sagen. Es ging eigentlich nie um das, wofür ich mich interessierte, es ging nur um seine fixen Ideen. Und eine Idee war eben, hier mit uns eine Hoteldynastie zu gründen, ein Benz-Imperium.«

»Was denkst du, warum hat er es überhaupt gekauft?«

»Ach Hänse, wer versteht schon den Don? Warum er es gekauft hat? Weil er zu viel Geld hatte. Weil er großzügig war oder großkotzig, ich habe das nie abschließend klären können, weil es ihm in Bad Gastein gefiel, weil er Geld waschen musste, weil es steuertechnisch Sinn machte, weil er uns ärgern wollte mit dem Tierheim, was weiß ich? Oder weil der Don gespürt hat, dass ein Ort wie der hier irgendwann wieder ganz oben mittun würde. Er hatte den Instinkt, den man haben muss, um erfolgreich zu sein.« Ich dachte eine Weile nach und wurde gewalkt wie ein riesiger butterlastiger Hefeteig. »Vielleicht«, sagte ich irgendwann mit meiner neuen Milde der elegischen Betrachtung, »vielleicht auch einfach, weil er ein Philanthrop war und der Menschheit dieses herrliche Hotel zurückgeben wollte. Vielleicht war der Don überhaupt nie der Schurke und Kleinganove, als den ich ihn immer dargestellt habe – vermutlich nur, weil ich selbst gerne eine Schurkin wäre und eine Kleinganovin.« Ich sah mich kurz in einer erfreulichen Vision meiner selbst mit wehendem Mantel und einem gebogenen

Säbel am Gürtel auf einem schweißnassen Pferderücken sitzen, ein tückisches Grinsen auf den Lippen und einen geraubten Brotlaib an mich drückend, wie ich mit Vollkaracho Richtung Horizont preschte.

»Ja«, sagte Hänse, »das habe ich mir auch in etwa so gedacht.«

Ich war kurz irritiert, mitten in der galoppierenden Gaudi zog ich abrupt die Zügel an und mein Pferd bäumte sich auf, wie Pferde von Cowboys sich aufbäumen, wenn ihre Reiter mal unerwartet anhalten wollen, zum Beispiel, weil die Dorfschönheit aus ihrem Haus gerannt kommt und ruft: *Nimm mich mit!* oder weil der Sheriff ihm etwas Unflätiges zubrüllt, das er nicht auf sich sitzen lassen kann. Der Cowboy reitet einen kleinen Bogen und lenkt das Pferd wieder Richtung Stadt, langsam kommt er zurück. *Sag das noch mal,* sagt er, ganz ruhig jetzt. Und sie sagt: *Nimm mich mit.* Auch ganz ruhig. Oder der Sheriff sagt: *So hab ich das nicht gemeint.*

Ich kam auch langsam zurückgeritten, ich sagte: »Sag das noch mal.«

»Was?«

»Was hast du gedacht, dass er ein Philanthrop war?« Es war eine Sache, dass ich – vollgestopft mit Oxytocin und anderen zähmenden Hormonen – plötzlich viel netter über meinen Vater dachte, es überraschte mich allerdings, dass Hänse nach den wenigen, eher fragwürdigen Episoden, die ich ihm über das Leben des großen Don erzählt hatte, zu einem solchen Schluss gekommen war.

»So in die Richtung jedenfalls, ja. Jedenfalls habe ich mich, nachdem du verschwunden bist, mal ein bisschen eingelesen und geguckt, was ich so finde zu Bad Gastein.«

»Woher wusstest du denn überhaupt, dass ich hier bin?«

»Wo solltest du denn sonst sein?«

Ich schwieg. Ich war deprimierend einfach zu durchschauen.

»Mich hat das«, sagte Hänse, während er nun meinen Nacken bearbeitete und ich weiter vor mich hin jaulte, »irgendwie nicht losgelassen, was du mir von dem letzten Treffen mit dem Don damals erzählt hast.«

»Ganz Journalist witterst du hinter allem eine brisante Geschichte, was?«

Hänse kitzelte mich am Hals, ich kreischte und kitzelte zurück.

»Ich wollte einfach gucken, was sich so rausfinden lässt. Zumindest konnte ich doch einmal nachschauen, wo dieses Bad Gastein eigentlich liegt, was das für ein Hotel ist, ich dachte, vielleicht finde ich ja einen Hinweis, warum der Don gerade hier ein Hotel erworben hat. Ich habe einen Nachmittag damit zugebracht, mir diverse Zeitungsartikel und Bilder anzugucken, und wie das halt so ist, wenn man mal im Netz herumstöbert, man kommt ganz schnell vom Hundertsten ins Tausendste und plötzlich wusste ich kreuz und quer alles Mögliche über Bad Gastein, was mein Gefühl, dass es um mehr ging als ein Hotelimperium, eher bestätigte.«

Bad Gastein, hatte Hänse herausgefunden, lag in den Bergen, und Bad Gastein hatte heilsame Quellen, in Bad Gastein konnte man winters Ski fahren und im Sommer wandern, Bad Gastein war hübsch und dabei heruntergekommen, verwahrlost und doch voll altem Glanz, in Bad Gastein atmete man Geschichte. Bad Gastein hatte Jahrzehnte in einem Dornröschenschlaf verbracht, nun aber war es im Kommen, in Bad Gastein standen haufenweise Hotels leer, aber seit ein paar Jahren wurde eins ums andere wieder in Betrieb genommen und so weiter.

»Und was daran hat dich neugierig gemacht? Klar, es war einmal mondän und so, aber es ist einfach ein alter Kurort, verlottert und verschludert. Tschechien ist vermutlich voll von solchen Orten. Oder Ungarn. Oder, ich weiß nicht, Polen.«

»Aber dein Vater hat eben nicht in Tschechien ein Hotel gekauft, sondern hier, und er hat euch nicht irgendwas vererbt, sondern ein altes Grandhotel. Er hätte euch ja das Haus in St. Gallen hinterlassen können oder, ich weiß nicht, eine Jagdhütte im Wallis. Hat er aber nicht. Und das hat mich neugierig gemacht.«

Hänse hatte nun aufgehört mit den Rückentätscheleien und ließ die Hände auf meinen Schultern ruhen, ich lehnte mich gegen seine Knie und schloss die Augen. Die Sonne wärmte mir das Gesicht, ich hörte Schabowski im Liegestuhl neben mir husten, lang und rasselnd.

»Weißt du, wer hier in den Hotels 1945, also nach Kriegsende, gewohnt hat?« Hänse streichelte sanft meinen Hals, das Wutzi, eben noch tief schlafend und ruhig im schummrigen Wasser, war aufgewacht und fing energisch an, gegen die Bauchdecke zu boxen.

»Keine Ahnung.«

»Die Leute aus dem KZ Ebensee. Auch aus anderen Lagern, aber hauptsächlich von da.«

»Was –« Es war wie ein Schnitt, kalt und schnell ausgeführt von einem scharfen Messer. Dieses gleißende Gefühl, das man im Rücken hat, wenn einen von einem Moment auf den anderen eine nackte Angst befällt oder eine schlimme Ahnung. »Was«, sagte ich wieder, aber ich wusste gar nicht, was danach kommen sollte. »Stopp«, sagte ich stattdessen, ich schloss die Augen, »kurz stopp, bitte.«

»Charly, es tut mir leid«, Hänse kniete plötzlich vor mir und hielt meine Hand, er schaute besorgt zu mir herauf. »Ich wollte dich nicht so damit überfallen, ich wollte das eigentlich ganz anders anfangen, aber – soll ich dir was bringen?

Wasser?« Ich nickte, er stand auf und verschwand im Inneren des Hotels. Ich schloss die Augen und versuchte, irgendwas zu ordnen in meinem Kopf, aber ich wusste nicht, was, und ich wusste nicht, wie.

Hänse kam mit dem Wasserglas zurück und ich trank es langsam aus. Er zog sich einen Stuhl heran und setzte sich neben mich, wir schwiegen und ich schaute zu, wie eine Eidechse auf der Steinbrüstung der Terrasse auftauchte, kurz innehielt und wieder verschwand.

»Erzähl weiter«, sagte ich irgendwann.

»Sicher? Wir können später darüber reden, wenn dir das zu viel ist.«

Ich vernahm seine Stimme wie durch eine kompakte Wattierung, wie in den Filmen, wenn die Leute sediert werden und langsam wegdriften, sie hören noch alles, aber seltsam verschwommen und gummiartig verzogen, ich schüttelte den Kopf. »Nein. Es ist mir zu viel, aber erzähl es jetzt.«

»Okay«, er räusperte sich, »die sogenannten *Displaced Persons* wurden hier untergebracht, die Hotels standen ja leer nach dem Krieg. Das Lager wurde im März 1946 aufgelöst, und sie reisten von hier aus weiter, nach Israel oder nach Kanada oder in die USA, wo sie eben hinkonnten, wo man sie aufnahm. Sie zerstreuten sich in alle Welt. Aber erst mal landeten sie hier; die wenigen, die überlebten, landeten hier, schätzungsweise tausenddreihundert Menschen.«

Ich versuchte, mich zu konzentrieren.

»Es gibt viele Berichte über diese Zeit, von Ärzten, von damaligen Einwohnern von Bad Gastein und von Überlebenden, die sich erinnern. Ich habe mir unzählige Interviews angehört. Es müssen merkwürdige Monate gewesen sein, ein Jahr, wie abgekoppelt von der Zeit. Viele haben hier geheiratet.«

»Hänse, worauf willst du hinaus?«

»Es hat die damaligen Ärzte sehr verwundert, dass diese Frauen überhaupt schwanger werden konnten, bei dieser katastrophalen körperlichen Verfassung, in der sie waren. Aber es kamen viele Kinder zur Welt. Viele Hochzeiten und viele Kinder.«

»Hänse, was in aller Welt willst du mir –«

Ich brach ab. Ich schaute hinunter ins Tal. Wahrscheinlich hatte sich seit damals gar nicht so viel geändert an diesem Blick. Häuser waren dazugekommen, Autos, anderer Schnickschnack der Moderne. Aber die Berge waren gleich geblieben. Die mondänen Bauten der anderen Hotels. Die Wälder. Der Wasserfall. Ich schloss die Augen und sah mich wieder in der Gemeinschaftspraxis von Barbara Busen und Co. Ich sah Theodor Indenbirken, wie elektrisiert er war, als der Stellvertreter-Don in meiner zweiten Aufstellung Omama und Opapa Benz nicht einmal mehr mit dem Hintern anschaute, sondern glückselig zwei wildfremde Menschen umarmte. Der Don, so Indenbirken, müsse etwas Ungeklärtes in seiner Vergangenheit haben, eine Art Geheimnis vielleicht, etwas, was sozusagen alle Energie von uns abgezogen habe.

Als wäre es erst gestern gewesen, kam mir der gesamte Monolog wieder in den Sinn. Und dann dachte ich an Herrn Gruber, der viel redete, wenn der Tag lang war.

Ich versuchte, die verschiedenen Teile zusammenzusetzen, aber ich konnte es nicht. Es war nur eine Ahnung, wie alles miteinander zusammenhing, nichts, was ich denken konnte. Ahnungen sind nichts, was man denken kann.

»Woher willst du das wissen«, flüsterte ich, »du kannst das nicht wissen.«

Ich richtete mich auf und wir schauten uns an.

»Schau«, sagte er, »ich würde gerne sagen, ich habe es herausgefunden, als ich mich durch alle möglichen Archive gewühlt habe und alte Akten aus Waisenhäusern durchgekämmt und mich durch sämtliche Ämter telefoniert habe, aber so war es nicht. Ich kenne mich mit so was nicht so aus, ich wüsste irgendwie gar nicht, wo anfangen. Ich bin kein Historiker. Ich bin nur Kulturjournalist.«

»Ja«, sagte ich langsam, »du bist nur Kulturjournalist. Wie willst du das wissen? Du kannst das nicht –«

»Ich habe Tante Vivienne angerufen.«

»Wie willst du Tante Vivienne anrufen? Du kennst nicht mal ihren vollständigen Namen. Ohne den Nachnamen kommst du niemals an eine Telefonnummer. Nicht mal heutzutage, mit diesem Internet und Social Dings und so.«

»Na ja. Das stimmt schon. Wie gesagt, ich bin ja nur Kulturjournalist. Und immerhin war dein Beitrag damals in meiner Serie zum Todestag von Leonard Cohens der originellste – eine Tante Vivienne, die eine Stimme hat wie Leonard Cohen, wenn er sehr, sehr müde ist und *I'm your man* singt, und die dann auch tatsächlich *I'm your man* singt, fast so schön wie Cohen selbst. Damals, in der *Öpfelchammer*.«

Ich war ratlos.

»Sie hat ihre Telefonnummer neben ihre Initialen geritzt, das hast du mir erzählt, erinnerst du dich?«

Ich erinnerte mich. Ich erinnerte mich an diesen Abend – Tante Vivienne, stark und gewaltig wie ein Mammutbaum im Rock, der Don, er hatte gelacht, bis ihm die Tränen gekommen waren, die heiße kleine *Öpfelchammer*, die jubelnden Gäste. Ich wusste gar nicht mehr, warum mir dieser Abend damals so unangenehm gewesen war, warum mir der Don peinlich gewesen war und Tante Vivienne und alles andere auch. Nun, mit dem Wissen um den Tod meines Vaters, ahnte ich, dass vermutlich nichts an diesem Abend falsch gewesen war, nichts außer mir und meinen ganzen Vorbehalten.

»Du warst in Zürich? In der *Öpfelchammer?*« Ich dachte an den gemütlichen engen Gastraum. Den Geruch von Geschnetzeltem und Rösti und Wein. Den flaschengrünen Kachelofen. An Tante Vivienne, wie sie pompös über den schweren Balken gehangen hatte. An die vollständig zugekritzelten Holzwände.

»Das ist nicht dein Ernst. Du hast unter diesen Tausenden von Initialen und Namen und was weiß ich, was die Leute da über die Jahrhunderte eingekerbt haben, Tante Viviennes Telefonnummer gesucht? Du musst wahnsinnig sein.«

Hänse zuckte die Schultern. Er lächelte.

»Ja, und dann?«

»Als ich die Nummer gefunden hatte, rief ich sie an. Sie war sehr freundlich und schien sich dabei kein bisschen zu wundern, dass ein wildfremder Mensch sie kontaktierte.«

Ja, das konnte ich mir vorstellen.

»Sie hat mich direkt für den Abend eingeladen – sie wohnt immer noch da in der Zürcher Oberstadt, mit Blick auf die Limmat, und sie hat immer noch einen Mops. Aber der hat sich nicht für mich interessiert.« Hänse holte tief Luft. »Jedenfalls ist eigentlich alles sehr einfach. Als deine Großeltern Anfang der Achtzigerjahre kurz hintereinander starben, löste dein Vater ihre Wohnung in St. Gallen auf. Er fand dabei die Adoptionsunterlagen, Postkarten, Briefe. Er hatte nichts davon gewusst. Seine Eltern – also seine Adoptiveltern, die Großeltern Benz – haben ihn im August 1946 adoptiert, er war damals wenige Wochen alt. Seine leiblichen Eltern scheinen nach der Auflösung der DP-Lager in Bad Gastein noch für einige Monate hiergeblieben zu sein, vielleicht, um die Geburt abzuwarten.«

»Aber«, begann ich langsam, dann verstummte ich wieder. Ich wusste weder, was ich sagen sollte, noch, was ich fragen könnte.

»Wie er dann in die Schweiz kam?«

Ich nickte, ja, das wäre zum Beispiel eine der Fragen gewesen, die ich hätte stellen können, hätte stellen müssen.

»Ich kann es nicht mit letzter Sicherheit sagen«, antwortete Hänse. »Deine Großmutter, also deine Großmutter Benz, arbeitete damals als Krankenschwester beim Roten Kreuz. Nach Kriegsende entsandte auch der Schweizer Verband seine Leute überall dahin, wo sie gebraucht wurden, und so landete sie – so jedenfalls erkläre ich mir das – in Bad Gastein. Vielleicht gab es auch eine andere Verbindung, ich weiß es nicht. Ich weiß nur, dass sie da war, ab September 1945, und auch noch dablieb, als das Lager im Frühjahr des nächsten Jahres aufgelöst wurde. Es gibt vier Postkarten von ihr, die sie an ihren Mann geschickt hat, und drei Briefe. Außerdem die offizielle Geburtsurkunde deines Vaters und die Adoptionspapiere.«

Ich schwieg. Ich war vollkommen erschüttert.

»Wie hießen sie«, sagte ich nach einer Weile, »seine Eltern, wie hießen sie?«

»Steiner. Samu und Babett Steiner.«

Steiner, Samu und Babett.

»Sie sind kurz darauf in die USA ausgewandert und dort hat sich ihre Spur verloren. Dein Vater hat damals über ein paar Jahre hinweg immer wieder nach ihnen geforscht, ohne Erfolg. Vielleicht haben sie irgendwann ihren Namen geändert, vielleicht haben sie sich getrennt, vielleicht sind sie gar nicht in Amerika geblieben, ich weiß es nicht. Laut Tante Vivienne hat diese späte Entdeckung seiner eigentlichen Herkunft deinen Vater völlig aus dem Tritt gebracht.«

Ja, dachte ich. So musste es gewesen sein. Das war die Zeit, als der Don unsere Familie verließ, ich war vielleicht vier, fünf Jahre alt.

»Und dann hat er das Hotel gekauft?«

»Ja«, sagte Hänse, »dann hat er das Hotel gekauft. Bad Gastein hat nach dem Krieg versucht, auf den Skitourismus zu setzen – die Zeit der wochenlangen Kuraufenthalte war endgültig vorbei –, aber es ist nie wieder richtig auf die Beine gekommen. Die meisten der Hotels, die nun neue Besitzer haben und nach und nach wieder hergerichtet werden, standen lange leer, sie waren vergleichsweise günstig zu haben.«

»Und –«

»Ob die Eltern deines Vaters hier, im Hotel Mirabell, untergebracht waren?« Hänse strich fürsorglich mein verwursteltes Hemd über dem großen Bauch glatt. »Ich weiß es nicht. Tante Vivienne wusste es nicht und dein Vater wusste es auch nicht. Ich denke, das war auch nicht so wichtig. Hier, an diesem Ort, haben seine Eltern sich kennengelernt und kurz entschlossen geheiratet und ein Kind gezeugt. Ich denke, dein Vater wollte zurückkehren und, ich weiß nicht, irgendwie ein Zeichen setzen. Ein Ort, der dafür stand, dass seine Eltern entgegen aller Wahrscheinlichkeit diese Jahre zuvor überlebt hatten, dass er lebte und dass ihr, seine Kinder, lebtet. Dieses Hotel sollte vielleicht ein Zeichen der Hoffnung sein, vielleicht des Triumphs des Lebens an sich, sicher aber wollte er einen Ort des Gedenkens schaffen an seine Eltern, die er nie kennengelernt hat.«

Ich dachte an das kleine Wutzi in meinem Bauch, hier, in Bad Gastein. Ich dachte an meinen Vater als kleines Wutzi im Bauch seiner Mama, ebenfalls hier in Bad Gastein. Ich dachte, dass mein Vater wohl nie gedacht hätte, dass ich hier einmal hochschwanger stehen würde, als er das Hotel erworben hatte. Er hatte es nur besitzen wollen, er hatte gewollt, dass irgendeiner von uns es führte, er hatte diesen Ort zurück in unsere Familie holen wollen, nachdem er mit seiner Adoption damals daraus gelöscht worden war. Ich verstand das. Was ich nicht verstand, war, auf welch mysteriösen Pfaden sich bestimmte Aspekte einer Familiengeschichte wiederholten – ich hatte nichts von alldem gewusst, und doch war ich nun hier, in Bad Gastein, schwanger, wie auch meine Großmutter Babett schwanger in Bad Gastein gewesen war. Sie hatte hier ihr Kind zur Welt gebracht und auch ich würde hier mein Kind zur Welt bringen. Indenbirken hätte das alles nicht gewundert. Ich dachte, ich sollte ihn anrufen, bei Gelegenheit, und ihm erzählen, was sich ergeben hatte nach der zweiten Aufstellung. Es würde ihm gefallen. Mir war es noch zu viel, ich merkte, dass ich ganz schön viel Zeit brauchen würde, um das zu verarbeiten. Innerhalb einer knappen Stunde hatte sich mein Blick auf diese Familie vollkommen verändert. Ich kam mit den Gefühlen und mit den Gedanken noch nicht hinterher, aber mir gefiel es auch, irgendwie.

Ich stand auf und trat nach vorne an die steinere Balustrade der großen Terrasse. Ich hatte Hänses Stimme wieder im Kopf. *Seine Eltern – also seine Adoptiveltern, die Großeltern Benz – haben ihn im August 1946 adoptiert, er war damals wenige Wochen alt.*

Hänse kam zu mir und stellte sich neben mich, beide stützten wir uns auf die Balustrade, beide schauten wir hinunter.

»Bist du deswegen hergekommen?«, fragte ich Hänse unvermittelt. »Wegen dieser Dinge, die du herausgefunden hast?«

»Auch«, sagte er ruhig, während er einen Marienkäfer auf seinen Finger krabbeln ließ. »Auch deswegen, ja. Aber nicht nur.«

Er drehte sich zu mir, wir betrachteten uns. Irgendwie ziemlich pur und ohne, wie soll ich sagen, ohne Sentimentalitäten, eher nüchtern und so, als wüssten wir, dass wir uns nichts vorzumachen brauchten.

»Bei mir ist es so«, sagte ich, »ich habe einen ziemlichen Schlamassel angerichtet. Es tut mir leid. Ich wollte das nicht. Ich stehe immer noch vor dem Chaos und fühle mich außerstande, es zu ordnen. Es gibt nichts, was ich zu diesem Zeitpunkt klar sagen kann. Außer Folgendes: Ich freue mich auf das Kind. Ich freue mich darauf, eine Mama zu sein. Ich kann mir vorstellen, irgendwann irgendwie eine Familie zu sein. Ich habe keine Ahnung, wie. Ich weiß nicht, ob ich ein Paar sein will. Ob mit dir oder mit einem von den anderen beiden oder überhaupt. Ich würde gerne was anderes sagen, aber ich kann gerade nicht.«

Hänse blickte mich freundlich an. »Das ist okay«, sagte er. »Ich bin nicht gekommen, um eine Entscheidung zu erzwingen. Ich bin gekommen, weil ich dir erzählen wollte, was ich herausgefunden habe. Ich dachte, es wäre wichtig. Und ich bin gekommen, um bei dir zu sein. Du kriegst ein Kind, und ich wollte an deiner Seite sein. Ich bin gekommen, weil ich gerne mit dir ein Paar wäre. Aber vielleicht werden wir nie eines sein. Ich bin auch gekommen, weil ich gerne ein Vater sein möchte, und zwar so oder so. Ob das Kind von mir ist oder vom Dragaschnig oder von Mo. Ich glaube, ich bin kein schlechterer Vater, wenn das Kind nicht von mir gezeugt wurde. Was ich sagen will: Ich bin da. Wenn du mich brauchst. Oder willst.«

Ich lächelte. »Ich finde dich ganz schön toll.«

»Na ja, glaub bloß nicht, dass ich dir das zu Weihnachten gesagt hätte. Es hat ein paar Monate gedauert.«

Wir lachten, beide erleichtert.

»Was ist mit – äh, Dings. Dem Dragaschnig. Mo.«

»Ah, ja.« Hänse räusperte sich. »Also der Dragaschnig kommt übermorgen. Er kann nicht früher, weil er angefangen hat zu jobben, an einem Käsestand. Bei *Boni und Bert,* das sind zwei Brüder, sie haben ihre Stände auf verschiedenen Wochenmärkten.«

»Einem Käsestand?«

»Also, ja. Ja. Keine Ahnung, ob er weiß, dass deine Großeltern, also deine Großeltern Benz, einen Käseladen hatten. Es ist einer dieser mysteriösen Zufälle, die vermutlich niemand erklären kann. Jedenfalls hat es mir auch schon zu denken gegeben, was das nun wohl bedeuten soll, die Wiederkehr des Käses in deiner Geschichte.«

»Ja«, sagte ich, »das gibt mir auch zu denken.«

Wir schwiegen und hingen beide unseren Gedanken nach, die sich vermutlich ähnelten. Meine jedenfalls gingen, frei nach den logischen Ableitungen des Professor Schulthess, folgendermaßen: *Das Ehepaar Benz verkauft Käse. Der Don ist nicht ihr leibliches Kind. Der Dragaschnig verkauft Käse. Also ist das Wutzi nicht sein Kind.* Jesus, ganz ehrlich, wirklich geheuer war mir dieses Fachgebiet nicht, das war ja purer Sprengstoff, was der Mann damals unterrichtet hatte!

»Und Mo?«

»Ähm, also Mo«, Hänse ging hinüber zu seiner Sonnenliege und nestelte an der Brusttasche seines Jacketts, »Mo hat mir einen Brief für dich mitgegeben.« Er reichte mir ein zusammengefaltetes Kuvert und setzte sich auf die Steinbrüstung.

Ich hielt den Brief in der Hand, ich hatte gerade wenig Lust, ihn zu lesen. »Und was steht da ungefähr drin?«

»Also da steht ungefähr, dass er raus ist aus dem Spiel.«

»Er ist raus aus dem Spiel?«

»Er sagt, er sieht sich einfach nicht als Vater, auch nicht als, äh, Vätergruppe, und eben auch nicht als Paar, also zumindest nicht mit dir. Also genau genommen ist er wieder mit seiner Exfreundin zusammen.«

»Ach was! Ist das die, mit der er so schön gekocht hat?«

»Keine Ahnung. Er erzählte mir, sie habe sich, nachdem er mit seiner Kampfansage an diverse Autoren ganz schön für Aufregung gesorgt hatte, kurz nach Neujahr bei ihm gemeldet – anscheinend hat ihr das total imponiert. Sie habe ihn, so Mo, früher für einen Schlappschwanz gehalten, aber nun sehe sie, dass er ein Fighter sei, das gefalle ihr. Ich traf die beiden einmal zufällig im Tiergarten beim Spazieren, es regnete und sie trugen beide Gummistiefel von Hunter – ich trug übrigens ebenfalls Gummistiefel von Hunter, aber sie sahen an mir lange nicht so gut aus – und teilten sich so einen Pärchenschirm.«

»Tatsächlich! Nicht zu fassen! Sicher haben sie einen Brötchenservice am Sonntag.«

»Keine Ahnung, aber sie wirkten ziemlich glücklich.«

»Ja du, das wundert mich nicht! Ich habe da so meine Theorien.«

Ich steckte den Brief ein, ich würde ihn später lesen, und als ich ihn dann später las, stand da eh in etwa das, was ich nun von Hänse schon wusste. Und ganz ehrlich, es erleichterte mich irgendwie. Je weniger Figuren im Spiel waren, desto überschaubarer wurde die Anordnung.

Irgendwo über uns öffnete sich eines der Fenster. »Na ihr!«, rief Bruno gut gelaunt herunter. »Wisst ihr, was ich gerade gefunden habe?«

Ich schaute an der Hotelfassade nach oben, bis ich ihn auf der Höhe des dritten Stockes fand, mit verschränkten Armen überblickte er wohlwollend das Schauspiel hienieden.

»Was denn?«, rief ich zu ihm hinauf.

»Schokoladenformen!«, antwortete er. »Aus Weißblech! Und weißt du, was sie darstellen?«

»Was denn?«

»Das Mirabell! Dein Hotel!«

Ich musste lachen, aber gleichzeitig kamen mir die Tränen. Ich schluckte ein paarmal und wischte mir über die Augen, ich dachte an alles auf einmal, an Babett und Samu, an das Chäslädeli Benz, noch mehr an Samu und Babett und die Frage, was sie alles erlebt hatten und gesehen und gehört und überlebt, aber vielleicht niemals verkraftet, ich dachte an unsere Geschichte, an die Geschichte dieses Jahrhunderts, die an allen Orten klebte und niemals wieder verschwinden würde, aber auch an unsere Geschichte, an die meine und die der Vielleicht-Väter, an den Don und wieder an Samu und Babett und an meine liebe Mutter, deren Verlust mir nun auf einmal, von einem Moment auf den anderen, so unendlich schmerzlich bewusst wurde, ich dachte an das kleine Wutzi, ich dachte an das Hotel, das jetzt so viel mehr war als nur ein Hotel, das irgendwann an ein Tierheim ging, es war einfach ganz schön viel. Hänse kam zu mir herüber und nahm meine Hand, er legte den Kopf in den Nacken, gemeinsam schauten wir hoch zu Bruno.

»Aber warum sind die oben im dritten Stock in einem der Schlafzimmer?«, rief ich, ich wusste schon, während ich fragte, dass es total egal war, aber es tat gut, sich mit etwas vollkommen Nebensächlichem zu beschäftigen, alles, womit ich mich sonst gerade beschäftigen musste, war nicht egal und nicht nebensächlich. »Warum sind sie nicht in der Küche?«

»Keine Ahnung. Ist doch total egal. Aber hier steht eine Menge Krempel, ein Haufen Kartons mit Zeugs drin. Fischbesteck. Vorlagen für Menükarten. Eine Rolle Tapete, mit Blümchen drauf, ich glaube, Sumpfdotterblumen. Vielleicht wollte jemand das alles als Erinnerung mitnehmen und es ging dann vergessen, vielleicht ist das hier auch nur eine Art Rumpelkammer. Was weiß man schon«, sagte Bruno weise, »das sind die Mysterien der Vergangenheit.«

Ich nickte, Jesus, ja. Was wusste man schon?

»Komm mal runter, Bruno. Ich muss dir was sagen. Und bring Sybille mit, wenn du sie irgendwo siehst.« Ich überlegte kurz. »Sag ihr, sie soll Tante Häte und Tante Käthe anrufen. Das geht uns alle an.«

120 HEY, DRAGASCHNIG

Irgendwann in den nächsten Tagen kam der Pool. Es war ein aufblasbarer, riesiger blauer Zuber, wie ein Kinderplanschbecken, nur viel höher. Hänse Quandt pumpte ihn schon mal auf, durchsichtig schimmernd wie ein Ufo stand er in der Gesellschaftshalle. Mir wurde etwas flau.

Vor der Ankunft des Pools allerdings klingelte es noch ein paarmal an der Pforte.

Der Dragaschnig reiste ohne viel Gepäck, was er brauchte, steckte in einer Adidastasche. Als ich ihn da vor der Hotelpforte stehen sah, mit seinem herrlichen Haar und den silbernen Fäden darin, dem festen und gesunden Körper, mit diesem braun gebrannten Gesicht, das mir so vertraut war wie die Landschaften meiner Kindheit, da wusste ich, dass es etwas gab an unserer Verbindung, das nicht auflösbar war.

Im Grunde kann ich sagen, ich kannte den Dragaschnig keineswegs besser als Hänse Quandt – eigentlich im Gegenteil, ich hatte mit Hänse viel mehr Zeit verbracht. Und dennoch war er mir vertrauter.

»Hey, Charly«, sagte er, er lächelte.

»Hey, Dragaschnig«, sagte ich, und dann umarmten wir uns, Rauch aus Cowboypistolen und Hubba Bubba, das war der

Dragaschnig, das war sein Geruch, so sah er aus, das war er und das mochte ich so, wir hielten uns ganz fest und lachten.

Dann kamen meine Schwestern, die Tanten, klar.

Wie ein Komikerduo tauchten sie eines Abends vor dem Hotel auf und suchten, patschert, wie sie waren, nach dem Klingelknopf, den es nicht gab, aber den Klingelzug schienen sie nicht als Alternative zu identifizieren.

Ich ging gerade durch die große Halle und sah sie draußen stehen, mit zerbeulten Rucksäcken über den Schultern, an denen jeweils ein Schlafhörnchen befestigt war. Ratlos tasteten sie die Mauer ab, legten den Kopf in den Nacken, als käme gleich eine Schlüsselfee herabgesegelt, ich seufzte und musste zugleich grinsen, immerhin, dachte ich, immerhin sind Anna und Eva noch genau die Gleichen wie früher.

121 ES SPITZT SICH ZU

Ich muss ehrlich sagen, dass mir die neue Betriebsamkeit guttat. Je näher ich dem Ende dieser Schwangerschaft kam, desto mehr kehrte sich alles in mir nach innen, ich fühlte mich ein wenig abgerückt von all den anderen, als wäre ich in einem steten Zwiegespräch mit mir selbst. Ich war froh, dass die Verantwortung für die gesamte Logistik, die Essenzubereitung, das ganze Auf und Ab des Alltags, nicht mehr auf meinen Schultern ruhte, vielmehr ruhte ich selbst, auf einem Diwan, auf einer Sonnenliege, und daneben, auf einer weiteren Sonnenliege, da ruhte Herr Schabowski. In seinen Wallekleidern und mit den nackten Füßen, dem Beamtenhaar, das nun beamtenuntypisch ins Kraut geschossen war, dazu der schlohweiße Bart, hatte er irgendwie die Ausstrahlung eines halbseidenen Gurus auf dem Weg zur halben Erleuchtung. Etwas gestört wurde das Bild von den Kopfhörern, die er meistens trug. Als ich ihn mal fragte, was er denn die ganze Zeit höre, meinte er, er stelle eine Playlist zusammen.

»Eine Playlist? Was für eine denn?«

»Das werden Sie dann schon sehen. Jedenfalls muss ich dafür ganz schön viel recherchieren.«

»Aha.«

Während er damit beschäftigt war, driftete ich dahin, manchmal holte ich den Schlaf nach, der mich in der Nacht zu meiden schien, manchmal kreisten meine Gedanken um diese vielen, allzu vielen Informationen, die Hänse mitgebracht hatte. Wenn Herr Schabowski die Kopfhörer absetzte, unterhielten wir uns, wir sprachen ebenso gleichmütig über die Entwicklungen bei *Mut und Mörtel* wie über die immer näher rückende Geburt, über unsere Träume und über das Sterben. Wir verhandelten nicht, über nichts davon. Die Mörtelleute kauften marode Ruinen und das war okay. Wir redeten über unsere Träume, es gab nichts zu deuten, und das war auch okay.

Und genauso, wie ich sagte: »Wenn das Kind kommt –«, sagte Schabowski: »Wenn ich sterbe –«.

Herr Gruber kam wie eh und je täglich vorbei, trug seinen Werkzeugkasten durchs Hotel und verleimte da ein loses Stuhlbein und zog dort eine Schraube an. Interessanterweise schienen er und die beiden Tanten auf einer Wellenlänge zu sein, stundenlang unterhielten sie sich und gemeinsam stromerten sie durch den Ort, er stellte ihnen Jahrgänger unseres Vaters vor, jeden Nachmittag waren sie woanders zur Jause eingeladen, beugten sich über alte Fotoalben und hielten ein Schwätzchen mit den Dorfbewohnern. Meine beiden Schwestern, deren Gespräche immer aus endlosen Monologen bestanden hatten, Tante Häte und Tante Käthe, die Produzentinnen unzähliger menschenloser Bilder – sie waren es nun, die ganz offensiv den Kontakt herstellten zwischen den Bad Gasteinern und uns.

122 *DER* SAMSTAG

Am Samstag wachte ich früh auf, blinzelte ins Orange der Cantaloupe-Melone. Noch sprach nichts, rein gar nichts, dafür, dass sich das Kind an die Abmachung halten würde, noch war es ruhig im großen Kürbis, aber was wusste ich schon von den geheimnisvollen Plänen der Wutzis? Hebamme Brigitte hatte gesagt: Samstag, also würde es heute losgehen. Der Gedanke ließ mich schaudern, aber ich zweifelte nicht daran, dass es so war.

Als ich nach unten kam, roch es schon wunderbar, ich war gerührt. Tante Häte und Tante Käthe standen in der großen Küche und backten Dinkelteig zu herrlich knusprigen Waffeln, und als hätte ich eine Vision, sah ich plötzlich das Speisezimmer des Hotels vor mir, bevölkert von vielen, vielen Gästen, und sie alle freuten sich, dass an dem Tisch neben dem Frühstücksbuffet Waffeln gebacken wurden, und zwar jeden Samstag.

Es war noch nicht mal acht – offensichtlich hatte die enorme Erwartung, die auf diesem Tag lastete, uns alle aus den Betten getrieben, und wir frühstückten gemächlich in der großen Runde, die wir nun waren. Ich war nervös und ahnte, dass alle nervös waren, aber niemand wollte sich was anmerken lassen, ich übrigens auch nicht. Wir planten einen Einkauf unten im Dorf, ich wollte einen Kuchen haben, aber selbst keinen backen, Bruno bot sich an, ich schlug eine kleine Wanderung vor. Sybille zögerte, meinte dann aber: »Warum nicht?«

Wir brachen gegen zehn auf, Hänse, der Dragaschnig, die Tanten, Sybille und ich, und wir schlugen den Weg ein, der direkt vor dem Hotel begann und hinaufführte in wunderbare Höhen. Es war ein schöner Tag, nicht zu heiß, mit schnell ziehenden Wolken, aber es sah nicht nach Regen aus. Sobald ich einmal in Bewegung war, lief es sich gut, ich genoss die unfassbar frische Luft, den Geruch des Waldes und erfreute mich an den flinken Schatten, die über die Wiesen zogen.

Erst viel später übrigens erzählte mir Sybille, sie habe ständig Ausschau gehalten nach möglichen Hubschrauberlandeplätzen, falls ich plötzlich Wehen bekommen hätte und die Geburt losgegangen wäre. Eine Option, die ich zu keinem Zeitpunkt in Erwägung zog, ich hatte mit Brigitte abgemacht: Samstag, ich wollte Waffeln essen (erledigt), Kuchen backen (delegiert), Kuchen essen (stand noch bevor), dann wäre ich bereit für die Geburt.

Gegen drei Uhr kehrten wir pünktlich zu Tee und Gugelhupf zurück, ich war angenehm müde und legte die Beine hoch, während mein Bruder mir großzügig Sahne auf den Teller patschte, genussvoll trank ich eine Tasse starken Darjeelings und dann noch eine, und ich verstand auf einmal, warum die Engländer es immer so *refreshing* nannten, wenn sie nachmittags ihren Tee zu sich nahmen, nichts war besser als ein paar Tassen Tee nach einer ordentlichen Wanderung.

Anschließend schlief ich ein Stündchen auf der Sonnenterrasse, und als ich erwachte, tat ich es, weil es zu ziehen begonnen hatte. Also in mir drin hatte es zu ziehen begonnen, und obwohl Hebamme Brigitte eine wirkliche Autorität war und ich *niemals* gestern das Wutzi zur Welt gebracht hätte, wo sie doch beim Geburtstag von Fred war, war ich nun ehrlich erschüttert, als es losging. Am geplanten Tag. Jetzt.

Ich informierte meine Crew, alle nahmen hektisch irgendwelche Tätigkeiten auf, der Dragaschnig schraubte den Gartenschlauch an den Warmwasserhahn und begann, den Pool, der im Wintergarten platziert worden war, zu befüllen, Bruno eilte ins Dorf, um ein paar Suppenhühner zu erwerben und die kräftigende Hühnerbrühe zuzubereiten, Hänse holte die Abdeckfolie hervor und die diversen anderen Dinge von *der Liste,* kochte starken Kaffee und füllte ihn in die Thermoskanne, Sybille verteilte ihre Duftlämpchen und bald roch es nach Rosenöl, denn das war mütterlich, und auch sonst sorgte sie dafür, dass im Wintergarten eine heimelige, entspannende Atmosphäre herrschte. Herr Schabowski rief Hebamme Brigitte an. Er lauschte in den Hörer, er blickte zu mir herüber. »Okay«, sagte er und: »Alles klar« und: »Also gut«.

»Was hat sie gesagt«, fragte ich ihn, als er aufgelegt hatte.

»Sie kommt nachher mal vorbei und schaut sich die Sache an.«

»Okay«, sagte ich, »und dann?«

»Nun ja, sie meinte, dann geht sie wieder, denn das würde ja jetzt eh noch eine Weile dauern.«

»Ach so?« Ich ächzte, wieder zog es ganz gewaltig in mir, ich konnte mir das eigentlich nicht vorstellen, dass das noch allzu lange dauerte, ich warf einen Blick auf die Uhr über der Tür zum großen Salon, es war halb sechs, meiner Meinung nach sollte sie sich eher mal beeilen.

»Ja. Sie meinte, sie würde auf einen Sprung vorbeikommen und mal nach dem Rechten sehen.«

»Auf einen Sprung? Nach dem Rechten sehen?«

»Das waren ihre Worte.«

»Verrückt.«

Tante Häte und Tante Käthe nahmen sich meiner an, sie

gingen mit mir nach oben in mein Zimmer und ich zog mich um. Ich hatte mir zu diesem Anlass auf Anraten meiner alten lieben Hebamme Annemarie ein langes lockeres Kleid zugelegt, aus dünnem Stoff, mit einem hübschen indischen Muster in Rottönen, und darin gewandet ging ich, begleitet von den Tanten, durchs Hotel, ich fand es angenehm, in Bewegung zu sein, es lenkte mich ab von den Wellen, die immer wieder durch meinen Körper liefen. Die Zwillinge erzählten mir tausenderlei unwichtige Dinge, sie plauderten von Reisen in die Toskana, die sie unternommen hätten, um dort Kurse im Aquarellieren wie auch im Tuschen zu belegen, sie berichteten mir von einem Fuchs, der zu Weihnachten einmal die schon gestopfte und fixfertig vorbereitete Gans von ihrer Terrasse gestohlen habe, sie hätten ihn noch gesehen, wie er mit dem enormen Vogel durch den kleinen Garten von dannen gezogen sei. Am nächsten Tag in der Dämmerung habe er wieder dagestanden, offensichtlich sei er davon ausgegangen, hier gebe es jeden Tag derartige Leckerbissen. Ich lachte, dann zog es wieder beträchtlich, heftiger jetzt, wie eine Hand, die tief in mich hineingriff und an mir zerrte.

Wir waren eben im dritten Stock angekommen, ich setzte mich erschöpft auf mein Bett mit dem buttrigen Himmel, da hörte ich Brigitte, sie kam die Treppe heraufgesprungen und rief: »Servus! Da seids ihr also!«

Sie hatte ihre Hebammentasche dabei und wusch sich am Waschbecken die Hände, schob meine Schwestern zur Zimmertür hinaus, und schneller, als ein Ferkel blinzelte, hatte sie mich auf den Rücken geworfen und abgetastet und teilte mir mit, der Muttermund sei praktisch noch überhaupt nicht offen, niente, nix, nada.

Ich war erschüttert, mindestens eineinhalb Stundem war ich hier schon herumgeschlurft, mehr und mehr hatte sich dieser fremde, seltsame Schmerz gesteigert, und das für nichts? Ich sagte ihr, derart deprimierende Nachrichten solle sie doch bitte für sich behalten.

»Ich akupunktier mal eine Runde«, sagte sie.

Und schon hatte sie ihr Nadelset gezückt und mir sechs Nadeln in die Zwischenräume der Zehen gesteckt. Es war nicht angenehm, aber auszuhalten, bis diese Wahnsinnige anfing, an den Nadeln zu drehen und herumzurühren, der Schmerz durchzuckte meinen gesamten Körper und ich keuchte.

Als sie die Nadeln wieder herausnahm, war ich benommen und kurz unendlich erleichtert, dass es vorüber war, sie reichte mir die Hände und half mir hoch, ich schaute ihr in die Augen, sie schauten freundlich und unerschrocken.

»Alles in Ordnung?«, fragte sie, ich nickte.

»Ich komme später wieder vorbei.«

»Kannst du nicht hierbleiben?«

»Jetzt brauchst du mich noch nicht. Du hast ja viele liebe Leute um dich herum, denen kannst du dann später in die Schulter beißen.«

»Was?«

»Also dann, servus, wir sehen uns!«

»Okay«, murmelte ich.

Ich lehnte den Kopf an die Pfosten des Betthimmels und schloss die Augen. Jesus. Jesus.

Tante Häte und Tante Käthe nahmen mich wieder in ihre Mitte, wir wanderten weiter, Stockwerk für Stockwerk und Zimmer für Zimmer gingen wir durch das ganze Hotel. Ich lauschte den Tanten, ein paar Monate lang hätten sie jeden Morgen zum Frühstück eine Rösti gegessen mit Spiegelei, weil das hätten die Schweizer Bauern früher auch zu sich genommen, bevor sie aufs Feld gegangen seien. Da sie selbst aber nicht aufs Feld gingen, sondern Kinderbücher illustrierten und den ganzen lieben langen Tag auf ihren Hintern hockten, gingen sie auf wie Hefeklöße. »Ungefähr ein Kilo kam pro Woche dazu«, sagte Anna, nach drei Monaten brachen sie das Experiment wieder ab – wieso erst nach drei Monaten?, fragte ich mich, aber da lief schon wieder eine Welle durch meinen Körper, verblüfft hielt ich kurz den Atem an, das war heftiger, viel heftiger als alles zuvor, was war da los? Als wühlten nun schon zwei Hände in mir herum, zerrten und zogen und rissen. Nach drei Monaten also brachen sie das Experiment wieder ab und aßen morgens frische Ananas und Hirsebrei, die Ananas wurde nämlich regelmäßig zu ihnen nach Hause geliefert, weil sie Mitglieder bei so einer Abnehmergemeinschaft für fair gehandelte exotische Früchte waren – und so weiter und so weiter, stundenlang. Stundenlang sprach entweder die eine Tante oder die andere, sie gelangten auf verschlungenen Pfaden von einem neuen Haarpflegeprodukt, das sie selbst herstellten – komischerweise aus Asche, aber vielleicht hatte ich mich auch verhört –, zu den Pyramiden von Gizeh, und tapfer konzentrierte ich mich auf jeden neuen Blödsinn, mit dem sie mich einnebelten wie mit einem Raumspray, bis die Schmerzen immer heftiger wurden, und dann merkte ich, dass ich nichts mehr hören wollte. Ich wollte auch niemanden sehen. Ich schickte die beiden weg, ich hörte, wie sie nach unten liefen und nach jemandem riefen. Ich wollte alleine sein, zusammengerollt auf einem geschnitzten Himmelbett in einem Zimmer im ersten Stock, wie ein Tier, das sich verbarg, und furchtsam diesem ungeheuren Wühlen nachspüren, das gerade anfing, meinen Körper zu beherrschen. Als die Wehe wieder nachließ, war ich geschockt. Ich schnappte nach Luft und hörte mich selbst stöhnen. Das vorher war okay gewesen. Das hier war nicht mehr okay.

Die Wehen kamen schneller, heftiger, dazwischen sammelte

ich Kraft, ich dachte *Kirim,* ich atmete, ich dachte ans Lachyoga und lachte, auch wenn mir nicht danach war, ich hängte mich an die Streben des Bettgestells und versuchte, alles loszulassen, und dabei war das so schwer, wenn die Angst einem alles zusammenzog, ich versuchte es, aber da rollte schon wieder die nächste Welle an, ich wollte stehen bleiben, sie aushalten, aber innert Sekundenbruchteilen riss sie mich nieder.

123 DIE PFADFINDERIN

Ich weiß nicht mehr, wie lange ich alleine dort oben war. Ich glaube, der Dragaschnig und Hänse begleiteten mich irgendwann nach unten, dunkel erinnere ich mich, wie wir auf der breiten, weitläufigen Treppe innehielten, wie ich mich an den Dragaschnig hängte wie vorher an das Bettgestell und wie diese fremden Klagelaute von hier aus durch das gesamte Hotel hallten. Immer wenn eine Wehe kam, war alles in mir ein gleißender Blitz, die Hände, die vorher noch in mir gewühlt hatten, hantierten jetzt mit vielen kleinen Messern, es war, als wäre ich nur noch Schmerz, harter, heftiger, brutaler Schmerz. Irgendwann kamen wir unten an, der Dragaschnig bettete mich auf den Diwan im Wintergarten, erschöpft schloss ich die Augen, ich spürte, wie mir jemand einen kalten Lappen auf die Stirn legte, er roch nach Rosen, ich öffnete die Augen und sah Sybilles Gesicht vor mir, ganz nah, sie lächelte mir zu, zuversichtlich und ruhig und mit ziemlich alten Augen, und ich verstand plötzlich, dass sie einen bei ihren schamanistischen Reisen zwar hinaus ins Chaos schickte oder auch hinein, in das innere Chaos, dass sie einen dann aber wieder zurückholte ins Jetzt. Und sie holte auch mich zurück ins Jetzt, aus diesem gigantischen Tosen, in das ich immer tiefer hineinkreiselte wie in einen Orkan und von dem ich fürchtete, es würde mich vollständig verschlingen, aber da war meine Schwester, sie war ein Ruhepol, ein sicherer Anker. Ich lächelte schwach zurück, dann packte mich die nächste Welle und ich schrie.

In der nächsten Pause, als ich versuchte, meinen Atem unter Kontrolle zu kriegen, sah ich, dass Schabowski telefonierte, er sagte irgendwas, er lauschte, dann hielt er den Telefonhörer in den Raum, ich dachte, ich hätte eine Wahnvorstellung, was machte er denn da? Aber da kam die nächste Welle, noch größer als die zuvor, noch gewaltiger, und wieder schrie ich, lang und laut, ich schrie: »Nein.«

Als die Wehe abebbte, hielt Schabowski den Hörer wieder ans Ohr, »Ist gut«, sagte er und: »Guten Appetit«.

»Kommt sie endlich?«, flüsterte ich, ich wollte, dass die Hebamme kam, ich wollte, dass sie mir half, dass sie irgendwas unternahm, dass sie einen Trick kannte.

»Nun, nicht direkt«, sagte Herr Schabowski, er räusperte sich, »also, ich sollte mal den Hörer in den Raum halten, sie wollte hören, wie weit Sie schon sind, und sie meinte, das höre sich doch schon ganz gut an und –«

Wieder merkte ich, wie die nächste Welle anrollte, dieses Mal richtete ich mich auf und wappnete mich, mutig und mit neuer Kraft wollte ich mich ihr entgegenstellen, aber schon die erste Berührung mit ihr warf mich um und ich schrie und schrie und schrie.

Sybille wischte mir mit dem Lappen über die Stirn, Hänse reichte mir ein Glas mit Strohhalm und ich trank einen Schluck Wasser.

»Weiter«, flüsterte ich, »was sagt sie?«

»Nun ja«, er räusperte sich wieder, »Sie sollen nicht *nein* schreien, wenn Sie schreien. Es wäre ganz wichtig, dass Sie die Wehe bejahen, dass Sie mit ihr mitgehen, Sie dürfen, sagt Hebamme Brigitte, die Wehe nicht als Feind sehen, Sie dürfen sich ihr nicht entgegenstellen. Weil das nichts bringt. Sie ist stärker als Sie. Sie sollen, wenn Sie merken, dass sie kommt, eher A und O rufen, weil das öffnende Laute sind, also so in der Art: Jaaaaaaaoooooooaaaaaa«, machte Herr Schabowski mir vor, ich knurrte, und dann schrie ich wieder, und alles in mir wollte schreien: Nein, nein, nein, nein, nein, aber ich zwang mich zu den As und den Os, ich zwang mich dazu, mich nicht steif zu machen, um die Welle zu brechen, ich versuchte, mich nicht dagegenzustemmen, ich versuchte, mich nicht zu verstecken, ich schaute auf und ihr entgegen. Ich gab mich ihr hin, und sie packte mich und warf mich nieder.

»Aber wann kommt sie denn«, ich schluchzte, Sybille strich mir eine feuchte Haarsträhne aus dem Gesicht, »wann kommt sie denn endlich?«

»Nun«, Herr Schabowski stand vor mir wie ein unerwünschter Bote, »also sie geht jetzt noch mit ihren Kindern Kebab essen bei *Eurofastfood* und danach –«

»Was tut sie?!«

»Also, ähm«, Herr Schabowski war es sichtlich unangenehm, »sie gehen noch gemütlich einen –«

Wieder packte mich die Hand und grub mich um und alles passierte gleichzeitig, das Wühlen und Schneiden und Reißen und Umhauen, und wieder war alles nur noch heller, strahlender, blendender Schmerz. »Scheiße, verdammt, verdammte Scheiße verdammt noch mal!«

»As und Os«, sagte Herr Schabowski. »Aaaaaaaaoooooooooooaaaaaaa!«

»Scheiße, scheiße, scheiße, scheiße, scheiße! Die saublöde Scheißkuh soll jetzt endlich kommen, das blöde Trampeltier, die Scheißpfadfinderin, die verschissene!«

Ich stützte mich auf eine Sessellehne und krümmte mich stöhnend, was kam dieser verdammten Kuh bloß in den Sinn? Wieso ging die Kebab essen? Mit ihren Kindern?! Und wie mochten wohl die Kinder von Hebamme Herkules Brigitte aussehen? Kleine Titanen?

Ich fühlte eine Hand an meinem Rücken, sanft, aber fest strich sie von oben nach unten, massierte mir das Steißbein, das tat gut, ich entspannte mich, und ich erinnerte mich an das Atmen, ich erinnerte mich daran, dass Widerstand zwecklos war, ich erinnerte mich, dass man, wenn man wusste, dass man unterlegen war, aufhören musste zu kämpfen, dass man alles weich werden lassen musste, und als die nächste Runde losging, richtete ich mich auf wie ein steigendes Pferd und rief As und Os, ich sang sie eher, als dass ich sie schrie, anschwellend und abschwellend, es lenkte mich ab und tatsächlich schien mir der Schmerz aushaltbarer, nicht viel, nur so – ein Gran.

Als es aufhörte, drehte ich mich um, und da stand Hänse und ich legte den Kopf an seine Schulter und sanft schloss er mich in die Arme und wiegte mich, ich ruhte mich aus, ich sammelte Kraft, und als es wieder losging, war ich fokussiert und zugleich wie in Trance, ich erinnere mich, wie ich ihn an den Schultern packte, ich erinnere mich, wie ich zubiss und wie er trotzdem nicht zurückwich, und ab da nahm ich alles um mich herum nur noch schemenhaft wahr, Menschen, die sich bewegten, Dinge richteten oder wegtrugen, mir die Stirn abwischten und die Haare zurückstrichen, einmal lehnte ich an Hänse, einmal an meiner Schwester, einmal riss ich am T-Shirt vom Dragaschnig und es ging entzwei, einmal sprühte mir eine der Tanten Rosenwasser ins Gesicht, irgendwann sah ich Brigitte über ihrem Koffer hantieren, wann war sie denn gekommen? Irgendwann untersuchte sie mich wieder, tastete mich ab und schien zufrieden, irgendwann weinte ich wie ein Kind und sagte ihr, das müsse aufhören, das müsse endlich aufhören, und sie sagte, das sei jetzt eine Einbahnstraße, es gebe kein Zurück, irgendwann bäumte sich wieder alles in mir auf, irgendwann flehte ich sie an, mir ein Schmerzmittel zu geben, dieses Periduralzeug. »Bitte«, sagte ich, »ich bitte dich, ich habe noch nie jemanden um etwas so sehr gebeten, wie ich jetzt dich bitte, bitte, Brigitte, ich bitte dich.« Sie sagte, sie habe so etwas nicht dabei, natürlich nicht, sie sei ja kein Krankenhaus, ich verfluchte sie mit Worten, von denen ich nicht mal wusste, dass ich sie kannte, irgendwann schüttete jemand einen Eimer warmes Wasser auf mich, es war im ersten Moment eine Erleichterung, danach merkte ich, dass die Fruchtblase geplatzt war, und ich erschauerte, als ich verstand, dass das, was die Wehen bisher noch ein wenig abgepuffert hatte, nun weg war, jetzt war jede Wehe purer, härter, klarer und laut, irgendwann zog mir jemand das Kleid über den Kopf und half mir ins Becken mit dem warmen Wasser.

Sofort wurde alles leichter. Ich seufzte, es war so wohltuend, diesen brennenden, berstenden Leib im Wasser zu bewegen, es war, als legte sich eine Salbe um mich, eine gütige, lindernde Emulsion. Ich lehnte mich an den Beckenrand, ich fuhr mir mit den Händen über die Haare, sie waren klatschnass. Ich ließ mich treiben, kurz genoss ich die Ruhe vor dem nächsten Sturm, dann ging es weiter.

124 NIMM MICH MIT

In den Monaten zuvor hatte ich manchmal gedacht, dass mir das vielleicht peinlich sein würde, das Schreien, die Nacktheit, der Kontrollverlust. Nun merkte ich, dass nichts mehr zählte. Wenn man einen Marathon in neuer Rekordzeit läuft, wenn man mitten im Schneesturm auf dem Mount Everest feststeckt, dann ist es egal, wie man aussieht, was irgendjemand denkt, wie man wirkt. Wenn es ums Überleben geht. Dann spielt das keine Rolle mehr.

Ich erinnere mich nicht mehr genau. Ich weiß, dass ich abwechselnd den Dragaschnig bearbeitete und dann den Hänse und dann Sybille, dass ich sie festhielt und an ihnen riss, ich weiß, dass ich mich in einem Strudel befand, der sich immer schneller drehte, ich weiß, dass ich irgendwann nach meiner Mutter rief, lange und verzweifelt, und dass sie nicht kam, ich weiß, dass ich irgendwann sagte, ich wolle sterben, und es auch meinte. Ich weiß, dass ich weinte, weil ich sterben wollte, aber nicht starb. »Ich kann nicht mehr«, rief ich, »ich kann nicht mehr, jetzt kann ich nicht mehr«, und daraufhin brach eine Betriebsamkeit aus, plötzlich war Sybille neben mir im Wasser, sie hielt mich fest und flüsterte etwas, aber ich verstand sie nicht, und irgendwo in dem Nebel in meinem Kopf dachte ich: Gott sei Dank, sie geben mir den Gnadenstoß, Gott sei Dank, lasst mich gehen, ich will diesen gequälten, geschundenen Leib zurücklassen und mit leichtem Gepäck, mit leichtem Herzen will ich davongehen, wie heißt es – nimm mich mit, oh süßer Tod. »Ich sehe schon den Kopf«, sagte Hebamme Brigitte, »nicht pressen, okay, hörst du mich, lass es kommen, warte, warte, jetzt langsam, hörst du mich?, ganz langsam, versuch, die Kraft zu kontrollieren, hörst du mich«, aber dann hörte ich nichts mehr, ich ging unter in den Strudeln und Wellen und in der tosenden Gischt, ich gab nach und ich schrie und alles verwischte und vermengte sich, Sybille und Brigitte und Hänse und der Dragaschnig, und draußen war die Nacht und die Dunkelheit und hier herinnen floss alles ineinander, und das Einzige, was ich dachte, war: Ich habe nichts mehr zu verlieren, ich gebe auf, ich gebe mich auf, das ist das Ende.

125 WIE IM LEHRBUCH

Es war zwei Uhr in der Früh, als man mich mit vereinten Kräften auf den Diwan gebettet hatte und Sybille mir dieses Menschlein auf die nackte Brust legte, als ich hinunterschaute auf dieses winzige, unendlich sanfte Wesen. Es gibt ein Bild, ein Foto, das eine der Tanten gemacht hat, ich habe das Baby auf mir drauf und ich lache, wie ich noch nie gelacht habe, glücklich und befreit und erhaben wie ein Marathonläufer, der den Weltrekord geknackt hat, wie einer, der den Schneesturm am Mount Everest überwunden hat, wie – na ja. Was soll der Quatsch? Ich lache so, wie nur eine Frau lachen kann, die gerade ihr Kind zur Welt gebracht hat. Ich schaue das Bild an und ich weiß, ich habe mich noch nie so erschöpft gefühlt, so geschunden, so vollständig auseinandergenommen, noch nie hat mir mein Körper so wehgetan wie in diesem Moment – und ich bin noch nie so stolz gewesen auf etwas, das ich gemacht habe, und noch nie so dankbar.

Wie ein kleiner samtiger Maulwurf wanderte das Kindchen mit geschlossenen Augen und geöffnetem Mündchen suchend über die nackte Haut, fand irgendwann die Brustwarze und saugte sich fest, so selbstverständlich und sicher, als hätte es nie etwas anderes gemacht. Ich war überrascht über dieses neue Gefühl, da lag es ganz warm und weich auf meinem Bauch, ein zartes Tier, und wusste schon, dass Milch was Gutes war, ich legte vorsichtig die Hand auf dieses flaumige Köpfchen, und da öffnete das Kind die Augen und schaute mich an, saugte und trank und schaute mich an, und ich schaute es auch an. »Hey, du kleines Wutzi«, sagte ich leise. Mir liefen die Tränen über das Gesicht, es war geschafft. Ich fuhr mit der Hand über diesen wunderbaren kleinen Körper, das Rückgrat und diesen winzigen, winzigen Po, kleine

Füße, eine perfekte Miniatur, und es rührte mich unendlich, dass wir alle einmal so begonnen hatten, ich, die ich nun diesen langen, ungelenken Körper hatte, der Dragaschnig, immer noch mit dem Rücken eines Sechzehnjährigen, Hänse mit seiner ganzen Asymmetrie und den Sommersprossen auf dem Oberkörper, Herr Schabowski, der zu einem Krawattenträger mit Bauch herangereift war und später zu einem gelenkigen Yogi, wir alle waren einmal diese zarten, sanften Tierchen gewesen und hatten uns an unsere Mama schmiegen wollen, Milch im Mund und den warmen, starken Körper unter uns.

Es war übrigens ein Mädchen. Ich kam gar nicht auf die Idee, zu fragen, geschweige denn nachzuschauen, es war mir einerlei. Das Wutzi war kein Wutzi mehr, es war auf der Welt und ein echtes Kind aus Fleisch und Blut, das haute mich wirklich um.

Hebamme Brigitte teilte mir mit, nun müsse ich mich noch einmal anstrengen.

»Nein«, sagte ich und meinte es auch so, weil genug ist genug.

»Doch«, sagte sie, »die Nachgeburt muss raus, da gibt's nichts zu diskutieren.«

»Was denn für eine Nachgeburt?« Alleine das Wort Geburt versetzte mich in Panik, ich wollte nicht mehr an die letzten Stunden denken, nicht darüber sprechen, ich wollte sie fürs Erste verdrängen und ruhen lassen, irgendwann, wenn ich wieder kräftig wäre und geheilt, würde ich diese Erinnerung wieder hervorholen und betrachten. Jetzt nicht.

»Die Plazenta muss raus, der Mutterkuchen. Und zwar jetzt.« Sanft klaubte sie das Baby von meiner Brust und reichte es Bruno, er hatte sein Hemd ausgezogen und legte sich das Menschlein auf die nackte Brust, wickelte eine warme

Decke darum, ich sah, wie er zärtlich seinen bärtigen Kopf darüberbeugte und murmelnd und langsam schunkelnd aus dem Zimmer ging.

»Er bringt sie gleich wieder«, sagte Brigitte, »wenn wir das geschafft haben.«

»Es soll nicht mehr wehtun«, flüsterte ich. Sobald ich diesen geborstenen Körper nur einen Zentimeter bewegte, schmerzte alles. »Tu mir nicht weh«, flüsterte ich immer wieder, »tu mir einfach nicht mehr weh.«

»Süße, es wird jetzt noch mal wehtun. Es sind die Nachwehen, und diese Kontraktionen nutzen wir, und dann ist es geschafft.«

Tatsächlich war es schmerzhaft, sehr sogar. Ich habe das nicht gewusst. Ich habe immer gedacht: Wenn das Kind da ist, ist alles vorbei.

»Im Gegenteil«, sagte Brigitte, während sie behutsam an der Nabelschnur zog und ruckelnd und stetig die Plazenta loslöste, »je mehr Kinder eine Frau bekommen hat, desto schlimmer ist die Nachgeburt.«

Und wirklich war es, als würde ich noch einmal etwas zur Welt bringen, und ich staunte, als ich sah, wie groß dieser Mutterkuchen war, der sozusagen die Speisekammer meines kleinen Mädchens gewesen war.

Mein Bruder brachte mir das Baby zurück, sanft löste er es von seiner Haut und bettete es mir wieder auf die Brust, er lächelte zu uns herunter. »Meine kleine Schwester«, sagte er, »wer hätte das gedacht!«

Ich versuchte, mich ein wenig aufzurichten, jemand half mir hoch, es war Herr Schabowski, er reichte mir die Hand und ich merkte, das hatte ich auch nötig. Mein Körper fühlte sich an, als hätte man mich eine Schlucht hinuntergeworfen.

Herr Schabowski in seinen arabischen Gewändern kniete

neben meiner provisorischen Bettstatt wie ein morgenländischer Weiser, wie einer von den Heiligen Drei Königen, und gemeinsam betrachteten wir das Baby. Herr Schabowski sagte nichts, stumm drückte er mir die Hand.

Als er wenig später Platz machte für den Dragaschnig und Hänse, flüsterte er mir ins Ohr: »Das haben Sie gut gemacht, Frau Benz.« Er drückte mir noch einmal die Hand und ließ sie dann los.

Der Dragaschnig und Hänse platzierten sich an meiner Seite, nah rückten sie an mich und das Mädchen heran. Es war eingeschlafen, mit der Brustwarze im Mund, immer wieder nuckelte es im Schlaf, Hebamme Brigitte legte vorsichtig eine Wolldecke über uns beide. Ich schaute auf und sie grinste. »Das ging ja wie im Lehrbuch, junge Frau!«

Ich musste schon wieder weinen, Jesus, würde das jetzt so bleiben? Dass sogar diese riesige, starke Hünin alles in mir zum Fließen brachte?

»Ich hole dir mal deinen Smoothie«, sagte Brigitte, sie tätschelte mir die Hand und legte sie sanft zurück auf die Decke, »wirst sehen, dann geht's rasch aufwärts!«

»Okay«, murmelte ich, ich fand es merkwürdig, dass ich jetzt prompt einen Smoothie trinken sollte, aber bitte, mir war das einerlei.

Ich lag zwischen den beiden Männern, der Dragaschnig streichelte ganz zart meinen Kopf, mit halb geschlossenen Augen sah ich zu, wie die diversen Dinge der Liste, die offensichtlich zur Anwendung gekommen waren, ohne dass ich was davon mitbekommen hatte, zusammengeräumt wurden. Die Plastikplanen mit nassen Wickelunterlagen wurden in die großen Mülltüten gesteckt, die alte Steppdecke und die Handtücher, alles blutig oder anderweitig in Mitleidenschaft gezogen, trug Sybille hinaus, vermutlich zum Waschen, und nun kam Brigitte mit einem riesigen Glas Beerensmoothie, den ich gierig trank, er war kalt und süß von den Bananen und ich merkte regelrecht, wie er mich sofort belebte.

Langsam kamen alle zur Ruhe, das Zimmer war wieder aufgeräumt, und die Tanten kamen mit einer Schale Hühnerbrühe und einem dicken Kissen, das sie mir in den Rücken schoben. Sie fütterten mich mit der Suppe, und ich sah den Lichtschein aus dem Speisezimmer gegenüber. Aus dem Geschirrklappern, dem Geplauder und Gelächter, das ab und zu herüberwogte, schloss ich, dass auch alle anderen sich nun hingesetzt hatten, um etwas zu essen, Hühnersuppe und Brot, morgens um drei, nach einer Geburt.

126 SCHON WIEDER FÄLLT EINE BASTION

Es missfällt mir, schon wieder eine meiner persönlichen Maximen aufzugeben, und doch muss ich es tun, weil es wäre sonst ein wenig verlogen.

Es geht um den Klogang. Ich weiß, ich habe hier vollmundig versprochen, niemals über Sex zu reden, ich habe kapituliert, ich habe gesagt, es sei nicht interessant, wenn irgendwo wer träume oder aufs Klo gehe, und es ist ja auch eigentlich nicht interessant. Es ist nur so, dass die Frauen in den Fernsehgeräten nach der Geburt in weißen Krankenhausbetten liegen und sodann nach Hause chauffiert werden, und alles ist paletti.

Tatsächlich ist ja auch allerhand paletti, das Baby ist glücklich zur Welt gekommen, alle sind gesund, alle freuen sich. Aber ich sage: Bis so ein Körper wieder paletti ist, das dauert. Und das wurde mir klar, als ich meine Hühnerbrühe aufgegessen hatte und mit dem Baby behaglich in die Kissen sinken wollte und Hebamme Brigitte plötzlich wiederauftauchte wie ein Schachtelteufel und sagte, sie würde nun bald aufbrechen, aber vorher müsse ich noch aufs Klo.

»Bitte?« Ganz ehrlich, mir hatte seit fast vierzig Jahren niemand mehr gesagt, ich solle aufs Klo gehen, beispielsweise weil eine lange Autofahrt anstehe. Ich hatte nicht vor, irgendwohin zu fahren, und ich hatte gerade auch nicht vor, aufs Klo zu gehen, am allerwenigsten aber hatte ich vor, das mit irgendjemandem zu verhandeln.

»Das muss raus! Sonst kommen Bakterien, sonst gibt's eine Entzündung, und das wollen wir ja wohl vermeiden, nicht wahr?«

»Ich geh später aufs Klo.«

»Kommt nicht infrage, ich geh hier nicht weg, bevor du nicht auf dem Klo warst. So eine Entzündung ist kein Spaziergang, glaub mir das, und überhaupt ist dein Kreislauf noch im Keller, wenn du das erste Mal aufstehst, da will ich dabei sein, da fährt die Eisenbahn drüber.«

»Ja, okay«, murmelte ich, meine Schwester Anna nahm mir das Baby ab und ich setzte mich auf, tatsächlich, muss ich sagen, wurde mir schwarz vor Augen. Als mein Blick wieder aufklarte, half Brigitte mir hoch und langsam wie zwei Greise schlurften wir durchs Zimmer und den Gang entlang zu den Toilettenräumen, ich musste immer wieder pausieren, der Weg schien kaum zu bewältigen.

Als Hebamme Brigitte sich neben die Toilettenschüssel platzierte, war Schluss.

»Hör zu«, sagte ich, »das geht jetzt wirklich zu weit. Ich gehe nicht aufs Klo, wenn jemand neben mir steht. Niemand darf da stehen, verstehst du? Es kann schon sein, dass diese neue Generation das irgendwie anders sieht, oder die alte Generation, ich weiß es nicht, vielleicht ist es auch nicht einmal ein Generationending, Tatsache ist, ich pinkle nicht in

Gesellschaft, alles klar?« Es mag erstaunlich klingen, dass ich plötzlich Anwandlungen von Scham verspürte – immerhin hatte diese Frau mich in Zuständen erlebt, die einen Klogang harmlos erscheinen ließen, aber nun merkte ich, wie wichtig es mir war, wieder eine Grenze zu ziehen. Der Ausnahmezustand war vorbei, ich war keine, wie sagte man, öffentliche Person mehr, nein, so sagte man das nicht. Bei einer Geburt geht man eine Art unausgesprochene Vereinbarung miteinander ein, eine Geburt ist losgelöst von der Normalität. Die Vereinbarung lautet: Normalerweise spaziere ich nicht nackt durch die Gegend, normalerweise schreie ich nicht das ganze Haus zusammen, normalerweise will ich nicht sterben und normalerweise seht ihr mir nicht alle dabei zu, wie ich genau das alles tue und will. Aber nun war die Geburt vorbei und ich wollte wieder die Tür zumachen dürfen.

»Und wenn dir schwarz vor Augen wird, hm? Und wenn du auf dem Klo zusammenbröselst?«

»Ich brösel nicht zusammen. Versprochen. Ich pinkle alleine oder gar nicht.«

»Also gut! Aber hier neben der Tür stehe ich und pass auf, und du schließt nicht ab!«

»Meinetwegen.«

Ich setzte mich widerstrebend auf die Klobrille. Ich weiß nicht, ob Sie schon einmal ein Kind bekommen haben. Es war ungefähr, als hätte man sich die Hand verstaucht, und anstatt dass man sie ruhig hielte und heilen ließe, musste man einen Brief schreiben, ein Menü kochen oder eine Strickarbeit verrichten – jeder vernünftige Mensch würde das unterlassen, und jede vernünftige Frau würde nach einer Geburt nicht aufs Klo wollen. Ich hatte Angst. Angst vor noch mehr Schmerzen, Angst, schon wieder was zu fühlen, ich wollte in diesem Körper gerade keine Empfindungen mehr haben, es reichte für heute. Das war es ungefähr, was ich so dachte, als ich auf dem Klo weilte und nicht pinkelte.

»Ich sag's dir, wenn das nicht klappt, muss ich dir einen Katheder legen!«

»Vergiss es«, knurrte ich, ich atmete, ich beruhigte mich. Ich dachte: Man muss die Angst überwinden, immer wieder, und den Schmerz akzeptieren, man sucht ihn sich nicht aus.

Vollkommen erledigt ließ ich mich von Brigitte zurück zu meinem Wintergarten geleiten, sie tätschelte mir tröstend die Hand. »Weißt, so eine Beckenbodenentzündung, das ist nichts Schönes, das braucht kein Mensch. Morgen isst du dann schön einen Haferbrei, und dann geht das auch mit dem Stuhlgang irgendwann wie–«

»Bitte«, ich hob die Hand, »jetzt reicht's. Ich war pinkeln. Es war das Letzte, was ich wollte, nach alldem. Über mehr möchte ich heute nicht mehr sprechen.«

»Jaja«, sagte Brigitte, während sie mir ins Bett half und Anna das jammernde Baby abnahm, sie hielt es in ihren großen, kräftigen Hebammenhänden und sofort entspannte es sich. »Jaja«, sagte sie, als sie es liebevoll wieder auf meine Brust bettete, »gut habt ihr das gemacht, ihr zwei. Und morgen schaut die Mama schon wieder putzmunter aus der Wäsche!«

127 DER STAUB LEGT SICH

Die nächsten Tage zogen vorüber, halb traumhaft und dazwischen so merkwürdig überdeutlich, es drehte die Ankunft dieses geschmeidigen kleinen Maulwürfchens alles von rechts auf links.

Wir schliefen viel, meine Tochter und ich, ab und zu klaubte sie mir jemand von der Brust, damit ich aufs Klo gehen konnte oder unter die Dusche, alles brauchte unendlich viel Zeit.

Ich betrachtete meinen Körper mit großer Verblüffung. Da hatte ich jahraus, jahrein diesen ungelenken und unproportionierten Leib gehabt, da war er so munter angewachsen über die letzten neun Monate, da hatte er irgendwann die Grenze überschritten, nachdem er so herrlich ausgewogen schwanger gewesen war, ungefähr im fünften, sechsten Monat – ich vermute übrigens, dass sämtliche Werbefotos für Umstandsmode in genau dieser Phase gemacht werden, weil danach ist so ein riesiger Bauch werbetechnisch praktisch unbrauchbar –, und ich hatte ausgesehen, als würde ich versuchen, einen riesigen Kürbis unter dem Kleid zu verstecken. Und nun? Nun hatte ich einen Bauch wie einen leeren Nikolaussack, ausgeräumt und nutzlos, und ich fragte mich, ob sich diese Haut jemals wieder zusammenziehen würde, und tatsächlich kann ich nun sagen: Ja, das tut sie, und einmal mehr denke ich: So ein Körper ist ein Wunder. Er dehnt sich aus, wenn er mehr Platz braucht, und er zieht sich wieder zusammen, wenn der kleine Besucher wieder gegangen ist, er ist wie ein ausziehbarer Tisch, den man vergrößert, wenn Gäste kommen, und niemals würde man ihm ansehen, dass er heimlich solche Kapazitäten hat.

Ich lag im Wintergarten, wo ich nun auch die Nächte verbrachte, und hielt brav das Wochenbett ein, weil Hebamme Brigitte hatte sehr streng geguckt, als sie gemeint hatte, ich solle ja nicht auf die Idee kommen, diese zehn Tage außerhalb meiner Bettstatt zu verbringen, und mit dieser Frau wollte man es sich wirklich nicht verscherzen.

Langsam legte sich der aufgewirbelte Staub, und es kehrte ein fast heiliger Frieden ein, den ich eigentlich nur von sehr gelungenen Weihnachtsfeiertagen kannte – wenn dieses Gefühl der Festlichkeit noch ein bisschen nachhallte und der Geruch von gelöschten Wunderkerzen in den Zimmern hing. Vermutlich, dachte ich, während ich so herumlag, vermutlich war es die Erfahrung des Wunders, die uns alle miteinander verband, denn was für ein gewaltiger und urtümlicher Akt war doch die Geburt, der einen demütig machte und empfänglich für die Zartheit und Empfindlichkeit des Lebens.

Aber natürlich, das war kein Zustand, der ewig währte, währen konnte oder sollte, man saß still und bewunderte das Kind, die geheimnisvoll geschlossen Augen, wenn es schlief, die unergründlichen Blicke, wenn es einen anschaute, beseelt trödelten wir durch die Tage, aber nach und nach kehrten wir zurück aus unserer Parallelwelt.

128 KEIN BABYBLUES

Erst später übrigens teilte mir Sybille mit, es sei ein Stück Plazenta im Smoothie gewesen, fein püriert mit den Beeren und der Mandelmilch und Bananen.

»Was?!«

»Ja, das ist total interessant, Hebamme Titania hat mir das erklärt, weil das habe ich auch nicht gewusst, also das macht man, weil da so wahnsinnig viele Hormone drin sind. Tiere essen ihre Plazenta nach der Geburt, die Hormone sorgen dafür, dass der Körper schneller heilt und dass es nicht zu dieser gefürchteten postnatalen Depression kommt – das passiert nämlich, weil ja durch die Geburt quasi von einem Moment auf den anderen das ganze chemische Gefüge durcheinandergerät, erst ein hormonelles Hoch, dann ein gigantischer Abfall. Wenn man was von der Plazenta einnimmt, bleibt das aus.«

Durch die harte Schule diverser esoterischer Praktiken, die ich in den vergangenen Monaten durchlaufen hatte, konnte mich so was eigentlich nicht mehr richtig schrecken, es machte mich eher neugierig.

»Also dann wirft man also einen Beutel Beeren und eine Banane und bisschen Mandelmilch in den Mixer, kleines Stückchen Plazenta dazu, und mix, mix, mix, fertig ist der Anti-Babyblues-Shake?«

»Na ja. Also *Stückchen* würde ich jetzt nicht sagen. Ehrlich gesagt war das schon ein ordentliches –«

»Okay, okay!« Ich überlegte, ob ich das eklig finden sollte. Aber warum eigentlich? Diese Plazenta hatte das kleine Wutzi über neun Monate hindurch ernährt, sie war vollgestopft gewesen mit wichtigen, wunderbaren Stoffen, und ich musste sagen, von Depression oder auch nur Melancholie war nun wirklich nichts zu merken, ganz im Gegenteil – wieso sollte es wichtiger sein, was wir mit unseren zivilisierten Ideen für richtig hielten, wenn wir dafür womöglich das Wohlergehen und die rasche Genesung opferten? Konnte schon sein, dass ich damit nicht nur die Esoterikskala, sondern auch noch diverse weitere Skalen sprengte, mir doch egal. Ich spürte, dass Stück für Stück diese Vorstellungen, wie etwas zu sein hatte, abfielen, und ich fühlte mich gut damit, ich fühlte mich befreit.

129 DER DRITTE VATER

In den Tagen nach der Geburt kamen auch weitere geheimnisvolle Punkte der Liste zur Anwendung, Stichwort Kohl und Tiefkühlerbsen. Als nämlich »die Milch einschoss«, wie Hebamme Brigitte das so fachmännisch nannte, mutierten meine früher ja eher überschaubaren Brüste zum Atombusen, Dolly Parton ein Mädchen dagegen. Heiß und als würden sie platzen, fühlten sie sich an und Hebamme Brigitte kühlte sie mit Erbsen – eine geniale Idee, legten sich doch die gefrorenen Kugeln wie ein Sandsack um sämtliche Rundungen – und baute mir aus zwei Kohlblättern einen BH, das war a) angenehm, weil ebenfalls kühl, und wirkte b) abschwellend, denn Kohl war ja so ein Superfood, sogar als BH. Derart ausstaffiert thronte ich in meinem Bett – eine Art Neuinterpretation von Arcimboldo –, als mein Telefon klingelte, es war Mo, per Videocall, und er bestaunte zuerst mich und den Kohl und dann den Nachwuchs.

»Wie soll sie denn heißen?«, fragte er.

»Keine Ahnung.«

»Sollte sie nicht mal einen Namen haben?«

»Ja. Aber es ist schwer.«

»Stimmt«, meinte er, »das ist echt schwer.«

Wir schwiegen eine Weile, er betrachtete das schlafende Baby in meinem Arm. »Tut mir leid, Charly. Ich meine, dass ich nicht –«

»Schon okay, Mo. Ehrlich, es war eh relativ gut besucht hier, ich weiß nicht, ob ich weitere Väter verkraftet hätte.« Wir lachten. »Trotzdem«, sagte er, »du weißt schon.«

»Ja, ich weiß. Aber, na ja. Ich hab's bisher nicht so, wie soll ich sagen, genau genommen mit allem – ich denke, das können wir, ohne ins Detail zu gehen, so festhalten –«

»Na ja, also, ja. Wahrscheinlich ist das richtig.«

»Eben. Und ehrlich gesagt hat sich daran nicht so wirklich was geändert. Ich nehm's immer noch nicht so genau, mit allem.«

»Ich wollte nur sagen«, sagte Mo, »dass es mir trotz allem leidtut. Es war feige und kindisch und verantwortungslos. Man kann nicht ein Kind zeugen und sich dann vom Acker machen. Das ist wirklich unterste –«

»Wie gesagt, Mo, die Chancen stehen eins zu drei, dass das Kind von dir ist, vermutlich war das insgesamt von uns allen feige und kindisch und verantwortungslos, aber – hey! Mit was für einem erstaunlichen Ergebnis!«

»Das stimmt. Sie ist bezaubernd. Und so winzig.« Wir schwiegen wieder. »War's schwer?«

»Ja«, sagte ich, »war schwer. Ich schwöre, der Dragaschnig und Hänse haben den Oberkörper voller Blutergüsse und Bisswunden, als hätte sie wer vermöbelt – also nicht ich, jemand mit einer irren Kraft.«

»Wahnsinn.« Mo räusperte sich, dann sagte er: »Ich hätte da sein sollen, zum Vermöbeltwerden und alles. Aber ich bin froh, dass zumindest zwei von uns dreien die Stellung gehalten haben.«

»Ja«, sagte ich, »ehrlich du, ich habe keine Ahnung, wie das diese Paarkonstellationen mit nur *einem* Mann schaffen, der geht doch hinterher am Stock.«

Mo lachte. »Hey Charly, ich bin froh, dass es dir gut geht. Wir kommen euch mal besuchen da oben, ja?«

»Klar«, sagte ich. »She loves you, kitchentiger?«

»Sieht fast so aus.«

»Wie heißt sie eigentlich?«

»Lorena. Aber alle nennen sie Lo.«

»Das ist nicht dein Ernst.«

»Was soll ich machen.«

»Ihr könntet eine Band gründen. Aber du, mal was anderes, habt ihr eigentlich sonntags so einen Brötchenservice?«

»Du meinst den *Gipfelisack?* Ja, klar, wieso?

»Ach, nur so. Mach's gut, Mo, kommt bald mal vorbei, du und deine Bandkollegin, hier ist sicher das ein oder andere Zimmer frei.«

130 DIE ABREISE

Eine Woche lang nannten wir sie das Baby, das Kindchen, das Zwerglein, die Zwetschge, das Schnecklein und was einem halt sonst so Originelles einfällt, wenn man so ein frisches Menschentierchen anschaut, aber dann bekam sie einen Namen. Ich hatte überlegt, sie Petra zu nennen, nach Peter Handke, oder Babett, nach meiner Großmutter, Theres, wie meine Mutter, oder Ida, wie die Omama vom Chäslädeli, oder einfach Johanna, nach Goethe, weil Klassiker, aber schließlich hieß sie nach niemandem, nämlich Mitzi. Mitzi war ein bisschen wie Wutzi, aber nicht so verwutzelt, und, ganz wichtig, Mitzi konnte man in jedem Alter heißen – bei einem Trotzanfall mit vier genauso problemlos wie mit hundert, wenn man vergessen hatte, wie man hieß, man konnte damit Milchmädchen werden oder Mathematikerin und immer klang es nach einem ziemlich guten Roman: *Milch von der Mitzi* oder *Mitzi, das Rechengenie.* Ich würde einer Anwältin mit dem Namen Mitzi sofort meine juristischen Probleme anvertrauen oder einer Innenarchitektin das Design meines Wohnzimmers, kurzum, es war ein Name, der den Weg nicht so vorgab wie beispielsweise – na ja, keine Ahnung. Ich wollte gerade sagen, mit dem Namen Herbert könne man ja nur Beamter werden, aber mein Schabowski war ja gar nie ein echter Beamter gewesen, und jetzt war er ein Hippie.

Ich fand jedenfalls, Mitzi klang nach jemandem, der mit einer gewissen Nonchalance und Heiterkeit durchs Leben turnte – und so, wie ich das Leben bisher kennengelernt hatte, war das nicht das Schlechteste.

Zehn Tage nach ihrer Geburt rüstete sich ein Teil unserer zusammengewürfelten Gemeinschaft zur Abreise – die Tanten würden zurück nach Genf fahren, der Dragaschnig zurück nach Berlin, Hänse drei Tage später auch.

Sybille fuhr nicht zurück nach Berlin. Sie würde im Oktober eine neue, dreijährige Ausbildung starten – wunderte es uns, dass sie plante, Hebamme zu werden? Also mich nicht. Sie würde nach Salzburg pendeln und mit Feuereifer dabei sein.

Ich fuhr auch nicht zurück nach Berlin. Ich würde irgendwann wieder nach Berlin fahren, aber jetzt noch nicht. Ein Kind zu bekommen hatte den Vorteil, in Elternzeit gehen zu können. Ich bekam Geld, wiewohl ich nicht arbeitete (abgesehen davon, das Mitzikind zu hutschen, klar) – das war ein Konzept, das mir bisher fremd gewesen war, dem ich allerdings durchaus was abgewinnen konnte. Aber, na ja. Ein Konzept für die Ewigkeit war das auch nicht. Ich würde mir ein paar Sachen gründlich überlegen müssen. Was, wo, wie, mit wem, warum. Es waren Fragen, auf die ich sporadisch eine provisorische Antwort hatte, jeweils unter Vorbehalt.

Bruno war mit seiner Vision eines mitteleuropäischen Schokoladenimperiums beschäftigt und führte im Dorf unten Gespräche bezüglich eines Ladenlokals, er sah sich schon als gefeierter Schokokönig von Bad Gastein.

Am Abend vor dem ersten Abreisemanöver saßen wir zusammen am großen Tisch im Speisezimmer, Bruno hatte gekocht, es gab Szegediner ohne Szegedin, ich war gerührt. Ich glaube, wir waren alle gerührt, wir Geschwister. Es war das Familienessen einer nicht mehr existierenden Familie, auch wenn ich zugeben musste, dass sich unsere Gemeinschaft in den letzten zwei Wochen durchaus wie eine Familie angefühlt hatte. Mitzi lag auf Hänses Schoß und schlief, wir tranken Kaffee, es gab Pralinen aus der Manufaktur-Testküche zum

Nachtisch, Mon Chéri in der Luxusausführung, mein Bruder war wirklich ein Ass. Es war ein herrlicher Abend, eine rosafarbene Dämmerung und milde Sommerluft vor dem Fenster und in dem Zimmer ein fast goldenes Licht, gestreifte Tapeten wie eine Geschenkverpackung. Wir fühlten uns festlich und ein wenig wehmütig ob des Endes dieser gemeinsamen Tage.

»Was ist eigentlich mit Ihnen, Herr Schabowski«, fragte der Dragaschnig, »was werden Sie tun? Kehren Sie zurück nach Berlin?«

Ich schaute Herrn Schabowski an, ich bekam ein schlechtes Gewissen. Ich hatte keine Zeit für ihn gehabt, er war irgendwie in den Hintergrund gerückt in den vergangenen Wochen. Er war mager und bärtig und kurzatmig. Was er machte, machte er sehr langsam, wenn er einen Kaffee kochte, dauerte das, wenn er ging, um sich ein Buch zu holen, kam er lange nicht wieder, und zumeist fand sich irgendjemand, der ihm die gewünschten Dinge brachte. Die Langsamkeit mitanzusehen war quälend.

Aber ansonsten strahlte er so etwas wie eine schmunzelnde Ruhe aus, ein friedliches Bei-sich-Sein. Diese konzentrierte, heitere In-sich-Gekehrtheit war sozusagen die andere Seite seiner depressiven Abwesenheit zu Beginn der Krankheit, aber eine gewisse Distanz zur Welt war beiden Zuständen gemein.

»Nun«, sagte Schabowski, »nein. Ich werde hierbleiben.« Er warf mir einen Blick zu, ich nickte. »Wir werden fürs Erste hierbleiben. Ich habe meine Schwester in Berlin gebeten, mir ein paar Dinge aus meiner Wohnung nachzusenden, die ich gerne um mich hätte. Ich muss sagen, mich zieht eigentlich nichts zurück in die Stadt.«

Alle nickten, und wirklich schien hier in diesem Horst über dem Tal, mit den Bergen rundherum und der Luft, die man quasi trinken konnte, die Idee von Städten regelrecht albern, wieso, dachte man, wenn man morgens auf die herrliche Terrasse trat, wieso in aller Welt in Städten wohnen?

131 KEINE GROSSE SACHE

Ich hasste Abschiede. Ich war wahnsinnig froh, dass ein Teil unserer kleinen Gemeinschaft erhalten blieb, aber dennoch fühlte es sich in den ersten Tagen nach der Abreise der anderen an, als hätte man mir was amputiert. Doch irgendwann pendelten wir uns wieder ein, es war anders, aber durchaus in Ordnung.

Es wurde August, es wurde September, die Berge ringsherum entflammten, in das Grün mischte sich Kurkumagelb, morgens war die Luft schon frisch und kühl.

Schabowskis Paket aus Berlin war gekommen, darin waren seine Tagebücher und die kleinen Porträts aus der Klientengalerie in der Diele. Auch meines war dabei, er hatte es anhand einer Fotografie anfertigen lassen, und es gefiel mir, nun in dieser exklusiven Gruppe, in dieser ganz anderen Art von Familie, meinen Platz zu haben.

Herr Schabowski stellte die Bilder um sein kleines Nest im großen Gesellschaftsraum auf, abends notierte er sich jeweils ein paar Sätze in sein Tagebuch, er wirkte zufrieden.

Bruno band sich die kleine Mitzi bei seinen vielfältigen Tätigkeiten vor den Bauch, er nahm sie mit, wenn er in den Ort ging, zu seinen Besprechungen mit diversen wichtigen Leuten zur Realisierung seiner Schokoträume, er brachte sie mir zum Trinken und Herzen und Küssen, und ich konnte schlafen und lesen und wieder zu Kräften kommen.

Schabowski ruhte auch viel, aber nicht, um wieder zu Kräften zu kommen. Er ruhte sich aus, weil die Kräfte schwanden.

Anfang September, als wir beide ruhend auf der Terrasse weilten, sagte er: »Gewiss erinnern Sie sich an unseren Kurs, Frau Benz.«

Ich hätte fragen können, welcher Kurs, es waren so viele, ich hätte die üblichen Spielchen spielen können, aber ich wusste nun, dass es Zeit war, mit den Kapriolen aufzuhören.

»Ja«, sagte ich, »natürlich erinnere ich mich.« Es war der Kurs, um dessen Besuch mich Schabowski damals gebeten hatte, den ich nicht hatte besuchen wollen. Es war ein Kurs zum Thema Sterbefasten, es ging um die Möglichkeit, im Falle unheilbarer, unaushaltbarer Krankheit durch den Verzicht auf Essen und Trinken das eigene Sterben einzuleiten – ein Konzept, das früher, ohne dass es einen Namen gehabt hätte, von alten Menschen sozusagen instinktiv praktiziert worden war. Es war nur durch das Sterben im Krankenhaus, durch die Option lebensverlängernder Maßnahmen, ein wenig in Vergessenheit geraten.

»Zum Leben zu wenig und zum Sterben zu viel«, so hatten die beiden Kursleiter, eine Sterbebegleiterin und ihr Mann, ein Palliativmediziner, den Zustand beschrieben, in dem Menschen sich am Ende befinden konnten. Die körperlichen Beeinträchtigungen waren so groß, dass ein normales, schmerzfreies, unabhängiges Leben nicht mehr möglich war, und es gab keine Chance auf Besserung, man starb aber nicht daran, zumindest nicht so bald. Es war zum Leben zu wenig und zum Sterben zu viel. Und es brauchte einen sehr klaren und wachen und bewussten Geist, um das erkennen zu können.

»Und Sie sind sicher, dass Sie nicht nur denken, Sie sollten uns nicht zur Last fallen? Das tun Sie nämlich nicht, egal was kommt. Das wissen Sie, oder?«

»Ja, meine Liebe, das weiß ich. Ich denke, wir sind über solche Gedanken und Gefühle hinweg, wir beide. Ich glaube, dafür haben wir dann doch zu viel gelernt und auch verstanden in den letzten Monaten, nicht wahr?«

»Ja«, sagte ich, »das ist wahr.«

»Schauen Sie, Frau Benz, als ich diese Diagnose bekam, da wollte ich nicht mehr weitermachen. Es ist wahr, ich wollte nicht mehr leben. Ich hatte zu große Furcht davor, und es gab nichts, was mich hier hielt. Wenn ich nun sage, ich werde sterben, dann ist das nicht, weil ich feige bin, und nicht, weil ich nicht leben möchte. Es ist nur so, dass ich weiß, dass ich sterbe, ich weiß es sozusagen losgelöst von meinen Wünschen oder Ängsten oder Ideen. Verstehen Sie?«

Ich nickte, ja, das verstand ich.

»Ich hatte viel Zeit zum Nachdenken in den vergangenen Wochen, seit wir hier sind. Und wissen Sie, Frau Benz, so vieles konnte heilen in unseren vielen heilsamen Kursen, so vieles wurde weich und beweglich, so vieles konnte ich betrachten und verstehen, ohne von den Gefühlen hinfortgetragen zu werden. Es bleiben aber Teile, es bleiben Bruchstücke in mir, die ich nicht bewegt kriege, die unlösbar sind. Wie soll ich das sagen? Es gibt einen Bereich in mir, an den komme ich nicht heran. Ich habe dafür buchstäblich nicht mehr die Kraft. Vielleicht, wenn ich mich schon viel früher damit beschäftigt hätte, vielleicht wäre es anders gekommen. Vielleicht ohne diese Krankheit, die an mir zehrt. Wiederum hätte ich mich ohne Krankheit auch nicht damit beschäftigt, nehme ich an, zumindest habe ich es nie getan. Aber das ist reine Spekulation. Man könnte auch sagen, wenn ich nie geraucht hätte, wäre ich nicht krank geworden. Dann könnte man fragen, warum ich geraucht habe, was diese starke Sucht wohl bedeuten mag, verstehen Sie, das alles sind hochinteressante Fragen, aber sie kommen für mich nun zu spät. Ich habe viel lösen können, aber nicht alles. Und das ist in Ordnung.« Schabowski lächelte und reichte mir die Hand und ich drückte sie. »Ich denke, wir können abschließend sagen: Man muss in Socken sein. Die Scham über Bord werfen. Es gibt das Karma und wir werden alle immer wiederkehren.«

Ich musste auch lächeln, ja, das war tatsächlich das Resümee, das wir ziehen konnten.

»Ich habe nie daran geglaubt«, sagte Schabowski, »Sie wissen schon, an die Sache mit der Wiedergeburt und dass wir Aufgaben haben, die wir Leben für Leben lösen müssen. Aber der Gedanke, dass es so sein könnte, macht mich zuversichtlich. Und warum sollte ich nicht froh aus diesem Leben gehen, warum sollte ich frustriert sein und mich verachten dafür, was ich alles nicht hingekriegt habe, mit dem Gefühl, keine weitere Chance mehr zu haben, wenn ich froh sein kann. Es ist nur ein Gedanke, eine Möglichkeit, die Welt zu sehen, und sie verändert so vieles. Ich gehe mit der Gewissheit, mich bemüht zu haben. Und mit dem Glauben daran, mich im nächsten Leben weiter bemühen zu können. Das ist ein gutes Gefühl. Und ich ziehe die guten Gefühle den schlechten inzwischen vor.«

»Ja«, sagte ich, »ich verstehe Sie vollkommen.«

132 GEGEN ENDE HIN

Ich telefonierte mit Dr. Faruki, ich war auf Einwände gefasst, aber es kamen keine. Er meinte, das klinge logisch, es klinge nach uns.

»Dr. Faruki, was mich beschäftigt, ist die Frage, ob Herr Schabowski nicht einen Fehler macht – und Sie auch. Sie haben ihn schon einmal aufgegeben, erinnern Sie sich?«

»Frau Benz, ich habe Herrn Schabowski nicht aufgegeben.«

»Jedenfalls waren Sie sich sicher, dass es keine Besserung

geben wird, und es hat eine Besserung gegeben. Was, wenn es sich nun wieder so verhält, was, wenn er sich täuscht und diese Krise nur die Talsohle ist, die man durchwandern muss, bevor es wieder bergauf geht, verstehen Sie, was ich meine?«

»Ich verstehe Sie sehr gut, Frau Benz. Und glauben Sie mir, Herrn Schabowskis Fall hat mich demütig gemacht, was solche Prognosen angeht. Sagen wir es mal so: Ich habe es in so einem Krankheitszustand, in welchem Herr Schabowski sich gerade befindet, noch niemals erlebt, dass es eine Remission gab. Und ich habe durchaus von Fällen mit erstaunlichen Remissionen gehört. Aber niemals in diesem Stadium. Sie haben es damals hingekriegt, ihn irgendwie aus dieser depressiven Schlaufe herauszuholen. Er hat gekämpft und viel, sehr viel erreicht. Zeit, Lebensqualität. Hätten Sie damals mit mir gewettet, ich hätte meine Wette verloren. Ich habe das nicht für möglich gehalten. Die Sache ist die: Ihr Schabowski ist nicht mehr depressiv. Ich glaube, er hat es geschafft, das Gefühl hinter sich zu lassen, ein Opfer dieser Krankheit zu sein. Er hat sein Leben selbst in die Hand genommen, er hat es geschafft, eine Verbindung zu sich herzustellen, eine echte Verbindung. Und ich glaube, wenn er nun sagt, dass er spürt, dass es zu Ende geht, dann sollten Sie ihm das glauben. Er macht niemandem mehr etwas vor, auch nicht sich selbst. Und er möchte keine lebensverlängernden Maßnahmen, das hat er sehr deutlich gemacht. Und ohne die würde es nicht mehr gehen in sehr absehbarer Zeit. Es wäre ein Sterben auf Raten, aber ein Sterben wäre es in jedem Fall. Ich verstehe seine Entscheidung.« Dr. Faruki schwieg, ich lauschte in den Hörer und schaute aus dem Küchenfenster, zwei Amseln pickten eifrig die Beeren vom Holunderbusch. »Und ich würde es genauso machen«, sagte Dr. Faruki.

Er hatte noch einmal betont, es wäre nicht nötig, zu leiden, und es bringe nichts, Schmerzen auszuhalten, die unproduktiv seien. Ich wusste, dass Herr Schabowski kaum noch schlief, ich hörte ihn stöhnen, wenn ich nachts mit Mitzi durch das Hotel wanderte. Bruno löste unten in der Apotheke das Rezept für die Schmerzmittel ein und wir ließen uns von Hebamme Brigitte zeigen, wie man eine Spritze gab. Das Morphium wirkte schnell und Herr Schabowski saß im Sessel am Fenster und schüttelte den Kopf. »Wieder so eine Idee von mir, von der es gut ist, sie loszulassen.«

»Was für eine Idee?«, fragte ich, ich saß ihm gegenüber, stillte das Kind und spielte nebenher mit ihm Dame.

»Ich hatte die Vorstellung, es sei wichtig, das ohne Schmerzmittel hinzukriegen.«

»Warum?«

Er zuckte die Achseln und klaubte einen von mir erbeuteten Spielstein vom Brett. »Schwer zu sagen. Ich glaube, ich hatte Angst davor, nicht bei mir zu sein, mich nicht mehr konzentrieren zu können.«

»Sie wirken nicht gerade unkonzentriert.« Ich seufzte und Herr Schabowski lachte und klaubte die letzten meiner Spielsteine vom Brett, ich hatte schon wieder verloren.

»Nein«, sagte er, »es ist eher andersherum. Dadurch, dass die Schmerzen weniger sind, kann ich mich wieder besser konzentrieren.«

Es war nicht so, dass es weitere Diskussionen gegeben hätte. Ich verstand nun, dass Schabowski die Ankunft des Kindes abgewartet hatte, dass er seine letzten Kräfte dafür gebündelt hatte. Aber ich sah auch, wie sehr er abgebaut hatte seit unserem letzten Besuch bei Dr. Faruki, er wurde immer weniger. Er kriegte keine Luft, das Essen schmeckte ihm nicht mehr, von einem Tag auf den anderen hatte er keine Lust mehr auf seine Nikotinkaugummis.

Es war dann eigentlich einfach. Es war kein großer Akt.

Schabowski hörte auf zu essen, er hörte auf zu trinken. Wenn er Durst hatte, legte er sich ein Tuch mit Zitronenwasser in den Mund. Wenn das Wetter es zuließ, lag er auf der Terrasse, gut zugedeckt, er schaute auf die Berge, hörte Musik mit seinen großen Kopfhörern. Er wirkte friedlich.

»Was hören Sie denn so?«, fragte ich, als ich mich einmal mit einer Tasse Tee zu ihm setzte.

»Ich habe festgestellt«, sagte er, als er die Hörer abnahm, »dass es so eine Art geheimes Genre gibt, nämlich die Songs am Ende eines Films. Ist Ihnen einmal aufgefallen, dass die letzten Stücke oft die besten sind im ganzen Film? Und sie beeinflussen die Stimmung, mit der man aus dem Kino geht, den Film ausmacht.«

Er schwieg, ich überlegte, mir fiel so spontan kein Song ein.

Als läse er meine Gedanken, sagte er: »*Queen Bee* von Johnny Flynn, bei der Neuverfilmung von *Emma*.«

»Jesus, ja«, sagte ich, ich erinnerte mich an meinen ersten Besuch bei Hänse zu Hause, unser Duell mit den Laserschwertern, ich merkte, wie ich ein wenig rot wurde, »*Queen Bee!* Ein Hammerstück!«

»Get Well Soon, *Oh Boy*. *Where do you go to my lovely, Darjeeling Limited.* Boccherini, *Master and Commander,* die Bearbeitung für Cello und Geige. *Wonderful life*, *Der Vorname* – das ist ein bisschen geschummelt, es ist nicht das Lied vom Abspann, aber das letzte Stück des Films. *Chapel of love*, *Vier Hochzeiten und ein Todesfall*, *If you want to sing out, Harold and Maude, Du hast den Farbfilm vergessen*, *Sonnenallee, Sound of Silence*, bei –«

Ich lachte. »Haben Sie eine Playlist der Abspannsongs lustiger Filme gemacht?«

»Richtig, Frau Benz. Fast alle Filme, die wir zusammen geschaut haben, enden mit einem Stück, das mich froh macht und zuversichtlich. Das ist merkwürdig, nicht? Dass ich zuversichtlich bin, obwohl es zu Ende geht.«

»Das klingt gut«, sagte ich. Ich dachte ein wenig nach. Musik war sowieso rätselhaft. Ich meine, erinnern Sie sich, vor Weihnachten war ich mir noch so sicher, dass diese *magic songs* sozusagen jeden Mann fällten, der mir über den Weg lief, oder besser gesagt: mich fällten, aber tatsächlich funktionierte das irgendwie nicht mehr. War es nur so eine Art Verarbeitungsphase nach der Familienaufstellung gewesen? Die Patsche-Verarbeitung? Konnte schon sein. Ich war natürlich einerseits froh, weil noch mehr Männer konnte ich einfach nicht unterbringen in meinem vollen Alltag, aber andererseits war ich auch ein wenig enttäuscht.

»Stöpseln Sie mal die Kopfhörer aus, ich will auch froh und zuversichtlich in meine Zukunft schauen.«

In den folgenden Tagen hörten wir Schabowskis Playlist.

Manchmal las ich ihm vor, es wurde ihm zu anstrengend, selbst zu lesen, wir lasen die Dorothy-Sayers-Romane, mit Lord Peter Wimsey. Manchmal hatte er die schlafende Mitzi im Arm und schlief selbst, manchmal schauten die beiden sich an, ruhig und verschmitzt und so, als wüssten sie Bescheid, über alles. Manchmal saß Sybille bei ihm und ich hörte sie murmeln und leise lachen, manchmal erzählte Bruno ihm vom Urwald, vom Geräusch großer bunter Vögel, wenn sie sich in die Lüfte erhoben, Schabowski lauschte ihm mit geschlossenen Augen, manchmal, wenn Bruno verstummte, sagte er: »Fahren Sie bitte fort.«

Manchmal rief der Dragaschnig mich an oder Hänse oder

Mo, immer wechselten sie anschließend noch ein, zwei Worte mit Herrn Schabowski, nichts Wichtiges, alltägliche Dinge, sie erzählten ihm von ihrem Tag, von der Arbeit am Käsestand, von einer kleinen Maus, die bei Hänse über den Teppich gehuscht war, von der Wohnung, die der Dragaschnig gefunden hatte, und Schabowski sagte, sein Lieblingskäse sei immer Schweizer Emmentaler gewesen und Mäuse fange man am besten mit einer Lebendfalle, bestückt mit Schokolade oder Erdnussbutter, und genau nicht mit Käse.

Es waren behutsame, zärtliche Tage, zugleich sehr konzentriert und gelassen, heiter, tatsächlich, und dennoch traurig.

Manchmal sagte ich: »Ich werde Sie so vermissen, Herr Schabowski«, und weinte, und er sagte: »Ich weiß«, und weinte auch.

133 ZUM SCHLUSS

In den Nächten wechselten wir uns ab, wir wachten bei ihm, alle drei Stunden lösten wir einander ab. Mitzi war ein unkompliziertes Baby, sie war zufrieden, mal auf dem einen Bauch zu schlafen und mal auf dem anderen. Wenn sie Hunger hatte, brachten Sybille oder Bruno sie mir vorbei, und wenn sie nicht schlafen konnte, leistete sie uns bei unserer Nachtwache Gesellschaft und wir trugen sie im Tuch herum, während wir Schabowskis Schlaf bewachten oder ihm die Stunden verkürzten, in denen auch er nicht schlafen konnte.

Es war schon herbstlich kühl und wir hielten das Feuer im Kamin immer in Gang. Es war schön hier, in den Nächten, vor dem Schaufenster zum Tal, die Flammen tanzten über die Tapeten, und die seidigen Stoffe der Sessel warfen das Licht golden und warm zurück. Es roch nach den Kiefernscheiten, die knackend und knisternd verbrannten.

Ich saß in der Nähe des Kamins. Mitzi schlief in einem Wäschekorb neben mir, Sybille hatte ihn mit Lammfell ausgepolstert, ich beugte mich über sie, sie roch nach Milch und nach Baby und ein bisschen nach Schaf, und wenn man sie berührte, war sie klein und warm und weich und kompakt, und dieser winzige Brustkorb hob und senkte sich unermüdlich bei jedem Atemzug. Als ich aufblickte, sah ich, dass Schabowski wach war. Er lag auf der Seite, die Hände unter dem Gesicht, und schaute ins Feuer. Er atmete schnell, wie das Baby.

Ich rückte meinen Sessel nah zu ihm heran.

»Haben Sie Schmerzen?«, fragte ich, er nickte.

»Soll ich Ihnen eine Spritze geben?«

»Es geht schon.«

Wir schwiegen und schauten ins Feuer.

»Ich habe Angst, im Schlaf zu ersticken«, sagte er.

»Ja«, sagte ich, in mir zog sich alles zusammen, »das verstehe ich. Kann ich irgendwas tun?«

»Ich glaube, nicht. Man kann nichts tun.«

»Face your fear, wissen Sie noch? Die Yogatante?«

Herr Schabowski lächelte leicht. »Wie könnte ich das vergessen?«

»Face your fear. Und mach es trotzdem.«

Herr Schabowski nickte. »Sie haben recht«, sagte er. »Ob wir Angst haben oder nicht, es ändert nichts. Wir müssen es trotzdem tun. Und wir wissen nie, wie es kommt.«

Wir schwiegen wieder eine Weile, lauschten dem Knacken der Scheite, dem Atem der kleinen Mitzi.

»Ich habe Angst davor, dass Sie gehen, Herr Schabowski.«

»Ja«, sagte er. »Ich habe auch Angst.« Die Tränen liefen ihm über die Wangen, und auch ich weinte, ich reichte ihm die Hand. Ich glaube, es gibt nichts Herzzerreißenderes als die Tränen eines Menschen, der stirbt. Schabowskis Tränen waren nicht die eines Verzweifelten. Es waren Tränen der Wehmut.

Ich dachte an meine Mutter, die alleine gestorben war, im Krankenhaus, ohne uns, ihre Kinder, ohne Freunde. Ich dachte an meinen Vater, und ich wusste nicht, wie sein Ende gewesen war und ob er jemanden an seiner Seite gehabt hatte, vielleicht Tante Vivienne, ich hoffte es. Ich dachte an Samu und an Babett und wo sie wohl gewesen waren, als der Tod gekommen war, und ob er sanft gekommen war, ob sie gegen ihn gekämpft hatten.

»Sie müssen sich Zeit lassen, wenn Sie drüben sind«, sagte ich mit rauer Stimme, ich wischte mir über die Augen und über die Wangen, »mit der Inkarnation, meine ich. Denken Sie an Shiama, denken Sie daran, dass man auch im Bardo vorschnelle Entscheidungen trifft, wenn man Angst hat vor der Körperlosigkeit. Aber Sie müssen es sich gut überlegen, wen Sie sich als neue Eltern im nächsten Leben aussuchen.«

Herr Schabowski lachte, dann hustete er lange, ich half ihm hoch, damit er Luft bekam.

»Absolut richtig«, sagte er irgendwann keuchend, »ich sollte nichts überstürzen.«

Schwer atmend ließ er sich wieder in sein Kissen sinken, ich bot ihm den Lappen mit dem Zitronenwasser an, aber er schüttelte den Kopf.

Wir schwiegen wieder eine geraume Zeit.

»Aber wissen Sie, Frau Benz, es war nicht so schlecht, mein Leben. Es war schwer manchmal. Aber nicht so schlecht. Sagen wir, ich bin schon ein wenig demoliert angekommen. Und dafür ging es doch eigentlich recht gut, nicht wahr?«

Ich nickte. »Ich glaube, ich bin auch ein bisschen demoliert angekommen«, sagte ich, während ich mir wieder die Augen trocknete, »wie diese vergagelten Töpferschalen, die ich immer produziert habe, erinnern Sie sich? In unserem Töpferkurs?«

»Aber nein, meine Liebe, nein, nein, Sie sind eine wunderbare robuste Schüssel, so ein paar Schrammen und Kratzer können Ihnen überhaupt nichts anhaben.«

Wir lachten beide, während uns die Tränen über die Wangen liefen.

»Ich werde Sie so vermissen, Herr Schabowski.«

»Und ich. Ich wäre gerne noch geblieben.«

Ich holte ein frisches Taschentuch aus der Packung und putzte mir die Nase. Wenn etwas eine Einbahnstraße ist, dann ist es schwer. Wenn man bei einer Geburt nicht mehr zurückkann, wenn es beim Sterben kein Zurück mehr gibt. Wenn man das, was einem bevorsteht, nur noch akzeptieren kann, das ist für Menschen so schwer.

»Hören Sie, Frau Benz«, Herr Schabowski räusperte sich, »was ich Ihnen sagen wollte. Das hier ist ein guter Ort.«

Ich seufzte, ich trank einen Schluck aus der Schale mit dem Zitronenwasser, das für ihn bereitstand. »Ich weiß, Herr Schabowski.«

»Und ich denke, Sie sollten das machen, Sie und Ihre Geschwister.«

»Sie meinen, das Mirabell wieder eröffnen? Wie soll denn das gehen, Herr Schabowski? Keiner von uns hat das je gelernt. Es ist ja nicht so, dass ich nicht darüber nachgedacht hätte, aber es geht einfach nicht. Wir müssten Leute anstellen. Der Garten müsste gemacht werden, ein paar Modernisierungen, das gibt das Konto, das der Don eingerichtet hat, nicht her. Für so was bräuchte man ein Startkapital, ich weiß ehrlich gesagt nicht, was der Don sich dabei gedacht hat, vermacht uns diesen Riesenkasten und dabei muss er doch gewusst haben, dass keiner von uns das nötige Geld hat, ihn zu unterhalten.«

»Genau darüber wollte ich ja mit Ihnen sprechen, Frau Benz. Tatsächlich habe ich ja ein wenig Erspartes und –«

»Denken Sie erst gar nicht daran, Herr Schabowski, denken Sie nicht daran, das kommt überhaupt nicht in–«

»Offen gestanden ist es nicht so, dass ich nur daran denke, ich habe es bereits testamentarisch festgehalten.«

»Sie gehen mir –«

»Sie mir auch. Also: Sie und Ihre Geschwister bekommen mein Geld. Es ist nicht viel, aber es verschafft Ihnen allen ein bisschen Zeit. Ob Sie schlussendlich das Mirabell wieder zum Hotel machen oder doch nicht, das steht Ihnen frei. Aber ich möchte, dass Sie die Möglichkeit haben, es sich ernsthaft zu überlegen. Ich möchte, dass Sie diesen Ort, den Ihr Vater Ihnen gegeben hat, nutzen können als das, was er ist: ein Platz, wo Menschen zusammenkommen können, wo Sie glücklich sind, Sie alle, und vielleicht auch Ihre späteren Gäste.«

»Ach, Herr Schabowski.«

»Ja, Frau Benz. Ich kann es ja nicht mitnehmen. Im Bardo drüben nützt mir nur meine Meditationspraxis, aber nicht mein Sparbuch.«

»Herr Schabowski, das ist – ich weiß gar nicht, was ich sagen soll. Wissen Sie was? Sie sind eine richtige Superschnecke.«

»Das ist das schönste Kompliment, das ich je bekommen habe. Und, Frau Benz, ich kann Ihnen sagen: Sie auch. Es macht mich froh, dass Herr Dragaschnig das mit etwas Verspätung auch noch begriffen zu haben scheint. Sie sind wirklich eine Superschnecke. Das waren Sie immer. Und, hören

Sie, auf diese Art ein wenig für Sie und all diese lieben Leute gesorgt zu haben macht mich froh.«

Er schloss die Augen und öffnete sie wieder, ich sah, wie müde er war.

Ich legte ihm die Hand auf den Bauch. »Atmen Sie einfach. Ganz ruhig. Ich bleibe hier, ich passe auf Sie auf. Sie werden nicht ersticken. Ich passe auf.«

Herr Schabowski schloss wieder die Augen, unter meiner Hand war sein Atem hektisch wie der von einem gehetzten Tier, doch allmählich entspannte er sich, dann schlief er ein. Ganz unstet, aber sanft hob und senkte sich sein Brustkorb. Ich saß neben ihm, ganz ruhig verging die Zeit. Das Feuer brannte runter zur Glut, es war nur noch ein verstecktes rotgoldenes Schimmern, draußen aber dämmerte es, hinter den Bergen war irgendwo schon die Sonne, ganz nah.

Als er erwachte, sah er frischer aus, erholt. Er hatte rosige Wangen, aber seine Hände waren kalt, ich holte eine zweite Decke und zog sie ihm hoch bis ans Kinn.

»Kommen Sie«, sagte er, »hören wir noch ein bisschen Abspann.«

Ich rückte ihm das Kissen zurecht und drückte auf seinem iPad auf Play. Wir hörten *Wonderful life,* ein super Lied, und wir sangen ein bisschen den Refrain mit, weil: *no need to run and hide, no need to laugh and cry*. Wir lächelten uns an, wir weinten nicht und wir lachten nicht, es war okay. Wir lächelten.

Ich ging zum Fenster und öffnete es, herein kam die herrliche klare Luft der Berge und Wälder. Ich warf einen Blick in den Wäschekorb, Mitzi war wach geworden, erstaunt und munter schaute sie sich diesen neuen Tag an.

Über den Gipfeln ging die Sonne auf, kräftig und zart zugleich, jeden Tag, immer wieder wie ein Wunder nach einer langen Nacht. Es war der 26. September, die Hagebutten färbten sich rot, die Brombeeren schwarz, als Herr Schabowski, mein *PostEngel,* mein Freund, mein Schabowski, aufhörte zu atmen und hinüberging in eine ungewisse Zukunft.

DANK

Dieses Buch wurde gefördert durch das Berliner Senatsstipendium, das St. Galler Kantonsstipendium und das Stipendium des Österreichischen Bundesministeriums – für die ruhige und sorglose Arbeit, die diese Gelder möglich machten, bin ich sehr dankbar.

Vielen Menschen, die die Entstehung dieses Buches begleitet und unterstützt haben, möchte ich herzlich danken:

Allen voran dem Verlag Kiepenheuer & Witsch – Kerstin Gleba für ihre wohlwollende, gütige Hand, die sie über uns allen ausbreitet, und dem gesamten prachtvollen Team für seine wunderbare Arbeit und die herzliche Zugewandtheit;

Mona Leitner, einer Frau von zahlreichen Talenten, die aufzuzählen diesen Rahmen sprengen würde (das Buch zu ihrer Huldigung ist in Arbeit), sie ist, um es kurz zu machen, eine umwerfend gescheite Lektorin und liebe Freundin – und alles dazwischen.

Ganz herzlich danke ich Matthias Richter für seine Zeit und die ausführlichen Erläuterungen zu Fragen der Homöopathie – es ist ein weites Feld; ebenso Roxana Tomic für die Ausführungen zu diversen Disziplinen des heilpraktischen Bereichs.

Der großartigen Christine Marth und dem nicht minder großartigen Fabian Alder (richtig, der legendäre David Stanjic der früheren Bücher) gilt mein tiefer Dank für das Lesen erster Fassungen – was nur hätte ich gemacht ohne eure Anmerkungen und Fragen und wertvolle Kritik; Janika Gelinek für die Freundschaft und für das Zitat aus dem *Rosenkavalier,* das sie vor vielen Jahren einmal erwähnte und das der Ursprung ist für die Figur der Charly Benz.

Ganz besonders danke ich meiner Familie – meiner Mutter für eine stets helfende Hand und kompromisslose Unterstützung; meinen Töchtern Flora und Josephine für ihr Verständnis und ihre Geduld in den letzten Phasen dieses Buches, vor allen Dingen aber für ihren Humor, ihre Fröhlichkeit und Lebendigkeit.

Mathias danke ich dafür, dass das Leben ganz schön viel Spaß macht zusammen, wonderful ist eben.

VERENA ROSSBACHER
Roman
ICH WAR DIENER IM HAUSE HOBBS
Kiepenheuer & Witsch

Kristine Bilkau

Die Glücklichen

Roman

Broschur, 304 Seiten, btb 71458

Ein großes Generationsporträt unserer Zeit

Isabell und Georg sind ein Paar. Ein glückliches. Bei abendlichen Spaziergängen werden sie zu Voyeuren. Regalwände voller Bücher, stilvolle Deckenlampen, die bunten Vorhänge der Kinderzimmer. Signale gesicherter Existenzen, die ihnen ein wohliges Gefühl geben. Das eigene Leben in den fremden Wohnungen erkennen. Doch das Gefühl verliert sich. Mit der Geburt ihres Sohnes wächst nicht nur ihr Glück, sondern auch der Druck. Die Jahre nach der Wirtschaftskrise haben ihre Jobs unsicher gemacht, die Mieten im Viertel steigen. Für die jungen Eltern beginnt ein leiser sozialer Abstieg. Isabell und Georg beginnen zu zweifeln, zu vergleichen und das Scheitern zu fürchten. Jeder für sich. Gegenseitig treiben sie sich in die Enge, bis das Gefüge ihrer kleinen Familie zu zerbrechen droht.

»Kristine Bilkau hat einen fabelhaft gelungenen Debütroman geschrieben, ebenso takt- wie kunstvoll, ganz ohne Händezittern und sehr lesenswert.«

Hans-Jürgen Schings, Frankfurter Allgemeine Zeitung

btb